雪剑

刘春龙★著

群众出版社

图书在版编目（CIP）数据

雪剑／刘春龙著．—北京：群众出版社，2019.8

ISBN 978-7-5014-5986-5

Ⅰ.①雪…　Ⅱ.①刘…　Ⅲ.①长篇小说-中国-当代　Ⅳ.①I247.5

中国版本图书馆 CIP 数据核字（2019）第 164197 号

雪　剑

刘春龙　著

出版发行：群众出版社
地　　址：北京市丰台区方庄芳星园三区 15 号楼
邮政编码：100078
经　　销：新华书店
印　　刷：涿州市新华印刷有限公司

版　　次：2019 年 9 月第 1 版
印　　次：2019 年 12 月第 2 次
印　　张：13.75
开　　本：880 毫米×1230 毫米　1/32
字　　数：370 千字

书　　号：ISBN 978-7-5014-5986-5
定　　价：48.00 元

网　　址：www.qzcbs.com
电子邮箱：qzcbs@sohu.com

营销中心电话：010-83903254
读者服务部电话（门市）：010-83903257
警官读者俱乐部电话（网购、邮购）：010-83903253
文艺分社电话：010-83901350

谨以此书献给雪域高原上为了保卫新中国而牺牲的公安先烈和善良的人们！献给在公安战线上长期默默奉献的侦查员和所有的人民警察！献给所有关心和支持公安工作的人！

序

被称为世界第三极的青藏高原，海拔高、气候恶劣，连绵的雪山终年不化，自然条件极为严酷。绝大部分区域是人类无法居住的草原、荒漠、戈壁，是不适宜人类生存的广袤地域。勤劳的各族人民在雪山下、戈壁的贫瘠土地上，靠雪山融水顽强地生存着，人们逐水而居，生生不息地繁衍延续着一代代的生命。

岁月如歌，更是一条长河。高原上各族人民奋斗的历史如同雪山脚下那流淌了千万年的河流一样，从雪山滴滴融水开始，汇成涓涓溪流，又汇聚成河，最后奔腾入海，成为中华文明一部分。

雪山、草原、戈壁、沙漠……原生态的环境让在这片土地上生存的人们养成了不屈不挠、坚韧不拔的性格。淳朴的人们追求着美好的生活，高原没有一丝污染的天空更是洗涤着每个人纯净的心灵。

在雪域高原有很多高耸入云的雪山，皑皑白雪终年不化。在藏族群众的心中，这些雪山就是一个个雪域守护神，以巍峨的身躯、手中的宝剑默默护佑着这片土地上的每一个生命。纯真的人们抬头看到那一座座雪山，心里就不再畏惧、不会失去希望，即使乌云蔽日看不见雪山，在内心里也知道也相信雪山在时刻护佑着自己。

云起云落，草原上的草绿了又黄、黄了又绿，岁月更替。草原上的人们一代代繁衍下来，在岁月的长河里用生命和鲜血谱写着自己的历史，用勤劳和执着追求着美好的生活。

现在，在雪域高原上善良人们的心目中，不仅有雪山的护佑，更有另一个守护者的护佑，那就是我们伟大共产党领导下的公安队伍。人们需要这样的守护神在遇到困难险阻时出现在他们面前，需要他们用手中的雪剑斩除凶顽，需要他们守护平安和谐的生活。

《雪剑》一书是从新中国成立初期草原上发生的故事开始的。在那个历史变革的年代，在远离内地的雪域高原上同样发生着一幕幕惊天地泣鬼神的感人故事。追求美好生活的各族群众、身份不同的人用自己纯真的心、坚定的信仰投入到历史的变革中，用执着、坚韧换来了今天的美好生活。而这些鲜为人知的历史是不容被遗忘的！岁月荏苒，那一个个为了新中国、为了人们幸福生活而英勇牺牲的公安战士、善良的老百姓应该牢记在我们心间。

只有尊重历史、敬畏历史，我们才能学会珍惜，才能学会感恩，才能以饱满的热情投入工作，才能不辱使命投入到雪域高原建设发展的大潮中。

作为高原守护神，公安民警常年战斗在高海拔、气候恶劣、条件极为艰苦的环境中，在这片雪域高原上作出了巨大的奉献和牺牲。那一张张被紫外线晒得黝黑的脸庞、那一个个淳朴的笑容、那一道道战风雪斗严寒的身影、那一双双历经磨难依然执着的眼眸无时无刻不在感动着我们。每一个雪域的守护者以对党绝对忠诚的信仰、坚定的信念、大无畏的牺牲精神默默地在这世界第三极作出奉献，守卫雪域的安宁。

侦查工作是公安工作中重要的组成部分，从事此项工作的公安民警为维护雪域安定作出了艰辛的努力。人们看到了案件告破时的鲜花，但不知道这个群体在胜利背后付出的常人无法想象的努力。他们更像那一座座雪山，每时每刻在用手中的雪剑默默守护着高原的安宁。

《雪剑》一书中，有孤胆深入虎穴英勇牺牲的侦查员，有长期在普通岗位默默奉献的无名英雄，有为追求美好生活投身革命事业的普通牧民，有人生观价值观偏差丧失立场沦为警察败类的侦查员；有与旧政权反动集团斗争的腥风血雨，有与案犯斗智斗勇的侦查场景，有动人凄美的爱情故事；有侦查员面对社会的无奈和迷茫，有侦查员为雪域高原安宁忘我奉献的一点一滴……本书努力用虚实结合的手法将这些串联起来，为生活在这片高原上的人们，为在公安战线上奉献的人民警察，为所有关心支持公安事业的人们，呈现出一段如同就在昨日的历史、一段似乎就在身边的故事。

是为序。

刘春龙

2019 年 5 月 18 日

目　录

上　部

下　部

上　部

引 子

高原的春天总是姗姗来迟。在一处人迹罕至的茫茫草原上，微风轻拂，灿烂的阳光从低垂的云间洒向大地，映射出多彩的光线。雄鹰在空中悄无声息地滑翔，巨大的翅膀下面是广袤的草原。百灵鸟在草原深处鸣唱，蛰伏了漫长冬天的虫子也恢复了活力。远处是亘古不化的雪山，草原褪去了枯黄，冰雪消融的土地上绿草争先恐后地探出头，野花已经迫不及待地在低矮的草丛间绽放，翠绿的草把绿色肆意地铺满了大地。

草原不知道尽头在哪里，草原深处连绵的雪山更是看不到尽头，寂寥空旷的草原上只有百灵鸟传来的鸣唱，只有轻轻的风划过草尖。

苍茫的草原上，浩瀚广阔的天地间，一个白点在缓缓移动，只有天上的雄鹰看得出来是一匹白马艰难地奋力前行。白马蹄下是刚刚变绿的草原，马头前方也是看不到尽头的草原。马背上驮着的两个鼓鼓囊囊的褡裢看起来很重，白马的脖颈里已渗出了细小的汗珠。从凸起的肩胛骨看得出来，这匹马已经在草原上奔波多日了。

草原上没有路，只有方向，只能凭借着直觉向前。这匹白马已经多次进到草原，它很自信自己的感觉。前面的草原似乎永远也走不完，但白马依然径自向前走着。

忽然，白马放慢了步子，脚步也变得有些零乱，它发现前面草原深处的雪山被黑沉沉的云遮住了，前方整个天际变得昏暗，掠过耳边的风明显大了许多，额头的鬃毛被吹到了耳后。

白马盯着远方，硕大的眼睛里映出前面贴着草原迅速翻滚压来的黑云。白马眼睛里露出惊恐，嘶鸣一声后停下步子扭过了头。

在白马的身旁还走着一个藏族汉子，高大健壮的身躯，身上很旧的藏袍上满是灰尘，但黝黑英俊的脸上一双明亮的眼睛里透着坚毅。汉子看着前面铺天盖地而来的黑云，不由得眉头紧锁。他知道高原上的天气说变就变，知道此时暴风雪马上就要到来，也知道在这片草原走上一天也看不到一个帐篷，更清楚在这没有人烟的地方遭遇暴风雪的后果。暴风雪连着下上几天怎么办？迷失方向怎么办？陷进被雪盖住刚刚融化的泥沼里怎么办？掉到雪坑里怎么办？遭遇到饥饿的狼群怎么办？不管哪种情况，在残酷的大自然面前，自己和相伴多年的这匹白马连尸首都会消失得干干净净，谁也不会知道在这片草原上曾经有一匹马、一个人经过。

但现在只能向前，只能和身边的白马面对这突如其来的暴风雪。稍许犹豫后，汉子从马鞍下面抽出一块油布打开，盖在马背的褡裢上系紧，又轻轻爱怜地拍了一下马脖子。通人意的白马明白汉子的意思，不用吆喝便昂起头毅然顶着风向前走去。

黑云铺天盖地压了过来，刚才还是湛蓝如洗的蓝天已变得黑沉沉，太阳被厚重的黑云遮住。天上的雄鹰不知道什么时候不见了，百灵鸟也没有了歌声。四周突然好像没有任何生命，只有呼呼的风声。在漫天翻滚压来的乌云下，在广阔的天地间，在狂暴的高原上，白马和汉子显得异常渺小。

没有了阳光，吹在脸上的风立即变得刺骨，汉子扶着褡裢的手已经冻得僵硬，他把藏袍的领子竖了起来，又把狐皮帽子往下拉了拉。看看远方，他知道在种麦子的地方已经是麦苗过小腿了。但此时，在这喘不上气来的高原上，在这连牦牛都待不了的地方，马上就会下起鹅毛大雪。

等再抬起头，狂风已经裹着雪片扫了过来，大片大片肆虐的雪打在脸上发疼。不一会儿，四周万物已经变成白茫茫一片，天地都很难分清。汉子眯着眼睛努力辨清方向，缩着脖子，弓着腰，牵着马一步一步艰难地向前走着，这里没有任何可以躲避暴风雪的地方。汉子知道在这样的暴风雪里，只能坚持向前，不然就会迷失方向，精疲力竭后冻死、饿死在雪原里。

在横扫一切的暴风雪里，一人一马渐渐消失在白茫茫的风雪中……

第一章　黎　明

东方的天际，一缕黛青渐渐挣脱出黑夜的重压，在遥远的地平线上露出一缕亮光，东方的星星更是璀璨明亮。渐渐地，天边由黛青变成橙红，由淡而浓、由浅而深，纯净的橙色越来越亮，不断地扩大、渲染，朝霞映红了东方的地平线。

远处神山顶上的皑皑白雪在霞光的映照下，如同镀上了一层金色，显现出神山的圣洁和巍峨。随着霞光的渲染，东边的半个天空都被灿烂的橙红染红。在橙红最浓时，终于，一轮红日从天边冉冉升起，万物渐渐从黑夜中显露出来。

柔和的朝霞映照着整个草原，平坦的草原上绿草更加青翠。亘古流淌的噶曲河在这片茫茫的草原上蜿蜒流过，画出了无数个“几”字，宽阔的水面上没有一丝波纹，在霞光里变成了一条金色的河，无声无息地静静流淌。

远处便是巍峨的石山，绿草掩到山腰，在这翠绿的映衬下，山顶裸露的山峰更是柔和纯净。

草原上笼罩着一层淡淡的薄雾，草尖上凝聚着一滴滴的露珠，格桑花夜里闭合的花瓣还未展开。草丛深处一只百灵鸟飞出来，扑扇着翅膀欢快地叫着，直直地飞到半空，又直直地落下飞回窝里。随着百灵鸟悦耳的叫声，草原沉睡一夜后一下子醒了过来。

噶曲河河畔一块高处的草地上，柔和温暖的阳光照在一个低矮的黑牛毛帐篷上。破旧但干净的门帘掀起，一个身材高挑婀娜的藏族少妇弯腰走了出来，直起腰手搭在眉前看看东边喷薄而出的太阳，又看看染成了金色的雪山，回过身朝帐篷里喊了一声："梅朵，起来了，不然你比希野都要懒了！"然后向不远处的羊群、牛群走去。

刚走了几步，身后帐篷里传出还带着睡意的小姑娘清纯动听的声音。

"哎呀，阿妈！"不一会儿，一个清瘦苗条的少女从帐篷探出头，出了门就向帐篷后跑去，在她身后紧紧跟着一个圆嘟嘟黑球般的小藏獒。

梅朵乌黑发亮的一头长发梳成许多细细的小辫，在秀美修长的脖颈后甩动着，高挑纤瘦的身体虽然裹在宽大的藏袍里，但青春的气息依然无法阻挡地散发出来。

梅朵咯咯笑着边跑边喊："阿妈，我去看看希野们起来了没有，是我懒还是它们懒？"小藏獒森格依然紧紧跟在后面。

在梅朵家帐篷不远处，在春天搬来了一窝旱獭，藏语叫"希野"，汉区的人叫"哈拉"。旱獭是高原上独有的生物，四条腿短，如小狗般大小，在草原上打洞生活在地下，白天爬出以草为食。旱獭性情温顺，肥嘟嘟胖乎乎的样子十分惹人喜爱，在藏族人心目中如同自己家的邻居一样。

自从那窝旱獭在梅朵家附近安家后，梅朵有时间就跑过去看它们。渐渐地，旱獭也不怕梅朵和天天跟她在一起的小狗森格了，梅朵可以摸旱獭身上光滑的毛，梅朵的尾巴小藏獒森格也可以和它们在一起打闹。

“阿妈，希野们还没起来呢，还是我勤快！”

梅朵咯咯地笑着，一蹦一跳往回走，十几岁的梅朵在母亲跟前依然如同小孩子一般。森格依然在后面跟着，因为腿短跑得快摔了个跟头，急急地爬起来甩了甩脑袋又继续跟在梅朵的脚后跑。

梅朵就出生在这片草原上，阿爸和阿妈给这片草原的头人放了十几年的牛羊。虽然缺衣少食只能勉强生活，但一家人能天天在一起，有几头属于自己的牦牛和羊，每天能看到远处的神山，感觉到这样的日子苦中有甜。

可是在梅朵还小的时候，阿爸被头人家的管家吉宝在暴风雪天里逼着去找被吹散的羊群，不幸从那高高的山崖上摔下去，再也没回来。年幼的梅朵在懵懂中感到家里失去了很多欢乐，阿妈的脸上也很少有笑容了。

刚开始梅朵天天喊着要阿爸。阿妈告诉她，阿爸去神山了，再也不回来了。梅朵依然天天哭着要阿爸，常常盯着神山坐很久很久，看会不会发现阿爸熟悉的身影。稍大点儿甚至有一次偷偷准备了糌粑要去神山找阿爸，再大点儿后她知道阿妈没有骗她，阿爸确实再也不回来了。从那以后她想阿爸时就呆呆地看着神山。她相信阿爸就在神山里，阿爸的魂就在神山上，阿爸就在神山上看着自己和阿妈，看着草原上的牦牛和羊群。阿妈忙完活儿后，也是静静地边捻毛线边看着神山。每到藏族的节日时，阿妈就要煨起桑烟，和她对着神山磕长头。

日子过得很快，随着时光的推移，梅朵渐渐长大了。虽然才十四五岁，个子已经长得快赶上阿妈了。大大的眼睛如同一汪清泉般纯净明亮，长长的睫毛遮住那双清澈的大眼睛。在高原强烈的紫外线下，皮肤有点儿黝黑，挺直的鼻梁下的红唇一笑露出一口整齐洁白的牙，一头又粗又黑的长发被阿妈精心梳成了无数个小辫直垂到腰间。虽然身上的藏袍已经很旧了，但依然掩盖不住她婀娜的身姿。梅朵如同草原上含苞待放的格桑花，又像一只草原上的百灵鸟。

梅朵爱笑，只要她睁开眼睛，草原上就会响起她银铃般的笑声。梅朵喜欢唱歌，阿妈教了她许多好听的曲子。她的笑声和歌声给这片草原带来了生机。梅朵还喜欢草原上的野花，当草原上开满各色各样的野花时——那是梅朵最喜欢的季节，她会摘许多野花插在头上，甚至给小羊羔和小牛犊也戴上几朵。

梅朵的阿妈和阿爸属于两个临近的部落，都是典型的康巴藏族。阿爸有着高大壮实的身材，浓眉大眼，皮肤黝黑。阿妈是她们部落里的美女，身材高挑儿，一双如圣湖般纯净的大眼睛，又粗又长的睫毛，高挺的鼻梁，一头浓密乌黑的长发。阿妈说起话来温柔又动听，连周围的百灵鸟都不敢叫了。年轻时，在附近部落的许多小伙子心里，她就是天上下来的女神，是晚上夜空里皎洁的月亮。好多小伙子对她唱了无数的情歌，用各种方式表达对她的爱慕，但阿妈就看上了在赛马会不但拿了头名还不顾自己受伤勇敢地拦住惊马、给头人家放羊的善良憨厚的阿爸，并不顾家人的反对和头人的阻挠，嫁给了一贫如洗，仅有一顶破牛毛帐篷、几头牦牛和羊的阿爸。

和阿爸在一起后，恼怒的头人把梅朵的阿爸和阿妈赶到了最远的草场。虽然这里只有他们一家，距离最近的邻居要骑马走多半天时间，距离那有着金顶的尕德寺也要骑马走大半天，但勤劳的阿爸和阿妈用辛勤的劳动撑起了这个家，给了梅朵一个虽然贫寒却温馨的家。

阿爸每天赶着头人的牛羊去吃草，牛吃草走得慢，而羊是边吃边走。每天要走非常远的路，他还要不时地操心把牛羊赶到一起，不然走散就丢了。放牧时还要留心从远处山里过来的黑熊和狼，更要注意天上的鹰鹫别把小羊羔和牛犊抓走。牛群和羊群里绝大部分都是头人家的，属于自己家的仅仅是为数不多的几头。只有把所有的牛羊养得肥肥的，到了冬天，头人才会挑出一头牛或几只不上膘的羊赏给他们。阿妈每天起来后要忙到日落。天刚亮就要挤牦牛奶，把每头产奶的牦牛赶在一起，等奶挤得差不多后，把拴在一边的小牦牛放开，让它们找自己的妈妈吃留给它们的奶。然后便开始打酥油。在藏区酥油可是离不开的宝贝，喝茶离不开酥油，吃糌粑离不开酥油，拜佛离不开酥油，晚上点灯更离不开酥油，但是每天打的酥油要把绝大部分上交给头人家，自己家只能留少量的，有时牦牛产奶不好，连上交的数量都凑不够。如果交不上酥油，头人家的管家吉宝就会用鞭子打阿爸，会把辛苦养大的牛羊扣掉，阿爸就没有东西换回每天吃的青稞和好看的花布了。

打完酥油还要捻毛线，从牦牛和羊身上割下来的毛要在热水里洗干净，轻轻撕散蓬松，再将撕散的毛捻成均匀的牛毛线或羊毛线。每天还要挖野菜，夏天草原上有各种各样的野菜，除了每天当饭吃，还要准备一部分晒干，不然整个冬天就没什么可以吃的了。

春天还要在草原上挖虫草。虫草是个神奇的东西，冬天是个钻在土里的虫子，待春天草原上的草发芽时，虫子的头部会长出一个褐色的小芽杆，此时是虫又是草，所以汉区的人也叫它冬虫夏草。虫草的芽刚钻出土就要挖，不然长大就没人要了。到了挖虫草的季节，就有汉区的人来拿盐巴、花布、砖茶、针线、铜锅等东西来换。

在春天时，蕨麻也是要挖的好东西。前一年蕨麻花的黄花开满了草原后，在花的根茎上就会长出一个个肥硕的疙瘩，这个时候挖的不好吃。一直等到来年冰雪消融时将黑黑的土刨开，把一个个还没有发芽饱满得如同小指头大的茎块挖出，把土擦掉放到嘴里一咬又甜又脆，这可是梅朵最喜欢吃的，是草原上最好吃的美味。挖出来的蕨麻果绝大部分要洗干净、晒干，想吃时就可以泡软了直接吃，也可以放到酸奶里吃。

梅朵所谓的家也就是那顶小小的黑牛毛帐篷，编帐篷的黑牛毛线是阿爸和阿妈用牦牛身上的毛捻的，心灵手巧的阿妈又将线织成布，做成了这顶帐篷。黑牛毛帐篷在太阳晒热气温升高时，毛线之间的缝隙就会张开，帐篷里就不会闷热。而下雨、晚上天冷时牛毛线又会紧紧挤在一起，帐篷里就不会漏雨也不会太冷。

帐篷里的一角用土块垫了起来，上面铺了几张羊皮，这就是梅朵和阿妈的床。边上有一个木箱子，里面放着几件破旧的衣服，靠近门口就是拿土块和石头垒的灶台，还有简单的锅、碗用具。

梅朵每天要帮阿妈干活儿，小小年纪已经是阿妈的好帮手了。放羊、挤奶、捻线、打酥油，什么都会干，在春天挖蕨麻和虫草时眼明手快甚至比阿妈挖的都多。梅朵还承担了捡牛粪的活儿，每天放牧时把牛粪用手摊成牛粪饼，等太阳晒干后背回来整齐地摞在帐篷边，每天家里做饭、烤火都指望着这些牛粪饼。

每隔一段时间，头人家的管家吉宝就带着手下到梅朵家的帐篷。他们来的时候几匹马会从远远的地方狂奔过来，一直到帐篷门口才会勒住马。管家脸上都是横肉，说话总是恶狠狠的。他们检查头人家牛羊的数量、膘情，清点新出生的小牛犊、小羊羔。喝完酥油茶、吃完糌粑后将上交的酥油、捻好的毛线驮走。每次来，如果阿爸交不足东西，都要被管家恶狠狠地骂，甚至要挨那帮人的皮鞭。他们每次来，阿妈都不说话，只是低着头默默给他们熬茶、拿糌粑、准备上交的东西，梅朵则躲在远处不敢到跟前。

直到他们离开，听不到狂奔的马蹄声后，梅朵才会露出笑容，草原上又会回荡起梅朵银铃般的笑声。好在她家离头人家远，他们好多天才来一次，对于梅朵来说，有阿爸阿妈的呵护，每天的日子虽然苦，但还是幸福温馨的。

自从阿爸没有了以后，年幼懂事的梅朵便承担起了放牧的活儿。每天早上带点儿糌粑就赶着牛羊去吃草，自己饿了就吃点儿糌粑，渴了就喝河里的水，牛羊吃草时，她就到处找野菜，晚上回来时还要把前几天晒好的牛粪背回来。

她的家在噶曲河草原上的一个河谷地带，宽宽的河面在草原上拐了无数个弯，河水静静流过草原，似乎看不到河水的流动。河面窄的地方有几米宽，宽的地方可以骑马过去，小牦牛过河时水都快淹到脖子了。深的地方梅朵也不知道有多深，她曾搬个大石头扔进去，“嗵”的一声后再没动静了。浅滩处的河滩是牛羊吃水、梅朵玩的好地方，只有这里，阿爸和阿妈才允许她来玩。她赶牛羊来吃水时，要么捡好看的小石头，要么就看着河里比自己手臂还粗的鱼游来游去。

噶曲河一年四季就这样静静地流淌着，一年四季都是这样清澈。在河边岸畔生长着一株株低矮的黑刺，黑刺根处的草丛里，春天会有几窝黄鸭生儿育女。黄鸭不像哈拉，每次梅朵去看黄鸭，它们总是叫着远远地躲开。在河的那边，看不到尽头的草原后面是高高的石山，绿色的草只到山腰，往上是陡峭的石崖，再往上就是雪峰。

小时候听阿爸说，大山后面长了很多树，那里的山上有好多动物，有雪白的雪豹，有大黑熊，有雪鸡，有鹿，有石羊，当然还有狼。草原上的人一般不伤害草原上的其他动物，都把它们当成自己的朋友、邻居。而对于狼则是非常痛恨，因为狼是贪得无厌的动物，总是想偷草原上的牛羊吃，它们只要摸进羊群就会咬死所有的羊，仅仅只是喝羊的血。

草原的牧民放羊时总拿着“俄朵”，它用毛绳编成，在一米多长的绳中间编有一个两三寸宽可放置石块的窝，绳子一头编一个小环。用时将石头放在中间窝处，小环套在手指上，其他手指捏住另一头，在头顶上方甩开待力度最大时松开，石头便会被远远抛出去，打到数十米外的目标。“俄朵”练熟了可在几十米外百发百中，这种抛石器是牧民打击较远目标、驱赶牛羊的利器。

近战则是用打狗棒，用一尺左右长皮绳拴一半尺长的四棱铁棒，平时揣在怀中，遇到危险即可掏出甩击，这是近战防身的武器。

第二章 家园之战

如同小牛犊般大小的藏獒是高原上牧民的好朋友，藏獒的血液里天生就有着高贵的品质，是草原上的王者。那个时候草原上有很多藏獒，虽然草原上还有非常多的藏狗，但藏獒决不会自降身份与藏狗混在一起。藏獒对主人异常忠诚且非常聪明、通人性。一些失去主人、流浪的藏獒，到了牧民家后，刚开始不会吃牧民投给的食物，它静静地卧在远处，观察着牧民的生活起居。如果发现你是不善待家人、虐待牛羊的人，它会毫不犹豫地转身离去；只有发现你的善良后，它才会留下来吃你递过去的食物，认可你当主人。因此，牧民把藏獒看作自己家的一员。

梅朵家里有两条大藏獒，一公一母，还是阿爸当年从山那边的寺院里抱来的。

公獒是条铁包金，爪子、胸前、嘴是金色的，眼睛上面眉毛处有两个金色的假眼，其他地方则是黑得发亮，脖子间的鬃毛垂到腰下，头上的长毛遮住了眼睛，四颗白森森尖锐的獒牙透出恐怖的光，嘴边长长的唇一直垂到下巴下面。跑动起来感觉地面都在震颤，长长的鬃毛在风中飘动，如同狮子一般威武。

母獒是一头黑獒，全身上下纯黑，没有一根杂毛。母獒和公獒一样都有着如同狮子一般厚实的鬃毛，高高的身架，宽阔的前胸，体重足有百斤，嘴短而粗。严酷的环境赋予了它们粗犷、剽悍、刚毅的性格，也赋予了它们王者的气质——高贵、典雅、沉稳、勇敢。两条藏獒如同神一般守护着这片草原。

梅朵小的时候，刚开始不敢到藏獒跟前。时间久了，梅朵知道藏獒不会伤害自己，藏獒虽然看起来凶猛异常，但对梅朵一家却是忠诚无比，可以容忍小梅朵对它们的一切“欺辱”，梅朵甚至可以将它们当马骑，可以掰开它们的大嘴看里面的牙齿。

白天藏獒护卫着牛羊群，发现异常情况，只要低吼一声，狼、黑熊等都跑得远远的。藏獒吼叫时声音低沉有力，没有一般藏狗那样尖，但它的叫声可以传得很远。藏獒轻易不叫，发现危险时只是低吼两声以示警告，如果胆敢有冒险者继续闯入，接下来就会全力而战，直至将对方撕成碎片。不像一般的藏狗，动不动就汪汪乱叫，动不动为了一块骨头咬成一团。

这两条藏獒是方圆几十里最优秀的藏獒，山里的狼群只要在山腰里冒出头，它们吼上两声，狼就不敢下山来。狼群在山上看着河边的牛群羊群，数次蠢蠢欲动想发起攻击，但慑于这两只如同狮子般的藏獒，一直没敢越雷池一步。

两只獒白天在牛羊群周围巡视，夜里就卧在帐篷边上，硕大的脑袋塞在尾巴下面，看似已经沉睡，但任何风吹草动都逃不过它们的耳朵。

梅朵的阿爸没有后，它们似乎也懂得了很多，梅朵去放羊时，公獒就守在梅朵的周围，母獒则守在阿妈身边。晚上两只獒更是异常警觉，梅朵和阿妈感到害怕时，只要看到帐篷外的藏獒，听到它们沉重的脚步声，就会放下心来。这两只藏獒如同她们的守护神护佑着她们和牛羊。在它们的护卫下，梅朵和阿妈没有受到其他野兽的侵扰，生活就这样平静地继续着。

不久前，母獒生了一窝小獒，足足有八只，这下梅朵可高兴坏了，一有时间就去看小藏獒。母獒生了小獒后，对梅朵还是没有丝毫防备之心，任凭她提起它的腿看小獒。待小獒睁开眼睛能跌跌撞撞爬出窝时，梅朵一会儿抱抱这个，一会儿抱抱那个，还偷偷挤了牛奶挨个喂小獒。在母獒和梅朵的精心照顾下，小獒长得飞快。

梅朵只要有时间就和小獒们在一起玩，小獒们也喜欢梅朵，梅朵去哪里，身后总是跟着一堆毛茸茸的小黑球。梅朵每天晚上睡觉都要抱着一只小獒，她给每个小獒都起了名字，管最调皮的小母獒叫“森格”，意思就是狮子。

生活就这样一天一天过去。

这天梅朵忙完一天的活儿，太阳慢慢落到西边的山里，灿烂的晚霞也渐渐褪尽，一轮皎洁的弯月缓缓升起。夜空中的星星开始眨眼睛时，梅朵就和阿妈睡下了，草原上的人一直遵循着日出而作、日落而息的生活。

然而，一场惨烈的战斗却在惨淡的月光下发生了。

在远处的石山上，狼群一直觊觎着这群牛羊，眼睁睁看着牛群和羊群越来越肥却不能大快朵颐，这对狼群来说简直是一种耻辱。这十几只狼组成的狼群，最狡猾凶残的头狼从来没有放弃过这群羊和牛，它常常在月光下独自伫立在山尖远远看着山下的牛羊，它只是在等待时机。看着嗷嗷待哺的小狼，头狼终于下定了决心。

这天夜里，惨淡的月光洒在草原上，河水在月光下如同银子一般。待一切静下来后，狼群从山上悄无声息地出发了。

狼群刚从山上下来，卧在帐篷外的公獒就以超常的直觉和灵敏的视觉感觉到危险的逼近，它不相信狼群胆敢发起袭击。公獒低声朝着狼群的方向吼了两声以示警告，山腰里的狼群迟疑停顿了一下，又继续在头狼的带领下悄无声息迅速地向山下窜来。在月光下，远远看到狼群几乎是倾巢而出，公獒知道今晚绝不会平静了，必将会有一场鏖战。

看到远远逼近的狼群，公獒甩了甩头上的鬃毛，转头看了看也已经起身盯着狼群的母獒和它身下的小獒。看到母獒眼神里满是焦虑，公獒走过去轻轻碰了碰母獒的鼻尖，又嗅了嗅小獒，对着帐篷吼了几声后毅然转身，咆哮着迎着冲过来的狼群而去。母獒看着公獒远去的身影想追随公獒一起迎击狼群，奔出去几步，又停下，低头看看身后嗷嗷乱叫跟过来的惊恐小獒，对着狼群也是吼声如雷。

狡猾的狼群已经观察清楚母獒生了一窝小獒，头狼远远看着小獒一天天成长，它知道再不下决心，等小獒的牙齿变尖变长，鬃毛变长变厚实，狼群就再也不会有机会靠近这群牛羊了。而在此时发起进攻，母獒出于母性必定要保护小獒，无法全力抵挡狼群的攻击，公獒也会无法同时保护牛羊群和小獒，这是一个绝佳的时机。

月光下，狡猾的狼群在头狼的带领下分成数路，分头展开袭击，一部分迎住公獒，另一部分冲向母獒。

公獒没有警告，也没有丝毫的犹豫，立即张开大口扑向狼群。狼群将公獒围住，又不敢贸然发起攻击，血红的眼珠冒着凶光围住公獒嘶吼着，不断寻找着攻击的机会。公獒却毫不犹豫地对胆敢冲上前的狼张口就咬，头上长长的獒毛遮挡住的眼睛里冒出让狼群恐怖的光。獒和狼缠斗在一起，獒牙在月光下白森森的，甚是恐怖，好几只狼倒在地上哀嚎着。这时，不远处的羊群发出惊恐的叫声，公獒立即转身向悄悄绕到身后的几条狼扑过去，它知道头狼的阴谋，狼群中分出的几条狼扑向了羊群，让忠诚的公獒不能不顾及羊群的安全。

公獒刚一转身，在头狼的低吼下，其他的狼迅速发起攻击缠住公獒，公獒又转身扑咬冲上来的恶狼。让公獒心惊的是，这时耳边又传来其他狼扑咬母獒的声音，其他狼对母獒和小獒也同时发起了袭击。护崽心切的公獒咆哮着张开大口咬死了一只躲闪不及的狼，转身扑向围攻母獒的狼群。头狼群一看公獒的气势，短暂的停顿后又围住了公獒，堵住了公獒的去路。

这时候，四下里都是獒和狼的撕咬声、羊群牛群发出的惊恐惨叫声，原本宁静的草原夜晚变得嘈杂，甚至非常恐怖，就连以前整夜鸣叫的虫子的声音也听不见了。

月光下，在惨烈的撕咬中，公獒又击退了狼群的一次攻击。公獒环顾四周不禁犹豫了一下，它已经看到母獒身上到处滴着血，身上许多地方的獒毛也被扯没了，几只小獒躺在地上，有的头已经被咬碎了，有的内脏已经扯在了外面，其他刚才还在“嗷嗷”惊叫四处逃命的小獒全都不见了踪影。公獒的目光又扫向不远处低矮的帐篷，里面静悄悄的，目前为止狼群还没有对两个漂亮的女主人发起攻击，公獒心里稍许安心了一些。

对狼群的仇恨和对主人的忠诚驱使眼睛快喷出血的公獒又转身冲向头狼。

看到公獒似乎疯狂一般扑来，狼群四散逃开，那边母獒又被围攻的狼群围住咬成一团。公獒见状转身又向围攻母獒的狼群猛冲过去，还没到跟前，围攻母獒的狼群看公獒扑过来便闪身逃开，后面刚才逃开的头狼群又追到公獒身后围住公獒。藏獒和狼的吼叫声、撕咬声、牛羊的惨叫声打破了原本宁静的夜。反复的缠斗之后，疲于应对的公獒体力渐渐不支，长长獒毛下血红的眼珠好像在喷火，嘴角已经有白沫子出来。身旁虽然已经有几只倒在地上的狼尸，但自己的身上也到处是伤口。

公獒看了看苦苦鏖战的母獒，又看看惊恐惨叫的羊群，知道这样下去自己会被活活累死。它又看看不远处低着头盯着自己的头狼，它知道再也不能这样被狼群纠缠下去，不能落入头狼的圈套。它必须以快以狠制胜，必须先将狡猾凶残的头狼击败。公獒咆哮一声后转过身，好像要继续去帮助母獒，就在狼群故伎重演又冲向公獒想缠住它时，公獒突然调转身体后撤，如同一道闪电般径直扑向头狼。狡猾的头狼没有想到公獒会置母獒不顾，想逃时，公獒已经如同天神般到了跟前，猝不及防的头狼只好硬着头皮迎战，四散逃开的其他狼见头狼和公獒咬在一起，又回过身来加入了战斗。公獒和六七只恶狼咬在一起。公獒一心想着必须先要咬死头狼，不然主人、羊群和母獒都会惨死在这群恶狼的獠牙之下。虽然耳边母獒的吼声渐渐低了下来，但公獒仍然不顾一切地对着头狼发起一次次的进攻，狡猾的头狼一边抵抗着公獒的攻击一边低吼着命令其他狼同时发起攻击，四周的狼从各个方向扑向公獒。公獒见腹背受敌大吼一声猛地扭头，咬住身后一只想从后面偷袭的狼的脖子，巨大的獒牙猛一用力，狼的喉咙瞬间断为两截，那只狼蹬了几下腿后倒在地上再也起不来了。腥臭的狼血喷了公獒一头，在月光下更加显得恐怖了。其他狼见状一怔，纷纷往后退缩，但片刻之后在头狼的驱使下又团团将公獒围住，搏斗中公獒头部、腿上、肚子上都被咬出了血。这时，围攻母獒的狼群里又分出几只狼加入到攻击公獒的队伍中，狼的身上、獒的身上全都是血，鲜血的腥味激起了双方最原始的本能，獒和狼都知道此时此刻已到决战的时刻了，只有咬死对方，自己才能活下来。战斗变得更加惨烈，双方都明白此刻已是生死之战。

在撕咬中几只狼又倒在地上，而公獒身上的血也把长长的獒毛浸透了。狡猾的头狼看到公獒攻击渐渐慢下来，看到公獒身上冒出来滴答在身下的血，知道最后决战的时刻到了。头狼的尊严驱使它冲到了最前面，它必须要在其他狼的面前咬死这只看似无法战胜的藏獒，这样它在狼群中的地位将无法撼动。

头狼低着头弓着腰，眼珠发出绿色的凶光，嗓子发出低沉的吼声。狼群知道头狼要发起最后一击了，头狼要毫不犹豫地把公獒的喉咙咬断，这也是头狼的权力。周边一下子变得特别安静，羊群紧紧挤在一起也没有声音了。围攻的其他狼都退了一步，只是围住公獒。公獒依然挺立着，夜风吹着头上长长的鬃毛遮住了眼睛，眼神里透出悲壮，透出对母獒和小獒的眷恋不舍，透出对主人的担心，透出对狼群的仇恨。身上的獒毛在风中飞扬着，滴血的身躯似乎在轻轻发抖，但依然高昂着头如同天神一般挺立着。其他狼被公獒的气势惊住了，要不是头狼在前面，恐怕早已夹着尾巴飞逃而去了。

时间好像凝固了，对峙中的公獒和头狼都在寻找机会。双方都知道，这必将是致命的一击。头狼知道这一击将公獒咬倒后其他狼就会一拥而上，将公獒无情残忍地撕成碎片，那群牛羊就可以让整个狼群大快朵颐，自己的狼群此次就会成为这片草原上的霸主。

公獒已经听不到母獒和小獒的声音了，它非常想转头看看母獒和小獒，看看它们怎么样了，但它知道此时一转头，哪怕有丝毫的分神，头狼就会毫不犹豫地扑过来。自己的身后不但是母獒和小獒，还有羊群、牛群，还有善良的女主人和漂亮的小主人。如果自己倒下去，疯狂的狼群会咬死所有的牛羊，吸干它们的血，也会扑向美丽善良的女主人，它们会疯狂地杀戮所有的生命。

头狼的与公獒对峙着，眼睛的余光却观察着公獒身体上细微的变化。它知道在群攻之下，公獒已经遍体鳞伤，但它要寻找一个突破口，寻找一个可以一击必中的突破口。看着公獒微微发颤的身体，它终于发现公獒的腹部被撕开了一个大口子，周围厚厚的毛也被咬没了，只要自己一口咬中，尖利的獠牙就会无情地撕开公獒的肚子，拽出公獒的内脏，肥美的内脏本来就是属于头狼享用的。

看着颤抖得越来越厉害的公獒，看到公獒腹部伤口肌肉的抽搐，头狼盯住公獒的喉咙，四条腿猛地一蹬，低伏在地面的狼头向斜上方如闪电一般朝公獒的喉咙咬去。就在头狼獠牙快到公獒喉咙的刹那，公獒将头向斜后方一闪，本能地躲开了头狼的袭击，身体却没有同时后撤，这样整个侧身全都暴露在了头狼的獠牙之下。

头狼一看正中它的想法，它假装咬向公獒的喉咙，就等公獒闪躲时，尖利的狼牙便会突然转向公獒已经受伤薄弱的腹部。头狼的鼻子已经闻到公獒肚子里浓烈的鲜血的腥味，獠牙似乎已经咬住了软软的内脏。突然，头狼在一瞬间感到一股剧痛从喉咙迅速传到脑子，猛然间无法呼吸，片刻之间脑子也变得一片空白。它拼尽所有的力量蹬了几下腿，但又无力地伸开，转瞬之间头狼巨大的狼头垂在地上已经没有了呼吸，倒在公獒脚下一动不动了。头狼的眼睛圆睁着，似乎无法相信受伤严重的公獒还有如此闪电般的速度，也不相信公獒会猜透它的意图。

公獒从头狼的眼神里已经知道头狼在寻找下口的地方，它清楚必须要把握住这唯一的机会，不然狼群一拥而上，遍体鳞伤的自己再也无法抵挡住狼群疯狂的攻击。成败就在这一击，它必须一击而中。所以它故意暴露出自己受伤的腹部，还微微抽搐着肚子上的肌肉，它知道头狼会发现这个破绽，但这也是一步险招，稍有不慎或动作稍有偏差就会死在头狼的獠牙之下。果然，头狼上当了，在头狼的獠牙咬向自己的喉咙时，它知道这只是佯攻，把头躲开，并将计就计把滴血的腹部暴露给头狼。在狼嘴快到自己的腹部时，它以迅雷不及掩耳之势顺势咬住头狼的喉咙，然后再用力一咬。

这一切只是发生在电闪雷鸣般的瞬间。围在四周的其他狼看到头狼已经咬住了公獒的肚子，只要看到血光一闪，所有的狼都会疯狂地冲上去咬住所有能咬的地方，在它们的獠牙下可能公獒的骨头都不会剩下。但是它们惊诧地发现倒下的不是公獒，而是自己的头狼，头狼耷拉着头倒在地上一动不动，而公獒依然昂首挺立着，血红的眼睛里露出让它们恐惧的眼神，被血染红的脸上是胜利者的骄傲，是对狼群的不屑。它们简直不敢相信自己的眼睛，做梦也不会想到会是这样的结果。它们再也不敢直视公獒的眼神，也不敢再看倒在地上的头狼。剩下的所有狼惊恐地看着公獒，后腿发软，身体不由自主地往后缩，不知是哪只狼下意识地发出“呜呜”的哀叫，狼群的战斗意志瞬间崩溃，所有的狼转动身子不顾一切向四周狂奔而去。此刻所有的狼只想逃得越远越好，远离这片草原，远离这只天神一般的藏獒。

一场惨烈的狼群和藏獒的大战结束了，月光惨淡，四周一片寂静。

夜风中，公獒站立了许久，慢慢低下头看了看脚下头狼的尸体，转头舔了舔腹部的伤口，然后艰难地向母獒的方向走去。月光下，母獒静静地躺在地上，身上到处是伤口，几只小獒躺在不远处，也全都一动不动。公獒用鼻子拱了拱母獒的身体，母獒的身体没有反应。公獒突然发现母獒的眼睛动了一下，然后眼睛里的光渐渐黯淡下来，再也没有光芒。

公獒知道一切都结束了，它艰难地挪到母獒的身边，轻轻伏在旁边，头挨着头，鼻子挨着鼻子，慢慢地闭上了眼睛。长长的獒毛随着夜风飘动着，月光静静地洒在地上，一切好像都凝固了，时间好像也停止了。

头狼不愧是狼群里的佼佼者，速度、敏捷性、头脑灵活性等方面都高出其他狼许多。虽然公獒闪电般拼力一击准确咬断了头狼的喉咙，但头狼锋利的獠牙还是咬断了它的肠子。公獒对头狼咽喉致命一击，剧烈的疼痛迫使头狼张开了嘴巴，松开了獠牙，没有将公獒的肠子拽出体外，其他狼也没有发现公獒的生命已是危在旦夕。

忽然间一切变得好静。

第三章　“狼灾”又现

当清晨第一缕阳光照到草原时，梅朵和阿妈战战兢兢地走出了帐篷，森格在她们身后跌跌撞撞地爬出来。

昨夜，从公獒突然开始咆哮时，阿妈就知道有危险袭来。她拿起“俄朵”和打狗棒准备出去，但听到狼群此起彼伏的号叫声和藏獒的咆哮声，看着梅朵惊恐的脸色，犹豫再三后只好把梅朵紧紧搂在怀里，手里攥着藏刀，听着帐篷外的动静，她知道是可怕的狼群来了。晚上狼的眼睛非常敏锐，狼在暗处，更何况她听得出来是一大群狼，她绝对不能让和她相依为命的梅朵受到任何伤害。她所能做的就是等，等狼群散去，等勇敢的藏獒把狼群赶走。

太阳出来照亮草原，梅朵圆睁着大大的眼睛，脸色苍白，怀里抱着森格。她和阿妈在帐篷里担心了一夜，苦苦熬了一夜。

帐篷外，羊群、牛群又散开开始吃草，好像昨夜什么也没有发生。

森格一出帐篷，便向母亲的方向跑去，梅朵跟在后面，阿妈急忙喊：“梅朵，小心！”她手拿藏刀追赶了过去。

走到公獒和母獒跟前，发现两只大獒静静地趴着，身下的草地已经被血浸透了。森格用小鼻子拱拱母獒，又拱拱公獒，见没有回应，嗷嗷叫起来。梅朵跪在地上，拨开公獒遮在眼睛上被血染红的长长獒毛，没有丝毫反应，推推母獒也是没有反应，又看到周围血肉模糊的小獒尸体，再也忍不住悲伤地放声号啕大哭，眼泪如泉水般从大大的眼睛里涌出。

“你们都起来啊，起来啊，你们不会死的！”梅朵又望着阿妈哭着问，“阿妈，它们都活不过来了吗？”

阿妈擦了擦眼角的泪水，摸着梅朵的头说：“它们没有死，它们只是去神山上陪阿爸去了。”

昨日还如同地毯般整齐洁净的草原，现在到处是狼血和獒血，到处是一团团的狼毛和獒毛，狼的尸体零乱散落在四周，天空中已经有几只秃鹫和胡兀鹫盘旋。

阿妈擦干眼泪，吩咐梅朵煨桑。梅朵流着泪用火镰引燃一块干牛粪，又把柏树的干枝叶煨在牛粪上面，青色的桑烟立即冒起，直直飘向天空。

阿妈把大獒和小獒的尸体收拢到一起，开始对着藏獒的尸体磕长头，嘴里喃喃念经，祈求大獒和小獒们早日转世，感谢昨夜的拼死相救，感谢这些年对梅朵家的帮助。

梅朵也跟着磕头，眼睛里的泪水还是止不住吧嗒吧嗒往下掉。

小獒森格静静地趴在一旁，头伏在地上，看看大獒和小獒的尸体，又看看飘向天空的桑烟，一夜之间，森格好像也长大了许多，明白了许多。

磕了许久长头后，阿妈将藏服上的两只袖子褪下扎在腰间，拔出腰间的藏刀，开始剥獒皮和狼皮。

先剥的是獒皮，把獒皮留下来，公獒和母獒的魂就留在了这片草原上，依然在护卫着这片草原，守卫着梅朵一家。

利落能干的阿妈，不一会儿就把两张被狼咬得已不完整的獒皮剥了下来。阿妈牵过来一头牦牛，和梅朵一起把大獒、小獒的尸体驮在牛背上牵到远远的一处高地放下，又煨起桑烟，念了经后离开。

梅朵擦着泪水还没走远，一些秃鹫和胡兀鹫已经落了下来。

接着又剥狼皮，把所有的狼皮剥完后，阿妈和梅朵又把狼尸驮到牛背上，赶着牛走了好远将狼尸卸下返回，那里经常有黑熊、野狗、流浪狗经过。

等把一切收拾完，已是夕阳西下，梅朵和阿妈草草吃了口糌粑，圈好牛羊后就睡下了。没有了大獒和那些乱叫乱爬的小獒，四周变得那么安静，静得梅朵都有些害怕。

那一夜，梅朵梦见她还在和大獒、小獒在草原上跑来跑去，大獒还是静静地卧在牛粪堆边上，眼睛不时看着远处四散吃草的羊群和牛群。

日子一天天继续着，没有了大獒的护卫，阿妈和梅朵少了许多安全感，也总觉得生活中少了许多乐趣。阿妈给梅朵腰带上拴了把藏刀，自己也是刀不离身，晚上睡觉时更是把刀、打狗棒等放在身边，好在森格变得非常机警，一听到动静就用稚嫩的嗓子叫起来。山上的狼群经过这一战，可能因为没有了头狼，也可能是吓破了胆子，再也不见踪影，好像全都消失了一样，其他的野兽也没有光顾过这片草原。

每天太阳升起又落下，灿烂的阳光依然照耀着这片草原，只是草原上突然安静了许多，就连梅朵的笑声都少了。没有了大獒的陪伴，阿妈也不让梅朵去远处放羊了。

这天中午，梅朵和阿妈正在忙着干活儿，小獒森格突然冲着远处叫了起来。她们停下手头儿的活儿抬头望去，远远看见几匹马飞速向这边奔来。

“森格，安静!”阿妈一看知道是头人家的管家带着人来了，在这片草原能这样飞扬跋扈的只能是他们。

“梅朵，熬茶去!”

梅朵转身低头进了帐篷。森格虽然还小，但还是对着来人的方向狂叫着冲了过去。

转眼间，马队飞奔到帐篷边才勒住马，几个男子跃下马背，森格仍然跟在后面叫着，领头的正是头人家的管家吉宝。他们一边冲森格挥着打狗棒，一边径直走到帐篷前的草地上大咧咧地坐下。

“怎么样啊？听说前段时间狼群到这里了，头人家的羊和牛没有损失吧?”管家幸灾乐祸地问道。

“被狼咬死了几只羊。”阿妈低声回答。

“几只羊！这可要从你们的工钱里扣!”管家恶狠狠地喊道。

“呀!”阿妈低头答应着，她发现管家身上穿得更为华丽了，脖子上挂满了珊瑚串和玛瑙，手上戴着好几个硕大的宝石戒指，脸上也是趾高气扬的表情。连那几个手下，对管家的神情都变得诚惶诚恐，以前身上背的杈子枪也换成了从没见过的新枪。

“那是什么?”管家眼睛扫见牛粪堆上搭着的獒皮和狼皮。手一抬，脖子向前一伸，边上几个手下立即抢上前将管家扶起来。一帮人向牛粪堆走去，阿妈也低头跟在后面。

“看样子，来的狼不少啊!”管家摸着已经晒干的狼皮说。

“来！把这几张好的狼皮给我拿上，回去给我做个垫子。”一个手下立即过来卷起了狼皮。

“这两张是你家獒的吗?”

不等阿妈回答，管家又说：“死了好啊，每次我来都追着我咬，别人家的獒我去几次就记住我了，就这两只每次我来都咬，真是养不熟的畜牲，只可惜这两张漂亮的獒皮了，烂成这样啥都做不成了。”

看完皮子，几个人又回到帐篷前坐下。这时，梅朵低头端出熬好的奶茶、酥油、盛糌粑的木盒子，放到地下后退回到帐篷。

管家和其他人的眼神从梅朵一出帐篷就一直盯着她。

“管家请喝茶，管家请喝茶!”阿妈说了好几遍，管家才把眼神从帐篷里转回来接过茶碗。

给每个人端上茶后，阿妈脸朝外坐到了下首圈子外。

管家吹开碗里漂着的厚厚一层酥油后喝了一口，将碗放到前面的草地上，清了一下嗓子对着阿妈说：“梅朵阿妈，你不要怕，其实我们都是很好的人，我每天都要煨桑磕头念经，就是想请佛祖保佑我们大家。梅朵的阿爸死后，我就叫你到我家里当仆人，你不去，非得要在这里放羊，现在你家的藏獒也死了，梅朵也这么大了，你们孤儿寡母待在这里不害怕吗？只要到我家里，你们母女就不用吃苦了，不用再受这样的罪了。更何况死了那么多羊，你们也赔不起，那时候就只能到头人家当奴隶去了。”管家吉宝难得用这样的语气同阿妈说话。

阿妈低着头语气坚定地说：“谢谢尊敬的管家好意，请你转告尊敬的头人，我欠的一定会还上的，梅朵阿爸的魂在这里，再好的地方我和梅朵都不去！我去准备酥油和捻好的线了。”说完，阿妈起身到帐篷里准备上交的东西。

“不识抬举的东西!”管家看着阿妈的背影恼恨地骂了一声，对手下恶狠狠地说，“去！把东西检查清楚了，到秋天交牛羊时，看她怎么办！那时她就会跪下来求我的!”

看着管家他们驮着东西远去，阿妈默默地坐在地上发呆，森格又追着叫了一阵，见追不上了，才跑回来卧在阿妈身边。

“阿妈，我好怕他们!”梅朵从帐篷里出来坐在阿妈身边。

“梅朵别怕，有阿妈在，有森格在，有你阿爸在神山上天天看着我们，有神山上的神灵保佑我们，我们一定会撑过去的!”

阿妈望望雪山，摸着梅朵的秀发将梅朵揽到怀里，想着管家看梅朵的眼神，忧心忡忡的阿妈对梅朵说："过几天我们去趟尕德寺！"

第四章　寻求指引

几天后，天还蒙蒙亮时，梅朵和阿妈将牛羊赶到附近的一块草场。梅朵骑着一头驮牛，阿妈牵着缰绳，森格小跑着，一会儿嗅嗅这里，一会儿嗅嗅那里，跟着上了路。

梅朵和阿妈轮换着骑牛，森格跑累了梅朵就把它抱在怀里，一直到中午时她们才远远看见坐落在远处巨大石头山山腰上的尕德寺的金顶。

快到尕德寺时，要穿过一条长满松柏树的峡谷，一条潺潺的溪水穿峡而过。溪水清凉，几乎旁边每个山沟里都有溪流汇入，清澈的雪山融水在平缓的地方积水成潭，清澈见底。以前发大水冲下的大松树横亘在潭边，有胳膊粗的野鱼畅游其间。五彩斑斓的石子铺在水底，在阳光的照耀下，如同铺满了各色的宝石。溪边几人合抱粗的松树，上面挂满了去年未掉落的松塔，松枝翠绿，有猴子跳跃其间，见生人过来，叽叽叫数声，跃向远处。树间还有布谷鸟、山雀跳跃枝梢，边梳理羽毛边发出悦耳的叫声。松林间、溪水边，甚至峡谷高高的石崖缝隙间都开满了各色野花，颜色明亮纯净，红是艳艳的红，黄是灿灿的黄，蓝是莹莹的蓝，一簇簇、一片片地盛开，在青翠的绿草衬托下分外艳丽。溪流、松树、清潭、野花、绿草构成极为纯净的原生态自然美。

阿妈因为家务脱不开身，很少能来寺院磕头。梅朵也只是很小的时候来过几回。看着和自己家草原迥然不同的风景，看着颜色艳丽的各种野花，梅朵异常兴奋，虽然额头冒出了汗，但还是一点儿都不累。

在自己家的草原上，就连高些的树都很少见，只是茫茫的草原，而在这里却发现了许多新奇的东西。森格更是好奇万分，一会儿冲着树间的鸟叫几声，一会儿又歪着头看看溪水里的鱼，溪水打湿了身上的毛，抖抖身子又跳过来蹿过去。

牦牛不紧不慢地走着，走了很久才穿过峡谷，这时身旁高大的松树渐渐少了，而较矮但生命力更强的柏树多了起来。脚下的青草直没到小腿，一些不知名的灌木、野杜鹃绽开五彩缤纷的花朵。森格在草丛里窜来窜去，有时身影都看不到，梅朵害怕森格跑丢了，不时地叫上一声。

再往前走，渐渐地，草变矮了，眼前豁然呈现出一大片如绿地毯般平坦的草原，青翠的草原远处是一座巍峨的大石山，草原一直延续到山跟前。抬眼一看，一座小小的寺院坐落在石山的山腰处，从下面只能看到几座低矮的房子，但最大的房子上的金顶却在阳光映照下熠熠发光，有钟声传来，展现出神秘、肃穆。

虽然梅朵很累了，但看到寺院就在眼前，不由得加快脚步拉着牦牛的缰绳沿着小路向山上走去。

路很窄也很陡，仅容一头牛走，梅朵在后面跟着，阿妈在前面紧紧牵住牛的缰绳，怕旁边黑刺树后面、草丛里飞出野鸡或跳出兔子惊到牦牛。森格也不敢乱跑了，吐着舌头跟在后面。

身后的路越来越长，草原也渐渐到了脚下，石头山岩石的缝隙里柏树却在茂盛地生长，快到寺院时路边有的树上拴着写有六字真言和经文的经幡，有的石壁上也刻着或长或短的经文。

梅朵一口气走到寺院跟前才发现，尕德寺只有几间低矮的僧房和一座相对宏伟的经堂。茂盛的柏树掩映着寺院，不远处的石缝里有一股泉水潺潺流淌。所有的房子都根据山势选择凹进去的石洞，外面用山上的石头垒出半间，留出小小的仅容一人侧身进出的门和极小的窗子。房子前是小小的平台，平台下面就是深深的悬崖。往下看，四周的高山都在脚下，低洼处的每个山沟里都生长着茂盛的松柏，再往上就是青翠的草原，草原的上面就是不长任何草木的雪山了。湛蓝的天空、翠绿的草原、圣洁的雪山，眼前都是那种极为干净通透的颜色。远处的石山和山顶的雪峰是那么清晰，更远处一个山沟里，在山峦之间还有个湖泊在阳光下如同镶嵌在绿绒上的宝石放出光芒。白云就在身边，似乎伸手就能摸到，白云的下面有胡兀鹫展开巨大的翅膀在无声地飞翔。

刚到经堂跟前，一个穿着旧藏袍和梅朵年龄差不多的少年跑出来，接过阿妈手里的缰绳把牛拴在一边，腼腆地低声对阿妈说："阿爸索南在房子里等你们！"说完低着头带着阿妈和梅朵走向一个很小的石头房子。

还没到门口，梅朵就听到里面传来一个洪亮的声音。

"快进来，快进来！"

梅朵和阿妈侧身穿过小小的门进到低矮的房子里，进去好久眼睛才适应里面昏暗的光线。房子里只有一个极小的窗子，靠近窗子一个极小的土炕上铺着简单的被褥，炕中间一个小木头炕桌边上盘腿坐着一个身材瘦小但精神矍铄的老人，老人身上的藏袍虽然很旧，但非常整齐干净，小小的石头房子里陈设也是极为简单。

阿妈赶紧趴在地上对老人磕头，梅朵也跟着磕，等阿妈磕完，梅朵也站起来怯怯地站在阿妈的身后。

"这个小姑娘就是我的小梅朵吧？几年没见都长成大姑娘了，长得就像天上的仙女一样。年周对我说远远看到有人来，我想应该就是你们，你们也很久没来看我了！"

阿妈给老人献上自己家打的酥油、挖的人参果等物品。

"快坐快坐，年周赶快倒茶！"老人摆手让她们坐在土炕对面窄窄的一排小木箱上。叫年周的少年麻利地倒上滚烫的酥油茶，端上糌粑和风干肉后退到门口给森格也弄了点儿吃的。

"先吃点儿东西，这么远过来，可不能让我的小梅朵饿着！"老人笑着说，眼睛里满是慈爱。

梅朵感觉不怕这位老人，也确实饿了，便和阿妈用手拌了糌粑就着酥油茶吃了起来。老人盘腿坐在炕上，手里捻着佛珠，疼爱地看着阿妈和梅朵，嘴里喃喃念着经文，眼睛里满是慈祥。梅朵边吃边偷偷瞄着这位如同神般的老者，感觉到很亲切，心里一点儿也没有害怕的感觉。

阿妈放下碗，对老人说："尊敬的阿爸索南，我是来求你的，求你发慈悲帮助我和梅朵。"

"前段时间，我听说你家里遭了狼，非常担心你俩，又听说人都安全，才放下心来。"老人向门外喊了一声，"年周，你带梅朵去佛堂给梅朵的阿爸点上几盏酥油灯！"外面的年周跑进来，不好意思地带着梅朵出去，初次见面的两个孩子都有些羞涩、不自在。

两个孩子出去后，阿爸索南坐正身子，表情肃穆地对梅朵阿妈说："梅朵阿妈，你说吧，你不遇到非常大的困难是不会来找我的，你比草原上的雄鹰还要坚强！"

在这位慈祥、和蔼的老者面前，阿妈再也坚持不住，眼泪像成串的珠子往下滚落。

阿爸索南一直等着阿妈平静下来，手里的佛珠转动得更快了。过了一会儿，阿妈便抬起头，用手背擦干了眼角的泪痕。

"尊敬的阿爸索南，我现在不知道哪些是人哪些是狼了。前些日子狼群下来的那个晚上狼咬死了一些羊，家里的藏獒为了保护我们也死了。这些我都不怕，但管家他们来了，我发现管家变得更让人害怕了。"

原来，阿妈还是姑娘的时候，在追求她的人中，也有当时还是一般身份的吉宝，吉宝给她家许诺了很多优厚的条件。但梅朵阿妈就是看不上对穷人颐指气使、趾高气扬、动不动就拿鞭子打穷人的吉宝，她觉得吉宝的心如山上的狼一般黑，她怎么都不会嫁给这样的人，所以她义无反顾违背家人让她嫁给吉宝的意愿，偷偷跑出自己家的帐篷嫁给了梅朵的阿爸，两人在一起后虽然生活很穷，但她感觉非常幸福。

阴险的吉宝见梅朵阿妈逃婚嫁给了穷小子，恼羞成怒，表面上没有声张，暗地里却非常恨梅朵的阿妈和阿爸，他得不到的东西也不能让别人得到。在他的唆使下，梅朵一家被赶到最远的草原。当他凭着看似对头人的忠诚当上了管家后，每次来收东西时他都对梅朵一家百般刁难。

那次暴风雪的时候，他知道暴风雪会吹散牛羊，所以故意冒雪来检查牛羊，逼着梅朵的阿爸去山里找被暴风雪吹散的牛羊，他也知道这样的天气出去会非常危险。他威胁说如果找不回头人的牛羊就把梅朵一家以奴隶抵债，被逼无奈的阿爸为了一家的生活只好顶着暴风雪去寻找牛羊，结果从石崖上滑下去摔死了。

没有了阿爸，坚强的梅朵阿妈毅然挑起了家里的重担。而每次来她家收东西，管家都要亲自来，他要看着梅朵阿妈屈服，看着梅朵阿妈跪在他的面前，要看着自己心目中的女神死心塌地跟着他。好在梅朵阿妈千辛万苦挺了过来，没有让管家得逞。这些事是梅朵不知道的，阿妈也没法儿跟她说。

那天管家他们来收东西时，从管家看梅朵的眼神里，阿妈又看到了如同当年恶狼般的凶光。凭着女人的直觉，阿妈看出吉宝不但对自己没有死心，还可能对在草原上已经可以谈婚论嫁的梅朵起了歹意。

她也突然发现梅朵高挑儿的身材、大大的眼睛、长长翘起的睫毛，不经意间女儿已经长成大姑娘了，甚至比自己年轻时还要美丽动人。管家在见了如同仙女般的梅朵后，对自己说话的口气好像都软了许多，而这正是她所担心的，她知道吉宝这种人什么事都能干出来。

对自己，阿妈极有主见，而牵扯到梅朵，她却慌了，她不知道现在该如何应对，她需要阿爸索南的指点。

阿爸索南静静地听着阿妈的诉说，阳光从小小的窗子射进来，照在急促捻动的佛珠上。

阿爸索南本名叫索南，他的身世很复杂。他其实是现在尕德部落头人的叔父。他自幼聪慧好学、本性善良，想以自己的爱心呵护这片草原，让这片草原上的每个生命都能在神灵的护佑下快乐生活。当老头人去世后，他奸诈的哥哥凭着计谋当上了头人。他对哥哥不顾老百姓死活肆意盘剥横征暴敛的做法不满，而哥哥去世侄子当上部落头人后，他发现自己的这个侄子更是心狠手毒、欲壑难填、为所欲为。更让他伤心的是，这个侄子当了头人后，为了保住自己头人的位置，不但将其他的兄弟姐妹害的害、逼的逼，不择手段铲除异己，还逼迫独身一人的叔父索南远离这个权力圈，到尕德寺一心念佛。当叔父对他这个头人没有威胁后，他才暂时松开了毒手。

万念俱灰的索南离不开生他养他的这片草原，又牵挂这片草原上的老百姓，他知道这些农奴虽然身份低微，但都是淳朴善良的人。心地善良的他尽自己所能给这些老百姓提供帮助，所以这片草原上的老百姓都尊敬地称他为“阿爸索南”，意思是他像每个人的父亲一般。阿爸索南在这片草原上善良的人心中如同一个神，有着极高的威望。

阿爸索南多年来除了在尕德寺里念经外，经常在草原上游走，还到汉区的寺院读经，学说汉话，见识非常广。他熟悉这片草原上的每个帐篷、每个人，甚至每个草场、每棵树。当然更清楚侄子头人家的情况，也知道管家吉宝的品性和为人，草原上很多人都向他诉说了管家所做的恶毒没有人性的事。

头人身患重病，又无后嗣，将家里的事都交给管家吉宝处理，而对头人家的情况掌握得一清二楚的吉宝暗暗假借头人的命令，要求部落里所有的人多交东西，他把多收的东西运到其他部落换成财物，全部成了自己的私产。野心勃勃又阴险狡诈的他表面上把自己伪装成菩萨一般，偶尔关心一下穷人、减免一点儿上交的东西，也确实蒙蔽了不少人。吉宝知道要想彻底统治这片草原，必须要把德高望重的头人的叔父阿爸索南拉过来，因此经常给尕德寺送东西，请阿爸索南到自己家念经。

阿爸索南早就看出管家吉宝的心如同狼一样恶毒，早就看不惯管家的所作所为。年事已高的他看到吉宝培植的势力越来越大，为了不引起部落内的纷争而让老百姓受苦，阿爸索南一直在忍耐，希望在佛祖的感召下，吉宝会改恶从善，会真心地关心这片草原上的子民。

但他最近看到吉宝越来越不把病重的头人放在眼里，就知道管家吉宝在等头人去世。吉宝已经迫不及待想成为这片草原的统治者。梅朵被他盯上确实是极大的危险。

“被狼咬死的羊，我可以帮你借其他家的先顶上。但梅朵的事现在只能走着看，管家也可能会变善良，我们只能祈求管家的心没有全部被妖魔占据。他这样继续下去会坠入恶道，会坠入万劫不复的恶道。管家所做的坏事，佛祖都知道，将来他会得到报应的！”

得到阿爸索南的指引后，阿妈和梅朵担心家里的牛羊，急着要赶回去。阿爸索南送给她们一些糌粑、砖茶等东西，让年周放到牦牛背上送她们下山。

短暂接触后两个孩子都没有了陌生感。梅朵阿妈和阿爸索南说话的时候，年周带着梅朵去后山看柏树下的哈拉，又去摸下山喝水的石羊的角。由于寺院的僧人和周边的人从来不伤害这些野生动物，山上的哈拉、石羊、鹿等动物都不怕人，熟悉的人可以走到跟前抚摸它们的身体。这些动物非常熟悉年周身上的气味，任年周肆意折腾，梅朵羡慕不已。

年周一直把梅朵她们送到山下的草原后才依依不舍地返回。临分别时，年周把自己的一串佛珠送给了梅朵，梅朵郑重地接过来戴到自己修长的脖颈上。梅朵从没有和同龄的男孩子接触过，今天又给阿爸供了酥油灯磕了头，非常兴奋。阿妈得到阿爸索南的指引，沉重的心情好像也轻松了许多。两个人赶着牛走得很快，森格也不像在来的路上那样调皮了。

看着尕德寺的金顶越来越远，穿过长长的峡谷，踏入茫茫的草原，阿妈开始担心起自己家草原上一天没人看管的牛羊了。

第五章　曙　光

夕阳西下时，她们转过一个山脚，远远地就看到自己家的草场了，奇怪的是牛羊已经回来了，散落在自己家帐篷周围。远远看去似乎还有一匹白马，阿妈和梅朵的心猛地一揪，赶忙加快了脚步。

过了河快到帐篷时，森格狂叫着，阿妈从怀里拔出藏刀向森格叫的方向走去，走到跟前发现牛粪堆边上躺着一个青年男子，他被森格的叫声惊醒后坐在地上，手里拿着打狗棒吓唬森格。森格不敢靠前，但仍然围着陌生人狂叫。阿妈提着刀仔细一看，好像有点儿面熟。

“你是什么人？为什么躺在这里？”

“你先把狗赶开，我不是坏人！”青年男子手忙脚乱地吓唬着虽然还小但凶猛异常的森格。

阿妈看这人不像坏人，便喝住了森格。青年男子赶忙爬起来将打狗棒揣回怀里，整理了一下身上的藏袍后对阿妈说：“我曾经在你这里换过东西，你看我的货和马就在那边。”

阿妈转头一看，确实在不远处的草地上有一匹白马在悠闲地吃草，附近的地上还有个马褡裢，里面鼓鼓囊囊的，好像装满了东西。看着阿妈转过头，青年男子急忙说：“我叫旦增，家在丹格尔，是个买卖人。我今天走到这里看牛羊都走散了，到帐篷前喊人也没人回应，看到帐篷里很整齐，摸了一下灶膛发现还有点儿热。我看天也快黑了，就帮着把牛羊赶了回来，然后坐在牛粪堆上等主人回来，也不知道怎么就睡着了。”

看着自称叫旦增的男子，虽然他不是这边部落人的长相，但有着和草原上的人一样的肤色、诚恳的眼神，又看到他身上破烂的藏袍，阿妈终于放下了手中的藏刀。

“过来坐吧，梅朵快去熬茶。”

旦增走过去从褡裢里取出一小块砖茶，又走过来放到帐篷前。旦增已发现这家没有男主人，为了显示自己没有恶意故意装成身上热，将自己身上的藏袍袖子褪了下来，将怀里的藏刀、打狗棒等都拿出来放在帐篷前，又把褡裢也提过来放在一起，然后远远地坐下。

森格不叫了，但还是趴在帐篷前盯着旦增，观察着他的一举一动。

看到旦增的举动，阿妈觉得他不是坏人，只是个串帐篷换东西的货郎，自己确实对他也有些眼熟，端上茶后也坐到一边聊了起来。

旦增说，因为家里穷，不得已拿些小东西到草原里换些冬虫夏草、皮子什么的回去贩卖养活自己，今天走到这里见天色已晚就想借宿一晚。

在草原上只要见到帐篷你就可以过去，好客的主人会给你家里最好的东西吃，会安排你在帐篷里住下，这是藏族人的传统。

喝完茶，夜幕已经降临，旦增起身准备告辞。本来他看天色已晚想住到这里，但看这家只有母女俩，觉得不方便。

见他起身要走，阿妈说：“你看星星都快出来了，这附近走上半天的路也只有我们一家，你住在草原上一旦遇到野狼、黑熊会很危险。你就住在牛粪堆里，明天再走吧！”

旦增犹豫了一下说：“非常感谢！”

夜色渐浓，一轮明亮的皓月升起，好像给夜色下的草原泼上了一层牦牛奶。阿妈点着一堆牛粪，映着牛粪的火光，两个人聊了起来，梅朵坐在一旁静静听着阿妈和旦增说话。

旦增去过很多地方，又来自遥远的丹格尔城，说的每一句话对阿妈和梅朵来说都很新鲜。

阿妈成家后一直生活在这片草原上，梅朵更是没有出过远门，对雪山后面有什么，根本没有概念。阿妈倒是听说过丹格尔城。她听说去丹格尔城要骑马走十几天，那里有很多人，那里也有许多好东西。头人家穿的漂亮的布、好喝的砖茶、盐巴都是从那里驮来的，这些对她和梅朵来说好像都是遥不可及的。

丹格尔城是唐朝设立在高原上的第一个“茶马互市”，被誉为“海藏咽喉”“茶马商都”。内地与藏区的货物在这里达成交易，黄土高原与青藏高原在这里结合，农耕文化与草原文化在这里相交。

阿妈和梅朵生活在与世隔绝的草原上，外面的世界对她们来说很陌生，外面的天地是个什么样子对她们也似乎无关紧要。对她们来说，要将牛羊养得肥肥的，按时交上头人家的牛羊物品就是最大的事。自己能有口吃的，有身穿的，每天抬头能看到神山，她们就已经很满足了。

她们不知道，岁月更替，外面的世界已经发生了翻天覆地的变化。

第六章　解　放

不久前，在千里之外的省城，共产党的部队已经进驻到这座高原古城，旧的国民党政权分崩离析，各民族群众翻身得到解放，自己当了主人。

人民解放军迅速接管了古城。但零星的枪声依然不时响起，国民党的残孽不甘心时代的变换、历史的进步，一些顽固分子化作各种身份按照指示潜伏了下来，一些被击溃的国民党残兵败将逃进了广袤的草原，他们妄想历史会回到以前，伺机进行破坏，想颠覆新生的人民政权。

高原夏日的夜来得很晚。在古城一座简陋的四合院里，昏黄的烛光下，三十多岁身穿人民解放军军装刚被任命为省公安局局长的薛局长卷了一支烟，将放着碎烟叶的小木盒和用来卷烟的纸条推向坐在旁边的年轻的爱将蒙年祖，蒙年祖熟练地卷了一支用舌头舔了舔粘好后，放到干裂的唇间，划了根火柴点燃后深深抽了一口。

待两个人都点起烟，疲惫的身躯有了些许放松。薛局长坐正身体，眼睛里露出锐利的光。蒙年祖知道薛局长有大事要说了，立即把身体靠向桌子，盯着薛局长的眼睛。

薛局长吐了一口烟，正色说："自古就有一句话，打江山容易，守江山难。虽然现在我们将国民党反动派赶出了古城，但一大批反动分子和国民党的余孽利用各种身份潜伏了下来，就在我们的眼皮底下伺机进行破坏。还有一些顽固分子骨干逃进了草原，他们煽动淳朴的老百姓，收拢打散的武装力量，妄图打回来，将失去的夺回去，敌情非常严峻啊！根据公安部和省委的指示，省公安局决定成立侦查处，经研究决定由你来负责，由你来当处长，由你来挑选精干的人员，迅速开展侦查工作！"

突然听到这个消息，蒙年祖眼神里露出了一丝迟疑，虽然年轻但有着丰富战斗经验的他深知侦查工作的重要性。但在这高原古城、在这茫茫的大草原、在敌情如此复杂的民族地区开展侦查工作，他确实没有把握。

薛局长看出了他的犹豫，接着说："侦查情报工作自古以来就是战争的首要前提。以前说兵马未动，粮草先行，其实是兵马未动，侦查先行。我们党能在抗战中取得胜利，能打败国民党反动派，这与无数默默无闻从事情报侦查工作的侦查员的艰辛付出、流血牺牲是分不开的。在第二次世界大战中有的情报员发挥的作用能抵得上一个师团的力量，侦查工作的重要性我就不多说了。"

薛局长将手中快烫到手指的烟头扔在地下，又卷了一根点燃，深深地吸了一口。蒙年祖也默默点了一根，低下头，他的大脑在急速地运转，考虑这项工作的艰巨性和复杂性，考虑如何开展侦查工作。

薛局长接着说："现在我们解放了古城，敌人从明处躲到了暗处，这些顽固分子不甘心失败，时时刻刻想着对我们的新生政权进行破坏，我们以后面临的斗争会更加残酷。我们共产党政权刚刚成立，百废待兴，决不能让他们的阴谋得逞。另外，据其他情报反映，一些藏匿起来的匪首被委任为反共救国军的头目，他们不仅会在古城搞破坏，还想在我们没有到达的草原深处拉起武装。我们的政权能不能稳定，就要看能不能把这些国民党反动派的残余消灭掉，把那些被他们裹挟欺骗的群众争取过来，用行动、用真心告诉他们共产党是来帮助他们的，要避免不必要的牺牲，而这一切都需要侦查工作的支撑！"

蒙年祖明白以后将会离开腥风血雨的战场，转到另一个不见硝烟的战场。这个战场会比真枪实弹的战场更加复杂，斗争会更加残酷，而这个战场的重要性更是关乎新生政权的稳定。

头脑渐渐清晰的蒙年祖将手中的烟头摁灭，站起来挺直身体对薛局长敬了一个标准的军礼，声音坚定地回答："保证完成任务！"

薛局长挥手让他坐下，脸上露出欣慰的笑容。他了解他的这位部下，他这个年轻的爱将作战勇敢、对敌人疾恶如仇、立场坚定、敢打敢拼、做事缜密，但让他从公开走到地下，在敌情非常复杂的民族地区开展侦查工作，这对他是个极大的挑战。

昏黄的烛光下，在弥漫的烟雾里，两个人谈了很多很久，直到窗外露出了曙光。

崭新的一天开始了。随着蒙处长新工作的开始，在这片雪域高原上，属于新生政权的侦查工作展开了新的篇章。

第七章　再进草原

距离省城千里之外的尕德草原深处，阳光明媚，牛羊四散悠闲地吃着肥美的牧草，百灵鸟依然直直飞起扑扇着翅膀停在空中欢快地叫一阵，又直直地飞落没入草丛里，小藏獒森格在草原上撒着欢儿跑来跑去。

为了和平解放这片草原，不让受蒙蔽的群众受到无辜伤害，人民解放军没有立即进入这片草原，而是派出和谈代表同当地的部落头人、土官等进行和谈，争取和平解放。大部分部落头人都积极响应共产党的和谈要求，但极少数人在国民党的反共宣传蛊惑下，歪曲共产党的形象，认为共产党、人民解放军是吃人的魔鬼，不愿意放弃封建奴隶制度。他们囤积枪支弹药、战马、粮草，裹挟不知情的百姓妄图准备对新生政权和人民解放军展开游击战，不让广大受剥削欺压的奴隶翻身解放，不让新生政权在草原上扎根开花。

一时间，这片草原上的敌情异常复杂，暗流涌动。

旦增牵着自己的白马，马背上的褡裢里依然是来自丹格尔的货物，因为长期在高原上奔波，脸上的肤色更黑了，人也消瘦了很多。

白马已经很熟悉这条路，不用吆喝，马头一点一点径直向前，远远地已经看到梅朵家的帐篷了。

森格很远就看到这一马一人，吼了两声后往马的方向冲过来，等看到旦增后又轻声吼了两声，算是向旦增和白马打了招呼。森格已经快长成大獒了，长长的獒毛拖在身下，肩部开阔，四只金色的爪子粗壮有力，头部的獒毛遮住了眼睛，四只白森森的獠牙露在长长垂下的嘴唇外面，体形已经和一般的小牛犊差不多了，健壮的身体跑起来好像脚下的大地都在震颤，声音也变得粗壮有力，吼一声几公里外都能听到，森格继承了它父母最好的基因。

转眼森格到了跟前，在旦增身边跳着蹦着，拿身体在旦增腿上蹭了又蹭后转头在前面小步跑着，带着旦增和白马往帐篷的方向走去，在前面跑两步扭回头看看白马跟上了没有，跑几步又停下来等一等。森格从第一次见就感觉到旦增是个好人，也从内心里接受了这个外来人。

在草原上生活的人眼力极好。梅朵和阿妈听到森格的叫声后也看到了远处夕阳下模糊的白点和人影，看到森格狂奔而去，又听到森格叫了两声后再没声音，便知道是熟人来了，从白马看也知道应该是旦增来了。不用吩咐，梅朵拿起几块干牛粪放到炉膛里点燃后笑着向旦增来的方向跑去，阿妈则开始熬奶茶。

干牛粪在炉膛里非常容易点燃，着起来火势极旺，不一会儿铜锅里的奶茶开始翻滚，一股砖茶和醇醇的牦牛奶混合而成的奶茶香味弥漫在帐篷周围。

待旦增到了跟前，阿妈已经把奶茶和糌粑放在了帐篷前的草地上，旦增也不客气，盘腿坐在地上喝起奶茶。阿妈和梅朵把白马背上的褡裢卸下来，放开白马让白马自己去吃草。从第一次和旦增见面，看到旦增圈好的牛羊，看到旦增诚挚的眼神，她们已经感觉到旦增是个善良的人，是个和管家他们不一样的人，是个似乎和自己已经相识很久的人。

“阿克（叔叔），你都好久没来了！”梅朵坐在边上埋怨着。

“阿克一定是忙着挣钱忘了你了！”阿妈难得在旁边开着玩笑。

旦增一听急着辩解，不小心被嘴里的糌粑噎住，发出一阵咳嗽，半天才缓过来，脸也涨得红红的，惹得梅朵和阿妈哈哈大笑。森格在旁边趴着，看看这个又转头看看那个。

简单吃完糌粑，旦增和梅朵、阿妈三人将牛羊赶进围栏。一切收拾停当后，月亮渐渐升了起来。阿妈又点起牛粪，熬好砖茶。三个人围坐在一起，听旦增讲外面的世界。梅朵竖起耳朵仔细听着，害怕漏掉一句。她奇怪旦增怎么知道那么多事，他所说的每一句话都是那么新鲜。

月夜下的聊天，梅朵知道了外面的世界，知道了汉族人的生活，知道了这天底下不是什么都是头人和管家说了算的，知道了现在千里之外是共产党的政权、是穷人当家做主的地方。

直到夜色深沉，三个人才分别休息。旦增还是睡在牛粪堆里，不同的是在干牛粪上面阿妈又铺了几张羊皮，旦增将身上的藏袍半铺半盖，很快就进入了梦乡。而阿妈和梅朵却睁着眼睛怎么也睡不着，她们在想外面的世界到底是什么样子，千里之外的省城到底和草原有什么不同，共产党是怎样的人，长得和草原上的人有什么不一样，他们为什么要替老百姓说话……翻来覆去睡不着的梅朵和阿妈终于昏沉沉地进入了梦乡。睡梦里梅朵感觉身体发冷，不由得紧紧钻进阿妈的怀里。

突然，帐篷外传来一声巨大的炸雷声，刚进入梦乡的阿妈和梅朵被这炸雷声惊醒，两个人一骨碌翻坐起来，才发现帐篷外已是狂风肆虐，小帐篷在狂风中剧烈摇摆着，好像要被吹上天。帐篷外又是一串巨大的炸雷声，一道道闪电好像就在耳边。梅朵最怕的就是天神发怒，此刻睡意全无，蜷缩着身体躲在阿妈的怀里瑟瑟发抖。

阿妈看看帐篷外，听到外面和帐篷顶上的唰唰声，听到昨晚放在帐篷外的铜锅被砸的密集的咚咚声，知道是下冰雹了。阿妈赶忙把梅朵塞到被子里，告诉梅朵待着不要出来，自己却穿上藏袍冲出了帐篷。

闪电打雷也是牛羊最怕的，漆黑的夜里牛羊看不清四周会炸群，就像没有了眼睛一样疯狂地四处乱跑，根本看不清路的牛羊稍不注意就会掉下悬崖，掉进深深的河里，跑远了找不到自家的草原后还有可能被猛兽吃掉。白天闪电打雷还不是特别可怕，但在这啥都看不清的夜里，这是草原上的人最怕的。还有，阿妈担心睡在外面的旦增怎么样了。

比羊粪粒还大的冰雹打在头上发疼，眼睛也睁不开，刚出帐篷门的阿妈立即被劈头盖脸落下来的冰雹打了个趔趄。阿妈咬咬牙，不顾挡在头上的手被冰雹砸得钻心地疼，捡起地上的铜锅顶在头上毅然冲进了密集的冰雹里。几步赶到牛粪堆跟前时，阿妈发现地上的羊皮上已经铺了厚厚的一层冰雹，而睡在上面的旦增却不见了，她的心一下子慌了。

密集的冰雹如同一堵墙，耳边全是冰雹砸在草地上和头顶上铜锅的声音。四周黑漆漆的，如同掉进了巨大的黑洞里一样。阿妈也顾不得扶着铜锅被冰雹砸疼的手，睁大眼睛四处找着，而稍远点儿的地方根本啥都看不清楚。

阿妈的心一直揪着，如果在这黑漆漆的夜里乱跑，对这片草原不熟悉的旦增看不清路就会滑到深深的噶曲河里，也会掉进现在积满水的沟里，还会被受惊的牛羊顶伤。心若火燎的阿妈不知道如何是好。

突然，又是一道闪电闪过，阿妈在闪电照亮草原的瞬间，看到远处有个人影，依稀看清楚就是旦增，旦增在冰雹里奋力驱赶着几只牦牛。阿妈顾不上眼眶里冒出的眼泪，也顾不得满是冰雹的脚下，深一脚浅一脚地向人影跑去。

等到了跟前，见旦增一会儿跑到这边，一会儿又跑到那边，驱赶着几头受惊的牦牛想赶回牛圈，而受了惊吓的牦牛根本不听旦增的招呼，左奔右突。旦增不时重重摔倒在地上，阿妈扔掉顶在头上的铜锅，赶忙跑到旦增的跟前。

听到熟悉的女主人的声音，受到惊吓的牦牛渐渐安静了下来，顺从地听着阿妈和旦增的招呼，向牛圈走去。此时阿妈才扫了一眼旦增。旦增走路一瘸一拐的，可能刚才摔坏了腿，藏袍上全是泥水，满头满脸也都是泥水。虽然两个人没说一句话，但阿妈看到旦增眼睛里依然是坚毅的目光，那道光芒让阿妈心里很踏实。

把这几头牦牛赶进牛圈，旦增把牦牛撞开的围栏补了上去。阿妈边召唤边清点圈里的牛。受惊的牦牛看到女主人、听到女主人的声音全都安静了下来。阿妈却发现还少几头牛，边上羊圈里的羊也少了。

不知什么时候，天上的冰雹成了豆大的雨点。旦增看到阿妈的眼神，知道牛羊都还不够。两个人喊了一阵子，却不见牛羊回来。旦增要继续去远处找，阿妈拉住他轻声说："等天亮了再找吧，现在看不清路，你又不熟悉这里。"旦增见确实无处去找，只好又检查了一下牛羊圈后跟着阿妈向帐篷走去。

阿妈走在前面，到了帐篷前，见里面也是黑漆漆的，不由得担心起梅朵来，这么大的雷声和闪电可能把梅朵吓坏了。

摸黑走进帐篷，阿妈喊梅朵，可是没有回应，探身一摸被窝儿，阿妈一下子瘫软在地上，被窝儿里空空的！自己出门前躲在被窝儿里的梅朵不见了。

跟在后面的旦增听见阿妈带着哭腔喊梅朵的声音，知道不好，赶忙冲进了帐篷。黑沉沉的帐篷里只听见阿妈颤声说："梅朵不见了！"

旦增也慌了，电闪雷鸣又是这么大的冰雹，梅朵会到哪里去呢？他赶忙冲着帐篷外大声喊梅朵，可是四周只有"唰唰"的雨声，没有丝毫回应。旦增转身对阿妈说："你哪里都不要去！就在帐篷里等着，我去找！"他转身冲进了雨幕，刚迈出步身后就传来阿妈的哭泣声。

见旦增也消失在黑夜中，阿妈感到一种从未有过的恐惧，她不能让和她相依为命的梅朵出些许差错！可是，最害怕闪电打雷的梅朵怎么就不见了？她应该在被窝儿里等阿妈回来！阿妈恍惚中似乎看到梅朵被发狂的牛群踏在蹄下，似乎看到惊慌失措的梅朵掉进噶曲河里再也没能上来，这所有的一切都是她无法承受的。

阿妈呜咽着，她没有力量爬起来。过了一会儿，稍微清醒一些的她突然想起了什么，哆嗦着在帐篷里摸索着，找到了转经筒，她要祈求佛祖保佑梅朵的安全，祈求梅朵的阿爸保佑梅朵安全回来。

阿妈不知道念了多久，可是外面依然啥也看不到，就连消失在雨里的旦增也看不见。阿妈突然又意识到了一件事，她放下转经筒翻起身在帐篷里翻找着，跌跌撞撞地把家里所有的酥油灯全都找了出来，然后哆嗦着用火镰打着火把酥油灯全部点了起来。瞬间，酥油灯微弱的灯光照亮了小帐篷，阿妈端起一盏酥油灯走出帐篷。此时外面的雨已经很小了，风也没有了，她将手里的酥油灯高高放在帐篷顶上，又进去将其他的酥油灯也端出来全部放在帐篷前面的地上。刹那间，酥油灯的光照亮了帐篷前的草原，摇曳的酥油灯灯光在漆黑的夜里闪耀着，指明了家的方向。

做完这些，慌乱的心里没有一点儿主意的阿妈又急急地转着转经筒念着经文。从发现梅朵不见、旦增冲进雨中后，她几次也想着去找自己亲爱的小梅朵，找不熟悉这片草原的旦增，但她害怕梅朵一旦独自回来见不到自己，害怕漆黑的夜里小梅朵找不到家。

现在，阿妈转头看着帐篷顶上一闪一闪的酥油灯灯光，她终于可以去找梅朵了。酥油灯虽然微弱，但在漆黑的夜里，也会很远就可以看到的。她想着不管怎样一定要把梅朵找回来！把旦增找回来！

把转经筒放到怀里，阿妈正想起身冲进暴风雨过后云开雾散星星开始闪现的夜幕里，突然，她的耳边似乎隐隐约约传来牛羊的声音。阿妈屏住呼吸仔细听着，眼睛搜寻着四周却啥也看不见。再要迈步时，似乎又传来男人驱赶牛羊的声音。再听，她真真切切地听到了传来的声音，就是旦增招呼牛羊的声音！阿妈的泪水又下来了，她没有听到梅朵的声音，心里不禁有些失望，她现在宁可不要所有的牛羊也要找到自己的小梅朵，梅朵是她的一切！没有梅朵，她也不会活下去的！

渐渐地，声音越来越清晰，阿妈仔细听着。在夜幕里出现了一群羊和牦牛的影子。再近些，才看清牛羊的后面还有人影。身影渐渐清晰，阿妈终于看清是旦增在后面赶着牛羊，旦增还背着个人，正是自己的小梅朵！

担心这么久的阿妈忍不住又放声哭了起来，跌跌撞撞地跑向了旦增。

到了跟前，见旦增身上全是泥水，梅朵就像一只小羊羔趴在旦增的背上，梅朵的头上、脸上也都是泥水。听见阿妈的叫声，梅朵缓缓睁开眼睛，微弱地说："我去找牛了，我不怕天神的闪电和雷声了！"说完又缓缓闭上了眼睛。阿妈还想再问，旦增用眼神阻止了她。

旦增把梅朵放到被窝儿里又圈好牛羊匆匆赶回帐篷时，却发现阿妈一脸焦虑不停地转着转经筒，嘴里喃喃念着经文，着急的脸上没有一点儿血色，双手不停地抹着眼泪。微弱的酥油灯灯光下，梅朵躺在被窝儿里，身体在哆嗦。旦增探身摸梅朵的额头，发现烫得吓人。阿妈看看旦增，自己慌得没有一点儿主意。旦增跑到牛粪堆前，从中间拿了些干牛粪回到帐篷放在炉膛上点燃。不一会儿，热气弥漫开来，上面铜锅里的水也开始响了起来。

梅朵的额头依然火烫火烫的，回过神来的阿妈拿起一块牛粪点燃，放到帐篷前，又在上面堆上柏树叶，看着浓浓的桑烟在夜空升起，赶紧磕起长头。旦增用小碗不停地给梅朵喂水，看着依然呼吸急促的梅朵，自己也不知道如何是好。

两个人都束手无策的时候，忽然，旦增跳了起来，出了帐篷往帐篷后面跑去。正在磕头的阿妈以为梅朵情况不好了，赶紧起身跑到梅朵身边，这时旦增却抱着褡裢弯腰进了帐篷。

原来，旦增突然想起了放在帐篷后面的褡裢，想起了临走时蒙处长给的东西。高原上条件非常恶劣，人有病了只能磕头念经祈求佛祖保佑，靠自己找点儿草药撑过去。

旦增把褡裢里的东西一股脑儿全倒在了地上，阿妈疑惑地看着旦增，她有些想不通，自己的梅朵病成这样了，而这个旦增却只顾自己的货。

终于，旦增找到一个油纸包的小纸包，打开后是几片白色的药片。旦增小心翼翼地拿起一片放进梅朵的嘴里，又给她灌了些水。看到阿妈疑惑的眼神，旦增说："这是汉区的药，是非常珍贵的东西！你把它放好，关键的时候能救命！"阿妈从没有见过这样的东西，接过来后不知道放哪里才好。

梅朵吃了药后，不一会儿呼吸渐渐平缓下来，额头上也不像刚才那么烫了，脸色也渐渐恢复了正常。又过了一会儿，梅朵缓缓睁开眼睛叫了声"阿妈"。守在边上的阿妈见梅朵好了，兴奋的脸上眼泪又吧嗒吧嗒流了下来。

原来，阿妈顶着冰雹出去后，梅朵战战兢兢缩在被窝儿里，眼睛却盯着帐篷外面。在一道闪电闪过时，她突然看到几头受惊的牛和羊从帐篷前跑过去。自小在草原上长大又经历过狼灾的她自然清楚牛羊对她和阿妈意味着什么。她赶忙大声喊阿妈，但在远处的阿妈根本听不见。看着又有几只羊跑了过去，焦急的梅朵咬咬牙从被窝儿里爬起来，不顾外面的闪电打雷向跑过去的牛羊追去。等追到熟悉她声音的羊和牦牛，梅朵没看到脚下的一个沟，脚一滑掉了下去，这时她才感觉到害怕和无助。她大声喊着阿妈，但四周没有任何回应。全身湿透又惊又怕的梅朵觉得身上非常冷，等摸黑四处寻找的旦增找到惊吓过度的她时，她已经神思恍惚发起了高烧。

看着梅朵慢慢好起来恢复了正常，忙了一夜的旦增和阿妈这才感觉到累。旦增起身对阿妈说："天快亮了，我去睡会儿，有事你喊我啊！"说完把仍然湿漉漉的藏袍裹了裹出了帐篷。

阿妈看着旦增，想说什么却没有说出来。

夜幕消逝，曙光初现。还把头埋在藏袍里睡觉的旦增突然被森格的叫声惊醒，他知道森格发出这样的叫声一定是发现了危险。他虽然几乎一夜没睡，但还是立即翻身起来四处打量，将防身的藏刀、打狗棒等揣到怀里。在森格叫的方向，在东方的霞光里，在和草原相连缭绕的晨雾里，有一个白点，好像是一匹白马向这边走来，马背上似乎有个人。这时阿妈和梅朵也从帐篷里出来，阿妈把手搭在眉前说："这么早是谁呢?"吃了旦增带来的神奇的药后已经恢复如初的梅朵却回头钻进帐篷认真梳洗起来。

过了好久，等白马走出晨雾，阿妈这才看清楚白马上面是尕德寺的年周。自从狼群袭击了她们，她和梅朵去了寺院后，阿爸索南时不时就打发年周送东西过来，有时赶着一头牛，有时牵着一只羊，还有酥油、糌粑、盐巴等生活用品，但这么早过来还是第一次。

转眼之间，白马过了河跑到帐篷跟前，跑出去的森格也在边上。年周从马背跳下来，上前给阿妈施礼，看到旁边的旦增愣了一下，也施了个礼，阿妈赶紧过去揽住他的肩膀。

"你这么早过来，是不是寺里发生了什么事?"

"寺里和阿爸索南都挺好的，就是阿爸索南让我送点儿东西过来。"年周拿藏袍的袖子擦了擦额头上的汗，憨憨又有点儿不好意思地说。

"傻孩子，一看你半夜就出来了，你不心疼自己也应该心疼阿爸索南的这匹马啊，你看马身上的汗！你看看你的衣服！昨晚路上也遇到天神发怒了吧?"

阿妈嘴上埋怨着，眼睛里却是满满的爱意和对年周的心疼，她非常喜欢这个懂事善良的孩子。

"梅朵、梅朵！年周来了，你怎么还不出来！"叫了好几声，已经完全恢复如初的梅朵才从帐篷里出来，身上收拾得非常整洁，脸上红扑扑的，昨晚被雨水打湿的头发已梳理得整整齐齐。年周的目光看着梅朵，脸上也是红扑扑的。阿妈看看这个又看看那个，目光又和旦增的目光相接，两个人都露出了会心的笑意。

阿爸索南知道管家的企图后，一直惦记着梅朵一家的安危。他深知管家的为人和野心，所以经常让年周过来看看，一方面照顾梅朵母女俩的生活，另一方面也通过这种方式告诫管家不要肆意妄为。善良的阿爸索南与世无争，只希望这片草原上的人都能平安。但他看到更多的是贫苦百姓艰难的生活，管家等人对百姓的欺凌、盘剥，这让他很痛苦。

年周第一次见到梅朵后，两颗年轻的心似乎一下子都苏醒了，生命之花突然含苞欲放，两个情窦初开的孩子都忘不了对方。年周虽然知道阿爸索南想让他将来出家以佛法普度众生，但内心中萌发的这种情感却怎么也压抑不住。阿爸索南每次都是让他来送东西，一方面是考虑他年龄小别人不会说什么，另一方面阿爸索南也有自己的想法和打算。

每次年周来，两个孩子打打闹闹说说笑笑特别开心，太阳偏西了年周还不愿意走，非要阿妈多次催促才踏上归途，两个孩子分别时也是依依不舍。

阿爸索南最近心情很矛盾，老有一种说不出的感觉，并且是一种不好的感觉。

就在前几天，管家派人把阿爸索南请到头人家里给头人念经，侄子头人可能是得到了报应，已经病得起不了床了，管家却俨然头人一般对着上上下下发号施令，围绕着管家的也都是他的人。

更让阿爸索南不安的是，他看见了几个陌生面孔的人，那几个人看似很尊重他，但阿爸索南总能感觉他们身上有一股邪气。这种感觉让阿爸索南内心不安起来，他的直觉告诉他这片草原上会发生一些事。他要倾尽全力保护好这片草原上的每一个人、每一个生命。

他早就看出年周对梅朵的心思，他也知道这份情感的珍贵。虽然他在多年前收留这个四处乞讨流浪但本性善良聪慧的孩子后一直想将他培养成一位高僧大德，但他从不禁锢别人内心真实的情感，也知道不能压制孩子们刚刚萌生的那份情感。所以他已经下决心要让年周离开自己隐居的寺院，离开自己，让年轻的年周去拥抱崭新的生活。

在这片阴霾密布的草原上将来不知道会发生什么事，只要管家还在这片草原，他的魔爪必定会伸向梅朵和她母亲，因此阿爸索南要尽早安排好她们。他也非常喜欢这两个孩子，在草原上这两个孩子快到谈婚论嫁的年龄了，因此他也有意撮合两个孩子，每次都安排年周去看望梅朵她们。

阿爸索南准备选择合适的时机让年周到梅朵家生活，这样他才会放下时刻担心梅朵一家安危的心。只有让梅朵和年周早日成亲，才能让一些人死心，梅朵一家也会安全一些。昨夜年周要骑自己的马去，心急的年周大半夜就要出发，阿爸索南虽然担心路上遇到野兽，但看到年周神魂颠倒的样子，知道自己的白马非常机警，也只是笑笑便同意了。

梅朵和年周草草吃完糌粑就赶着牛羊去吃草，森格也跟着跑了。虽然走得很远了，两个人嘻嘻哈哈的笑声还是传了过来。阿妈已经很久没有这样的感觉了，好像回到了梅朵阿爸在的时候。不经意间梅朵已经长大了，看着远去的牛羊，她忽然感觉阳光变得那么明媚、百灵鸟的叫声是那么动听，远处的雪山也更加圣洁了，她似乎看到梅朵的阿爸在雪山那里幸福地对着她笑。

阿妈和旦增也吃完了糌粑，阿妈开始用早晨挤的牦牛奶打酥油。旦增也不闲着，把昨晚暴雨里快塌的牛粪墙重新垒整齐，防止下雨时被雨水打湿。他又找了一把木锹在帐篷周围挖出一条排水沟，防止雨水流进帐篷里。

阿妈打着酥油不时看着旦增做这做那，也不说什么，虽然昨夜辛苦熬了一夜，但今天心情却出奇地愉悦，嘴里也不知不觉地哼起多年没有唱起的藏歌。

不知不觉中，平时繁重的活儿今天轻轻松松就做完了，阿妈熬了一锅奶茶，又把刚打的酥油拿出来一些，喊旦增过来喝茶。

旦增到河边洗干净手，顺便提了桶水过来放好后坐到帐篷前的草地上，端起茶喝了一口。梅朵和年周不在，三十多岁的两个人还都有点儿尴尬。阿妈低头添着茶，不时用刀切块酥油放到旦增的碗里。

“梅朵和年周还真是天生的一对！”旦增率先打破尴尬。

“这也是佛祖的保佑，赐给了我一个仙女一般的女儿，又赐给我一个这样好的小伙子，也是梅朵阿爸在神山那里一直保佑着我们。”说完抬头看了看远处的神山。

旦增看了看远处的雪山，端起茶碗又喝了一口酥油茶。

“秋天很快就到了，你们娘俩怎么打算的?”旦增改变了话题。

“我也不知道，头人家被狼咬死的羊，虽然阿爸索南帮我们借了几只，但还是凑不够上交的数目，其他该交的东西也不够，真不知道怎么办。”阿妈低头说，“你们丹格尔那里的草原比我们这里大吗？牛羊多吗?”

“丹格尔那里也有草原，也有成群的牛羊，但那里的人可以种地，可以去工厂当工人，还可以去做买卖，小孩子也可以去学校上学。”

“那你们那里的头人和管家凶不凶?”阿妈仍然好奇地问。

“我们那里已经没有头人和管家了，我们老百姓自己当家做主人了。现在是新社会，是共产党的天下，是所有贫苦老百姓的天下！”旦增看着一脸懵懂的阿妈，不知道如何跟她解释和描述外面的世界。

“其实我就是共产党，我就是为了草原上的贫苦老百姓来的，我们共产党为了草原上贫苦老百姓的安宁，为了避免战争伤害无辜，没有派部队来，就是想争取草原的和平解放。我们相信除了少数坏人，老百姓是非常欢迎共产党到来的！”旦增鼓足勇气向阿妈说出了自己的真实身份。

“天哪！你就是共产党！”阿妈没想到昨夜想了一夜的共产

党竟然就在眼前，她不由得大吃一惊。

“是啊，我们也是曾经给头人、地主当奴隶的人，也是普普通通的人，和你们没有区别，只是我们已经解放了，是共产党带领我们当了主人。我们就是要把千千万万受苦受难的人从坏管家、坏头人的手里解放出来，让他们做自己草原的主人！”旦增说。

“你这样的是共产党，那共产党就是好人！”阿妈抬头说。

“那你一个共产党来草原上做买卖，也是给你们的共产党来挣钱的吗?”阿妈依然好奇地问。

“我来草原，是我们的好管家给我的任务，我也离不开这片草原，也担心你和梅朵两个人！”旦增看着阿妈的眼睛说。

阿妈一听这话，一下子低下了头，逃避着旦增的眼神，美丽的脸颊上泛起了红晕。

旦增一看这样便转开话题说：“现在你们这片草原上的管家是一只真正的恶狼，你们一定要小心！”说完，起身走到一边继续找能干的活儿忙开了。

阿妈一个人坐在草地上，一时间她知道了这么多的事，她要一一考虑，她更要考虑旦增那炽热的眼神。她看着旦增忙碌的身影，一时间不知道如何是好，看看旦增，又看看远处的神山，心里更乱了。

阿妈呆呆坐着，终于，疲惫了一夜的她不知不觉中伏在草地上睡着了，这么多年她从未这样放松地睡过。在梦中，她梦见梅朵阿爸笑着对她说旦增是个好男人，梦见梅朵和年周成了亲，梦见她们一家搬到了丹格尔城，梦见好多草原上的人在一起快乐地跳起了舞唱起了歌……

不知道睡了多久，还是森格的叫声吵醒了她。自从梅朵的阿爸走后她还从未如此沉睡，每天她都要干做不完的活儿，要担心牛羊、担心梅朵、担心这片草原上的一切，而这个下午她忘却了这一切，生活忽然间变得如此美好。她本来以为自己已经老了，就在这个阳光灿烂的下午她发现自己还很年轻，还有许多美好的生活在等着她。如同被雪山上的雪冻住这么多年的心也一下子复苏欢跳起来。

森格回来趴在帐篷边吐着舌头，梅朵和年周的笑声远远传来，阿妈摸了摸身下不知道啥时候旦增铺上的羊皮和身上盖着的衣服。她不想起来，她想这样静静地躺着，看着湛蓝的天空和洁白的云朵，闻着青草和野花的香味，听耳边轻轻的风吹过草尖的声音，听旦增干活儿的声音。她想一直这样躺着，直到永远。这一刻，似乎离她很近，就在眼前，近在咫尺，又似乎很远，让她不敢相信这是真的。

夕阳西下时，年周才依依不舍地踏上了归途，一同离开的还有旦增。看着两匹白马在夕阳下长长的影子越来越远，梅朵和阿妈的心一时间都空了，恨不得变成天上的雄鹰，能每天远远地看着他们也是一种幸福。两个人收拾了一下就躺下了。梅朵和阿妈都知道对方睡不着，阿妈就给梅朵说旦增讲的省城的新鲜事，讲共产党、讲解放的老百姓，但按照旦增的吩咐，她没有跟梅朵说旦增就是共产党。

第八章　阿爸索南

旦增和年周走得很快，在如洗的月光下，两个年轻的男人、两匹矫健的白马走在草原上。年周给旦增说着尕德寺的事，旦增给年周讲外面的世界，好奇的年周问这问那，不知不觉到尕德寺的时候，月亮已经在很高的夜空了。

阿爸索南还没有睡，就着一盏小小的酥油灯边念经边等年周回来，担心年周在路上遇到意外。他听到远远传来两匹马的蹄声，不禁有点儿诧异，一匹是年周的，另外一匹是谁的呢？月光下看起来是个青年男子，身影似乎很熟悉。

直到两匹马走上山，到了寺院跟前，阿爸索南才看清楚是做买卖的旦增。他装作生气骂了年周一声，年周不好意思地吐了一下舌头，牵着两匹马休息去了。旦增给阿爸索南施礼后，在阿爸索南炕前的木榻上坐下，接过阿爸索南亲手递过来的熬茶。

阿爸索南听到窗外已经安静下来，急切地问："现在省城那边怎么样?"

"现在省城和周边暂时还算安宁，一些国民党的残余势力都跑到了省城周边化整为零，伺机反扑。他们歪曲共产党的政权，进行反共宣传，污蔑共产党来了后就会抢走老百姓的地、牧场和家里的财物，要共产共妻。一些农民和牧民不知道共产党的政策，受到他们的诱骗，受到他们的裹挟，也准备马匹、拿起各种武器，准备和我们对抗。根据我们其他情报，就在你们尕德草原上，已经发现管家和一些国民党残余势力勾结蠢蠢欲动!"旦增简明直接地将草原的敌情大致讲给阿爸索南。

原来，旦增和阿爸索南以前就有交往。旦增通过在草原上长期走家串户，在同各种层次的人交往中得知阿爸索南是个德高望重、深受老百姓爱戴的老人。阿爸索南以一颗善良的心护佑着这片草原，他对每一个草原上的生命都爱护有加，是一个心地善良、有正义感、笃信佛教的老人。在每个人的眼里，他不仅是个知识渊博、与世无争的佛教徒，更是一个尊敬的长者，每个人遇到困难都不喜欢找头人，而是找阿爸索南。但这也引起了头人的嫉恨，特别是管家。已变成魔鬼的他一心想着如何让自己变身为这片草原上的王者，让所有的老百姓都成为他的奴隶，自己在这片草原上为所欲为。心怀野心的他对于阿爸索南不能不有所忌惮，他假装善心给寺院送钱送物，想拉拢阿爸索南和自己站在一起，又安排眼线盯着阿爸索南的活动情况。

而阿爸索南对管家欲取代头人而在草原上肆意妄为的心思看得很清楚，对管家假借头人的号令肆意盘剥老百姓、欺男霸女的行为更是深恶痛绝。作为一个潜心修佛的老人，为了这片草原的安宁他只能选择忍耐，他每天都烧香念经，希望管家能从迷途中清醒过来，能发现内心中善良的一面，能将这片草原上的每个人每个生命都照顾好。他也知道如果和管家公开决裂，自己将会遭到管家一伙的毒手。而他更不愿看到的是，以后这片草原陷入腥风血雨中。他宁可自己受到屈辱，也不愿看到草原上的任何生命受到伤害，所以他只能选择忍耐。

在最初同旦增的交往中，那时的旦增还没有成为侦查员，阿爸索南认为旦增只是个唯利是图的买卖人，是个外乡人，对他不以为然。但通过几次接触后，他发现旦增是个热心、淳朴善良、有正义感的青年。旦增虽然是个做买卖的，但他不像其他做买卖的人那样对草原上的人哄骗、不讲信用、锱铢必较，没有钻到钱眼儿里。阿爸索南看到也听说旦增有时不赚钱甚至赔钱把一些物品换给老百姓，有时对实在没钱、没有东西可换的老百姓旦增也是不求回报，将千里之外远道驮来的东西送给需要的人。

阿爸索南去过省城，对新事物的接受能力也较强，他没有固执地认为这片草原是属于某个人的。他也和国民党当官的接触过，但留给他的只有失望，国民党的官员来草原只是想如何攫取钱财，如何盘剥牧民的牛羊。在同旦增接触后，他从不信任旦增到接受旦增，从接受旦增这个人到接受旦增从省城带来的新思想，两个身份不同的人惺惺相惜，成了互相信任的人。从那时起，和旦增见面成了他最期待的事，他需要从旦增这里了解外面的变化，了解省城的情况。当然为了防备管家的眼线，他和旦增见面都是避开其他人，甚至阿爸索南身边的年周也不知道旦增和阿爸索南深层的关系。

在同旦增的交往中，阿爸索南知道了省城翻天覆地的变化，知道了国民党已经被打败，知道了共产党已经在省城建立了新政权，还知道并接受了旦增这个藏族共产党员所说的他们的主张和政策，也从内心里接受并欢迎共产党的领导。他急切地希望共产党能早日到这片草原来，赶走狠毒的管家，让所有奴隶翻身解放，都有自己的草原、有自己的牛羊，在草原上过吉祥的生活。

夜已经很深了，小小的石头窗外一片寂静，在昏黄的酥油灯下，一老一少低声交谈着，远处的山里偶尔有狼的嚎叫声传来，但两个人都不以为然，他们的思绪已经飞到了千里之外的省城，飞到了将来这片美丽的草原。

直到深夜，旦增才侧身在阿爸索南炕前的坐榻上躺下，不一会儿就发出轻轻的鼾声。阿爸索南轻轻下了炕拿出薄薄的被子盖在旦增身上，又用手指掐灭酥油灯，躺在床上却思绪万千，一点儿睡意都没有。

第九章　使　命

在遥远的省城简陋的四合院里，在昏黄的灯光下，蒙处长坐在凳子上，一支接一支地抽着烟。不知不觉中烟头烫到手指了，扔在地下，又卷了一支划了根火柴点燃。自从侦查处成立后，他就没有睡过一个安稳觉。从与敌人面对面的浴血战斗到与敌人秘密展开较量，刚开始他极不适应，渐渐地他发现他的新工作实质上远比组织几场战役重要。他也是在与敌人展开生死战斗，只是看不到硝烟；他每时每刻都在与敌人交锋，这些却是别人看不到的。战斗的残酷性、复杂性、危险性也是别人难以想象的。从不适应到渐渐接受，再到喜欢热爱上这份工作，蒙处长在很短的时间里完成了角色的转变。在薛局长的指导下，他很快适应了新工作，人也变得比以前更沉稳，考虑问题也更周密了。

此刻，蒙处长正在为千里之外的旦增和其他像旦增一样的同志担心。

接受新的工作后，在薛局长的支持下，他从刚得到解放积极入伍的人中挑选了一批政治合格、素质好、觉悟高的年轻人充实到侦查处。

旦增是丹格尔人，母亲是汉族，父亲是藏族，父母在他很小的时候就去世了。自父母去世后年幼的他靠给草原上的头人放牧为生。在丹格尔这个藏文化和汉文化交融的地方，他接触的既有汉族的文化又有藏族的习惯。稍大点儿后他借了债凑了点儿本钱，买了一匹马，开始从丹格尔将汉区的物品运到草原深处，将草原上的牛羊毛、药材、马匹等换回到丹格尔。由于本钱少，旦增心地善良凭着良心做买卖，因此累死累活挣的钱也只能勉强养活自己。他的足迹几乎踏遍了周边的草原，虽然多次遇到野兽、土匪的袭击，但他觉得草原上善良的老百姓需要他，因此还是坚持了下来。

在解放军进入丹格尔城后，旦增看到来的解放军和以前见到的国民党军队是完全不一样的队伍，不管是当官的还是当兵的都是为老百姓着想的人。在看到路上张贴的招兵布告后，他毫不犹豫地报了名。由于他特殊的经历和条件，加之略懂文化，很快就被蒙处长选中。根据他以前做买卖走草原的经历，他继续牵起他的白马做小贩，继续走进草原深处，他的任务就是秘密调查藏匿到草原深处的国民党残余势力的情况。

风里来雨里去，旦增凭着一腔热血和忠诚的信念，牵着白马行走在草原深处，历经千辛万难而信念不改。他加入解放军前有时候走在草原上确实很怕，但现在他一个人独行在草原却毫不畏惧。有时候被困到草原时，他就想想刚发下来还没穿上身又被收走的军装，想想蒙处长在临行前的嘱托，就觉得自己不孤独，身后有新生的国家、有其他的同志，这样的信念支撑着他渡过了一次次难关，战胜了他人无法想象的困难。

在别人眼里，旦增依然是那个在草原上独行的小买卖人，他真实的身份只有蒙处长和局长几个人知道。虽然参加工作时间不长，但旦增经历的磨难和稳重的性格使他深深牢记保密是侦查工作生命线的纪律，也非常适应这个工作，很快就进入了新的角色。虽然身份变化了，但他毫不张扬，白马还是那匹白马，褡裢还是那个褡裢，旦增还是那个黑黑的旦增，任何人都看不出他有丝毫变化。

此时此刻的蒙处长，依然不停地抽着烟卷，他派出去的旦增离开快一个月了，但没有丝毫的消息传回来。他去的那片草原目前敌情非常严峻，旦增稍有不慎就会暴露甚至牺牲在敌人的手中。如果不及时查清敌人的情况，新生的政权就会陷入危险。蒙处长也从其他渠道收集草原上的情况，但收效甚微。没有准确情报的支持，省委下一步工作就无法展开，蒙处长此刻感到肩头责任的重大。

第十章　陌生人

旦增沉睡在阿爸索南炕前的坐榻上，他知道目前阿爸索南这里还很安全，因此他睡得很沉。在梦里他梦见自己在梅朵家的草原上，梅朵和阿妈在草原上对着他笑，可是森格却在他身边大声叫着。

忽然，他猛地惊醒了，睁开眼睛透过小小的窗口发现外面的太阳已经升起很高了。小石头房子外面年周的藏獒却一直叫个不停，阿爸索南的床上是空的，他赶忙穿好藏袍走出小石头屋。在崖边，年周手搭在眉前看着远处向寺院方向缓缓而来的几匹马，嘴里喃喃自语：“看马好像是头人家的，人却不像！”

年周转身回伙房给旦增熬奶茶去了。一般情况下只要年周呵斥一声，藏獒就不会叫了，而今天年周却任凭藏獒叫着。

旦增草草洗把脸，吃了年周端上的糌粑和风干肉，来到寺院后面的柏树下向阿爸索南道别，然后牵着自己的白马下山。年周送了一段后虽然依依不舍但想着还要回去服侍阿爸索南，两个人这才挥手告别。

旦增刚下到山脚时，他遇到了在尕德寺上面看见的那几匹马。在草原上只要遇见其他人，不管认识不认识都要问候聊几句。旦增远远发现最前面领路的就是衣着华丽的吉宝管家，后面却是几个以前从没见过的人，从面相看有藏族还有汉族。

旦增赶忙拉住马伫立在旁边，等管家他们走近后向管家施礼，也给另外几个人施了礼。管家呵呵笑着下马走到旦增跟前，拍了拍旦增的肩膀。

"我远远看着就像你，旦增你这趟买卖不错吧?"吉宝管家脸上露出关心的笑容问道。

"托管家你的照顾，买卖还可以!"旦增尊敬地回答。

在草原上，好多头人家的管家都看不起做买卖的，虽然生活中离不开这些串草原用自己的双脚联通草原和汉区的买卖人，但心里还是觉得是这些买卖人将草原上的好东西骗走了。以前吉宝管家对旦增的东西随意压价，将自己的东西以次充好，旦增不愿意，管家就拉下脸。在人家的地盘上，旦增也无可奈何，因此旦增尽量不去头人家，不和管家做买卖。

而今天管家见到旦增却显得非常热情客气，这让旦增感到非常奇怪。

管家吉宝是个有心机的人，对觉得对自己有用的人就满脸堆笑，施以小恩小惠，以笼络人心，对觉得软弱没用的人就肆意欺凌。

以前不把旦增看在眼里是觉得旦增只是个做买卖的外乡小贩。但最近他突然认识到旦增这样的小贩对于他们这样消息闭塞、处于草原深处的人是极为重要的。他们不但带来了许多没见过的好东西，更重要的是他们可以把省城那里的变化、局势、老百姓的生活等情况最直接地传递过来，这是一个极为重要的信息渠道，这也是他最近才意识到的。因此，他一改对旦增的看法，极为热情地和旦增打招呼。

“旦增兄弟，我今天还有事，你这两天一定到我家来，我家的羊肉可是又肥又嫩，我还有好东西要给你！”管家还是满脸堆笑热情地对旦增说。

“好！好！”旦增也是受宠若惊一般连声答应着。

旦增说完躬身立在一边给他们让开路，在错身时他近距离观察到与管家同行的那几个人，更加确定了自己的看法：那几个人虽然都穿着新藏袍，但从其长相、肤色、神态上判断不是以前政府的官员就是军队里的长官。

待管家他们走远，旦增牵着马继续上路。管家态度的突然转变让他心里更加不安。旦增琢磨着管家态度转变的原因，那几个人到底是什么人？他们来见阿爸索南是做什么？他们下一步的计划是什么？旦增边走边思考着，他决定过两天去管家家里吃顿羊肉，看看他到底打的什么算盘。

管家他们和旦增分开后继续上山，管家媚笑着对后面的几个人说：“这个买卖人在我们草原上做买卖好几年了，我还真没想到他的价值这么高，这还多亏几位长官的指导栽培。只要给他钱，我们就会知道省城那边的情况，对我们的计划大有用处，以前我怎么就没想到呢？”

后面马上一个年龄大些稍胖的人对管家说：“管家天天忙里忙外为头人和部落的事操心，没考虑到这些也是正常的，这些年你可是为头人和部落操了不少心啊！”这人说话说得滴水不漏，看似褒扬了管家，同时也让管家知道他们了解管家的所作所为。

“这些都是我们做下人的应该做的。”管家不敢再说，见前面上山的山路很窄，便甩了一马鞭到前面领路去了。说话的人，脸上露出一丝不易察觉的冷笑。

时间不长，几匹马就来到寺院，管家几个人远远下了马。得到年周的报告，阿爸索南从后山缓缓走过来，对迎上前来的管家说：“欢迎尊敬的管家光临尕德寺！”又看看后面的几个人。

“这几位是?”

管家急忙说：“这几位可是尊贵的客人!”然后和阿爸索南一起将那几个人迎进阿爸索南小小的石屋子里。

几个人给阿爸索南献上哈达送上礼品，年周端上酥油茶、糌粑后知趣地退下了。

看到四周没人了，管家才向阿爸索南介绍，胖点儿的是国民党省政府的唐秘书长，另外几位是国民党的地方官员和部队的长官。一听是国民党的长官，本来就对国民党失去希望的阿爸索南对突然来访的这几个人只是微微点头。

待介绍完坐定，盘腿坐在小炕上的阿爸索南说：“几位长官来这个小寺，想必是有啥事吧?”

唐秘书长喝了口茶，习惯性地清了一下嗓子后说：“尊敬的阿爸索南，那我就开门见山了，现在共产党的部队已经到了省城，共产党虽然看似胜利了，但我们没有败！我们还有许多许多的勇士留了下来，我们的勇士已经深入到每个草原，共产党是打不垮我们的，他们是待不长久的!”

唐秘书长端起茶碗又喝了口茶，用眼角暗暗看了看阿爸索南的反应后接着说:“现在我们要做的就是把草原上的所有男人都发动起来，团结起来和共产党干。这样我们就能把共产党赶出我们的草原，这样才能不让他们杀光我们的女人和孩子，抢走我们的牛羊！尊贵的你有头人家的血统，将来你就是整个草原最大的头人，草原上所有的人也都会听你的!”

阿爸索南看似认真听着他的话，手中的念珠转动得很快。

唐秘书长边说边看阿爸索南脸上的表情，但他发现阿爸索南脸上的表情没有丝毫变化，他不知道阿爸索南是没听懂他的话，还是对他讲的不感兴趣。

唐秘书长继续说道：“共产党不久就会派他们的解放军到这里，他们会烧了你现在住的这个寺院，把这片草原上的男人全都杀光，把女人和所有的牛羊都抢走。为了不让他们的屠刀杀到这里，我们和管家已经商量好了，按照以前部落出兵的惯例，每家出一个男人，自己准备枪和刀，还有战马，到头人家集合，没有枪支的，由我们负责配备，家里没有男人的就出钱出劳役。阿爸索南你看，这还需要你这样德高望重的人和头人一起发布出兵令，头人现在病得很厉害，但我们知道只要你说句话，这片草原上的人都会听的！”

说完，被不动声色的阿爸索南逼着说出底牌的唐秘书长期待地看着阿爸索南。

唐秘书长是在国民党政府仓皇逃离古城时，主动要求留下来的。他知道匆匆起飞的飞机上没有他的位置，作恶多端的他也知道共产党不会放过他的，与其坐以待毙，不如与刚进城的共产党决一死战。他看到国民党的官员和部队投降的投降、逃亡的逃亡，知道共产党几乎解放了全中国。他不甘失败，召集了一些死心塌地的残部，收拾了一些武器、银元金条，在当时解放军大军压境的态势下，如丧家之犬一般逃进广袤的草原。

在逃亡的路上，在下属的介绍下他们来到了尕德草原，找到了管家吉宝，欲借管家的野心将这片草原变成反共游击根据地。同样心怀叵测的管家，想的是利用国民党的势力让自己取代重病当中又无继任者的头人，成为这片草原真正的头人，成为这片草原的王者，这是他多年来所梦寐以求的。只要成了这片草原真正的头人，这片草原上所有的奴隶都是他的，所有的牛羊也都是他的，只要他想要，所有的一切都是他的。

怀着不同的目的，他们一拍即合走到了一起。管家以前认为这片草原离省城近千里，省政府鞭长莫及无力管辖制约他们，这里就是个独立王国。但和唐秘书长在一起后，他不得不承认自己是个井底之蛙，他才知道中国有多大，人口有多少，国民党的武器多么先进。于是他彻底放下架子，心甘情愿地当起了学生，接受唐秘书长的领导，这也是管家能屈能伸之处。也是在这时，他开始懂得要随时掌握省城的情况，掌握外面敌人的信息是多么重要，这对于他的一生来说是个质的转变。他的目光开始看得很远，暗暗地，管家的野心也开始膨胀起来，他已不满足仅仅当这个尕德部落的头人了。

更令他吃惊的是唐秘书长他们用一个小小的铁匣子，叫电台的东西，就能和很远很远的地方取得联系，接受上级的指令。还听说飞机会绕道给他们投下武器弹药等物品，那些武器是他从未见过的，比草原上的杈子枪厉害许多。

在阿爸索南昏暗的小石头房子里，气氛异常沉闷。阿爸索南脸上依然是波澜不惊的表情，眼睛似睁似闭，手中的念珠转动着，嘴里喃喃念着经文，好像一直没听他们说什么，只是在念经。管家在旁边想说，又不知道怎么说，唐秘书长他们也不清楚阿爸索南的态度，不知道接下来怎么说。

一时间空气好像都凝固了。

好久，阿爸索南的眼睛微微睁开，声音低沉但有力："现在我们遇到的一切，都是我们前世所造，遇到朋友是缘，遇到敌人也是缘，相遇是缘，错过也是缘，因此我们一定要努力结善缘，然后惜缘、随缘！"

阿爸索南扫了一眼继续说："我只希望每天烧香念经，让草原上所有的生命都脱离苦海。战争只会让草原上的生命陷入无尽的苦难中，这是佛祖也不愿意看到的！"说完就闭上了眼睛，口中念经的声音明显地大了起来。

很显然，阿爸索南已经表明了态度，不想谈了，也是你们可以走了的意思。

一旁的管家正欲开口，唐秘书长使了个眼色阻止住管家，微微一笑，依然满脸谦恭。

"那好吧，尊敬的阿爸索南，愿你早日拯救老百姓于苦海，也愿你早日功德圆满，我们告辞了！"唐秘书长起身带管家几个人对阿爸索南施礼后出了门，年周在外面看到几个人要走，连忙把马牵过来，管家他们上马挥鞭而去。

送走管家他们，年周赶紧进到阿爸索南的房子，发现阿爸索南闭着眼睛在默默念经，眉头紧锁着，阳光照在他手中的黑玛瑙佛珠上，佛珠转动得很快。

唐秘书长几个人下到山底，路上一直沉默不语的唐秘书长拽住马回头看了看山腰间的寺院，嘴里狠狠地说了句："老狐狸！"转头又对管家说，"把那个做买卖的也盯住！"

等几个人策马回到头人家用石头和木头筑起的高大宽阔的庄园时，已经快黄昏了，大门外几个藏兵来回巡逻着。

下了马，唐秘书长几个人走进低矮但里面却非常奢华的客房。坐在藏毯上，仆人立即端上了酥油茶和大盘肥嫩的手抓肉，唐秘书长拿起一块肉，操起一把藏刀，从肥美的大块肉上削下来一块塞进嘴里狠狠地嚼着，脸色依然很阴沉。

自从唐秘书长到草原后，他安排眼线秘密寻找潜藏起来和被打散的国民党残余，并安排人去筹集马匹、粮草。虽然一些人投奔了他们，但唐秘书长看着那些残兵败将，知道这点儿人是远远不能和共产党的大部队抗衡的。他急需拉起一支队伍，只要在草原上他和共产党打响第一枪，其他地方的散兵游勇就会投奔到他的麾下，这样才有可能和共产党抗衡。利用吉宝让部落出兵，是目前最有效的办法。但这不是头人却比头人更有威望的阿爸索南不听自己的摆布，自己的计划没办法实现。

一直等他放下手中的刀子，大口喝了一口茶，等候在边上的副官这才上前汇报情况："秘书长，派出去的人又招回来了十几个流散在各地的兄弟，都已经安排好了。但去征集马匹招兵的困难很大，本地的男子说没有头人和阿爸索南的命令是不会出兵的，马匹也不能卖！"

唐秘书长听罢将手中的茶碗重重放到炕桌上，冲着坐在一旁的管家交代，要想办法尽快以头人的名义发出兵令，又安排副官继续和上级联系，让他们尽快空投武器和弹药。

唐秘书长又对管家说："那个阿爸索南是个麻烦，你要好好考虑一下，不能让他影响我们的行动!”

管家想着在后院卧床不起的头人：“头人已经不是问题了，现在这个院子里上上下下都是我的人，周边其他的部落我也时常送东西、送草场搞好了关系，就阿爸索南是个麻烦，也不知道他真正的想法。”

“不能站在我们这边，但也绝对不能让共产党所利用!”唐秘书长狠狠地说。

第十一章　蚍蜉撼树

几天后，旦增牵着白马来到了头人的家，管家极为热情地接待了他。

“我的旦增兄弟，你终于来了！做买卖发大财了吧?”管家挤着满脸的笑容说。

“买卖不好，现在这世道，人们没钱也没有值钱的东西可换，兵荒马乱的，我也不想再干了。”旦增垂头丧气地说。

“没关系，没关系，你还要继续干！这些年我可是一直把你当成兄弟，以后你这褡裢里剩下多少东西我全都买了，来来来，先吃饭!”

旦增第一次坐在头人家里铺着厚厚藏毯的炕桌边。“我就知道管家是天底下最好的人!”旦增惶恐地对坐在上面的管家和唐秘书长说。

唐秘书长看着旦增狼吞虎咽吃东西的样子，又看到旦增唯唯诺诺和管家说话的样子，心中的疑虑打消了几分。

看到唐秘书长的神态，管家知道该给旦增说该说的了。看着旦增放下手中割肉吃的刀，用袖子擦了擦满是羊油的嘴角，他亲自给旦增添上茶，又从旁边拿过一张雪豹皮。

“旦增兄弟，这些年，你一直在草原上做小买卖，确实不易啊！这张上好的雪豹皮送给你，你拿到丹格尔那里，绝对能卖个好价钱，你这次带来剩下的东西我也给你个好价钱，以后钱不够用了你尽管说。”管家又指着唐秘书长说，“这位可是省政府的大官，其他的几位也都是政府和部队上的长官，只要你回去后把在丹格尔、省城看到的听到的情况，特别是共产党部队调动等我们需要的情况及时报告给我们，把在那里我们的人给你的东西带回来，将来等我们打回省城，我们就给你开一个大商号，你就不用这样奔波了，你看如何啊？”

旦增一听赶忙从藏毯上一骨碌爬起来，对几个人弓腰施礼后对管家说：“谢谢管家！谢谢各位长官！这可太好了，就是现在省城周边解放军查得很严，没有通行证根本不让过。过卡子还要检查，我害怕把你们的东西给扣了，我回来可赔不起。”

唐秘书长微微一笑：“没关系，你目前只要把所看到的听到的努力记在脑子里，回来告诉我们就可以。”老奸巨猾的唐秘书长对旦增还不是特别信任。

“只要管家将来真的给我开个商号，我一定按照你们的吩咐办！”

看着旦增眼睛里冒着兴奋贪婪的光，唐秘书长似乎放下心来。

旦增终于知道管家态度变化的原因了，也明白如果不答应他们，自己必定离不开这里。如果自己将计就计答应他们，对自己的工作也是大有益处，利用这个身份，自己在草原上可能会避免不少麻烦。他为了取得管家他们的信任，把自己装成一个贪图钱财、唯利是图的小贩子，答应了吉宝的要求。

旦增在头人家待了两天，带来的货全部让管家买走了。这两天他睡起来就四处转转，到吃饭时就狼吞虎咽放开肚子吃，吃得太多闹肚子晚上还上了好几回厕所，让别人觉得旦增就是个没见过世面的好吃唯利之徒。其实旦增在暗暗观察着周围的变化，尽量观察记住头人家的情况和唐秘书长他们的举动。

第三天早晨，旦增收拾好东西，去和唐秘书长他们告辞。管家又悄悄塞给了他一些钱，又让下人拿了些糌粑、风干肉等路上吃的，并嘱咐他别忘了所说的，抓紧时间到省城，然后把省城的情况带回来。

临走时，唐秘书长把旦增叫到了一旁，把一个用绳子扎得严严实实的小包袱交给旦增，说这里面是非常重要的东西，再三嘱咐他要保护好，到了丹格尔城后把这个交给做毛皮生意的张老板。

旦增把小包袱揣到了怀里，牵着马出了门，故意绕了个大圈子后直奔尕德寺。

他通过这两天的观察，发现又有一些人来投奔唐秘书长。唐秘书长几个人鬼鬼祟祟的，看起来好像正在计划着什么。旦增急着想从阿爸索南那里摸清管家他们的想法，然后赶回丹格尔把草原上的情况汇报给蒙处长。

褡裢很轻，白马休息了几天体力恢复后走起来很快，太阳到正南时，旦增已经在尕德寺的山道上了。

到了寺院跟前，年周跑着迎过来，旦增大声说："我要回去了，来看看阿爸索南有什么东西要带的。"

年周说："阿爸索南在后山柏树下修行，我去请他！"

旦增赶忙说："不敢麻烦阿爸索南，我去给他磕头。"

旦增绕过寺院到了侧山后面的柏树下，看到阿爸索南在柏树下闭目打坐，便轻轻走到跟前给阿爸索南磕头。阿爸索南睁开眼睛，见是旦增，微微一笑，让他坐在边上的石头上。这里比较僻静，外人也到不了跟前，很适合两人说话。

旦增把在头人家看到的和管家他们对他说的跟阿爸索南大致说了一下，阿爸索南听完，眉头皱得更深了。

"我这些天一直烧香念经，祈求管家他们不要发动战争。现在看来，管家他们已经变成魔鬼了，但邪不压正！你放心，我会全力阻止战火的。他们让我同意出兵，我是死也不会答应的！”

告辞阿爸索南，旦增又赶到梅朵家放下了一些物品，然后急匆匆地踏上了回去的路。

旦增风餐露宿，跋山涉水，赶到丹格尔城时已经是十余天之后了。

就在旦增走后的一个漆黑的夜晚，唐秘书长和管家带了一些亲信赶着驮牛，来到一片空旷的草原，望着夜空焦急地等待着。

等了许久，夜空里隐隐传来飞机的轰鸣声，唐秘书长按捺不住内心的激动立刻跳了起来。

“来了，来了，终于来了！赶紧点火！”

深夜的草原上，熊熊燃烧的几堆篝火特别醒目。飞机盘旋几圈后，几个白色的降落伞在夜空中缓缓落下，管家赶紧吩咐其他人将空投下的物资驮上牛背，在浓浓的夜幕下匆匆回到头人家。

第二天夜里，在头人家低矮的客房里，密密麻麻站满了人。唐秘书长、管家等人站在前面，面对十几个从各处投奔来的前下属骨干，唐秘书长郑重地打开了一张纸。

“现在宣布委任令！”

十几个下属立马挺直身体肃立，管家和他的几个手下见状也将身体挺得笔直。

“为光复大陆，特委任唐维夫为反共救国军司令、委任李贤忠为副司令、委任吉宝为副司令……”

被现在的唐司令网罗来的骨干和管家的手下分别被授予了相应的职务。念完委任令后，所有的人对着唐司令高高举起的委任令毕恭毕敬地敬礼，一时间都兴高采烈，互相祝贺。

唐司令收起委任状，干咳了一声，下面安静下来。

“恭贺各位！今天各位被党国授予不同的职务，这一是党国对各位的信任和希望，望各位不要辜负党国的期望，鞠躬尽瘁完成反共救国大业，将来你们都是党国的功臣。二是说明党国没有忘记我们，党国在关心着我们的反共救国大业！”刚就任的唐司令环视了一圈激动的下属又说了起来，“就在昨晚，党国给我们投下了武器弹药、电台、经费。党国不仅给我们颁发了委任状，还让我们知道在省城的附近、在其他的草原上还有我们的兄弟在活动，我们不是孤军奋战，将来我们共同行动，一定会把立足未稳的共产党赶出去，光复我们的党国事业！”

唐司令又拿出几枚青天白日勋章，郑重地戴在了几个骨干的胸前。

“党国对我们寄予了厚望，知道我们在艰辛的条件下从事反共事业，也清楚每个人对党国的贡献，特授予几位先进以青天白日勋章，望各位同仁精诚团结，不成功则成仁，成就我们反共救国大业！”

一席话说得所有人都群情激奋、摩拳擦掌，似乎所谓的反共救国大业马上就能实现。

第十二章　见　面

千里之外，在太阳快落山时，旦增进了丹格尔城，此时已是人困马乏。在城外的秘密联络点里，他留下了要和蒙处长见面的消息。

在刚刚解放鱼龙混杂的丹格尔城里，他分不清每一双眼睛后面真实的想法、每个人的真实身份。纪律也要求他不能和其他任何人联系。

在熟悉的一家车马店里，他简单洗漱后很快就进入了梦乡，他确实太累了。

等他睁开眼睛时天已经大亮，窗外已经是人声嘈杂。旦增下意识摸了一下胸口，发现唐秘书长的东西还在，心里踏实了下来。他起身在院子里洗了把脸便出了门，一路上跟认识的人热情地打着招呼。旦增发现有些铺子关门了，也有新开张的。当缓步沿街走到一家小商铺时，他发现柜台上放了一个木头牌子，上面写着“高价收购草原各种药材”，他知道蒙处长已经到了。

旦增扫视了一下四周，见无人注意他便闪身进了铺子，店里柜台后面的伙计见有人进来便满脸堆笑地迎上前来。

“阿吾（哥）要点儿啥?”

“我有雪山最好的虫草，你们要不?”这是旦增和蒙处长约好的暗号。

“干透的草就要，可以给高价!”对方对上了暗号，旦增微微一笑。伙计收起笑容带着旦增穿过一个小小的侧门，将旦增领到后院僻静的一间房子里。不一会儿一个熟悉的身影出现了，两双大手紧紧地握在了一起。

在解放军解放古城时，见大势已去却不甘失败的国民党将一大批顽固分子伪装成各种身份潜伏了下来，甚至有些混进了新政府。他们伪装成积极分子，伺机进行破坏反扑。离省城数十公里外的丹格尔城由于独特的贸易交通位置，更是敌情复杂，所以蒙处长只能这样和旦增见面。

“昨晚接到你的消息，我天没亮就出发了。旦增，辛苦你了!”

旦增舔了舔干裂发紫的嘴唇：“没事儿!”脸上还是憨憨地笑着，眼睛里却满是激动的光。此刻在蒙处长面前，他从刚强的汉子变成了归家的孩子，他终于感觉回到了家。

小院四周隐蔽处，蒙处长的手下远远警戒着。旦增尽量详细地把这趟草原之行发现的情况汇报给蒙处长。旦增从身上藏袍怀里拿出一个一尺见方的小包袱，包袱不大却被绳子扎得严严实实，递给蒙处长后说：“那个秘书长让转交的就是这个。”

蒙处长接了过来，拿手轻轻一摸，感觉里面软软的，不像是硬的东西，也不重，却捆扎得异常严实。

蒙处长轻轻推开房门，不远处一个担任警戒的侦查员立即走了过来。

“这个包袱拿过去想办法仔细检查一下，要特别注意，包袱上绳子的捆扎方法很复杂特别，检查完后原样扎好，不能让别人看出被打开过!”蒙处长又把一张纸条交给侦查员，纸条上是刚写的皮毛店张老板的情况，“马上安排几个人把这个人秘密查一下，看看他什么背景。”

“处长放心！马上去办!”来的人把包袱揣到怀里，匆匆走了。

蒙处长掩上门坐下，继续听旦增汇报。

“这个唐秘书长把这个包袱给我时说，这里面的东西十分贵重，让我亲手交给这个张老板，我想这里面是不是有什么重要的秘密。”

“你放心，他们去检查了，这个张老板也安排人去查了。”

“唐秘书长他们每天都神神秘秘的，不知道在做什么，但可以肯定的是他们在招兵买马，准备大的行动。”旦增着急地说。

“根据我们的情报，在个别草原，在国民党顽固分子的教唆蒙蔽下，一些老百姓也加入了他们的所谓反共救国军，他们正在筹备弹药武器，伺机反扑。在省城潜伏的特务也蠢蠢欲动，敌情现在非常严峻。你带来的情报非常重要，我回去就向局长汇报。”蒙处长眼睛中带着忧虑，又深深抽了口烟。

时间一分一秒过去，旦增尽量把一路上的情况详细汇报给蒙处长，怕漏掉什么重要的情况。他的工作要求他把所看到所听到的尽量记住，不停地分析里面隐匿的信息，从中发现可疑的情况，这是一个侦查员最基本的素质。同时尽量全面地收集一切信息，自己看似不重要的东西在别人眼里可能是极有价值的情报。

门外传来轻轻的脚步声，可以明显听出来这脚步声是故意发出来的，是提醒房里的人也是防止自己无意当中听到不该听的。

蒙处长推开房门，在门口和来人低低谈了几句，接过包袱后又掩上了门。

“包袱仔细检查过了，里面是一张上好的猞猁皮，没发现里面有什么可疑的东西，唯一可疑的是就一张猞猁皮没必要扎得这么严实。这种捆扎方法在这边极少有人使用，让我们的同志费了不少脑筋。那个张老板也初步查了一下，以前是国民党政府的一个职员，几年前辞职在这里开了一家皮毛店，做贩卖各种皮子的生意。目前还没有查出什么可疑之处，还在深入查。”蒙处长说。

“那我下一步怎么办？”旦增问。

“你等会儿就把包袱送给那个张老板，注意观察他的可疑之处。我现在马上赶回去向薛局长汇报你带来的情况，你还要继续去草原，这两天你一方面备货，一方面休息一下，具体情况我们下次见面时再谈。”

两双有力的大手再次紧紧握在一起，许多话已经不用拿语言来表达了。

还是那个伙计，带着旦增从前面的门出去。出了门，旦增又变成那个满脸风尘的小买卖人了。

旦增边寻找那个张记皮毛店，边观察四周有无形迹可疑的人。偶尔有穿解放军制服的人走过，他依然如同以前，早早闪在路旁。似乎，政权的更替对他没有任何改变，旦增依然是以前的旦增。

这条街不长，旦增很快就找到了张记皮毛店。简单的门面，门头上写着“张记皮毛店”，旦增大步走进店里，一进门就闻到一股浓浓的毛皮膻味。见有人进门，低矮的柜台后面，一个蓄着小络腮胡、带着礼帽、大约五十多岁老板模样的男子站起身，推了推鼻梁上的茶色石头眼镜热情地说：“兄弟，一看你就是刚从草原回来，有啥好货？”

旦增从宽大的藏袍怀里掏出管家送给他的雪豹皮递给了他。男子接过去，轻轻抚着雪豹皮上极为漂亮的毛，翻过来翻过去细细看了又看：“不错不错！没有伤口，冬天的皮子，好东西！好东西！这个东西不常见。”

“你是张老板吗?”旦增问道。

“就是！就是!”张老板放下手中的雪豹皮，满脸堆笑。

“你一个朋友让我给你带了点儿东西。”旦增掏出唐秘书长给他的包袱放到柜台上。

旦增发现张老板一看到包袱时，脸上的肌肉突然轻轻抽搐了一下，茶色石头眼镜后面的眼睛里露出一道复杂的光，那道光似乎让人感到可怕，但转瞬即逝又恢复正常，如果不注意很难发现张老板眼睛里的那道光。

“这是哪里的朋友带给我的?”张老板似乎不经意地问，手依然翻来翻去看着小包袱。

“一个姓唐的，说是你的朋友。”旦增说。

“姓唐的，会是谁?”张老板摸着脑袋好像在努力思索着，眼睛却盯着手中的包袱。旦增发现这个张老板石头眼镜后面眼睛的余光在暗暗打量着自己。

“哦，记起来了，是以前政府里的。”张老板终于拍了拍脑袋。

“来、来，兄弟里面坐!”张老板热情地把旦增让到里面后院一间收拾得甚为干净的客房里，让人端上了八宝盖碗茶，不一会儿又端上了刚烙的白面酥饼和刚出锅的手抓羊肉。

旦增肚子早就饿了，看到面前如此诱人的美味，便放开肚子狼吞虎咽吃了起来。在草原上奔波的人吃饭是不会客气的，因为不知道自己的下一顿在哪里。

张老板看着旦增一口酥饼一口羊肉，也不说话，只是不停地给旦增茶碗里添水。说真的，这顿饭是旦增最近吃过的最好的一顿。

等旦增放下茶碗坐正身体，张老板这才问道:“那个唐长官是不是现在很瘦了，他的小八字胡还留着吗?”

“他没瘦，挺胖的啊，八字胡倒是没有!”旦增知道张老板在试探自己，索性把看到的情况详细描述给他听，“那个长官现在天天穿着藏袍，其他人都晒黑了，就他还是白白胖胖的，说话还是省城人说话的样子。他手下有很多人，还背着枪。”

张老板压低声音说：“这些可不能跟别人乱说，现在是共产党的天下，我们要接受共产党的领导，他可是以前国民党的人。”他又指着包袱问，“这里面是啥东西？你打开过没有？”

“没有！没有！唐长官的东西我可不敢打开！”

张老板石头眼镜后面的目光扫了一下旦增，双手熟练地解开绳子，将包袱打开。一张毛色极为漂亮的猞猁皮呈现在旦增眼前，张老板还当着旦增的面里外翻看了一番，确实只有一张皮子，里面没有夹带其他东西。

“难得啊，到这个地步了还给我捎皮子。你回去告诉他，谢谢他还记得我，还记着我喜欢皮子。这猞猁皮可是好东西，冬天雪都不往上面落。现在兵荒马乱的，也能值两个银元，你见了他跟他说银元就放在我的店里，他需要可以随时打发人来取。你再告诉他，我这里生意还好，希望他早点儿回来，共产党的新政府现在好得很，他一个汉人待在草原里也不习惯，不如回来跟新政府说清楚，安安稳稳过日子。”

旦增见张老板似乎对唐秘书长这么远捎来的皮子不是非常感兴趣，不甘心地问有没有什么要带给唐秘书长的东西。张老板说没有了，把话带到就行。旦增只好告辞出门回到车马店里。

躺在床上，旦增越想越觉得有点儿迷糊。唐秘书长这么远把一张皮子带给这个张老板仅仅是朋友之情吗？这个张老板看似是一个好人，他到底和唐秘书长是什么关系？现在草原里又是什么情况？太多太多的为什么充斥在旦增的脑子里。

旦增和蒙处长再次见面已是第二天了，还是在那个小院里，只是旦增更加慎重，反复确认没有异常情况后才进入小院。按照蒙处长的嘱咐，目前情况不明，敌情形势严峻，要更加注意保密，要注意任何一个细节。

没有寒暄，旦增向蒙处长详细汇报了和张老板见面的情况，将自己的感觉也告诉了他。

“根据我们的调查，这个张老板城府极深，背景也很复杂，虽然还没有发现他真实的身份，但这个人绝不是一个简单的人。在没有摸清他底细的情况下，和他打交道一定要慎重再慎重。我们回去后跟局长一起分析那张猞猁皮是啥意思，大家一时也猜不透。草原里的唐秘书长目前急需省城这里的情况，为什么张老板只字未提，这也是可疑之处，难道他们真的只是普通的朋友？局长已经向省委详细汇报了你发现的情况，现在你要趁还没下雪，再到草原里去，把那里的情况摸清楚，把里面的情况及时送出来。”临分别时，蒙处长又嘱咐了注意的事项、任务的细节，“一定要注意自己的安全！我等着你安全回来！”两句话说得旦增眼睛湿润了。

旦增三十多岁了，参加革命后应该在省城娶妻生子。但现在敌情特殊、形势严峻，除了他没有合适的人能深入到草原，只能让他独身一人跋山涉水完成任务。看着旦增离去的身影，蒙处长暗下决心，这次任务结束后一定要给他成个家，旦增吃的苦太多了。

第十三章　表　白

几天后，当太阳刚刚在东方探出头时，旦增和他的白马又走在了茫茫草原上，白马背上的褡裢里装满了置办的小物件。蒙处长的话就在耳边，但当旦增再次独自踏进这片草原后，一切都要靠他随机应变了。

白天他和白马穿行在草原上，黄昏时就找个帐篷住下来，好在草原上的人都很好客。实在找不到就找个山崖的背风处点着一堆火，防备野兽的侵袭，自己在火边裹在藏袍里就地而卧。

高原的天一天有四季，一会儿艳阳高照，一会儿又风雨交加，一会儿又下起鹅毛大雪。一条条河流、一个个高原湖泊镶嵌在草原上，滋养着高原上的生命，也成了进出草原的地理标志，不然在茫茫草原，人们极易迷路。好在旦增和白马在草原闯荡多年，对这条自古以来的马道非常熟悉。

不知翻过了多少山、越过了多少河，披星戴月风尘仆仆的旦增看到梅朵家的帐篷时，夕阳在西方的天空已经散尽，皎洁的月亮已经挂在了天空。

夜色里，森格远远地叫着，像只牛犊般冲过来，等看清是旦增时，在边上撒了个欢儿，吐着长长的舌头跟在白马的边上。白马也好像知道到家了，脚下更快了，月光下，旦增远远看到帐篷里的炊烟冒了起来。

离帐篷还远，就看见梅朵往这边跑着，森格快跑到前面，到了梅朵跟前又折过头和梅朵跑向旦增。

梅朵和旦增已经很熟了，她一手挽着旦增的胳膊，一手接过白马的缰绳，嘴里叽叽喳喳地问这问那。

走到帐篷前，旦增把褡裢卸下放到帐篷边，坐在帐篷前的火堆边上，热滚滚的奶茶已经倒好了。阿妈笑着也不说话，只是给旦增的碗里加上酥油，梅朵则坐在地上，双手托着下巴满脸是笑，扑闪着大眼睛看着旦增喝茶吃糌粑。

等旦增吃得差不多了，梅朵睁着大眼睛故作吃惊地说："天哪！你一顿把我和阿妈几天的都吃完了，说吧，给我带好东西了没有？"

"能不给我们的小梅朵带吗！"旦增从怀里掏出一块油纸包的东西，打开后露出一块酥油一样小小的东西。

梅朵一把抢过，看了看准备放到嘴里，旦增忙说："不能吃！不能吃！"

梅朵停下来好奇地看着。

"这可是稀罕的东西，我这次去也是第一次见，这叫香胰子，是汉区的姑娘洗脸用的，用它洗脸，脸就会变得香喷喷的。"

梅朵把香胰子放到鼻子跟前闻了又闻："真香啊，阿妈你也闻一下。"

阿妈闻了一下，果然香气扑鼻，梅朵又拿着让卧在旁边的森格闻，森格打了个响鼻躲开了，三个人都笑了起来。

"为了你的好东西，我请你吃酸奶！"梅朵高兴地走进帐篷，从帐篷里拿出一盆酸奶盛了一碗，在酸奶上面放上一大把泡得软软的蕨麻果递给旦增，又凑到旦增耳朵跟前悄悄说，"阿妈猜你这几天会到，专门做的酸奶。"

旦增舀起一勺酸奶放到嘴里，发酵牦牛奶的酸爽和蕨麻果甜甜的果香混合成的独特香味刺激着味蕾，酸甜的感觉立即传到大脑、传遍全身。旦增一下子感觉周身异常清爽，身体都好像轻了许多。

玉盘一般的月亮挂在夜空，皎洁的月光洒在草原上，黑色的牛毛帐篷，不远处洁白的羊群，三张被篝火映红的脸，四周不知名的虫子轻轻鸣叫着，草原的夜是那样温馨。

旦增又从怀里掏出一条红纱巾，戴在阿妈的头上，四周的世界一下子因为这一抹红变得亮丽起来。阿妈的脸在篝火下更红润了，长长的睫毛下纯净的眼眸里散发着迷人的光芒。

旦增看着娇羞的梅朵阿妈、脸上满是坏笑的梅朵，突然想如果可以的话，将来等草原上安定了，他就这样和她们与世无争安安静静地过一辈子。在草原上奔波多年的他此时此刻感觉到了疲惫，他真的想歇一歇了。

当清晨的第一缕阳光照在旦增黝黑的脸庞上时，还在熟睡中的旦增忽然感觉一个血盆大口向自己伸来，长长的獠牙、猩红的舌头就在跟前。他一激灵下意识睁开眼睛，眼前一个巨大毛茸茸的脑袋张着血盆大口向他伸来。他下意识猛地一闪，再仔细一看是森格水盆般的大脑袋，在大脑袋的后面露出梅朵得意的笑脸，她推着森格的腰，撺掇森格用长长的舌头去舔旦增的脸。

看到旦增被惊醒，梅朵为自己的恶作剧得逞而得意地哈哈大笑。旦增翻起身假装去捉梅朵，梅朵笑着如一只小鹿远远地跑开了。

远处的阿妈装作生气呵斥梅朵说："也不让阿克（叔叔）多睡一会儿！"

旦增走到阿妈跟前，在晨曦的照耀下，在红头巾的映衬下，阿妈的脸异常美丽，一股淡淡的香胰子的香味散发开来，旦增不由得呆住了。

"看啥看！洗脸去！"阿妈头都没回对旦增说，阿妈感觉到了旦增的目光，她害怕自己的目光和旦增的目光相接，她害怕自己会融化在那炙热的目光里，她还在顽固地躲避。

旦增回过神来，他知道现在不是儿女情长的时候，他知道自己肩头的责任。只有这片草原安宁了，他才可以和梅朵阿妈在这片草原上养一群自己的牛羊，宁静地过日子。

他咬了咬牙狠下心来，心里暗暗说："你等着我，过段时间，我就会到你的身边，再也不离开！"

看着旦增吃完糌粑，牵过白马往白马背上放上褡裢，梅朵和阿妈一下子很失落，梅朵惆怅地说："就不能多待两天吗？"

不远处的阿妈没说什么，只是侧耳听梅朵和旦增说话。

"好梅朵，我还有一些事要办，等过段时间，我就回来陪你们。"旦增用余光看了看阿妈，知道阿妈会听到他所说的。

阿妈知道旦增是共产党的人，她也知道旦增身不由己，她不能强求旦增留下来。她正在抓紧时间捻毛线，她想下次旦增来就给他搭个新帐篷，再也不能让他睡牛粪堆了。

白马越过河渐行渐远，牵着缰绳的旦增一直不敢回头，也不忍回头，他知道梅朵和阿妈会一直看着他的身影直到看不见，他怕看到梅朵眼睛里的泪水，怕看到阿妈脸上的期望和无奈。

直到很远很远了，旦增才敢回头，他看到了帐篷跟前的那个红点，知道梅朵阿妈还在望着他的身影，红纱巾像一团火，更像一片霞。

转过头，旦增已抛开了儿女情长，目光里又满是坚毅。

第十四章　风雨欲来

远处的天边，乌云压着天际，翻滚着、挤压着，百灵鸟在风里翻飞着，声音变得急促，野花随风摇摆，各种虫子都停止了飞舞鸣叫，躲到了草茎下面，一场酝酿已久的暴雨就要来临。

旦增赶到尕德寺的时候，暴雨已经浇透了他的衣服，一块油布盖在马背的褡裢上，白马额头上被雨打湿的鬃毛垂下来遮住了眼睛，就连旦增的羊皮藏袍也被浇透了。

在尕德寺昏暗的小伙房里，年周往低矮的炉膛里塞进一块块劈柴，火焰冒得很高，旦增穿着汗褂站在炉膛前双手张开举着湿透的藏袍。在火焰的烘烤下，一股股热气升腾起来。火很旺，年周歪着头躲开冒得很高的火焰，把大块的木头塞进炉膛，时不时回头看看旦增，嘴里欲言又止。旦增看着他的样子，故意哼着藏曲不理他，看到年周转过头就故意躲开年周企盼的目光。

一直看到年周抓耳挠腮快憋不住了，旦增才对年周说："来，替我烤衣服！"

年周立即跳起来，身体站得笔直，双手高高地把藏袍展开，殷勤地烤了起来。旦增偷笑着坐在炉膛前，故意咳了一下，年周立即把脑袋从藏袍后面伸了出来。

看到年周的样子，旦增再也忍不住哈哈笑了起来，年周这才意识到旦增在故意整他，也故意往前两步把举着的藏袍凑近炉膛，"哧"的一声，升腾的火苗立即把藏袍里面的羊毛烧焦了一片。虽然只是把一点点羊毛烧焦了，但一股焦煳味立即弥漫开来，年周脸上也是得意的笑。

旦增赶忙说："好了好了，不惹你了！"见年周退了两步，旦增才笑着坐下。

“你和梅朵真是两个调皮蛋，真拿你俩没办法！”

映着火光，旦增把梅朵的情况详细给年周说了。临走时梅朵也嘱咐他去看看年周。说起梅朵，旦增又想起了梅朵的阿妈，沉浸在幸福中的年周没有发现旦增脸上变得凝重起来。

等衣服烤干，四下安静了，旦增这才正式去给阿爸索南施礼问好。

阿爸索南端坐在炕上，一边念经一边等着旦增。看着又是满脸英气的旦增，阿爸索南脸上露出了欣慰的笑容，而旦增发现阿爸索南消瘦了许多。

“这片草原上越来越不平安了，这种感觉越来越强了。”阿爸索南忧心忡忡地说。

“在你的福佑下，一定不会发生啥大事的！”旦增虽然也知道会发生许多事，但他还是想宽慰阿爸索南。

“前两天，管家和那几个人又来了，管家说头人让他来和我商量，我们这个部落准备发兵，让我把话放出去。我知道这不是头人的意思，我想去和头人当面说这事，但他们说头人身体欠佳，见不了任何人。见我坚决反对出兵，他们几个人很不高兴地走了。”

旦增一听这话，不由得大吃一惊，管家和唐秘书长真要准备打仗了！并且应该是很快。让部落出兵，这在草原上可是件大事，他们蒙蔽老百姓，让不明真相的老百姓和共产党打仗，让单纯的老百姓替他们冲锋陷阵，达到他们不可告人的目的，让这片草原生灵涂炭，这可是尕德草原上的一场大劫难。

“按照我们部落的惯例，只有部落遇到生死存亡的危机时，才会出兵。他们将病重的头人牢牢控制在手里，假冒头人的命令。这次来又对我软硬兼施，说得天花乱坠。幸亏我以前多次去过汉区，了解汉区的一些情况，并且从你这里还有其他地方知道共产党是为了草原的安宁而来的，不然我也会成为他们的工具和帮凶。但是草原上的老百姓不知道他们的险恶用心，不知道共产党是来让他们做自己草原的主人的，很容易受他们的骗。”

看着阿爸索南满脸的愁容和消瘦的脸庞，旦增也不知道怎么和阿爸索南说了，他现在恨不得立即飞到省城去，把这里的情况赶紧汇报给蒙处长，让他们提早布置。

旦增的大脑在急速地运转，他在草原上闯荡多年，但从没有遇到如此复杂的情况。虽然蒙处长给他讲了当前的敌情，但现实真真切切摆在他面前时，他不知道先回省城报告这里的情况，还是等和管家吉宝他们见完面再回去。

等旦增冷静下来，他觉得应该先去一趟头人家，和管家他们见面。一方面按照他们的意思把在丹格尔城看到的情况汇报给他们，取得他们的信任；另一方面旦增要去摸摸唐秘书长他们的底细，摸清楚他们的意图和人员、武器以及下一步的意图等情况，再抓紧时间赶回去把他们就要出兵的情况汇报给蒙处长。

“你要给你们的组织报个信，让他们派人劝劝管家他们不要发兵，让吉宝他们接受共产党的领导。”

善良的阿爸索南还在心存侥幸，还希望管家他们能放下屠刀立地成佛。他虽然是个开明的见多识广有着特殊身份的长者，但对时局的复杂性、残酷性还是没有充分的认识。

“我会抓紧时间回去报信的，但我现在就回去，特别是和你见完面后就回去，会让他们起疑心的。草原上虽然地广人稀，但我一路过来，有些人已经知道我回来了，这消息必定会传到管家的耳朵里，等我把带的货卖完，我就回去。”

旦增为了不引起阿爸索南其他的想法产生误会，没把唐秘书长他们安排自己打探省城形势的这个情况跟阿爸索南说。

“阿爸索南你也要注意自己的安全，保重身体！”旦增关切地对阿爸索南说。

“我的身体还可以，我最近也不去其他地方，其他人也不见。你放心，只要我不同意不点头，不出面跟老百姓说，他们是很难发兵的。你在草原上也要注意自己的安全，我已经听说管家派了许多人到草原上对外来人严格盘查。”阿爸索南说。

两个人都心事重重，陷入了沉思。一缕阳光从小石头窗子斜照进来，佛龛前酥油灯闪烁着微弱的光，香炉里的香冒着青烟，烟直直地升起，升起很高才散开弥漫在房子里。小房子里的空气好像都凝固了，只有阿爸索南手中的佛珠发出急促转动的声音。

旦增发现在阿爸索南手中黑玛瑙佛珠的衬托下，阿爸索南的手背青筋凸起，连手背的颜色都失去了红润，没有血色。

“现在情况复杂，阿爸索南你还要注意身边的人。”旦增每次来尕德寺，总感觉暗处有双眼睛以异样的眼光盯着自己，他又确定不了是哪双眼睛，所以他说话举止非常小心。这种感觉又不好跟阿爸索南说，只能这样委婉地提醒阿爸索南。

“我也怀疑在尕德寺有管家的人，不过在佛门净地，他们也不敢胡来。”阿爸索南自信地说。

旦增从褡裢里取出薛局长带给阿爸索南的礼品，双手捧起交给阿爸索南。

“这是省城公安局的领导送给你的礼物，邀请你抽时间到省城看看新省城！”阿爸索南高兴地收下礼物，问起旦增这一趟的收获，旦增兴致勃勃地给阿爸索南讲起丹格尔的变化和蒙处长跟他说的省城的情况。

夜已很深，两个人还低低地交谈着，酥油灯淡淡的光照在两个人的脸上。

第十五章　再入虎穴

几天后，当旦增看到头人家如宫殿般的庄园时，远远就看到院子四周陌生人更多了。在路上他也遇到了多次的盘查，他提了管家和唐秘书长后才得以顺利脱身。

走到门前，他发现院子里的人更多了，一些人身上还背着崭新的长枪，那些枪还是旦增以前没有见过的。旦增正要进院门，被门边上的一个藏族大块头拦住了，旦增仔细一看想起来以前在这个大块头家换过东西，人也挺好的。而现在大块头却趾高气扬斜眼瞪着旦增。

旦增装作唯唯诺诺的样子说："管家在不在？麻烦给说一下，买卖人旦增回来了要见他。"

大块头上下打量了旦增一番，炫耀地把后背上的枪取下提在手里说了一句："等着，可不能乱动！"瞪了一眼旦增，才进去禀报。

旦增环顾四周发现，头人家的仆人奴隶都不见了，取而代之的是许多背着枪的陌生汉人和藏人，院里房檐下堆了不少袋子，看样子里面装的都是粮食。

不一会儿，大块头出来了，脸上的表情变得温顺多了，走到旦增跟前弯下腰双手平托在胸前，做出"请"的姿势："阿吾，里面请！"说完弓着身在前面带路，旁边另外一个人过来接过白马的缰绳。

旦增也不客气，挺直腰跟在后面往前走去。到客房门口，大块头弓身站在门侧让旦增进去，自己退下了。

"啊呀呀，旦增回来了。"管家吉宝满脸堆笑迎上前来。客房正中的矮榻上坐着唐秘书长和另外一个汉人。

"管家好！长官好！"旦增连忙向管家和一旁的唐秘书长施礼问好。

"旦增，唐长官现在是我们的司令了，我是副司令，那位是李副司令！"管家吉宝挺着胸对旦增重新介绍了他们的新身份。

旦增一惊，又重新给三位施礼。

"长官司令好！管家司令好！"

管家听见得意地笑了，故意挺着腰把手往腰间一扶，旦增发现管家的腰间挎着一把铮亮的毛瑟盒子炮手枪。

唐司令和李副司令第一次听到有人这么称呼他们，也笑了。

等旦增在下首坐定，唐司令关切地说："旦增辛苦了，我可知道你们做小生意的风里来雨里去，家没个家，饱一顿饥一顿的，为一点儿蝇头小利确实十分辛苦，等将来一定给你安顿个好去处。"

唐司令看到旦增脸上十分感动的表情，接着又说："不知道旦增此行顺利否？省城那边有什么情况？"

听到唐司令文绉绉的话，文化虽浅的旦增还是基本听明白了。

"这次快到丹格尔时路上解放军查得很严，所以就没到省城。在丹格尔城解放军接管了县政府，街上有好多的解放军来回巡逻，各个路口都有解放军检查，听说抓了不少藏起来的旧政府和以前部队的人，不过做买卖的还可以继续做。"

旦增看了一眼唐司令，唐司令脸上毫无表情。旦增在来的路上想好了，对有些情况尽量按真实的情况说，唐司令他们可能有自己所不知道的情报渠道，如果乱说必然会引起他们的怀疑。

"这次在丹格尔碰见一个认识的人，他现在是政府里的一个小长官。他问我在做什么，我说还在草原里做买卖，他悄悄对我说，新政府要派工作组到各个草原去抓藏起来的旧政府的人，让我以后别去草原做买卖了，听我说还要去，就告诉我在路上一定小心注意安全。"

听到这，唐司令微闭的眼睛睁开了一些，看来他对这些话很感兴趣。

"还说了些什么？"

"再没有什么了，就是听说省城来了不少解放军，不知道他们下一步要干什么。我听了就想着赶紧回来告诉各位长官，一路上买卖也没做就赶过来了。"

"工作组，工作组，看来共产党确实要进草原了。"唐司令猛地坐起又靠在藏榻背上喃喃自语着。

唐司令又猛地坐起问旦增："你见到张老板了吗?"

"见到了，按照你说的把包袱给了张老板，张老板还当面打开了，里面是张上等的猞猁皮。"

"张老板说什么了吗?"

"张老板说谢谢你这么远带来的猞猁皮，还说现在已经是新社会了，如果可能，让你回去。"旦增低声喏喏地说。

"还说什么了?"

"哦，还说那张猞猁皮值两个银元，现在兵荒马乱的，钱就放在他那里，如果你要用随时让人去取。"

"你确定他说的是值两个银元吗?"

"确定，他说的就是两个银元!"旦增肯定地说。

"两个银元，那也值了!"唐司令又喃喃自语着，脸上露出一种琢磨不透的表情。

许久，他坐起身来，对旦增说："好了，你这趟表现很好，党国会记着你的功劳的，下去休息吧!"

管家亲自把旦增带到下房，让仆人端上手抓羊肉、酥油茶等。觉得对自己有用的人，管家现在绝对是恩宠有加的。

夜已深，在昏黄的酥油灯下，在低矮而奢华的客房里，唐司令背着手来回踱着步。管家吉宝、李副司令，还有几个心腹坐在一旁，不敢说话，他们焦急地等着唐司令做出决定。

终于，唐司令站定将手往下重重一挥，咬牙切齿地说："无毒不丈夫！不成功则成仁!"

在头人家马厩里，旦增躺在草堆上，睡意全无，他在考虑下一步的打算。

思虑好久，旦增觉得不能浪费时间，他要用最短的时间掌握到最多的情况，他要抓紧时间赶回去把这里的情况汇报给蒙处长。

主意拿定后，旦增起身装作起夜方便悄悄走出马厩，不想刚出马厩，不远处的墙角黑暗处立即站起一个身影，那人把手中的枪一横："干什么！"

"我、我方便一下。"旦增故作慌张地回答。走到马厩外的墙根，眼睛往四处一看，发现四周不仅有明哨还有暗哨，赶忙又回到马厩里的草堆里躺下，心中暗自庆幸没有贸然行动。没想到唐司令布置了如此多的暗哨，警戒如此严密。

一直等到后半夜，见没有机会，旦增才闭上眼睛睡了一会儿。

晨曦微露时，旦增被杂乱的马蹄声吵醒，好像几匹马疾奔出庄园向远方而去。

旦增起来后到厨房吃了早饭，见无人理他就从褡裢里取了些东西在地上摊开。花花绿绿的新鲜玩意儿刚摆开，看稀奇的人就围了过来，旦增一边和他们讨价还价，一边暗暗观察着这些人和他们身上带的武器。

你挑我选热闹好一阵子后，买了东西的高高兴兴地走了，看热闹的也散开了。旦增把摊子收起来，手里拿了些小东西在庄园里四处转悠，见人便凑过去问要不要，见门就推门进去，好在大块头的人昨天看到他和管家的关系，不但任他转悠，还喊其他人来买旦增的东西。

旦增转悠了一大圈，又卖了不少东西，也暗暗把院里各房间的情况和人摸得差不多了。可是当他拿着东西往后院去时，在过廊处被两个背着长枪的拦住了，他们厉声说后院不能进去，除非唐司令和管家同意。旦增看了看只好作罢，转身时旦增瞄了一眼，发现在后院的一个侧房门口，还立着两个背枪的警卫。

这侧房不是头人住的房子，也不是仆人住的房子，为啥要派人站岗，而且站双岗？里面会是什么？这立即引起了旦增的注意。

已到中午，旦增一直没有见到唐司令和吉宝管家，也不知他们做什么去了。

下午，旦增继续串各个房子卖他的东西，但生意明显没有早上好了，旦增也索性和这个聊几句和那个聊几句，还故意逗墙角里卧着的狗。只是后院还是不让他进，拿枪的警卫看他无所事事的样子，也不理他。

直到黄昏时，他远远看到管家吉宝和唐司令还有另外几个人悄悄回来了。

旦增躺在庄园外面的草原上，脑子里反复想着唐司令几个人神神秘秘出去做什么了，想来想去也没想出什么。天已经很黑了，想着还不如去见见管家，看从管家嘴里能不能露出点儿情况。刚起身，见一个警卫来找他，说管家让旦增去见他。旦增随着警卫走进庄园里面的一间侧房，进门后见房里只有管家一个人。管家依然满脸堆笑地说："听说你今天卖了不少东西，明天就不要卖了，剩下的东西我还是全部买了，另外后院那里你不要去，免得发生误会，知道吗？"

"谢谢管家司令，谢谢管家司令！"旦增巴不得管家把所有东西买了。卖东西事小，这样旦增就有理由赶紧回去报告这里的情况，所以旦增给管家说的这声"谢谢"确实是发自内心的。

"那我明天就回去了，麻烦你给唐司令说一下，我回去发现情况会及时赶回来向他报告的。"

"旦增兄弟，以后有什么情况记住要先向我报告，你我都是在草原喝牦牛奶吃羊肉长大的人，皮袄有个里外，羊的肋骨是往里弯的，你要懂得这个道理，知道吗？"

旦增似懂非懂地点了点头。

回到马厩，旦增把白马牵过来收拾妥当，想着等天亮了就走。他躺在草堆上想管家说那句话的意思。难道管家和唐司令有矛盾了？还是……

旦增不知道，以前的管家在这片草原上飞扬跋扈、横行霸道，觉得除了头人以外最有权势的就是他了。而唐司令来了以后，从唐司令及其他人的言行中，他发现自己只是个井底之蛙，外面的世界远比他想象的要大得多，外面的世界才是花花世界。他开始向往外面的世界，他的野心也开始膨胀，他的眼光也跨越了他脚下的这片草原。他想先借助唐司令这棵大树，壮大自己的势力，把附近其他的部落全部吞并，再把唐司令的人赶出草原，那就天下唯我独尊，这才是管家最近深思熟虑后的想法。不能不说，管家此时已变成了一个彻头彻尾的野心家，这也是其人生路上一个重大的转折点。

为了这个梦想，管家吉宝才对唐司令他们俯首帖耳、唯命是从。同时他开始极力拉拢对自己有用的人，暗暗培植自己的势力，所以他以很高的价钱将旦增剩下的货全部买下，还对旦增说了那些话。

旦增思考了许久，但仍然有两个谜困扰在他的心头：阿爸索南说的部落出兵的事他这两天一直在观察，但还没有发现起兵的迹象；里院那个小房子里到底有什么。这两个谜不解开，他不甘心就这样回去，这样回去也无法向天天期待他的蒙处长交代。

就在旦增焦急万分的时候，他突然听到十几匹马飞奔出庄园，听马蹄声是出门后向几个方向分散而去的。这么晚了这些人突然出去做什么去了？究竟发生了什么事？

旦增再也躺不住了，他想在离开前解开这一个个谜团，而留给他的时间已经不多了。

思谋良久，旦增从褡裢里取出留下的一个玉石烟嘴，这本来是他准备回去时送给路上留宿他的一个老阿爸的。此时情况紧急，也只能忍痛割爱了。

出了马厩，旦增四下一望，发现暗哨没有了，转到大门口，守门的警卫见是旦增，也没有盘问他。远远看见客房里灯火明亮、人影幢幢，他蹑手蹑脚慢慢向客房走去。

刚走出几步，突然后面伸过来一只大手抓住了他的藏袍后领，旦增一惊转头一看，是负责警卫的大块头。

旦增还没来得及张口，大块头就黑着脸压低声音对旦增说：

“唐司令有命令，今晚不允许任何闲杂人靠近客房，幸亏是你，要是别人已经五花大绑了！”

旦增满脸堆笑，也压低声音对大块头说：“我就是来找你的，你帮了我不少忙，我想感谢感谢你。”说着把手中的玉石烟嘴递给大块头。

大块头脸色一下子柔和了不少，眯着眼睛边看玉石烟嘴边对旦增说：“你赶紧回去，今晚不允许其他人靠近客房，唐司令他们在商量事情，许多人也连夜出去了，好像发生了什么事。”

“我去见见唐司令也不行吗?”旦增心有不甘地问。

“不行!”大块头的语气没有丝毫商量的余地。

旦增一看这情况，不敢再缠大块头了，一旦里面的人听到，他的计划就会落空。

“那我转转，看能不能见见管家，不去客房那里行不?”

大块头犹豫一会儿说：“你转转就回去，千万不要到客房那里。谢谢你的烟嘴，我的几个人也出去了，今晚我还要操心，就不和你说话了。”

旦增装作无奈地离开，内心却是非常激动，无意中不但知道唐司令他们正在商量事，并且知道今晚人手少，警卫有所减少。但唐司令他们在商量什么事？绝对是重要的事！

旦增放轻脚步慢慢在附近转着。白天卧在屋檐下、墙角里晒太阳的藏狗到了晚上都兴奋异常，几次向旦增冲过来，好在旦增白天已经和它们混熟了，闻到旦增身上的气味后，藏狗们又跑远了。一心想解开心中疑团的旦增，暗暗观察着警卫和大块头的举动。终于他发现四周的警卫凑在一起说话没人注意他，旦增迅速蹑手蹑脚绕到唐司令他们说话的客房后面，听到里面的唐司令他们在说话。木头堆砌的房子隔音不好，所以里面的声音很清晰。旦增想蹲下来仔细听，但一看周围没有任何遮挡物，只要巡逻的人一过来就能发现他。他四下打量，突然发现这几间客房的顶头是李副司令的房间，和唐司令他们说话的客房中间仅隔着一间房，此时这个李副司令正在和唐司令他们商量事，躲到他的房间无疑是最安全的。

主意拿定，旦增看了看四周，巡逻的还没过来，他贴着墙蹑手蹑脚绕着房子转过去，探头一看客房正面刚好也没人，便蹑手蹑脚摸到李副司令的门口，将门扇轻轻抬起往里一推，虚掩的房门无声地推开了，旦增迅速闪身进了房又把门关上。在藏区，房门基本都是没有锁的，更何况白天旦增已仔细观察了每一个房间。

进了门，旦增等眼睛适应了房间里的黑暗后才看清了房子里简单的陈设。旦增不敢坐在床上，怕李副司令回来后发现进了人，于是绕开桌椅坐在靠近客房的墙角，头贴着墙。唐司令他们的声音还算清晰地传过来，旦增基本都能听清楚。

“头人已经病得不行了，他的家人已经让我负责部落的所有事，他的印鉴也在我手里，就让他在床上等着去极乐世界。头人这边早已经没有问题，现在阿爸索南的佛珠也到手了，草原上所有人都认识这串佛珠。这两样东西到了我们手里，发兵就没有问题了。”这是管家吉宝的声音。

旦增暗暗吃惊，阿爸索南从不离身的佛珠怎么到了他们手里？他贴着耳朵继续仔细听。

“现在形势严峻，共产党的工作组已经出发，不久就会到这里。我们现在必须发起行动。我们和共产党的战斗马上就要打响了！到各处通知集结命令的人刚才已经出发了，明天吉宝副司令再拿着印鉴和佛珠到各个帐篷通知发兵，就没有人敢违抗命令了。李副司令带领人把进出草原的各个路口封住，等人马召集齐，我们就先对工作组发起进攻，让所有人都知道我们已经开始对解放军发起进攻了，让潜伏起来的各位弟兄加入我们的队伍。我们大队人马再攻到省城，光复省城就指日可待，到时候在座各位都是党国的功臣！”唐司令在安排任务。

旦增一听暗想，阿爸索南说的没错儿，唐司令他们决定发兵了。

在客房里，坐在下首的吉宝副司令低声说："按照我们部落的传统，出兵时每户要出精壮男人一名、战马一匹，自带武器。没有男人的家要出钱顶，没钱的只能当奴隶来干活儿充役。另外，每家还要出钱出粮以筹备粮草，可是现在我们对他们的税已经收到三年后了，恐怕这些人集合起来后人马吃喝、武器的费用也没办法解决，看能不能让党国解决一些费用？要不再等等，等汉区的兄弟再多来一些？"

管家吉宝看来信心不足。其实吉宝在打自己的小九九，他怕自己部落出人、出钱影响自己将来在草原上称霸的大业。他清楚一旦战事一起，那损耗就是个无底洞，客观地说这个小部落也确实负担不起。

"现在是国难当头，吉宝司令应当将目光放长远，等我们冲出这片草原，就可以抢大户，抢共产党的金库、武器库来发展壮大我们。我也向上级请示了，上级答应尽快安排飞机空投武器和金条，只是飞机要从别的国家飞过来比较困难。"唐司令看了看吉宝，老奸巨猾的他早看出了吉宝内心的想法，顿了顿后又说，"吉宝司令不要有顾虑，现在我们是最困难的时候，也是为党国效忠、接受党国考验的时候，将来党国是不会忘记你的。更何况共产党的工作组马上就到，他们一来就要共产共妻，抢走所有的牛羊，把所有的男人当成奴隶，你吉宝副司令反倒成了他们的奴隶，你想想你从管家变成了他们的奴隶，和你以前的奴隶一起干活儿滋味会如何？更何况今天……"

唐司令的这些话把吉宝说得战战兢兢，脑门上汗都流下来了。他知道他已经被唐司令他们绑上了战车，再想跳下去已经很难了。他只能暂且放下自己的小算盘，充当唐司令的马前卒，他无奈地抬起头欲向唐司令表明决心，一抬头就看到唐司令手中转动着的阿爸索南的黑色佛珠，看到唐司令意味深长的眼神，他更是全身发软，他哆哆嗦嗦地对唐司令说："我一定按照司令的命令办，明天我就安排人去让他们出人出马，再多收一年的税，请司令放心！”吉宝副司令毕恭毕敬地回答。

“那就有劳副司令了，以你管家和副司令的身份，再拿上头人的印鉴和阿爸索南的佛珠，在这片草原上谁敢不听你的号令？这几年你管家说句话可是比头人还管用啊，按理说你早该取而代之了。”

“不敢、不敢。”管家嘴上说着，但脸上还是有一分得意。

突然，唐司令正色盯着吉宝说：“吉宝副司令，现在大敌当前，箭在弦上不得不发，你我应该精诚团结、共同抗敌，我现在问你一件事，你必须如实回答我！”

吉宝副司令见唐司令如此严肃，立即站起身：“司令尽管问，我不敢给你撒谎！”

“那好，我问你那个买卖人旦增是你的人吗？我见你几次把他的东西全部买下，又私下送钱送物，是不是这个旦增是你的眼线？”

“那可不是我的眼线，上次也是我们一起和他谈的，我对他好就是想多让他给我们把省城那里的消息带过来。”吉宝赶忙回答。

“不是你的人就好，李副司令你去安排几个人，把那个旦增给我看紧，我怀疑这个人是共军的探子。”唐司令对一旁的李副司令说。

“是，司令！”李副司令转身出了客房门。

躲在李副司令房子墙角里的旦增一听到这话，不禁大吃一惊。自己非常注意自己的言行举止，但还是被这个老奸巨猾的唐司令发现了，他不敢再耽搁了。他屏住气听着李副司令出了客房的门，脚步从门口走过去。这才赶紧站起踮着脚走到门前，探头往外看了看，发现四周没有人，于是悄悄出了门贴着墙向房后摸去。到了墙角刚拐过身，突然，黑暗中一个黑影不知从哪里冒了出来，猛地出现在他面前，一只大手以迅雷不及掩耳之势扼住了他的喉咙，猝不及防的旦增心中暗想：“不好!”

第十六章　逃出虎穴

就在一瞬间，旦增借着微弱的光看清楚黑影就是刚出门的李副司令。旦增不知道这个李副司令怎么会知道他在这里，这个看似不起眼的李副司令竟然是个如此厉害的角色。被扼住脖子上不来气的旦增正想挣脱那双大手，想从怀里摸出藏刀和他同归于尽。就在这时旦增发现自己喉咙上的手没有再用力，他也看到面前的这个李副司令的脸上非常镇定，而眼神则是让他安静，头轻轻地摇了摇，另一只手的食指也竖起放在了唇间。

见旦增不再反抗，李副司令轻轻地在旦增耳边说：“跟我来!”便放开了手。说完，也不理旦增，转身在前面探路，旦增见这个李副司令似乎没有恶意，便不远不近地跟在后面，所幸无人注意到他俩。

两个人一前一后闪进马厩蹲在草堆旁，李副司令这才压低声音对旦增说：“你已经被他们发现了，你赶紧走!”他接着从兜里摸出一个小纸条，郑重地交给旦增说，“你不要问我是谁，你一定要把这个纸条交给薛局长，这里的人员、武器，他们的计划等情况都在这上面。你想看的内院房子里放的是空投下来的电台和武器。记住！在万不得已或逃不出去的时候一定要把这纸条毁掉，现在马上走！等会儿我可就要抓你了!”

旦增这才反应过来这个李副司令应该是自己人，白天他几次想到里院的心思也被这个李副司令看透了。他来不及细问，将纸条仔细藏在怀里，解开白马的缰绳，牵着马悄悄走出马厩。白马也好像感觉到了危险，马蹄落地没一点儿声音。刚走到庄园门口，旦增就被警卫拦住了。

“深更半夜的，干什么去?”警卫厉声喝道。

“管家让我去办事!”旦增瞪了一眼说。虽然警卫知道今天派出去许多人，但还是不让旦增出去，端着手中的枪指着旦增。

这时，大块头刚好巡视过来，一看是旦增，心想旦增是管家的红人，可能管家刚才给他也派了任务，更何况他又给自己送了礼，便手一摆对警卫说：“开门!”

旦增说了声谢谢，牵马出了门，一出门便翻身上马，马缰绳一松双腿一夹，白马箭一般蹿了出去，转眼间就消失在浓浓的夜幕中。

夜风从耳边掠过，冲入沉沉夜幕中的旦增听到后面传来几声枪声和李副司令的“抓住他”的喊声，还有其他人的嘈杂声，但旦增知道只要进到茫茫的大草原，想抓他就很难了。

在客房里，唐司令和吉宝副司令听到传来的枪声，不知外面发生了什么，正要出门查看，李副司令急匆匆地跑进来，手里还提着手枪，看来刚才那几枪就是他放的。他满脸沮丧地说：“我到马厩那里找旦增，发现人不在马也没有了，就赶紧往大门口跑，远远看见他出门，我赶紧喊‘抓住他’，但还是让他给跑了。哨兵他们要追，我骂他们：‘等你们把马牵过来，这么黑的草原去哪里找?’就没再让他们去追。”

“他深夜仓皇而逃，更证明他是共军的探子，不知道他掌握了我们多少情况?”唐司令重重地坐在椅子上叹着气说，眼睛又扫了扫吉宝。

吉宝知道唐司令的意思，赶忙表白说：“我对他可是啥都没说过!”

“李副司令做的对，草原这么大，天这么黑，肯定追不上他也找不到他，他现在也不敢走大路。我知道他会去哪里，明天天一亮，吉宝副司令带些人出发，不管他知道多少一定要把他抓回来！我本来还想多观察他一阵子，看他能掀起多大的浪，没想到他这么快就跳出来了，也是可惜啊！这个人如果能为我们所用，肯定是个很好的人才，能起大作用!”

吉宝和李副司令不得不惊叹唐司令的城府如此之深。管家对旦增只想着自己的如意算盘，李副司令通过自己的渠道大概判断出了旦增的真实身份，而唐司令对旦增的这些想法却从没有对他们二人说过，因此两个人脸上都露出了惊叹的神情。

唐司令看到两个人的神情，微微一笑说：“从第一次去尕德寺路上遇到他，我就想这个人常年在草原和丹格尔跑，懂各地藏语且身份特殊，如果能发展过来对我们打探草原外的情况倒是能起很大作用。我私下又打听了一下，他不是一个锱铢必较的人，有时遇见没钱的还把辛辛苦苦从千里之外背来的东西不要钱送人，像他这样的人是挣不了大钱的。这在以前是迫于生计，而共产党来了后，丹格尔那边的许多人都被安排了工作或参加了共军，可他还是在草原上跑，一个不贪财的人继续当挣不了多少钱应该一分一毫算计的买卖人，我就有点儿怀疑。”

唐司令喝了口茶，继续说：“上次旦增来，临走前我给他一个包袱让他捎给在丹格尔的一个朋友。这个朋友和我曾经都在军统情报部门受过训，我和他也约定了一些暗语。给旦增的包袱里只是一张吉宝副司令的猞猁皮，皮子是不值钱的，里面也没有夹带任何东西。这个包袱的玄妙之处恰恰就在包袱的明面上！包袱普通，但包袱的捆扎方法却是一种在这片草原和丹格尔那里极少有人会的捆扎方法，极少有人见过，更不可能解开！我在省城多年，有这个自信，我也自信在座二位和旦增是解不开这个包袱的，更何况你俩当时也没有机会看到我让他捎的这个包袱。我朋友拿到包袱后发现我捎给他的包袱有问题，发现这个包袱被人打开过，就对旦增的身份起了疑心。给旦增说那张猞猁皮值两个银元，这也是我和朋友约定的暗语，两个银元的意思就是这个人身份可疑！不可信！同时银元也不给他，这样他旦增也没必要给我虚报数字！

“谁有本事打开这个包袱？答案只有一个！就是精通这种捆

扎方法的人能打开，而现在谁能在很短的时间找到这样的人，谁会迫切想看看这么远捎去的包袱里到底藏了什么东西？那就是共产党的侦查人员！共产党也确实厉害，能找到这样的人，但这个人在检查完我的包袱没有发现任何可疑之处后，在原样捆扎时却犯了一个很大的错误，他们一心想着的是包袱里面的东西，却忽略了检查完后包袱的捆扎。在包袱绳子的结头，按我和朋友约定的暗记应该是一头比另一头短半寸，这个分毫不差，一旦不对，说明这个包袱被人打开过！”

吉宝和李副司令万没想到唐司令心机如此缜密，看似普通的一个包袱上竟然有如此多的秘密。

“旦增他们的人看到我这么远捎一个包袱，必定会想尽办法打开看里面有没有我夹带的情报。可惜啊！如果要是在包袱上不犯错误，如果这个旦增通过了我对他的考验，这次他来我可是要委以重任的。”

吉宝副司令现在简直对唐司令佩服得五体投地，但又觉得这个人太可怕了。

“他今晚突然逃走，一定是知道了我们起兵的情况，也知道我们对他的身份起了疑心，他身上可能还有其他秘密。我也是百密一疏，让他跑了。”

吉宝赶忙站起来说：“司令放心，我一定把他抓回来！”

第十七章　年周被抓

天空露出第一道曙光时，旦增和白马还在草原上艰难地走着。

昨晚旦增逃出庄园后，特意绕了个大圈子，摸黑判断出尕德寺的方向后向尕德寺走去。他现在急切地想知道阿爸索南的情况，想知道尕德寺里发生了什么。为什么阿爸索南不离身的佛珠会出现在唐司令他们的手里？

白马走了一夜，累得身上出了不少汗。旦增也是又困又乏，还好褡裢里有干粮。旦增边走边不停地打量着四周，害怕唐司令的人追上来。他避开了平常走的路，选择了很少有人走的路，翻山涉水绕道向尕德寺走去。

在微曦的晨光里，他终于发现再翻过一座山，就能看到尕德寺的金顶了。

快翻过山时，旦增在一个小河沟里，把白马身上涂满了泥，在碧绿的草原上白马太扎眼，很远就会被人发现。

就在他牵着马下山时，他突然发现山脚下的一个小山坳里，有个白点，好像是一匹马。是谁在那里？看情形不应该是管家派出来抓他的人。旦增把马拴在隐蔽处，把腰间的藏刀拔出来俯下身体悄悄向山坳那里摸过去。

快到山坳时，旦增趴在小山坡上居高临下仔细观察。远远地，他看到一匹白马拴在一边，边上似乎还有一个人卧在地上。这会是谁呢？是死是活？旦增正想起身下去仔细看看，远处突然传来急促的马蹄声，好像有人过来了。旦增赶忙把身体贴在草地上，只露半个脑袋观察过来的人是谁。

不一会儿，从山坳的另一边闪出几匹马，马上是穿僧衣的僧人，他们扭头发现了白马，也发现了地上的人，领头的一个僧人喊了起来："在那里！在那里！"

几个人调转马头，马蹄飞快，转眼间就到了躺在地上的人跟前。

旦增看到领头的一个跳下马，用脚踢了几下地上躺着的人。地上的人晃晃悠悠地被拽了起来，旦增这才发现躺在地上的人竟然是年周。被围住的年周看来身上没有伤，可能只是在这里睡着了。年周为什么睡在这里？同一个寺里的这几个僧人为啥要抓年周？想起唐司令手中的阿爸索南的佛珠，再仔细一看，拴着的白马就是阿爸索南的马，旦增更急切地想知道尕德寺到底发生了什么。

年周被那几个僧人推推搡搡连打带骂地带走了。旦增趴在山坡上，脑子里一团乱麻。他本来是想来见阿爸索南，和阿爸索南商量下一步怎么办。现在看来，不能贸然到尕德寺了，年周是阿爸索南贴身的人，而年周被抓了，不知道阿爸索南情况怎么样。现在看来只有先把年周救出来，问清楚尕德寺到底发生了什么，一切才会明白。

旦增眼睁睁看着年周被那几个僧人架着越走越远，心里着急万分也无可奈何，他单身一人绝不是那几个僧人的对手，更何况他的身上还有任务。考虑好久，旦增决定等天黑后再去尕德寺探个究竟。

尕德寺地处一座高耸入云的石头山山腰，四周都是悬崖峭壁，上山只有一条小路。不大的寺院依山而建，背靠绝壁，居高临下，寺前悬崖下是极为开阔的一片草原，再远处是郁郁葱葱的原始森林。只要在草原上出现人，寺里就会看得清清楚楚，因此白天摸上山是不可能的。

无计可施的旦增索性好好睡一觉，等晚上再上山。他悄悄回到拴马的地方，又找了个隐蔽的地方把马藏好，就着溪水吃了点儿干粮后裹着藏袍躺下。昨夜从头人庄园逃出来后，他摸黑在草原上走了一夜，既要提防管家的人追来，又要防备夜里游荡的野兽，还要不断判断方向不能迷路，非常疲惫的旦增不一会儿就迷迷糊糊睡着了。

忽然，旦增下意识地猛然惊醒，在迷迷糊糊中他的脑子还在不停地过滤昨晚发生的事。他突然想起了一件重要的事，李副司令交给他的纸条、部落要发兵的消息、阿爸索南的情况，这些都要赶回去向蒙处长报告。但阿爸索南的情况也要摸清楚，年周也要救出来。

怎么办？再无困意的旦增一骨碌翻身起来，他想到了一个两全之策。

旦增起身解开马缰，牵着马在林子里艰难地向梅朵家方向走去。

第十八章 离 别

梅朵家的帐篷前，阳光暖暖地照在草原上，牛羊在远处吃草，草尖已经发黄，夏末的天空如同洗过一般湛蓝，远处天边的白云在缓缓移动，草原依然是那样宁静。

阿妈在打酥油，木桶里洁白的牦牛奶随着木杆在桶里上下翻滚着，散发着醇醇的奶香。可是牦牛奶几次从酥油桶和木杆的缝隙中挤了出来，阿妈一惊，赶紧抓准木杆控制住力度。阿妈心中暗暗自责，今天是怎么了？老是出错儿。她偷偷看了看在一旁干活儿的梅朵，见梅朵没发现，脸上露出不好意思的笑容，拿手背擦了擦额头上的汗，眼睛望着远方，继续一下一下打着酥油。

阿妈的目光越过噶曲河面，在远方地平线上白云的阴影里似乎朦朦胧胧出现了个白点，阿妈不经意看了一眼又低着头打酥油。忽然，她猛地抬起头，用手背又擦了擦眼睛，仔细一看，不是幻觉！确实是一匹白马，并且是她等了好久的那匹马，只是那匹马浑身上下都是泥。那匹马正在向她走来，越来越清晰，连马背上的人都可以看清楚了。

手中的木杆还在上下打着酥油，而溢出的牦牛奶顺着桶沿流下，染白了脚下的一片草地。

“阿妈！阿妈！是旦增阿克！”眼尖的梅朵也发现了白马和旦增，大声喊了起来。

“哦。”阿妈轻轻答应一声，又低着头继续一下一下打着酥油，也不看过来的白马。

梅朵和森格跑到水面最宽处的岸边，梅朵挥着手，森格叫着，等旦增和白马涉水过来。

看到旦增在过河时为了不把靴子打湿而双脚高高抬起，双手又紧握缰绳防备摔下马背的尴尬样子，梅朵哈哈笑着，脸上像一朵盛开的格桑花一般美丽动人。

过了河，梅朵笑着接过了马缰，森格在旁边欢跳着。等走到帐篷前，阿妈已经煮好了奶茶。

满脸疲惫的旦增端起就要喝，阿妈赶紧拦住。

“刚煮开的，烫得很！”阿妈起身从帐篷里的炉灶上端下奶锅放在草地上，这样凉得快一些，又拿起一个碗，倒了半碗奶茶放上青稞面，给旦增捏糌粑。

看着旦增布满血丝的眼睛和疲惫的神态，还有旦增和白马满身的泥土，阿妈的心疼了。她第一次这么近仔细端详旦增的脸，她发现旦增的眼睛里是柔情和焦虑，但更多的是坚毅。他身上到处是土，但身躯依然挺直，宽宽的肩好像能担起这片天。

旦增大口大口喝着奶茶，接过阿妈捏好递过来的糌粑塞进嘴里。梅朵把白马放到一边去吃草，然后坐在一旁笑着看旦增狼吞虎咽。

旦增边吃边想，如何开口对梅朵阿妈说呢？终于他下定了决心，他起身对梅朵阿妈说：“梅朵阿妈，有个事我要对你说。”

梅朵阿妈第一次见旦增如此严肃，赶紧起来跟着旦增来到了一旁。梅朵见两个人走到了一边，知道他们想避开自己，便拿起锅碗到河边去洗。

旦增二人走到牛粪堆旁，在干牛粪堆上坐下。阿妈不知道旦增要说什么，心里如同揣着个兔子一般。

“梅朵阿妈，有个事必须要告诉你，这片草原上马上就会发生许多事。我是从头人家的庄园里逃出来的，他们已经知道我的身份了，现在管家的人可能正在草原上到处找我，想把我抓回去。

“这草原上就要打仗了。你们部落马上要发兵，你家没有男人也没有钱，只能由你和梅朵去当奴隶做劳役顶替，那样你和梅朵就是羊入虎口，你想管家会对你善罢甘休吗？

“我逃出来后本来想先去见阿爸索南，快到尕德寺时看见年周被几个僧人抓回去了，我不知道年周出了什么事，也不知道现在阿爸索南在哪里，是不是安全。所以我要去尕德寺把这些弄清楚，也要把年周带回来！”

惊愕中的阿妈听到年周被抓了，一下子更紧张了，慌张地看着旦增。旦增拉住她的手继续说：“我身上带着个非常重要的东西，我怕一旦我去了回不来，这东西就无法带回去，这可是比我的命还重要的东西。”

说着，旦增从怀里掏出一个烟杆，这是他这趟进草原时遇上的一个老阿爸送给他的，他看着挺好看就想带回去送给蒙处长。从庄园逃出来后，他拧开烟嘴，把李副司令给他的纸条轻轻塞到烟杆里，把烟嘴又拧好，这样如果不仔细检查就不会发现里面藏了东西。

旦增把烟杆交给梅朵阿妈说：“就是这个！”

阿妈接过来仔细看了看，没发现有什么特别的，便紧紧握在手里。

旦增看着阿妈的眼睛说：“你一定要保护好这个！我想了好久，现在你们待在这里很不安全，你和梅朵收拾一下，牛羊也不要了，你俩抓紧时间上路到丹格尔去。到了丹格尔后去找帽子上有红五星的解放军，让他们联系省公安局蒙处长。你把这个东西亲手交给他，他就会明白的。他知道你和梅朵，他也会安顿好你们的。你俩先走，我找到年周就去追你们。”

阿妈听完又喜又忧。喜的是，虽然旦增没有直说，但她已经看到了旦增那颗炽热的心，旦增牵挂着她和梅朵的安危，让她俩去丹格尔也就是说将来要和她在一起。忧的是，没想到草原上发生了这么多事，旦增去尕德寺也不知安全不？被抓的年周现在怎么样？阿爸索南怎么样？

生活了这么多年的这片草原，说离开还真舍不得，更何况她和梅朵都没去过丹格尔，一路上不知道会遇到什么，她不由得怔怔地不知说什么了。

“你俩必须抓紧时间走，不然管家的人来了就走不了了。年周的事暂时别跟梅朵说，等在路上再告诉她。”

看着旦增焦急的神情，阿妈看看远处的神山，终于下了决心。自己也该开始新的生活了，为了旦增、为了梅朵、为了年周、为了旦增交代的事，她决心按照旦增说的做。

阿妈洁白如玉般的皓齿轻咬嘴唇，轻轻地点了点头，头上红头巾边滑下几缕乌黑的长发，旦增伸过手轻轻将垂下的黑发捋到阿妈的耳后，阿妈缓缓抬起头，旦增发现阿妈的眼睛里已如秋水般满是眼泪。

“我现在就要走，恐怕管家他们的人已经在来这里的路上了，你和梅朵准备些吃的穿的马上就走，你们一直往东走，我和年周会赶上你俩的！”

“你放心！我收拾好东西就走！你找到年周就来找我们，你自己也要注意安全！”阿妈看了看手里的烟杆，暂时不知道放哪里好，便在身边的牛粪堆里刨了个坑把烟杆浅浅埋住，站起身关切地看看旦增。

旦增毅然翻身上马，双腿一夹，白马像箭一般冲了出去，到了河边白马几次奋力跃起便过了河。

怕遇到管家的人，旦增继续绕着路往尕德寺方向走。进入峡谷后就没法儿绕道了，他只能放慢速度，尽量不发出声音，耳朵听着周围的动静，眼睛不停地扫视着远方，一听到动静就躲在僻静处，好在湍急的水声盖住了他和白马的声音。

比平时费了不少时间，等黄昏时，旦增又能远远地看到尕德寺的金顶了。他把白马藏好，找了个隐蔽的地方观察着尕德寺的动静。他发现不断有人从各个方向往寺里走，有骑马的、牵牛的，还有步行的，看样子不是管家的人。尕德寺里也煨起了浓浓的桑烟，尕德寺里到底发生了什么？他又担心梅朵和阿妈顺利出发了没有，他只能等到天彻底黑下来。

第十九章　阿爸索南被害

旦增不知道，他逃出庄园后，天蒙蒙一放亮，唐司令就带着管家还有一些手下也上了路，他们去的也是尕德寺。等沿着上山的小路爬到寺院时，一个老僧人殷勤地迎上前来把唐司令和管家扶下马，请到刚收拾好的一间客房里坐下，端上了茶。

“旦增那小子来了没有？”坐定后唐司令问道。

“报告长官，我们一直没发现他。”站在旁边的老僧人低声说。

“这就奇怪了，他跑出来应该来这里找阿爸索南的，难道他听到了什么？”唐司令自言自语道。

“阿爸索南的后事准备得怎么样了？”唐司令又问。

“今天早上，我们已经把阿爸索南去世的消息放出去了，估计下午就开始有人来，明天下午火化时周围的老百姓基本都能来。”老僧人继续汇报着，“早上我派出去的人把年周抓回来了，关在后面的一个小房子里，在阿爸索南的葬礼上让他露个面后再收拾掉他！”

“好！不错！”唐司令微微点头，表示很满意。

就在昨天，唐司令和管家一伙来到了尕德寺。阿爸索南虽然无奈但还是见了他们，他要看他们什么来意，想再劝劝他们不要出兵。

听到年周的通报后，他破例让年周把唐司令一行请到后山石崖他修行的地方见面。年周非常反感管家他们，把他们带过来后，悄悄转到了石崖后面。在后面仍然是看似笔直的山崖，但有一些突兀的石头，顺着这些石头可以爬上去，爬上不高就有一个小小的平台，平台上长着几棵柏树。由于这里是阿爸索南平常修行的地方，非常清静，很少有人来，其他人也不知道这个平台上面可以爬上去。

年周手脚并用爬到石崖高处的柏树下躺下，看着蓝天白云，又害怕阿爸索南喊他，就竖着耳朵听他们在下面说话。管家他们谁也没注意到年周什么时候悄然不见了，也没有人发现年周就在他们头顶上面的石崖上面躺着。

“尊敬的阿爸索南，我们这次还是为了出兵一事而来，现在共产党的工作组马上就要到草原了，他们会带大批人马过来，他们会把你抓起来，杀掉所有的男人，抢走女人去做奴隶，还会抢走所有的牛羊，到时候草原上会血流成河，我想这也是你不愿意看到的吧！”

唐司令坐定后开门见山就说起出兵的事，他看到阿爸索南没有出声就继续说：“我们国民党虽然现在处于劣势，但我们还有大量的人马，上级专门派了飞机给我们空投了武器弹药，我们的反攻就要开始了！等我们把共产党赶出去，我们专门拨款修葺寺院，修一座这片草原上最大的寺院让您念经修佛，并把你为党国做的贡献禀报上级给你册封封号，让你名传千古，你看如何？”

“尊敬的阿爸索南，你看头人已同意部落出兵，只要你点头了，我们部落的人就会听你的话，再加上上级空投的武器和金条，一定会把共产党赶出去，这样我们的部落就会成为草原上最大的部落，你也会成为草原上最大的头人，有最多的供养，这可是一举几得的事啊。”见阿爸索南不出声，管家吉宝也在边上说。

“诸恶莫作！”终于，阿爸索南开口说话了，“谢谢唐司令的美意，也谢谢吉宝管家的好意，我现在只是一个修佛的普通人，我只想着草原上不要燃起战火，涂炭生灵。我还是劝各位三思，只要我们常持善心，必会化解劫难！至于出兵一事，我不会同意的，更要劝百姓不能被迷住眼睛！”阿爸索南不卑不亢，表达了自己的意见。

唐司令微微一笑：“阿爸索南说得极好，阿爸索南确实是菩萨心肠。我们也是为了草原上的百姓不受共产党的伤害，出于无奈才想出兵的。”

“据我所知，共产党是为百姓而来，正是为了草原安定，共产党才未派大军进入，部落出兵恐怕是为了一些人的私利，也劝各位顺应天意，好自为之！”阿爸索南义正词严地说。

唐司令又微微一笑：“看来阿爸索南对汉区了解很深，对共产党也有几分了解。既然这样，我们不提出兵之事了，何不在附近走走，拜拜这神山，让佛祖保佑化解这场劫难？”

阿爸索南听到这话缓缓点头，潜心修佛的他不能拒绝别人拜佛的要求，也想把唐司令他们赶紧打发走，便陪着唐司令几人起身。

“尊敬的阿爸索南，我来这草原后听说一事，这也成为我最大的心愿，不知阿爸索南能实现我的心愿不？”唐司令边走边说。

“唐司令尽管说，只要不违佛道、不违人道。”阿爸索南说。

“哪有那么严重，我听说阿爸索南手上的佛珠是个宝贝，不但这黑玛瑙极为珍贵，并且在阿爸索南手中多年，已是法力无边，所以能否摘下给我观瞻、让我摸摸，让我也沾点儿佛祖的灵气，消除内心的戾气，也保佑我平平安安。”唐司令笑着对阿爸索南说。

“这倒不是什么大事，很平常的一串佛珠而已。”阿爸索南边说边摘下手中的佛珠递给唐司令。

唐司令手捧佛珠，仔细对着太阳光看着，阿爸索南在旁边陪着。

就在二人仔细看佛珠时，唐司令微微转头，见四周全都是自己的人，便对一旁的管家使了个眼色。管家立即凑过来好像也要看佛珠，走到毫无防备的阿爸索南身后，突然用手猛地捂住阿爸索南的鼻子和嘴，管家脸上满是狰狞，他早已变成了一个恶魔。

阿爸索南猝不及防被压翻在地上，他极力挣扎，可年老体弱的他怎么能挣脱管家的魔爪？唐司令也死死压住了他的手脚。瞬间阿爸索南的脸憋得通红，脖子的青筋高高突兀着。管家使出全身之力捂住阿爸索南的口鼻，不一会儿阿爸索南的腿蹬了几下后再也不动了。心地善良深受爱戴的阿爸索南就这样惨死在吉宝的毒手之下。

等阿爸索南的身体确实不动了，唐司令和管家低头探探鼻息，发现年老的阿爸索南再无生还的可能。管家一招手，从下面拐角处探头探脑走过来一个老僧人。

这个老僧人在尕德寺多年，虽然天天念经拜佛，但是凡心一直不死，只想利用僧人的身份到处骗吃骗喝。管家吉宝觉得需要在阿爸索南身边安插个眼线，随时掌握阿爸索南的情况，他就秘密地找到这个老僧人，给了不少钱财，又许诺了许多好处后，这个老僧人就成了管家忠实的眼线。他不断把阿爸索南的情况报告给管家，这里面也包括阿爸索南和旦增交往甚密的情况。

老僧人战战兢兢地走到跟前，唐司令和管家对他交代再三后，唐司令他们牵着马大模大样地离开了阿爸索南修行的后山，看样子是要回去。可是就在马蹄刚走过其他僧人正在念经的经堂时，突然从后山传来几声声嘶力竭的喊声。

“来人啊！不好了！”

唐司令和手下立即转身朝声音传来的后山奔去，在经堂里念经的其他僧人也全都听见了喊声，赶忙起身向阿爸索南修行的后山奔去。

唐司令他们几乎和僧人们同时赶到了后山，只见阿爸索南躺在地上一动不动，老僧人也躺在旁边，浑身是土，头上流着血。

管家和其他僧人们摇着喊着阿爸索南，阿爸索南没有一点儿反应。而躺在旁边的老僧人却慢慢醒了过来，他不顾头上流着的血，爬到阿爸索南的身边，脸上老泪纵横，哀号声回荡在山间。

旁边的管家满脸焦虑，唐司令也在一边急得团团转，僧人们把阿爸索南软软的身体抱在怀里叫的叫、摇的摇，无奈阿爸索南已是魂归西天没有丝毫反应。

众人急忙问老僧人是怎么回事。良久，老僧人停住哭声哽咽着说：“刚才，唐司令他们刚走，阿爸索南给我交代事情，突然从后面蹿出来一个男人，我还没看清是谁，刚喊了一声就被打倒了，再后面就啥都不知道了。”

其他僧人和管家的手下在四周找了一圈，什么也没发现，慌乱中的僧人们只好大哭着将阿爸索南的遗体抬回寺院经堂。

管家抱住渐渐变凉的阿爸索南的身体痛哭起来，老僧人在一旁也是放声痛哭，寺院里的其他僧人更是大哭不已。

年周却没有哭，只是满含眼泪对着阿爸索南磕着长头，谁也没有注意到他是什么时候出现的。

在管家和唐司令对阿爸索南下毒手时，他趴在平台上的柏树下把管家他们的恶行看得清清楚楚，当看到管家把阿爸索南口鼻捂住时他惊得差点儿喊出声来。幸亏阿爸索南这么多年沉稳的性格影响了年周，他知道就算他下去也救不了阿爸索南，如果让他们发现了自己，自己同样会被他们杀人灭口，重要的是阿爸索南被害的真相就谁都不会知道。他紧咬牙齿把身体紧紧贴在地上，生怕管家他们发现自己，耳朵却仔细听着下面的动静，手心攥得紧紧的，眼睛都快冒出火了。幸好下面的人谁都没发现年周，僧人们忙着救阿爸索南，管家的手下只是做做样子。当众人把阿爸索南抬走后，年周悄悄看周围没有人了才轻轻爬下来，趁乱混到人群里。

此时，年周只是默默地磕着长头，他的心里只有仇恨。其他僧人看到年周开始磕长头，从慌乱中渐渐清醒过来后也全都跪下给阿爸索南磕长头。

唐司令在一旁看着，等僧人们磕了一阵后，他干咳几声，走上前，对着阿爸索南的遗体恭恭敬敬鞠了三个躬，管家看到后也站起来站到唐司令旁边。

“各位师父，今日我、管家等人和阿爸索南商量事情，谈得非常投机。谈到目前草原上的情况，阿爸索南非常担心草原上所有民众的安危，还对我说他天天为草原上所有的生命祈福，日夜不停，已经身心交瘁。我还劝他万万注意身体，他说一定和头人团结起来保护部落的安全，我们临走时，他还把这位老僧人叫了过去。我还想以后天天向他请教佛法，没想到他突然遭此劫难，真是让人心痛万分啊！我们一定会抓住凶手，为阿爸索南报仇的！”唐司令满脸悲痛地对僧人们说。

“就是！就是！刚才唐司令、管家他们和阿爸索南说话时我一直在旁边，阿爸索南和唐司令说了好多话，也非常高兴，我在边上看到阿爸索南很久都没这样高兴了，阿爸索南还给我安顿了不少事，都怪我太老，没保护好阿爸索南，呜呜……”老僧人附和着唐司令的话，说完又掩面哭了起来。

“我看大家先都不要伤心，我觉得先考虑一下阿爸索南的后事怎么办。”管家在一旁提高声音说。

磕头的僧人们听到后都停了下来，擦着眼泪听管家怎么说。只有年周继续磕着长头没有理会管家，管家此时也不好发作。

这时，在一旁的唐司令大声说：“管家说的没错儿，当务之急是如何举行阿爸索南的葬礼，我看由管家负责外部事务，寺里具体的诵经等事请这位老僧人主持，大家看怎么样？”

管家赶紧说：“我们尊敬的阿爸索南没有了，我们必定全力以赴。老僧人负责全寺给阿爸索南诵经、火化等事，我也觉得很好。”

老僧人抬起头说：“既然管家和唐司令如此器重我，那我就带领各位僧人办好阿爸索南的后事和寺里的其他杂事。”

寺里其他十几个僧人早没有了主意，一方面知道老僧人年纪最大，另一方面管家和这位长官也说了话，便纷纷点头同意了管家的提议。只有阿爸索南最亲的年周还在继续磕长头，好像这些事都与他无关一样。

“那我就宣布，从现在起麻烦老僧人组织各位诵经，给外面人通知等事由我安排人做。还有个事，阿爸索南今天突然遭难圆寂，我们给外面说时要说法一样，现在暂时不要对外面说。在我正式宣布之前，大家一定保密，任何人都不能给外面乱说，以防有人捣乱!”管家正色说道，其他僧人都点头应允。年周斜过头瞥了管家一眼，边上一直暗暗观察他的唐司令忽然发现年周眼睛里都是仇恨、怒火，心里不免一惊。

等所有的僧人开始在经堂诵经时，管家悄悄把老僧人叫了出来，压低声音说：“你一定要把他们管住，不能让他们乱说，等火化阿爸索南的时候我们再宣布发兵的命令，在这之前绝对不能出岔子!”

“还有个事!”一旁的唐司令对老僧人说，“那个侍候阿爸索南的小伙子，我刚才一直在观察他，从他的眼神里我感觉他好像知道了我们的事，你一定要盯紧他，防止他乱说。现在还不能收拾他，他是阿爸索南身边的人，在阿爸索南火化时看不到他会有人起疑心，等阿爸索南火化之后再收拾掉他，让他彻底消失!”唐司令对老僧人专门叮嘱了一番。

等唐司令他们离开后，老僧人环顾了一圈后嘴角露出了一丝得意的笑容。长久以来在尕德寺修行和其他僧人共同生活的阿爸索南终于没有了，自己再也不用生活在阿爸索南极高的威望之下，阿爸索南让所有人信服的威望对他来说却是一种压抑、一种酸楚、一种痛苦。回到经堂，看到高高在上的阿爸索南的遗体，回想起阿爸索南在世的情景，倒也有几分唏嘘。

忽然他想起唐司令给他的提醒，他侧脸看了看年周，年周还是不理会他人，不知疲倦地磕着长头。

今天经历了这么多事，眼睁睁看着如父亲一般的阿爸索南倒在管家毒手下，年周悲痛欲绝。但他看到的又不能说，他把对阿爸索南被害的悲痛和对管家一伙的仇恨放在心底，只是一个接一个地磕着长头。

渐渐冷静下来的年周在磕头的同时，总感觉背后有一双眼睛在盯着他，几次无意间他和老僧人的目光相接，老僧人看到了仇恨的目光，年周也看到了阴险。

年周边磕头边考虑着发生的每一幕。他忽然意识到，就算管家他们不知道自己亲眼看到了阿爸索南被害的真相，作为阿爸索南最心爱、最亲近的人，在阿爸索南圆寂后，这个老僧人也决不会放过自己，更何况他看到这个老僧人和管家他们是一伙的。想到这里，年周不禁心头发颤，头上也冒出了冷汗。

“必须把阿爸索南被害的真相告诉别人，不然一旦他们对我下手，那谁也不会知道阿爸索南被害的真相！就没有人给屈死的阿爸索南报仇！必须要逃出去！”年周下定决心暗暗对自己说。

主意打定，但把这个消息告诉谁呢？

旦增！只有旦增才是他最信赖的人，也只有旦增才会真心帮助他和阿爸索南！

第二十章　逃出尕德寺

年周看到天已经很黑了，念经的僧人们都一边念经一边想着自己的心事，他走出经堂穿上鞋子。回头一瞥，果然那道眼光一直在盯着他。

老僧人看着年周出了经堂，走到了不远处的伙房，坐在灶前拨开灰开始生火，心里暗想：毕竟还是个没长大的孩子，肚子饿想吃饭了。看着年周出来抱了柴又进到伙房，伙房的炉膛里冒出火光。老僧人坐在经堂最外面的毯子上，靠着经堂的柱子，闭上眼睛想着自己的心事。

他的耳边似乎响起了轻轻的马蹄声。不好！他猛地睁开眼睛，几步跑出经堂门，看到年周牵着阿爸索南的白马已悄悄走到了下山的小路口。他喊了一声，年周却头也没回翻身上马腿一夹，走惯了这条路的白马立即小跑起来，马上的年周紧紧抓着缰绳，身体趴在马背上，不一会儿就消失在夜幕里，马蹄声也消失了。

老僧人赶紧喊了几个心腹，骑上马下山追年周。几个人摸黑下了山，四周黑沉沉的夜幕下也不知道去哪个方向追，只好悻悻回到寺里，等天亮了再找。

年周跌跌撞撞地冲下山，在夜幕里也不知道往哪个方向走，也不知道旦增此刻在哪里。想想旦增可能从头人家那里过来，所以大概确定了方向后就往头人家的方向走，结果走过草原进到森林里辨不清方向，又怕遇到狼群和黑熊，再也不敢走了。无助的年周找了块空地待着，也不敢睡着，回想起白天发生的一幕幕和阿爸索南对自己这么多年的疼爱，眼泪流了下来。直到天快亮时，又饿又冷的年周再也坚持不住，趴在地上昏昏沉沉睡着了。

他这一睡，结果被天亮后出来抓他的僧人发现，被抓回寺里关了起来，也与逃出来的旦增失之交臂。

回到寺里，年周被关到后山的一个小石头房子里，这里是尕德寺的侧山，是阿爸索南和僧人们闭关修行的地方，外人很少过来，老僧人派了个心腹守在门口。年周见看得很紧，索性坐下休息，考虑怎么再次逃出去，怎么把看到的一切告诉旦增。

不知过了多久，他听到外面来了几个人，骂骂咧咧的声音传过来，年周一听是管家他们。

管家进到狭小的石头房子，拿起手中的马鞭对着年周劈头盖脸就打，年周的头上、身上立即出现了一条条血痕，鲜红的鲜血流了下来。年周没有躲闪，喷火的眼睛死死盯着管家。

打累了坐在一旁的管家看着年周恶狠狠地问：“小崽子，昨天你看到什么了？你为什么要跑？今天不说就扒了你的皮！”

年周的头上、脸上都是血，身上的藏袍上也满是血，就连脖子里戴的梅朵送给他的红珊瑚珠子也被血染得更红了。年周咬着牙，一句话也不说，眼睛里却冒着仇恨的火焰。管家欲继续打，刚举起鞭子，门外传来唐司令的干咳声，管家恨恨地看了看年周，转身出了小石头房。

“你现在还不能把他打坏了，不然阿爸索南火化时，老百姓见这小子也没了，会起疑心的！”唐司令在边上说，转过头又问老僧人，“发现旦增那小子没有？”

老僧人弓着腰回答：“在寺院附近没发现。不过我知道他和梅朵一家关系挺好的，好像还喜欢上梅朵的阿妈了。”他又指着年周说，“这小子和梅朵家关系也挺好的，老给她们家送东西。”

唐司令不说话，背着手来回踱着步，他在考虑下一步的计划。咬牙切齿的管家和老僧人一帮人不敢说话，都在边上等着他开口。

良久，唐司令终于说话了：“本司令宣布，吉宝副司令带几个人现在马上去梅朵家草原，旦增没来这里，应该去见那个女人了，你们去把旦增抓回来。如果他不在那里，把那个女人抓回来，也就不怕旦增那小子不出现。安排人把这小兔崽子看好了，别让他再跑了。现在派人给老百姓和其他部落送信，就说阿爸索南突然去世了，在火化时当着所有人的面宣布害死阿爸索南的凶手就是做买卖的共产党旦增，再宣布部落出兵的命令，让所有的人和共产党对着干！”

管家和老僧人听后暗暗一惊，说旦增是凶手，把阿爸索南的被害嫁祸给旦增，这样旦增在草原上就会寸步难行，谁见了旦增都可以杀死他。部落出兵也就顺理成章了，以后共产党就难以进入尕德草原。这招太狠毒了。

“旦增啊旦增！也是你旦增逃的时候不对，这是天助党国啊！”唐司令说完哈哈大笑，又对管家说，“吉宝副司令，你在梅朵家如果发现旦增立即抓起来。记住，我只要死的！这样他就没办法给人解释为什么要杀死阿爸索南了。再派人去各处送信，明天给阿爸索南举行火化仪式。”

此刻心里更加忌恨旦增的管家带着人匆匆走了。唐司令他们说话时声音虽小，但年周在房子里还是听得清清楚楚。他又惊又喜。喜的是，听到旦增逃出来了，旦增还是共产党；惊的是，管家他们害死了阿爸索南却要说是旦增干的，这样旦增必定凶多吉少。年周忘记了疼痛，想着一定要赶快逃出尕德寺，他要尽快找到旦增，把这些都告诉他，让他有所防备。又听到管家去抓梅朵阿妈和梅朵，心里更是忧心如焚，恨不得长出一双翅膀现在就飞到梅朵身边。

年周暗暗观察着外面，唐司令他们离开后，看守他的人换成了管家的人。两个人背着枪寸步不离地守着门，年周看白天没办法逃，只好等天黑后看有没有机会。他索性端坐在小石头房里，大声念起经来，念着念着想起这些经文都是阿爸索南一句一句亲自教给自己的，悲痛又充满了他的心，泪水又流了下来，一时间忘记了自己正身处危险中。

等西边的太阳变成橙红，柔和的光芒照在远处的雪山上，绚丽的晚霞染红西边的天空，夕阳斜照在尕德寺山下的草原上时，年周想到了一个办法。

他知道，这个时候是山上的石羊下山喝水的时间，他从小在尕德寺长大，他认得山上的每一只石羊，那些石羊也不怕年周和其他僧人。

年周每次和阿爸索南出去，都要想办法要一些盐巴。在草原上盐巴可是非常珍贵的东西，回来后年周要给每只石羊都喂一点儿，所以石羊们都不怕年周，也喜欢凑在年周身旁。其中有只石羊从小和年周特别亲，老和年周在一起玩，只要年周做出手势，它就把头伸过来和顽皮的年周顶着玩。年周看到夕阳西下便想起了这些石羊，而这些是外来人不知道的。

石头房子前面草地上的两个看守看到年周不念经了，坐起身看着石头房子，看年周要做什么。

“你们最好进来，不然山上的石羊就不敢下来了！”年周站在门口说。

两个看守往山上一看，果然在高处的山崖上有一些石羊在徘徊犹豫。他们觉得很奇怪，房子里的年周怎么知道石羊要下来。

“你们往房子跟前一点儿，它们就会下来！”

看守半信半疑走到房子跟前，再看石羊群果然开始慢慢往下走了，看守更是觉得奇怪了。

其实石羊的嗅觉非常灵敏，但胆子很小。山上的石羊嗅到了年周熟悉的味道，但又嗅到了陌生人的气味，所以在迟疑下不下山。当年周站到门口，石羊确认嗅到年周的味道后，才敢往下走。

“你怎么知道石羊要下来？”一个看守好奇地问。

“我不但知道它们要下来，还能和它们打架！”年周说。

“打架？”无聊了一个下午的两个看守的好奇心一下子起来了。

“那你和它们打一架给我们看看。”两个看守想看看年周如何和石羊打架，反正有两个人看着年周，他插翅也难逃。

年周站在门口，悄悄做了个手势，石羊们闻到年周的气味，好久没吃到盐巴的它们正在等年周的盐巴，其他的石羊在四周徘徊，而那只自小和年周玩的石羊看到后立即竖着头对准年周冲了过来。

就在小石羊低头冲过来的刹那，年周往边上一闪身，小石羊顶空了，石羊后退几步又竖着头顶过来。虽然年周左躲右闪，但好几次还是被顶翻在地上。两个看守看到年周被顶翻在地上狼狈的样子哈哈大笑。石羊能这样和人亲近，他们还是第一次看到，更何况和人顶着玩，两个人端着枪看着热闹。

小石羊看到了年周的手势，但每次过去都没有盐巴吃。这次小石羊感到有些奇怪，只见它往后退了好几步，猛地跳起，使劲向年周顶去，被连着顶翻好几次的年周猝不及防又被顶翻在地，两个看热闹的看守都没有注意到，不知不觉中年周已经被小石羊顶到了石崖边上，被顶倒的年周余劲未消，骨碌碌向石崖边上滚去。

两个看守一看不好，赶紧去拉年周，可惜晚了一步，等他们跑到石崖边时年周已经滚下了石崖。惊慌失措的两个人站在石崖边探头往下看，深不见底的崖下什么也看不见，从这么高的地方摔下去必死无疑，两个人缩回头面面相觑，不知道怎么去跟唐司令报告。

两个人再也没心思看石羊了，商量了好久后找到了唐司令。唐司令一看他俩的脸色就知道出事了，厉声喝道："说！出什么事了？"

两个看守结结巴巴地说："年周那小子说要方便，我们架着他，他突然挣脱我们跳下石崖摔死了。"

"啪、啪！"两个看守脸上各挨了唐司令重重的一记耳光。

"走！带我去看看！"捂着脸的两个看守赶紧带着唐司令和其他人来到年周掉下去的石崖边。唐司令一看近似垂直的石崖，从这里跳下去必定摔死了，再看下面的山谷周围没有路可以绕到崖底，回头对老僧人说："也好，对外面就说年周和旦增一起害死了阿爸索南，被抓回来后害怕受到惩罚就跳崖自杀了。"

第二十一章　碰　面

唐司令他们在崖边说话时，他们谁也不会想到年周就在离他们两米多的地方紧贴着崖壁，悄无声息听着他们说话。

离崖顶两米多的崖壁上有一个小小的平台，平台上长着一棵柏树，里面的崖壁凹进去了一些，好像是个浅浅的山洞一样，从崖顶上是根本看不到这些的。这也是年周以前和石羊玩时看见石羊往这个平台上跳，自己顽皮也曾跳过。如果跳的时候稍微错一点儿就会掉下山崖粉身碎骨，但只要跳到这个平台上就可以攀着石缝一直爬到山脚。这条路只有石羊敢走，尕德寺的其他僧人谁也不知道，就算知道也不敢走。年周前几年调皮时也只走过一次，也幸亏年周年龄小身子轻才能安全下到崖底，因为太危险怕阿爸索南知道骂他也没敢给别人说过。

今天年周看到天色将晚，想到了石羊走的这条路。虽然几年前曾经跳过，但现在长大了许多。他也没有把握能否准确跳到平台柏树后面，但除此之外他没办法逃出尕德寺。他只能冒险一试，自己死了不要紧，关键要逃出去把阿爸索南被害的真相告诉其他人。于是骗看守开始和石羊打架，几次后暗暗看准平台的位置，装作失足掉下山崖，还好他准确地掉在了崖下的小平台上。等唐司令他们来时天色已晚，更看不出柏树后面的玄机。

年周一直等到天色快黑，头顶没声响了，才借着微弱的光手脚并用攀着石头到了山脚躲了起来。此时天已彻底黑下来了，年周看到一些人手拿哈达、柏树枝等东西不断往山上走，有的骑着马，有的赶着牛，有的步行。他知道阿爸索南去世的消息已经在草原上传开了，近些的已经赶过来给阿爸索南磕头念经，但现在他分不清哪些是管家的人，哪些是真心来给阿爸索南磕头的人，又不知道旦增在哪里。没有主意的他只好躲在路边一人高茂密的黑刺林后面。

年周一直趴到后半夜，看到路上没人了，才起身准备离开。突然，他听到了轻轻的脚步声，好像是有人在压低脚步向尕德寺走来。

这个时间这样走路的会是什么人？年周迅速又低下身子躲回到黑刺树后，睁大眼睛盯着来尕德寺的路。

不一会儿路上出现一个人影，年周远远看着，似乎很熟悉。再近些，等年周看清楚了，他的眼泪再也控制不住了，他起身从黑刺树后面钻出来，颤声叫了一声：“阿克旦增！”

旦增从梅朵家出来，绕开大路快到尕德寺时已是黄昏了。他在树林里把马藏好，找了个隐蔽的地方看着尕德寺。他也发现从各个方向不断有人往尕德寺走，有骑马的、赶牛的、走路的，还有背着枪的、拿着哈达的，远远看尕德寺里也是人影幢幢，桑烟升起，不知道尕德寺里发生了什么，更担心被抓走的年周。

旦增趴在地上，一直等到快后半夜路上没人了，才蹑手蹑脚向尕德寺走去。走到山脚下，他听到路边黑刺树后面有动静，刚想躲起来，却听到了熟悉的叫声。

年周一见旦增，虽然已经是个小伙子了，但还是忍不住心里的悲伤和委屈，眼泪一下子流了出来。旦增看到年周脸上的伤口和满身的血迹，已经猜出年周受了不少罪。

“阿爸索南没有了，被他们害死了！”年周抽泣着说。

“什么！阿爸索南没有了？怎么回事？”旦增抓住年周的胳膊急切地问。

年周抹了把眼泪，低声把这两天发生的事粗略给旦增说了一遍。

旦增陷入了沉思，年周忽然又急急地说：“我还听到，今天管家带着人去梅朵家的草原抓你去了！”

旦增心头一惊，对年周说：“我俩先赶紧去看看梅朵家的情况，然后去丹格尔，把这里的情况告诉我的上级。相信我，尕德寺我们还会回来的！”

旦增对着尕德寺磕了几个长头，心里暗暗说：“尊敬的阿爸索南，等草原上安宁了，我再来给你磕头！”年周跟着也磕了几个。

两个人摸黑找到旦增的白马，两人一起在月光下向梅朵家奔去……

第二十二章　化为彩虹

时间回到中午时分。

看着旦增骑马过了河，身影逐渐变小，直到消失在视线中，还呆呆站在牛粪堆旁的阿妈不知如何是好。她怔怔看着住了多年的牛毛帐篷，就在刚才她还想着在旁边给旦增搭一顶新帐篷。远处的牛羊在悠闲地吃着草，美丽的噶曲河依然缓缓流淌，一年到头都是那样清澈。远处的雪山、翻飞的百灵鸟、在蓝天上高高翱翔的鹰鹫，一切在此时都变得那么好看，这是她生活了十几年的草原啊。

"阿妈，阿克旦增怎么就走了？你怎么发呆啊？发生了什么事？"梅朵见旦增匆匆离开，阿妈又呆呆伫立着，不由得很奇怪。

阿妈不知道怎么跟梅朵说，发呆了好一阵才慢慢对梅朵说："梅朵，有些事现在要告诉你，旦增是共产党的人，是和管家他们不一样的人。共产党是来救我们穷人的，是让我们有自己的草原、自己的牛羊，不受管家他们欺负的。"

"我就知道阿克旦增是好人，那这个共产党阿克也是好人是不是？"梅朵抢着说。

"我听旦增说他们那里很多人都是共产党，共产党应该是一大帮好人。"阿妈对共产党也不了解，只是从旦增那里听到了一点儿，"旦增是共产党的人，这个对任何人都不能说知道吗？管家他们最恨的就是共产党，要是他们知道了就会把旦增抓走，现在管家他们就在到处抓旦增。刚才旦增来的事，也绝对不能对别人说，知道吗？旦增给阿妈也说了，说我也是给共产党帮忙的人，将来我也会当共产党的，记住这也不能给别人说！"

"阿克旦增是好人，我不会对别人说的，我以后也要给共产党帮忙，也当共产党。那这事现在就我俩知道，以后把这些说给年周好吗？”梅朵若有所思地说。

“还有，我俩现在要到丹格尔去，这些牛羊和东西都不要了，你赶紧去收拾东西，把吃的和穿的带上就行。”

“什么，要去丹格尔！”梅朵倒有点儿兴奋，她从没有出过远门，更何况是旦增经常提到的丹格尔。

梅朵跑进帐篷，家里本来就没什么东西，很快就把自己的东西全部收拾好了。阿妈到远处吃草的牛群里赶了两头驮牛过来，套好缰绳，又从帐篷里拿出牛毛编的褡裢搭到牛背上，往褡裢里装东西。她特意把还没完全做好的给旦增准备的帐篷放到了牛背上，想着等到了丹格尔一定要让旦增住到新帐篷里。

真的要走了，梅朵才感觉到这次去可能时间很久，也不知道啥时候才能回来，这才感到舍不得。她舍不得她天天放牧的牛羊，舍不得从小住的小帐篷，舍不得陪着她长大的草原上的一切，她还跑去看了看哈拉一家。

等把该带的东西全部驮在牛背上，梅朵呆呆地望着即将离开的家和草原，阿妈走过去轻轻揽住梅朵的肩头。

“阿克旦增不和我们一起走吗？年周知不知道我们去丹格尔了？他以后能不能找到我们？”梅朵轻轻地问。

“你阿克旦增就是去找年周了，他们会赶上我们的，天已经不早了，我们要赶快走！”阿妈松开梅朵的肩，返身准备去把埋在牛粪堆里的烟杆取出来，梅朵已经牵起了驮牛的缰绳。

忽然，边上的森格狂叫了起来，阿妈和梅朵一惊，转头向森格叫的方向看去，只见远处几匹马向这边狂奔而来。

转眼之间，几匹马从河面过来，马上的人挥着皮鞭子打着马，全然不顾河水淹到马肚子和脚上的鞋，阿妈看到领头的正是管家吉宝。

过了河，几匹马奔过来，在梅朵和阿妈跟前走了几个圈。森格狂叫着扑咬着，马上的人不停拨转马头，躲开森格的大口。

“啪”一声枪响，森格随着枪声倒在了地上，开枪的正是管家。

看到森格倒在地上，管家把手中的手枪放回怀里，其他的几个人放开马举着枪散开四处搜寻起来。

“梅朵阿妈你这是去哪里啊？”管家看到空空如也的帐篷和驮满东西的驮牛时，他的脸色渐渐变得铁青，他恼怒地说，“看来你们这是要逃走啊，旦增那小子在哪里？你把他藏到哪里了？”

梅朵看到管家恶狠狠的样子，看到森格躺在地上一动不动，害怕地躲在阿妈的身后，眼睛里满是泪水。

见阿妈不回答，管家举起手中的马鞭狠狠地抽了下来，阿妈的脸上立即出现了一道血痕，血顺着伤口流下来。阿妈依然不说话，长长的睫毛下美丽的眼睛里冒着火和对管家的蔑视。

管家看到梅朵阿妈的神情更加恼怒了，他一直想要的是这个他心目中的女神屈服于他、向他求饶，而他看到的却是梅朵阿妈对他的不屑。

“说！旦增那小子在哪里？”恼羞成怒的管家又挥起鞭子对阿妈打下来。

阿妈的脸上、身上又多了几道血痕，鲜血顺着阿妈美丽的脸颊流下来。阿妈依然没有躲闪，甚至连呻吟都没有，反而抬起手将头上被打歪的红头巾扎紧。身后的梅朵发出了轻轻的哭声，阿妈把手绕到后面轻轻拍了拍梅朵的胳膊。

“说，快说！不说今天就宰了你俩！”管家带来的其他人在四周搜了一圈没发现什么，过来围住阿妈和梅朵恶狠狠地吼着，如同一群恶狼围住了两只小羊。

“你喜欢上了那个小子是不是？他有什么值得你喜欢的？那个穷小子能跟我堂堂管家相比吗？”管家歇斯底里般吼道。

“你不知道你的心是黑的吗？你就是草原上的恶狼！”阿妈终于说话了。

“我们都是这片草原上的人，你没必要护着旦增那个外族人，只要你说出旦增在哪里，我就让你不在这里受苦，让仆人侍候你。你不想离开我就给你牛、给你羊、给你草原、给你珠宝、给你漂亮的绸缎、给你想要的所有东西，让你们母女过上头人一样的日子！”管家见硬的不行，又想来软的。

“旦增虽然是外族人，但他的心是红的。你在草原上欺压牧民，搜刮了多少钱财？害多少人当了奴隶？多少人死在你的手里？你的日子也快到头儿了，共产党来了决不会轻饶你！”

“你果然成了旦增的人，连共产党都知道了，告诉你，共产党是进不了我们的草原的！”管家的脸上更青了。

“副司令，我们把她俩抓回去，慢慢收拾她俩，不怕她们不说，还可以把这个小美女赏给我们，你也可以……”

旁边的几个手下狞笑着拨过马头向阿妈和梅朵逼过来。

阿妈见此迅速从怀里拔出藏刀，对准自己的胸膛说：“你们敢过来，我就死在你们面前！”又转头对梅朵轻声说，“快跑！”

她知道偌大的草原上无处可逃，但作为母亲保护女儿的本能还是希望梅朵能逃离这帮恶狼的魔爪。

梅朵下意识地向远处跑去，旁边管家的手下们嘴里发出一阵怪叫，得意地哈哈笑着。他们知道梅朵只是徒劳，空旷的草原上无处可逃，更何况他们骑着马，几步就能追上她。他们怪叫着挥着马鞭跑过去把梅朵围住。阿妈见此挥舞着手中的藏刀赶紧跑上前把梅朵护住。

管家带来的人知道梅朵母女无处可逃，故意让梅朵和阿妈跑几步，然后怪叫着用马围住，又让梅朵母女跑，再围住。

管家饶有兴趣地看着，任由手下欺凌着梅朵和梅朵阿妈。他要看着她们彻底倒下，没有力气站起来，蜷缩在他的马下向他求饶，这样他才能彻底摧毁梅朵阿妈和梅朵的意志，让她们乖乖听他的摆布。

几次之后，梅朵和阿妈已到了河边，再也无处可逃了。阿妈牵着梅朵的手，梅朵受到惊吓，小手冰凉，手指在轻轻发颤。阿妈忽然感觉到在梅朵小时候牵着梅朵小手的那种幸福感觉。女儿长大了，正是花一般的年龄，就像草原上的格桑花一样刚刚绽放。牵着梅朵的应该是一个男孩儿的手，而现在又仿佛回到了从前。

阿妈看了看围在四周狞笑的管家手下，又看了看身后静静流动的噶曲河，眼睛看向梅朵。两个人的眼神一接触，梅朵瞬间明白了阿妈的意思，眼泪从大大的眼睛里流了出来，长长的睫毛上满是泪水，但目光里已是一个孩子不该有的决绝。梅朵的手紧紧牵住了阿妈的手，如同小时候牵着妈妈的手，只有抓住妈妈温暖的手，她才不会害怕。

阿妈望望远处的神山，神山上的雪峰在阳光的照耀下还是那么圣洁，她好像看到了梅朵阿爸在神山上笑着。她心里默默地对梅朵阿爸说，我和梅朵来了，我们一家人就要团圆了，以后我们还在这片草原上，每天去放羊放牛，让爱笑的梅朵每天都开心地在草原上跑，让她跳，让梅朵采许多格桑花，让森格跟在她后面，我们再也不分开了。

她又想起了旦增。自从梅朵阿爸离开后，这么多年我的心都死了，如同山顶的雪一样冻住了，直到遇见你，是你又让我重新点燃了生命的火。虽然我一次次避开你炽热的眼神，其实我有好多好多的话想说给你听，想靠着你的肩敞开我的心扉，想用手摸摸你的脸颊。我还没对你说我要给你搭个新帐篷，我要陪着你开始新的生活，美好的日子就在眼前却又要结束了，旦增啊请你原谅我。

再看看身边的梅朵，可爱的梅朵、妈妈的好梅朵，你的生命之花刚刚绽放，你长长的睫毛下清澈如水的大眼睛还没有看够草原、蓝天、白云，现在却要融化在这清澈的河水里，草原上的每一株草都记得你的美丽，每一只百灵鸟都记得你银铃般的笑声，每一朵白云都记得你动听的歌声。阿妈不忍心啊，你的爱情才刚刚开始，现在却要和阿妈一起走向永恒。我的梅朵别怕，阿妈会永远紧紧握住你的小手，永远不会让你感到害怕，永远不会受到屈辱。

阿妈对着管家冷然一笑，管家瞬间突然明白了，大喊一声：“快抓住她们！”

就在此时，阿妈和梅朵转身手牵着手跃进了噶曲河，如同一道彩虹融入了河水。

噶曲河以宽阔的胸怀紧紧拥抱住了梅朵和阿妈，吸纳了这两个追求美好、追求爱情的女人，将她们永远地留在了这片草原上。

河岸边两朵格桑花在微风中绽开，在蓝天、白云、草原、雪山的映衬下分外艳丽。

静静流淌的河面上，一条红头巾缓缓随水漂动，像一片霞，更像一团火……

黎明时分，旦增和年周终于赶到了梅朵家的草原。远远望去，曾经的小牛毛帐篷不见了，突然变得空旷的草原上只有一缕青烟。曾经满滩的牛羊也不见了，不祥的感觉立即涌上二人的心头，旦增猛甩鞭子，白马如闪电一般向前奔去。

到了河边，年周疯了一般跃下马，不顾快淹到胸部的河水，几下就过了河，口中喊着：“梅朵！梅朵！阿妈！阿妈！你们在哪里？”跑到这边又跑到那边疯了一般找寻着，声嘶力竭不停地喊着，布满血丝的眼睛里满是泪水。旦增看到牛毛帐篷已经化成了灰烬，未燃尽的地方还冒着缕缕青烟。

他猛地发现杂乱的马蹄印一直到了河边，旦增和年周奔到河边。噶曲河依然在静静流淌，在河边的草丛里散落着年周送给梅朵的佛珠。绳子断了，佛珠如同黑珍珠一般撒落在草丛里。在远处的河岸边，旦增亲手戴在阿妈头上的红纱巾挂在一个伸到水里的树枝上，随着水流漂动着。旦增走过去，双手轻轻捧了起来，猛地迎风展开，红头巾如火般照亮了整个草原。

两个男人对着河水坐了很久很久，默默地说着自己心里的话。

旦增轻轻拍了拍年周的肩头起了身，年周的眼睛还痴痴地望着河水。旦增又轻轻拍了一下，年周终于站了起来，擦干了眼睛里的泪水。

旦增向牛粪堆走去，梅朵让森格舔自己脸的一幕浮现在脑海，耳边似乎还有梅朵银铃般的笑声，梅朵阿妈和自己在牛粪火边上说话的情景仿佛就在眼前，梅朵阿妈是那样恬静美丽。

走到跟前，蹲下身在牛粪里一摸，梅朵阿妈埋下的烟杆还在。旦增轻轻地拿起，上面似乎还有梅朵阿妈的体温，他用手紧紧攥住，沉默好久后放到贴身的怀中。

忽然，低着头寻找梅朵东西的年周叫了起来，旦增赶紧跑过去，原来在一块茂密的草丛里，有一个黑影，仔细一看原来是森格躺在草丛里，森格的身上有一个枪眼，周围的毛都被血浸透了。年周喊着："森格！森格！"森格的眼睛好像动了一下，年周激动的泪水又下来了。旦增仔细一看，森格的眼睛确实又动了一下。旦增把森格抱在怀中，年周牵着白马，两个男人踏上了去丹格尔的路。

初升的太阳照在两个男人的脸上，布满血丝的眼睛里充满了悲痛，更充满了希望。

第二十三章　驾风而去

管家和手下谁也没想到，梅朵和阿妈会纵身跳进后面深深的噶曲河里。赶到河边时，河水里已看不到梅朵和阿妈了，她们跳河的地方是噶曲河最深的河岸。

管家对草原上他看上的稍有姿色的女人会让手下骗到他的家里，或者来硬的直接抢走，草原上习惯逆来顺受的百姓慑于他的淫威也只能忍气吞声。但他唯独对心目中的女神梅朵阿妈不敢来硬的，他魂牵梦绕地想让梅朵阿妈死心塌地跟上他，让倔强的她知道吉宝才是这片草原上的王者！吉宝等这一刻的到来很久了，而今天他万万没有想到梅朵阿妈宁可跳进深深的噶曲河，也不顺从他。无可奈何的他把手下臭骂了一顿，打发他们把值钱的东西全部驮到牛背上，把所有的牛羊赶过来让两个手下先赶回自己家，自己则懊丧地骑着马往尕德寺走去。

一路上，管家谁也不理，手下也不敢和他说话。快到尕德寺时，管家才恢复了正常，打起了精神。

到了尕德寺，管家到给唐司令搭的帐篷里汇报，把在梅朵家的情况说了一遍。

唐司令沉思好久后说："旦增这小子已经逃走了，通知各路口巡逻的注意，发现他立即杀死。明天再宣布旦增是凶手的消息，让老百姓堵他，这样他怎么也走不出这草原的。现在年周那小子也跳崖自尽了，老百姓更不会怀疑我们的说法了。"

第二天，天刚蒙蒙亮，四面八方得到消息的老百姓已经聚集在尕德寺里。路途远的人还在不断赶来，不大的尕德寺里挤满了得到消息后来送尊敬的阿爸索南最后一程的人。

管家代表头人、唐司令代表官家、老僧人代表尕德寺迎接着其他寺院和部落前来祭拜的客人，持枪的警卫在四周警戒。

时间已近中午，见人来得差不多了，老僧人亲自来官帐请唐司令、管家等人。唐司令等人在老僧人的引领下来到经堂门口，在经堂周围挤满了前来祭拜的老百姓。阿爸索南在这片草原上威望非常高，人们争先恐后地给阿爸索南磕头，阿爸索南的遗体已经被敬献的哈达埋住了。

一个僧人出来站在经堂门口，拿起手中巨大的法螺并吹响。法螺短促的声音立即传遍尕德寺，响彻方圆几公里。

火化仪式正式开始，经堂里的僧人继续诵经送阿爸索南最后一程，各种法器的声音不时响起，为葬礼更添了几分悲伤和肃穆。人们聚集在经堂四周，老人和妇女一边转动着转经筒一边用手抹着眼泪。听到法螺的声音响起，所有人都静了下来。

老僧人首先走到了前面，他对前来祭拜阿爸索南的所有人表示感谢，特别感谢了代表头人的管家和官方的唐司令，对阿爸索南的突然离去表示悲痛后掩面退到了一边。

管家吉宝满脸悲伤地走到前面，虽然许多老百姓都讨厌他，但这时也都静静地听管家要说什么。

“尊敬的阿爸索南突然离我们而去了，阿爸索南像我们的阿爸一样关心着草原上的每个人，在病中的头人听到阿爸索南离去的消息后也非常悲痛，几次都昏了过去。阿爸索南离开了我们，我们感觉天好像都塌了，我们感觉草原上就像再也没有了阳光一样。阿爸索南在世时，他和我们尊敬的头人天天操心着这片草原的安宁、每一个人、每一只牛羊，可是我们尊敬的阿爸索南还是突然离开了我们。”管家说完停了停，看了看周围的人，又一字一句地说，“我们所有人在为阿爸索南的离去悲伤的同时，都想知道我们尊敬的阿爸索南为什么会突然离开我们。现在我可以告诉大家，阿爸索南是被人害死的！”

静静地听管家说话的所有人都惊愕了片刻，随后如同滚烫的油锅里加了一盆水，如同晴天霹雳在人群里炸响，人们立即嘈杂起来，交头接耳都不敢相信，一些人又开始为尊敬的阿爸索南流泪，一些人已经愤怒地吼了起来。

管家看人们的情绪非常激愤，摆了摆手说：“阿爸索南出事时，我和唐司令当时刚离开阿爸索南不久。我们返回后立即去抓害死阿爸索南的凶手，可是还是让他跑了，但我们已经查清楚凶手就是……”

嘈杂的人群立即静了下来，所有人都屏住呼吸等管家说出凶手的名字。

“现在我可以告诉大家，杀害阿爸索南的凶手就是做买卖的外族人旦增和阿爸索南养大带大最疼爱却变成了魔鬼的年周！”

人群又沸腾了，人们又交头接耳议论了起来，人们不敢相信他俩就是杀害阿爸索南的凶手。

管家显然看到了人们脸上的疑惑。

“这个旦增你们不知道，他是省城那边共产党派来的奸细，他是来威胁阿爸索南投降共产党的。阿爸索南坚决不同意，因为共产党来了就会把所有的男人抓去当奴隶，女人会被他们抢走，他们还会抢走草原上所有的牛羊和你们家里值钱的东西。阿爸索南为了草原上的你们每一个人几次痛斥旦增。旦增见阿爸索南不同意就起了杀心，他买通了年周，让年周把他藏在阿爸索南修行的后山。前天我和唐司令见了阿爸索南离开后，藏起来的旦增跳出来打伤了老僧人，又残忍地杀害阿爸索南后逃走了。老僧人看到心虚的年周也突然逃走后，派人把年周抓了回来。年周向老僧人承认把旦增藏到后山等我们离开后杀害阿爸索南的事，后来年周害怕受到大家的惩罚，就跳崖自尽了。”

管家说完，边上的老僧人站了出来，抹了一把眼泪后，颤声对大家说：“那天，管家他们走后，阿爸索南把我叫到跟前说事。正说着，从旁边跳出来一个人，我一看是旦增，就问他怎么闯到阿爸索南修行的地方来了，他啥话没说，把我一棍子打翻，我眼睁睁看着他把尊敬的阿爸索南害死了，呜呜……”老僧人说着说着又声泪俱下。

旁边的管家劝了劝老僧人，让他继续说。老僧人擦了擦眼泪接着说：“管家和唐司令他们还有寺里的其他僧人听到动静后立即去追旦增，可是没有追到。后来我发现年周莫名其妙也跑了，就派人去找，直到第二天才把他抓回来。回来后他当着我们的面承认了被旦增收买和旦增害死阿爸索南的事，后来他知道大家饶不了他，就跳崖摔死了。”

说完，老僧人抹着泪站到了一边，唐司令站了出来：“各位，首先我代表党国对尊敬的阿爸索南的突然离世表示悲哀。阿爸索南和党国为了草原的安宁可以说是操碎了心，我每次看到他消瘦了都很伤心，对他的圆寂我更是心如刀割。刚才管家说了，共产党就要打到草原来了，他们会抢走所有的牛羊，抓走所有人去当奴隶，阿爸索南不愿意看到大家去受苦，几次和我商量对策，甚至说宁肯我俩死，也不要你们受到伤害。阿爸索南还说，为了你们的安全、为了草原的安宁他要闭关修行，祈愿共产党不要到草原来。

“那天，我和阿爸索南商量怎么应对共产党打进来的事，阿爸索南说他已经考虑好了，我们必须提前做好准备。共产党打来了，我们不能像牛羊一样任他们宰割，所以我们要团结起来，为了我们的部落、为了我们的草原出兵，把他们赶出草原，把他们赶出省城，让他们回到他们的地方去。因为他在闭关，所以他把他心爱的佛珠，就是那串我们谁都认识的佛珠，交给了老僧人，让老僧人代表他去告诉你们，阿爸索南要求你们为了自己、为了家人、为了草原出兵！”

站在旁边的老僧人从怀里掏出佛珠，高高地举起，下面的人都看到了就是阿爸索南的黑色佛珠。

唐司令又说：“听到阿爸索南圆寂的消息后，头人在病榻上也下了命令，从今日起本部落出兵！他把部落的印鉴交给了管家，让管家全权负责本部落的大事。大家回去后准备马匹、枪支，没有枪的就把腰里的藏刀磨得快快的，然后在头人家里集合，我们和共产党决一死战。”

边上的管家从怀里拿出了一个大印，高高举过头顶。

听到出兵，下面的人都沸腾了，一些人拔出腰里的藏刀挥了起来，一些人高声喊了起来：“杀死旦增！为阿爸索南报仇！”

“大家先安静一下！”唐司令看着群情激奋的人们说，“我们要保护我们的牛羊，保护我们的草原，要杀掉每一个胆敢踏进我们草原的共产党，更要杀死旦增，为阿爸索南报仇！现在让我们先把尊敬的阿爸索南火化，让他到天上保佑我们！保佑草原上所有的人！保佑我们打败共产党！”

说完，法螺声起，其他的法器也响了起来，刚才听唐司令讲话的所有人又都跪在地上磕起长头来。唐司令在一旁肃立着，管家和老僧人带了些人把阿爸索南的遗体请了出来。

人们簇拥着阿爸索南的遗体来到炉前，又跪成一片磕起长头。几个僧人抬起阿爸索南的遗体，瘦小的遗体很容易就放进了砌好的炉膛里……

绵绵的秋雨似乎想洗净草原上的污秽，又像在为屈死的阿爸索南、梅朵和阿妈流泪。在飕飕的秋风里，在茫茫的高原上，在似乎永远也走不完的草原上，旦增和年周牵着白马艰难地走着，为了躲开管家的卡子，他们只能选最难走的路。两个人衣衫褴褛，嘴唇干裂。年周怀里抱着森格，脸上露出刚毅的神情，他已经不再是个孩子了。

第二十四章　挺　进

一个多月后，草原上已经开始降下了大雪，整个草原变成了茫茫雪原，寒风夹杂着鹅毛大雪肆无忌惮地扑打着雪原上的一切。

一支队伍艰难地行进在雪原上，他们穿着厚厚的藏袍，身上背着武器，脚上是用羊毛擀成的厚毡靴，头上戴的大棉帽正中间有一颗闪闪的红五星在洁白的雪原里格外醒目。

在草原上，藏袍是最实用的衣服，最好的藏袍是用羔羊柔软的皮做的。将剥下的羊皮沤熟，用硝除去油脂，再用手反复揉搓清洗后就可以把变得柔软雪白的皮子缝成宽大的皮袍。贵族家会在皮袍外面放一层漂亮的布，再拿漂亮的腰带扎住腰。而穷人挂不起布面，也无法经过前期的工序，只能直接把剥下的老羊皮简单裁剪后穿在身上，这种皮袄叫“白板板皮袄”。藏袍白天穿在身上，热的时候可以把袖子褪下来露出胳膊不影响干活儿，晚上往身上一裹就能隔潮防寒，宽大的怀里还可以放不少东西。

在队伍的最前面，在大棉帽的下面是张年轻的脸，高高的藏袍领子遮住了半个脸，露出来的眼睛中透着坚毅，透着经历磨难后的执着和坚韧。几十匹马在雪原上蜿蜒向前，后面有几十头牦牛驮着辎重给养。

“快到了吧？旦增！”后面一匹马赶过来并到旦增的马边，马上是一张同样年轻的脸。

“前面就要进入尕德草原了。”旦增目光盯着前方。

年轻人回头向后面说：“命令下去，注意警戒，保护好阿克（叔父）尖赞！”

后面的人立即把身后背的枪转过来挎到前面，目光锐利地扫视着周围。

旦增目光转向边上的一个年轻人，努了一下嘴说：“去，到后面把阿克尖赞保护好！”

“我要和你在一起。”年轻人嘴上嘟哝着不愿意离开旦增。

“你伺候老人有经验，快去！阿克尖赞出点儿问题我拿你年周是问！”

年周无奈地把马拨到一边等后面的队伍上来后，把马并到了队伍中间穿着僧袍的阿克尖赞的马边。旦增让年周去保护阿克尖赞，一方面是年周确实和阿克尖赞熟悉，另一方面是在队伍前面很危险，他怕年周出什么意外。

自从回到省城后，举目无亲的两个人都把彼此视作亲人。这次重回草原对唐司令一伙进行追剿，年周非得要来，说自己对草原熟悉，薛局长考虑再三后同意了他的请求。

本来，这个季节是不能进草原的，高原上的夏天很短，到夏末秋初草原已经枯黄，山顶已经被白雪覆盖。严格地说在高原只有夏天和冬天两个季节，在短暂的夏季后鹅毛大雪已经把高原变成了一个冰雪世界。

雪在寒风里肆意狂舞，所有的沟壑被雪填平，看不清哪是路哪是沟，一旦不慎掉进雪坑，后果不堪设想。在暴风雪里面也极易迷路，大雪把一些参照物全部埋了起来，夏日里蔚蓝清澈的大小湖泊也全冻成了雪原。雪原上太阳出来后，在强烈的紫外线照射下人的眼睛根本睁不开，就算你坚持，不久就会患雪盲病，眼睛什么也看不见了。另外，给养、沿途燃料等都很难解决。因此，下雪后草原上的人哪里也去不了，只能靠夏天储备的粮食和牛粪解决吃喝取暖的问题，草原外的人在这个季节也不敢冒险进草原。

旦增和年周历经千辛万苦回到省城，向蒙处长、薛局长汇报了草原上的情况。当薛局长看了李贤忠写的密信后，感觉到事态严重。

前面派到草原的几个工作组中，去尕德部落的遇到埋伏全部牺牲，唐司令的手下还袭击了其他工作组。一时间唐司令和管家一伙在草原上气焰非常嚣张，他们欺骗裹挟了大量善良的老百姓，肆意杀害工作组成员，抢劫老百姓的牛羊，绑架来往的商人，扬言要打回省城，叫嚣要赶走共产党。

唐司令一伙已经成为草原上的毒瘤，必须尽快铲除，解放受到欺压的老百姓，还老百姓蓝天白云，还老百姓自由安宁。

根据情报分析，唐司令手下大部分为受到欺骗和裹挟的老百姓。根据中央及省委意见，首恶必惩、胁从不办。为尽量保护老百姓的生命和财产，决定只派小部队进入，由熟悉道路敌情的旦增和虽然年轻但经验丰富的王营长带领。

在临出发时，与尕德部落相邻部落的阿克尖赞听到消息后主动提出要加入队伍同行。阿克尖赞是个开明的佛教徒，也是个在草原上威望极高的人。草原上的老百姓在他的名字前加上阿克（叔父），尊称他为阿克尖赞。

阿克尖赞从心底里接受并拥护共产党的主张，对共产党关心草原上的百姓不派大部队进入的做法非常赞同。他也是阿爸索南的挚友。在省城刚解放时，他听到消息就赶到了省城，代表他们部落欢迎解放军，后面因为兵荒马乱一直迟滞在省城。当听到阿爸索南被害的消息后，他非常悲痛，对唐司令一伙欺骗老百姓与共产党为敌的行为更是深恶痛绝。听到部队要去尕德草原的消息后，他觉得需要冒着风雪随部队进到草原，他要亲口告诉所有的老百姓共产党是来帮助他们的，是来给他们建设美好家园的，让善良的老百姓不要受那些人的蛊惑和欺骗，让害死阿爸索南的凶手受到惩罚，让真相大白于天下。于是一支小规模的队伍顶着大雪挺进了草原。

虽然国民党政府组织民工整修了部分通往草原的路，但草草修建的路大部分被山洪、塌方等破坏，所以进入草原最好的交通工具还是马和牦牛。

常年生活在高寒地域的老百姓生存能力、耐力极强，仅仅凭借身上的一身藏袍和一点儿青稞炒面在雪里趴几天不成问题。他们善骑马，在空气稀薄的高原生活完全没有缺氧等问题。他们的视力也极好，能看清极远地方的东西，枪法也准，被他们手中的杈子枪瞄准后很难逃脱。

此时，旦增看看前面的雪原，不由得担心后面的队伍是否能适应高原的气候，特别是冬天下雪后更为严酷的环境。这种情况下氧气更为稀薄，在平原上很小的病到了高原就可能要人命，在茫茫雪原上人也容易丧失毅力。还好，目前这支精挑细选的队伍里还没有出现身体不适应的状况。转过头，旦增继续观察着前方，他知道趴着的伏兵在雪原里看起来就像一块不起眼的石头，像一个雪堆，边上的王营长也高度紧张，扫视着周围的一切。

第二十五章　初　战

鹅毛大雪，给旦增他们带来了困难，同时也给唐司令卡子上的守卫带来了侥幸心理。他们怎么也想不到在大雪封山的冬天，在这样的暴风雪天，在毫无人烟的茫茫雪原里，会出现一支共产党的队伍。

当旦增和王营长远远发现一个被厚厚的积雪快要压塌的牛毛帐篷时，立即组织战士从四面悄悄包围了帐篷。当掀开门口的帘子如神兵天降出现在他们面前时，里面的人还浑然不知被包围了，几个人来不及反应已经被缴了械。

“枪不错啊！”王营长拿过一支缴获的枪拉开枪栓看了一下，退出了膛中的子弹，把枪递给了后面的战士。

还在惊愕中的四个守卫都是藏族汉子，穿的全是“白板板皮袄”，应该是部落里以放牧为生的穷人。他们蹲在地上惶恐地看着王营长和周围的战士，当看到后面的旦增和年周时，四个人的眼神由惊愕变成愤怒，不顾身边对着的枪口，对着旦增和年周骂了起来：“你这个恶魔，为什么要害死我们的阿爸索南？还有你年周！为什么勾结外人？阿爸索南可是把你一手养大的，你不是已经死了吗？你们这两个恶魔！”要不是有战士牢牢压着这四个人，恐怕他们会跳起来活吞了旦增和年周。

王营长和旦增已经看出这四个人是受唐司令和管家他们蒙骗的老百姓，不然他们不会对旦增和年周如此恨之入骨。

“放开他们！”王营长对边上的战士说。

战士们迟疑了一下但还是松了手，那四个人没想到这些头戴红五星的人会放了他们，唐司令和管家说的是这些人会把他们抓去当奴隶。正在疑惑时，旦增的身后出现了阿克尖赞。

慈眉善目的阿克尖赞对他们说：“你们错怪了旦增和年周，你们受了唐司令和吉宝那两个魔鬼的欺骗，你们尊敬的阿爸索南是被吉宝和那个唐司令害死的，他们害死了阿爸索南却嫁祸给旦增和年周，他们才是真正的魔鬼。他们这样做就是让你们赶走共产党，让你们永远给他们当奴隶，而旦增和这些共产党是来解放你们的！”

“解放？”四个人不知道“解放”是什么意思，眼神里都是迷茫。

“‘解放’就是让你们和头人一样，有自己的牛羊，有自己的草原，不再给头人当奴隶！我们草原上的每个人都会被解放的，除了管家和唐司令那样的恶魔！”

四个人都参加了阿爸索南的葬礼，也知道旦增和年周的为人，本来就怀疑唐司令他们说的话，听了阿克尖赞的话，再看看旦增和年周以及四周所谓恶魔的共产党战士，他们慢慢相信了阿克尖赞的话。

年周把阿爸索南被害的经过大致说了一遍，四个人听完才恍然大悟，知道真相后又都掉下了眼泪。虽然他们早已习惯逆来顺受，对头人唯命是从，但知道自己被骗了，把好人当成了恶魔，却把恶魔当成亲人后，悔恨的泪水潸然而下。

当几个人钻出低矮的帐篷时，帐篷外的雪已经停了，东边的天空已是湛蓝如洗。阳光照在雪原上，万物被洁白的雪盖住，一切变得那么纯净、那么宁静。

“我们要把管家害死阿爸索南的真相告诉所有草原上的人，也要告诉他们帽子上有红五星的共产党是来救我们的，是来解放我们的，不是来抢我们牛羊的，让他们不但不能朝你们开枪，还要给你们献上吉祥的哈达！”如梦初醒的几个人说。

“那就好，你们把阿爸索南被害和唐司令利用你们的真相告诉尽量多的人，让他们不要和共产党打仗。你们还要注意自己的安全，这些不能让唐司令和管家身边的人知道，不然你们会很危险。”阿克尖赞嘱咐他们。

王营长转过头说：“把他们的枪还给他们，让他们走！”

边上的战士犹豫着说：“人让他们走，枪别还了吧。”

“草原上的男人崇尚的就是骏马快枪，我们要相信老百姓，知道真相的老百姓是不会朝我们开枪的，更何况他们还要保护自己！”王营长斩钉截铁地说。

边上的旦增和年周，还有阿克尖赞不由得暗暗对年轻的王营长竖起了大拇指，虽然年轻却有如此胆魄。

四个守卫都伸出双手竖起大拇指，这在草原上是“你是个好人，我从心底里佩服你”的意思。

四个人草草收拾东西后跨上马朝草原深处奔去，马蹄在雪原上扬起了一片雪雾。

“管家他们很快就会知道我们进了尕德部落。”年周担心地说。

“我们这大队人马，没他们报信，唐司令他们也会知道我们来了。他们回去只要把事实真相告诉其他的老百姓，我们就胜利了一半，可以说我们已经打了个大胜仗。这可比打了几个阻击战的意义重大。不过，我们可能要加快速度了。”说完，王营长挥了挥手，队伍开始出发。

太阳照在雪原上，旦增仔细地辨别着方向，他要找一条最近的路赶到尕德寺。他看清方向后让大家在眼睛上蒙上用牦牛毛编的细网，这样可以防止阳光灼伤眼睛而患上雪盲病。

所幸，路上没出意外。走了两天，终于快到尕德寺了。穿过一条峡谷，就能看到尕德寺。

王营长看到前面险峻的峡谷，命令队伍停下警戒，扭头对旦增说：“前面这峡谷看起来不好走啊！你看怎么办？”

“这里路窄、树多、大石头多，里面藏几十个人根本看不出来。好在刚下了雪，要特别注意看所有的树。如果藏在山坡的高处，爬山时会把小树上面的积雪抖下来。如果远远发现有几棵树上没雪，那周围可能就藏着人！”旦增说。

“让大家准备战斗，拉开距离、保护好阿克尖赞！”王营长下达了命令。

战士们迅速推上子弹，谨慎地观察着四周的动静。一时间峡谷里的空气异常凝重，只有马蹄的声音回响在峡谷中。

王营长带头走在前面，手中紧紧握着盒子枪，双眼搜索着前面的任何异常情况。

进入峡谷不久，果然，突然间前面响起了密集的枪声，前面的石头后面、树后面闪出了许多人影。与此同时，已发现异样的王营长和旦增滚下马鞍，躲在路边的石头后面。后面的战士也立即跃下马就地寻找掩护，但还是有几个战士和马被击中。

前面还真有埋伏，毕竟王营长挑选的这些战士都是久经战场的老战士，所有的人都没有慌乱，各自迅速找到掩体展开反击。一时间峡谷里枪声大作，震得树上的积雪不断落下，子弹打在树上撕开一块块的树皮，打在石头上发出尖啸。

敌人的火力很猛，一时很难突破。已看清地形的王营长在石头后面转头对着后面的一个战士用手往旁边一指，那名战士立即心领神会，带了几个战士往旁边山梁上爬去，爬到高处视线好的地方居高临下展开反击。对面藏在石头、树后的敌人立即暴露在他们的视线下，机枪连续的枪声响起，敌人不断有人倒在雪地里，有的顺着山坡翻滚下来。被前面火力压制住的王营长和旦增的压力立即缓解，王营长枪口一点，立即有人倒下。旦增用枪不熟练，但还是按照王营长在路上教的方法瞄准射击，也打中了一个。

看到王营长他们火力强大，身边的同伙又不停倒下，埋伏在前面的敌人乱叫着，拖着枪转身就跑，有人在大声呵斥但还是无济于事。一个人一跑其他人也跟着跑了，为首的也只好边打边退。枪声渐渐地稀了下来，随着杂乱的马蹄声远去，峡谷里又恢复了宁静。

战士们搜索完战场，王营长和旦增发现倒在雪地里的大部分都是穿着“白板板皮袄”的人，不由得非常痛心，这些都是不知情的老百姓啊。还有一些看上去不是当地人，应该是从外面投奔唐司令的，这些投奔唐司令的铁杆分子，才是罪大恶极的。

这时，阿克尖赞和年周走了上来。枪声一响起，年周就迅速把阿克尖赞压在一块巨石后面，所以两个人都毫发无损。阿克尖赞和随行的军医拿出药给那些被子弹打伤的人处理伤口。

打扫完战场，王营长派了几个战士在前面探路，防备再有埋伏。他和旦增保护着阿克尖赞，跟在后面，所幸一直走出峡谷也没有遇到埋伏。

走到尕德寺的山脚下，旦增远远看去，尕德寺没有每天都升起的桑烟，冷冷清清的，好像也没几个人。看着熟悉的金顶，旦增想起曾经和阿爸索南在一起时的一幕幕，不由得心中发痛，年周的眼睛里也满是泪水。

在上山的路口，发现了几个修筑的工事，战士们悄悄摸过去，发现里面没有人，一直上到尕德寺也没有发现其他可疑的人。来到尕德寺的经堂门前时，战士们带过来几个僧人。旦增一看里面没有老僧人，那几个僧人一见到旦增立即满脸怒气，眼睛里冒着火，大声骂着旦增。听到动静，先进到经堂里磕头的阿克尖赞和年周跑了出来，年周赶忙对他们施礼，阿克尖赞亲自过去松开他们绑着的手臂。几个僧人见到阿克尖赞和旦增他们在一起，又看到据说已经跳崖死了的年周活生生地出现在他们面前，所有人都满脸疑惑。年周把那天自己怎么无意间藏在平台上、怎么看到管家对阿爸索南下毒手，第二天又怎么沿着石羊下山的路逃出尕德寺的经过向他们细细说了一遍。蒙在鼓里的几个僧人反复回想当天的事，这才恍然大悟如梦初醒，知道错怪了年周和旦增，也知道受了吉宝和唐司令的欺骗。

又看看旁边频频点头的阿克尖赞和旦增，几个僧人全都双手合十施礼。他们虽然也怀疑过，但一心念佛单纯善良的他们还是受到了唐司令和管家一伙的欺骗。

旦增和王营长详细了解了尕德寺的情况。几个僧人说，阿爸索南被害后，由于地势险要，吉宝在寺里驻扎了十几个人，把寺里搞得乌烟瘴气。今天派去参加伏击的也有这里的人，没死的几个人逃回来后，惊恐地说共产党派来了大队人马，还有许多厉害的枪，留守的几个人一听就吓坏了，暗想就凭他们几个人是绝对抵挡不住共产党的大部队的，便仓皇收拾东西逃走了。老僧人更是吓破了胆，带着几个心腹也跟着跑了，只有他们几个舍不得也不愿意离开天天念佛修行的尕德寺的僧人留了下来。

几个僧人又带旦增他们来到老百姓给阿爸索南修的灵塔前。年周和旦增满含热泪，对着灵塔磕了几个长头，王营长也深深地鞠了几个躬。看着老百姓临时用石块堆起的灵塔，年周心想，等草原上平安了，一定给阿爸索南建一座高高的灵塔，让阿爸索南天天看着这片草原，守护着这片草原。

年周点燃了柏树叶，在上面堆上了青稞，一股浓浓的桑烟直冲上云霄。

第二十六章　剿　灭

此时，在头人庄园里的客房里，唐司令和管家等人如同热锅上的蚂蚁一般，他们已经从逃回来的人口中听到共产党派了大部队进来，而不是以前战斗力弱的工作组。唐司令这时候才知道自己苦心经营的所谓的反共救国军，完全是螳臂挡车，不堪一击。他妄想利用高原恶劣的气候，利用广袤的大草原、一些别有用心的部落首领、淳朴善良的老百姓，利用有限的物资和武器建立一个“独立王国”，此时他才知道是不可能挡住共产党挺进的步伐的，再也不能回到以前的岁月了。但他仍然不甘心失败，还在幻想继续利用这些老百姓和投奔来的残兵败勇把共产党的队伍挡住。

“我命令！由吉宝副司令带领人马在尕德寺通往这里的路上设伏阻击共产党，争取把他们消灭在路上；李副司令带领预备队在庄园戒备，万一吉宝副司令失利，我们在庄园里和他们决一死战。他们远道而来，单凭他们那点儿人马是攻不进庄园的高墙的，把所有武器全部拿出来。”

唐司令下了命令，李副司令和吉宝副司令分别带人准备去了。顿时，庄园里乱成一团。

残月如钩，尕德寺的经堂里，昏黄的酥油灯下，旦增点燃了两盏酥油灯，恭恭敬敬放在供桌上，灯焰跳动着。旦增双手合十放在额头上，手掌的中间有一个长长的东西，边上的年周侧脸一看，手掌中间是一个古旧的烟杆，就是曾经让梅朵阿妈带回去的那个烟杆。

天刚蒙蒙亮，在被厚厚的积雪盖住的草原上，在通往头人家必经之路的山隘处，吉宝副司令提着手枪和几个副官检查用石头堆起来的战壕。吉宝副司令大声呵斥着，几个手下挥着皮鞭打向穿着“白板板皮袄”的老百姓。

“我们一定要把共产党消灭在这里，不能让他们把你们抓去当奴隶，我宣布杀死一个共产党奖牦牛两头、草山一座！”

慵懒的手下立即来了劲头，穿着各种衣服，拿着各式武器，有的卖力地搬起石头垒起掩体，有的检查着枪支，有的紧张地盯着前方。

突然，远处一匹马疾奔过来，马上的人惊恐地喊着：“共产党来了！共产党来了！”

吉宝和周围的人顿时乱作一团，幸好身旁的几个副官挥着枪控制住了混乱的局面。所有的人都趴进了战壕，把子弹推上膛，眼睛紧紧盯着前方，吉宝副司令也举着手枪紧张地趴在战壕后面。除了一些投奔来的人，吉宝和其他人都没有打过阵地战，更何况对方是正规的解放军部队。

前方的地平线上传来了震天的马蹄声，几十匹战马飞奔过来，战马的铁蹄将地上的雪甩起，马上的战士手里端着枪，头顶帽子上的红五星在雪原里格外醒目。

吉宝副司令见此慌忙喊了一声：“打！”各种枪开始噼噼啪啪打了起来。

在王营长冲锋的队伍里，不断有战士倒在马下，也有战马被子弹打中翻倒在雪地上，负伤的战士趴在雪地上仍然坚持着对敌人顽强地射击。吉宝旁边的人一个个被击中趴在地上不动了，密集的子弹从头顶呼啸而过，几个胆小的转过身子拖着枪往后跑。吉宝咒骂着抬起手枪打倒了一个，其他的不敢跑了，又回到了阵地。吉宝副司令和手下的副官又挥着手枪督促着向冲锋的解放军开枪顽抗。

子弹在旦增身边呼啸，地上的雪被打起来，腾起一团团的雪雾。一时间敌人强大的火力压住了王营长他们的冲锋。见身边的战士和战马不断倒下，王营长和战士们只能跳下马，趴在地上反击。吉宝和手下一看共产党队伍的进攻被压制住了，气焰更是十分嚣张。

“别放过一个共产党，杀掉他们所有的人！冲啊！”吉宝边上的一个副官大喊着。

副官挥着枪跳了起来，骑上了旁边的战马，身边的手下也纷纷骑上马，拨转马头向王营长的阵地冲去，没有马的也从战壕里跳了出来，端着枪跟在马后向前冲去，阵地上战马的嘶鸣声、枪声、喊声响成一片。

王营长和战士们沉着反击着，敌人一个个倒在了雪地里，但剩下的敌人仍然疯狂地向前冲锋，嘴里发出怪叫。身边不断有战士被打中，王营长看着密密麻麻冲上来的敌人，把身上所有的手榴弹掏了出来，他没想到这群乌合之众的战斗力如此强悍。他已经抱定必死的决心，眼睛盯着冲过来的敌人对旦增说：“旦增，你快撤，你是个侦查员，打仗的事交给我们！”

旦增对他微微一笑：“侦查员就不能打仗吗？你我相识时间不长，但草原上的人敬重的是你这样的汉子，会把你当兄弟的，是兄弟就应该在一起！”说完不理王营长，沉着瞄准冲上来的敌人射击。

王营长看看旦增，知道旦增是不会撤退的，他大喊一声：“同志们，打！打那些不穿‘白板板皮袄’的！”

战士们的枪声又响起，但敌人仍然在吉宝等人的督促下往前冲过来。敌人越来越近，旦增已经能看清冲到前面的大部分是投奔唐司令来的以前国民党部队的人，这些人的战斗力异常强悍，而身边的解放军战士在敌人子弹密集的射击中不断倒下。

眼看敌人就要冲破防线，身边的这些战士都会惨死在敌人的枪下，王营长和旦增不由得暗暗担心。

就在这千钧一发的时候，王营长和旦增的身后突然传来震天的马蹄声和呐喊声。旦增回头一看，阵地的后面腾起巨大的雪雾，许多马向这边奔来，最前面的马上是阿克尖赞和年周，还有尕德寺的僧人，更多的是穿着“白板板皮袄”的老百姓，他们有的拿着枪，有的挥着藏刀，毫无畏惧地呐喊着向前冲来。在疾驰的骏马后面还有许多老百姓，有老有少、有男有女，有的骑着牦牛，有的在雪地上奔跑着也在往前冲，手中拿着各种武器，棍子、刀子、打狗棒等都成了他们手中的武器。他们呐喊的声音震彻雪原，骏马和牦牛的蹄子踏在雪原上，扬起冲天的雪雾，大地似乎也在震颤。

旦增和王营长转回头，从地上爬起来。王营长抬起手一挥，大喊了一声：“同志们，冲啊！”

匍匐在地上的战士全都跃了起来，有的跳上旁边惊散的战马，有的端起枪边射击边往前冲，子弹打完的战士抽出了马刀也如猛虎一般往前冲，整个雪原顿时杀声震天。

吉宝副司令看到这个阵势立刻吓破了胆，他知道大势已去，嘴上却仍然喊着“给我冲”，手里胡乱向前开着枪，身体趁其他人不注意悄悄缩到了后面，带着几个心腹悄悄骑马逃走了。

被这阵势吓得不知所措还在负隅顽抗的副官想逃，正在这时，王营长的战马已经迎面冲了过来，马上的王营长手一摆，枪声响起，副官应声落到马下。刚才还叫嚣着往前冲的敌人，有的调转马头往后跑，有的跪在地上高高举起了手中的枪。而有的穿“白板板皮袄”的看见迎面冲过来的队伍里有自己的亲人，也调转枪口加入了王营长的队伍。

战斗很快结束了，旦增和王营长问年周：“你们怎么来了？”年周喘着气说：“阿克尖赞担心你们打不过他们，我们回到尕德寺后，周围的老百姓听说我们来了，都跑来要帮助我们赶走唐司令和管家一伙，他们说还要把自己的儿子、兄弟、丈夫叫回来，不让他们给管家卖命，不再受唐司令的欺骗，要解放！所以大家都赶过来了。”

一些知道真相后投降的人在家人的带领下，纷纷来到跟前，躬身对王营长他们行礼，王营长和阿克尖赞赶忙扶起了他们。一个老人伸出手摸着王营长帽子中间的红五星，眼睛里满是泪水，颤声说：“管家他们说共产党是魔鬼，今天终于见到了共产党，没想到你们都是和我们一样的人。我们全都被管家他们骗了，以后你们共产党来给我们当头人，我们都欢迎你们。”一句话说得大家都笑了起来。

王营长也笑着说：“以后你们才是自己的头人！”

这时，旁边一个战士过来报告说，战场已经打扫完毕。

王营长对大家说：“狡猾的管家已经跑了，我们现在去把管家和唐司令的老窝给端了！把枪发给那些兄弟们！”

战士们听到后，纷纷跨上战马，那些刚明白真相的人也拿起了枪，没马的老百姓又骑在了牛背上。王营长回头对阿克尖赞说：“阿克尖赞，你和老百姓就别去了，头人家的庄园易守难攻，你们在后面等着就行。”没等阿克尖赞回答，又对旁边的年周说，“保护好阿克尖赞和老百姓！”

看着王营长他们向头人家的方向疾奔而去，阿克尖赞大声问身后的老百姓：“我们去不去？”

“我们都去帮他们！”身后的老百姓齐声回答。

在头人庄园的客房里，唐司令听了管家的报告后，手中的龙碗掉在地下，里面的茶水溅了一地。老僧人在一边吓得不敢说话，身体哆嗦着。唐司令掏出腰间的手枪吼着：“召集所有能打枪的人，共产党来了给我狠狠打！一定要把这里守住！”听到命令后，李副司令和吉宝副司令匆匆跑出了门。

院子里已乱作一团，有的人已经上了墙头，有的在往墙头送弹药，仆人们急着把值钱的东西藏起来，几只流浪狗在人们脚底下乱跑着，被慌乱的人踢到了，嗷嗷叫着躲到了墙角。

墙头上，看着远远散开包围过来的解放军，亲自督战的唐司令喊了一声“打”。一时间，各种长短武器都向王营长和旦增他们打去，解放军战士手中的枪也喷出了怒火，四下里枪声响成一片。子弹打在庄园的墙上，扬起一团团的尘土，墙上投下的手榴弹在王营长阵地前炸出一团团的雪雾。

唐司令脸上已经扭曲，挥着手枪不停地开着枪，投奔来的顽固分子拼命反抗着，旁边的一些被蒙骗来的人也胡乱地开着枪。

虽然王营长组织战士重点攻击庄园的大门，但由于庄园墙高门厚，敌人凭借有利地形拼命顽抗，战士们一时无法击退敌人。

见敌人疯了般地抵抗，子弹雨点般打在四周，已经打了一次遭遇战的战士弹药很快就要打完，旦增急忙摸到王营长跟前说：“这里我熟悉，我知道还有个侧门，派些人和我去侧门。”

王营长手一摆，身后的几个战士立即弯着腰跟上旦增向侧门奔去。

旦增在庄园时，利用卖东西的机会仔细观察了庄园的地形。虽然后院他一直没有进去过，但在庄园外面靠近后院的大墙边，他发现了一个小侧门。虽然小侧门看起来很少用，但没有封死，看来是紧急时候走的门，他忽然想起了这个门。

旦增带着几个战士绕过庄园的正门还没到侧门时，远远看见从侧门里跑出了几匹马，仔细一看，跑在前面的正是管家吉宝，后面是他的几个心腹和老僧人。旦增抬枪就打，却没有打中，战士们也举枪射击，只打下一个人。吉宝和其他人却缩着头在马上越跑越远，旦增他们没有马，只能眼睁睁看着他们逃走。

在侧门门口，旦增和身后的战士挥枪打倒几个还想顽抗的。

刚冲到院子里，院里的几个敌人一看旦增和几个战士冲了过来，立即调转枪口，对着旦增他们扣动了扳机，子弹雨点一般打过来。旦增和战士迅速躲在了柱子后面，但旦增还是被扫过来的子弹打中了肩头，鲜血立即流了下来。敌人的子弹很密集，旦增和其他战士躲在柱子后面动弹不得。就在旦增考虑如何反击时，听见几声枪响后，前面突然安静了下来。他慢慢探出头，发现刚才开枪的那几个敌人都倒在了地上，不远处一个藏族汉子，端着枪在检查那几个敌人死了没有。旦增一看有些脸熟，突然想起是在路上卡子里放走的一个人。看到旦增看见了他，他等旦增到了跟前后用不熟练的汉语说了声“解放”，然后挥手示意旦增他们跟着他。旦增和战士迅速跟了上去。

在墙头上，李副司令蹲在唐司令的边上，不时对着外面胡乱开上几枪。看着唐司令的心腹不断倒在解放军的枪口下，李副司令觉得时机已成熟，他突然转过枪口将手中的枪顶在唐司令的腰间，慌乱中的唐司令大吃一惊，瞪圆眼睛惊愕地问：“你想干什么?”

“你知道我是什么人吗?”李副司令问道。

“你是党国的人！想要干什么！想造反投降共军吗?”唐司令还想以司令的身份喝住这位副司令。

“告诉你唐司令，其实我加入共产党很久了，我当你的副司令，就是想摸清你们想做什么！”李副司令凛然地说。

唐司令一听，全身发软瘫在了地上：“后院的小房子里埋着金条，全部给你，只要你放我走。”

“你们认输吧！别再做梦了！”

气急败坏的唐司令见李副司令不为所动，眼珠子一转刚想抬枪反抗，李副司令手中的枪响了，唐司令瞪着眼睛慢慢倒在了地上。

看着唐司令倒在地上一动不动，李副司令朝四周喊了起来：“唐司令被打死了，兄弟们投降吧！”本来就无心打仗的老百姓纷纷停止射击。李副司令下了墙，把庄园的大门打开，双手把手枪高高举起立在门边。见李副司令已经投降了，其他投奔唐司令的顽固分子也都放下了手中的枪。

枪声渐渐停歇，庄园外的王营长和战士们纷纷跃起，迅速冲进了庄园。

在庄园的一个小屋子里，战士把李副司令押进来后退了出去。现在屋子里只有王营长、旦增，还有李副司令，三个男人的大手紧紧握在了一起。

第二十七章 噶曲河畔

尕德寺的经堂里，酥油灯发着昏黄的光。在跳动的烛光下，年周正在用手捏着一团团的酥油。酥油里加了颜料，他仔细地一下一下反复揉捏着，一直等到颜料在酥油里揉匀了，才转身把手浸入旁边满是冰碴儿的水盆里，展开手指让里面满是冰碴儿的水把手指上的温度降下来。过了一会儿，他把手从水里拿出，甩了甩上面的水，刺骨的冰凉让他下意识地把手放到嘴边哈了一口气，然后拿起另一块酥油反复揉捏起来，他要用高原上寺院里的技艺拿酥油给梅朵捏一朵最美丽的花。“梅朵”在藏语里就是花的意思，更何况梅朵最喜欢草原上的各种野花。

夜已经很深了，旦增站在门口呆呆地看着年周不知疲倦地捏着酥油花，良久才轻轻地出了门。

第二天，噶曲河边，大雪盖住了一切，映衬着湛蓝如洗的天空。清澈的噶曲河水缓缓流淌，诉说着草原上的故事，远处的神山在蓝天下更显得纯洁神圣。旦增拿出一块干牛粪用火柴点着，煨起了一个小火堆。火焰冒起，旦增把旁边的柏树叶放到火上，又把袋子里的青稞倒在上面，一股桑烟升腾起来，一直融到蓝天里。

年周把一朵艳丽的酥油花轻轻放在河岸边洁白的雪上，火红的花瓣、鹅黄的花蕊，噶曲河畔瞬间好像有了生命，时光好像回到夏日那最美的季节，各色野花开满了绿草如茵的草原，梅朵在野花间奔跑，她发现了这朵最艳丽的花，发出银铃般的笑声，弯下腰轻轻地嗅着花香，阿妈在边上看着梅朵，脸上也满是美丽幸福的笑容……

年周又从手腕上取下黑色的佛珠，放在酥油花的旁边。旦增从怀里掏出了一条大红的头巾，双手托着轻轻放在了酥油花的边上，两个人注视着，沉默了很久很久，伫立了很久很久……

在雪原上，鲜艳的酥油花花瓣在纯洁的雪地里怒放，鲜红的头巾在白雪的映衬下格外夺目。风轻轻吹过，头巾随风摆动着，倒映在河水里，静静流淌的水面上如同有一团火、一片霞……

几天后，尕德寺的经堂前，几个战士在往马背上的褡裢里装东西，旁边的几匹战马已收拾妥当。旦增和年周站在马旁，跟阿克尖赞施礼告别。阿克尖赞对他们说："你们放心吧，尕德草原上的人离不开我，我也离不开他们，尕德寺以后就是我的家，尕德草原也是我的家，我要和阿爸索南一起守护这片草原。"

旁边的王营长也过来紧紧握住他们的手："路上小心，回去转告薛局长，我一定会守护这片草原的安宁，让草原上不再有战争，让所有的人都做草原的主人！"

说完，王营长向旦增和年周敬了个军礼，旦增和年周也站直身体，抬起右手向王营长敬了个标准的军礼。

阿克尖赞和王营长站在尕德寺前，目送着旦增和年周他们慢慢消失在雪原里。两个人转过头，身后阿爸索南的灵塔前，放着年周用酥油捏成的一幅酥油画，画面上有端坐的阿爸索南、许多冲锋的解放军战士、骑着牦牛的老百姓、倒下的解放军战士，有洁白的雪山、绿色的草原、成群的牛羊，还有两个美丽的女人……

第二十八章　匪情严峻

高原上漫长的冬天就要过去，春天的脚步即将到来。

在一个土峰林立的沟壑里，暖和的阳光从土峰中间照过来，斜照在一个骑着马疾奔的年轻人身上，年轻人藏袍的肩头上、戴的礼帽上、枣红马的背上都是尘土，疾奔的马蹄扬起了厚厚的尘土……

终于，年轻人奔出了峡谷，眼前豁然一亮。省城还是寒风料峭，但眼前却是一片梨花飘雪、柳暗花明的景象。粗大的柳树垂下嫩绿的柳枝，树下小溪潺潺流动，溪水边的绿草已经很高了，眼前一片静怡的早春风光。

马上的人一勒马缰，马在柳树下站住，年轻人翻身下马，几步走到溪边，摘下头顶的帽子，用手掬起清澈的溪水，一张黝黑英俊的脸露了出来，正是奔波已久的旦增。

不久前，在省城郊外的一片小树林里，蒙处长和旦增见了面。两个人缓步走在落满积雪的林间，蒙处长疼爱地看着旦增，他的这员爱将经历了太多太多的磨难，他犹豫了许久还是不忍对旦增说。

旦增看出了蒙处长内心的矛盾，豪爽地对蒙处长说："处长有什么任务你安排吧，我保证完成任务！"

蒙处长从兜里掏出一盒烟，抽出一支递给旦增，旦增轻轻地推开，从怀里掏出了那个经历了风雨、曾经交给梅朵阿妈的烟杆，把烟锅塞到放烟丝的小皮口袋里填满烟丝，用手指压实，就着蒙处长划着的火柴点燃。

从尕德草原回来后，他渐渐学会了吸烟。透过迷蒙的烟雾，他的思绪常常回到在草原上的日子，回到噶曲河畔。而这支似乎还带着梅朵阿妈体温的烟杆更是与他寸步不离。

蒙处长看着旦增深深吸了口烟，又有些心疼旦增。旦增从草原执行任务回来后，情绪一直比较低落，蒙处长也知道旦增还没有把草原上的那段没有表白的感情抛开。虽然知道这对于旦增来说很难很难，也为那两个就要成为同志的母女惨遭敌人毒手而悲痛，但他还是想着等过些日子，给旦增找一个合适的藏族姑娘，让他成个家，在省城生儿育女过安静的日子，再给他调整一个合适的工作。可现在面对复杂的敌情，蒙处长还没办法把旦增撤出来。

看着旦增饱经沧桑但依然充满信心的眼睛，蒙处长打破沉默对旦增说："本想让你好好休息一下，但现在敌情非常严峻，省城周边潜伏的敌特分子、原国民党的残孽经过一段时间的蛰伏后，开始蠢蠢欲动。特别是草原上的事传到这里后，他们开始冒头，纠集以前的土匪想遍地开花攻击我们的政权。有的县城已经发生了攻打县委、攻占公安局的暴乱事件，他们残忍杀害了我们的不少同志和积极分子，抢走了不少武器弹药。军区派部队进行围剿时，他们化整为零，隐藏身份混在老百姓里面，要么就躲在深山、草原之中，这给部队的行动带来很大的难度。部队进驻他们就逃走，部队一撤他们就卷土重来，不断进行袭扰、破坏，气焰非常嚣张。其中在黄河边上的一股匪徒最为猖獗，他们凭借有利地形，凭借以前国民党政府建立的网络，凭借当地基本都是少数民族的特点，利用原国民党军队逃离时留下的武器弹药，裹挟大量不明真相的老百姓，网罗原国民党的残余，盘踞一方，不断袭击我工作组和政府。匪首是一个以前就在这一带活动的土匪头子，外号叫海大胡子，这股匪帮现在发展成严重危害新政权的一个毒瘤。

"就在前几天，省委、军区等部门专门召开会议研究如何把海大胡子匪帮彻底剿灭。会上给我们安排了先期进行侦查，摸清他们的人员、武器、据点等情况的任务，以给将来的打击提供情报支持。

“这些敌人人员组成复杂，有以前就在这一带活动的土匪、国民党的官员及部队的余孽，有以前的地主恶霸，还有不少被欺骗蒙蔽的老百姓。他们当中有些人还是国民党中统和军统分子，受过专业训练，战斗经验非常丰富。这些匪徒里面汉族、藏族、回族都有。他们在高原上盘踞多年，地形熟悉、人员熟悉，有大量的藏身地和据点，一些老百姓慑于他们的淫威不敢向我们提供情况，也被迫向他们提供粮食、休整场所等。所以对他们不能姑息养奸，必须尽快歼灭，并且要掌握好时机一举消灭整个匪帮，再不能让他们化整为零、祸害百姓，这就需要我们深入到他们内部，摸清敌情，发现打击的最佳时机!”

旦增冷静仔细地听着蒙处长的每一句话。蒙处长说完，又点上了一根烟，深吸一口后接着说：“部队也派了侦查员去摸情况，但不是被他们杀害，就是无功而返。这种情况下我们必须加强侦查工作，利用我们公安工作熟悉当地敌情、熟悉社情，容易发现其核心情况的优势，还有能贴近侦查的优势，搜集敌人的各类情报，这是我们的任务，也是我们的使命。薛局长和我考虑再三，决定还是派你去执行这个任务，尽快查清其内部情况，让部队进行打击歼灭，彻底打掉这个气焰嚣张的土匪团伙，让我们的政权顺利进驻到这些地方，还老百姓一个艳阳天!”

第二十九章　河畔惨案

在世界第三极的青藏高原上，从雪山上融化的滴滴融水，汇成一条条溪流，汇流成河缓缓流过草原、穿过高山、流过平原，养育着两岸的各族人民，最后奔腾入海，成为中华文明的母亲河。

在还没有进入黄土高原前，黄河如同一位羞涩的藏族少女，水量不大，波澜不惊，河水清澈无比，在草原上蜿蜒流过。牛羊在河边漫步吃着肥美的牧草，鱼儿在水里畅游，黄羊、马鹿和其他野生动物在河边草原上尽情地奔跑，所有的生命在母亲河的哺育下一代代繁育生长、生生不息。

从青藏高原进入黄土高原时，黄河在高大的峡谷间流淌，宛如一条绿色的玉带缠绕在山间。两岸的土山在岁月的磨砺下，形成了各种色彩、奇峰怪石造就的丹霞地貌。在数千年风雨的侵蚀下，沟壑纵横、危崖耸立，土山上不长任何草木，而在峡谷里，在河谷两岸，却是草木葱茏、绿柳成荫，如同江南风景一般。

旦增这次化装成了一个收羊皮的贩子，他出发前选了一匹看似不怎么样但耐力非常好的枣红马，还找了一块腐烂臊臭的破羊皮铺在马鞍下，过了几天，马的身上、他的身上全是那种烂皮子的味道。当远远就能闻到那股臭味时，旦增才满意地把烂皮子扔掉。这次他面对的是受过训练、异常狡猾的敌人，他必须从每一个细节考虑、应对。他现在脑子里全部都是如何识别收购各种皮子、如何把皮子卖掉、如何挣钱，他还跑到几个收购皮毛的店里熟悉情况。他努力把自己侦查员的身份忘掉，这样才能彻底转变成一个皮毛贩子，不露出丝毫破绽，这是一个深入敌后侦查的侦查员最基本的素质。

看到大地露出的新绿，心情不错的旦增蹲在柳树下的小溪边，用手掬起清凉的溪水大口喝着。

突然，他听到背后传来轻轻的脚步声，远处还有马蹄的声音。他暗暗把手塞进胸前的藏袍里面，抓住藏刀的刀柄，深吸了一口气，准备猛然转身把刀刺向背后的来人。就在这时，耳边传来声音："干什么的？举起手来！"

旦增一听，说话的不是当地口音，好像是外地的人。他握住刀柄的手缓缓松开抽了出来，慢慢地举起了双手。等慢慢转过身后，他看到是两个年轻的解放军战士端着枪指着他，远处还有几个解放军战士正在向他走来。旦增庆幸没有贸然反击，不然这两个战士会在瞬间倒在地上。当他听到这样的口音时，已经猜出可能是解放军。

转过身的旦增立即成了猥琐的皮贩子，他满脸堆笑，嘴里忙不迭地说："长官，别开枪！长官，别开枪！我不是坏人，我、我可是好人啊！"

看到他紧张得语无伦次，两个战士都暗暗发笑。到跟前后又闻到旦增身上发出的臭羊皮味儿，两个战士皱了一下眉，放下了枪。

这时在不远处的其他几个战士也走过来围住旦增，两个战士把旦增全身上下搜了一遍，从旦增的怀里搜出了藏刀、打狗棒等东西，还有一张皱巴巴的纸条。领头的一个战士打开纸条仔细一看，原来是个路条。他反复看了几遍后，把路条还有其他东西都还给了旦增。旁边一个穿着军装但仍然能看出是藏族的年轻战士用藏语问旦增是哪里人，到这里干什么。

旦增结结巴巴地说："兄弟，我是到这里收皮子的。"

"现在这一带土匪很多，你一定要小心，有什么困难或者发现什么要赶紧告诉解放军。"对方关心地嘱咐旦增。

"呀、呀！"旦增忙点头表示感谢。

"我们还要去执行任务，这里情况复杂，你一个人一定小心啊！"藏族战士临走时再三叮嘱旦增。

虽然春寒料峭，旦增看着他们远去的背影，心里还是暖暖的。

收拾了一下，旦增牵过马也上了路。他边走边后悔，刚才也没问问这个藏族战士的名字，想着等将来安稳了一定要找到这个藏族小伙子，好好请他吃顿手抓羊肉，就为了他暖心的一句话。

高原初春的季节，白天暖暖的，阳光照在大地上；晚上太阳一落山，气温立即骤降，异常寒冷。旦增看着渐渐暗下来的天，见不远处的山坳里有座低矮的土房子，便拨转马头奔了过去。

远远看着好像土房子里有人影，到了跟前，却听不到一点儿动静。旦增离房子很远就把马拉住，下了马大声喊道：“阿克、阿克（叔叔）!”

过了好久，关着的门轻轻打开了，门后面探出一张苍老的脸，一个藏族老人上下打量了旦增好久才走了出来。

旦增赶忙说自己是个收皮子的，想在他家借住一晚。藏族老汉又看了看四周，才招手让旦增进去。

旦增进了门，发现里面家徒四壁，一方土炕、几件破旧的家具，简陋的炉膛里煨着草根和牛粪，在上面放着一个熏得黑黑的茶壶，茶壶的边上烤着几个土豆。

没有凳子，老汉让旦增上炕盘腿而坐，拿出一个木碗给旦增倒了碗茶，又把炉膛上烤得焦黄的土豆递给旦增。

“你的胆子太大了，你不知道这里闹土匪吗？还敢一个人走!”老人对旦增说。

“听说了，我想没那么厉害吧，更何况现在有解放军。”旦增喝了口茶说。

“哎，你是不知道，解放军刚来时，那些土匪全都跑到山里藏了起来，我们觉得他们都不敢再来了，能过上好日子了。可是前段时间他们从山里跑了出来，人和马也多了。他们到处打枪、放火、抢东西，还杀了不少解放军和积极分子，年轻人怕被他们抓去当土匪都跑了，我老汉一个人又舍不得前面的那几块地就没跑，土匪来了好几次，看我一个老头儿，又没有值钱的东西，就走了。”

“真这么厉害吗？不是共产党已经派工作组来了吗？他们也有枪啊？”旦增又问。

“枪只是个物件，治天下不是靠枪的，靠的是人心，老百姓支持你就有天下，不支持你就坐不住天下。土匪就是怕工作组让老百姓知道新政府的政策后跟他们对着干，他们就是想趁工作组人少、大部队没来、立足未稳，把工作组赶出去。土匪们不但抢老百姓的东西，还威胁谁给工作组带路、给他们吃的、让他们住就杀谁全家，吓得老百姓见了工作组的人话都不敢说，老百姓都盼着解放军的大部队赶紧来，把这些土匪全消灭了，我们才能过上安稳的好日子。”

老人一个人待着很寂寞，看到旦增是个外乡做买卖的，也就没有了戒备，把心里话都说了出来。

“那些土匪都长什么样子？模样害怕不？”旦增似乎好奇地问。

“看上去都是和我们一样的人，有汉人、藏人，还有回族，土匪的头子听说叫海大胡子，他手底下的土匪个个心狠手毒。他们来的时候都骑着快马，在马上打枪特别准。前几天我看见一帮土匪过去，我躲在房子里悄悄地看见有几十个人，领头的拿的都是盒子枪，下面有十几个人背着长枪，剩下的拿着大刀，一个个恶狠狠的，非常吓人。不过一些被抓去逼着当土匪的老百姓都还可以，虽然不愿意当土匪，但又跑不掉，只能跟着他们混肚子，这些人对老百姓还好点儿。”

旦增没有想到和老人聊天，收获了这么多匪帮的情况，对这伙土匪有了初步了解。

翌日，旦增告别老人，继续往前走，听说前面翻过山后还有一个小村子，他想到村子里看看，了解匪患的情况。

旦增沿着土路策马前行，快离开河谷进山时，他发现路边通往另一个山沟的路上有许多马蹄印，仔细一看有进去的也有出来的，在灿烂的阳光下这些痕迹非常新鲜，似乎是刚刚踏出来的，但从周围情况看那个山沟里不应该有人家。好奇心起的旦增决定顺着马蹄印去看看究竟，便拨转马头也进了沟。

越往里走越觉得不对劲，马蹄印变得杂沓，还有许多人的脚印，远处的土坡上还有许多人趴在地上的印迹。四周一片死寂，旦增下了马环顾四周，有一种异样的感觉，这个地方绝对刚刚发生了什么，他拔出藏刀悄悄向前走去。

爬上小山坡往下一看，旦增被下面山洼里的一幕惊住了。在山洼里的黄土地上横七竖八躺着六七个人，远远就能看到他们身上都被血染红了，身下也是鲜红的血，旁边还有一些杂乱的物品。

旦增警惕地观察四周，没有任何动静后，提着刀慢慢下到坡底。走到跟前，更是被眼前的景象惊呆了。倒在血泊里的都是穿着解放军军装的战士，鲜血浸透了他们身上的军装，军装的颜色已经看不出来了，几个人好像浸泡在血水里一样。这些战士脸上、身上密密麻麻全是刀口，看起来每个人都是活活被乱刀砍死的。还没凝固的血泊中一张张年轻的脸上全都是血，依稀可以看出有些战士脸上稚气未脱。忽然，他在尸体中发现了一张似曾见过的脸，仔细端详，就是昨天在路上盘问他的那个战士，他急忙再看其他人。昨天再三嘱咐他注意安全的那个藏族战士也在血泊里静静地躺着，黝黑年轻的脸上也满是刀口。再看其他的每个人身上足足有几十上百处刀口，伤口都非常凌乱，看来他们都是在不备中被乱刀刺死的。旦增这才发现扔在一旁被刀刺得如同马蜂窝一般的布应该是简易帐篷。再看不远处的山坡上，还躺着一具穿解放军军服的尸体，走近一看身上没有刀口，喉咙却被利刃割开了，头颅都快被割下来了，血顺着山坡流下来，半个小山坡都被殷红的鲜血染红了。

旦增呆呆地看着，脑子从惊愕中慢慢冷静下来。他从眼前呈现的这一切努力分析这里曾经发生了什么，昨夜在这山洼里惨绝人寰的一幕渐渐回放在他的眼前。

这支小分队刚进入河谷，就被土匪的探子发现了。看到小分队人比较少，决定对这支小分队下手，探子迅速报告土匪头子集合了人手。

小分队在山洼里扎营，草草吃过晚饭。战士们在搭起的简易帐篷里商量明天的任务，在山坡上站岗的战士顶着初春寒冷的夜风扫视着四周。他们谁也没有想到，就在不远处，熟悉地形的几十个土匪已经悄悄趴在地上，如同鬼魅一般盯着他们，危险就在眼前。

一直等到后半夜，在前面观察的土匪发现站岗的战士受不了刺骨的夜风蜷缩在背风处，借着微弱的星光，土匪们开始行动了。

脚踩在沙土上，没有一丝声音。两个土匪摸到站岗的战士身边时，被夜风吹得瑟瑟发抖的战士还没有发现危险的到来。来不及反应，战士就被捂住了嘴，一把寒光闪闪的刀瞬间割开了战士的喉咙。没来得及发出声音，战士的身体就软软地倒在了地上。旁边的土匪头目打了个手势，四周包围上来的土匪站起身弓着腰悄悄摸向搭起的简易帐篷，土匪手中一尺多长的刀在星光下闪着寒光。

到了跟前，帐篷里传出轻轻的鼾声。几个土匪悄无声息地埋伏在四周，猛地同时割断了帐篷四边固定帐篷的绳子。失去支撑的帐篷瞬间倒下，把睡梦中的战士全部埋在了里面，四周埋伏好的几十个土匪跳到帐篷上面，手持长刀疯狂往下扎。锋利的尖刀穿透帐篷，再拔出来时刀刃上已带着血。土匪也不管帐篷下是什么，扎没扎到人，只要见凸起的地方就用刀扎，一场没有人性的屠杀在星光下发生了。

疯狂的屠杀后，四周渐渐静了下来，倒下的帐篷里再没有动静了。帐篷里的战士来不及反应，压在身上的帐篷也让他们无法举起枪反击，几个年轻的战士全都在土匪的乱刀下壮烈牺牲。

一直等帐篷下悄无声息，土匪们掀开满是血迹和窟窿的帐篷，把浸满战士鲜血的枪支弹药全部搜走，又牵过不远处的战马，如同鬼魅一般消失在夜幕中。

旦增看着眼前血腥的场面，看着那一张张昨天还充满朝气年轻的脸，此刻却变成了永恒。他不忍心再想象昨夜发生的那惨绝人寰的一幕。他想把战士们脸上的血擦干净，但已经凝固的血怎么也擦不干净。他只好站起身对着他们的遗体庄重地敬了个礼，从怀里掏出一条洁白的哈达放在边上，含泪离开。

旦增不知道自己是怎么走出那个小山洼的，也不知道走了多久。当前面山脚下出现一个小村子时，那血腥的一幕仿佛还在眼前，那一张张满是血迹的脸怎么也挥之不去，他不知道这些战士的名字，只能把那一张张年轻的脸记在心里。而此时此刻他只能把仇恨埋在心底，他想着等执行完任务，等把土匪全都消灭了，他一定要到这些同志的墓前煮上一大锅手抓羊肉，让年轻的他们吃个够。

等把所有的仇恨压在心底后，旦增的脸上又成了买卖人的那种市侩、锱铢必较的神态。喜怒不形于色，能把内心的情感、喜怒哀乐深藏于心底，迅速调整心态，不被周边的事物所左右，是一名优秀侦查员的素质。

边想边走，不知不觉已翻过了山。远处是连绵不断的土山，破败的小村子就在眼前山脚下，数十间低矮的土块垒的房子散落在向阳的山坡上，有零星的牛羊在四周吃草，村前一条清澈的小河依村而过，稀疏的柳树上柳枝已经吐绿。

旦增用脚磕了一下马肚子，枣红马头一点一点迈开步子下了山。

第三十章　巧入匪窝

在村子中间一块稍宽敞的地方，几个穿得破破烂烂的老人靠着墙坐在石头上晒太阳，边上还有几个穿着破棉袄光着脚的小孩儿在玩。见有生人进村子，都把目光盯向旦增。旦增早早下了马，牵着缰绳走到几位老人跟前满脸堆笑地问好：“阿克，你们好!”

几位老人看着满身尘土、一头乱发的旦增微微点了一下头。闻到随着旦增而来的那股扑鼻的臭皮子味，围在旦增身边看热闹的小孩子们都捂着鼻子跑开了。

“阿克，你们家里有牛皮、羊皮没有？狼皮、豹皮价格更好。”

几个老人听到纯正的藏语，看到长期在外晒得黝黑的脸，又闻到刺鼻的臭皮子味，已经断定旦增是个走村串户收皮子的小买卖人，又听到旦增打听皮子，便七嘴八舌地和旦增聊了起来，说起皮子的价格行情来。旦增蹲在地上掏出烟杆边聊边吸烟，观察着周围的一切。

正在聊时，“嘀嗒嘀嗒”的马蹄声响起，不知从后面的哪个家里出来一匹马，几个老人顺着蹄声远远一看，全都不说话了。旦增正觉得奇怪，一匹马已到了跟前，马上一个身材魁梧穿藏袍的汉子看到生人便勒住马缰，马不听使唤使劲挣脱着。汉子一边用力勒住马一边盯着旦增，厉声问：“干什么的？”

旦增赶忙回答，边上的老人也说：“收皮子的。”

“现在世道乱得很，还有收皮子的？也不怕把你给抢了？”马上的人瞄了一眼旦增的枣红马说道，语气中带着挑衅。

“因为现在乱，好多人都不敢来收皮子，所以能收上好皮子，再说我一个收皮子的没多少钱，这匹老马也不值多少钱，抢我也划不来啊。”旦增微微一笑回答。

“会不会熟皮子（把光板皮子加工成柔软的皮子）？”马上的人依然厉声问。

“会倒是会，但熟皮子时间长我挣不上钱，还要准备一大堆东西，你们也划不来。”

“会就行，东西你不用管！”

“那等天气热了，我专门来这里给你们熟，不过工钱可要多给。”旦增已经观察到马上的人应该就是土匪，这匹马不听他的管束，从马缰绳、马嚼子等看出他骑的马是解放军部队上的战马，应该就是昨晚被害的那些战士们的战马，马上的人也应该参加了昨晚的屠杀。他正愁没处查这伙土匪的下落，没想到土匪竟然自己送上门来了。他看出马上的人已经对自己感兴趣了，所以他欲擒故纵，说天热再来。

果然，马上的人觉得旦增在故意吊他的胃口想要个高价钱，心想，边上有几个老人还不能来硬的，便口气软了一些说："工钱一定给得高高的，你跟我去看看皮子，我们也好准备你要的东西。"

旦增故意装作非常犹豫，心里却是暗喜，他知道这一去可能就会发现土匪窝。

"你放心吧，定下来先给你预支些钱。"马上的人又动员旦增。

旦增看来对他最后一句话动了心，兴高采烈地骑上马跟在了后面。

看着两匹马离开，背后晒太阳的几个老人都叹了一声，惋惜地摆了摆头。

旦增跟着走了好久，离开村子越走越远，此时走在前面的那个汉子变得趾高气扬，也不和旦增搭话，旦增讨好地凑上前问："阿吾（大哥），还远吗？"

"不远，翻过山就到了。"汉子冷冷地说，还故意露出了怀里的手枪把。

旦增一看到手枪好像立刻吓得不敢说话，脸色都变了，唯唯诺诺地跟在后面。他知道这个人虽然在前面走，但他眼睛的余光一直盯着自己。他暗想，这个汉子带的是手枪，又能单独行动，说不定是个土匪的小头目。

走了好久，翻过了几个山头，前面出现一个山垭口，走到跟前发现蹲着两个背长枪的人，他们看见马上的汉子立马跑过来弯腰问好。看着这两人毕恭毕敬的样子，旦增暗想没想到遇上的这人还真是个土匪头目，这块地盘上的土匪头子应该是海大胡子，而这个汉子是藏族人，应该是匪首里面的一个，也不知道他叫什么。

又顺着山梁走了一会儿，旦增发现偏僻的山洼里有一个小村子，零零散散，也全都是低矮的土房子。与别处不同的是远远就看见村子里进进出出不少人，有许多马在房前屋后。这里应该就是土匪的老窝了，旦增压抑着内心的惊喜，脸上却显得更加惶恐了。

第三十一章　土匪生活

两匹马一前一后进了村子，路旁的人不断过来向走在前面的汉子问好，汉子在马上微微点头示意。

旦增装作好奇的样子四处张望，暗暗却把周围的一切尽量记在心里：大概有多少人、多少匹马、多少长枪，有多少汉族人、多少藏族人、多少回族人，如果进攻道路如何、制高点放哪里，等等。一抬头，看见藏族汉子带住马在等他，赶忙催马过去叫了一声："阿克！"

马上的汉子一听旦增把"阿吾"变成了"阿克"，由"大哥"升格成了"叔叔"，脸上不免露出了得意的神情，对着旦增说："路上你幸亏没跑，不然你早死在了我的枪下，你看看我们有多少弟兄，就算你跑了，我们也会把你抓回来，那时你可后悔都来不及了。你只要听我们的话，在这里干，钱是少不了你的，有吃有喝，比你贩皮子可强多了。"

旦增现在只有点头了。

说着话就到了一个土房子门口，旁边有人过来牵住马带到旁边去了，又过来几个人把旦增身上细细搜了一遍。见没有可疑的东西，藏族汉子让旦增在外面等着，自己闪身进了房子，一会儿从门里招手让旦增进去。

旦增进了门，见里面陈设很简单，一把椅子上坐着一个满脸络腮胡子的老头儿，满脸的皱纹，眼睛却露出异常犀利的光。旦增见他不像藏族，刚想拿汉语问好，对方却说话了，说的却是流利的藏语，旦增不免一惊。

“你是哪里人？到这里干什么来了？还有谁？”他的眼光好像要看透旦增一样，接连问了几个问题。

“就我一个人，我就收点儿皮子交给省城的大老板挣点儿钱，家是丹格尔那边的。”旦增哆哆嗦嗦地说。

“我看你不像个收皮子的，现在兵荒马乱的，没人干这个，我看你倒像个公家人！”老头儿目光如炬盯着旦增继续说。

旦增一听脸上好像都快要哭了，结结巴巴地说：“我以前一直给别人放羊，后来做点儿小买卖，解放军来了后不让做了，但是我听说他们大量收皮子要做皮袄，我就想收点儿皮子卖给他们挣点儿钱。又听说这边比较乱，其他人不敢来，所以这边能收上好皮子，价钱也低。你看我像是公家的人不？”

“你藏袍上的血是怎么回事？”

旦增赶忙低头看身上的藏袍，左看右看好不容易在藏袍下摆的边上发现一小块血迹，应该是在看解放军战士遗体时无意中沾上去的，他不得不佩服这个老头儿目光的锐利和仔细。

“噢，这可能是昨天看一张刚剥的羊皮时沾上去的，我们一年到头儿在外面跑，藏袍也没时间洗。”说完慌乱地拍打起身上的土，一时间小房子里全是拍起来的灰和臭皮子的味道。

老头儿被熏得直皱眉，藏族汉子赶忙把门打开透气。

“听说你会熟皮子？你们那里是怎么熟的？”老头儿继续问旦增。

“我们先把收来的皮子在架子上撑开，用镰刀把皮子上连着的肉和油去掉，再放在加了芒硝和燕麦面的缸里泡上十几天，等把皮子上面的油全部吸干净，再埋在白灰里七天左右，拿出来反复搓揉后用清水洗净晾干，这时皮子变得又绵软又干净漂亮，皮子就差不多熟好了。这里面硝是戈壁滩的硝最好，白灰是省城北山上挖的石膏石做的灰最好，还要注意天气不能太凉，也不能太热，天太热皮子容易烂。”

旦增知道这是老头儿在考验自己，幸亏在丹格尔时他经常去看人家熟皮子，有时也搭把手。所以他知道熟皮子的全部流程，也知道熟皮子要注意的细节要领，没想到今天用上了。再看老头儿渐渐舒缓的眼神，旦增知道顺利过关了，心里不禁暗暗舒了口气。

老头儿微微点头，转过头对藏族汉子说：“多杰，留着吧，带他去看看那些皮子，看看全部熟出来要多久，熟出来可比生皮子要多卖好几倍的钱，我现在急等着把那些皮子换成现钱。”

多杰答应一声后带着旦增出了门，来到一间小土房子里，打开了门。旦增一看里面堆的是各种皮子，不但有牛羊皮，还有一些狐狸皮、猞猁皮、雪豹皮等，有新有旧，看样子都是从老百姓家里抢来的。

“阿克多杰，这些皮子拿到省城确实能卖不少钱，特别是猞猁皮和雪豹皮，能卖个好价钱！猞猁皮和雪豹皮做的大衣，雪都不往上面落！省城的有钱人最喜欢了！”旦增摸着雪豹皮说。

多杰看着旦增眼睛里露出的嫉妒和贪婪，脸上露出不屑，心想买卖人就是买卖人，看见好东西眼珠子都快掉出来了。

“那个老阿克是谁啊？是你的东家吗？”旦增好奇地问。

“他可是我们的大东家，我们都要听他的！”

“他也是藏族吗？藏语说得那么好，人看着又不像藏族，看起来年龄也很大了。”旦增看多杰也是藏族，想套套近乎，拉近两个人的关系。

多杰叹了口气说：“旦增，你不知道，海东家别看他是个老头儿，杀人可是不眨眼睛，他刚才说留着你，意思是不杀你，让你待在这里。我可告诉你，不要想着逃跑，被抓住你的小命可就没了，你知不知道你刚才已经在阎王殿里转了一圈？如果他觉得你是个公家人，你这会儿已经在沟里躺着了！”

旦增的小聪明似乎起了作用，多杰跟他说话好像客气了许多。旦增没想到刚进到土匪窝里，就见到了匪首海大胡子，更庆幸自己通过了他的考验。

旦增不知道他的话说到了多杰的心坎里，多杰一直不甘心让一个老头儿给他当首领。可老头儿的残忍、诡诈无人能及，虽是土匪，但与原国民党政府和军队的大小官员都有交往，把手下各族各地的土匪都能笼络在一起。他数次带领土匪逃脱部队的打击，不断壮大土匪队伍，所以土匪们都信服他，自知还没这个实力的多杰也只能屈服于他。

看完皮子，多杰叫过来一个满脸横肉脸上有个刀疤的中年人说：“这是皮匠旦增，你们住一起，他归你管，先在伙房里干活儿，等天气热了还要他给我们熟皮子，你可别让他跑了！”说完转身走了。

刀疤瞥了一眼旦增，没作声径自往前走，旦增赶忙跟在后面，来到一个小土房。那个人指着土炕说：“我姓哈，你叫我哈老大就行了，我们大家就睡这里。”又捂着鼻子说，“你身上咋这么臭，先到下面河里洗一下，不然晚上你到外面睡去！”

旦增也想早点儿洗干净，自己也受不了身上发出来的挥之不去的阵阵臭味。正要答应，突然脑子一转，觉得不能洗，洗干净了就要和他们睡在一间屋子里，对自己来说很不方便，便声音低低怯怯地说：“怕水凉，再一个我也习惯了。”

哈老大嘴里骂着：“怪不得是臭皮匠，我们虽然臭但受不了你的臭，拿上那个去后面草棚子睡去！”他手指着一床烂被子没好气地对旦增说。

旦增眨巴着眼睛，缩着脖子，委屈地夹着被子出去了。

远处的海大胡子和多杰看着旦增在草棚子里放下烂被子。海大胡子对多杰说：“这个皮匠先留着，将来可能还有用，在我们行动之前不能让任何这样的外人离开，绝不能走漏风声！”

旦增在草堆里面放好被子，又把自己的马牵到边上放开吃草，自己躺在草堆里考虑着下一步该怎么办。考虑了半天也不知道从哪里着手，他知道稍有不慎就会被他们怀疑，想着想着一阵困意袭来，不知不觉就迷迷糊糊睡着了。

“又臭又懒的东西！找了半天原来在这里睡觉！”睡得迷迷糊糊的旦增身上挨了几棍子后醒了。见哈老大站在身边，嘴里骂着，手中的棍子向身上打下来，旦增赶紧一骨碌爬起来，连声说：“不知道怎么睡着了。”

“起来干活儿去！”哈老大嘴里骂着从草堆上下来，旦增赶紧跟在后面。

在土匪里面，大部分是附近的老百姓，一些是死心塌地当土匪，一些是被逼无奈当了土匪，这些土匪的家都在周边，所以匪首对这些人相对好一些，也不怕他们捣乱和逃跑，你要跑了家人可能就会遭到土匪的报复。而对于旦增这样新来的外来人就可以随意呵斥、欺凌，你敢反抗就会遭到毒打甚至灭口。

旦增跟着哈老大一直走到几间土房子前，看起来是厨房。哈老大指着房子边的一头小毛驴说：“以后你就赶着毛驴到下面河里驮水去，把水驮满，再去捡烧柴。每天不把水驮满、烧柴捡够，小心我扒了你的皮！”说完进到里面拿了两个已经凉了的烤土豆扔给旦增恶狠狠地说，“把水桶架上驮水去！”

旦增赶忙把土豆揣到怀里，过去把门口的两个大木桶提到毛驴跟前，一边架上一个，拿着舀水的马勺，看了看下山的路，准备赶毛驴下山。谁知毛驴也欺生，怎么拉也不动弹。旦增捡起一根木棍对着毛驴屁股就是一棍子，毛驴疼得一跳。站在门口的哈老大过来对旦增狠狠踹了一脚，嘴里骂着：“你打啥呀！毛驴打坏了你天天给我背水去！你也别想着跑，这里到处是我们的人，抓住你你就死定了！”

旦增赶忙牵紧缰绳，半推半搡地和毛驴下了坡。

哈老大看着旦增下了山，嘴里骂着："又臭又懒的东西，不打还治不了你！"

毛驴走了一阵子后，渐渐习惯了旦增，也不用旦增赶，径自沿着熟悉的路走着。旦增跟在后面，从怀里掏出凉土豆，拍拍上面的土，边吃边观察着周围的情况。快到山下时被两个持枪的土匪拦住了，旦增赶忙咽下嘴里的土豆，然后说："哈老大让我去驮水。"

两个土匪看了看又脏又臭的旦增，又看看是伙房的毛驴，摆手让旦增过去，嘴里还幸灾乐祸地说："新来的，你遇到哈老大，你可过上好日子了！"

在这些土匪里，哈老大也是个非常狠毒的角色，但因为会做饭，海大胡子就让他管伙房。哈老大脾气很坏，动不动就对下面的人又打又骂，好多人都不愿意在伙房干活儿。新来的旦增被放到他的手下，海大胡子也想整治整治旦增，让旦增死心塌地在土匪窝里干。其他的土匪见谁被分到哈老大手下，都是幸灾乐祸。

旦增虽然被安排驮水和捡烧柴，心里却是暗暗高兴。这活儿虽然苦，但可以在四周随意走动，更何况看伙房的情况应该是全部土匪都在伙房吃饭，他能通过每天吃饭的情况观察出土匪的人数、携带的武器等情况，还可以在他们吃饭聊天时听到他们的活动情况。每个人在吃饭时是戒备心最松弛的时候，这对于目前无法接触到核心情况的旦增来说，无疑是个搜集情报的好地方。

旦增随着毛驴到了河边，舀了半桶水，慢慢往回走，走到伙房跟前，哈老大出来往水桶里一看，抬起脚又对旦增狠狠踹了一脚，把旦增踹倒在地上。哈老大嘴里骂着："你驮半桶水，啥时候才能驮完！等会儿就要做饭，你还舒舒服服地光驮水啊！"

旦增赶忙从地上爬起来，把水倒在水缸里，赶着毛驴小跑着驮水去了。

驮满水，旦增抱了一捆烧柴，坐在炉膛前烧火。看旦增又脏又臭，哈老大不让他干其他的，只管烧火就可以，这也正合旦增之意。

饭快好了，在家的土匪陆陆续续来吃饭，谁也没有注意到烧火的旦增。旦增也不说话，一边烧火，一边仔细听他们说什么，借着到房后抱烧柴的机会仔细观察着土匪们身上的武器和特征。

时间过得飞快，转眼间十几天过去了。大清早旦增就起来把水驮满，然后到山上、河边捡烧柴，下午再把水驮满。看着旦增干活儿越来越麻利，哈老大骂旦增也少了。海大胡子和多杰到伙房来了几次，哈老大说旦增已经被收拾得服服帖帖了，再也不敢以买卖人自居，也不敢说要回去什么的了，海大胡子和多杰才放心回去了。

而旦增也把土匪窝子摸得差不多了，所有的人、武器、地势、四周道路、匪首的情况等都已经暗暗记在了心里。

第三十二章　危在旦夕

这一天，几个土匪拉过来几只羊，伙房里也来了好几个帮忙的土匪。哈老大嘴里叼住刀子，挽起袖子，不一会儿就把几只羊全部宰好收拾干净。旦增在一边看着，心里暗想不好，土匪每次大的行动前都要宰几只羊或牛大吃一顿。这次不知道他们有什么行动，自己不抓紧把土匪的情况送出去，这帮土匪会继续作恶，会有更多的老百姓和解放军战士受害。

土匪们已经对旦增没有多少戒备心了，见旦增远远地在一边干活儿，来帮忙的土匪一边煮羊肉，一边聊着天，一个小头目无意间说了句:“兄弟们，过几天我们就可以到县城里煮羊肉了……”

一边的哈老大听见后重重地咳了一声，这个小头目再不敢多说了，各忙各的去了。

旦增在一边听到这句话，心里琢磨起这句话的意思。怪不得这两天哈老大给海大胡子他们送的饭多了许多，也好了很多，可能有其他重要的人来了。每天也有许多人骑马从山外跑进来又匆匆离开，伙房里吃饭的人多了许多，周边的岗哨也加了人。他们这是在计划一次大的行动！是要攻打县城！

刚才小头目无意中漏出的一句话印证了旦增的判断。想到这，旦增坐不住了，他焦急地考虑怎么才能把这个情报送出去，他要寻找机会把情报送出去，让蒙处长通知部队做好准备。

他驮水、捡柴时暗暗观察着村里的变化，寻找着机会。

这天他去后山捡柴，怀里抱着几大块木头正往伙房走。刚转过一座房子进到一个巷道里，迎面拐角处闪出几个人，正是海大胡子和多杰几个匪首，边上还有几个陌生人。旦增见没地方躲，只好迎面走过去，快到跟前时，抱着木头低头站在旁边。

海大胡子几个人边说边走，没有理会边上的旦增。就在错身时，旦增眼睛的余光却发现其中一个人似乎见过，但他一时想不起在哪里见过。旦增也感觉到那个人瞟了他一眼，一种不祥的感觉立即涌上旦增的心头。

这是谁呢？在哪里见过他呢？旦增努力回忆着，一扇扇记忆的门被打开。

突然，一张脸渐渐清晰起来，是在丹格尔做毛皮生意的张老板！是唐司令的朋友！是请自己吃了一顿饭的张老板！也是让自己在尕德草原暴露的张老板！虽然那时候的小胡子变成了现在满脸的络腮大胡子，但旦增不会忘记眼镜后面那双狡诈的眼睛。想到这旦增不禁头上冒出了冷汗。他怎么会在这里？怎么和海大胡子走到了一起？旦增此时只能希望时隔这么久，自己现在又蓬头垢面的，这个狡猾的张老板认不出自己来。

原来旦增和蒙处长在丹格尔秘密见面离开后，蒙处长立即安排人对这个张老板展开秘密调查。由于这个张老板异常狡猾，做事滴水不漏，调查工作进展得很缓慢，直到后来从缴获的档案资料中确认这个所谓的张老板其实是中统潜藏特务后，蒙处长才决定收网。就在此时，狡猾的张老板预感到危险，趁外围监视的侦查员不备，化装逃离了丹格尔，从此再没发现这个人的行踪。没想到旦增在海大胡子的土匪窝里见到了他，原来他无路可逃后投奔到这里了。

同样，张老板和旦增打了照面后，他也有种似曾相识的感觉。受过专业训练的他和旦增一样，每时每刻都要记住所遇见的每个人和每件事。初见旦增，他也有好像见过面的感觉，因为和唐司令的关系旦增在他的印象里很深，也是他确定了旦增不可靠，并把这情况用暗语告诉了唐司令。今天无意中看见旦增，他刚开始无法将在这里遇见的又脏又臭捡烧柴的旦增和意气风发做生意的旦增结合起来。

宁可信其有不可信其无，长年积累的职业敏感促使张老板不放过身边每一个疑点。他看着旦增匆匆离去的背影，也是边走边想，突然他问海大胡子："刚才那个捡烧柴的小伙子是哪里的？来这里多久了？是怎么来的？"

旁边的多杰他们对狡猾的张老板一直很敬畏，赶忙说："是个收皮子的皮匠，前段时间到附近村子收皮子时，觉得将来有用就把他带回来了，先在伙房干活儿。"

"这个人身份非常复杂可疑，派人把他看住！"

多杰赶紧问缘由，张老板把经过大概说了一下，海大胡子说："派几个人把他抓住，严刑拷打，看他说不说，不管是不是公家的人，完了就把他做掉！"

多杰赶紧布置人去了。

旦增离开海大胡子他们后，一直非常矛盾，希望那个张老板没认出自己来。转头又想，不能心存侥幸，要赶紧把土匪准备攻打县城的消息送出去，这才是大事，不能因为自己的一时侥幸让县城的老百姓受到土匪的屠杀洗劫。

主意拿定，旦增把烧柴送到伙房里，牵过小毛驴说去驮水。等转过伙房，他往毛驴屁股上一拍，轻车熟路的毛驴不用吆喝就自己往山下走了。旦增看四周没人注意，悄悄转回到自己住的草房里，见前面哈老大住的土房里没人，便轻轻摸了进去。

海大胡子对哈老大十分信任，也给他配备了一把盒子枪。哈老大天天在伙房做饭，枪带在身上不方便，平常就把枪压在被子下面，这被到房子里说事的旦增见到过。

旦增伸手往哈老大的被子下面一摸，枪和子弹都在。旦增把盒子枪和子弹揣到了怀里，回到草房牵了马轻轻摸出草房。

多杰派出去的几个人跑到伙房，没见到旦增，听哈老大说去驮水了，几个人赶忙往山下追。

旦增牵着马，顺着土房子的墙角往山垭口走去。路上有许多土匪来来往往，但谁也没注意旦增。见人不多了，旦增飞身上马，双腿一夹马肚子，枣红马立即箭一般冲了出去。

第三十三章　冲出匪窝

一直快到山垭口，两个端枪的土匪拦住了旦增。

“皮匠你不捡烧柴干什么去?”

“伙房的羊跑掉了，哈老大让我找羊去!”旦增镇定地说。

“找羊去? 海大东家有命令，没有他的命令谁也不能出去!”说完摆手让旦增回去。

旦增见骗不了这两个土匪，赶忙说：“有、有、有命令!”下了马边走边把手塞进藏袍怀里，两个土匪瞪着眼睛等着看旦增能拿出啥东西来，等他们看清楚时，乌黑的枪口已对准了他们。

“啪、啪”两声枪响，两个土匪应声倒在了地上，旦增捡起他俩的枪背在身后，又把他们身上的子弹袋解了下来，跳上马用脚猛磕马肚子，通人性的枣红马又向前奔去。

抓旦增的土匪一直追到河边，只见毛驴站在河边，却没见到旦增。正在四周寻找时，远远的山垭口传来两声枪响，村里的土匪听到后乱作一团。海大胡子等人赶忙跑出房子问谁在打枪，张老板在边上说："一定是旦增那小子也认出了我，不敢再待逃走了，快追！一定要把他抓回来！"

多杰大喊着召集土匪，转眼间一群土匪跳上马向山垭口狂奔而去，马蹄扬起厚厚的尘土。

旦增在马上将身体压低，路边稀疏的小树快速向后掠过。旦增知道枪响后，土匪马上就要追过来，他现在只能拼命往前跑。只要天黑下来，土匪就发现不了他的马蹄印，他才有机会逃出去。

土匪们骑的马都是抢来的好马，耐力非常好，时间久了，他必定会被土匪追上，更何况土匪在野外生存经验非常丰富，在外面很难藏身，旦增边策马疾奔边想着脱身的办法。四周都是光秃秃的小山，很难藏身，旦增已经听到后面传来隐隐约约的马蹄声了。在前面可能还有土匪的哨卡，不管怎样旦增只能往前冲了。

旦增手里提着枪，眼睛紧盯着前方。枣红马已经跑得全身是汗，但似乎也知道危险在迫近，仍然奋力狂奔着。路过小村子，旦增没敢进去，他怕村子里情况复杂，便绕过村子向通往省城的峡谷奔去。在峡谷里有个旦增和蒙处长约好的情报点，只要旦增把情报放到那里，交通员就会及时取走情报。

刚出村子不久，旦增远远就看见路前方有个土匪的哨卡，路中间站着好几个土匪。看着旦增狂奔而来，土匪们立即端起枪瞄准。

"啪、啪"两声枪响，子弹从旦增的身边呼啸而过，意思是让旦增停下来。旦增没有理会反而加快了速度，他现在只能不顾一切冲过去。

见旦增没有停下来，土匪们狂喊着，密集的子弹朝旦增打来，旦增在马背上伏下身子还击着。

突然，旦增胯下的枣红马一个趔趄滚翻在地，马背上的旦增被直直甩了出去。旦增在地上翻滚出好远，等停下来一看马已经被子弹打中，再也站不起来了。土匪们端着枪慢慢向这边摸过来，旦增手中的手枪也不知甩到哪里去了。还好，后背的长枪还在，旦增赶紧摘下枪，往前爬了几步，趴在路边一块小山坡后面，对准前面的土匪开了枪。

一个冲在前面的土匪应声倒地，子弹打在地上尘土扬起，后面的土匪吓得全部趴在了地上，等缓过神看清旦增趴着的地方后，密集的子弹又向旦增打来。旦增仓促还击着，长枪精度比手枪高，又打倒了几个土匪。此时已经能看到后面远处追来的土匪马蹄扬起的尘土了。前有堵截后有追兵，枪里的子弹又快打完了。旦增已经想着这次可能再也逃不出去了，自己被土匪打死是小事，情报送不出去才是大事。土匪打下县城就会屠城，县城里的老百姓可就遭殃了，刚建立起来的政府里的所有人也会惨死在这帮凶残的土匪刀下。

第三十四章　再次并肩

正在焦急地思谋对策时，旦增听见前面传来几声短促的枪响，然后四周突然安静了下来。旦增觉得奇怪，正要抬头看，前面传来一声："旦增，是你吗？"

这声音怎么这么熟悉？旦增慢慢探出头，见前面哨卡那里站着一个人，手里提着手枪，脚下倒着几个土匪。见旦增还在犹豫，那个人着急地对旦增挥着手，让旦增过去。

也顾不得什么了，旦增提枪跃起，向前跑去。跑了几步，旦增已经看清楚，拎着枪戴着大皮帽的人竟然是李贤忠。

原来，作为侦查员的李贤忠回到省城后，在组织的安排下没有公开身份，继续在省城周边开展秘密情报工作。前段时间，他也接到任务，对海大胡子匪帮进行侦查，他以一个原国民党普通士兵的身份加入了匪帮，因为曾经当兵的身份他被派到这个新设的卡子上负责。临出发之前，领导跟他交代有其他侦查员已经打进海大胡子匪帮了。由于他一直在这个哨卡上，没见到旦增，旦增也没有见到过他，所以两个人虽然在同一个匪帮，但从未见上面。今天他看到匆忙逃出来的人，一想应该是自己人，但也不敢确定，便暗暗观察。直到旦增的马被打倒，他才发现这个侦查员就是旦增。情况危急，他及时出手击毙了剩下的土匪。

旦增跑到李贤忠跟前，双手紧紧握在一起，两个人什么都不用解释了。李贤忠急忙对旦增说："土匪马上就要到了，后面有马你赶紧跑，我在这里顶着，只要过了峡谷，进了树林，他们就找不到你了。"

"我俩一起走，他们要打县城了，我俩分头走，只要能出去一个，把情报送出去就能救县城的人！"旦增急促地说。

"前面的峡谷两边都爬不上去，他们的马好，绝对能追上我们，到时候我俩谁都跑不掉，你听我的，赶紧走！不然时间来不及了，快走！"李贤忠命令旦增赶紧走。

旦增见确实没办法两个人一起走，无奈地骑上旁边土匪的马，望了望李贤忠，狠下心来，一磕马肚子，向峡谷冲去。

李贤忠看着旦增进了峡谷，把死去土匪身上的枪和子弹全都取了下来。他知道来的土匪不少，也知道自己单身一人撑不了多久，只想着尽量多给旦增赢得点儿时间，让旦增能跑出峡谷。他看到追过来的土匪马蹄扬起的尘土越来越近了，选了块高地，把子弹集中起来，回头看了一眼身后的峡谷，静静地趴在地上，等土匪的马队过来。

刚准备好，追来的土匪已经出现在李贤忠紧握着的长枪准星里了。

瞄准、击发，领头的土匪应声翻落马下。李贤忠冷静沉着快速地再次瞄准、击发，又一个土匪躺在地上。一阵急促的射击后，慌乱的其他土匪都不敢再往前追了，全都跳下马趴在地上胡乱向前射击着。

等过了一会儿，尘土散去后土匪们渐渐发现对方只有一个人，他们集中火力开始向李贤忠的方向射击。一时间，密集的子弹打得李贤忠抬不起头来，他身边扬起一股股尘土。他只能不停地转换地方对土匪反击，从一个小山包换到另一个小山包，而土匪的火力一直没有减弱。就在他起身再次换地方的时候，一发子弹打中了他的肚子，他一个趔趄倒在地上，用手一摸肚子，发现一股鲜血冒了出来，钻心的疼痛直到脑际。他忍住疼痛艰难地爬了几步，挪到山包上面咬着牙继续对准土匪开枪射击。

被压制住的土匪异常凶悍，虽然被打死了不少，但剩下的依然顽抗着。他们利用地形掩护，不停变换着地方端着枪向前冲了过来。

李贤忠肚子上的伤口一直往外冒血，他感觉自己快撑不住了，眼前发黑，不断摸上来的敌人的身影已经有些模糊。他心里想着旦增应该快跑出峡谷了，只要他能跑出去，自己就算死也值了。他已经想好一直坚持到最后，等剩下的子弹打完后，就把最后一粒子弹留给自己，决不能让这些丧心病狂的土匪抓住自己。

时间一分一秒过去，身负重伤失血严重的李贤忠就要撑不住了。当眼前开始恍惚再也挪动不了身体的时候，他放下手中的长枪，摸过在一边的盒子枪，慢慢地举向自己的头部。而就在他手指一沉想扣动扳机的这一刻，突然他听见身边响起了枪声，感觉身旁多了个人。

第三十五章　忠　诚

他转头一看，突然出现在身边的不是别人，正是旦增！旦增此刻应该是跑出峡谷把情报送出去！如果情报送不出去，前面所有的努力全都白费了，县城的群众将会遭到土匪的洗劫和屠杀。

李贤忠已经无力呵斥旦增了，只能怒目瞪着旦增。旦增明白他的意思，赶忙说："你放心！情报我已经放在情报点上了，会被交通员取走的。"说完，也不理会李贤忠埋怨的眼神，端起枪瞄准土匪开枪射击。

原来，旦增骑马跑进峡谷后不久，就到了最近的一个情报点。

考虑到敌情复杂，旦增和蒙处长在通往省城的路上设了一些情报点。这些情报点，可能是一个小山洞，可能是一个大石头下面，也可能是一棵树上，侦查员将情报放好后，在附近做上标记，交通员就会把情报取走。

旦增跑进峡谷到了情报点后，从怀里摸出一直放在身上的路条，在附近找了根烧成炭的树枝，把土匪要打县城的情报简单写在上面，仔细藏好，又在附近做好标记，然后拨转马头向峡谷外疾奔而去。他想回来救李贤忠一起走，他不能扔下李贤忠一个人面对那么多土匪。旦增不停地打着马，马在峡谷里狂奔，旦增的身体紧贴着马背。还没出峡谷，远远就听见枪声非常密集，他跳下马赶紧跑到李贤忠的身边加入了战斗。

前面的土匪仍然疯狂进攻着，而李贤忠的子弹快没有了，枪声渐渐稀落了下来，土匪们发现这情况后，更是叫嚣着疯狂往前冲来。

李贤忠强忍着剧痛开着枪，坚持了这么久，听到旦增把情报已经送出去了，他终于坚持不住了，眼前一黑，头一歪，从身边的土坡滚了下去。

旦增突然发现李贤忠不见了，摸到跟前见李贤忠滚到了坡底，又看到他刚才趴的地方都是血，才知道李贤忠早已受了伤，在这紧要关头也顾不上喊他，只能端着枪对猫着腰冲过来的土匪射击。

远处的土匪见枪声又起，全都趴在地上不敢动弹，几个胆大探出身的土匪被旦增的枪打倒。在前面的土路边横七竖八躺着不少土匪的尸体，打伤的嗷嗷号叫着。但剩下的土匪依然不要命地往前冲来，洗劫过村庄、袭击过工作组的他们不相信这么多人、这么多枪竟然打不过前面的一个人，每个人如同嗜血的野兽一般。

忽然，旦增扣动扳机没有反应，再扣还是没反应，拉开枪栓一看子弹没了，抓起其他的枪看子弹也都打空了，摸过地上的几个子弹袋，一看里面也全都空了。

摸遍全身，旦增发现只剩一把藏刀了。他看看坡下一动不动的李贤忠，看看前面远处探起身的土匪，又看看后面被流弹打死的马，旦增知道今天再也无法脱身了。

阳光是那样灿烂，高原的天空是那样湛蓝，远处的雪山上还有皑皑白雪，河谷里的柳树刚展开嫩叶，河谷里的杏树上粉红的花朵开得异常烂漫，微风中满是春天的气息。如果没有围过来的土匪，这是多么美丽的世界。

旦增把所有的枪全部拆开，把能砸烂的全部砸烂，能扔的都扔得远远的，这些枪不能留给土匪，不能再让它们对准善良的百姓和解放军。做完这一切后旦增面对着初春灿烂的阳光静静地坐了下来，从怀里掏出烟杆，拿出装烟丝的小皮口袋装了一锅烟，慢慢用手压实烟丝，划着一根火柴点燃烟丝深深吸了一口。烟锅里的烟丝闪着红光，青色的烟从旦增的嘴角吐出，旦增的手指轻轻滑过烟杆，此时旦增的头脑却是异常清醒。

串草原做小生意的情景、攻打庄园时的激战、爱笑的梅朵、和蔼的阿爸索南、尊敬的蒙处长、才慢慢成熟起来的年周、倒在血泊里的那些年轻的解放军战士，还有在心里一直揪着放不下的梅朵阿妈……一幕幕画面、一张张脸庞浮现在眼前。

四周土匪的身影如同魍魉一般逼近了，旦增微微笑了笑……

听到密集的枪声赶来的交通员在峡谷里发现标记后取出了旦

增藏好的情报，又发现了挣扎着爬出山沟昏倒在地奄奄一息的李贤忠。交通员把李贤忠和情报迅速送回了省城。薛局长立即将旦增发现的情况上报省委，解放军迅速调动力量到县城张网以待，歼灭了妄图攻打县城的土匪，又趁势直攻土匪老巢，海大胡子、张老板等人在战斗中全部被击毙。海大胡子匪帮被彻底剿灭，一个长期横行高原无恶不作的土匪团伙和一批国民党的顽固残余分子被铲除。

第三十六章　雪　剑

春到古城，在高原省城一处向阳的山坡上，四边的柳树已经绽开绿芽，丁香花正在怒放，散发出沁人心脾的香气，地上的草已经将生命的绿色铺满了大地。

几十个人静静地肃立在一座刚建成的墓前，站在前面的有薛局长、蒙处长，身上缠满绷带的李贤忠也被护士扶着站在前面，还有一些穿着解放军军装的人。

年周手里攥着旦增的烟袋，不时用手擦干涌出的热泪。在下葬时他把旦增心爱的烟杆放在了旦增的手上，又给旦增买了很多上好的烟丝放在他的身旁。森格静静地趴在年周脚下，黑黑的眼睛盯着旦增的墓一动不动。

薛局长眼含热泪，站在旦增的墓前："同志们，今天我们送别旦增同志，旦增同志是我们中的一员，但你们当中许多人却没有见过他，甚至没有听说过有这么一位同志，有这么一位战友。

"旦增同志参加工作后就在侦查处，他为了侦查工作长期默默在草原上奔波，孤身打入敌人内部，与各种各样凶残的敌人斗智斗勇、饱经苦难，从没有忘记自己是一名侦查员，是一名公安战士，是一名共产党员！他把自己的一腔热血和年轻的生命奉献给了侦查事业。他独闯虎穴，面对着危险、面对着误解、面对着孤独、面对着艰难困苦，而他没有任何怨言，甚至从没有说过一声苦，把自己的青春、热血和年轻宝贵的生命都奉献给了他热爱的侦查事业。

“他和每个人一样都渴望有个家，渴望有个陪着他的爱人，但直到他英勇牺牲，这些他都没有！他有的只是赤胆的忠诚，有的只是坚定的信念，有的只是无私的奉献！他短暂的一生没有积攒下任何财产，可是他无限忠诚的精神永远留在了我们心间，留在了高原，留在了雪山，留在了草原，留在了他热爱的这片土地上！高原的每一片草原忘不了他，每一片蓝天、每一朵白云忘不了他，老百姓可能不知道他，但我们的新中国不会忘记他！

“同志们，看到远处那雪山了吗？我们的侦查事业如同这白雪皑皑的雪山一般。雪给高原带来了生命，带来了绿色，带来了希望，带来了安宁。她纯洁无瑕，滋润着高原；她无怨无悔，养育着我们。而你们，奋战在侦查事业上的每一位同志，像这洁白的雪一般，在高原需要的时候就会出现在大地上，毫不张扬地守护着这片高原上的生命；在出现危难困苦时，你们就会化成锋利的剑斩向凶顽，即便粉身碎骨也毫无畏惧。而春满人间时，你们又悄悄退在了后面，人们可能不知道你们，但共和国不会忘记你们，也需要你们的守护，你们就是那雪剑，是一把永不卷刃、永不褪色、永远忠诚的雪剑！”

下 部

第三十七章　春　天

时光荏苒，白驹一瞬，时间已经进入了二十世纪八十年代末的一个春天。

高原省城一个不起眼的院落里，坐落着几幢方方正正典型的苏联式楼房建筑，灰墙平顶，都是三四层高的老楼，楼顶都有个平台，在楼的四周栽满了扁柏，有的枝条已经伸到了三楼的窗户。在繁茂的树枝后面，是一个个小小的木窗。虽是清晨，树枝挡住了东方冉冉初升的太阳，一个小房间里的日光灯已经亮了。

一个两鬓斑白、身材魁梧的老者坐在办公桌后面，将批阅完的文件整齐地放到一边，摘下了老花镜，把头靠在椅背上，微闭双眼，用手指捏住鼻梁，边揉边思考着。

此时，楼下传来自行车清脆的铃铛声和人们上班匆匆的脚步声，新的一天开始了。

老者坐起身体，从抽屉里拿出一个旱烟袋，由于年代久远，烟袋已经看不出原来的颜色了。老者轻轻解开拴着的细皮绳，里面的烟丝因为时间久远而颜色发黑，烟丝也都变成了细粉屑。老者把烟袋口放到鼻子下面，轻轻嗅了嗅，注视许久后又扎紧放回抽屉，然后对着门外轻轻地咳了一声。

隔壁房间立即过来一个年轻人，年轻人站在门口轻声叫了一声“厅长”，然后看厅长有何指示。

“哦，你已经到了！你请侦查处李处长到我这来一下。”年轻人答应一声转身出去了，厅长又拿起桌上的一份文件看了起来。

这位白发苍苍的老者就是当年被壮烈牺牲的旦增带出草原的年周。数十载过去，岁月沧桑已经染白了他的双鬓，饱经风雨的他额头上已爬满了皱纹。自从尕德草原战斗结束后，他也加入了公安队伍，并坚决要求到侦查处工作。这一干就是几十年，他从一个草原深处的流浪儿变成了坚定的共产党员，从一名侦查员到公安厅厅长，也从一个懵懂少年快到花甲之年。

数十年的岁月他也同样经历了无数的风雨，而每次经历磨难、内心迷茫时，他都要把将他带出草原引领自己走进公安队伍的旦增的烟袋拿出来看看，闻闻里面烟丝的味道，回想起当年在尕德草原的一幕幕，想想长眠在高原的那一张张面孔，他又会充满信心、满是力量。虽然现在早已是和平年代，似乎那段记忆已经历史久远好像老照片一样发黄褪色，但在他的脑海里，还是如同就在昨日。

“咚、咚”，门口传来两声轻轻的敲门声。年周厅长抬起头，见门口站着一个也是快六十岁的人，身上穿着深蓝色的中山服，脚下还放着两个铁壳暖水瓶，年周厅长一看就笑了。

“李处长，你给我送礼也不要只送两壶开水啊！”

李处长知道年周厅长平易近人、毫无领导架子，喜欢和同志们开玩笑，自己年龄比他还大些，也笑着进了门。

“刚上班活动活动筋骨，去锅炉房打开水在楼道里听说你找我，就直接过来了，别说开水，我连这两个暖瓶送给你都行。”李处长也开起了玩笑。

年周厅长笑着示意李处长在旁边的沙发上坐下。

李处长坐了下来，从兜里掏出一盒烟，抽出一支点燃，透过浓浓的烟雾看着厅长，等厅长开口。

年周厅长挥手把眼前的烟雾挥开，笑骂道：“你们一点儿都不当我是厅长，知道我不抽烟，还天天拿烟熏我，厅长可是很大的官！一点儿也不尊重我！”

李处长知道年周厅长大清早找他，绝对是有什么大事，也不开玩笑了，静静地听厅长怎么说。

年周厅长看看李处长，起身把办公室的门关上，也坐到李处长边上的沙发上说：“我知道你不容易，在以前也挨过整，也被下放过，好在都熬过来了。现在公安部要求加强公安侦查工作，我看你是终于等到这一天了。以前我们的侦查队伍战斗力不强，这有外部的原因，幸亏你这么多年带着这支队伍，没有出现大问题。现在进入新时期了，你看公安部都下发加强公安侦查工作改革的文件了，我看了一下力度还不小。如果不趁这个机会在我俩临退休前把这支队伍抓起来，就对不起组织，对不起公安事业！对不起那些牺牲的同志和为新中国而献身的老百姓！机会抓不住，我俩就是罪人啊！”

李处长一听这话，立即坐正了身体，接过厅长递过来的文件粗粗翻看了一下，又点了支烟深深地吸了一口。这么多年，他终于等到了这一天，此刻他内心的激动是无法言表的。他低头又细细看了起来。

作为侦查处长，李处长深知侦查工作对公安工作的重要性，但许多好同志在那个砸烂一切的年代被打击怕了，留守的同志都无心也不敢甩开膀子大干一场，都是抱着观望的态度，因此从某种程度来说侦查处的工作这些年是处于停滞的状态，而如今，侦查工作迎来了发展的春天，终于可以焕发活力了！

李处长将视线从手中的文件抬起，看到年周厅长已帮他拿了支烟等着他，又划着火柴替他点上，李处长激动得眼角都有点儿湿润了。

“我俩先把精神吃透了，你考虑怎么办，如何在最短的时间把侦查工作抓起来，把战斗力恢复起来，把散了的心重新聚拢起来，把全省大案要案的侦查工作承担起来。你老哥就大胆干，我全力支持！现在到拔剑出鞘的时候了！”

李处长思绪万千，回到办公室，到了门口，才发现门口放着他的暖瓶，原来年周厅长的秘书已经把他的暖瓶送过来了。李处长打开门坐下，顾不上倒茶，展开手中的文件又仔细地研读了起来。

侦查处是成立较早的一个处。在新中国成立初期，由于当时特殊的敌情，侦查处担负了大量打击匪特、国民党残余势力的侦查工作，为当时的政权稳定、社会安定立下了汗马功劳，成为打击敌人的一把利剑。随着敌我矛盾渐渐不再是主要矛盾后，侦查处的工作也渐渐被削弱。

岁月蹉跎，在过去的数十年，侦查队伍数次被冲击，但这支队伍仍然为社会稳定作出了突出贡献。侦查处一直是党和政府信任的一支队伍，也是有战斗力的一支队伍，攻坚克难、历经苦难而痴心不改，一直坚守着自己的信念，但此时也需要实现跨越式发展，以适应新时期下的公安工作。

直到今天，李处长终于迎来了侦查工作的春天。

目前的侦查处，担负着全省重特大案件的侦查工作。在社会转型期，各类案件高发，原先的侦查能力已远不能适应新时期的侦查需要了。李处长和年周厅长急需这支队伍焕发活力，担负起侦查工作中坚力量的角色。

李处长仔细看了好几遍文件后才打开门，立即召集处里领导班子成员开会。就在李处长办公室里，政委和其他几个副处长，看完文件后也都是兴奋异常。

李处长办公室里满是烟雾，如同着了火一般。进来的办公室主任把门敞开，用手中的记录本使劲扇着，想把满屋子的烟赶出去，扇了好久才发现几个领导嘴里还是叼着烟，索性不扇了，捂着鼻子坐在李处长值班时睡的床上，打开笔记本等着李处长说话。

"通知全体同志开会，研究如何落实文件精神意见！让各个业务科的同志有个思想准备！"李处长挥手说完，办公室主任出去挨个打电话通知去了。

不一会儿，所有的同志都提着椅子来到侦查处外勤科办公室。处里没有会议室，外勤科的办公室是处里最大的办公室，摆着几张一头沉的老办公桌，但椅子少，每逢开大会其他办公室的同志只能搬上自己的椅子，大家挤在一起。男同志抽着烟，猜测着今天突然召集开会的内容，女同志则凑在一起，轻声聊着天，偶尔低声嬉笑几声，还有的趴在桌上看着玻璃板下面压着的照片，大家都不知道突然开会的内容。

李处长看人来得差不多了，点了根烟说了声"开会"。大家一看李处长今天格外严肃，不知道发生了什么事，全部严肃起来竖起耳朵听着。

"同志们，今天是个重要的日子，公安部作出了决定，要加强公安侦查工作改革，这是下发的文件，下一步会有重大的措施出台，我们每一个同志都要认真考虑如何把工作抓起来，各科室负责人更要结合我们的实际，提出切实可行的方案，现在我们传达文件……"

会场里出奇地安静，每个人都静静地听着，听完后也是热血沸腾。改革的春风吹到高原，每个人都看到了希望，充满了动力。以前数十年没有打破的机制会发生改变，如同一台更换了发动机的机器，会高效有力地运转起来，在高原默默无闻这么多年的侦查工作终于迎来了发展机遇期。

会议结束，每个人都搬着自己的椅子回到自己的工作岗位。

侦查处自成立后，保密是一条铁定的纪律，如同当年旦增只和蒙处长单线联系一样，保密工作是侦查工作的生命线。进入新时期后，虽然敌情、社情发生了巨大的变化，侦查处除了侦办大案要案，还要承办一些特殊的案件。不管何种案件，在侦查阶段都必须严格保守秘密，因此保密这条纪律传承了下来，这也是侦查工作赖以生存和发展的基础。

由于工作特殊，进入侦查处要经过一道铁门，严格登记后才能进入。虽在同一个处，但同志们相互之间也不能打探和谈论工作细节，共同侦办一起案件时，各个科室将自己获得的情况汇报给主管领导，再由主管领导协调几个科室之后作出决策。

长期特殊的工作环境使侦查处的同志都养成了不张扬、低调严谨的作风。侦查处的同志和其他部门的同志在一起开会时，能明显地区别开来，他们总是静坐一隅，极少开口，就算开口讲话也是直入重点，绝不说多余的话。虽然看起来很低调，但得到任务后绝对会全力、迅速、有力出击，如同一个孤独的剑客，不击则已，一击必中，平时静如处子，战时则动如脱兔。

低调的作风、严格的保密纪律，使这支队伍保持了良好的战斗力、过硬的素质。侦查处的同志虽长期在侦查处工作，但有些案件的侦查情况对最亲的家人也不能透露，也很少在公众场合露面。有些人干了一辈子侦查工作临退休到其他部门办手续时，好多人都不知道他是公安厅的人。这个集体在无形战线上默默奉献，以无怨无悔的精神、以对侦查工作的执着和热爱守护着高原的安宁。

接下来的时间里，在上级部门的决策下，在年周厅长的亲自关心下，一项项旧的壁垒被打破，一条条顺应时代的改革措施陆续推出……

第三十八章　人生起航

时间跨入到二十世纪九十年代，在侦查处秘书科的一间库房里，在昏暗的灯光下，三个年轻人从一排厚重的老旧铁皮保险柜里取出一摞摞档案，放到桌子上，重新登记整理完毕后，又小心翼翼地将文件放回档案柜里。

随着一页页泛黄的档案被打开，一段段尘封的历史展现在三个年轻人眼前，那一页页泛黄的纸承载的是历史，更是责任。那一件件手写的各种字体所记载的每一起案件带给三个人的更是巨大的震撼。三个人好像回到了那个血雨腥风的年代，透过看似简单的档案看到一个个出生入死的侦查员在为国家安全、社会稳定而呕心沥血。

三个年轻人看得很投入也很仔细，边看边整理，一时没有发觉早过了下班的时间。

"吴新、更登、李天才，你们下班吧！时间不早了！"一个三十出头戴着近视眼镜的瘦高年轻人推开门，对还在小桌子旁的他们说。

"好！李哥，登记完这份就下班。"更登、吴新、李天才三个人赶紧站起来说。

三人将手中的档案整理完，放到铁皮保险柜里锁好，又把库房门锁好后来到隔壁办公室，对还在办公桌上写东西的李哥打了个招呼才出门。

出了办公楼，在高原灿烂如霞的夕阳下，三个人恢复了年轻人的朝气，在树下推出自行车，嘻嘻哈哈说着话向大门走去。

看看表，下班时间已经过去很久了，其他办公室的人都回家了，走廊里静悄悄的。写了一下午的李哥放下手中的笔，摘下厚厚的眼镜，揉了揉鼻梁，呆坐了一阵。他褪下两只胳膊上的套袖，整齐叠好放在抽屉里，又把办公桌上的东西整理整齐，锁好门转身推了一下库房的门看是否锁好了，这才下楼在树下推出自己的自行车，走出大院才跨上自行车向家里蹬去。

吴新骑着自行车往几公里外的家蹬去，身边都是骑车下班回家的人，路边公交车站上站满了等车的人，公交车喘着粗气靠到车站，人们簇拥着围住车门。

吴新不紧不慢地蹬着车，脑子里还是上班整理档案时看到的那一幕幕。作为刚参加工作的年轻人，他们三个人接触的是完全陌生的岗位。虽然在学校他学的也是侦查，老师也讲了不少案例，但分到侦查处后，通过整理档案接触到的那些案件是在警校时所没有听说过的。吴新对每一起案件都充满了好奇，他尽量在脑海里还原每一起案件。那一页页发黄的纸、那一个个不同的字体透露出来的当时侦查员的辛勤和敬业让他敬佩万分。更登和李天才也是如此。通过整理档案，他们对侦查处的工作有了初步的认识。

和更登、李天才不同的是，吴新还有一个深藏在心中的夙愿。他的爷爷是当年挺进高原的解放军战士，当爷爷牺牲的噩耗传来时，奶奶就挺着怀孕的肚子义无反顾地来到了高原，善良的奶奶执意要来高原陪着长眠在这里的爷爷。等吴新的爸爸出生后，奶奶一个人含辛茹苦把吴新的爸爸抚养成人。一直等吴新长大一些后，从奶奶的口中他才知道爷爷是高原解放时牺牲在侦查匪徒的前线，但爷爷是怎样牺牲的就连奶奶也不太清楚，而早逝的父亲也没有告诉他爷爷牺牲的细节。吴新懂事后一直想了解爷爷牺牲的具体细节，但作为一个孩子他没有这个能力。爷爷牺牲在了高原，父亲也将生命献给了高原，作为来到高原第三代的吴新在高考后第一志愿填写了警察学校，他想沿着爷爷的路走下去。

每当看到精彩的案件，他们都想问问李哥，但看到李哥似乎永远不笑的脸，再想想档案里记载的案件也是距离李哥很久远的事，几次想开口问，又把话咽回肚子里了。吴新想等以后和其他老同志熟悉了，再请教这些案件的侦破过程。

边想边骑，不知不觉中吴新进了家属院。快到自己家那排平房时，吴新见从家拐角出来一个人，赶忙跳下自行车问道：“磊子！怎么走了，吃完饭再走啊！”

叫磊子的年轻人停下脚步说：“哦，吴新你下班了，刚钓了几条鱼，给姨送过来几条。我今晚夜班，先去上班了，改天再过来，我俩好好聊聊。”说完转身走了。

“磊子”叫吴磊，因为两家都是从内地迁过来的，又都姓吴，并且两家的父亲在同一个单位工作，所以两家就和一家人一样亲。

吴磊比吴新大一岁，从小两个人就在一起玩。别人家的小孩儿欺负吴新时，吴磊总是出面保护吴新。在吴新几岁时，吴新的父亲就因病去世了，吴磊一家更是在方方面面照顾着吴新孤儿寡母，逢年过节两家就在一起，平时有什么好吃的总要送一份给吴新家。从小吴新也不管吴磊叫哥，直接叫他的小名。高中毕业时，同在一个班的两个人，吴新考上了省警校，而因几分之差名落孙山的吴磊成了待业青年，后来到一个厂子里当了工人。

回到家里，吴新的妈妈正在炒菜，儿子能当警察是她的骄傲，这么多年含辛茹苦，看到儿子终于成了才参加了工作，她觉得九泉之下的吴新爷爷和爸爸也会感到骄傲的。多年来一直靠打零工为生的她现在更没有歇一歇的想法，她想儿子工作了，下一步还要攒钱给儿子娶媳妇，那时她再歇下来，享享清福。她翻炒着锅里的菜，对进来的吴新说：“磊子刚拿了几条鱼过来，让他吃完饭再走，说上夜班来不及就走了。”

“我在门口看见他了。我参加工作了，哪天抽时间把他和大伯他们请出去找个好饭馆吃个饭吧。”吴新蹲下身开始收拾鱼，低着头说。

“这么多年，我们娘俩多亏了他们家，你第一个月工资发下来，给你大伯、大姨买点儿东西，再请他们吃个饭，咱们这辈子可不能忘他们的恩啊！”

看到妈妈边炒菜边抹着眼泪，吴新笑着说：“那是当然的，对大伯他们我花所有的钱都愿意，磊子当工人工资比我低，以后我可不能让他再给我花钱了，我要把钱攒起来先给他娶个媳妇。”

吴新妈妈欣慰地说：“这才是我的好儿子！”

吴新又想跟妈妈说说单位的事，说说在档案里看到的精彩案子，可话到嘴边突然想起报到后进行保密教育时，李处长再三跟他们说保密的事，说单位的工作不能对任何无关的人说，就忍住没提单位的事。

李天才和更登的家都不在省城，在单位门口分手后，李天才就去找同学了，更登一个人没事做，在街上随便吃了点儿后回集体宿舍看书。

在相关政策不断推出后，在年周厅长和李处长的努力下，先从省警校选拔了三名优秀的毕业生充实到侦查处，给侦查处增添了新鲜血液。

对于吴新这个品学兼优的毕业生，心细的年周厅长还发现了其特殊的身世。

在选拔新侦查员时，从数名推荐上来的名单中，年周厅长发现吴新的简历上写着爷爷牺牲在高原剿匪前线。因为旦增的原因，他对这个情况非常感兴趣，他仔细端详吴新的照片，有些似曾见过的感觉。年周厅长就安排人去了解吴新爷爷牺牲的具体情况，结果查回来的情况让年周厅长大吃一惊，吴新的爷爷竟然就是旦增打入匪帮时遇到的解放军侦查分队的吴排长，是和旦增有一面之交被土匪乱刀残忍杀害的吴排长。

当年年周厅长作为刚参加工作的侦查员，在剿灭海大胡子匪帮后，从一个投诚的当时被绑去和旦增同在伙房干活儿的土匪嘴里了解到了旦增在匪帮里的情况，也得知了旦增讲述给这个土匪在路上发现解放军小分队被土匪屠杀的情况。后来年周厅长也仔细看过文史部门搜集的这支解放军小分队所有战士的照片资料。看到吴新的照片，年周厅长想起了当年看了无数遍的牺牲的吴排长的照片，怪不得有种好像见过的感觉。

吴新的爸爸也是为了高原的建设不幸身患重病去世的。年周厅长沉思许久后当即决定将吴新招收进来。像这样把三代人都奉献给高原的家庭在高原上确实还有不少，高原解放后许多外地人留了下来，在高原建设的大潮下，也有许多人放弃内地优越的条件义无反顾到了高原。但像吴新这样的不多，更何况从各个方面看吴新确实是个优秀的小伙子。

年周厅长亲自对吴新宣布了招录决定，同时他将吴新爷爷牺牲的详细经过告诉了吴新，这让只知道爷爷牺牲在剿匪前线而不知道细节的吴新唏嘘不已。他终于解开了心中的谜团，对爷爷敬佩万分，老一辈侦查员旦增的事迹更是深深触动了他。

按照传统，新招录来的年轻人都要接受纪律教育，同时熟悉侦查处工作。而这一步是从整理档案、学习文件开始的。通过这些看似枯燥的工作，观察他们所掌握的专业知识、表现和性格特征，再分配到其他适合的科室继续培养。

侦查处下设技术科、分析科、外勤科、办公室等部门，各科室内部又有分工，如技术科还有痕迹分析、弹道研究、文字检验、法医、照相等分工。侦查处新来的专业人才中懂化学的就分到研究室，动手能力强的分到技术研究部门，分析能力强的分到分析科，文字功底好的分到秘书科搞材料，反应快、观察力强的分到外勤科干侦查。

除了这些警校毕业生，年周厅长和李处长还准备从公安本科院校和其他院校选拔一些更专业的侦查、文检、法医等人才充实到侦查处，这样才能让侦查处迅速培养出一批业务素质高、纪律作风硬的侦查力量，建立起一支专业的侦查队伍。

清晨，当吴新把自行车放到树下，随着大家进到楼道时，李天才已经把整个楼道拖完了，站在走廊里提着拖布擦头上的汗。吴新到办公室见李哥已经坐在办公桌前，胳膊上套着套袖一笔一画写着东西，一提暖水瓶，已经是满满的了。这时更登也进来了，吴新拿上钥匙打开库房的门，更登把保险柜打开，抱出一摞档案，继续昨天的工作。李天才也进来了，提起水瓶给他俩的杯子里倒上开水，端到他俩跟前，三个人边说话边开始整理档案。

李哥全名叫李乐一，父亲当年也是来援助高原的大学生。李乐一从小家人对其要求就极为严格，虽家庭贫寒，但李乐一的父母对其倾注了所有的心血。在他很小的时候，他的父亲就因病去世，他的母亲这么多年含辛茹苦一直陪着他，以微薄的工资供他上学。李乐一也确实没辜负母亲的期望，不但考上了大学，毕业后还被分配到侦查处从事化验工作。母亲又给他成了家，有个乖巧的小女儿。可能是从小受家庭环境的影响，李乐一胆子很小，心理素质很差，远不及公安院校毕业的同志。有几次在案件侦查中，由于人手不够把他也抽过去帮忙，但李乐一还没到现场，就紧张地浑身打战，话也说不出来。领导看他心理素质不行，只好把他撤下来。李乐一做其他工作却是极其严谨认真，特别是写一手非常漂亮的钢笔字，他誊写的文件猛一看和印刷出来的没什么两样。当时侦查处还没有电脑，只有秘书科有一台打字机，所以一些忙不过来的文件就让李乐一到秘书科临时帮忙誊写。最近他一直在秘书科上班，这三个新来的年轻人也让他负责带。

坐在办公桌前身材单薄的李乐一摘下厚厚的眼镜，轻轻揉了揉眼眶。他自小不爱和别人说话，性格比较孤僻，凡事谨小慎微，也没有几个交心的朋友，没有吸烟、喝酒、打牌等不良嗜好，就喜欢写字，成家后因为自己老沉迷在书法里，和媳妇交流也少。高原物价高，李乐一工资低，渐渐地，性格开朗的媳妇也不和他说说笑笑了，一家人如同一杯温开水一般过着平淡无味的生活。

让他烦恼的是这两年街上开了一些舞厅，媳妇每晚吃完饭就去舞厅跳舞，也不管孩子，家里所有的家务也全都扔给他，他委婉地跟媳妇说了几次，但媳妇依旧我行我素，这让中规中矩的李乐一头疼得很。他每天骑自行车把女儿送到幼儿园就早早来到办公室。在单位自己只是个很小的职员，从事的化验工作也很难显现成绩，似乎成了一个可有可无的角色。但在他心里，只有工作才能让他忘却烦恼，领导安排的工作他都会一丝不苟认真地完成，即便这样每年评先进时都没有他，好像只有需要他时，才会记起有这么个人。

时间过得飞快，转眼已经过去几个月了，根据几个人的表现和特点，吴新被分配到了外勤科，李天才留在了秘书科，而更登被分到分析科工作。

外勤科相对侦查处其他科室来说是个与外界接触比较多的科室。发生大案时，基层办案队将掌握的情况和线索提供给分析科，把需要鉴定的检材交给技术科。技术科用专业知识和设备对检材进行分析、化验、固定形成证据。分析科利用自己掌握的不法分子档案资料和有前科的重点人资料等一切可以利用的资源分析嫌疑人的职业、行为等特点，为案件定性画出一个框，再把情况通报给外勤科和基层办案单位，外勤科和办案单位一起按照这个条件进行摸排、侦查、抓捕等实际工作。

外勤科接到案件后，便和基层的同志一起展开大量的调查工作，根据掌握的情况不断缩小嫌疑人的范围，直至将嫌疑人确定并抓获。外勤科的同志天天在外面跑，工作忙时几天几夜回不了家，工作很累很危险。没案件时便到处跑，熟悉相关情况，有时在外面跑累了几个人就凑钱去喝酒。除了他们，侦查处其他科室则是专业性很强，工作也比较封闭，与外界接触很少，每天都是单位家庭两点一线。

秘书科因为是在领导身边，虽然工作非常繁杂，但成绩容易被领导发现，提拔较快。只要你能踏踏实实熬几年，一般情况下都会被提拔到其他科室当领导。虽然侦查处比较封闭，各科室间也是各干各的，但对秘书科来说，秘书科的同志和所有的人都很熟悉。另外，因为在领导身边承担着上传下达的任务，他们的信息很灵通，有什么好事，秘书科的人都是第一个知道的。比如出差，在当时去外地出差可是个好事，办完事还可以去附近转转，所以秘书科的人出差最多，人脉也最广。

三个人进入自己的岗位后，不到几个月，就渐渐适应了各自的工作。因为是年轻人，承担的工作就比较多，学习的任务也很重。

三个人虽然在不同的科室，但闲暇之时便凑在一起聊聊天、吃吃饭，关系非常不错。李天才总有新消息，吴新也把从老侦查员那里听到的办案当中的故事讲给他俩听，三个人对侦查处的工作充满了好奇，作为警察都想哪一天能亲自去现场体验一下抓捕的感觉。

第三十九章　初次上阵

机会终于来了。

这天临下班时，吴新接到科长通知，晚上参加一起案子的抓捕任务，让他准备好照相机、对讲机等东西。来侦查处半年多了，终于能参加案件，这让吴新兴奋不已。本来晚上约好和磊子一起吃饭的，只好往后推了。

没等到晚上，吴新便提前来到了办公室，将照相机等器材检查了好几遍，早早在办公室等着。

在省城有一条河穿城而过，是黄河上游重要的一条支流。前几天，发完大水后有一个捡破烂儿的人在河滩里发现了一个冲出来的大铁皮桶，里面是凝固的水泥，看起来好像是哪个工地废弃的铁桶。捡破烂儿的想将水泥砸掉再把铁桶卖点儿钱，于是找了个大铁锤开始砸水泥。没想到砸着砸着在水泥里面露出了人的躯干，捡破烂儿的吓得魂飞魄散，扔下锤子赶紧跑到附近的派出所报了案。

当地的警察立即赶到河边封锁了现场，经过细致的勘验，技术人员在铁桶凝固的水泥里面发现了一具男性尸体。

这起案件立即震惊了省城警方，在省城还没有发生过性质如此恶劣的凶杀案件。案情汇报到侦查处，侦查处全力以赴和当地的公安机关进行了艰苦细致的调查摸排。从确认尸源、查找铁桶开始，经过大量艰巨的工作后，终于根据铁桶上遗留的一些白灰，确定住在离现场不远城乡接合部的一名男子有重大作案嫌疑。当地公安机关外围调查发现这个人多次被公安机关打击处理过，反侦查经验十分丰富。如果没有充分的证据将其抓来，他必然会百般抵赖。他独身一人住在一个大院子里，四周邻里都是其沾亲带故的亲戚，在案发后他如同失踪一般，没有人见过该嫌疑人，外围调查也无法确定其下落。侦查员分析，如果他是凶手的话，他的家应该就是第一现场，符合杀人、藏尸、抛尸的条件，但侦查员到嫌疑人家门口观察了几次，发现院门紧锁，院子里还有一条大狗，周边的亲属放出风说他去外地打工了。为避免打草惊蛇，防止其亲属通风报信，侦查员一直没有对该院子展开调查，对其亲属也未进行正面接触。

案子侦查了很久，却一直没有突破口。外勤科的侦查员和当地侦查部门在调查中分析，嫌疑人院子里的狗应该有人喂，能进到院子的这个人应该是嫌疑人比较信任的人，该嫌疑人也不应该已经逃到外地，便决定利用喂狗人喂狗的机会进入嫌疑人的院子展开调查，寻找蛛丝马迹，确定嫌疑，同时对这个喂狗人进行秘密控制，展开突审，打开案件突破口。

天刚黑，吴新跟着其他同志开着科里的北京 212 吉普车按照分工进入了岗位。吴新手里端着望远镜盯着嫌疑人家的大门，看有无可疑人出现，其他部门的同志已经分析出嫌疑人亲属里面可能有知道其下落的关系人。根据指点，吴新同时也观察着不远处关系人的家门。

首次参加抓捕行动，吴新的心紧张得怦怦直跳，却不敢有一丝马虎，全神贯注盯着嫌疑人的家，而车里的几个老同志抽着烟聊着天，全然没有行动前的那种紧张气氛。

夜渐渐地深了，周围的闲杂人也少了。这时，有经验的老同志们都不吸烟了，几个人悄悄盯着嫌疑人家的门。夜色渐浓，科里平时看上去随随便便不修边幅根本不像个警察的老张将吴新叫下车，两个人躲在关系人家附近的一个角落里。吴新心里嘀咕着，这要等到啥时候？万一被其他人发现怎么办？也不知这老张带着自己要在这儿躲多久，错过了精彩的抓捕就太遗憾了！看来第一次参加行动，只能和这快退休的老张守外围了。

时间不久，“嘎吱”一声，关系人家院落的院门开了。出来一个端着盆子的中年妇女，借着微弱的光，吴新发现她是嫌疑人的大姐。只见她出了巷道口，探头看了一下四周便拐向嫌疑人的院子。这时，旁边的老张轻轻一拽吴新，两个人悄悄跟了上去。果然远远见嫌疑人的大姐把盆子放到嫌疑人家的门口，正要拿手里的钥匙开门，吴新边上的老张突然靠在吴新身上，嘴里含混不清地嚷嚷着：“我要方便，你别扶我！我又没喝醉！”

吴新立即明白了，从腰里架着老张，两个人趔趄着走过去，吴新用当地话说：“叔！你看这里有人，咱们往前走走再方便好不?”

嫌疑人的大姐举着钥匙转头狐疑地看着吴新和老张。高原省城的夜里有好多喝醉的，人们已经习以为常了，但夜幕下的这两个人影好像不熟悉。等两个醉汉到了跟前，她发现确实不认识时，突然，她拿钥匙的手被捏住了，耳边传来轻轻但有力的声音：“警察！不许动!”

面对这突如其来的情况，她已经瘫软了，惊恐中她发现身边不知道从哪里突然冒出些人影，好像还有警犬。她手中的钥匙来不及扔掉，已经被身边的人拿过去了。院里的狗也不叫了，院门被打开，她被架着进了院子。

吴新和老张进了院子，立即掏出怀里的手电，警觉地对院子里面搜索了一遍，看样子已经有一阵子没人住了。但他们发现嫌疑人家里的客厅墙壁是新刷的涂料，与其他房间灰暗的墙面形成明显的反差，而且在房子后面发现了与装尸体的铁桶质地、新旧程度一样的铁桶，墙角还放着几袋水泥。

吴新掏出照相机借着微弱的光线拍了些照片，这边老张他们对嫌疑人大姐的突审已经开始。

见到警察发现的东西，慌了神的嫌疑人大姐无奈坦白，嫌疑人就藏在她家的地窖里。吴新跟着其他警察迅速赶到其家里，从地窖里把嫌疑人揪了出来。

案发后一直躲在地窖里的嫌疑人见无法抵赖，开口承认了把来他家要债的受害人打死后，放到铁桶里灌上水泥，又趁着夜色把铁桶沉到河里想毁尸灭迹的犯罪经过。这起性质恶劣的凶杀案顺利告破。

第二天一大早，兴奋了一夜的吴新早早来到办公室。按照科长的安排，他进了暗房，倒好显影液和定影液，摸黑把相机里面的胶片取出来，双手捏住胶片的两边，心里暗暗计算着时间，把底片浸在药水里来回卷动让底片均匀显影。等感觉时间差不多后，又用水清洗了底片放到定影液里，才打开微弱的绿灯，仔细看了一下。还好底片冲得不错，显影的厚薄效果刚好，又用水冲洗干净拿出来晾上后回到了办公室。办公室里没有其他人，因为昨晚其他人和当地的公安部门一起审讯完后太晚了，早上都休息了。科长让吴新也多睡会儿，但初次参战的他兴奋得睡不着就早早来了。

等下午上班，科里的其他同志陆陆续续坐在办公室时，吴新已经把一本放大冲印完、装订得整整齐齐的现场照片册放在了科长的办公桌上。

到外勤科后，学习摄影技术是工作中一项重要内容。在公安工作中，许多现场和场景需要用照片来记录和取证，这就要求每一个侦查员都要有过硬的拍照技术。外勤科照相器材的配备是比较好的，不仅有先进的相机和镜头，还配备了快门声音很小的“奥林巴斯”等专业相机。因为所拍的都是侦查用的照片，为了保密，这些照片只能自己动手冲洗放大，所以暗房设备也是一流的，不仅有普通的胶片，还有适合在微光环境下使用的高感光度底片。这种底片是大卷装在密封的盒子里的，在使用时需要侦查员在纯黑的环境下，用手摸索着剪一段出来装在小胶卷盒里，所有这些设备比街上一般照相馆的设备都好。

交通工具比起其他科也是相对比较好的，六七个人的科配了一台北京 212 吉普车、一辆幸福 250 摩托车，还有几辆自行车。而其他科要么没车，要么就一辆偏斗三轮摩托车。每次外勤科的人开着吉普车进进出出时，着实让其他科的人羡慕不已。

看着自己做的现场照片册在科长和其他同志间传递，吴新忐忑不安地等科长说话，他不知道自己做的是否符合要求，是否遗漏了重点。虽然他在学校时学过摄影，到科里后也加强了这方面的训练，也是按照科里以前现场图册的格式做的，但这是他第一次做，心里还是有些不踏实。

终于，册子回到了科长的手里，科长给大家甩了一圈烟后坐正了身子，其他人知道要开会了，也不说话了，抽着烟等科长开口。

“我们先总结一下这起案子的侦查工作。这起案子前期摸排工作科里做得不错，工作很细致，分析判断的方向非常准确，我们的几位同志在对嫌疑人及其亲属关系人的调查中没有出现惊动暴露的情况，连续十几天的蹲守和调查也非常辛苦。好在我们对这起案件的侦查工作采取了高压态势，根据昨晚的突审情况，嫌疑人本来是要外逃的，看我们公安机关抓得紧才没敢逃。同时对其突破口选择也是比较合理的，一直没有惊动嫌疑人，嫌疑人也谈到他如果知道公安机关已经盯上他，他逃不出去就会自杀。整个来看，这起案件的侦查工作是比较成功的。”

吴新这才知道前段时间科里的几位同志不在办公室的原因，恍然大悟后继续听科长说。

“昨晚，技术科法医、痕迹等对现场进行了固定、提取等工作，将这起案件的证据工作做扎实，把案子办成铁案。厅领导得知此案告破的消息后对我们提出了表扬，基层同志也非常感谢我们的帮助和支持。更重要的是，通过这起案件的侦查锻炼了新同志。吴新到我们科里已经有一段时间了，大家都在观察这个年轻人到底怎么样：工作中稳不稳？学习扎实不扎实？遇到突发情况随机应变能力怎么样？通过昨晚的抓捕工作，证明了吴新同志是适合在我们外勤科工作的。从昨晚能迅速对老张装醉靠近嫌疑人的大姐做出配合，没有导致其扔掉钥匙和惊动其他人而耽误我们侦查工作，还有现在的这份现场照片册，说明吴新能够根据侦查现场的环境随机应变，也能够沉下心扎实学习、抓业务。当然他毕竟是个年轻的新同志，我们所有的人以后要努力培养他，让他迅速适应外勤科的工作，担负起更重要的责任。”

这时，坐在角落里的老张开口了：“吴新是个新同志，从到外勤科后，我们一直在观察这个年轻人是不是浮躁，能不能静下心从事外勤工作，在工作和说话中是不是沉稳，是否适合外勤工作。在平时安排的学习和训练中我们都能看出来他是比较努力的，从内心是热爱侦查工作的，也是有志对侦查工作作出奉献的。侦查工作责任重大，是整个公安工作的核心，是打击犯罪、保护群众的中坚力量，是一把尖刀，是克敌制胜的核心武器，因此要掌握在政治合格、素质过硬、作风优良的人手中，不然会对公安工作、对我们的侦查事业造成伤害。这几个月，我们只是给吴新安排一般性的业务学习和工作，怕的是他浮躁、自大、耐不住寂寞，受不了侦查工作的辛苦和清贫。但是他的日常表现和昨晚在现场能随机应变的能力，证明他是适合外勤侦查工作的。今后的路还很远，需要学习的东西还很多，希望吴新同志能加强学习，不断培养为侦查事业奉献一切的精神，把自己锻炼成一个政治上合格的多面手，用心工作、竭诚奉献、报效国家。”

其他几位同志也对吴新的工作提出了中肯的意见，肯定了吴新的工作和精神，也对他提出了殷切希望。

吴新这才明白，前段时间科里的同志好像对自己不是很关心，好像在欺负自己是个新同志。也庆幸自己在学校时努力学习了书本上的知识，平时也十分注重观察，没对外勤科这些好像吊儿郎当的老同志报以微词，更没对看似枯燥的侦查工作有丝毫懈怠。

通过这次小会，吴新感到外勤科真正地接纳了他，他真正成了外勤科的一员，自己才真正踏上了侦查员的道路，人生的道路才刚刚由此展开。

接下来的工作，吴新感觉面前敞开了一个以前从未涉及的世界，而科长和老张他们都是引领自己的人。外勤工作看似简单，但要有非常强的逻辑分析能力、细致的观察力、过目不忘的记忆能力、不同环境的应变能力，要有机械加工、电子等知识，还要有全面积累社会各种知识的意识，最重要的是对公安事业的忠诚和热爱。

他也对以前看似混日子的老张他们有了崭新的认识。他们平时看似嘻嘻哈哈、吊儿郎当，但工作起来都是拼命的人，遇到案子有时十几天都待在外面，不管条件多恶劣都能默默承受毫无怨言，家里有再大的事，也是工作第一。他们的精神感染着吴新，他们也毫无保留地指点着吴新的工作和学习。

时间久了，吴新有一次问老张："我刚来时，我看你们几个都不像警察，更不像侦查员。"

老张笑了笑，反问吴新："那你心目中的侦查员都是帅气英武、武艺高强，骑马打枪都是顶尖高手，是不是?"

吴新笑着点了点头，确实在他心目中侦查员应该是这样的。

老张笑着说："小伙子，你电影电视看得太多了，在公安工作中帅哥美女倒不适合做我们的侦查工作。干侦查有时要做一些如跟踪、蹲守这样的秘密工作，你要是美女帅哥，在人群里谁都会第一时间注意到你，工作怎么进行？警察当久了，就会有一种特殊的气质，比如警察的眼神特别犀利，在别人看来好像是在怀疑一切，但这对于我们侦查员来说反而是个致命的缺点。我们要努力掩盖这种眼神、这种气质，要内敛，不能让嫌疑人从我们的眼神里发现我们是公安，还要从服装打扮各方面克服这种气质的养成，所以我们基本不穿警服，老穿警服就会自然形成昂首挺胸的气质。记住！我们就是普通人，非常普通的人，走到街上，谁也不会多看你一眼，谁也不会记得你是谁，这样才是一个合格的侦查员。

“还要注意观察，注意积累，作出准确的判断。就拿你第一次去抓人来说，你要判断嫌疑人的大姐什么时候会出门喂狗，你要判断出在那样的地方，像她家的经济条件和习惯是人吃完晚饭后拿点儿剩饭喂狗的。另外，她一定要等路上人少时才会出门的，这些都要靠平时的观察和积累。”

吴新没有想到这里面有如此深奥的道理。在后来的日子里，他努力观察学习老同志们的每一个细节。渐渐地，他发现，老同志们有时没事出去逛街或喝酒玩时，看似不经意的目光却在观察着周围的一切人和事物。他们在有意识地积累着社会知识，用敏锐的目光观察着身边所有的变化，感知着新的事物。

第四十章　发　展

渐渐地，吴新更喜欢侦查工作了，他发现每起案件的侦查工作都是对自己的一次挑战。他喜欢那种感觉，每天把自己锁在办公室里按照老侦查员的要求努力学习训练，遇到案件时科长也尽量让他参加。

在这期间，他和磊子只见了几次面，因为磊子老上夜班，吴新工作又忙，两个人感觉很难凑在一起，直到一天，磊子打电话说晚上要来家里吃饭，让吴新按时回家。

吴新回到家里时，磊子已经在帮妈妈做饭了，桌上放着磊子带过来的东西，吴新一看都是家里常用的生活用品。磊子就像自己的亲哥一样，家里缺什么东西，他都能及时地买过来，而自己却因为工作忙，很少关心这些琐碎的事，不免又是感谢又是内疚。

三个人坐在桌上吃饭时，吴新感觉磊子有点儿不对劲，他心里绝对有事要说，于是边吃边等他开口。果然，磊子放下筷子说："姨、吴新，今天我是来告别的。"

吴新和妈妈惊住了："你要去哪里？"

磊子慢慢地说："厂里效益不好，我年纪轻轻的，耗在那里也不甘心，现在不是流行下海吗？所以我瞒着家里人辞了职，准备到南方去闯闯，明天的火车就走！"

吴新和妈妈大吃一惊，没想到磊子已经把工作辞掉了，这要多大的决心，也不知道去南方会怎么样。

"我担心的就是姨，姨身体不好，你工作又忙，以后你要多照顾姨，在单位里好好干！有时间就回家，别在外面玩，把姨照顾好！"磊子对吴新说。

吴新和妈妈惊愕中不知道磊子是怎么走的，等平静下来才发现还有好多话没对磊子说。

"妈，我有个想法，磊子辞了职去南方，一定困难不少，他工资低也没有积蓄，我想把你这些年存下来的那点儿钱给磊子，你看行不行？"

"我也是这个想法，本来我想放着等他娶媳妇时给他，没想到他辞职了，那现在就把钱给他吧。"

母子俩商量好，第二天一大早，吴新先去单位请了假，又拿着母亲的存折去银行取出母亲多年来省吃俭用存的几千块钱，骑着车往磊子家里赶。等到磊子家，母亲已经在那里了，磊子也收拾好东西准备出门了。母亲从吴新手里接过钱，塞在磊子的手里，磊子死活不要，吴新和母亲都急了，吴新妈眼泪都掉下来了，拽着磊子的胳膊把钱硬塞给了他，吴新在边上说："你就拿上吧，不然我妈会急出毛病来的。"磊子看没办法，只好把钱装进包里，吴新妈这才抹着眼泪笑了。看着吴新、磊子两个人出了门，吴新妈妈的眼泪止不住又流下来了。

吴新把磊子送上火车，坐公交车往单位走。一路上想着磊子去外地也不知道情况会如何，在同一个城市里虽然经常不见面也没感觉到什么，突然分开了心里却是非常怅然。

到了单位楼下，见李天才从车里往下搬东西，便伸手去帮忙。李天才问他："你知道箱子里是什么不?"见吴新摇头，李天才得意地说，"是电脑，刚配下来的，386 的！以后我们秘书科干活儿就方便了，李哥也没必要一遍一遍地抄材料了，要是写错的东西直接就在电脑上改过来了，打出的字也漂亮，还可以打许多字体。以后你要是在办公室找不到我，我可能就在电脑室里。"

怪不得前段时间处里专门腾出一间房子，还铺了防静电地板，原来是电脑室。吴新坐在办公桌前，想着啥时候给外勤科也能配台电脑就好了，那时候自己写的材料也没必要领导改一遍自己抄一遍了。

社会在飞速发展，侦查处里改变的不只是电脑。公安部新的措施不断出台，在年周厅长和李处长的努力下，侦查处方方面面都发生了巨大的变化，侦查机制不断优化，侦查措施不断完善，新的器材设备不断引进，年轻的力量也充实了进来，侦查处昂首阔步向前发展。

而李处长和年周厅长也先后退休，一个时代画上了句号。

现在有时间了，年周厅长每到夏天，野花开满了草原时，就会让家人陪着到草原上，去看看草原的蓝天白云，看看那成群的牛羊，看看尕德草原，看看噶曲河，看看尕德寺，给阿爸索南的灵塔煨上桑烟，当然每次来的还有旦增的烟袋。

当草原上的老人们听说年周厅长要来时，就让年轻人组织起马队，穿上节日的盛装载歌载舞，兴高采烈地迎接年周厅长。当年发生的一切已经口口相传在草原上流传了下来，草原上善良的人们以这种方式对给他们带来幸福生活的人表达着感激之情，也用这种最隆重的仪式欢迎草原的孩子回家。年周厅长每每看到草原，也是深有感触，他忘不了这片草原，忘不了那腥风血雨的一幕幕，唯一让他遗憾的是在后面的侦查中发现当年的吉宝管家逃出尕德草原后，翻过雪山一直逃过边境，在相邻的一个国家留了下来，甚至混到部队里。

新的侦查措施一项项铺开，软硬件设施不断完善，侦查处上上下下忙得不可开交。侦查处的新领导班子在这样的大环境下开展工作，领导班子成员各负其责，各个科室更是感到了前所未有的巨大压力。

第四十一章 迷 茫

这天早晨，以前的张副处长接替退休的李处长担任一把手后正在给其他人安排工作，办公室里一堆人。这时技术科的马科长急急地走了进来，向他低声汇报了一件事。

技术科的李乐一昨天早上没来上班，也没有向单位请假。而李乐一从没有出现过这种无故旷工的情况，马科长刚开始还想是不是家里有什么事耽搁了。到了下午还是没见到李乐一，就安排科里两个人去他家里问怎么回事，他母亲说早上正常去上班了，中午没回来，还以为在单位里有事。两个人又去他爱人单位问，他爱人也不知道李乐一去哪里了。见没地方去找，两个人回到单位向马科长汇报了情况，马科长无奈，只好等着，心想李乐一说不定遇见朋友了。今天早晨，李乐一的爱人到单位来问，才知道昨晚李乐一一直没有回家，去所有的亲戚家也找了都没找到，马科长感到不对劲就赶紧来向张处长汇报。

张处长听完，感觉这事不能马虎，赶紧跟马科长说：“你带上几个人马上去他家问问有没有反常的情况，让秘书科派几个人去交警队、医院等地方找找，看是不是出了什么意外。”

马科长转身急匆匆走了，政委听到消息也赶紧去李乐一家问情况。

时间在焦虑中一点点过去，直到中午快下班时，张处长桌上的电话响起急促的铃声，张处长拿起电话，话筒里面传来政委急促的声音。

“张处长，不好了，李乐一自杀了！在他家煤房里找到了！”

张处长一听脑子一下就蒙了。他撂下电话，叫了几个人，赶紧开车往李乐一家赶。

原来，马科长等人到李乐一家后，李乐一的母亲在一旁哭，他爱人也是没有一点儿主张。马科长问他爱人最近有啥反常的情况没有，他爱人说李乐一现在有什么事都不和她说，一回家就钻进自己的房间，和自己很少说话，也没有发现有什么特别反常的情况。马科长回想起现在李乐一在单位也不和任何人交流，感觉情况不妙。这时秘书科的人也过来了，在交警队没听说发生交通事故，又到医院急诊室也没有发现他。该找的地方全都找了，大家都焦急地猜测着他的去向。马科长想了想问李乐一的爱人："你家有煤房吗?”李乐一的爱人说煤房就在楼背后，但好久没进去了，钥匙也不知道在哪里。

马科长一听赶紧叫了几个人到了楼下，问清楚他家煤房的位置，到了门口发现门紧锁着，但门前厚厚的灰上有清晰的脚印。看脚印只有进去的却没有出来的，马科长感觉不妙，没多想抬起一脚就把门踹开了，等眼睛适应了里面的黑暗，发现里面角落赫然吊着一个人，定睛一看，竟然就是失踪了一天多的李乐一。慌了神的几个人赶紧跑了出来，惊魂未定的马科长赶忙打发人去报警，政委也赶紧给张处长打电话汇报。

张处长赶到李乐一家院子时，辖区公安机关的警察正在勘查现场，李乐一的尸体已经运走了。负责勘查的警察说发现了李乐一的遗书，尸体和遗书准备报请上级送到其他部门勘验。

到了李乐一家，他的母亲和女儿都哭得死去活来，爱人也是伤心不已，张处长安慰了好久，才渐渐平静下来。李乐一家的亲朋听到消息后，陆续赶来。张处长把马科长几个人留在李乐一家帮忙，自己和政委先回到了办公室。

在二十世纪九十年代，随着南方经济的迅猛发展，高原古城卷起了“孔雀东南飞”的潮流。南方处于高速发展阶段的新城市急需各方面人才，地处条件恶劣的高原仅拿着微薄薪酬的许多人也想去内地发展，连侦查处都有好几个年富力强的同志调到了内地。外地城市的优厚条件无时无刻不刺激着高原的人，这对于每个人的思想无疑又是一次考验。离开高原的人都有不同的理由，致富、寻求更好发展环境的梦刺激着每个人。一些人的价值观、金钱观发生了变化，在高薪的刺激下义无反顾地离开了高原，寻求更好的发展机会。李乐一也有离开的想法，但联系了几个单位都没成。他倒不是为了高薪，只是想换个环境，在单位他承担的化验工作不算多，现在单位配发了电脑，也不用他反复誊写文件了，他感觉自己好像成了个可有可无的人，再看看周围的同志都在几年里被提拔重用了，而自己却还是个小科员。媳妇还是天天晚上去跳舞，家里事啥都不管，母亲对此很有意见，他说了几次但没有效果，这一切他都在默默承受，也没有可以说说话的知心朋友。他终于承受不了内心的压力，逃离了这个世界。

在得到李乐一为自杀的鉴定书后，侦查处的领导班子专门召开了会议。通过这件事，在新时期下，侦查员的心理健康、压力释放、家庭困难等问题被重视起来。在国家大力发展经济、不少人暴富的环境下，侦查员如何摆正价值观、人生观，树立无私奉献的精神？如何切实解决侦查员的实际困难，让侦查员安心工作、轻装上阵？这些问题被提上了议程。

吴新听说李乐一自杀的消息后，向领导请了假，一直在他家里帮忙。他分到外勤科后与李乐一接触少了，但吴新的脑子里老是浮现出李乐一戴着厚厚的眼镜套着套袖趴在桌子上写东西的样子。李乐一踏实严谨的工作作风对他影响很大，也是他敬佩的一个人。就连他的遗书也是整整齐齐的正楷，没有一个错别字，没有一点儿涂抹，如同打印机打出来的一般。

吴新老在想，甚至有些自责，如果出事前把他拽出去喝场酒，让他醉上一次，让他哭一回，他可能就不会走上自杀的路了。

忙完李乐一的后事，吴新突然非常想磊子，在广东已经打拼了几年的磊子好久没来电话了。吴新下班后赶紧买了点儿东西去看磊子的爸妈，顺便问问磊子的情况。

见吴新来了，磊子爸妈非常高兴。磊子走后，吴新时不时过来看看，帮着把家里的活儿全都干完，陪着聊聊天。吃完饭吴新要去洗碗，磊子妈死活不让，磊子爸爸拉吴新在沙发上坐下说："前段时间磊子打来电话说在那边很好，还让我去申请一部电话，这样以后联系也方便，还说以后会有个什么 BP 机（寻呼机），带在身上，一响就知道别人在找你了。我想还是装个电话吧，以后磊子和他妈妈说话也方便些。"

吴新赶紧说："我也听说了，省城也要开通 BP 机业务，现在电话也放开了，虽然初装费贵，但您和伯母能随时和他联系，这也值得。"

聊了一阵，吴新便告辞回自己家了。躺在床上，想着等凑够钱也给家里装个电话，这样工作忙，回不了家时妈也不用担心了。想着想着又想起李天才和更登了，自从分到不同的科里后，刚开始三个人还经常聚聚，现在却很少了，上班时各忙各的，下班后都和对象玩去了，有时在单位碰见也只是简简单单聊几句，原本亲密的三个人好像生疏了许多。听说李天才要提副科长了，这家伙现在天天陪领导出去，机灵、勤快又有眼色，难怪人家进步最快。

现在的吴新对外勤科的业务已经很熟悉了，单独出去执行任务心里也不发怵了。由于还是科里最年轻的一个，他所承担的琐碎事还是很多。

第四十二章　勇战绑匪

老张退休了，有一次吴新在街上碰见他，老张更像个退休老工人或农民，全然不像个曾经身经百战的警察。老张问起科里的情况，吴新给他说了每个人的情况，老张特别问起小老张的情况。

小老张，其实不老，今年才四十多岁，因为他城府极深，做事极为稳妥，长相又稍显老，为了把他和老张区别开来，大家都叫他小老张。

小老张也是警校毕业，曾经也是热情活泼、充满激情、脑子灵光、动手能力强、喜欢钻研，方方面面的工作十分出色。

到外勤科后，小老张很快就成了顶梁柱。有一次几个人出去工作，由于当时执行的是秘密任务，开的是挂着地方牌照的地方车，人也都是穿着便服。在一条街上蹲守时，边上开过来一辆豪车，几个喝醉酒的人下来让小老张把车开走，说他们的车要停这里。因为离嫌疑人不远，又不好解释，小老张他们就没动，结果那几个人张口就骂了起来。小老张见周围看热闹的人围拢了过来，怕暴露让嫌疑人发现，也不想惹事，便发动车离开。可是那几个人却不依不饶开车追了上来，几次之后把小老张的车给别停到路边了。小老张下车解释是警察在办案，可喝醉酒的那几个人根本就不听，出言不逊还动起手来。小老张挨了一拳后双方就打了起来，结果双方都有人受了伤，直到派出所的警察赶过来把他们全都带到派出所。

事情闹大后侦查处领导立即赶到派出所，一查闹事的对方是引资来高原投资的大老板。这事传到一个主抓经济的领导耳朵里，虽然此事的责任不在小老张，但为了照顾这个来投资老板的脸面，被打的小老张还是莫名其妙挨了一个处分。从那以后，小老张工作积极性不是特别高了，不像以前啥事都抢着干，但只要安排的工作还是能出色完成。他的兴趣极为广泛，摄影、养鸟、钓鱼、书法等，最近又迷上了太极拳，没事就在办公室里练太极拳。见他打不起精神，科长和处长都找他谈了几次，但他还是任务保证完成，对自己工作之外的事却还是不积极。

这天刚上班，小老张拉着吴新给他讲太极的深奥之处，吴新似懂非懂地听着，张着嘴练习着他说的吐纳功夫。这时科长急匆匆进来说："城区里发生的绑架案，分析科已经发现嫌疑人的活动情况，我们外勤赶紧去配合辖区的警察解救人质。"

原来，在省城一家小饭馆里打工的小红，谈了一个同是打工的对象王大勇。王大勇是外地人，刚开始，单纯的小红觉得两个人共同打工挣钱将来成个家也挺好的，对未来充满了憧憬。但随着时间的推移，她发现王大勇竟然是个好吃懒做、不务正业的人，别说两个人一起挣钱，反倒把小红辛苦挣的钱拿去胡吃海喝、赌博挥霍了，小红没钱了还逼着她到处去借。忍无可忍的小红便提出分手，但王大勇却赖着她不分开，一直纠缠着她。小红为了躲开他换了好几个打工的地方，却总是被他找到。到这个小饭馆打工时，小红跟老板说了这个情况，老板非常同情小红的遭遇，当王大勇又找到这个饭馆时，老板好好骂了王大勇一顿，并警告他如果再纠缠小红就收拾他。

悻悻而去的王大勇却没有死心，见小红到处躲他，甚至还找人威胁自己，王大勇打起了更坏的主意。他找了几个狐朋狗友，商量着把小红绑架到他的老家卖给找不上媳妇的人赚上一笔。几个人策划时，遇到了一个很实际的问题，小红身上可能没有多少钱，实施绑架、回老家还需要钱，怎么办？这时王大勇说话了："一不做二不休，小红的老板不是对她好吗？还威胁过我，咱们绑了小红，再威胁她的老板让他掏钱，我们拿到钱再把小红带回老家，这样不是啥都解决了吗?”几个人都觉得这是个好主意，便分头去准备。他们专门在郊区租了房子准备关押小红，又准备了胶带、刀子等工具。

一切准备好以后，在一个深夜，饭馆准备打烊时，王大勇和同伙埋伏在小红打工的饭馆外面。等小红收拾完下班回宿舍途中，他们在僻静的地方堵住了小红。小红惊魂未定，发现是王大勇，知道不好，刚想喊人，却看到王大勇手里拿着一把刀，白森森的刀刃指着自己。她知道王大勇是个不计后果的人，只好按照他们说的一起上了辆出租车，到了一个陌生的房子。一进房子，小红的手脚就被捆了起来。

在饭馆里，老板看着所有的员工都下班了，劳累了一天的他锁好门，打开被子，也准备睡觉。就在这时，吧台上的电话急促地响了起来，这么晚了会是谁呢？拿起电话，里面传来一个陌生男人的声音，男人恶狠狠地说：“你是老板吗？你店里的小红欠了我们的钱，现在人在我们手里，我们知道你有钱，准备好五万块钱，不然我们就把她的一只手放到你饭馆的门口。不许报警，不然下次我们绑的就是你!”

老板听完一下子瞌睡全没了，呆坐了半天，确认不是其他人开玩笑后，赶紧跑到公安局报了案。

案情迅速报到了侦查处，在被窝儿里的侦查员也都被叫回了单位，一项项排查措施立即展开，一个个调查小组连夜进行工作。通过对老板的调查，小红的对象王大勇自然被列为重点，可是省城这么大，这个王大勇现在藏匿在哪里呢？目前只能等绑匪再次打来电话，侦查员连夜找到电信部门给饭馆吧台的电话开通了来电显示功能，这样就可以知道打进来的电话号码了。

一夜过去，绑匪没来电话。大清早，饭馆要准备开门了，如果让绑匪觉察到老板已经报了警，那么小红就会有危险，所以吧台上的服务员换成了一位年轻的女侦查员，正常开业的饭馆四周还放了一个机动组。

侦破绑架案件，保证人质的安全是第一位的。人质被害，纵然抓到了嫌疑人，这起案子对侦查员来说也是失败的。

饭馆开门后不久，吧台的电话响了，化装成服务员的女侦查员迅速记下电话号码，然后接起电话。果然，里面一个男人恶狠狠地说："找老板！"女侦查员喊了一声："老板，电话。"在边上的老板接过电话一听，里面就是昨晚打电话的那个人，电话里那个男人低声问钱准备好了没，有没有报警。老板颤声说："绝对没报警，钱只有三万，存在银行里，现在取不出来，等银行上班了才能取，你看行不？"

对方迟疑了一下说："不许报警，等我的电话！"说完就挂断了电话。

就在此时，女侦查员已经把记下的电话号码给了一个坐在不起眼处的人，那个人拿着纸条出了门。

电信局里，在工作人员的配合下，纸条上的号码的装机地址迅速查了出来，侦查员用手中的对讲机通报给待命的小组。

坐在吉普车里等待指令的吴新、小老张等人迅速发动车往通报的电话地址赶去。很快，刚才打电话的地方找到了，是一个棚户区，电话是一个报刊亭的公用电话。小老张向老板亮了工作证，但是老板因为忙着卖东西没有注意打电话的人，打电话的人也多，光年轻男子就有好几个。怎么办？除了王大勇，其他嫌疑人叫什么、衣着体貌特征全都没掌握，只能从其行为举止上判断。嫌疑人急着要钱，还要和饭馆老板联系，侦查员决定守株待兔，看嫌疑人会不会继续在这里打电话。

小老张和吴新负责这一带所有的公用电话。吴新有点儿紧张，但小老张看似一点儿都不着急，手里卷着几张报纸，慢吞吞地在狭窄的路上逛着，见商店和报刊亭就过去看看。吴新在后面暗暗地不时记录着电话号码和位置，一查，短短的街上竟然有七八部公用电话。走了不远，小老张停下了，拉着吴新坐在一个商铺门口的台阶上不动了。

吴新问："不查了吗？"

小老张慢悠悠地说："我觉得等会儿应该就在这几部电话里面出现，何况再远的我们也控制不住。"

说完小老张低着头点了根烟自己认真地看起报纸来，吴新则紧盯着周围的那几部公用电话，感觉每个打电话的青年男子都可能是嫌疑人。

功夫不负有心人，时间不久，从一边过来一个年轻男子。小老张目光从报纸边上微微一抬，看似在看报纸，依然是没有丝毫的表情。直到男子走过去，小老张扭头对吴新点了一下头，吴新立刻明白了，远远跟在男子后面，男子走了几步拐进路边的一家小杂货店。杂货店的门口放着一部电话，老板在里面招呼客人。看男子提起电话拨通后压低声音说着什么，吴新从他的身后进去，可是没听清楚他说什么，那个人打完电话交了钱匆匆就走了。吴新赶紧抓起电话，装作也打电话，拨的却是重拨键，一串数字在小屏幕上跳动着，吴新一看正是小红打工饭馆的电话号码，刚才打电话的人是嫌疑人无疑。吴新赶紧走出门，见小老张已经远远跟在那个男子的后面，吴新也赶忙跟了上去。走了不远，吴新看见男子拐进了一个小巷子。等他赶过去，小老张已经往回走了，吴新赶忙问："人不找了吗？"

小老张低声说："去把人叫过来，人进了前面的一个老乡家院子，我在这里盯着。"

不远处车上的其他人已经发现吴新和小老张动弹了，感觉到他俩发现了嫌疑人。吴新没走多远就和他们迎面碰上了，不仅有科里的人，还有办案单位的人。吴新过去替下小老张，他们几个人钻进开过来的车里商量着。不一会儿，小老张和其他人都过来了，看架势是要行动了。

几个人拐进巷子到了一个院落门口，小老张和吴新进了院子。小老张眼睛一扫，发现面积不大的院子里全是房东盖起来出租的房子，突然发现楼梯的下面还有个侧门。身旁的吴新看到他眉头骤紧，心也揪了起来，刚才没进到院子里面，没发现这里还有个侧门。小老张目光上下扫视着院里的房子，这时，房东过来问："你们找谁？"

小老张立即堆着笑说："我这个弟弟想租间房子，这院子里有空房没有？"

房东看看吴新说："其他的房子全租出去了，有一间前两天刚租出去，不过他们就租一个月，过两天再租给你行不？"

小老张问是哪间房子，房东指了一下角落里的一个窗子，吴新一看是间挂着窗帘的房子。小老张和吴新慢慢走过去，快到门口时，已经听到里面有人说话。

小老张朝院子门口摆了一下手，又给吴新使了个眼色，抬起一脚就把门踹开了，吴新立即冲了进去，后面的人也赶了过来。大家把里面的两个男子摁在了地上，简单的床上躺着一个女子，正是被绑架的小红。

可是没有王大勇，小老张和其他人赶忙解开小红身上的绳子，取下她嘴上堵着的毛巾，小红哆哆嗦嗦地说："刚才他们打电话约了交钱的地方，王大勇刚离开去取钱了。"

这些情况刚才已经从对讲机里知道了，没想到王大勇这么快就走了。将这几个人交给赶来的人后，小老张几个人立即驾车风驰电掣般向他们在电话中约定交钱的滨河路赶去。

狡猾的王大勇必定会不断更换交钱的地点，在还没打来电话之前，侦查员们只能在滨河路一带蹲守。小老张开着车缓缓地行驶着，新修的滨河路上车很少，人也不多，车上的吴新等人手里拿着照片，也从小红那里得知了王大勇的衣着体貌特征。

突然，吴新在路边的绿化带里发现有个人和掌握的特征差不多。吴新在车里一指，其他人也觉得差不多，车往前开了一段，小老张掉过了车头，缓缓向可疑人驶去。还离他很远，就发现那个人在不停地四处打量，神态非常可疑。本来，这条路上车很少，加之小老张的车开得很慢，做贼心虚的王大勇已经对这辆车起了疑心，见这车掉了头，更是疑心大起。已是惊弓之鸟的他见这辆车向他驶来，立即撒腿跑了起来。吴新几个人已经确认他就是王大勇，跳下车追去。

抓捕嫌疑人时，经常会遇到这样的情况：嫌疑人做贼心虚，感觉到危险就会拼命逃窜，而此时最先发现的侦查员只能往前追，哪怕只有自己一个人，也不能让嫌疑人逃脱，在追捕的同时要把发现嫌疑人的情况及时传递给其他人。在此关头，其他侦查员也绝对不能疏忽，要密切关注外围调查的侦查员，发现异常情况要随时给予支援，不然就会让冲在最前面的侦查员陷入孤军奋战的境地，轻则让嫌疑人脱逃，重则导致侦查员流血牺牲。

吴新年轻跑在最前面，身后是其他同志，小老张一边在对讲机里喊着发现了嫌疑人，一边开着车向嫌疑人冲过去。原本僻静的路上一片嘈杂，几个走路的行人都停下脚步看发生了什么。

王大勇正在考虑怎么样才能安全地拿到钱，本来他想饭馆的老板不敢报警，但做贼心虚的他还是没有大意，观察着路上的每一个人和驶过的每一台车。当小老张的车慢慢驶过时，他已经起了疑心，看到车掉头他更是慌张了。他已经确认这辆车是冲着自己来的，没等车到跟前，就撒开腿拼命跑了起来。

王大勇沿着马路疯狂逃窜，身后传来“抓住他，站住！”的喊声，还有汽车的轰鸣声。他边跑边从怀里掏出一把手枪，这把仿五四式手枪是他为了实施这次绑架，专门跑到附近的一个县里找枪贩子买的，狡猾的他跟谁也没说过买枪的事。这时，他觉得该用上它了。

子弹早就上了膛，王大勇转过身对着后面追过来的人连开两枪，巨大的枪声响起，路边的行人被吓得蹲在了地上。王大勇看到后面追的人只是迟疑了一下，脚下却没停，看样子没打中，他只好继续边往前面跑边回头开枪。在马路上跑他绝对跑不过汽车，见旁边有个大院，他慌不择路一头钻了进去。

吴新几个人正在追，吴新眼尖发现王大勇从怀里掏着什么，还没看清是啥东西就突然传来两声巨大的枪响，子弹从身边呼啸而过。

“有枪！小心！”吴新喊了一声，脚下没停，他发现后面的人也都没停。

开车的小老张也大为吃惊，他也没想到嫌疑人会有枪，并且从声音已经判断出是威力很大的五四式手枪，在这么近的距离如果被打中的话，必定凶多吉少。他猛踩油门，汽车发出巨大的轰鸣声，他想赶到前面，哪怕用车把嫌疑人撞翻，也不能让自己人和周围群众受伤。看着嫌疑人跑进院子，他一打方向盘也冲了进去。

刚进到院子里，远远看见嫌疑人已经举着枪站在一辆轿车跟前，枪口对着司机。小老张一脚急刹车把车停住后下了车。原来王大勇逃进来后发现这个院子里有栋楼正在施工，正是下午大人上班、孩子们上学的时间，四周还有不少民工。王大勇见人多，心里一下子慌了，他要尽快逃出这个院子。一看前面有一辆轿车，司机坐在车里，他几步蹿到跟前，拉开车门把枪指向了浑然不知的司机。

正在车里听音乐的司机发现车旁多了个人，转头一看，一个黑洞洞的枪口对准了自己，长这么大还从未遇上这样的事，一下子慌了神，更何况是在人这么多的家属院里。这时耳边传来恶狠狠的声音：“往那边坐，不然打死你！”

在枪口下慌乱不知所措的司机只好跨到副驾驶的位置，王大勇拉开车门坐到驾驶座上。此时，追过来的侦查员已经在四周了，因为顾忌嫌犯对司机开枪，只能远远地围住车。小老张见到这情况，后悔没带上枪，不然以他的枪法，一定会伺机打中嫌犯的。他见边上有一排砖垛，便从侧面绕到被劫持的车前面，从砖垛上提起两块砖头藏在砖垛边上，寻找着机会。只要稍有机会，他就会冲过去，把手中的转头狠狠砸向嫌犯，哪怕把他手中的枪砸掉也可以。

王大勇钻到车里，用左手拿着枪对着司机，右手抓住挡杆挂挡。他就摸过几次车，没开过这样豪华的轿车，几次都没有找到挡位，轿车发动机高速空转发出恐怖的吼声，但车没动。终于他感觉找到挡位了，他要以最快的时间冲出去，冲出这些警察的包围，哪怕撞死他们也要逃出去。

王大勇狠踩油门，汽车发动机发出巨大的轰鸣声，车一下子蹿了出去，而与此同时，副驾驶上的司机乘他不备，打开车门翻身滚了出去。慌乱中王大勇已经顾不上司机了，轿车如同一匹脱缰的野马向前冲去。不管前面是警察还是上学的孩子或上班的人，他都要不顾一切冲出去。在这千钧一发的刹那，突然，他觉得眼前一花，啥都看不见了，接着狂奔的车发出一声巨响后也突然停住熄火了。

原来，在车前方的小老张，听到汽车发出巨大的轰鸣声，心一下子揪了起来，大院里都是上班的人和上学的孩子，如果让王大勇驾车冲出包围，必定会造成群死群伤的后果，要想办法挡住车，不能让车冲出去！

就在车轰鸣着高速冲过来时，小老张从砖垛边跳了出来，对着轿车挡风玻璃把手中的砖头狠狠砸了过去。车玻璃一下子砸开了花，但车没停，直到看不清路撞上前面楼的墙角才停了下来，车的前面全都撞坏了，冒着烟再也不动弹了。小老张又提起两块砖头冲了过去，周围的其他侦查员也从各个方向冲向冒着烟的轿车。还没到跟前，小老张发现从驾驶座旁的窗子里伸出一把枪，枪口喷出一团火，巨大的枪声随即传来，在前面的侦查员只好躲在墙后。在车后面的小老张清楚地看见枪口来回摆动着。事不宜迟，自己所处的位置刚好是射击的死角，小老张没多想，猛跑几步到了车后，一步跃上了车顶。他想从车顶把嫌犯伸出车外的枪砸掉，这样就可以抓住他了，前面的侦查员和群众也没有中弹的危险了。

然而，就在他跃上车顶的同时，车里的王大勇见车再也没反应，就打开车门下了车，刚出车门转头看见正跃到车顶上的小老张，立即把手中的枪对准小老张扣动了扳机。

枪却没有响，再扣，还是没响。已成惊弓之鸟的王大勇更慌了，转身就跑。没跑几步，他眼前一黑，原来脑门上挨了重重的一拳，在这重击下，他一个狗吃屎摔在地上再也无力逃窜了，恍惚中他感觉到手中的枪被夺了过去，双手被拧到后面戴上了手铐，肚子上也是火辣辣地疼，接着他被扔到了一辆车里。

原来，就在他下了车对着车顶上的小老张开枪时，车顶上的小老张自然一躲跳下了车，而前面堵截的侦查员发现机会来了，毫不犹豫地对准嫌疑人开了枪……

吴新提起夺下的枪，一看是把仿制的五四式手枪，弹匣里有三发子弹，枪膛里还有一发，原来是子弹卡壳了。看到黄晶晶的子弹，不禁有些后怕，幸亏这把仿五四式手枪工艺粗糙，不然今天难免有人受伤，甚至牺牲。

将该送医院的送到医院，该送看守所的送到看守所，忙完这些已经很晚了。吴新回到家，白天经历的这些当时没觉得什么，静下来却有些后怕，谁也没想到嫌疑人有枪，并且胆敢和警察展开枪战。要是在以前，吴新回到家后第一时间会给妈妈描述抓捕的精彩过程，经过几年的沉淀，他已变得沉稳。他想了想还是不和妈妈说这些了，免得她担心，所以进了家门，脸上还是如同平常下班一样。

一进门，妈妈就起身说："今天你上班时，电信局的来装电话了，你来看看。"吴新看到柜子上面放着一部崭新的电话机，母亲还找了块漂亮的布盖着。

吴新拿起电话，想着第一个电话打给谁，想了一会儿，拨通磊子所在城市的区号和自动传呼台，然后挂上电话，在边上等着。

不一会儿，电话响起，吴新抓起电话，里面传来磊子的声音："这是你家新装的电话吗？啥时候装的？"

吴新和磊子在电话里聊了好久，磊子说准备回来了，自己年龄大了，准备把婚结了，免得爸妈老催，又问吴新找对象没。边上的母亲听说磊子要回来，非常高兴。

第四十三章　枪患凸现

第二天上班，大家还是一如平常，好像昨天的事是司空见惯的事一般，科长在联系一些善后的工作，小老张依然比画着他的太极。

打完电话，科长通知开会，科里所有的人坐了下来，等科长说话。

“昨天的案子，比较成功，全体侦查员都在关键时候冲了上去，在危急关头没有一个人临阵退缩。分析、临场处置都非常到位、准确、及时。但我们要总结在这件案子中出现的不足和欠缺的方面。首先我们侦查员的素质需要提高，这里有观察能力、身体素质、自身的保护意识等。在对藏匿人质的院子摸排时不够仔细，导致没有发现后门，嫌疑人漏控离开了都没发现。在追赶嫌疑人时只有年轻的吴新能跑到前面，如果嫌疑人再跑一百米我们几个都会累趴下。还有从私心来说，不带枪！在危急关头只能拿板砖往上冲，如果昨天谁有个意外，今天我们可能不是坐在这里开总结会，而是在开追悼会！大家都说一下，以后遇到此类案件如何才能安全稳妥地抓获嫌疑人，又不出现伤亡等意外情况。”

科里的人都开始发言，吴新仔细听着，在记录本上尽量把所有的发言记录下来。

前面几个同志从各个方面提出了侦查中的不足，轮到小老张时，小老张清了一下嗓子，正色说：“科长，你是想听真话还是假话?”

科长脸上略显尴尬地说："当然是真话！"

"那我说真话。第一，我和吴新跟着打电话的嫌疑人一直到小院子里，因为当时身边就我和吴新，我俩已经和嫌疑人打了一次照面，按理说我俩应该撤下来，不能再继续跟踪了。可是后面的同志没有及时赶过来，我俩也不敢再跟进院子，这样一旦暴露了，人质出现问题，这责任我俩都负不了，这是案件中的特殊情况。第二，科里除了吴新其他人都过四十岁了，就算你天天锻炼，也跑不过年轻人，更何况人家是在逃命，我看了一些材料，将来除了人力跟踪更多的是电子跟踪，当然这里面人的因素是第一位的。第三，许多案子我们前期调查时，你知道只能化装侦查，身上不能带任何暴露身份的东西，大夏天的你把枪藏到哪里？而在侦查中战机随时会出现，你不可能任何案件都随时准备一帮子人在后面荷枪实弹跟着我们。还有，现在枪都是集中保管，并且是枪弹分离，有些案子我有时间回来领枪，像昨天的案子谁都不知道嫌疑人有枪，发现嫌疑人有枪，在那种情况下再回来取枪也是不现实的，当然也有我们考虑不周的原因在里面。第四，明知道危险，我们还能冲上去，这说明我们的素质还是过硬的，没有临战退缩，这还是应该肯定的！昨天幸亏没有造成群死群伤的后果，如果出现那样的后果，这个锅谁来背？我的话说完了。"

大家听完都笑了，都觉得虽然有些观点比较偏激，但也有一定道理。

科长知道小老张现在的性格，就说："我们只是从这起案件发现工作中的不足，我们工作的特点就是稳、准、狠，一招制敌，多总结经验对将来的案件也是有好处的。

"还有个事，刚才处领导说，这起案子影响很大，特事特办，破例让我们报个立功的名单，大家都提一下。"

这回，小老张第一个发言了："我提一个人，这个人就是我自己，在这起案子中我发挥了一定的作用，昨天大家都在场，事迹大家也都看到了，我也不多说了。”

大家一听都笑了，知道他现在有时候有点儿落拓不羁，笑完后在提议中都提了他，有的提到吴新。

后来，吴新向小老张请教怎么确定打电话的那个人就是嫌疑人，小老张不以为然地说：“很简单啊！只是你要注意观察，他们半夜把小红绑回去，要看住吧？你发现了没有，那个出来打电话的人穿的是很廉价的衣服，说明他的经济很窘迫，符合嫌疑人的特征。重要的是他后背的衣服皱得很，说明他昨晚是没脱衣服睡的；脸色很差，眼珠发红，说明他几乎一夜没睡。再注意他的眼神，他的眼神里有些慌张，虽然表面看上去很镇定，但他眼睛的余光在观察周边的环境。一般的绑匪会不停变换打电话的地方，绑匪的心理中也是只有不停换电话才会感觉安全一些。还有，他急着把电话中的情况说给其他人，所以他也不会走得很远。还有一个，就是你干侦查时间长了，会有一种第六感，看到一个人总觉得哪里不对、不正常，但又说不出来。其实人的第六感是长期练出来的，是潜移默化长期积累形成的，第六感的基础就是观察！细致入微的观察！再加上设身处地的联想！把所有的现象联系起来！这样在特殊的时间、特殊的地点，出现一个特殊的人，你说不抓他抓谁?”

吴新听了这些，对这位似乎有点儿玩世不恭的老侦查员佩服得简直五体投地，也不知道自己什么时候才能练出小老张说的第六感来。

几乎和绑架案同时，在外省一个大城市，也发生了一起涉枪恶性案件，当地公安机关抓获嫌疑人后缴获了一把仿六四式手枪，经审讯嫌疑人交代枪是从高原古城买的。随着案件的报道，一时间在高原非法制贩的枪支在全国造成了巨大影响，一些不法分子千里迢迢赶到这里寻购枪支。古城周边的非法制贩枪支案件，引起了公安部及相关部门的高度重视。

其实高原警方早已经意识到涉枪案件的高发状况，也充分认识到非法制贩枪支对社会的严重危害性。请示公安部后专门在枪患严重的地区成立了缉枪分局，加大对涉枪案件的打击力度，查根堵源、适时打击，侦查处又一次接受了这个艰巨的任务。

分析科承担了前期研判工作，通过对已经侦破的案件进行详细周密分析后梳理出线索，寻找枪患严重的原因、案件中的特点、人员的构成等。外勤科则同缉枪分局的同志一起对线索落地、对重点人进行摸排，掌握证据后坚决进行打击。

分析科由更登承担具体的分析工作，凭借其懂藏语的优势，也参与到一些调查工作中。外勤科也抽调吴新专门参与到枪案的侦查工作，两个警校的同窗开始并肩作战。

更登和吴新在各自的岗位上工作已有数年，经过这些年的学习和磨砺，两个人都成了业务上的尖子。更登的特点是分析能力强、考虑问题周密、看问题看得深、做事稳重。吴新的特点是综合业务能力强、反应快、临场经验丰富。两个人对涉枪案件从各自不同的侦查角度提出了建议和侦查思路，都感觉能互相补充，过了一段时间两个人都觉得受益匪浅。

几次交流后，两个人都感到打击非法制贩枪支案件不是一蹴而就的，必须要有长远谋划、长期经营的意识。两个人主动找到处领导谈了自己的想法。处领导也非常赞同他们的思路，同意他俩不参加公开的会议，准许更登开始留长发、蓄胡须。渐渐地，更登变成了一个留着长发络腮胡的典型藏族汉子，吴新也有些流里流气混社会的青年的样子了。

更登和吴新梳理了掌握的所有案件和线索，渐渐地，发现所有的线索都集中到省城周边的两个地区。一个地区以非法制贩仿五四式手枪和仿六四式手枪为主，非法制贩活动比较猖獗，流出的枪支较多。另一处以非法制贩长枪为主，甚至能仿制出冲锋枪，相比之下，参与非法制贩枪支的嫌疑人较少，非法制贩出来的枪支也较少。这些仿制枪使用的都是制式子弹，若流失到社会上危害极大，这两个地方俨然变成了地下兵工厂。

这两个地区非法制贩枪支问题严重有历史的原因，也有现实的情况。两个地区都极度贫困，老百姓都是靠几亩地靠天吃饭，无其他收入来源，并且历史上都是原国民党部队军械修理所驻地。一些解放后在当地务农的原军械修理人员的后代在改革开放后，敏锐地发现非法仿制枪支带来的巨大利润，便铤而走险开始利用简单的工具手工仿制枪支。

一把构造简单的仿制手枪，毫无文化的人三天就可以做出来，成本不到百元，而贩卖到内地可以卖到数千甚至上万元，其中的利润甚至比贩毒还高。

省城周边都是草原，草原上的人崇尚的就是快马好枪，每个男人都以能拥有一把好枪为荣，这也是非法仿制枪支的一个大市场。更登发现这个特点后，凭借超前的意识，知道将来侦查工作必定会延伸到草原，所以为了将来的工作，留起了长发蓄起了胡须，这是一个侦查员未雨绸缪的优秀素质。

近期在省内省外一些案件中都出现了产自高原的非法仿制枪支，在高原一些藏区发生草场纠纷、械斗等事件时也有此类枪支出现。非法制贩枪支猖獗带来的深层次危害不容忽视，如果这些枪支流入到别有用心的人手里，后果将不堪设想。从公安部到高原警方，乃至地方政府，开始对涉枪案件重拳进行打击整治。

这几天，更登和吴新天天耗在办公室里，从纷杂的线索中，列出重点，梳理脉络。做了大量工作后，思路逐渐清晰，几个制贩枪支犯罪团伙逐渐进入侦查视线。

下一步就是对这些嫌疑人进行逐个摸排。由于前期分析是更登和吴新做的，为了准确发现嫌疑人，他俩也参与到对嫌疑人的摸排及侦查的全过程，但与其他组不同，他俩所在的这个组以秘密调查为主。

这天，小老张刚进办公室，见吴新他们几个人围在桌子边，便凑过去一看，科长手里拿着一把做工精致的手枪。见他过来，科长把手里的枪递给他："你看看这是哪里的工艺？"

小老张接过来反反复复看着，又拉开枪栓看看里面的膛线，拉了几下枪栓后轻轻扣动扳机，手中的枪发出撞针清晰的声音。小老张惊诧地说："这是最新款的仿制枪吗？"

"这就是其他组刚缴获的仿制枪！你看看人家的工艺提高有多快！性能已经快赶上我们的制式枪了。"

小老张连声说："幸亏绑架案时他们的造枪工艺水平不高，要是现在这样的枪，可能在座的我们几个人都装到匣子里了！看这枪多精致，科长给你提个建议，以后我们出去都带火力大的五四式手枪，不然遇上枪战，我们的火力都打不过他们了！"

科长听了说："记着以后执行任务，都把五四式手枪带上，再拿几把微冲，每个人都多领点儿子弹！"

第四十四章　请君入瓮

由于高利润的刺激，非法制贩枪支的嫌疑人，也在不断努力提高工艺。枪管开始用高级无缝钢管或想办法弄到制式枪的枪管，已经能制作出膛线，对枪进行烤蓝，自制枪的精准度大大提高，甚至在枪上打上中国某地制造的字样。随着工艺的提高，逐渐形成了一个"品牌"。高原的非法制贩枪支声名远扬，在国内非法枪支市场甚至流传起这样一句话："古有汉阳造，今有木县造。"

必须加快打击，遏制住非法制贩枪支案件高发的势头，这就需要一个切入点。经过周密的准备和安排后，更登和吴新开始行动了。

在省城开往州县的长途客运站里人头攒动、熙熙攘攘，更登戴着一副新潮的墨镜，上身穿了件笔挺的西服，下身是牛仔裤，脖子上一条大金链子，手指戴着个大金戒指，手腕还缠着一串佛珠，一看就是典型暴发户的打扮。吴新也是西服墨镜。两个人腋下都夹着一个手包，手里拎着瓶饮料。

在客运站转了一圈后，两个人出门走向不远处的一个小巷道。在小巷道里停着不少跑州县的黑车，几个司机站在巷口往车站的方向张望着，看到有人过来就大声喊着所去的县。更登和吴新从车站里出来，显然被他们看到了，他们便叫得更殷勤了。

"木县、木县，坐满就走！"几个黑车司机围住更登和吴新。

更登没搭理他们，绕过已经坐了人的车，径直向后面的车走过去，选了一辆夏利车，拉开车门坐到了副驾驶的位置，边上一个年轻的小伙子赶紧过来殷勤地说："师傅稍微坐会儿，再喊两个人我们就走。"

"你开车吧，其他两个人的钱我们掏！"更登大气地说。

"那好！那好！马上就走。"小伙子见来了大老板，赶紧上车，从旁边一堆车中间和其他司机羡慕的眼光里把车开了出来。

车缓缓驶出省城，上了省道速度明显快了许多。看得出来司机对这条路非常熟悉，车技也非常好。更登嘴里哼着歌，手指随着节奏敲打着窗边，一副悠然自得的样子。这时后面吴新皮带上的 BP 机突然响了起来，吴新掏出来看了看，头伸到前面对更登说："阿吾（哥），你的大哥大用一下。"更登打开手包，从里面掏出一部大哥大递给吴新，吴新接过来摆弄了一下又递给更登说，"我不会用，你给我拨个号。"

更登接过来，按照吴新说的拨了一个号又递给他，大哥大的声音很大，更登听得很清楚。吴新"喂、喂"喊了两声后和电话里一个女的说起话来，说今天去木县办事，晚上才能回去。

吴新挂掉电话对更登说："你再帮我拨个号，我再联系一下下面。"更登接过来，吴新告诉了他一个木县的电话号码，更登拨通后又递给吴新，吴新把电话放在耳朵跟前，过了好久电话才通。

"喂、喂，你找谁?"声音很大，连前面的更登听得都很清楚，对方是个木县口音的男人。

“阿吾（哥），麻烦你给你们庄子的尕有捎个话，让他在家里等着，就说省城一个朋友下来了，或者让他给我回个传呼。”

电话那一头说：“这几天没见到他，要见了再说！”说完就挂了电话。吴新把大哥大递给更登说：“阿吾你看，我打了好几次电话都是这样。”

吴新说的是省城当地的话，更登说的则是带着藏语味的普通话。司机专心开着车，好像全然没听到他俩说的话。

接过电话，更登扭过头对吴新说：“兄弟！现在这个叫大哥大的东西确实好，能随时和远处的人说话，再也不用到邮局打长途电话发电报了，联系事方便多了。最大的好处是买了这个后，我的女朋友猛地就多了。这次如果生意成了，你也买上一个，这样我俩吹牛也方便了，我随时也能抓到你了，不过，你老婆也能随时抓到你了，哈哈！”更登说完哈哈大笑起来。

吴新也是笑笑说：“我不是你这样的大老板，我挣一年的钱也买不了这玩意，你找我还是打我的 BP 机吧。”

“你只要好好帮我，我俩做成这笔生意，我后面的老板多得很，挣的钱别说这个，买个车都不成问题！”更登正色说。

说完，更登谨慎地看了一眼司机，打开电话拨了一个号码，然后头靠着车窗压低声音叽里咕噜用藏语说着什么，好久才关上电话。

去木县的路很差，边上的司机全神贯注地开着车，全然不理他俩。车在狭窄的山路上颠簸了差不多三个小时，远远地已经看到木县县城了。

更登侧过头对司机说：“师傅，包你的车一天多少钱？”

开车的小伙子笑着说：“最少两百元！”

“行！今天你的车我们包了，等我们办完事，你再把我俩送回省城。”更登爽快地答应了司机的要价，又扭过头问吴新，“你说的那个地方叫什么？”

吴新说了一个地方，更登对司机说去那个地方。

“好!”开车的小伙子踩了一下油门向另一条路开去。

去乡下的路明显差了很多，走了不远一路上不说话的司机却把速度慢了下来，侧过脸问更登：“师傅你们去那里有啥事哩?”

“哦，去看看那里的牛羊怎么样?”更登答道。

“我看，你俩不是去看牛羊吧?”司机转过头意味深长地说。

“就是！就是！谈点儿牛羊的买卖。”更登继续说。

“不对！你们不是去谈牛羊的生意，再一个你们要找的这个尕有如果是同一个人的话，前几天被公安抓了!”司机不动声色地说。

“啥！抓了！为啥?”更登和吴新大吃一惊，吴新从后面都把脖子伸到了前面。

“因为动了这个!”小伙子伸出右手的拇指和食指比画了个枪的样子。

“掉头！掉头!”更登和吴新看到手势后，更登赶紧喊着让小伙子掉头。司机把方向往路边一打将车停在了路边，侧过身子对更登正色说：“你俩别骗我了，你俩就是去找尕有买枪的对不对?”

“买枪！我俩买那个东西干什么？走、走，送我俩回省城!”

小伙子狡黠地嘿嘿一笑说：“其实你俩一上车我就觉得你俩是去买这个的。我一直在观察你俩，怕你俩是公安，更何况我懂藏语，你打电话说枪的事我也全部听见了。”

吴新大吃一惊，更登更是吃惊，脸上的表情甚至有些恼怒。

小伙子接着说：“我是木县人，但我是在省城长大的，一般说的是省城的话。我说我是木县人，很多人不相信，更何况省城人的打扮和木县人不一样，我的车牌也是省城的，但我和家里人都说的是藏语。”说完他流利地说了一句藏语，随后又说，“你们找的这个尕有我也知道，他上周刚被公安抓走我就知道了。”

“怪不得我一直联系不上他!”后面的吴新恍然大悟地说。

“不说这些了，送我们回去，今天车上说的我啥都不知道！”更登在旁边催着。

小伙子没有动，接着说：“我在路上一直观察你俩，你俩确实是来找这个的，从你的电话里我也听见了，你们要的货还多。这样吧，我认识个人，他的手里也有这个东西，货色比尕有的还好，只是价格高些。如果有兴趣，我想办法去拿一个给你们看看。”吴新歪着头看更登的意思。

更登沉思片刻后说：“你我第一次见面，我不知道你会不会把公安叫来，我还害怕你叫几个人把我黑吃黑了。这样吧，今天我们先回去，下次我们约个地方，先看东西，再谈生意。只要你这个人稳当，价格好说，你也听见了，我要的数量也大！”

快回到省城时，开车的小伙子把自己的 BP 机号码留给了吴新，吴新也把自己的号给了他。小伙子说自己叫何城，说拿上样品后与吴新联系再商量看货地点。

车到省城，天已经黑了，更登和吴新看着何城驾车离开，在路上转了一大圈，见周围没有异常情况后，才钻进了后边僻静处小老张的桑塔纳车里，回到了单位。

处长和一大帮人都在办公室等着。

其实，尕有被公安机关抓获，正是更登和吴新大量的分析和当地缉枪分局努力的结果。在尕有的家里警察搜出了几把仿制手枪，但顽固异常的尕有拒不交代枪的来源，也不交代以前的贩枪事实，侦查部门很难发现和打击其背后的制贩枪网络。

在缉枪工作陷入僵局后，专案组报请上级同意，决定由外勤工作较少的更登和实战经验丰富的吴新凭借年轻的优势进行化装侦查，以此打开一个口子，主动出击，变被动为主动。而这个黑车司机也是已经进入侦查视线的，在前期的线索排查中，许多贩枪线索都指向一个从省城往木县跑黑车的人，这个人利用来回跑车的便利，往省城贩卖了好多枪。但只掌握其所开的车型、车号和大致体貌特征，其他情况均未掌握。所以更登和吴新扮成老板，故意租何城的车去找已经被抓的尕有，假装不知道何城懂藏语，故意在车里联系枪的事。如果何城是枪贩，消息灵通的他绝对会知道尕有被抓，他也不会放弃这两个找枪的“老板”。在路上他们知道何城也在暗暗观察自己，也在怀疑他俩的身份。直到最后，狡猾多疑的何城才确定更登两个人不是公安便衣，主动搭上线，更登和吴新演的这出戏这才算是成功了。

在办公室里，侦查处和缉枪分局的侦查员们在商量下一步怎么办。吴新发现李天才也在，以为他是陪处长来的，也没往心里去。

第四十五章　兄弟归来

更登见了处长要把大哥大交给处长，处长笑着说：“现在它是你这个老板的了，记住！何城打过来先找理由吊吊他的胃口，先不要见面，等我们安排布置好了再见面。还有，这大哥大可是领导特批给专案组的，好几万的东西，千万别丢了，最近你俩进出单位时也要注意，千万不能让他撞见。

“还有个事，你俩今天不在，处里开了个大会，是关于宣布李天才任命的。李天才被任命为外勤科副科长，今天上任了，自然他也是专案组成员，你俩以后多多支持他的工作!”

吴新和更登上前和现在的李副科长握了握手，以示祝贺。当年毕业后一样单纯的三个人又到了一起，不过，已不是当年的身份了。

李天才是他们三个同学里面最早提拔起来的，他不仅在秘书科的工作中积累了人脉，各方面的表现也确实不错，也是极有心眼勤快的年轻人。秘书科的大部分工作都是他来做，做起工作来心思比一般的女孩子都细，大事小事都能按照领导的心思完成，偶尔出现小纰漏也能主动到领导跟前承认错误。有时间就反复看下发的各种文件，别人眼里很枯燥的公文，他却反反复复看得很入神，对文件精神吃得非常透。领导讲话时，他能把领导讲话的重点全部记下来，甚至背下来，说话时随时引用，说出出处。渐渐地，秘书科写材料的事由他包揽了下来，成了处里的一支笔。秘书科还有一些琐碎的事，如安排会务、接待外地领导等，他总能提前了解到领导的喜好、饮食习惯，然后安排好中意的餐厅，别人想不到的细节也能考虑到。虽然他不吸烟，但去接机时，必定会准备好几个打火机，给刚下飞机急着吸烟的领导每人递上一个，晚上在宾馆的床头他也必定会放上抗缺氧的药，领导用完餐他也会及时递上口香糖，领导要去参观他头天就会查天气，给领导准备好雨具，等等，由此可见他心细如丝。再加上他见人三分笑，这样领导都喜欢他。外处室甚至外地的同行接触过他后，对他印象也是颇深。可以说他是个极佳的办公室主任料子，守规矩、听命令、笔杆子硬、协调能力强，但外勤科却是一个在别人眼里不怎么“守规矩”的单位。

外勤科经常要协助办理一些大要案件，在侦查阶段，需要严格保密，绝对不能泄露工作秘密，不然就会导致嫌疑人潜逃、毁灭证据、继续作案等恶果。外勤科的车经常悬挂地方牌照，执行任务时也经常由于工作需要闯红灯、超速、乱停等。如果严格按交通法规开车，外勤科的工作就根本无法开展，有时遇上没经验的交警，双方就会发生矛盾，甚至冲突。

外勤科的人也是全处最油条的，由于工作经常在外面，别的科室的人不知道内情，觉得外勤科的人天天在外面玩，有案子时在外面熬几天几夜，没案子时上班嘻嘻哈哈，随意性也比较大。在省城规模还很小时，外勤科没案子时还有个任务就是熟悉当地的地形、建筑、道路等，随时掌握城市的变化，了解重要单位的位置。再加上外勤科的人年龄偏大，还有几个难以驯服的刺头，所以外勤科每年是活儿干了不少，但年终评比时，总能让其他科室挑出毛病来。

李天才不熟悉外勤科的具体工作，刚开始他不想来，怕外勤科的名声影响到自己的发展进步，但想到外勤科的科长快退休了，自己应该很快就能接替他，这才欣然就职当上了外勤科副科长。

这些天，何城一直没和吴新联系，吴新也没有打他的传呼，双方就这样默默较量着。吴新反复回忆了当天的每一个细节，应该没有任何纰漏，觉得何城是在观察，是在等他们主动联系他，他不会放弃这个大主顾的。更登和吴新索性不理他了，天天钻在办公室里分析梳理其他的线索。李天才问过几回情况，虽然非常客气，但吴新觉得再也找不到当年那种同学的感觉了，似乎两人中间隔着点儿什么，但是又说不出来。

这天中午快下班了，吴新的 BP 机突然响了起来，吴新拿起一看，是个陌生的号码，屏幕上面显示着："吴新，我在你单位门口等！"

这会是谁呢？怎么知道我的名字？看口气不应该是案子上的人，吴新跟更登说了一声，往单位门口走去。走出院子，往四周一看没有认识的人，路边倒是停着一部丰田佳美轿车，车边站着一个长发披肩、身材修长的漂亮女孩儿，她对着吴新微笑着。吴新一看不认识，刚想转身，目光扫到了轿车的车牌，是磊子所在城市的车牌号。他好奇心起，走到跟前往车里面一望，副驾驶座位上坐的正是磊子，磊子一脸坏笑。

站在边上的美女替吴新打开了车门，吴新跳进去对着磊子肩头就是一拳，磊子哈哈笑着想躲开，但在车里也无处可躲，还是挨了好几下。直到磊子求饶，吴新这才停了下来，这时长发美女坐到了驾驶位置上，笑着看他俩打闹。

"你啥时候回来的！也不告诉我！你是日本鬼子啊，想悄悄地进村！"吴新骂着磊子。

"我就是日本鬼子，不但想悄悄进村给你个突然袭击，还带了个花姑娘！”说完，指着驾驶座上的美女说，“这是你嫂子，叫苗苗。”又对苗苗说，“走，去吃饭。”转头又对上下打量车的吴新说，“到了你的地盘，你该请我吃饭对不对！今天可要好好宰你一顿！”

车平稳地滑了出去，悦耳动听的音乐立刻弥漫在车里。

吴新问磊子啥时候回来的，磊子告诉吴新是前天回来的，故意没跟吴新说，就是想给他个惊喜。这次回来也不走了，准备把婚结了，在高原上发展。

高原省城的夏天，在河边树荫下有很多茶园。在阴凉处支起一张桌子，放上几把椅子，喝酒打牌几个人就可以坐上一天。

吴新知道下午不可能去上班了，便跟单位请了假，又点了肥嫩的手抓羊肉、牦牛肉和其他一堆东西。三个人喝着八宝盖碗茶，吴新又打开了一瓶青稞酒，和磊子碰着喝起来，苗苗不喝酒，在边上听他俩说话，不时添上水。

原来，磊子到南方发展，几经辗转后给一个老板开车。由于他勤快、稳重、做事有主见，老板非常欣赏他。几年下来，老板不但没把他当外人，把一个大项目算到他的名下，还有意把他招为乘龙快婿，可是磊子已经认识漂亮、温柔、稳重的苗苗了。知道老板的意思后，磊子觉得再在这个老板的手下非常尴尬，刚好自己的项目也挣了一大笔钱，考虑再三后谢绝了老板的挽留，和苗苗商量着回高原发展，还可以照顾老人，这样就和苗苗回来了。这天晚上，吴新怎么回的家都没印象了。

第二天大清早吴新睁开眼睛醒来，发现家里桌子上放着不少礼品，一看就是磊子送来的。

母亲见他起来了，埋怨他说：“你也不少喝点儿，磊子回来了也不告诉我，你们三个跑出去你倒先喝醉了。磊子回来就好，带的女朋友漂亮又懂礼貌，这下就好了，我们可以说也团圆了。”

母亲高兴地说了很多，见吴新没搭话好像还在回忆昨天的事，转过身拿过一个小盒子递给吴新：“这是磊子给你的！”

吴新打开盒子一看，里面是一部崭新的摩托罗拉大哥大，连忙对妈说："这东西我可不敢要，这要好几万块钱，再一个我也用不起，这家伙想让我破产啊!"可是刚打开大哥大，铃声就响了起来，吴新迟疑地按下接听键。

"你睡醒了吗？怎么这么大点儿酒量？你怎么现在人看着不像个警察，酒量更不像个警察!"电话里面传来磊子调侃的声音。

吴新赶忙说："也不知道怎么就喝醉了，怎么回的家都不知道，正回忆呢!"

"回忆啥！我来替你回忆！你可把我和苗苗整坏了，说好你请客你却装醉不掏钱不说，还把你扶回家抬到床上伺候你休息。记着！你欠我一顿！这个大哥大你拿着用！昨天刚办的!"

"我正愁这个大哥大呢，我不像你当老板的，那点儿工资都不够交话费的。"吴新说。

"话费不用你管，你用你的就是了，我给你预存好了，以后每个月都给你打上，你别和对象煲电话粥让我破产就好了。还有那个车回头给你拿把钥匙，你用车自己开走，哪天把你小对象拉过来让我和你嫂子看看。赶紧上班去吧，别迟到了，回头我给你打电话!"电话那头磊子一股脑儿说了许多，口气也不容他再说什么。

吴新还想说什么，突然想起来，搞枪案可能用得上这个大哥大，不如先用几天，哪怕装装样子也可以，便把大哥大揣进兜里，坐公交车去了单位。

第四十六章　意外偶遇

到了单位，更登已经在办公室里了，李天才坐在办公桌旁写着什么，小老张依旧在办公室中间比画着他的太极拳，其他人都在忙各自的工作。李天才瞟了一眼小老张，小老张也感觉到新来的李副科长在注意自己，知道李天才反对他在办公室里练太极拳，依然不理会他，径自比画着。

科长身体不好，今天没来。快退休的科长见年富力强的李副科长到任，将科里情况给他介绍清楚后，把工作都交给李副科长负责了，自己则是大事来一下，小事全推给李副科长，他想科里其他人经验都挺丰富的，都能独当一面，应该没啥问题。

年轻的李副科长见大家都到齐了，通知说开会，大家都放下手中的活儿坐了下来。更登不是外勤科的人想起身离开，李副科长喊住了他，小老张见大家都坐下了，才摆了个收式，回到自己的办公桌前坐下。

李天才见大家都坐了下来，这才用标准的普通话讲起话来："昨天，处长召集专案组开了个会，是加大力度对制贩枪案件进行打击的部署会议，专案组全体同志都参加，因为你们几个都忙，就没叫你们，我去参加的会议。"

听到昨天专案组开会了，吴新不仅有点儿后悔不该去喝酒，把事给耽误了。他抬头看更登和小老张，两个人脸上也是很茫然，看样子他俩虽然都是专案组的成员，也没有参加会议。

"现在涉枪案件越来越突出，厅里要求我们一定要全力把涉枪案件突发的态势压下去，对条件成熟能打击的及时坚决进行打击。我想了一下，目前只有吴新和更登经营的这条线索好一些，你俩汇报一下案件的情况，看能不能和嫌疑人联系上？"

吴新听李天才说让汇报，赶紧和更登交换了一下眼色说："最近我们一直在等何城的电话，还专门让其他人去外围观察过何城，发现他每天跑黑车没什么异常情况，我和更登还在想这条线是不是经营错了，这个何城是不是金盆洗手不动这个东西了。但总感觉这个何城不简单，不是个普通的枪贩。"

"既然这样，你们天天这样耗着也不行，会后我请示下领导，通知缉枪分局，我们一起把何城收网，突审看能否有所收获，不行就把他排除掉，把精力放在其他线索上，抓紧时间打上几起案子，让领导看看我们没闲着，都在工作!”李副科长说。

“这案子前期也下了功夫，如果这样轻率接触何城，是不是很可惜?我还是建议继续对其侦查，我和更登感觉他总会跳出来的，更何况我们跟他说要的货多，他不会轻易放弃的!”吴新听到说要动何城觉得很可惜。

“领导见我们最近没有动作，非常着急!我看还是先建议把何城收网，别让领导对我们产生误会。”李副科长还在坚持对何城收网。

“我坚决反对!”坐在角落的小老张突然一字一句地说。

一般情况下，在无关紧要的会议上小老张极少发言，但今天他态度鲜明地说出了自己的意见，确实有些意外。大家都抬起头等着他继续说，他却不紧不慢地点了一支烟，深深吸了一口后才继续说起来：“作为专案组的一名成员，我不知道最后领导会怎么定，但是我想领导都是会注意听第一线侦查员意见的。所以昨天没能让主办案件的人参加专案组会议我很遗憾，我们要把实际的案件情况汇报给领导，让领导在更高的角度定夺。毛主席就曾经说过，在革命中是来不得任何形式主义的!”

除了李副科长，其他人都差点儿笑出来，但都觉得他说的没错儿。

“这个案子，前期我也参加了分析工作，到现在为止，我仍然觉得这是一条非常有价值的线索，是值得我们下力气经营的案件，我们省的涉枪案件，可能会从这起案件打开突破口。这个何城多次因为涉枪被抓但没办法处理，就因为他极为狡猾、反侦查经验非常丰富，几次都因为没有证据而无法将其绳之以法。这次如果贸然把他抓来，审讯时我敢说绝对拿不下他，与其抓了放，还不如我们耐心等着他。以他的心理他是绝对不会放弃这笔买卖的，他只是在等待，等待时机，等我们主动联系他，那时他才会要个高价，也会让我们听他的摆布，那样他才会觉得安全。我们不能因为想在领导面前显功，仅仅让领导感觉我们在干活儿、每天没闲着，就破坏掉这么好的一条线索，这是我们对侦查工作极不负责任的表现，甚至是渎职！当侦查员一辈子，能遇上这样的案子是我们的荣幸，能遇上这样的对手也是我们的荣幸，这个何城，我喜欢！”小老张一本正经地说。

最后这句话，大家又差点儿笑起来，只有李副科长脸上的表情怪怪的。

“我在外勤是个新人，对案件分析什么的也不是太懂，希望各位以后多支持我的工作。何城这起案子，我就按小老张的意见向领导汇报，看领导怎么定。还有个事，现在案子比较多，大家更要注意日常的纪律作风，不要迟到早退，改掉散漫的作风，办公室里不该做的不要做，要让别的科室感觉到我们的作风在改变，不要让别人说我们的闲话！”李副科长接过小老张的话说。

“嘟嘟嘟……”这时突然传来大哥大急促的铃声，更登掏出大哥大一看不是自己的，大家互相看着，寻找着声音的方向，最后都把目光集中到吴新的身上。做记录的吴新突然反应过来，赶紧手忙脚乱从兜里掏出早上才拿上的大哥大，想去关机，手却不知道怎么压到了接听键，里面传来一个悦耳动听的女孩儿声音。

“吴新，中午一起去吃饭！”

吴新赶忙低声答应一声：“等会儿再说！”然后赶紧挂了电话。

刚才大家都很吃惊吴新有了价格不菲的大哥大，又都听到电话里女孩儿动听的声音，脸上的表情都怪怪的，李副科长的脸上却是非常别扭。

前几天，处长才配了部大哥大，其他人还都是传呼机。吴新怎么有了大哥大？还是最新款的！而且还有年轻的女孩儿给他打电话，大家都很奇怪，李副科长心里更不是个滋味。

中午，还是苗苗开车来接吴新去吃饭。吴新把更登拽上了，更登刚开始不想去，但脑子里很好奇给吴新打电话的女孩儿是谁，也就跟着去了。上了车见到漂亮的苗苗，更登确实对吴新另眼相看了。

苗苗又把车开到昨天去的那个茶园，磊子已经要了八宝盖碗茶边喝边等他们，见他们过来就起身倒上茶，四个人喝起茶来。吴新指着更登给磊子介绍说这是当年的同学，也没说是一个单位的。参加工作后，渐渐地，吴新突然发现自己出去后变成了个倾听者，不管在什么场合里，不想把自己当成主角，只喜欢在边上听别人说，只是偶尔插上几句话。在外面的场合里也极少谈工作，有人问起来，也是含糊带过，就算是公安同行也是粗粗一说，所以给磊子介绍更登时也只是说同学。

都是年轻人，但更登和吴新说得少，桌子上基本都是磊子的声音。磊子好像天南海北去了不少地方，拿起一块羊肉就能从高原的羊肉说到内蒙古又说到沿海城市对羊肉的吃法，似乎已经成了个美食家，最后才说高原的羊肉是最好吃的羊肉，这才咬了一大口，连说过瘾。吴新和更登也咬了口手里的羊肉，细细品味着磊子说的那种感觉。

咽下羊肉，磊子又说吃羊肉应该喝点儿酒才舒服，最后还要喝点儿熬茶帮助消化。

吴新知道他的意思赶忙说：“酒就不喝了，昨天喝的还没醒！下午还要上班，要喝你一个人喝。”更登也赶忙说不喝酒，磊子瞪了瞪眼睛只好不坚持了，几个人就边说边吃。

吴新昨晚喝醉吐得一塌糊涂，早饭也没吃。刚开始感觉很饿，听了磊子对羊肉的高见后，又多吃了几块，不一会儿就感觉肚子里的东西往上翻很不舒服，赶忙起身往停车场边上的厕所跑去，在厕所把刚吃的东西全部吐出来后才感觉好点儿。出了厕所，在边上的水龙头下洗了手，甩着手向自己的桌子走去。在经过停车场时，他看见苗苗的佳美车上不知道谁放了块小石头，便过去拿下来扔到一边，然后习惯性地扫视了一下周围的其他车。

突然，他发现不远处有一辆车，他的心里顿时咯噔一下。他走到一边用眼睛的余光打量了那辆车，没错儿，就是何城的那辆夏利车！车在这里，那何城也可能就在这个茶园里！自己也可能被他发现了！吴新装作无意，甩着手继续往回走，眼睛却细细打量着其他的桌子。果然在远处树荫下的一张桌子上发现了何城的身影，吴新装作没看见，回到了自己的桌子旁坐下。

磊子看吴新回来，继续调侃他："今天没喝怎么就醉了！要不要再来点儿？"

吴新赶紧压低声音说："有个人，不能让他知道我是警察，就连更登是警察也不能让他知道，从现在起我们决不能再说警察两个字了！"又转过头低声对更登说，"何城也在这个茶园里，就在那边的桌子上！"

更登顺着吴新的目光看过去，在远处树荫下的桌子上有几个人，确实有个身影很像何城，不禁暗暗庆幸刚才和磊子说话没谈自己的工作，也庆幸他们只是听磊子说话，更庆幸两张桌子离得远。

"要瓶酒吧？我俩陪你少喝点儿！"吴新对磊子说。

磊子和苗苗刚才听吴新一说，也有点儿紧张，不知道怎么办好。听吴新说喝酒，这才放松了下来。磊子让苗苗从车里拿了一瓶从内地带来的酒打开，给自己和吴新、更登都倒了一杯，苗苗不喝，还是给他们几个倒茶招呼其他的。

吴新打开大哥大拨通办公室的电话，好久也没人接，突然想起现在是中午应该都出去吃饭了，赶紧给小老张的传呼机上留了言："早上开会说的那个人在河边茶园里！"

很快小老张给他回复了一条："收到！"

吴新这才端起杯子，几个人碰了一下，磊子一口喝下去许多，见吴新和更登只是轻轻抿了一下，知道他俩有事，也没劝他们。放下杯子，又开始天南地北聊了起来。更登从背包里取出一串佛珠捏在手里转动着，又把墨镜架到脑门子上。桌上堆着一堆菜，三个年轻的小伙子加上一个如花似玉的苗苗，四个人的前面放着四部大哥大，边上路过的人看到这么豪华的阵容，不禁都很惊诧，谁也不知道这几个人是什么角色。

时间过去不久，吴新的传呼机嘀嘀响了，吴新打开一看，是小老张发过来的：“你们继续，桌上的羊肉给我留点儿!”吴新不由得有些吃惊，他一直在暗暗观察何城桌上的人和茶园的大门，怎么没发现小老张已经进来观察了一圈，连自己桌上的羊肉他都观察到了。

这时，他看到那边的何城起了身，晃悠悠地去了厕所。何城出来后，看了一眼停着的丰田佳美车，然后假装看着园子里的花草，向这边走来。吴新赶紧悄悄地对磊子说，“等会儿说内地话!”磊子在外地待了这么几年，口音也有点儿变了。

一转头，何城已经走到跟前。吴新转头见到何城，故作吃惊地站起来打招呼，何城也好像很吃惊，边握手边打量着其他人。更登也起身和他握了手，吴新又指着磊子说：“这是广东的老板。”磊子也和他握了手，嘴里已是带着广东味的普通话。

吴新搬过凳子，让何城坐下。磊子递过来一支外烟，帮何城点着。外烟比较冲，何城不习惯，被呛得连咳了好几下，苗苗把刚倒好的茶递过来，何城喝了几口才停下来。

见何城放下杯子，更登转着佛珠不经意地问：“何老板的生意好吧?”

“还可以。”何城说。

吴新在边上低声说：“还等你的传呼呢，也不知道你那边啥情况，以为你是随便说说，只好找了别人。”

看到何城脸上露出遗憾的表情，吴新暗暗指了一下磊子，轻轻点了一下头。何城明白吴新的意思，抬头看了一眼磊子，低头对吴新说：“这段时间在联系一个大买卖，最近估计要成，如果成了就有最好的东西，并且是没见过的精品!”

吴新听他这么说，一下子来了兴趣，赶忙低声问：“啥东西?”

“这个不好说，等我联系你，你把你的大哥大号码给我！”

吴新一听这话突然想起来，自己还不知道桌上自己大哥大的号码，又不好说不给，正在为难的时候，边上的苗苗说话了：“这个老板的号是……”说出了一串数字，何城低着头记了一下，然后报了出来，吴新一听没错儿，赶忙说何老板的记忆力真好，对苗苗也感激地微微一笑。

“你能记住不？不行我给你写上！”吴新还是有些担心。

“这些号码我只牢牢记在脑子里，不会写在本子上的，不然丢了很麻烦！”何城脸上有些得意。

“那辆佳美车就是这个老板的吗？真是辆好车啊！”对好车的喜爱似乎是每个男人的所好。

“这个老板很豪爽，说等做几次生意后，就把这车低价转让给我！”吴新看到何城似乎放下了戒备心，也向他吹嘘起来，同时他也怕以后何城再见到这辆车起疑心。

“刚才我见你在停车场那里，我还想怎么这么巧，看来我们还是有缘分的，以后我们做几次生意，大家都可以发财！都开上这样的车子。”何城羡慕地说。

看来吴新刚才去厕所，果然让何城看到了。何城像一只狡猾的狐狸随时观察着周围的人，感觉着四周潜在的危险。他过来就是看吴新他们几个人是不是专门来盯着他的，是来摸吴新的底的。这时吴新又庆幸今天和磊子他们来这里吃饭，磊子和苗苗无意当中帮了他一个大忙，这样何城对他和更登的警惕性会大大下降，和何城也正常地接上了线，更何况从何城的口中知道他最近在做一次大买卖，这条极有价值的线索，也印证了前段时间何城看似正常的活动。

吴新端起酒杯，苗苗给何城也倒好了一杯酒，何城说不喝酒，端起了茶杯。五个人端酒的端酒、端茶的端茶，碰了一下杯，吴新说：“祝我们成功！”这次大大地喝了一口。这句“祝我们成功”确实是发自内心的，不过在场的每个人内心的意思都不一样。

碰完杯，何城便起身告辞离开了，路过停车场时又专门看了看苗苗的佳美车，才回到自己的桌子。

见何城离开了，刚才怕说错话没敢多说话的磊子，又开始活跃了，对着他们三个谈起他的生意经来。其间，吴新假装打电话踱步到茶园的门口，远远看见科里的车停在路边的隐蔽处，心里就有底了。几个人边聊边吃，一直等到天快黑何城他们几个人离开茶园，才散了。

吴新和更登趁着夜色打车回到了单位，办公室的门开着，只有李天才坐在办公桌前，面前放着对讲机，一看就知道其他人都出去工作了。

李天才见吴新他俩进来，看到他俩的脸都红到脖子里了，便说："两个人还喝了酒啊？今天是特殊情况，以后出去不管什么情况都不要喝酒，不然出了事谁也说不清楚。我们都是同学，有些事我自然会关照你们的，但出事了，这责任谁也负不了！再一个以后发现重要情况，先向我汇报！免得领导问起来，我很被动。"

吴新听他这么说才意识到，发现情况后不知道怎么就直接给小老张发了传呼，心想小老张必定会跟李副科长说的，心里也没在意这事。

他不知道，小老张接到他的传呼后，立即给李副科长打了传呼，可李副科长迟迟没回复。小老张只好直接和处长联系，说明了吴新发现何城的情况，处长直接指挥他们立即出去工作。下午上班时处长到办公室里把中午安排小老张他们出去工作的情况跟刚上班的李副科长说了，并委婉地批评了他。外勤科不像秘书科，通讯一定要畅通，不然遇到突发情况，来不及安排工作，误了大事。李天才明白自己睡午觉误了事，到外勤科时间不长就被领导批评，心里毕竟有点儿不舒服，看自己的传呼机上没有吴新的信息，心里就有些想法，这才对吴新提出要求。

吴新知道自己错了，在单位他一门心思在工作上，对这些事倒是没有充分考虑过，在心底也确实没有这种意识。心里虽有委屈，但也知道自己无意中犯了错，便诚心诚意地说以后遇到情况第一时间先向领导汇报。他又把怎么在茶园发现何城，又怎么为让何城消除疑心才喝酒的情况向李天才详细作了汇报。

“领导，工作基本完成，我们撤回来了！”这时，李天才桌上的对讲机里传来小老张的声音。

“好吧！”李天才放下对讲机又对吴新说，“你看！他们说撤就撤，也不征求我的意见，我当科长的也就是个值班的。”

吴新和更登只好啥都不说。虽是同学，三个人都知道，再也回不到从前的那种感觉了，以后只会是领导和下属的关系。

时间不久，几道车光扫进院子。不一会儿，小老张几个人进了办公室。小老张放下肩头的照相机，对李副科长汇报出去工作的情况，说何城的家找到了，和他一起的那几个人也都秘密拍下了照片，住的地方也都落实清楚了，他们的身份只能明天通过当地派出所查，见今晚再无工作，几个人就撤回来了。

“你们今天确实辛苦了！既然今晚再没啥工作，大家都回去休息吧！我等会儿把今天的情况向处长汇报一下，建议明天召开专案会议，请领导指示下一步工作。”李副科长对大家说。

其他人都回了，吴新拿起小老张的照相机说：“你回吧，照片我来洗，你们忙了一天，我却花天酒地一下午，现在酒也醒了，回去也睡不着！”

小老张看了看吴新的脸，坏笑着说：“怎么了？没事吧？是不是今天和美女在一起没瞌睡了？”

吴新笑笑说：“你别瞎说，那是我哥的媳妇，我的嫂子！”

“那我回了！你辛苦把照片洗出来，明天要用。”小老张这才出门回家了。

第四十七章 较 量

第二天，李天才到办公室时，一本照片册子已经放在了他的桌上。吴新熬了一夜，把小老张他们拍的照片全都冲洗出来了。小老张不愧是老侦查员，照片里不但有每个人的特写、吃饭的场面，还有每个人活动的场景和落脚的地点，各种场景的照片非常齐全。

专案组会议在处长主持下紧急召开了，侦查处参与专案的所有成员和缉枪分局的同志在会议上将前期侦查中获得的情况一一进行了汇报。何城对吴新说的“筹划着一次大买卖”这句话引起了领导和所有专案组同志的重视。小老张把昨天侦查发现的情况也进行了汇报，照片册子在所有成员间传阅，但目前还不清楚和何城一起的那几个人的情况。对这几个人，小老张特别强调在工作时发现他们活动异常诡秘、反侦查意识非常强，他的感觉是这几个人非同寻常，他建议将其纳入侦查视线，迅速查清那些人的背景。会议最后决定，吴新和更登与何城进行联系，小老张和其他人对那几个人进行调查，摸清楚是什么背景。会议上处长还确定了其他的一些器材、人员和车辆，集中力量对何城这条线展开侦查。

会议上，对案件侦查方面李天才没说什么，他已经意识到，对案件的侦查只有第一线的侦查员最有发言权。他静静听着并详细记录着大家的发言和处长的讲话。临近结束时，他对自己昨天没能及时回信息进行了自我批评，强调近期大家一定要保持通信畅通，要求收到传呼必须第一时间回复，下班后大家不要喝酒，以免耽误突发情况的侦查工作。同时表示他会申请专案经费，保证侦查顺利进行，处长对此表示了赞许。

侦查工作有条不紊地展开，吴新和何城联系了一次，何城说这几天还在忙，等过几天他再联系吴新。吴新说你到底有没有东西，如果没有就找别人了，何城在电话里反复保证有东西，并一再说是特别好的东西，并且是正规的东西！

这句话自然引起了各级领导的高度重视，宁可信其有，不可信其无。虽然看似目前只能等何城的电话，但围绕何城，侦查工作已经悄然展开了。在茶园和他一起吃饭的另外两个人的情况，也渐渐摸了上来。一个叫韩军，曾经因为涉枪犯罪被公安部门处理过，因为情节较轻，很快就出来了。另一个叫马海文，虽没有违法的事被公安部门掌握，但他靠胆大、不计后果，什么挣钱做什么，近些年赚了不少钱，购置了轿车和大货车，并且还发现他持有护照，近年来多次往返西部与我国相邻的一个国家，做着跨国边贸生意。

何城和他俩都是老乡，他们在一起吃饭是不是纯属偶然？是不是老乡聚会？目前尚不得知。唯一蹊跷的是，何城是个涉枪犯罪人员，韩军也是！虽未掌握马海文有涉枪犯罪活动，但分析其长期做生意资金雄厚，为了自身安全，不排除其私藏枪支的可能。

小老张天天和缉枪分局的人在外围调查。何城的黑车也不跑了，天天待在家里，看似何城他们几个人活动很正常，但通过观察发现他们三人不时聚在一起，行踪诡异，好像在策划着什么大的行动，一切目前都是谜。

这天，吴新晚上下班回到家，对象英子已经在家里和妈妈边聊天边做饭了。自从开始办何城的案子，吴新变得低调了许多，不轻易出门，怕像在茶园里一样遇到何城，身上也没有任何警察的物品，甚至连工作证、身份证都锁到办公室了。上下班也避开高峰期，也不参加警校同学们的聚会，吴新似乎成了一个隐身人。

磊子的婚礼在前段时间举行了，苗苗正式成了吴新的嫂子，办完婚礼后磊子和苗苗去了苗苗的老家。

看着磊子成了家，吴新妈妈也特别高兴，开始念叨吴新的婚事。英子也是当警察的，在一个派出所当民警，两个人工作都忙，很少能在一起。好在她非常理解吴新的工作，有时下班过来陪吴新妈妈吃完饭，才自己回去。这让吴新很感动，磊子和苗苗也特别喜欢这个本分的女孩儿，和她特别投缘，也催着吴新抽时间把婚事办了。

刚坐到桌旁拿起筷子，吴新的大哥大就响了，这部大哥大别人不知道号码，但吴新天天充满电带着，就怕何城啥时间打电话过来。

吴新一看是个座机号码，便走到一旁，按下接听键。妈妈和英子看到他的神情也都不说话了，静静地等他打电话。

电话接通了，里面传来何城的声音，还有汽车驶过的声音，显然何城是用街上的公用电话打过来的。何城说想和他见面吃饭，吴新想了想同意了，在电话里约好了地方。回到饭桌前，吴新抱歉地对妈妈和对象英子说，有点儿事要出去一下。妈妈说，啥事吃完饭再去啊。英子反过来劝妈妈，故意说吴新可能去吃好的了，别管他！在吴新出门时，英子悄悄对他说注意安全。

吴新出了门，走向离家不远的一个院子。磊子走时把车留给了他，让他用车自己开。而吴新从没用过，考虑到这车太扎眼，并且何城也曾经见过这车，便专门找人把车停在这个僻静的单位院子里，并且把车牌卸了下来。

吴新边走边给李天才打了个传呼，不一会儿传呼回过来了。从上次后，两个人都吸取了教训。吴新知道有什么情况在一般情况下不能越级汇报，长期的半军事化警察职业也让他养成了服从命令的习惯，不管他的领导是怎么样的人，哪怕是自己的同学，只要在自己的领导岗位上，那就必须及时汇报并坚决服从命令。在科里，有的人有案件成功后抢着向领导汇报邀功的习惯，也有越级汇报情况的，但吴新通过上次的事后，更注意这些细节，时时刻刻维护着领导的权威。

在电话里，吴新汇报了何城要和自己见面的情况，把约好见面的地点也告诉了李天才。李天才让吴新注意安全，有情况及时打电话。吴新又给更登打了电话，让他做好准备，以免何城也要和他见面而措手不及。挂断电话，自己不由得笑了一下，更登自然会由李副科长通知的，说不定李副科长知道自己已经私下通知更登又会不高兴了。

不知不觉已经到了停车的那个单位门口，吴新跟门卫说了一声，进去打着车，把车上的尘土擦干净，又从后备厢里取出一副省城的车牌装上，这是他特意从其他单位借的，然后开车出了门向与何城约好的地方驶去。

本来，他不想开这车的。接到何城的电话后，他就在想，何城约见面绝不是仅仅吃个饭，很可能要继续吊他和更登的胃口。吴新就想拿这辆车刺激一下喜欢车的何城，上次在茶园里他已经看出何城对这辆车的喜爱，同时也让何城彻底放松对他和更登的警惕。

车确实是辆好车，油门轻轻一点，如离弦之箭却悄无声息地滑了出去，悦耳的音乐立即弥漫在车里，车里苗苗放了好多女孩子喜欢的小玩意儿，淡淡的香水非常好闻。吴新边开车边检查自己身上有没有任何暴露身份的东西，确认没有任何问题后，才加速向前驶去。

很快，前面过了路口就是约好的地方。吴新远远看见何城在路边四下打量着，吴新故意加大油门，到何城跟前才一脚急刹车，宽大的车身稳稳停在了何城的身边，车玻璃缓缓落下，吴新对何城招了一下手，何城欣喜地上了车，他无法抗拒对车的痴狂。

坐在车里，何城摸摸这里摸摸那里，嘴里不住赞叹着这车的豪华，吴新从后座上磊子的烟里取了包外烟递给何城，何城接过来凑到鼻子跟前闻了闻，装进口袋里，眼睛里依然是激动的光。

“去哪里吃饭？还有其他人没有？”吴新看了他一会儿才问他。

“随便吃点儿手抓羊肉就可以，就我俩！”何城的心思不在吃饭上。

“那就去郊区吃羊羔肉吧，刚好让你感受一下这车怎么样。”吴新投其所好。

“好、好！”何城连忙说。

吴新一点油门，车稳稳滑了出去，向城郊驶去。吴新刚才在路上又给李副科长打了个电话，如果真去吃饭就去城郊吃，那里人比较少，便于控制何城，有意外也便于协助吴新。

在路上，吴新把车开得飞快，路边的行人和树木飞快划过车窗，车在车流里穿梭，何城不停赞叹着这车的加速性和舒适性。吴新用眼角的余光不时扫视着后视镜，远远地看到一辆桑塔纳轿车跟在后面。在刚才和何城见面时，他已经发现科里的桑塔纳悄悄停在远处，他不由得佩服科里的这些老同志，虽然平时看着嘻嘻哈哈，但一有任务却都毫不含糊，能在最短的时间进入状态，全力投入工作，特别是开车的小老张。吴新自恃开的是好车，几次暗暗想把他甩开，把佳美车开得飞快，但小老张始终不紧不慢远远跟在后面，看来小老张也是把桑塔纳开到了极限。想着明天小老张骂自己的样子，吴新心里暗暗有些好笑。副驾驶上的何城一直感受着车的性能，全然没注意到吴新嘴角似乎不经意的一丝笑容。

到了城郊羊羔肉饭馆，车缓缓停在了饭馆前面的空地上。吴新下了车摁下遥控锁好车门，何城摸着引擎盖，嘴里依然不住赞叹着，看了半天才跟着吴新进了饭馆。

“张老板，这个车确实很好！”吴新在和何城第一次见面时，跟他介绍时说自己姓张，更登叫多杰，此时听何城叫他张老板，还有点儿不习惯。

“这辆车确实没啥说的，比桑塔纳都好到哪里去了，不过价格也贵，一分钱一分货。何老板挣上大钱了把你的夏利换成这个，开出去就不得了啊!”吴新有意吊何城的胃口，“上次你见过的那个老板说，他们那边能弄上这样的二手车，车况好价格还非常便宜，等以后我俩有钱了下去每人开一个上来，你看怎么样?”吴新仍然挑何城感兴趣的说。

不一会儿，服务员就把点的羊羔头端了上来，吴新放下手里的八宝盖碗茶，招呼何城吃肉。羊羔头是这家的特色，整个囫囵的羊羔头在加了各种佐料的汤里煮得烂烂的，然后整个热乎乎端上来，客人用手轻轻一撕，肉和骨头便分离开，肉嫩汤鲜，非常美味，头皮肉的胶质、口条的鲜嫩、眼睛的肥美、羊脑的丝滑，不同的部位刺激着每一处味蕾，带来不一样的感觉，这是高原上的一道美食。

吃完羊头，用羔羊排加炸制的土豆块、粗粉条、青红辣椒、蒜苗爆炒的黄焖羊羔肉就端上来了，五颜六色，香气扑鼻，让人食欲大开。吃完肉在浓浓的汤汁里拌上筋道的宽手工拉面，再加上油泼辣椒、大蒜、香醋拌匀，更是一道美食。

吃完这些，吴新和何城去外面洗手，吴新扫见小老张的车停在远处，处里的另一辆车停在隔壁一家饭馆的门口，知道其他人都来了。吴新心想，他们在车里可能饭都没吃，而自己在这里大快朵颐，明天小老张的一顿笑骂更是逃不了了。

回到包间，又添上滚烫的茶水，嗑着大板瓜子，两个人才慢慢进入正题。

何城打开了话题，先绕着弯问了磊子充当的老板的情况。吴新怕以后何城无意中碰见磊子，就说这个老板也是中间人，但其人脉极广，在南方黑道白道都有人，自己生意也不错，想在这里投资办厂，私下也想做这个生意。现在南方这种东西特别抢手，一些社会上的暴发户不管多少钱都想拥有一把枪，这次他就是去联系生意了，把车暂时放到这里。

何城一听，眼睛里更是放光了，低声对吴新说：“前段时间，我听说省城的一个汉族和一个藏族拿了两个东西，我猜想应该就是你和多杰老板拿的。张老板，我这次做的这笔生意，东西比公安用的大的东西还好，直接是正规厂里的东西，这里的公安可能都没有见过的好东西！”何城伸出拇指和食指比画了一下手枪的样子，看得出来他现在对吴新和更登已放下戒备心了。

吴新一听，心里暗暗吃惊。按照专案组的分析判断，何城无非是能找到本地加工的工艺比较好的仿制手枪，按照何城说的应该是五四式手枪，这种枪因为比较大，携带不方便，销路不是特别好，现在都不仿制了。黑枪市场上要么是便于携带的仿六四式手枪，要么是私制冲锋枪。他有什么渠道能搞来五四式手枪，并且是正规厂里的东西！五四式手枪堪称世界名枪，威力极大，如果流入社会，必定贻害无穷。吴新在震惊之余发现还确实不能小看这个何城。

吴新装作不感兴趣无所谓的样子说：“南方人都喜欢小的东西，这大的东西恐怕卖不上价格吧？再一个你说是正规的东西，不见到东西我也不知道是不是正规的，不过草原上的人喜欢大的。”

何城看吴新不是特别感兴趣的样子，心里有点儿急，赶忙说：“我的朋友见过这东西，说绝对比现在公安用的大东西好，并且在中间有一排英文字母，过段时间东西就可以运过来，数量还不少，我这次就是想问问你，你的老板怎么样，他能不能吃下这批货？这批东西老板不想分开卖，想找个能一次性吃下全部货的大老板，零散着卖风声太大。这东西是顶级好货，我俩都可以在上面好好挣上一笔，与其零零碎碎做当地的东西，还不如做一次大的。这样风险小，利润也高，做一次这个比做十次当地的都挣钱。等事成了，再让你的这个南方老板帮我俩联系个这样的车，让我俩也风光风光。”

这时，吴新才明白何城和自己见面的真正目的。前段时间，按照专案组的部署，为了扩大线索，他和更登到枪患严重的木县通过中间人买了两把自制手枪。没想到消息灵通的何城已经知道了，并且断定就是他俩，看来这个何城确实是木县乃至省城非法枪支交易销售环节中的一个核心人物。何城今天所说的“大东西”以及和自己开始谈销路的细节，说明这事不但有，并且很快就会有一批枪支运到省城！

这是一条极为重要的线索！吴新按捺住内心的激动，双眼冒出的光却被何城看得清清楚楚，好在在何城的心中，他觉得眼前的“张老板”也是被这笔生意后面巨大的利润吸引住了，和他一样似乎看到了那一摞摞的钞票，还有像外面停着的那样的车。

时间不久，吴新开车把何城送回接他的地方，一路上两个人反而没说什么。真正做大事的人，决不会多说一句废话，他们都知道言多必失的道理，行为举止也是非常低调的。俗话中“哑木匠盖大房”的道理也在这儿。

第四十八章　架　网

放下何城，吴新直接把车开回停车的那个院子，卸下车牌放好，才拦了辆出租车回到单位。进单位门时他很放心，知道何城会有小老张他们精心“照顾”。

办公室里李副科长、处长都在。“张老板”单刀赴会，谁也不知道会发生什么情况，所以李副科长和处长也守在对讲机前，他们已经从对讲机里知道吴新和何城分开了，见吴新进门也没有奇怪。

吴新见两级领导都在，赶忙把何城约自己吃饭的意图细细汇报给两位领导。听着听着，处长的眉头紧锁在一起，他们都感觉到吴新所说线索的重要性。虽然已经很晚了，处长还是拨通了厅长的电话，汇报了今晚发现的情况。放下电话后又跟小老张他们反复交代工作中一定不能让何城发现，不能暴露也不能遗漏每一个环节。脸色凝重的处长又通知明天早上枪弹科的科长也参加专案组会议。

吴新和处长他们一直等到小老张他们回来，得知何城和吴新分开后，拦了一辆出租车去了另外一个地方，而那个地方正是上次发现的马海文的一个住处。何城进去一个多小时后才回到自己家，小老张他们一直等到他家的灯熄了很久后才撤回来。

第二天一大早，召开专案组会议，小老张和吴新、更登参加会议，抽调的其他人已经分成几个组，由外勤科其他同志带着早早就出去工作了，小老张手里捏着对讲机，随时听着对讲机里面传来的声音。

会场气氛非常沉重，基层侦查出身的王厅长坐在中间，几位相关单位的处长坐在周围，王厅长不时和他们低头商量着。他昨晚接到电话后决定推掉今天早上的其他会议，专门来参加专案组的案情分析会，缉枪分局的领导及侦查处相关肩负侦查职能的科长也全部参加会议。李副科长手拿着一摞材料跑前跑后忙活着，昨晚其他人回去后，他根据吴新汇报的情况，连夜把何城一案的案件侦查情况打印出来，看得出来他熬了大半夜，眼睛里眼丝发红，一向整齐的头发也有些乱。

专案组的会议没有其他会议那样隆重的场面，熟悉侦查工作的王厅长也允许大家抽烟。第一次参加专案组会议的人悄悄议论着案件的情况，打探为啥突然召开紧急会议，只有昨晚参加工作的几个人知道今天会议的重要性和紧迫性。侦查处处长向厅长示意人到齐了，王厅长抬头扫视了一下会场，点了一下头用洪亮的声音说：“开会！”

会场里立即安静了下来，侦查处处长清了一下嗓子，没有多余的铺垫和渲染，直接进入正题：“在侦查处前期的工作中，发现了一条贩枪线索，前期也进行了大量工作，具体细节我不说了。在昨晚，我们的人和嫌疑人见面时，发现了一条非常重要的线索。该嫌疑人称最近将会有一批手枪运到省城进行交易，并且嫌疑人称数量比较大，枪的型号按他的描述应该是类似五四式手枪一类的枪支，不应该是自制手枪，按他的说法该枪的工艺甚至超过我们配发的制式五四式手枪，其他情况尚不确定，具体前期侦查情况请外勤科李副科长给大家通报一下。”

李副科长在边上，用标准的普通话说了起来：“这条线索是我们外勤科在厅长、处长直接领导下，主动经营发现的。这个嫌疑人何城是木县涉枪人员，现在住在省城，利用跑黑车的便利和掩护，从事非法枪支贩卖活动。在将其纳入侦查视线后，我们安排侦查员化装成买主和其搭上线，并且取得了他的信任，昨晚他向我们的人透露了这条线索。根据对其活动情况分析，他最近不再跑黑车了，和另外两个人频繁接触。其中一个人叫韩军，曾经因为涉枪犯罪被公安部门处理过；另一个叫马海文，是做边贸生意的。这两个人的详细情况在材料里都有，所以不排除他们三人共同实施此案的可能。还有个重要的情况是，马海文的一辆大卡车在前段时间空车开到西部某口岸拉货去了。这违反常理，这么远的路，空车跑几千公里，代价非常大，同时韩军也随车一起去了。现在我科已经把他们三人的住处、家庭成员、交通工具、通信工具等基本查清楚了，但也不排除没有发现的。”

会议室里，其他人听到这些都知道这是一起前所未有的大案，在以前的工作中最多一次缴获过十余支枪，并且都是自制比较粗糙的枪支，所有人都感觉到了大战前那种紧张的气氛。

李副科长汇报完毕，吴新又对一些细节情况进行了汇报。

然后处长作出安排，让侦查处全部人员、车辆都参与到此案的侦查中，外勤科和缉枪分局的同志继续进行外围工作，充实一部分同志替换下前期工作的同志，车辆也是随时调换。枪弹科立即根据吴新的描述查找此类枪支，包括历史上遗留下来的枪支里有无此类枪支。外事部门对马海文的出入境记录进行调查。处长还让坐在角落里的吴新和更登站起来和大家见了面，说明了他俩的身份，强调在以后的工作中一定要注意保护他们两个，一些缉枪分局的同志这才对这两个全然不像警察的年轻人致以敬佩的目光。看似街头混社会的吴新和留着络腮胡须藏族土豪打扮的更登，也对大家点头致意。

最后王厅长对专案组全体提出了要求，要求各部门全力以赴参与到此案的侦查中，要人给人、要车给车，厅里会专门挤出点儿钱做专案经费，其他部门也全力配合侦查处的工作，解决车辆、通信等问题。同时要求所有人员注意安全，特别是吴新和更登与嫌疑人见面时，一定要保证他俩的安全，还要做好保密工作，对任何无关人员都不能透露案件情况。

会议简短高效，散会后各个部门全力运转起来，小老张带人对何城和马海文进行不间断的外围侦查工作，其他部门也分别开展工作。倒是吴新和更登感觉无所事事，他俩的任务就是等着和何城见面。

随着各项工作不断深入，各个层面的信息不断汇总到指挥部。处长也不去自己的办公室了，坐在外勤科里，随时听取各方面的汇报。这种情况下，他也直接给一线的人下达指令，李副科长在一旁随时汇总，第一时间把情况汇报给关注此案的厅长。

第二天刚上班，枪弹科科长兴冲冲地进来了，手里拿着一些材料。一看他的神情，处长知道他一定发现了什么重要情况，赶紧坐起了身。

枪弹科科长把手里的材料打开放到处长的面前，激动地说："昨天散会后，我们立即在现存的手枪资料里查找所说的那种手枪。在国外有相似的这类手枪，但在国内，甚至在新中国成立前，原国民党部队列装的枪支里也没有这种枪，又向公安部相关单位咨询，最后好不容易才打听到有一种手枪符合吴新描述的情况，那就是我国产的一种出口型五四式手枪。这种枪是专供出口用的，曾经大量出口到与我国西部接壤的一个国家。因为是出口专用，国内极少有人见过和听说过这种款式的五四式手枪，这种枪的枪身中间就是打了一排英文字母！就连我这个枪弹科科长也没有听说过这种手枪。最重要的是，这个国家就是开会时提到的马海文做边贸生意的那个国家！所以何城跟吴新说的极有可能就是这种枪。”

处长听完甚至有点儿惊呆了，如果这个何城说的事是真的，那应该是由马海文利用做边贸生意的便利，从异国他乡把这种枪运过来，再由何城找下家销售牟取暴利。这是跨国走私贩卖枪支，在省城的历史上还从未发现过此类犯罪。如果让这批性能优良的正规五四式手枪流入社会，必定会带来极大的危害！跨国走私枪支是极为严重的犯罪，而几个几乎目不识丁的人能有如此大的能耐吗？

一把当地产质量稍好的仿制手枪从加工的人手里拿可能只要几百元，而运到外地到买主手里价格会暴涨到一万多元，如果是制式枪价格会再翻上几番，这里面的利润可想而知。那个国家枪支管控不严，为了其中的暴利，不排除将出口的枪支再返流到国内的可能。

带英文字母的出口型五四式手枪、接壤的国家、做边贸生意唯利是图的生意人、非法枪支买卖中的暴利、寻找大买家的中间人……把这一切串联在一起，何城所说的真实度就很高了。

现在处长甚至有点儿后怕了，幸亏发现了这条线索，并且安排人全力进行工作，不然让这批手枪进入省城，这对自己对整个侦查处来说简直就是犯罪。

想到这，处长赶忙拿起桌上枪支的图片资料，直接找王厅长汇报去了。

正在参加会议的王厅长见侦查处处长急匆匆地闯进会场，知道有紧要情况要汇报，对身旁的其他人说了一下便走进了边上的休息室。等候在那里的侦查处处长将手中的资料摊在王厅长面前，又把自己的想法汇报给了厅长。王厅长立即感到了事情的严重性，把主管副厅长也叫了过来，几个人简单商议后决定立即派侦查处副处长带人驾车赶赴西部边境展开侦查工作，同时将此案立即上报公安部。从现在开始由主管副厅长直接主抓此案，调动所有力量，不管内情如何，宁可信其有不可信其无，绝不能让这批枪流散到社会上。

几个小时后，数辆越野车闪着警灯驶出大院，向西疾驰而去。王厅长站在窗前，他派出了全公安厅最好的车，其中也有自己的座驾。站在窗边看着精干的侦查员们跳上车呼啸而去，此时此刻他宁愿这条线索是假的，甚至想如果他们到了边境将这条线索否定后，他就让这帮汉子好好玩几天再回来。这些同志平时见他都有些拘谨，但干起活儿来却如猛虎一般，再硬的骨头也能啃下来。他欣赏他们，更心疼他们，就这样没日没夜地干活儿，好像从来没有家的概念。一声命令，没有任何怨言，招之即来，来之能战。他们也有年迈的双亲，也有年幼的孩子，也有替他们操劳守护着家的爱人，而自己作为厅长，连他们当中绝大部分人的名字都不知道，人也是第一次见，亏欠他们的确实太多了，亏欠他们家人的就更多了。

第四十九章　斗　智

侦查工作全面展开，参战的各个部门高速运转起来，而吴新和更登却像两个局外人一般整天优哉游哉。这天，他俩还开着磊子的佳美车去了一趟木县，找到那个前不久和他俩交易了两把枪的枪贩，提出要一批仿六四式手枪，可以出高价，但必须要保证质量。对方看着更登手上的大金戒指和脖子上快有小指粗的金链子，没有直接答应他俩，只是承诺帮忙去找。吴新和更登又陪着枪贩子美美地吃了一顿手抓羊肉后，才回到省城。

果不其然，只隔了一天，何城给吴新打电话说要见面。

在河边茶园僻静的角落里，何城开门见山地说："你朋友多杰要货为啥不找我？你俩这样找货，目标太大！迟早会被公安盯上的，你知道你们找的人后面有没有公安的眼线？"

吴新辩解说："我也给多杰说了你说的大东西，但他说要小的，所以我俩才去的木县。"

"你告诉他，当地产的东西质量赶不上那种大的，打个几十发甚至几发子弹可能就不能用了。而这种大的，不吹牛地说，打个几千发一点儿问题都没有！你应该劝他买大的，虽然有点儿大带着不太方便，但威力大，打得也远！价格高了我俩在里面挣得也多，我给你个价格，你再加上价给他，这样才能赚大钱。"何城说。

吴新看似犹豫地说："你说的东西我们也没见过，到底有没有这东西？这东西好不好我也不知道，你要是把我骗了怎么办？今天的羊肝比明天的羊肉香，我看还是给他找点儿小的先挣点儿再说。"

看到吴新脸上的犹豫，何城继续说："这东西绝对是好东西，我敢说只要你见了它，绝对会喜欢的。多杰拿回去销路也绝对好。我也敢说，不管是谁，只要见了就会买的，哪怕是高价也会买的！有一把这个就好像开了一辆外面的佳美车一样，别人会羡慕死的！我的朋友手里有一把这样的，我想办法借出来你们看看，再把价格定一下。"

"那这批货啥时候到？提前看货验货这是必须的，不然你说的是一种，拿过来又是另一种，我们这行讲的就是信用！"吴新看似心动了。

"这个老板已经去办了，顺利的话不出一个月就能到！货绝对是一模一样的好货！"

"让我等一个月也太久了吧，那个老板去哪里取货去了？"吴新又问。

"这个你不要问，你只管看货，到时候验货，至于货是哪里出来的，你也知道这是行规，不能打听的。你让多杰把定金准备好，等我的电话！”何城对吴新说。

吴新也知道这条规矩，便不再问货的来路了，又问何城：“你的老板有多少这样的货，定金先放多少？一个火棍（枪）多少？子儿（子弹）多少一个？”

“这个看完货再定吧，不然你的老板一听价格会吓跑的，等看了货他才觉得值不值，不然我俩都没有钱赚！东西嘛，就看他能吃下多少。二十个他能吃得下不？”何城看起来非常想做成这笔生意。

“你这个价格定不下来，他也没办法准备钱，最好尽快看货试完货后把价格定下来，他把钱准备好。货一到我们立即交易，免得夜长梦多。多杰这个人家里有几万亩草山，每年光倒腾草山和虫草就能挣上几百万，家里根本就不缺钱，别说二十个，就算五十个都应该没问题，关键是他要看得上这东西！看了东西我也好给他说这个东西好。”吴新说的这些也是枪支交易中的关键。

该说的说完，两个人吃完饭，吴新用佳美车把何城送到市里。何城在半路下了车，吴新把车开回原处放好，又打车回到了单位。

处长听完吴新的汇报，脸色愈发凝重了：“看起来东西确实快了，去边境那边布控的人，已经找到了马海文的大卡车，司机和韩军却天天住在宾馆里，好像是在等货。你俩这两天就联系何城催着把货看了，外围工作还是让小老张他们负责，在这个环节绝不能出现任何纰漏，每个人都要小心再小心！还有厅里准备给侦查部门的每个人配备一部手机，我们专案组的提前配下来了，给你和更登单独配了一部案子上用的，你俩去领上。你的大哥大也退市用不成了，新手机电池好信号也好，我们专案组这下可算是鸟枪换炮了。”

吴新看着桌上的新手机，又看看磊子给买的大哥大，不禁有些感慨，磊子花了那么多钱给自己的大哥大竟然没用多久就淘汰了，自己没打几个电话倒是在案子上用了不少。想到这，他拿起新手机拨通了磊子的号码，电话里磊子第一句话就是：“新办手机了吗？我也准备回来办一个。”吴新问他啥时候回来，磊子说在苗苗老家那里考察市场，如果不满意就回来在这边发展。最后磊子还说：“回来你一定要请我去吃手抓羊肉。”吴新赶忙说：“一定一定。”

打完电话，吴新这才感觉到最近一直忙着工作，特别是思想上一直处在高压状态，不知道案子上啥时候有事，连睡觉也不踏实，就算半夜醒来也要看看传呼机，看有没有单位发的信息。跟对象也是好久没出去吃饭了，只是在自己家里见过几次。他暗想等这起案子结束了，就把母亲和对象带上，开上磊子的车去公园、去草原好好玩玩，再也不怕被嫌疑人认出来，再也不用进单位先要看看后面有没有奇怪的人。

更登领上新手机也凑过来和吴新试手机的性能，小巧的机身确实比以前的大哥大好多了，然后两个人又悄悄出了单位大门。走到大街上吴新这才给何城打了个传呼。不一会儿，手中的手机响了，吴新按下接听键，电话里传来何城谨慎的声音：“你谁啊？”

吴新哈哈笑着说：“这电话声音怎么样？清晰不？多杰刚去买手机，给我也买了一个，我试试声音怎么样。再一个你把这个号记下来，以后打这个号，以前的大哥大和传呼机不用了。你何老板也去办上一个，这新手机确实好，我们联系也方便！”

手机那边传来何城酸酸的声音：“我可没遇上你那样的老板，等这次买卖成了我自己买一个，还有那个东西明天我们去木县看，开你的佳美车去吧。”

“那好！明天一早我来接你。”吴新挂断电话，又拨通了李副科长的电话，把和何城约好明天去木县看货的情况汇报给他。

第五十章 惊 险

第二天，何城大清早就给吴新打电话说出发，吴新说多杰在办事要晚一点儿，让他等着。何城等了两个多小时后才接到吴新的传呼。

在约好的地方接上何城，何城一上车，见车里只有吴新一个人，忙问："多杰不去吗？"

吴新边开车边说："多杰说事办得差不多了，让我俩过去把他接上就走。"

车在车流里穿行，不一会儿吴新把车停在了一家银行门口，拿起手中的手机拨通了更登的电话。

"老大，我们到了，你的事办完没有？"

"哦，我刚办完，马上出来！"电话里传来更登带着藏族口音的普通话。

时间不长，更登从银行出来了，手里提着一个编织袋。看见吴新的车后，过来拉开后座的车门，把编织袋扔了进去，自己也坐了进去。

"哎呀呀！不好意思！你们省城的银行太不好，昨天我来取钱，说没有钱！要提前约，让我今天早上来。你说这么大的银行连三十万都没有吗？我昨天也约了，你把钱给我准备好放好，我来了拿上就走，这样也不行，非得要当我的面一张一张数，我的钱我自己回去慢慢数不行吗？"一听更登的话，吴新和何城都笑了起来。

"你取了多少？"吴新问。

"三十万。"更登随意地说。

吴新一听把方向盘一打，一脚急刹车后车停在了路边，又转过身子扯过更登扔进来的编织袋打开口子一看，果真里面全部是五十元、一百元的大票子，这么多钱竟然就装在一个破旧的编织袋里！边上的何城也有些吃惊。

“我们去木县，你的钱怎么办?”吴新瞪着眼睛问更登。

“什么怎么办！放车里我看着不行吗？你不会让我再排队放回银行去吧！这钱晚上要让人带回老家去的，等我们回来银行也关门了，明天又要和他们约会，后天才能给我，你说银行那些漂亮的姑娘又不是我媳妇，我天天去看她们干什么?”更登摸着下巴上的胡子，看起来好像倒是委屈他了。

吴新觉得也没什么办法了，只好说：“这车后备厢有锁，放后备厢里锁住行不行?”

“我不管，我的钱进了你的车，你就要全部负责，少一张你都要赔给我!”更登仍然是无所谓的样子。

吴新只好下车，把编织袋放到后备厢里，回到座位上按下锁闭开关，这样后备厢就锁死了，这才挂上挡向木县驶去。

“省城的银行太不好，取钱不方便，这么点儿钱应该一个电话他们就派个美女送过来，来的时候礼物可以不带，陪我吃个饭就可以了。”更登仍然在后面胡说八道。

“老大你怎么成了个无赖!”吴新开着车笑骂着。

“我可不是无赖！我还是他们的什么贵宾、金卡客人！就这样子！哪天我不高兴了把钱全部拿出来，再也不和他们约会了!”更登嘟囔着。

“你穿得像个土豪，怎么就拿个编织袋去取钱，最起码得提个密码箱才配你的这身西服啊!”吴新继续逗更登。

“唉！别说这西服了，我以前去取钱穿的都是藏服，取个几十万往藏袍怀里一塞就好了。今天快走到银行门口时，突然想起穿的是西服，这钱取上怀里塞不下怎么办？正发愁时，看到路边有个小卖部就进去要了个编织袋。把钱放到编织袋里，别人一看我就是个放羊的老藏民，提的袋子里可能是风干肉、牛粪什么的，怎么也不会想到我的编织袋里是钱，你俩说我是不是很聪明机智?”

吴新和何城都笑了起来，吴新又骂他：“你穿个破藏袍这一招可能有用，你看看你脖子上的金链子、手上的大戒指、身上的高档西服，就算编织袋里装的真是牛粪，抢劫的不抢了你才怪!”

“对对对！那今天我就不下车了，等会儿吃饭我就在车里吃，守着我的钱，你俩可别管我!”更登装作很害怕的样子说。

车跑得很快，三个人开着玩笑不知不觉就到木县的地界了。翻过一座小山坡，吴新远远看到前面有一帮交警在查车。本来遇到这种情况，前面策应的车已经打好招呼，交警不会拦他们的车，吴新油门也没松准备继续走。没想到还没到跟前，为首的一个交警就站在路中间远远举起了手，示意他们靠边停车。猝不及防的吴新只好一脚急刹车，车歪歪扭扭地停到了路边。吴新熄了火，打开了车门准备下车。

戴着墨镜拦车的交警走了过来，吴新一看过来的交警猛然间头皮发麻，心也扑腾扑腾快跳到嗓子眼了。

吴新准备下车时，突然发现迎面走过来的交警是他和更登在警校的同班同学。这个同学以前在木县一个派出所里当所长，他什么时候当上交警了？还这么巧把这车给拦住了，吴新心里七上八下只希望他没认出自己。一旦他认出自己，叫出自己的名字，和自己打招呼，旁边狡猾的何城必定会产生疑心，那么前面苦心经营的所有工作和所有人的努力都会毁于一旦!

而此刻，他只能硬着头皮下车。刚下车，最不希望发生的事发生了，他发现同学已经认出了是他，嘴里已经喊：“吴……”

副驾驶上的何城也下了车，这一路上的交警他都熟悉，而这个交警他却很陌生，以前没见过。他下了车正好看到这个交警走过来，对着张老板吼着：“无……证驾驶是不?”

原来，吴新的这个同学第一眼就认出开车的是老同学吴新，正要打招呼，嘴里刚叫出“吴”字，却发现吴新的左手在胸前暗暗摆着手，再看警校里品学兼优在省厅侦查处工作的吴新却打扮得像个混社会的，看到他也没有欣喜的表情，反而是焦虑的目光。在基层一线工作了多年的他立刻反应了过来，把嘴里已经叫出来的“吴”硬生生改成了“无证驾驶”，又板起了脸。

“驾驶证、行车证!”他脸上毫无表情地伸出手。

吴新为了不暴露身份啥证件都没带，就算带了也不能当着何城的面拿出来，更何况车上挂的是借来的车牌，只好装作唯唯诺诺地说：“出来时，换了件衣服啥都忘带了。”

“啥！啥都没带！那你也敢开车上路啊！边上等着去，等会儿处理!”

吴新的同学看起来很生气，不理他了，继续站在路中间查起车来。

边上的何城见这个交警不认识又黑着脸，发现不远的处理违章的桌子后面一个交警以前打过交道，便凑过去问：“这个交警没见过，是新来的吗?”

桌子后面的交警认识何城便说：“这是我们新来的队长，刚过来检查我们查车点，谁让你们不带证又正好撞到枪口上!”

何城只好回去和吴新商量怎么办。吴新蹲在路边，脑袋高速运转，考虑怎么做才能既不引起何城的疑心，又正常地离开，想了半天觉得没有妥当的办法。他见何城过来便抬起头问：“你天天跑这路，认识这个交警不?”

何城也无奈地说：“拦车的是他们新来的队长，今天亲自查车，其他的交警倒还认识，但是新队长跟前谁也说不上话!”

两个人都没了主意，不知道怎么办，吴新反复考虑着如何正常离开，又不能让狡猾的何城看出破绽。这时更登从车里探出了头，叫他俩过去。

“这是五百块钱，你把那个交警队长叫过来，就说是赞助交警队的。记住，叫到一边悄悄地给他!”更登仍然是土豪的风格。

何城赶忙接过钱捏在手里，凑到队长跟前，把队长叫到一旁说:“队长，我是木县的，今天我这个兄弟确实是出门着急没带手续。家里还有点儿急事，这点儿钱是我们赞助你们交警队的，以后我们还要天天见面，就麻烦你高抬贵手。”

看得出来，这个队长很矛盾，瞪着眼睛犹豫了好久后才接过钱装进口袋里，摆了摆手说：“以后注意点儿，出门带齐手续，这次算是个教训!”

吴新赶忙回到车上，发动车后一脚油门开了出去，这时他才感觉到后背上全是汗。

“臭队长！我一定要把我的钱拿回来!”更登在后座上骂着。

“就是！一定要让他把钱送回来!”吴新也说。

这个队长是吴新和更登的同学，自然知道他会把这钱送回来的。他俩都没有想到老同学好久没见，今天却以这样的方式见了面。还好他反应快，看出吴新在执行特殊任务，没有暴露吴新和更登，就算这样，以后见面这钱还是得要回来的。

而边上的何城却不知道这层关系，钱是他送给这个队长的，他自认为今天和这个新来的队长搭上了线，心里暗暗有些高兴。

何城还以为他俩说着狠话，便反过来劝他俩：“没必要和他们一般见识，这里的交警穷得很，再一个地方小，时间长了大家都认识了。我们跑车的想送还送不上，我们做生意的也不在乎这点儿钱。做这生意时一定不要在这样的小事上惹麻烦，误了大事划不来。幸亏今天车里没有东西，也幸亏是交警查车，要是缉枪分局的，车里不翻个底朝天才怪。所以做生意的时候，我都规规矩矩的，连红灯都不闯，不能因为这样的小事影响到生意的安全，这个时候不能引起他们的任何注意。”

吴新和更登发现确实不能小觑何城这个人，他能在黑枪交易中混这么多年却没被公安机关打击，做事缜密确实有他的一套。

原来，小老张他们的车在前面当前引车时，也看到交警在查车。为保证不出意外，便找到当时带队查车的交警队教导员，告诉了吴新的车型和车号，叮嘱这辆车过来就放行，交代好后就走了。这个教导员知道这事不能跟其他交警说，可是就在吴新的车快过来时，新队长来检查工作，恰恰这时教导员因为肚子疼跑到附近上厕所去了，心想就一会儿也没跟队长说这事，结果差点儿出了大事。

车继续向木县驶去，快进木县县城时何城让吴新把车停在路边一个饭馆前，说先吃饭。更登进去后特意找了个靠窗子的包间，这样他就能看到外面的车，也能看到出入的人。

何城看起来和饭馆的人很熟悉，径自张罗了饭菜，倒上滚烫的八宝盖碗茶，三个人优哉游哉地喝了起来。不一会儿，又是大块的羊肉端了上来。更登和吴新不时看着外面的车，吴新发现在远处不起眼的地方悄悄停着一辆当地车牌的车，应该是小老张他们换的车。

吃完饭，何城让吴新他俩在饭馆等着，自己骑着饭馆老板的摩托车走了。吴新再看刚才远处停着的车也不见了，知道小老张他们跟上去了。

过了很久，吴新手中的手机响了，是小老张打过来的，吴新走到外面接通电话。原来小老张他们跟着何城一直到了县城边的一个村子里，因为村子小，小老张他们跟不进去，再一个何城非常警觉，不断绕着路看后面有没有人跟着，几次小老张他们差点儿被发现，所以只好在远处的路边等着。现在何城骑着摩托车刚从村里出来，往县城方向来了，估计刚才是去取枪了。因为地广人稀容易暴露，他们只能远远控制，一旦有什么意外只能靠吴新和更登自己了。

早上更登在银行取钱是昨晚专案组设计的一个环节。一般情况下，枪支交易中看完货后就要放定金，卖枪的枪贩要验资，这个环节与其在后面做，还不如做在前面。侦查处自然拿不出这么多钱，就算有，这笔钱的安全也无法保证。于是在王厅长的协调下，从经济侦查处借了前不久缴获的几十万假币，再让更登假装从银行取钱，给何城演上一出戏，让何城觉得更登是个财力雄厚的土豪，打消他的顾虑。

吴新放在后备厢的虽是假币，但在何城的眼里那三十万元无疑是个巨大的诱惑。在其他人无法贴靠上来的情况下，又是在何城的地盘，在黑枪交易中以前也出现过黑吃黑的情况，定金被劫、人被杀！别枪没见到，何城先找人把这三十万元假币给抢了。怎么能保证钱和自身的安全，又不能让何城临时起意抢钱破坏掉整个打击贩枪网络行动呢？吴新的脑子在飞快地思索着对策。

边上的更登看到吴新顾虑重重的样子，知道他在想什么，拍了一下他的肩头说："只要我俩不被他牵着鼻子走就可以，我们干这活儿的只能靠随机应变，变被动为主动，何城现在急欲找个大买主，抢这三十万的可能性还是比较小的。他也急需利用我们打通内地和这边的贩枪渠道，所以对我们下手的可能性还是比较小！我们关键看看是不是那种东西，只要是那种，我们就成功了一半。"

吴新想想也是，就在这时，电话响了，是木县的一个固定电话，电话里何城让他俩开车往县郊走，他在桥头等着。

吴新和更登赶到桥头时，何城正跨在摩托车上等他们。吴新问："东西拿上了？"

何城点了一下头。看来这枪就藏在那个小村子里。何城示意他们跟上他，吴新缓踩油门跟着何城沿着土路向一个山沟驶去。走了半个小时，何城停下了摩托车。吴新看这里已经远离县城，周围非常僻静，也没有人烟，便和更登下了车。何城从怀里掏出一个布包，一层层打开，一把崭新乌黑铮亮的手枪展现在吴新和更登的面前，何城得意地说："就是这样的东西，怎么样？是极品吧！"

吴新接过来，一眼看出就是图片上那种出口型制式五四式手枪，枪上的英文字母清晰规矩，枪沉甸甸的，非常精致，质量确实比自己配发的五四式手枪还好。吴新退下弹匣，拉了几下枪栓，扣动扳机，手中的枪发出一声清脆悦耳的撞针声，再凑着阳光看膛线，同样清晰规矩，看样子这枪没打过几发子弹。

何城说的没错儿，只要是个男人就会喜欢这制作精良的手枪。吴新把枪递给更登，更登接过去，翻过来翻过去仔细看着，同样爱不释手，眼睛都直了。

旁边的何城过来接过枪，从兜里掏出一发亮晶晶的子弹，压在弹匣里把枪递给吴新。吴新说："多杰你是老板，枪法好，你来试！"

更登接过枪，拉了一下枪栓，随着机械部件运动清晰的声音，子弹非常顺畅地推上了膛。更登端起枪对准前面二十多米远的一棵小树，慢慢地瞄准，枪扳机第一道火和第二道火之间的感觉非常清晰。更登食指再轻轻用力，在不知不觉中子弹已经被击发，枪身轻轻往后一震发出一声清脆的响声，前面的小树轻轻一晃，树身上一块树皮撕裂开，露出里面的木屑。

"啊扎扎，这枪就不得了！"更登的这声感叹说明这枪确实是难得的好枪，这声感叹也确实是发自内心。

一边的吴新忍不住手痒，也想试试这枪，拽着何城要子弹。何城笑着说："这东西贵得很，一发要几十块，所以只有这一颗。"吴新无奈，只好把枪拿在手里看了又看。

回到车上，吴新按何城说的去吃饭的饭馆等他，何城骑摩托车又去藏手枪了。在车上，吴新把试枪的情况和确认就是出口型五四式手枪的情况向李副科长做了汇报，从电话里听得出来李副科长非常激动。能确定枪的型号，这无疑是重大的成绩。李副科长说了声"你俩注意安全"，就急急地去找处长汇报了。吴新心里对何城还有个疑团，想想没跟李副科长说，在车上把这个疑惑跟更登说了。

回到饭馆，吴新和更登知道饭馆老板和何城关系颇深，便要了茶两个人聊着无关紧要的事，更登还故意吹着生意上的事。

时间不久，何城骑着摩托车回来了，把车钥匙扔给饭馆老板后进了包间，倒上茶喝了起来。他看得出来更登和吴新对枪很满意，也不说话，等着更登主动提这事。

吴新借口上厕所出了包间，不一会儿何城也出来了，两个中间人需要私下把枪的价格谈好。见吴新在等他，何城过去，两个人低声商量起来。何城说这枪底价是三万元，他和吴新每人在上面再加上一万元，这样给多杰报价就是每把五万元，其实这枪运过来后人家要价是二万五千元一把，何城直接多加了五千元。吴新一听有些吃惊，这个价格确实已经远远超过本地产的黑枪价格，也快赶上当地仿制冲锋枪的价格了。虽然这个东西好，但这个价格也太高了。何城又说："东西这么好，正规的东西值这个价！先和多杰商量商量再说。"

两个人又进了包间，更登知道他俩商量价格去了。等何城喝了口水，更登对何城说："何老板说个数吧。"

何城放下手里的茶碗，伸出手张开了手指。

"五千！好！没问题，就这么定了！"

何城一听，轻轻摇了一下头说："再加个零！"

"啊扎扎！这个价格太猛了，够买十个这里的东西了，这个价格不合适，绝对不成！"更登瞪着眼睛连说价格太高，人都快跳起来了。

"这个东西是很难得的东西，你也从没见过这个东西吧？别人想要就算有再多的钱也买不上这个东西。本地的东西你也知道，拿回去也就打个几发、几十发，完了还不如你们的打狗棒好用，这东西绝不会出现退回来换货的情况，再一个这是身份的象征，别人见了绝对会羡慕死的。看起来贵，在草原上也就是几头牦牛的钱，这东西值这个价！"

"我没说这东西不好，但这个价格太高了，更何况我要得多，你的老板总要给我个批发价吧，我回去要是出手快，以后我们还要长期合作对吧？你现在就和你的老板商量一下，我们不是只做一次生意，以后这条路通了，东西就不怕没人要了，那时就不怕没钱赚了，对不？”更登和何城讲着价。

“我们是朋友，我看你这个人也不错，我们又是第一次合作，那我和老板说一下看能不能便宜一点儿，这东西运到这里老板的代价也很大，我让老板尽量给你优惠一点儿。”说完，何城背起身旁的背包出了门。

不管何城是不是真的向他的老板汇报，吴新都没有跟出去，中间人和自己的老板说买卖上的事时，外人是不能在场的，何况这也不是吴新感兴趣的。吴新现在感兴趣的是何城身上背的从不离身的包。

近年来，开始流行男人背个挎包或者电脑包，这似乎是身份的象征。在以前吴新第一次和何城接触时，就注意过这个包，当时是随意放在车后挡风玻璃处的，估计里面没啥重要的东西，而今天从见到他起，脖子上挎着的这个包就一直没有离身。当时吴新就怀疑里面是不是枪，后来想不应该是，做事谨慎的何城绝不会犯这种低级错误的。是钱？也不应该，他没必要带大量的钱，这些人在和买主见面谈价格的时候也绝不会带其他任何违法的东西。吴新一直在琢磨这包里是啥东西。思索再三，他觉得里面应该是通信工具，在省城则可以找僻静的 IC 卡电话，而在落后的木县还没有 IC 卡公用电话。因为天气热，何城脱下了外套，外套就放在包间的沙发上，而包却是随身背出去了，这包里有啥？这个疑问一直缠绕在吴新的心间。

透过玻璃窗看着何城走向旁边的商铺。吴新和更登在刚才等何城的时候对附近的每个铺子和饭馆都暗暗看了一遍，还特意看了有没有公用电话。有的没有，有的电话放在显眼的地方，何城是不会用这样的电话的！果然，何城绕过了有电话的铺子闪进铺子边上的小路，那后面很少有人过去，非常僻静，无疑是个说话的好地方。

吴新和更登看着何城消失在拐弯处，低头暗暗商量了一番，他俩都想解开这个缠绕在心头的谜。

过了一会儿，何城回来了，低声对更登说：“多杰老板，我的老板说，因为你全部要，每个东西给你再低两千，这已经是最低的价格了。”

“这个价格还是太高，我在上面挣不了多少，第一次合作便宜点儿，等我那里的老乡喜欢上这个东西，知道是好东西后，下次哪怕高点儿，也会有人要。你再跟你老板说说，只要价格合适，东西我全要，你让他再考虑一下。如果可以，你通知我怎么样？”

更登看起来也是非常精明，完全不是那种啥都不懂的土豪。更登知道如果一口答应下来，何城反而会起疑心，更登也知道何城他们在找一口能吃下所有货的大买家，这种买家也是很难遇上的。

吴新喊饭馆的老板上面片，这家饭馆的面片确实非常好吃。把新鲜的羊肉切成碎末，加入青椒、红椒丁、蒜末，大火上炒出味，放上当地的土豆粉条和菜瓜片，浇上大锅里肥而不腻的羊肉汤，再把旁边大锅里上下翻滚的一片一片手工揪成的如同指甲盖大小滑爽的面片烩进去，最后放上青翠的蒜苗出锅，一碗色香味俱全的面片就成了。再放上油泼的辣椒和香醋，羊肉的香味、粉条的丝滑、小麦面独特的麦香无不刺激着每一处味蕾。这是高原人最喜欢吃的主食，三个人抱着碗呼噜呼噜吃得非常过瘾。

吃完面片，三个人打着饱嗝上了车，吴新驶向回省城的路。路过上午查车的地方，交警都不见了。想起中午的五百元钱，更登在后面又骂了几句。

过了查车的地方，坐在后面的多杰老板似乎高兴了很多，又是哼着小曲，又是和吴新开玩笑。他对何城正色地说：“哎呀呀，何老板，今天这个东西确实好，你一定要跟你们老板说一下，价钱一定要好好地给一个，到时候除了你挣的我好好感谢你怎么样？”

何城从心里确实想促成这笔买卖。在饭馆和多杰老板谈完，他也确实从包里取出藏着的手机给他的老板打了个电话，把和多杰谈的情况说了一下，电话那边老板为了尽快出手答应每把再便宜五千元，而他回来给吴新他们说便宜两千元，这里面的三千元又能赚进自己的口袋，中间人就是两头儿都挣钱，生意成了还少不了他的一份钱。

“那是绝对的，我一定再说说!”何城看到多杰老板看上了这枪，感觉这笔生意要成，心里也是非常高兴。价格问题无非是再吊吊这个“多杰”老板的胃口，到时候让这个中间人“张老板”把自己挣的让出来点儿，这生意自然会成，何城似乎已经觉得车后备厢编织袋里的那些钱都是自己的了。

“何老板，今天忙了一下午，还让那个臭交警队长黑了我的钱，回去我们去洗个桑拿，按摩按摩好好放松一下怎么样?”更登笑着对何城说。

“我还是算了，你们去吧!”何城不想去。

“那可不行！今天我高兴，你俩都要陪我，要是我老婆知道我一个人去洗桑拿了，非得好好审问我，你俩要给我做证！再一个我们洗掉霉气，这买卖绝对能成！我们藏族有个习惯，做大事前要沐浴上香，这样生意也会很顺利的!”更登的口气不容他俩拒绝。

“那好吧!”何城只能答应了，今天骑摩托车在土路上跑，身上确实也满是土。

快到省城时，更登打电话用藏语通知一个人到洗浴中心门口把钱拿走。

当吴新把车开到洗浴中心时，更登叫的那个人已经到了，一看就是和更登一样的藏族汉子。那个人提着装钱的袋子打车走了，更登三人进了洗浴中心。

换了鞋，领了手牌，三个人进了更衣室。打开更衣柜时，何城有些犹豫，而旁边的更登却是把身上的衣服、手机、脖子上的大金链子毫不在乎地扔进柜子。何城看更登这样，也把自己的背包、衣服全都放进柜子锁好，跟着更登进了浴室。

看起来更登对这里很熟悉，三个人大池子里泡、桑拿房里蒸，又到按摩房叫了三个技师按摩，等一套全部下来，三个人走出洗浴中心时，夜已经很深了。何城自己打车走了，临走多杰老板又跟他说了价格的事，让何城帮忙。

看着何城离开，吴新两个人把车放好后，回到了单位。

办公室里处长几个人都在，他们下午听到吴新的汇报后非常兴奋，终于确认何城所说的枪支就是那种出口型五四式手枪。王厅长知道后也立即指示要全方位对何城展开侦查，既不能让何城有丝毫怀疑，又不漏过任何细节。

本来，知道吴新怀疑何城背包的想法后，处长刚开始想在吴新他们回省城的路上设个卡子，以查危险物品的名义检查何城的背包，这是最简单的办法，但考虑再三后觉得不可行，便放弃了这个方案。一方面容易引起何城的警觉，也达不到目的；另一方面吴新两个人的身份也不好掩护。在吴新的建议下，决定由土豪多杰提议去洗桑拿，这既符合土豪多杰的风格，又能合情合理地让何城把身上所有的东西取下来，你何城再谨慎也不会洗澡时把包背在身上吧？

就在三个人脱了衣服进去泡在热气腾腾的池子里享受的时候，在当地派出所的配合下，几名民警把管理更衣室的人叫到一边问话，而侦查处的几个人闪进了更衣室，用洗浴中心更衣柜的备用钥匙打开了何城的更衣柜，迅速取出并打开何城的包。果不其然，在包里面的夹层里发现了一部处于关机状态的手机。吴新的感觉没错儿！何城也有一部手机并且没有告诉吴新他俩，说明这手机是联系重要事情时才用的。侦查员没敢打开手机，在打开后盖取下电池后对手机卡和手机编码拍照后又原样放回包里，锁上了更衣柜。这个工作在短短几分钟内就完成了，而这几分钟的工作却给整个专案侦查奠定了胜利的基础。

在办公室里，处长看着完全不像警察的吴新和更登，眼睛里满是赞赏的目光。这两个年轻人平时都很低调，话虽不多，可是工作起来能考虑到所有的细节，心思缜密，可以把侦查工作考虑得很远。让这样的同志出去工作，他非常放心。

而此时的吴新和更登却完全没有享受完桑拿后的轻松，回想今天发生的事——差点儿被同学认出来、担心何城做局黑吃黑、担心在洗浴中心里面何城不听摆布。现在回想起来，他俩甚至有些后怕，虽然后哨车发现吴新的车被拦后，也及时采取了弥补措施。除了队长外所有的交警都不知道当时里面的名堂，当队长的同学也背上了收黑钱的骂名，但这样的教训一定要吸取，随时要应对意想之外的情况，侦查工作不允许发生一丝一毫的失误。

虽然已是深夜，但整个工作仍然有条不紊地继续着。明早还有大量的工作要开展，这时的吴新和更登出了单位。处长让他俩回去休息，其他工作由单位各部门的人分头去干。

走在无人的街道上，昏黄的路灯拉长他俩的影子，缩短又拉长……夜空里的星星格外清晰明亮，喧嚣的城市此刻安静了下来，高原古城进入了梦乡，谁也不知道有这么一群人为了守护这宁静的夜晚，又度过了一个不眠之夜。

完成了一天的工作，此时此刻两个人感觉到很久没有的轻松，而他俩也知道明天对于他俩和这一群守护安宁的人来说，必定是不寻常的一天。

吴新突然想英子和磊子他们了，拿出手机刚输上号码，想了想又压断了，已是后半夜了，就让他们做个好梦吧。

第五十一章　运　筹

灿烂的阳光透过楼前的柏树刚照进办公室，一夜未眠的处长和其他人又恢复到精神饱满的状态。

处长推开窗子，放出一屋子的烟，李副科长提着一大袋子热乎乎的包子进来了。大家洗了手，抓着包子吃，处长刚塞进嘴里一个，手机响了，他一看是王厅长亲自打过来的，赶紧咽下嘴里的包子。在电话里，厅长问昨晚的工作如何，处长把昨晚工作的情况详细地进行了汇报，又说了下一步的打算。见李副科长把连夜写好的前期侦查的情况报告放到他的面前，处长对厅长又说，书面汇报材料马上送到你办公室，王厅长这才挂了电话。处长抬起头，看李副科长手里拿着汇报材料站在边上等着，就说："那你先去把材料呈给厅长，我等会儿再去向他当面汇报。"

李副科长快步走了，处长也顾不上吃包子了，抬起手腕看已经到上班的时间了，拿起手机拨通了公安部主管部门的电话，把最近的工作和昨晚取得的突破进行了汇报，又安排人把书面材料电传给公安部。这时电话又响了，早早派出去的各组侦查员都已经开始工作，去电信部门查手机的人正在查，对何城和马海文家进行外围控制的人还没有发现他俩出门。为了侦查方便，在何城和马海文家的对面楼上，精心选择后各设了一个监视点，以便随时掌握他俩的情况，但发现二人最近活动都很正常，似乎没有什么反常的地方。

处长放下电话，手下意识地抓起一个包子塞到嘴里，边吃边思考着。他知道枪贩在大的行动前会有一个平静期、蛰伏期、静默期，制造出安分守己的假象，同时观察是否被公安部门注意，但侦查人员却是一刻也不能放松，这也是考验双方意志、耐力的过程。目前，还没有确切的枪支贩运的信息，只能希望在电信局调查的人有所发现。

终于，电话来了，在电信局里侦查员发现了重要的情况，正在往回赶。处长微微一笑，点上一根烟，他已经感觉到，会从昨晚发现的何城手机上有大的突破。作为一名指挥员，越是遇到复杂的情况头脑越是要冷静，目光一定要长远，要统筹考虑侦查的每一个环节，沉着应对面临的一切难题。长期的侦查生涯让他感觉到马上会有所突破了，他只须抽着烟等侦查员回来。

当两名侦查员出现在他的面前时，他却是非常冷静，似乎这些情况本就应该出现一样，他早已养成了淡看云起云落的境界，倒是面前的年轻侦查员激动得脸都红扑扑的。

一堆资料铺在了他的面前，电信局的工作人员帮侦查员用昨晚发现的何城手机卡和手机后面的号码排出了那张手机卡的号码，调出通话资料后进行了简单的分析，发现了与何城手机联系的两个号码。一个与其联系特别频繁，且通话时间非常长，多在夜间，有时通话甚至达到几十分钟，这个号码目前还在省城。另一个号码与何城联系得不是特别频繁，每次通话时间比较短，这个号码目前漫游在数千公里外的西部边境地区。又调出这两个号码的通话记录，发现与何城联系频繁的这个号码与漫游在边境的那个号码联系特别频繁。

渐渐看懂看似枯燥的话单后，侦查员们断定这三个号码应该就是何城、马海文、韩军三人秘密使用的号码，这与前期的分析判断也吻合。何城负责联系买主，马海文坐镇指挥，韩军则负责到边境上运货到省城，这三个人为了贩卖枪支中的暴利纠合在一起。发现他们的手机对于侦查工作无疑有了重要的依托。从何城有手机却不告诉吴新这点上看，他们应该正在组织货，这部手机是专门用来联系这批货用的，这个情况也从他的通话记录里面得到了印证。

处长和侦查员们的分析非常精准，马海文这个人胆大妄为，只要能挣钱什么都敢干，多年前就买了一辆大货车，靠给别人拉货为生，靠着强买强卖，积累了一定的资金。后来他有一次给别人拉货到边境，发现将内地的货运到这里再倒卖给进到中国境内购买各种货物的外国商贩，其中的利润相当可观。发现这一商机后，他开始从内地批发货物运到边境再加价批发给这些商贩，几年下来确实挣了不少钱，在省城买了房子、小轿车，还组织了自己的车队。只要这样安安稳稳做下去，他会挣上在家乡几辈子都挣不到的钱。而有一次和境外的商贩聊天时，对方谈到他们国家的政府从中国购买了大量武器，对手枪这样的轻武器管理非常混乱，有些部队的官员甚至将成箱的武器从部队低价贩卖到社会上，比如从中国进口的五四式手枪以极低的价格折合人民币几百元就可以拿到，大量要甚至更便宜。

说者无意，听者有心，马海文当时就想到家乡粗制滥造的手枪贩到内地都要上万，这可是正规的制式手枪，只要能运进来，其中的利润可想而知，是比贩毒利润还高的买卖，马海文发现了这中间巨大的利润空间。从那次后，他经常请那个商贩吃饭，送中国的东西，与他建立起了密切的关系。当马海文确认这个人比较可靠，也有能力找到他想要的东西后，他才提出让这个异国的商贩帮忙找一把他说的这样的枪，并许诺高于两倍的价格。那个商贩也感觉这个中国人不错，其中又有钱赚，就想办法给马海文找了一把这种五四式手枪，利用到中国境内运货的机会，把枪藏在卡车的夹层里运到中国境内交给了马海文。马海文一看果然是好枪，对这枪爱不释手，按照许诺给了那个人高价。这第一次马海文也是在试探枪支能否运得进来，会不会被边防发现，他知道一旦被发现这可是重罪。谁也没有胆子做这买卖，而其他人不敢想更不敢做的事，他马海文不但想到了，更敢干！

回到家乡，马海文的脑子里全是这枪后面的巨额利润，他已经看不上批发货物挣的那点儿钱了。他又一次去了边境，这次他和那个商贩见面后，提出要一批那样的货，价格还是那个价格，为了掩人耳目，还让那个人高价进一批那个国家的手工地毯，到时候把枪藏在地毯里面运过来。

谈好这一切交付定金后，狡猾的马海文回到省城坐镇指挥，让同样狡猾的韩军替自己去边境和境外的商贩交易并把枪夹带在地毯里运回来。他还找到关系密切深谙此道的何城，让何城寻找合适的买主。马海文知道这批枪运回来后，必然会冲击当地的黑枪市场，如果分开卖，隔不了几天就会在黑枪圈子里传开，影响到利益的那些人甚至可能会到公安局去举报自己，所以他要找一个能一次吃下整批货的大买主，悄悄大挣一笔，而更登化装的土豪“多杰”无疑是最佳的买主。

在河边茶园偶遇“张老板”和土豪“多杰”时，一旁的磊子和苗苗无意当中给吴新他俩做了最好的掩护，不但让何城深信不疑，就连在场的马海文也对吴新他俩的身份放松了警惕。当时马海文在远处细细观察了他们四个人，他见过许多警察，但他深信警察里面绝没有磊子和苗苗那样的气质，公安局的人也绝不会开那样扎眼的车出来办案，再加上土豪“多杰”到位的表演，使他相信了“多杰”是个货真价实的大买主，相信“张老板”是个结交广泛且可靠的中间人。

每次何城和吴新他们见完面后，何城都要把见面的情况详细说给马海文听，马海文要从中寻找吴新和更登的破绽，确定他们是不是化装的公安或线人。吴新投其所好，利用何城喜欢车的爱好让他放松了部分警觉，何城回去跟马海文说时，自然也是尽量往好里说。纵然这样，狡猾的马海文还是派人跟踪了吴新和更登，好在吴新他俩做事非常谨慎，再加上小老张他们暗地策应，才没有让他们起丝毫的疑心。

第五十二章　遥远的边境线

为了掩人耳目，马海文这次没有亲自去接货，而是派韩军和司机空车去了边境。这样一旦货被公安查了，他可以装作不知道，把事全部推给韩军。

临出发前为了联系方便，马海文买了三部手机，给何城和韩军各一个，并且规定不能让别人知道，只能他们三人之间联系，可见马海文为了这批货确实下了功夫。

可是韩军和货车到了边境后，对方的人却迟迟没过境和他们联系，他俩都没有护照出不了境，只能在宾馆里等着。厅长派过去的人也只能苦苦耗着等他们行动。当省城这边的工作通报给他们，特别是确定枪会从国境对面运进来后，侦查组才克服了急躁情绪，沉下心耐心等着韩军的行动。

又等了好几天，国境那边的人终于过境来找韩军。原来他在组织拿枪时出现了问题，以前谈好的部落里的人突然变卦故意刁难他。没办法，他从中国运过去一些家用电器之类的东西送给对方，对方看到这些好东西后非常满意，不但答应把枪便宜出售给他，还派车把枪送到边境。

枪是到了边境，但他知道中国的边防可不是随便可以糊弄过去的，好在那边有的是想挣钱的人。他找了个熟悉情况又值得信任的人，让其沿着漫长的边境线绕过中国边防军的巡逻队，偷越国境把枪运到这个边境小城。而地毯则是按正常的报关手续运过来。现在枪和地毯都已经在路上，估计这两天就可以到，他就提前过境来和韩军见面接头。

他和韩军办好了地毯交易的全部手续，马海文给的高价让他从地毯上大赚了一笔。虽然组织枪时买了些中国的电器，但部落里给他提供枪的人收到电器后把对他们来说不值钱的手枪以半卖半送的价格给了他。重要的是搭上了这条线，以后还要利用这条线赚大钱，所以他也要全力保证这次交易的成功。

中国和这个国家的边境地区，都是海拔很高的荒原，植被稀疏，常年气候恶劣。大风吹起来时，石头满山滚，人都站不住，没有庄稼、没有树木，到处都是荒漠。边境两边的居民世世代代过着靠天吃饭的日子。绵羊在这里都很难生存，只能养些生存能力强的山羊，交通工具主要就是毛驴。贫瘠的土地上，人们靠着雪山融水，在向阳低洼避风的地方搭起一个个小窝棚为家。

此时，一个满脸络腮胡须的男人背着一个包袱徒步走在荒漠里，包袱里有水、干粮，重要的是还有一堆手枪。虽然背的是枪，他还是小心翼翼地绕开了前面的村子。在这连年战乱的地方，枪是个很普通的东西，就是家里面随便的一个物件，相对于手枪，这里的人更喜欢 AK－47 之类的冲锋枪。手枪由于射程、精度、火力赶不上长枪，当地人使用得很少。一旦发生冲突，两边全都是火力强猛的 AK－47，因此他虽然背着不少枪，为了不出意外，还是绕开了那些村子。

和中国的边境线可能是一条季节河，也可能是一个雪峰，不是当地人的话很难分辨，在这里放羊的人稍不注意就可能进了对面的国家，只有经验丰富的人才会在这样的山里不迷失方向，而这个男人就是这样的人。他接下这活儿时，对方给了他在当地可以说是极高的报酬，要求是绕开中国的哨卡和边防巡逻队，穿越边境线，在指定的时间里到达中国境内的一个小山沟里。他为了拿到这高额的报酬当了像山羊一样爬山越岭的驮子，昼伏夜行在荒漠里走了两天多，终于偷越国境线到了指定的那个山沟。

此时他趴在乱石中，身上灰色的长袍和周围的山石融成了一个颜色，别说一般人发现不了，就算天上的鹰隼都很难发现这里有个人。他已经在这里趴了半天了，但前来接货的人还没到，他有些焦虑心急，居高临下不时打量着边境小城的方向。

就在他焦急的时候，似乎听到了隐隐约约摩托车的轰鸣声，他抬起头静静地张望着声音传来的方向。这个人迹罕至的地方汽车来不了，只有骑马骑摩托车才能到，也极少有人过来，只有偶尔寻找羊群的人路过这里。

摩托车越来越近，最后在沟口停下了。从摩托车上下来一个中国这边打扮的人，他四下张望着。趴了半天的男人仔细观察这个人，确认就是给了他钱让他背东西的那个人，后面也没有其他人，才从石头堆里站起了身子。这下，骑摩托车的人就可以看到自己了，那个人也发现了他，发动摩托车进了山沟。两个人在沟底见面说了几句话后，驮子从不远处石头堆里挖出一个包打开，骑摩托车的一看，里面都是他的手枪。他清点了数目，随便拿起一把看了看，然后满意地拉上拉链放到摩托车上，又把一沓钱和一大包吃的喝的给了这个男人。

第五十三章 归 途

跋涉了几天的男人完成了任务，拿着钱和吃喝翻山走了。骑摩托车的发动摩托车又进了另外的一个山沟，好久后才出来回到了边境小城。

虽然骑摩托车的这个人也在千里迢迢赶到边境工作的侦查员视线里，但这里地广人稀，几公里外有个人就能发现，对方又是骑着摩托车，根本没有跟踪的条件，他从小城出来拐进戈壁后侦查员们只能眼睁睁看着他远去。

枪已经运过来了，地毯也到了，在宾馆窝了好久的韩军和司机终于可以回家了。

这天晚上夜深人静，月光洒满整个高原的时候，韩军和司机把一大堆吃的喝的放进车里，发动起盖着苫布的大卡车上了路。

在远处的一个角落里，替他们守护了一夜卡车的几个人看着卡车开远，也发动着车驶出了停车场。他们看着卡车驶向回程的路，虽然目前还不能确定枪是否装上了车，但两个人都离开了，他们也只能跟着。

卡车开了一阵子就进入沙漠公路了，笔直的公路延伸向远方。由于是凌晨，路上没有其他的车，在空旷的路上，韩军借着车灯观察着路边里程碑上的数字。走了一个多小时后他看到了一个里程碑，让司机把车停在路边，这里极为空阔，数公里外来辆车远远就能看到车灯。两个人关了车灯静静地抽着烟，看着时间又观察着四周的动静。时间不久，前方隐隐射来一道灯光，浓浓的夜色里传来摩托车的声音。渐渐地，灯光近了，卡车司机把车灯闪了两下，摩托车拐到车跟前停了下来。

摩托车上下来一个裹着厚厚衣服的人，他解开蒙在脸上的头巾，站在卡车跟前的韩军一看正是境外的那个异国商贩。他观察了一下四周，看到韩军神色正常便伸出了手，韩军从车里取下一个包打开，里面是几摞大钞，枪贩拿起来大概检查了一下，把钱装进口袋。他转头确认里程碑后，走到不远处的一个沙坑里用手刨开沙子，很快就从沙子里面挖出一个沉甸甸的包，拍掉上面的沙子后交给了韩军。韩军打开包一看，里面全都是包得很严实的手枪，还有些子弹。随便拿出一把，撕开包着的塑料袋，拉枪栓，扣扳机，对枪特别熟悉的他已经从声音、手感上判断出这是一把好枪了，借着车灯他又点了数，点数的时候他靠重量已经确定其他的枪和手中的一样部件齐全，数量也和说好的一致，这才站起身对来人点了一下头。那人也点点头没说什么，裹紧衣服蒙上头巾后发动摩托车离去了。

司机已经把车上面的苫布打开了，韩军爬上车把包放在地毯的夹层里，两个人在上面又压上地毯，重新盖好苫布，这才开车向前驶去。高原凌晨的气温很低，但两个人的后背都让汗湿透了。

昨天韩军和司机装车时，专案组的侦查员远远盯着他们的一举一动。从装上第一块地毯一直到盖好苫布，侦查员都没有发现任何可疑情况，也没有发现他俩把特殊的东西放到里面，一切看起来都很正常。

就在侦查员把精力放在韩军的身上时，监控境外枪贩的侦查员发现太阳快落山的时候这个从境外来的商贩骑了一辆摩托车在小城周边游荡，侦查员没条件继续跟只好放弃，转而守在他住的宾馆，结果守了一夜也没发现他回来。

原来，黄昏时这个境外的枪贩借了辆摩托车，故意在小城周围四处转，在确定后面没有可疑的人后，加大油门从小路进了山，趁着夕阳的余晖把那天埋在山沟里的手枪挖了出来，转头向通往内地的沙漠公路疾驶而去。

西边的太阳落到了地平线下，如钩的新月渐渐升到了半空，璀璨的星河就在头顶。摩托车狂奔着，路上已经没有几辆车了，跑长途的司机最怕夜里走沙漠公路，一旦在这里抛锚，没有水、没有吃的、没有取暖的东西，只能躲在车里抵御寒风，所以一般情况下不在夜里走沙漠公路。

终于，摩托车的吼声小了下来，摩托车缓缓停在了一块里程碑旁边。摩托车上的人下了车，舒展了一下僵硬的身体，看看公路的远方，几公里内没有一丝灯光。他把车灯对准路旁的沙漠，从后座解下包，走进沙漠用手在沙子里刨出一个坑，把包放了进去，又用手揽过沙子把坑填平，轻轻抚平后走到公路边，反复确认没有留下任何痕迹后，发动摩托车又向前驶去，直到他找到合适的地方，把摩托车藏在路基下，自己裹着毯子躺在了背风处。在他的生活中，这样露宿在野外已经很习惯了。

卡车的引擎轰鸣着，韩军点着一支烟递给开车的司机，自己也点了一支。吐出一口烟雾心情放松下来后，他掏出手机看看时间，虽然离天亮还早，他还是拨通了一个电话。

稍许，那边的人问："怎么样?"

"老板，货办齐了，现在在路上!"韩军说完便挂断了电话，但他的前面还有几千公里的路，他不知道会遇到什么。

其实，他不用担心，在他的卡车前后几公里外，几辆越野车取下了警灯，换上了当地的车牌，远远地在"保护"着他和车上的货。公安部已经指令路上各地警方对这辆卡车"视而不见"，直到数千里之外的高原古城。

何城一直在等吴新的电话，精明的他知道多杰老板一定会要这批货的，唯一的问题就是价格。这是第一次和这个多杰老板做生意，他在心里也不是完全确认"多杰"和"张老板"是否可靠。在这个圈子里没有永远的朋友，只有永远的利益，为了钱和自己的安全，关键时刻任何人都可能会出卖的。但他非常喜欢那辆车，那是他的梦想，他老在想象开着那样的车。在他们木县就算县长也坐不上这样的车，别说在老家，就算在省城也会让不少人侧目，所以他非常渴望能做成这笔生意，这样他可以轻松地挣到那样一辆好车。但他不知道，对某些事太痴迷，往往就会蒙蔽丧失一些正确的思维。这两天他忍住没给吴新打电话，深谙此道的他在等吴新主动打电话过来。

果然，腰间的传呼机响了，何城一看是吴新的传呼，他暗暗一笑，故意等了好久才找了个电话给吴新打过去。

"张老板，怎么样？啥时候见面把定金的事办掉？"

"我这两天为这事愁死了，你也不来电话，让你和你的老板商量一下价格，也不知道商量得怎么样了。多杰老板说价格太高了，他老家有急事先回老家去了，要不我联系一下看能不能把这批货给南方的那个老板？"吴新在电话里埋怨着。

何城一听，不免有些担心自己弄巧成拙，别大钱没挣上，小钱也错过了，赶忙问："多杰老板咋说的？"

"他说，只要价格合适，东西他都要，不然他在上面挣不了钱！我看实在不行就等南方的老板吧？"吴新在欲擒故纵。

错过这个多杰老板，就算南方老板来了，看完货要不要还是个未知数，就算看上货同样会讲价，这东西又不能一个一个卖，何城有些着急了。

"老板说运这批货代价太大。要不这样，我俩的钱都让出来点儿行不？我俩都让出来两千，每个东西就能再低四千，整个算下来，多杰他就省得多！这样算下来每个东西四万四，我俩每人每个上面提上八千怎么样？"

"那我再问问。货什么时候能交易？多杰说价格合适他马上从老家过来。这东西交易要快，不然夜长梦多！"吴新知道何城急着想做成这笔生意。

"货已经在路上了，应该再有几天就到了。你跟多杰说说，争取把这次做成，这次做成了下次和南方老板做，这样我俩就可以好好买辆车了!”何城还是惦记着车。

“那好！我再和他说，你这边数量、时间确定了联系我，这事成了，我俩的车也差不多了!”

如果不讲价，直接给高价的话，反而会引起何城他们的怀疑，所以吴新一步一步和何城讲着价，并且表明自己也想买辆车，继续吊着何城的胃口。

何城怎么也没想到，他和马海文等人的行踪已经全部进入专案组的视线里，数十个人在为他们“贴心服务”。

第二天，何城的传呼机上收到吴新发来的一条信息，上面写着“老板同意”四个字。何城非常高兴，感觉似乎已经有一摞摞的钞票摆在前面，他马上给吴新打了个电话。

“张老板，多杰同意这个价格，那就把定金放上怎么样？东西一共二十五个!”

“没问题！多杰正在筹钱，估计明天就能到省城，明天我们见面怎么样?”电话里吴新非常痛快。

直到第二天晚上，等了一天的何城才接到吴新的传呼说要见面。何城赶紧回了电话，约好了见面地点。

何城赶到见面地点时，吴新和更登已经等在那里了。何城见多杰老板坐在后排，便坐到了副驾驶的座位上。多杰脸上风尘仆仆的样子，看样子刚从老家回来，旁边的座位上放着一个大纸箱子。

没有过多的寒暄，何城问多杰钱准备好了没。

多杰用手拍了一下身旁的纸箱，说都在这里。何城看了看箱子，上次是编织袋装钱，这次又是随便一个纸箱子，这个土豪身上都是名牌，装钱怎么就这么随意。

“那按照规矩你先交上一半的定金怎么样?”

何城已经算过好多次，二十五把放一半的定金差不多要五十多万，这里面差不多有一半是属于自己的，一次能挣这么多，这比以前零敲碎打挣得多太多了。

“全部的钱都在这里!”这时，多杰打开箱子盖，何城看到里面码得满满的，全都是整整齐齐的百元大钞，他的眼睛都快红了。

“但是，定金不能给你!”平时嘻嘻哈哈的多杰此时却很认真地说。

何城惊愕地抬起头，看着多杰，他不知道多杰这是啥意思。

“钱我有，这一百多万你也看到了，今天我们见面只能算是验资。定金要五十多万，我要是给你了，你拿不来东西怎么办?拿来的东西不是我们看的东西怎么办？拿假的东西骗我怎么办?出了问题怎么办？我和张老板只知道你的一个传呼机号，你的家在哪里也不知道，出了问题我一个牧区的藏民到啥地方找你去?我们第一次合作，我拿出了我的诚意，别说定金，把全部的钱都给你看了，而你的东西我只见了一个！如果我只拿一把枪的钱给你看，是我没有诚意是不是?”

这又是歪理，何城又气又恼。但多杰的一番话听起来在他的思维中好像也有道理。

“这些钱，你也见到了，你的东西到了后我们约地方交易，你们点钱我验东西，然后我们两清，各走各的，以后要东西我们再联系。这次我们交易的不是一个两个，钱也不是一万两万！我也不能不防备对不？五十多万也不是个小数目，我可以在老家包多少座草山！在省城泡多少妞!”

何城的脸上青一道红一道的，他见到这一箱子的钱本想今天能搬半箱子回去，没想到多杰这个土豪的做事方式是这样的，此刻却是如此精明。想想也是在情理之中，换了自己也可能这么做的。想想对这样的土豪也只能退一步，按他的说法来。

何城回去后，立即把事情的经过和那一箱子钱告诉了马海文。马海文想，自己到时候把货交给何城，再派几个人陪何城去，何城交易完按说好的把钱交给自己，一并去的自己人盯着钱和何城，一旦出了问题何城也跑不掉，于是便答应了。他又告诉何城，车在路上非常平安，没遇到检查，估计再有两天就到了，便让何城通知那个“多杰”随时等电话交易，手机别关，也可能是在半夜交易。

第五十四章 利剑出鞘

吴新和更登清楚卡车随时的位置，他俩也做好了交易的准备，把那一箱子的假币放回去后，跟着处长和其他侦查员一起去迎接卡车了。

卡车从边境小城开出来后，赴边境工作组侦查员的工作重点就转移到对卡车的控制上了。长途跟着卡车看似简单，其实很难。卡车车速慢，越野车不能跟得太近也不能太远。太近容易被韩军他们发现，一辆性能良好的越野车不超车，老是慢吞吞地跟在后面，谁都会起疑心；太远又怕韩军突然耍花样。虽然在沙漠公路装东西时侦查员没能发现，但他们已经确定东西就在车上。

好在公安部已经协调了沿路各侦查部门，每到一个交界地点，会有当地的侦查员驾驶着伪装好的车辆接替他们的工作，一直到下一个交界地点。这样一路下来一直进入省城所属的地界，没出现任何问题，而此时只能由自己的侦查员接上了。

在飞驰的车上，吴新接到了何城的电话，电话里说明天晚上交易，让他做好准备，把钱放好，随时等他的电话。吴新微微一笑答应了，旁边满脸大胡子的更登也笑了。经营了这么久的案子，他俩都不想错过抓捕的关键时刻。在侦查中还发现，马海文明天要亲自去接货，在卡车快到省城的途中把手枪取出来，然后用小车运到木县，再立即把枪交给何城去交易。

天亮了，在车里窝了一夜的吴新他们下了车，活动了一下身体。怕有意外情况，他们没敢住到宾馆，全部在车里握着冲锋枪窝了一夜。

这里是草原上的一个小镇，离下一个可以吃饭休息的地方有上百公里。这时处长说找地方先吃饭，时间来得及，几组人便开车找到唯一的饭馆进去。吴新平时虽然早饭吃得很简单，但今天在卫生条件很差的小饭馆里还是逼着自己扎扎实实吃了不少，他知道执行像这样的任务时，如果有时间有机会就吃得饱饱的，因为你不知道下顿饭在什么时候、在什么地方。

直到下午，传来信息，卡车还有两百多公里到省城，马海文的越野车从省城出发也有一段时间了。何城又给吴新来电话确认说晚上在木县交易，控制何城的组也确认何城开车去了木县方向。处长按时间推算卡车应该在吴新这组附近的路上会面，要求吴新他们特别注意，进入临战状态。

在草原公路上车辆很少，如果在路边停一辆车很扎眼，怎么办？土豪“多杰”眼睛一眨跑到小镇的派出所里。过了一会儿，出来一辆摩托车，摩托车一直开到吴新的车跟前才停下。大家正在好奇，摩托车上的人拉下蒙在脸上的围巾，大家一看是更登，都哈哈笑了。

更登穿着一身旧藏袍，头上戴个大帽子，脸上围着围巾，还戴了副墨镜，完全是当地藏族老乡的打扮，处长看着更登也笑了，侦查处确实需要这样接地气的侦查员。

一路上的观察哨不断通报着位置。再次大概确定了马海文他们会面的地方后，更登开着摩托车先走了，处长把所有的车隐蔽在小镇里，只在路口放了个观察哨。

虽然已经参加过无数次这样的行动，吴新心里还是有些紧张，看其他人也都表情凝重。车里只有对讲机和手机的声音。时间不久，马海文的越野车呼啸而过，现在主场交给他们了。处长示意跟上去，挂着当地车牌的几辆车不紧不慢跟了上去。

车开了十几公里，他们远远见马海文的车已和韩军的车停在路边，马海文和韩军在车下说着话，处长他们的车只能往前走，在这样的地方抓捕有很大的困难，司机一旦驾车逃跑或展开枪战，现场就很难控制。为了稳妥，处长放弃了在路上抓捕的方案，改在好控制的收费站收网。

更登的摩托车缓缓地在路上走着，他已看到了卡车和马海文的车。在这公路上卸东西的可能性不大，他观察着周围的地形，发现不远处有条土路通往一个小山沟，他们如果卸货只可能去那里，便把车一拐向那里缓缓开去。

处长的车很快就迎上了提前派上去接应的车和从边境小城长途回来的车，那些车径自走了。按照任务分工，他们在收费站埋伏堵车，处长带着几辆车从后面控制马海文的越野车和卡车。见马海文的越野车和卡车拐进了小山沟，处长他们只能在很远的地方看着。

更登在路边见越野车和卡车向山沟里拐过来，低下头假装检查摩托车。马海文见一个裹得严严实实的老乡在路边，好像是个找羊的牧民，周围也没有其他人，对更登根本没有在意。

拐进山沟，马海文一看周围没人，公路上也看不到这里，让司机停下车，后面跟着的卡车也停了下来。马海文一挥手，韩军和司机几个人爬上了卡车解开了苫布，搬开了上面的地毯，取出放枪的包。这时沟口传来摩托车的声音，在沟口放哨的人示意没事，只见刚才在路边的老乡骑着破摩托车过来，打量了一下他们哼着小曲径自向沟里面去了。马海文把手里的包塞进越野车，对韩军说："你们后面走，我先走！"

越野车转过车头向公路驶去。在车上，马海文打开了包，里面全部是乌黑铮亮崭新的五四式手枪，他拿出一把仔细看着抚摸着，真是好枪啊！简直就是精美的工艺品。这些枪能给他带来大把的钞票，给他想要的生活。他暗自想境外的那个商贩和韩军办事还是比较可靠的，靠着他们钞票会不断地涌到他这里，时间不久他就会有数不完的钞票。想到这，他脸上不由得露出得意的笑容。

处长这边的车，远远跟了上去，更登发现他们卸车取包的情况，更加确认手枪已经转移到越野车里了。

马海文的车开得飞快，他还给何城打了个电话，说货已经拿到，现在就送到木县，晚上正常交易。

走了一阵子，前面就是收费站了，马海文远远看收费站里的车不多，也没有什么闲杂人，便放心地闭上眼睛。为了这次交易，他已经苦心经营快一年了，别人难以想到的事竟然就被他办到了。

转眼已到收费站，只有一个收费通道开着，越野车跟着前面的车进了闸道，司机拿出钱准备交费。但前面车上的人好像和收费员吵了起来，司机还下了车对里面吼着，马海文车里的人都被吸引住了，可是看着看着，前面吵架的司机气冲冲地突然转身打开了车门，等马海文看清楚后发现吵架的人手里竟然端着一把冲锋枪并且把黑洞洞的枪口对准了自己，马海文这才感到不妙，大叫一声：“不好！快倒车！”

越野车司机反应很快，立即挂上倒挡加大油门向后倒，油门都快踩到底了，发动机发出巨大的吼声，轮胎在地面上打转冒出了一股浓烟，但车却没动，回头一看，不知道什么时候后面被一辆车死死顶住了。与此同时，车边上不知从哪里冒出十几个持各种武器的人，枪口都对准了越野车，越野车的车门也不知怎么被打开了，马海文和其他人来不及反应就被拽下车，摁在了地上。

大脑一片空白的马海文感觉被几个汉子拧住丝毫动不了，身上被快速搜了一遍，手机也被搜走了。他看到一个人从越野车里拎下了装枪的包，随后他被塞进一辆车里，头被压得低低的，车急速向前驶去，这时他才意识到一切都完了。

收费站迅速恢复了正常，就好像刚才啥也没发生一样。刚才收费口上的几辆车迅速开到了隐蔽处，侦查员又埋伏起来，这次他们的目标是马上就要开过来的那辆远道而来的卡车。

第五十五章　守护雪域

处长在疾驰的车里，拨通了一直在等他们消息的厅长电话：“报告厅长，在收费站收网，缴获崭新出口型五四式手枪二十五把，子弹估计五百发，我方没有人员受伤，没费一枪一弹！”

“好！向你们祝贺！”

厅长挂上电话，这才长长地舒了口气，这几个月来，他何尝不是天天担心着这起案子，怕这些枪流入社会，成为隐患。今天他终于可以好好睡一觉了。他想好了，等过几天，给辛苦这么久的同志们开个庆功宴，然后让他们好好休整一下。

他的眼光移到了墙上的地图，他负责的这个省地域广阔，人口虽然不多，但在地理位置上很重要。侦查处的这些同志更是肩负着这么大地域内大案要案的侦查工作，最远的要跑一千多公里，还要翻无数座雪山，高原上氧气不足，吃不上饭、睡不好觉都是常事。而且经费少、车况差，一旦在路上汽车抛锚，那可是非常危险的事，别说狼群，就是晚上刺骨的寒风也会把人冻死。前些年的一个冬天，省城周边还算条件比较好的一个刑警队的侦查员去一百公里外的草原出现场，结果遇到了暴风雪，两辆北京212吉普车迷了路，在雪原上转了两天都开不出来，车上带的馒头都冻成了冰疙瘩，刚开始拿汽油喷灯烤着吃，馒头外面烤得焦黑，里面却还是冰疙瘩，有些人把外面烤焦的掰下来扔掉，把里面的吃掉，而其中有一个有经验的老同志把那些扔掉的黑硬的馒头碎块全部捡起来放在了吉普车的后备厢。后来他们的车油也没了，通信工具也没有，也没见到牧民的帐篷，这样的天如果徒步无疑是送死，几个人只好窝在车里挤在一起等待救援。吃的东西也没有了，车外茫茫雪原甚至看不到一个生命，大家饥寒交迫，挤在车里瑟瑟发抖，有几个年轻侦查员的意志都快崩溃了。这时那个老同志从吉普车的后备厢里取出那些捡回来焦黑的馒头碎块分给了所有人。当时他们感觉这些平时看都不看的东西是天底下最好的美味，拿起一块放在嘴里，用口水慢慢泡软，再咽下。有的人饿得着急没等软了就咽，结果让坚硬的馒头划伤了嘴和食道，也不顾冒出的血把馒头碎块一起咽下。就靠这些焦黑发苦的馒头碎块和老同志的鼓励大家才坚持了下来，直到最后在驻地部队的帮助下把他们救出来。从那以后他就规定，去乡下、牧区办案必须带足吃喝、穿的，也尽量派最好的车去。在这片号称世界第三极的高原上，不但有中国面积最大的无人区，恶劣严酷的气候每时每刻都在考验着每个人，就算最热的八月，下鹅毛大雪、冰雹，一天有四季，也都是常事。而侦查处的人却要常年奔波在这些地方，家对他们来说只是个概念，怪不得近年来侦查处干部离婚的多、生病的多，哪个媳妇也受不了自己的男人天天这样不顾家地玩儿命工作。现在虽然有手机了，但一出省城大部分地区没有信号，这些人给自己的媳妇、孩子打个电话的条件也没有。

而此时，处长在回省城的路上，后面的李副科长拧开手里的保温杯，递给处长，等处长喝了一口又拧紧握在手里。这个案子处长亲自指挥后，他好像成了个多余的人，他索性跟着处长跑前跑后，操心专案组的每个部门，对每个人都谦恭有礼，从没把自己当成副科长，见人先微笑。处长对他很满意，不管去做什么都带着他。这时，他轻声问处长：“处长，那下一步我们是不是去抓何城?”

“这个何城暂时不抓了，先放着他，你回去以后马上准备材料，明天早上向厅长和公安部汇报。”处长说完拿出电话，给吴新打电话问更登接上了没有，又说，“你俩现在就出发去木县找个宾馆，好好睡个觉明天再回来。”那边电话里吴新答应一声就挂断了电话。

李副科长听到后，心里有些不甘，自己虽然知道明天汇报是露脸的事，但让吴新和更登去休息还要去木县的宾馆休息，还是有些想不通，便问处长：“何城一直是他俩负责的，就算不抓，今天回去这些人要审，证据材料要做，不行忙过这两天大家都休整几天，这样经费也能省点儿?”

“你不知道，这个何城不是不抓，只是现在不能抓。何城是个老江湖，以前别的单位也抓过他，他就是啥都不说，办案单位攻了好几天都拿不下他。今天这个情况你觉得他会说吗？会一五一十交代和马海文走私贩运枪的事吗？不会的！他会推得干干净净！啥都不知道！与其抓回来拿不下又放，还不如先放着他，我们等着他、盯着他，总会用证据锁死他，那个时候就算他不说，我们也可以用零口供收拾掉他。吴新和更登今晚去木县我估计是睡不了，明天倒是可以睡一天，你想何城现在在木县等马海文，马海文消失了，吴新和更登也消失了，他会怎么想？我们侦查不能以抓一人、二人为得失，要长远看，看给社会消除了多少隐患。我当时还在想后期工作怎么做，吴新和更登提出去木县的想法正合我意，这工作确实是要做，他们考虑得非常长远，就辛苦他俩再当次老板吧。”

李副科长这才明白，到侦查处这么多年，对人情世故他都能方方面面揣摩入微，但对侦查工作确实还没有如此长远的眼光。

没顾上吃口饭，吴新和更登便驾车往木县赶，他俩都没顾上看看刚缴获的手枪，听处长说是崭新的出口型五四式手枪，就连处长也是第一次见。吴新开着车，更登坐在一旁，两个人的心情非常愉悦、轻松，全然没有前两次的压力，总算是把案子办成功了，辛苦了这大半年总算能轻松一下。

这时，吴新又想起对象和磊子他们了，有这么大的好事，他也想告诉亲人让他们也高兴一下。他把电话打到英子家，英子第一句话就是：“是不是案子破了？不然你难得有时间想起我！”

吴新只好在电话里“呵呵”两声算是答应，又说：“明天晚上和磊子他们一起吃个饭。”

吴新挂断电话又拨通磊子的电话，磊子一接电话就开始损他：“哎呀！今天终于想起你磊子哥了，我回来这么久了，连你的影子也看不到，是不是怕我让你请吃饭啊？告诉你！你欠的那一顿你躲不掉的！”吴新在磊子跟前只能“嘿嘿”听他说，磊子怎么骂他，他都能理解，也决不会生气，他知道磊子每时每刻都在关心他，把他当成亲弟弟。等磊子说了一阵，吴新才接上话说：“明天晚上求你了，和我吃个饭行不？”

“不去！你想请就请啊？我也是有身份的人！”电话那边磊子大声说。

吴新故意说：“你不去！我和苗苗她们去，到时候你可别跟着啊！”

“那好那好，我去！”这才挂上了电话。

吴新和更登到了木县，天已经很黑了，他俩在街边找了个烤羊肉串的摊子点了一堆肥肥的烤羊肉串，见旁边有个铺子，吴新便用公用电话给何城打了个传呼。不一会儿，何城用木县的一个电话打了过来。

吴新说：“我们已经到了，正在吃饭，你来吃不？啥时候去？”

何城说：“老板的电话打不通，可能在路上，你俩等着，他们一到我们就去。”

电话里何城的声音好像有点儿急。白天去接货的马海文、韩军都被顺利堵截，没一个人漏网，何城应该还不知道他们已经被抓。

又过了一会儿，何城打电话过来了，电话里着急地说：“你们别急，老板的电话打不通，其他人的电话也不通，再等等，应该很快会到！”

吴新说：“只要能来，晚点儿也没关系，就是多杰带那么多钱，害怕不安全！”

两个人吃完东西，便找了家宾馆住了下来，舒舒服服洗了个澡后躺在床上看电视，想着何城着急的样子。

过了一会儿，吴新又给何城打传呼留言："啥时候去?"连续打了好几个后，何城回电话说："不知道怎么回事，还是联系不上，我也是在约好的地方等着呢。"

边上的更登抢过手机："何老板，你给我说实话，你那个东西到底有没有？你是不是设局想抢我的钱！我告诉你，你要没钱我给你几万都可以，但你想黑我，我多杰也不是吃素的，你信不信我找一帮兄弟天天找你，再把你拉到牧区慢慢收拾你!"

何城在电话那头儿都快哭了，他知道这个土豪能做出来，但他怎么也联系不上马海文和韩军，他俩的家人也不知道他俩去哪里了。何城已经隐隐感觉到出事了，但他还是心存侥幸，不断地安慰自己，可能手机没电了？可能路上车坏了？可能绕山路手机没信号？似乎那纸箱子里的几十万就在他的眼前，却怎么也到不了手里。

兴奋的吴新和更登虽然熬了几夜，但还是没有睡意。两个人聊着天，时不时给何城打个传呼，而何城的电话却没有再回过来。

何城已经感觉出事了，但他还没有怀疑到这个"张老板"和土豪"多杰"的身上。他还跑到木县的公安局观察是不是在加班。即便这样，狡猾的他还是迅速换了地方，藏了起来。一旦马海文被公安局抓住供出了他，他需要做好一切准备。他如同一只狡猾的狐狸，深深藏在了自己的洞里。

第五十六章　爱　情

第二天，吴新两个人醒来时太阳已经很高了。这些天来，他俩从没有睡过如此安稳的觉，案子成功破获了，才体会到轻松。吃了午饭临离开木县，吴新又给何城发了个消息："等了一夜，你也太不够意思了!"他俩都知道何城不会回的。

回到省城，见了处长，两个人把工作向处长作了汇报。处长高兴地告诉他俩，厅长一行早上过来看了缴获的枪，对专案组的工作表示了高度赞扬，并对他们顺线扩大侦查的思路给予了充分肯定。他考虑再三决定吴新两个人尽量隐藏身份，继续进行秘密工作。吴新两个人听完不禁有点儿遗憾，刚想着案子差不多了，应该堂堂正正当个警察了，没想到这个“老板”还要继续当下去。

刚出处长办公室，吴新的电话响了，是磊子打过来的。

“你回来了没有？我替你定在雪域酒店的三个九包间了，英子也到了！你赶紧过来，不然后果自负！”磊子的口气不容置疑。

挂上电话，吴新想你磊子也真能整我，我一个上班的能比得上你当老板的吗？你还定在省城最好也是消费最高的雪域酒店，真的想让我破产啊！

想归想、骂归骂，想想自己好久没和他们吃饭了，今晚也算是给自己庆功吧。吴新从更登那里借了钱揣到口袋里出了门。想给母亲打个电话，又忍住了，最近一直在外面忙，基本上每晚都在加班，跟她说不回去了只能是又让她伤心，等晚上回去再解释吧。他走了一阵路后，才拦了辆车直奔雪域酒店。

在出租车上他暗自笑了，不在单位门口逗留是他和更登这半年多来养成的习惯。为了不被人发现，他俩要么晚下班，要么出门就快步远离单位门口。吴新知道现在何城绝不会在省城露面了，就算藏在省城他也要蛰伏一阵子，但自己还是不自觉地按照这个习惯出门。

到了豪华的雪域酒店上到三个九包间，当迎宾小姐替他推开门后，吴新一下子呆住了，他原以为磊子和他玩情调，只有他们四个人。没想到这是最大的包间，大圆桌上坐满了人，有磊子的父母、英子和她的父母，自己的母亲也在。见吴新惊诧的样子，磊子过来悄悄坏笑着说：“我叫一帮子吃你一顿，不然我不解恨！”

吴新赶紧上前和磊子的爸妈、英子的爸妈打招呼，又悄悄问自己的母亲：“英子她爸妈怎么也来了?”妈妈瞪了他一眼，不理他，和边上的英子妈妈说起话来。

吴新坐在了最下首，英子也过来坐在他的旁边，悄悄埋怨他说：“你也不收拾收拾，一看就是个街上混混儿的样子！怎么也不像个警察，连个保安都不像!”吴新正要问怎么回事，见磊子端着酒杯站了起来，只好打住话头儿听磊子说。

“叔叔、阿姨、爸妈，今天我受吴新的委托请你们过来，有三件事。我从小的开始说，其三是吴新昨晚跟我说他非常想英子了，想向她当面感谢对他的理解，顺便官方性地请我和苗苗吃个饭。”

吴新端着杯中的红酒，脸一下子红得跟杯中酒一样了，英子用手在桌下悄悄掐了他一把。

“其二，前段时间他很忙，没能去看望几位老人，他甚为不安，所以特意让我把各位老人请到一起，他说等会儿要给各位老人和哥哥嫂子磕头请安赔罪。”

大家都哈哈笑了起来，苗苗和英子更是笑得直不起腰。大家都知道吴新是个孝子，但磕头请安的事他当众是做不出来的，他心里惦记着这几个老人却是大家都相信的。

磊子干咳一下难得严肃地说：“其一，这也是最重要的!”

他止住话头儿，大家都静下来听他说什么。

“这是他的心里话，也是我们小辈和老人的愿望，他想今晚各位老人都在，想请示各位长辈，他和英子自从学校就暗自心心相印，可以说是青梅竹马。工作这么多年，时间也已经证明了他们的爱情，现在自己也老大不小了，想把他和英子的婚事定下来，以后共同孝敬各位老人，完成你们几位老人的心愿。他还说他这个警察现在当得都像个黑社会的了，都快成无法无天的孙悟空了，说他需要个紧箍咒，还要有个天天给他念紧箍咒的女菩萨，这个女菩萨是谁呢？就是我们的英子!”

吴新旁边的英子一下子脸红得和吴新的脸一样，桌子上的人都疼爱地看着他俩。

磊子没有办不成的事，在他的撺掇下，当晚吴新和英子就改了口，羞答答地叫了爸妈，把婚期也定了下来，吴新最后去结账，发现又是磊子提前把账结了。

英子的父母对本分的吴新十分满意，也想着尽快把婚结了。一时间大家都忙了起来，苗苗和英子有时间就去购置结婚的物品，老人们帮着准备其他东西。磊子前段时间去苗苗老家，考察了许多项目，觉得都不称心，回来后决定还是在这里发展，趁现在有时间天天开车给苗苗和英子当司机兼拎包。

吴新还在天天忙，本想马海文被抓后能闲一点儿。小老张将前期对何城等人的侦查资料全部整理后，吴新和更登等人就开始进行汇总梳理他们所有的关系，逐一进行排查。结果越查发现的情况越多，冒出的重点人也就越多。吴新他们苦苦分析了一个多月，渐渐地，木县涉及省城的数个特大非法制造贩卖枪支的犯罪网络逐渐浮现在侦查员面前，以前未掌握的线索也进入了侦查视线。同时还发现何城换了新手机号码后悄悄开始使用了。

吴新的婚礼在一个多月后如期举行了。磊子非要大办一场，吴新和他妈好说歹说他才同意按吴新的意思低调办。磊子除了父母再就是和吴新亲，所以花起钱都是大手笔，不但给吴新和英子送了一套宽敞的婚房，还给婚礼定了档次很高的饭菜、烟酒什么的，费用自然死活不让吴新出。

婚礼上请的客人不多，吴新在木县当交警队队长的同学也专门来参加婚礼，他前段时间专门过来给吴新和更登送那五百元钱，听说他俩当时就是执行这起特大枪案特殊任务后才知道当时自己差点儿无意中闯下大祸。难得在一起的同学们凑在一起特别亲，吃完饭又到洞房里闹到很晚还不想走，最后还是磊子把他们和一直在婚礼上帮忙的小老张全部拉去唱歌才离开。

在婚礼仪式上，李副科长也陪着处长来了。处长在致辞中高度评价了吴新的工作，李副科长看着吴新低调但不失奢华的婚礼，心里有点儿酸酸的。在饭店吃饭时同学们都过来热情地和他打招呼，但李天才却没有同学间的亲热，脸上是那种客套的笑容，说话也是那种官腔，同学们都感受到那种似乎高高在上才有的冷漠，大家都没有理他，把他晾在了一边。他也没有凑到同学堆里，机械地打了招呼后和处长坐在清静的包间里，吃完饭也只是打了个招呼就和处长走了，没有和其他同学一起去闹洞房。

李副科长回到自己狭窄的小屋里，脑子里全是吴新婚礼的场面。按他的做事习惯，他会和所有的同学闹在一起，极热情地和他们打招呼，毕竟都是警校的同学，这样的场合就应该是他表演的舞台，他是同学里面的佼佼者，是目前最优秀的一个！但他今天还有个身份，是吴新的直接领导，这一点上他非常自得，所以在身份的选择上，今天他选择了领导这个角色。在磊子热情地和他握手时，他只是很官方地轻轻握了一下，他很看不惯吴新的这个哥哥，有点儿钱就不知道天高地厚，不但给吴新送当时处长才有的大哥大，给吴新那么豪华的车开，甚至结婚直接就送一套大房子，他甚至有点儿恨自己没有这样的哥哥。可他不知道吴新和磊子两家的渊源，更不知道当初磊子辞职去南方时，吴新和他妈把家里所有的积蓄都给了磊子。

今天他真真切切感觉到，虽是同学，现在再也不在一个起跑线上了，就算是同学，就算你有这样的哥哥，你也是我的下属。现在只有情商高的人才能在社会上、在单位里出人头地，吴新和更登这样能埋头钻在资料室里趴半个月，却不知道如何去和领导联络感情、不去推销自己展示自己的人，永远只能是个干才，而不会成为一个将才。此刻他也真真切切感到经过这些年的磨炼，不一样的经历、不一样的天赋、不一样的追求，他已经同曾经在一个饭盆里吃饭、一个被窝儿里睡觉的同学有了很大的距离感。他甚至有些看不起他们了，他们只是俗人，是没有远大抱负的人。又想到在吃饭时，处长悄悄向他透露，他担任科长的任命快下来了，心里这才舒展了很多。

第五十七章　蠢蠢欲动

吴新新婚不久，磊子去千里之外考察高原盐湖去了。苗苗因为怀孕了就待在省城，英子的婚假还没满，天天和苗苗在一起，今天去这家串那家转，做好饭后就让吴新过来和老人一起吃饭，日子过得确实很恬静温馨。

吴新婚假没休几天就去上班了，工作中的头绪太多，需要他和更登逐条梳理。根据他俩分析出来的线索，缉枪分局和小老张他们连续破了好几起贩卖枪支的案件，其中有外省专门到木县购买黑枪的，甚至还有寺院的和尚到省城购枪的，但数量都不大，每次只有一两把、几十发子弹。尽管看起来成果斐然，但吴新和更登的心里还是一直惦记着何城这个“老朋友”，他们知道何城是不会金盆洗手的，并且何城不像一般的枪贩，他要做就做大的。

自从那天晚上一直没等到马海文后，何城感觉不妙便立即躲了起来。尽管他自己毫发未损，也知道就算马海文指认了他，他毕竟自始至终也没见到那批枪，即便被抓到公安局，他也会矢口否认这一切，公安局也没有直接的证据证明自己贩枪，但他还是立刻藏了起来，他需要避避风头。

过了这么多天，他偶尔见到街上跑的佳美那样的车时，心里就有一种难言的酸痛，要是上次顺利，他现在也开着一辆这样的车了。这么多天公安局的人一直没有到他家找他，也没有抓他的风声，他还没有把疑点放到“张老板”和土豪“多杰”身上。听说这两个人又来木县找过货，给他打传呼他一个也没有回，何城知道钱很重要，但安全更重要。渐渐地，他认为公安局只是一次偶然的路查抓住了马海文，而马海文也没有供出他。他要开始行动了，他要把以前的关系都用起来，做几笔大的，把没有得到的全部挣回来。

何城蠢蠢欲动时，吴新他们已经发现了何城的动向。专案组的全体侦查员都知道，新的战斗又要开始了。

吴新和更登以及小老张几个人又开始将主要精力放在了何城的身上，新的较量暗暗开始了。

侦查发现，何城最近要卖给西南一个城市的人一批仿制手枪，数量比较多。同时还发现何城和一个曾经被打击处理过的制枪人员最近联系得比较频繁，这引起了专案组的高度重视。此人立即被纳入侦查视线。小老张他们经过细致的侦查发现，这个制枪人在一个离省城几百公里交通不便的藏族小村子里租了个院落，拉回来几只羊说搞牛羊育肥，但就那几只羊还不见天天喂，有时他骑着摩托车出来到镇子上给何城打电话，然后买些东西又回去了。何城也到小镇上和他见过面，把一些东西交给他。

从省城要开几个小时的车翻好几座山才能到这个小镇子，从小镇还要走十几公里的土路才能到这个藏族小村子，外面的生人极少到这个偏僻的地方。小村子只有十几户人家，坐落在大山根里居高临下，路在村子下面，远远来个人或车都能看见。因为尚未掌握村子里的村民和这个制枪人的关系，所以不敢贸然接触村子里的人。而且当地村民极为热情，见生人来就会围过来问这问那。小老张他们去了一次，还没到村里就被围住，只好以迷路为由撤了回来。对制枪人在这里活动的侦查成了一个大难题。

专案组开会时，已是科长的李天才提出让小老张他们化装进去，又说了许多该注意的事项，大家都静静地听着这个新任科长的意见，等他说完，边上一直不吭声的更登说话了："化什么装啊，现成的人就有，给我借个摩托车，我去!"

"就是，我的脑子里老想着有个合适的人，倒忘了最合适的就在这里!"处长拍着脑袋说。

更登本来就黑的脸，一直留着的络腮胡，摘下了脖子上的金链子和手上的大金戒指，换上了一件皱巴巴的旧西服和一双特别扎眼的白皮鞋，再戴上夸张的大墨镜，还有乱糟糟的长发，大土豪更登变成了暴发户更登。吴新围着他看了又看后一本正经地说："没啥问题了，但总觉得还缺点什么。对了！就少了一颗大金牙，你等着，我找个钳子帮你拔掉一个，趁机会让单位出钱给你换个纯金的！"边上的其他人都哈哈笑了起来。

"别！单位要是能给报销，我去买只活羊回来大家吃就行！"更登扭过头说。

在小镇的派出所里，更登换好行头后跨上一辆摩托车出门，悄悄拐上了去小村子的土路。

夏日的高原绿草如茵，各色野花开满了草原，洁白的羊群在悠闲地吃草，几头牦牛卧在草原上，见摩托车过来惊跳起来，跳着跑向了远处。更登很久没到草原上了，但无暇欣赏路边恬静的原生态草原风光，加大油门向小村子驶去。

快到小村子时，更登的肩头、后背已满是尘土，他在小溪边停下车拍了拍身上的土，洗了把脸，又蘸着水把满是尘土乱糟糟的长发梳成个大背头，这才又骑上车向村子驶去。

听到摩托车的轰鸣声，路边找虫子吃的一群鸡扑扇着翅膀跑开了，不知哪家的狗听到动静狂叫着，在一间房子前树荫下聊天的几个村民都扭过头看是谁家的客人。

更登把车放在路边，走过去用藏语打了招呼。看到来人是个藏族，又说纯正的藏语，村民自然亲近了许多，招呼更登坐下，拿过碗给更登倒了一碗茶，然后和更登聊了起来。

更登说自己是来收羊的，价格合适的话就多收点儿拉到省城卖。听到更登来收羊，树下人都帮他打听谁家的羊要卖，其中一个说："最上面住的好吃懒做的完玛不是跟别人合作搞育肥吗？可能要卖羊吧，走！我带你去问问，他这些天也不下来喝茶，窝在家里不知道干啥呢，你去看看搞育肥的把羊都养成什么了。"

说话的人热情地要带更登去问问，更登站起身一起向村子上面走去，边走边问："他们家是搞育肥的，羊不会卖吧？"

身边的人说："完玛是个单身汉，说要和朋友合作搞育肥，结果这么长时间也没拉来几只羊，就拉来的那几只羊别说是来育肥，我看是来减肥的！"更登笑了起来。

一直走到村子最上面，路尽头有几间低矮的土房子，门前是个大场子，房前拴着一条藏狗，远远见生人来就高声狂叫着扑咬着，小指粗的铁链子都快要挣断了。陪更登来的人用藏语呵斥了一声，藏狗见是熟悉的人，声音低了下来。这时从土房子出来一个三十多岁的藏族青年，身上脏兮兮的，非常邋遢。他过来拽住扑咬的藏狗把链子放短，更登也怕这凶猛的狗，赶紧快步绕到土房子前面，透过玻璃更登发现里面再没有人，房子里面的陈设也很简单。转过头见在土房子的不远处是一个气派的温室羊圈，一看应该是政府扶贫帮着盖的，四边都是砖墙，顶子是塑料布，门和更登在其他地方见到的一样。

陪更登来的人走到房子跟前和完玛说："他是来收羊的，来看看你的羊卖不卖。你的朋友呢？你俩商量一下！"

完玛说："他早上到镇上去了，我俩的羊还不卖。"

带更登过来的人说："早上好像还见他了，也没见他走。"又对更登说，"来，你看看他们育肥的羊。"

完玛正要拦，他已经走到羊圈的跟前了，完玛不好再拦了。

更登四下打量了一番，走到羊圈跟前，探头往里一看，里面关着几只羊，明显地没上膘瘦得很，便转身出了门低声对陪他来的人说："这羊送给我都不要，也不知道这个来育肥的是个啥人，把羊养成这样子。"

"是个外来的，说是木县的人，也不来和我们一起聊天喝茶，说和这家主人完玛是朋友，看起来也四十多岁了。完玛是个懒汉，他俩就这样养羊育肥，不赔死才怪！你看了那些羊，我说的没错儿吧？"陪更登来的人一边骂着一边压低声音对更登说。

“朋友，你的这几只羊就算卖我也看不上！根本就没上膘!”更登对完玛说完便绕开还在叫的狗走了出去，完玛见他俩走了又放开了拴狗的链子。

两个人回到树荫下又喝了一阵子茶，和他们又聊了一会儿附近羊的行情。更登问再往上面走到什么地方，村民说这是最远的村子，上面再没人家了，也没有路，只有找牛羊的小伙子骑大马力的摩托车或骑着马才能沿着羊走的路翻过大山到山后的一个县。更登望望高耸入云的大山，向热心的乡亲告辞，骑着摩托车往回走。完成了任务回去时他心情非常好，感觉路也近了许多，不一会儿就回到了镇上。

他的摩托车刚进派出所，房子里的吴新几个人就出来了。吴新问：“你买的羊呢？我们还准备晚上煮羊肉吃呢!”吴新已经从更登的脸上看出他收获不小，又开起他的玩笑。

“放心！处长绝对会请我们吃全羊的!”说着拍着身上的土进了房子。

“基本可以确定了，就是最上面的那一家，主人叫完玛，制枪窝子应该就在他家的羊圈里!”更登没坐下就高兴地对带队的李科长说。

李科长在椅子上问：“确定吗？别在领导跟前闹出笑话！一旦搞错了这里的老乡也不好交代。”

“去了后，老乡说一个木县的人，四十多岁，和一个叫完玛的合作搞牛羊育肥，但只有几只羊，还都瘦得皮包骨头，一看就不是养羊的人。这个木县人的体貌特征和我们前期掌握的制枪人基本吻合。老乡反映这个人和周边的其他人很少来往，这在这样的地方很不正常。最重要的一点是我到这家后发现从房子里绕到后面拉了一根电线到羊圈里，而我在羊圈里没有发现灯泡之类的电器，应该是在羊圈里有个地窖，但我扫了一眼没有发现地窖的入口，应该是在角落里的那堆羊粪下面。”更登把自己看到和分析出的意见说出来后，坐到一边不吭气了。

李科长考虑了一下，出去给处长打电话去了，过了一会儿进来说先撤回去，几个人发动车回了省城。

第五十八章 意 外

第二天，处长召集专案组开会，就目前发现的情况确定下一步计划。

处长对刚任科长就带队进行侦查并能综合所有情况确定制枪窝点的李科长作出表扬，各个组也通报了各自发现的情况。经过分析，判断这个何城应该是在等货，而这个在小村子里和完玛合作的木县人应该就是制枪人，并且现在应该已经开始加工黑枪了，等这批黑枪制造出来，何城就要和西南那个市的下家交易。

综合各组情况，处长指示加大侦查力度，对涉案的这些人进行严密侦查，等他们将枪做出来后进行打击，同时捣毁这个黑枪加工窝点。

这天下午快下班时，吴新的手机响了，他一看，这个号码对他来说是个既陌生但又极为熟悉的号码。陌生是因为这个号码是第一次打到他的手机上，熟悉是因为这个号码他早已记在心里，也是天天念叨的一个号码，这个号码就是何城现在使用的号码！

吴新没接电话，转身找到更登一起向李科长汇报去了。

一直到了晚上，吴新才在街上找了个公用电话拨通了何城的电话。电话通了，那头儿的何城不说话，听到这边嘈杂的声音后才“喂”一声，吴新也假装警觉地问：“白天你给我打电话，你是谁？”

“张老板吧？我姓何！”

吴新装作惊喜的样子说：“哦！何老板吗？听出来了！你这些日子去哪里了？你上次把我可害惨了，现在多杰老板见我就骂。这是你的号码吗?”

“就是，你现在那个生意还做着没？有好的买卖，我们合作呗。”

“可以，你啥时候有时间我们见个面，一起吃个饭怎么样?”吴新对何城说。

电话那边的何城答应后挂断了电话。

专案组决定派吴新和更登继续与何城保持联系，看何城有什么意图，并通过他扩大线索。

两天后，吴新接到了何城的电话，吴新叫上更登开车向约好的饭馆驶去，更登依然是大款土豪的打扮。

两个人刚到饭馆门口，一辆不起眼的微型面包车就开过来停在了吴新的车旁，何城从驾驶座上下来，热情地同吴新和更登握手后三个人进了饭馆。虽然经历了那么多，但何城见到他俩还是异常热情，豪爽的更登骂了何城几句还是点了一大桌子菜。

聊起上次的事，何城不无遗憾地说：“本来想着万无一失，没想到几千公里都过来了，眼看就到省城了却出了事，不然第二批货都可能到了，误了多杰老板的事，也害得自己在外面躲了这么久。”

土豪多杰压低声音问：“那种东西还有没？有的话我还是想要一些，现在草原上为了草场发生纠纷，各部落之间就准备械斗，如果有这样的好东西谁也不敢动手，你不是有一把吗？把那个我们看了的卖给我怎么样？我出高价！”

试枪时更登曾经开了一枪的那把出口型五四式手枪，是更登一直惦记着的，也是厅长耿耿于怀的，多次指示一定要把它追回来。

何城说：“那是老板的东西，老板出事后，我害怕公安查到我这里，就把那个东西丢到黄河里面去了，不然可以卖给你。”又不无遗憾地说，“那条线是我的老板经营的，他被抓了，后来听说那个给他东西的外国人也在边境上被抓了，现在这条线整个断了，再也找不上那样的好东西了！”

何城说这话确实是发自肺腑，他无数次考虑过这事，分析过为什么会出事，是在哪个环节上出了问题。他想象过如果成功后会有大量的枪从边境之外运到古城变成一摞摞的钞票，还有他买了豪车后风光的样子。

何城和吴新两个人见面绝不是为谈友谊、叙旧情的，他给吴新使了个眼神，吴新知道他有话说，便借口上厕所出了饭馆门，何城也跟着出来了。

在僻静处，何城点上一支烟，长长地吸了一口，然后对吴新说：“你觉得这个多杰老板稳当不？”

吴新看他对多杰有点儿怀疑，赶紧说：“他绝对没问题，我和他接触这么多年了，平时看着嘻嘻哈哈的，但关键时候绝对稳当得很。”

何城看了看吴新说：“那就好，我现在认识一个做东西的，做出来的东西虽然赶不上前面你们见的那个，但绝对是省城这边圈子里一流的东西，枪管也是从军工厂里弄出来的，质量没问题。现在别人订了一批货正在做，等这一批做出来后，我再订上一批货，我们卖给多杰，好好挣一笔，你看怎么样？”

吴新思考了一会儿说：“说实话，他一直想再找点儿这样的东西，要的数量也多，让我帮他打听。你的东西如果好，我就跟他说，让他订你的货，我也挣点儿钱，价格方面我和他多说点儿好话，也应该没问题，只是这次再不能像上次一样，让他抱着一箱子钱等一晚上。”

“这次绝对没问题，我的这个师傅手工细得很，做出来的东西没啥说的，手又快，进去一个月就能做十几个。”何城急着说。

“那他做东西的地方安全不？别东西没做出来让公安给发现了，我们又白等一次！”

“这次他找的这个地方是谁也想不到的地方，在一个离这里几百公里远的大山里面的村子里，外人还没进到村子里，他们就能发现。如果觉得是公安，他就会跑到山里，公安根本发现不了，也追不上他！”何城得意地说。

“那你前面订的货啥时候能做完？要是做完了，接着做我们的货。”吴新看样子已经感兴趣了，何城知道土豪多杰只信任眼前的这个张老板，只要这个张老板答应了，跟多杰一说，这单生意就应该没问题了。

“后天，我去那里把前面订的货取出来，再给他送点儿东西，让他接着做。如果不停电，差不多一个月就能做出十几个，我俩先把这些卖给多杰，如果他还要，我就让师傅继续做。”何城似乎想大赚一笔，而且他出手绝对是大手笔。吴新听着何城说的这些，心里不由得暗自高兴，这个何城急着赚钱，不经意间把吴新急需知道的情况都说了出来，特别是他后天要去取枪，制枪窝子也在那个小村子里，这些都是专案组急需掌握和确认的。

村子里家家都有狗，闲杂人员也比较多，另外如果现场控制不住，对方可是拿着十几把手枪的嫌疑人，一旦展开枪战，误伤群众、把老百姓劫持为人质，这些都是专案组不愿看到的。专案组反复研究后决定在进出小村子唯一的路上设卡，等何城进去取枪返回时，在合适的路上堵他，那时他在车里，人枪俱获。拿下何城再回到村子里捣毁制枪窝子，这样相对稳妥，对证据的固定、将来的诉讼也较为有利。

专案组连夜召开会议，确定了行动方案，处长和吴新他们又反复考虑着行动的每一个细节，看还有没有遗漏的环节，直到天亮，几个人才靠在沙发上睡了一会儿。

小老张带着人，这两天死死盯住何城和他的微型面包车，在乡下这种车毫不起眼，车里的何城也根本没发现后面总是有同样不起眼的车在跟着他。

夕阳西下，何城在小镇的一个小商店里买了一大堆吃的喝的，开车拐进了去小村子的土路，车里还有另外一个人。

不久后，几辆车也驶入了土路，车里处长手中的对讲机不时响起，各监视点依次报告了何城的情况。

“一号监视点发现目标，嫌疑人正开往村子方向!”

“二号监视点发现目标，嫌疑人正常行驶!”

“三号发现目标已经到达，进了房子，车上下来两个人!”

处长在进村子的路上，设了几个监视点，在离村子很远的山上也设了一个观察哨，带着高倍望远镜观察着完玛的家。

远远地看见何城的车停在了土房子跟前，车刚好被房子挡住了，过了一会儿还有两个人陪着何城他们，一共四个男人进了羊圈。时间不长，四个人从羊圈出来，随后何城的微型面包车从土房子那里开出来驶上了土路，借着依稀的灯光发现开车的还是何城。

“目标返回！三号报告!”

“目标正常驶向镇子方向，二号报告!”

处长的对讲机里不断传来报告声，处长坐在车里，周围的人都静静听着对讲机里传来的声音，车里弥漫着大战前紧张的气氛。在处长车的前方转过弯的路上放着一辆车，引擎盖张开着，好像是一辆发生了故障的车。前面也是一个转弯，何城的车转过弯来就会发现这辆坏了的车把本来就窄的土路堵得死死的。而这辆车的四周已经有十几个侦查员悄无声息地趴在附近草丛里。四周一片寂静，只有草丛里面的虫子还在鸣叫着。

天已经完全黑了下来，吴新和更登攥着手中的枪，车里的人都不说话了，眼睛紧紧盯着前方，车里静得每个人的呼吸声都能听得非常清晰。

“来了!”处长轻轻说了一声，吴新也发现前方山沟里出现了一道亮光，亮光越来越强，一辆车开过来了。

吴新感觉时间好像凝固了，而那束亮光好像怎么也到不了跟前。终于，能看清楚是两个车灯了，甚至能听见传来的引擎声，吴新握枪的手都快出汗了。

灯光越来越强，引擎声越来越清晰，吴新看见晃动的灯光不动了，驶过来的车好像停了下来。

就在这时前面突然传来“不许动、不许动”嘈杂的吼声，前方猛地出现了好多晃动的灯光。吴新知道前面动手了，没等处长说，几个人立即跳下车向前冲去，拐过弯就看见十几道强光手电照住了微型面包车，十几个长短枪全对着车边呆立的何城。

还没到跟前，吴新远远看见何城高高举起了双手，嘴里喊着：“警察同志，我是好人！我是好人！”

吴新一听，一种不祥的感觉立即涌上心头，片刻之间他急忙刹住脚，一把拽住身边也往前冲的更登，转身回过头向后跑去。

被拉住的更登一头雾水，不知道吴新怎么跑着跑着突然往回跑，还拉住了自己，情急之下也来不及问。一直跑到车灯照不到的黑暗处，吴新才停下来，气喘吁吁地对更登说了两个字：“不好！”

在车灯的照射下，何城高高举着手，神态自若，一副无辜的样子。

侦查员们在车里没发现其他人，和他同去的人也不见了，在车里细细搜了好几遍，就连车底下也细细搜过了，没有发现任何可疑的东西，就连违禁的刀子什么的都没有，何城身上身份证、驾驶证、行车证等证件全部齐全。

没有发现枪支！箭在弦上不得不发。无奈，处长命令将何城戴上手铐押到车上，侦查员们火速向小村子驶去。

赶到最上面完玛的家，所有侦查员迅速跳下了车四散将完玛家团团围住。门口的藏狗狂叫着，扑咬着突然而来的这些陌生人，满村子的狗也跟着叫了起来。一个侦查员提起警棍照着狗就是一棍子，狂叫的狗“呜呜”两声后躲到一边，低着脑袋再也不叫了。土房子里面的完玛听到外面的吵声推开门想看看什么情况，刚打开门就被几个侦查员压在地上，嘴里乱叫着、挣扎着，却被侦查员压得丝毫不能动弹。一个侦查员将他全身摸了一遍，也没有发现刀、枪等东西，便给他戴上手铐押在一旁，侦查员对其他房子仔细搜索后也没有发现其他人。

处长赶紧冲进羊圈，羊圈里面已经有几个侦查员举着电筒细细搜索，边上还有几个侦查员端着微型冲锋枪注视着每一个地方。几只羊也被这些人吓坏了，躲在角落里不敢叫唤，瞪着眼睛看着这些突然闯进来的人。

搬开角落里堆的草，下面厚厚的羊粪看不到有丝毫的不同。处长俯下身去细细地看了看，发现草堆底下的羊粪很虚，不像其他地方让羊踩得很瓷实。身边的侦查员拿过墙角的铁锨往下一铲，发现感觉不对，好像是铲在了木头上。羊粪很轻，用铁锨铲起来后下面露出一块很干燥的木板，其他侦查员全都围了过来，电筒的光集中到了这里，冲锋枪的枪口也对准了下面的木板。拿着铁锨的侦查员几下就把羊粪全部铲到一边，一整块厚厚的木板露了出来。无疑这就是地窖的入口。

为了安全，处长被拉到了一边，抓住木板的侦查员做了个手势，其他人从各个角度瞄准了地窖口，侦查员猛地一使劲，盖住地窖口的木板被掀了起来。就在同时，几束电筒雪亮的光照了进去，里面却是漆黑一片，也没有一丝声音。

顺着从地窖口射进去的手电光，侦查员发现地窖有一人多高，又将几个电筒从地窖口扔了进去后里面亮了，侦查员从高处观察里面仍然没有丝毫动静。细致观察后，一个侦查员端着微冲顺着地窖口的梯子下到地窖里，接着传来一声："下面没人!"

其他人这才下到地窖里面。地窖里面不大，只能容四五个人，墙上有一根电线，还挂着一个灯泡，把灯打开后里面整个都亮了。在狭小的地窖里放着电锯、磨光机、砂轮等东西，还有锉刀、钳子等一堆各式工具，很明显这是一个地下制枪窝点。但是细细搜查后，没有发现制成的枪支，就连零散的枪支配件也没有，只发现了一个被踩到土里的弹簧，处长拿起看了看，这个弹簧应该可以装到枪里做枪簧。

处长爬出地窖，其他侦查员已经把四周搜了好几遍了，仍然没发现任何可疑的东西，制枪人和与何城一起去的人也不见踪影。对何城和完玛的突审开始了，听到动静围过来的村民远远地看着，低声议论着看着热闹。

坐在路边的车里，吴新和更登的心却好像掉进了冰窖。吴新和何城那天见面后，吴新就有一种不好的感觉，他也反复琢磨了这种感觉。老奸巨猾、做事谨慎的何城怎么会轻易把在村子里加工枪的事告诉他，并且告诉他今天要去取枪，还开着那天的那辆微型面包车。在专案组开会时，他几次想把这种感觉说出来，但感觉终归是感觉，再一个何城跟他所说的和专案组侦查掌握的情况基本一致，所以，几次话到嘴边他又咽了回去。

从拦住何城的车，吴新往前冲的时候突然听到何城那一句“警察同志，我是好人！”后，他心里那种不好的感觉立即得到了印证。他和何城打交道快一年了，他了解何城的性格。如果何城的车里有枪，他绝对不是这样的语气，他这个人会利用任何机会进行反抗、逃跑的，决不会高举双手束手就擒。当时他拉住更登回到车里，已经知道搜查不到什么有价值的东西了。本来他俩都想亲手拿下这个何城，这一刻应该是他俩这一年来苦心工作最辉煌的一刻，也是作为一个侦查员最大的回报，而此时此刻吴新却感觉自己输了，这次被这个何城当猴耍了，自己却浑然不知。现在吴新和更登只希望何城没有发现他们，没有在混乱的抓捕现场看到“张老板”和土豪“多杰”。

远处另外一辆车里，此刻的何城想抽根烟，平时他看精彩的碟片时就喜欢点上一支烟。而现在手被铐了起来，身边还有两个人看着他，他只好忍着。外面发生了好多事，但他的心里却是异常平静，似乎车窗外面发生的一切都是应该出现的。

从马海文被抓那时起，他就怀疑多杰老板和张老板身份有问题，但一直没有证据证明这两个人是公安。刚开始他想的是不管他俩是不是公安，以后都不和这两个人做生意了。到后来，赚钱的欲望超过了对这两个人的警惕心，特别是这个土豪多杰，从他身上他可以赚到不少的钱，还有张老板后面的那个南方老板也是一条财路，还可以通过他搞到那样的豪车。他想了又想后决定再试试他俩，如果这两个人可靠就开始和他们做生意，如果不可靠就离他俩远远的。

那天吃饭时，他故意向吴新透露自己现在正在加工一批枪，也大致说了枪窝子的地点，还把今天要去取枪的信息透露给他。何城知道如果这个张老板和多杰是警察，决不会放过数量如此之大的这批枪，必定会想办法抓自己。他知道如果自己给吴新瞎编一个地点，编出个故事，假如这个所谓的张老板是公安，那么他们就早已经盯上了自己，绝对会发现自己在撒谎。所以他要在这帮警察的眼皮下上演一场死里逃生、绝地反击的大戏，让他们看看我何城也不是一般人。如果吴新和多杰能通过这次考验，以后也就可以放心大胆地和他俩做生意了。

何城看着外面的灯光，心里不由得暗笑，就让这帮子警察找吧。一同来的那个年轻人是自己精心挑选的“驮子”，现在已经背着那十几把枪到后面的大山里了，一起走的还有制枪的师傅。何城知道在一个地方不能长时间做枪，时间长了就会引起周围人的注意，随后缉枪分局的人就会赶过来，所以他在精心选择的制枪地点最多只待一个月，时间一到立即换地方。虽然这个地点是制枪人自己选的，何城还是要求他立即弃用这个窝点。他知道按照他的要求枪已经做出来了，他也知道这个师傅会把一切都收拾得干干净净，不留一丝痕迹。

今天他到完玛家后看了做好的枪，把枪交给了一起来的“驮子”，让他等自己走后，立即背上枪带上吃的，翻过后面的大山到山后的那个县。在那里会有许多货车，其中有一辆他说好的货车在等着“驮子”，然后货车就会把“驮子”带到西南的那个城市，按照何城交代的把枪交给一个当地人，然后把钱带回来。

和“驮子”一起走的还有制枪的师傅，师傅已经和完玛交代好公安一旦来了怎么应付，更何况何城和师傅说话时都背着完玛，就算完玛给公安交代了，也说不了何城什么。一切他觉得安排得天衣无缝，最后最险的一环是他要赌公安不会在完玛家动手，他知道公安会投鼠忌器，不会在村子里动手的。

把车一直平安开到完玛家的门口后，何城知道这把他赌成了。而回去的路上，他一直观察着路上的情况，想着路上可能会出现怪怪的人或怪怪的车，内心里又希望能平安地回去，这样他就会甩开膀子和那个多杰好好做几笔生意，挣上大笔的钱。可是当他发现路上抛锚的那辆奇怪的车时，他知道今天回不去了，更不能忍受的是他确定了张老板和多杰就是公安。在杂乱的灯影里，他发现两个身影很像张老板和多杰，他更加确信这次还有上次马海文被抓，都是他俩搞的，他却信任他们那么久。他在这个圈子里混了这么久，直到今天才发现他俩是公安，但恼恨之后他还是为自己今天的杰作暗暗得意。

搜查自然没有任何发现，监视点的侦查员回来说，一直盯着出村子的路，也没再发现有其他的人和车出去。夜已经深了，对整个村子搜查是不可能的，所有侦查员的心都跌入了谷底，处长在反复考虑是哪个环节出了问题。一直不多说什么的李科长脸拉得很长，他本来已经琢磨好明天向厅长汇报的材料，没想到今晚是这样一个结局。吴新和更登心情更是非常颓丧，吴新从何城束手就擒就知道今晚会是这样的结局。责任在他俩，三十几个侦查员包括处长忙活了几天，现在这种情况也不好解释，他俩只能悄悄躲在车里。

在小镇派出所里，对何城和完玛的审讯工作开始了。何城是一副完全无辜、你能奈我何的样子，侦查员问他去村子里干什么，他说想找个朋友买点儿羊带回省城卖，问他最近有没有做过黑枪买卖，他脸上甚至有些委屈，信誓旦旦地说早就不做了，还说自己早就是个好人了。捉贼见赃！何城知道只要没找到枪，谁也奈何不了他，审讯的侦查员虽然掌握了他的情况，但一些东西不能提出来，审讯只能围绕在一些无关紧要的问题上，看样子是攻不下这个何城了。

而对完玛的审讯更是气人，完玛走的是装疯卖傻的路子。问他和他一起的人去哪里了，他说那个人和他吵了一架也不知道去哪里了，那个人说来育肥牛羊，羊也拉不过来却天天睡觉，比他还懒；问他羊圈里怎么有个地窖，他说羊圈里挖个地窖喂羊时取个土豆什么的方便；问他地窖里怎么有切割机、砂轮机那些东西，他说那些东西都是家里的，是自己准备开铁匠铺用的，还神秘地说他听说做枪的人要用这些东西，自己家里经常没人，一旦被做黑枪的人偷去做枪，害怕自己说不清楚，所以就全部藏到地窖里了。最后他还提出，他家的狗是条“价值不菲的藏獒”，被公安的人打坏了，他家没有狗看门不行，这条“藏獒”公安要赔，如果不赔家里被盗了，连东西带狗一起赔，不然就去省城告状。

审讯进入了僵局，两个人都是有恃无恐的样子。天亮后，处长知道这次是拿不下他俩了，只好放人。何城没说什么开着微型面包车走了，完玛不依不饶吵着让赔他的藏獒，最后处长拿了一千块钱给他，他才骂骂咧咧地走了。

熬了一夜的侦查员只好灰头土脸回省城了，快到省城时处长通知把枪还有其他东西放回去后全部回家休息，明天早上开会。

回到单位，处长把李科长和吴新还有更登叫到了办公室，处长没有批评吴新和更登，反而对他俩说责任在他。吴新这才把自己的感觉跟处长说了，处长听完点了点头，又对他俩说：“你俩可能已经被何城发现了，经过昨晚的工作，我们必须改变侦查策略。这边暂时也没什么紧要的工作，前段时间你俩也非常辛苦，但现在还有一件紧急的工作，我觉得需要你俩跑一趟。”

第五十九章　转　战

吴新和更登立即来了精神，抬起头看着处长，李科长也不知道处长要安排他俩什么工作。

“昨晚监视组没发现其他人从路上出去，那和何城一起去的那个人和制枪的去哪里了？我分析他们藏在村子里的可能性不大，唯一的可能就是他们翻山跑了，昨晚安排人搜山那也不可能，和何城一起去的那个人很可能背着枪。何城最近不敢活动，那和西南那个城市的枪支交易可能就由这个人去做，而他的交通工具、通信工具、有无其他同伙这些情况我们都不掌握。与其我们到处找，不如到那个城市把要枪的下家盯住，张网以待，先把这批枪打掉，决不能让那么多枪流入社会，回头我们再收拾何城，我想这个工作由你们两个去完成，完成任务后再休整两天。案情通报前段时间已经发给他们的侦查处了，你们过去和他们联系就行，你俩现在回去好好休息一下，和家里人说一下，明天早上开完会就坐飞机走，你们还有其他问题没有？”

吴新和更登立即站起来说：“没问题！”然后各自回家了。

回家的路上，吴新给英子打了个电话，到家后一头倒在床上就睡着了，睡梦里梦见何城在冲着他得意地笑着。

直到华灯初上，英子才轻轻推醒了吴新，吴新有点儿恍惚，在床上呆呆坐着。看他醒了，母亲进来爱怜地看了看儿子，叫他起来吃饭，客厅里还传来一个动听的女子声音笑骂着他，吴新一听是苗苗的声音，便起身到了客厅。

餐桌上英子已经把煮好的饺子端上来了，苗苗和母亲在沙发上看电视，吴新一看苗苗赶紧说：“你们也来吃啊。”苗苗笑着说：“等你一起吃我们都饿死了，英子让你多睡会儿我们就先吃了。”吴新见苗苗的小腹明显隆起来了，就开玩笑说：“你再来吃点儿，不然饿着肚子里的宝宝磊子回来会骂死我这个当叔叔的。”苗苗说：“就应该让磊子好好骂你一顿，老娘你不陪，媳妇你也不陪，我倒是天天陪着你媳妇和你老娘。”

这段时间吴新太忙，早上早早就走了，回来都是半夜，和母亲、英子也没说上几句话，听到这心里不免有些歉意。这时边上的英子说话了：“就让他忙去，他不在我俩逛街还清净。”苗苗又笑着说：“英子，一说就护上你家吴新了。”吴新赶紧往嘴里塞饺子，饺子是韭菜馅的，是吴新最爱吃的。

专案组的会议开始了，处长要求就打枪窝子行动失利让大家畅所欲言，总结教训，并对下一步工作提出自己的想法。大家辛苦了这么久，没想到何城没拿下，反而被他耍了，就连一个完玛也没拿下，还赔了一千块钱，可以说是灰溜溜地撤回来的，心情都不好，一时间会场的气氛很沉闷，谁也不想第一个发言。这时李科长发言了，他还是用标准的普通话说了起来：“我认为这次抓捕行动失败主要是我们一些侦查员工作不细致、调查工作不扎实、作风漂浮所导致的，侦查员不及时向领导汇报，我行我素！想当然！还存在个人主义思想。专案组的同志、缉枪分局的同志，还有处长熬了几天几夜，结果成了这样，不但暴露了我们的侦查意图，还赔了钱，他的狗要是死了还可能到单位来闹事要钱，所以我建议……”

李科长还没说完，看见坐在他对面的处长突然站了起来，其他同志也全都站了起来，扭头一看原来是王厅长进来了，赶忙起来站在边上。

厅长挥手让大家坐下，李科长抢上前去，拉开椅子让厅长坐下，又赶紧倒了杯茶放在厅长面前。

厅长见大家都坐好了，用洪亮的声音说了起来：“昨天听到你们处长的汇报后，我一夜没睡好，我一直在考虑我们的缉枪工作，这是个政治任务，枪患不除，贻害无穷，这是我们每个侦查员、每个警察责无旁贷的使命。听说早上你们开总结会，我就不请自来了，我想来看看大家，听听你们第一线侦查员的意见。你们继续开，我先听你们的意见。”

见王厅长这么说，处长示意会议继续。

李科长又说了起来：“那我继续说，这次抓捕失利，我觉得责任在我，我作为外勤科科长，没有及时听取侦查员的意见，也没有及时做到请示汇报，没有充分认识到侦查工作的困难性、艰巨性、复杂性，所以我建议组织给我处分，以此督促我加强学习，在短时间内提高自己的侦查能力。”

接下来，其他同志从主、客观各方面对此次行动总结了经验，提出了意见。

最后，王厅长说了起来：“首先我觉得你们这个会议开得很好，也很及时。这段时间同志们很辛苦，全身心投入到这起专案中，我很感谢大家。侦查工作面临着复杂的变化，战机稍纵即逝，临场处置非常重要，侦查员一定要培养通盘考虑、临危不乱、沉着应对的素质。在这起案件的侦查工作中，我发现一些年轻同志已经有了这个意识，这是一名优秀侦查员必备的素质。刚才听了大家的发言，我觉得这个会不但是个检讨会，更应该开成一个鼓舞会、打气会！同志们不要自责，也不要请求处分什么的，你真要失职了，我第一个处分你！我一直关心着缉枪工作，前面你们的工作非常突出，在你们各位的努力下打击了一大批非法制贩枪支嫌疑人，也缴获了一批黑枪、子弹，这些都是有目共睹的。我现在想告诉你们的是继续保持昂扬的斗志，发扬顽强的拼搏精神投入到缉枪工作中，不要被暂时的失败打倒，要团结一切力量，克服内耗，拧成一股绳，最大化地发挥我们的打击能力，发挥出我们尖刀、杀手锏的作用。反过来看，我们每一个侦查员，能在自己的侦查工作生涯中，遇到这样的案子、遇到何城这样狡猾的对手，是我们的荣幸。只有面对这样的案子、面对这样的嫌疑人才能发现我们的不足、看到差距，也才能最大化地挖掘我们的潜能，实现我们的价值!”

大家听了厅长的话，心里的包袱全都卸下来了，失利的阴霾一扫而光，斗志又被鼓了起来。

李科长本来想第一个发言提议批评甚至处分吴新和更登的，这样其他同志也不好说什么。现在，他庆幸厅长来得正是时候，他马上放低了姿态，将责任揽到自己身上，给厅长和处长留下了一个好印象。在他的内心里，虽然知道他们三个同学早已不在一个起跑线上了，但他还是不希望他们超过自己。比起他们，特别是吴新，我李天才永远是同学里面的佼佼者。他也有点儿后悔，不应该在这样的会议上暴露自己内心的想法，这样倒显得自己小肚鸡肠，有些事是不能公开表露的，不能把矛盾公开化。吴新是自己的手下，怎么也是自己的兵，幸亏厅长打断了自己的话，看来自己的修为还不高，城府也不深，差点儿把内心的想法表露在外，这是一个大忌啊!

开完会，吴新和更登便赶到了机场，一个多小时后，飞机稳稳降落在了西南某市。等他俩走出机场，当地侦查处的同志已经在出口等候他俩了。

第六十章　张网以待

西南地区最大的一个城市，马路宽阔，车辆和行人比高原的省城多多了，虽然天气非常闷热，但车里的空调调到了很舒服的温度。更登得意地说在高原上每户人家都没有空调，车里的空调也从没有开过，车里车外都是自然的凉风，接机的同志没去过高原，一听脸上满是羡慕的表情。

车开得很快，时间不长，吴新和更登已经坐在了他们的会议室里。空调开得很大，虽然坐满了人，但丝毫感觉不到热。

这边的侦查处接到通报后，相当重视这起案件。毕竟在这个市历史上还从没有这么多的黑枪偷运到这里，这边的厅领导抽调几个处的人都参与到这起案件的侦查工作中。

吴新把何城的情况详细作了通报，当地侦查处的同志也把先期侦查获得的情况作了汇报。这边侦查处的力量和技术确实比吴新他们强多了，加之各级领导非常重视此案，要枪人的基本情况已经查清楚了，已在侦查处的秘密侦查中，工作预案准备得非常全面，现在只等送枪人和他联系。

开完会，吴新和更登被送到了宾馆。这时，他俩才感觉到许久未有的轻松，这边的工作不用他俩去做，只是在宾馆等情况，但他俩要求参与抓捕，这边侦查处的领导同意了，现在他俩的工作就是回到宾馆休息调整，等待行动开始。

其实这也是处长派他俩出来的意思，一方面，他俩辛苦这么久，趁这起案子让他俩放松一下；另一方面，小村子抓捕失利后，怕其他人对他俩有什么想法，所以安排他俩出去，免得有人对看似吊儿郎当的他俩有什么看法。

当地侦查处派了个同志当向导陪着他俩吃吃当地的小吃，看看附近的景点。吴新和更登知道案子上他俩插不上手，更何况人家从人力、技术、装备等各个方面都强得多。这么多年第一次当起了甩手掌柜，难得这样轻松的两个人反而有点儿不习惯，总担心突然出现情况，所以只是在市区里转悠，去远了害怕不能及时赶回来。天气热，出去就是一身汗。时间一分一秒过去，情况还是没出现，两个人心思都不在风景上，转了两天后再也不想转了，天天在宾馆吹着冷风焦急地等情况。吴新想着要是磊子在就好了，那家伙会吃、会玩、能侃，日子也能过得快点儿，又想着这个地方山清水秀、风景如画，结婚时也没带英子去外地转转，等以后有时间一定带她再来一趟，好好玩玩。

望眼欲穿的不止他俩，这边侦查处的所有人都在焦急地等待着，所有的参战人员已经枕戈待旦苦守好几天了。从何城舍弃小村子里的制枪窝点算起，这批枪应该已经在路上了，但还迟迟没有消息。这批枪如果流失出去，谁也承担不起这个责任。

终于，功夫不负有心人。这天早上，监控要枪人的小组发现，要枪人出门跑了几家银行取了好几万块钱，然后回了家。

他突然取钱干什么？是不是要准备交易了？所有人都兴奋了起来。等了这么多天，终于等到好消息了，吴新和更登也第一时间赶到了侦查处。

一直到黄昏时，在外围守候的组发现要枪人背了一个沉甸甸的包出了门，神色还有些紧张。信息立即传到侦查处里，摩拳擦掌的所有侦查员分乘各种交通工具出了侦查处的门，吴新和更登也坐上车跟着大队人马出发了，但他俩只能在车里。从高原下来的人与这里白白净净的人截然不同，一眼就能看出来，特别是更登满脸的络腮胡，一看就是高原上的藏族，所以他俩只能待在车里和指挥员在一起。

为以防万一，出发前，有人给他俩拿了两件防弹衣。吴新和更登穿上感觉了一下，他俩还从没有见过真正的防弹衣，只是在电视和电影里面见到过。两个人感叹着如果自己处里有几件防弹衣就好了，有的时候抓枪贩当时不怕，但等夺下上了膛的枪后还真有点儿后怕。天天和黑枪打交道，说不准哪天就会展开枪战，可是这宝贝太贵了，一件就要好几万。

试了一下，俩人把防弹衣脱了下来。作为侦查员，不可能穿着如此厚的防弹衣去开展侦查工作，在很多情况下，侦查员只能用血肉之躯去拼。

天刚黄昏，太阳火辣辣地照了一天后终于落山了，温度刚低了一点儿，当地的许多人穿着拖鞋摇着扇子出门纳凉。匆匆下班的穿着短袖，住在附近的人甚至光着膀子，所有的人感受着这一天中最惬意的时刻。

要枪人脚步匆匆，绕开饭馆摆在人行道上的饭桌。虽然他几次借故停下来观察后面，但他一直没有发觉在他的前面、后面都有几个不紧不慢的行人。

他的电话响了，他拿到耳边说着什么，又抬头看看周围，确定方向后加快了脚步。一直走到一条商业街的街口，看到街口停着一辆闪着警灯的警车时，他的脚步有些犹豫，再走近点儿，发现车里只有两个神态疲惫的巡逻警察，这才加快脚步拐进了商业街。

几辆贴着深色太阳膜的车随后停在了街口，还有三三两两的人也随着人流拐进了商业街。在商业街的另一个街口，吴新和更登坐在一辆地方牌照的车里，接到通报后，他们的车立即绕到了这个街口。吴新观察了一下周围，发现有好几辆车也停下来了，还有几辆车开进了商业街，路上还有一些精干的小伙子。

突然，吴新透过车窗发现路边的人流中有个人，那个人背着一个沉甸甸的包，脚上的鞋满是灰尘，四处张望着，全然不像是来商业街购物的，再一看脸色黝黑，一副风尘仆仆的样子，看长相应该是高原的人。吴新指了一下这个人，前面副驾驶座上的指挥员立即明白了，拿起了手中的对讲机。

“目标出现，正进入商业街，背着一个包，脸色较黑，各组注意！可能就在商业街里面交易！”

“明白”、“已发现”，对讲机里只传来几声答复。大部分的人已经跟了上去，他们没办法拿出对讲机回复了，吴新也发现周围熙熙攘攘的人群中，有些人明显加快了脚步。

送枪人在这个大城市繁华的商业街里，眼睛里既有对繁华的惊叹，更有一些紧张和慌乱。那天晚上何城让他背上枪又给了他一些路费和吃的喝的，他看着何城开车离去后，与同样背着一个包的制枪师傅趁着夜色进了山，他知道只要顺着羊走的路翻过这座大山就会到邻县的地界，到了那里就可以搭上车赶到停大货车的地方。在星光下，他俩天快亮时才走出了山，在山口两个人分手继续向各自的方向走去。天亮后，路上的车多了，他拦住一辆摩托车，摩托车将他带到了大货车的地方，顺利地找到了等他的司机，将包里的枪藏好后，大货车向西南方向出发了。

由于路途遥远，加之车里藏着东西，为了安全两个人绕开沿路的卡子，走的都是山路，并且昼伏夜行，所以几天后才赶到西南这个繁华的城市。送货人按照何城的吩咐，路上一直没有和任何人联系，直到在这个城市的郊区住下来后他才找了个公用电话和要货的人取得了联系，用黑话约好了交易时间和大概的交易地点，让要货人准备好钱。

送货人在宾馆反复考虑着交易地点，在他的心里，人越多的地方越安全。当地人都白白净净的，不像他这样的一眼就能看出来是外地人，最后他选择了繁华并且人流如潮的商业街，这里外地人比较多，被别人注意到的可能性比较小，一旦发生问题也便于逃脱。

此时此刻他在寻找商业街中心的一个喷泉，他和要货人说好在喷泉那里见面交易，然后各走各的。

前面就是喷泉，他没有急着过去，而是远远观察着周围的人，他也怕这个要货人给他设套。尽管何城对他说这个要货人特别稳妥，完全可以放心，但他还是观察了许久，确认周围没有可疑的人后才慢慢走近喷泉，假装欣赏喷泉，暗暗寻找着接货的人。

周围都是看喷泉的人，随着水柱喷出来，一些孩子兴奋地喊叫着，跑过去故意让水打湿自己的身体，边上的大人笑着呵斥着，一些过路的人也停下脚步看着，老人在远处的椅子上摇着扇子，还有一些旅游的年轻人拿出相机拍着照片，一切似乎很正常。

送货人围着喷泉慢慢转着，好像也是一个游客，但他的心思不在喷泉上，他暗暗观察着周围的人。终于，他发现在远处树荫下坐着一个人，也背着一个包，和何城说的年龄体貌差不多，而那个人也观察着他。两个人的目光交接在一起，两个人都明白了，正是互相寻找的人。

那个人慢慢走了过来低声问：“你是何老板的朋友吗？”

送货人答应了一声，两个人向远处的树荫下走去，喷泉周围的人谁也没发现这两个人走到了树荫下，就连匆匆过路的人都张望着喷泉，全然没注意到他们。

在树荫下，没有寒暄，两个人心领神会地换过各自的包，要货人把包打开个小缝将手塞到包里，清点了一下数目，瞄了一下做工，又把另外一只手也塞进去，拉开一把枪的枪栓，扣动扳机，包里传出一声清脆的击发声，又试了几把也是如此。他满意地拉上包的拉链，心中暗自高兴，这个何老板还是挺讲信用的，货的数量和做工还是一如既往没有问题。

这边的送货人也打开包，看到里面是一摞摞整齐的钞票，他点了数目也没错儿，随便摸了一摞抽出一张，里面的钱也没问题，这才合上包。

俩人这才将手伸向对方，紧紧握在一起。对这次交易，两个人都很满意，俩人都拿到了自己想要的东西。

还是没有多余的话，两个人将包背到身上，起身分头向两个方向走去。在这短短的几分钟里，交易已经顺利完成。

送货人将从千里之外运来的枪换成了一摞摞的钞票，这时他心里的一块石头落了地。这包里的钱也有他的一份，虽然辛苦了好几天，但他挣的比在家里一年挣的还多，这时他的心思才放在身边的风景和四周的俊男美女身上。

还没走出多远，也还没看清几个美女，突然他的身边不知道怎么就出现了几个精干的男子，他心里刚感觉不妙，不知道怎么就已经被压在了地上，手被拧到了后面戴上了手铐，刚背到身上装钱的包也到了别人的手里。他在地上根本不能动弹，当感觉到几只手很专业地在他身上搜了一遍后，他知道这些人都是警察。但他还不相信，这些警察怎么就突然出现了，他刚才观察了那么久，没有发现一个像警察的人啊！转瞬间他又被塞进了开过来的一辆车里。

那边走出不远的要货人也同样被摁在了地上，侦查员打开包，一看里面都是乌黑的手枪，心里踏实了，赶忙拉上拉链，这些枪等会儿会有专业的技术人员进行检查，提取相关的证据。

吴新和更登坐的车没到抓捕现场跟前，车里的对讲机传出“行动顺利”、“发现枪支”后，他俩的车才开到里面，掉头的地方正是喷泉附近刚才的抓捕现场。车窗外，小孩子仍然在喷泉里跑进跑出，边上的大人看着笑骂着，熙熙攘攘的人在路上穿梭，一群群的美女帅哥从这个店里出来，嘻嘻哈哈又进了另一个店，好像刚才这里什么都没发生过。

第六十一章　感　触

车快出商业街时，后面又跟上了几辆车，街口的保安诧异地看着这些车，平时不让进车的商业街里怎么进去了这么多车？在街口边上有几辆看似普通的车，车窗现在打开了，里面竟然坐满了荷枪实弹的特警，过路的路人好奇地扭头看着，不知道这些警察在这里干什么。

转瞬间，这些车全都离开了，繁华的城市依然车水马龙、霓虹闪烁。路边纳凉的人、下班回家的人、吆喝做生意的人谁都不知道一场缉枪战斗刚刚结束，没费一枪一弹，没有一人出现伤亡。就连撤回去的特警都觉得待令这么长时间，对可能出现的枪战演练了那么久，却车都没下就接到通知说行动已经结束，摩拳擦掌的小伙子们没能看到抓捕的场景都不免有些失望。

吴新和更登到侦查处时，各项工作已经展开了，包里的枪全部取了出来，足足有十四把仿六四式手枪，技术人员正在小心翼翼地提取上面的指纹和其他检材。嫌疑人已经被铐在讯问椅上了，几个侦查员忙着架摄像机，准备电脑。接货人满脸沮丧，坐在椅子上发抖，而送货人脸上一片迷茫。侦查处处长过来又紧紧握住吴新和更登的手，连说感谢，这些天的努力终于得到了回报，没有让这些枪支流入社会，不然这将是极大的隐患。

吴新和更登看帮不上忙，就出了侦查处的大楼。终于完成了任务，两个人的心情确实非常愉悦，在这个繁华城市的霓虹灯下两个人走了很久，才回到宾馆。

第二天，两个人刚起床，侦查处的同志来接他俩，说这边的厅长要来侦查处看战果，特别提到要见他俩。

在侦查处的会议室里，厅长初见吴新和更登时愣了一下，当知道这两个看似不像警察的年轻人就是侦破跨境走私贩卖枪支大案的侦查员，特别是这个满脸络腮胡的藏族侦查员为了案件侦查才把胡子留这么长时，又起身热情和他俩握手。刚开始他心里想能破这样的大案，可能是他们的运气，但此时，他对这两个来自条件恶劣、人员少、技术落后地方的侦查员不由得连声赞叹，条件差不代表敬业精神差，人员少、技术落后不代表没有工作的动力和激情。

在桌子上整齐地摆放着缴获的十四把仿六四式手枪和几十发亮晶晶的子弹，厅长拿起一把，熟练地退下弹匣、拉枪栓、对着地面扣动扳机，“啪”的一声，传来清脆悦耳撞针的声音，又拿到眼前细细地观察，不由得发出赞叹声，没想到条件那么恶劣的地方的农民能造出如此精致的手枪。

看完缴获的手枪，厅长坐了下来。工作人员关了灯、拉上了窗帘，墙上的大屏幕上出现了侦查员拍的侦查工作中的实录画面，上面有接货人活动的画面，有去银行取钱的画面，有进商业街的画面，看得出来这些都是秘密拍的，画面有时有点儿抖。还有发现送货人的画面，特别让吴新和更登惊奇的是，接下来出现了送货人在喷泉找接货人的画面，还有他们验货、交钱的画面，最后是抓捕的画面。从拍摄的角度看，现场不止有一部摄像机，在当时极短的时间里，侦查员能靠上去，并能秘密拍下这些画面，侦查能力之强确实令人服气。

厅长走后，侦查处处长叫住了吴新两个人说："昨天抓的两个嫌疑人，接货人全都交代了，而那个送货人根本不承认交易枪的事实，甚至侦查员问他背的包里面那一摞摞钱是怎么回事时，你猜他怎么说，他说那些钱是谁的他也不知道，可能是别人塞到他的包里的，这个人确实是背着牛头都不认账的那类人。"

吴新和更登笑了，以前抓到枪贩时也经常遇到这样的情况，装疯卖傻、胡搅蛮缠，啥人都有，一些人也确实靠这个暂时逃脱了打击。

处长笑了笑又说："虽然他不承认，但视频材料等证据都很充分，以零口供起诉他一点儿问题也没有，就是想让你俩试一下，看他见到老家的警察会不会承认。"

吴新其实也正有此意，他想通过这个送货人多了解一些何城的情况。

在审讯室里，几个侦查员守着送货人，旁边架着两部摄像机。侦查员脸上都是无奈的表情，看高原的同行来了，赶紧让出位置。

在正前方审讯椅上的送货人眯着眼睛，手里捏着纸杯，似乎在打盹儿，他已经确认这些警察撬不开他的嘴了。当听到换了人时，心想你们再换人我还是啥都不说，你们能把我怎么样？但他还是忍不住瞄了一眼坐下的人，感觉坐下的人和家乡那边的人很像，他慢慢睁开了眼睛。

更登用藏语说了几句，又用高原那边的话问起他时，送货人的眼睛完全睁开了，连身体也不由得坐直了，手中的纸杯也被捏扁了。

更登让旁边的人给送货人重新倒了杯水，更登没有问他贩枪的事，先问起他家里人的情况，和他拉起了家常。

一直到下午，吴新和更登从审讯室出来时，送货人已是涕泪交流，把他所做的和所知道的全部说了出来。

回到宾馆后，两个人赶紧订了返程的机票。在审讯时，吴新接到了李科长的电话，说处长对他俩的工作很满意，让他俩抓紧时间回来，何城这边的工作要继续，另外在省城又发了一起大案子，单位里人手不够。

当吴新和更登提着简单的行李走出机场时，小老张已经等在门口了。

第六十二章　雨夜劫案

小老张已经年过五十了，现在大家谁也不敢再叫他“小老张”了，直接叫他“老张”，他也不介意。

因为他看不惯李天才对一些事的做法，所以老顶着李天才。李天才也自恃是领导、关系广，不把老张放在眼里，甚至从没和老张推心置腹谈过一次心，还以老张岁数大为由几次建议把他调到其他部门。处长和老张谈话时，他说在外勤科待习惯了，喜欢和这帮年轻人跑，去别的科室不习惯。处长知道他业务好，曾经想让他去别的科室负责他也不去，也知道他喜欢在外勤科风风火火跑案子，是个闲不下来的人，和谁都能玩到一起，处里的人也尊敬他，索性就让他在外勤科待着，顺便带带年轻人。

老张把车开得飞快，外勤科的人开车技术都好，开起来都快，这是在外勤科里练出来的，也是搞案子时逼出来的。缺点就是有的时候不注意交通规则，不过在工作时如果严格遵守交通规则，在外勤科就没办法干活儿了，案子也没办法搞了。加上车就那两辆车，只能换车牌，因此老和严格执法的交警闹矛盾，吵得多了，附近的交警也认住了外勤科这两辆车，见到过来索性转过脸装作没看见，你们爱怎么走怎么走，看都不看，理都不理，能伸手拦外勤科车的交警，绝对是刚上岗的新交警，或是从其他地方调来的。

“你俩不错啊！这次又打了十四把！”在车上老张打开了话匣子，他非常喜欢做事低调、干活儿踏实、不卑不亢的吴新和更登。能得到老张的夸奖，吴新他俩知道这很不容易，这也是他的真心话。

“那边侦查处的条件和技术真的厉害，比我们不知强到哪里去了！为了这起案子，抓捕时光特警就调了一百多人，侦查处的力量全都上了。特别感触的是人家的证据意识比我们强多了，抓捕现场条件那么恶劣，人家也能迅速布置监控点，把嫌疑人交易的场面全都拍下来了，就算嫌疑人想抵赖也抵赖不了。对后期起诉也好，对给领导汇报也好，大屏幕一放很直观，一目了然。不像我们，条件差、人又少，‘打枪’工作时间久了，就几个人出去抓捕也习惯了，也不怕了，不过我们打的枪比他们打的多得太多了。回头再和你汇报那边的情况。哎，听说省城发了大案子，是个啥案子啊？”

“你们走之后的一天晚上，在闹市的一家冬虫夏草专卖店被抢了，嫌疑人开枪把值夜班的两个人打死后，抢走了几十公斤冬虫夏草，价值上百万，这起案子轰动了整个省城，现在成立了专案组，我们外勤科全部参与此案。不过到目前为止，一点儿头绪也没有，条件也不好，现场没留下任何有价值的东西，看样子是预谋已久的，咱们又遇上硬骨头了。”老张忧心忡忡地说。

何城还没到位，打击非法制贩枪支案正在关键的时候，这个时候又发了这样的大案，任务又压到了侦查处的身上，哪一项工作也不能放松，吴新和更登感觉肩头的压力更大了，心情不免又沉重了许多。

进了办公楼，两个人直接去了处长办公室。处长坐在桌前抽着闷烟，见他俩进来有点儿吃惊，招呼他俩坐下后说：“你俩怎么不好好休息两天再回来！”

当听说是李科长通知他俩回来后，处长埋怨起李天才：“这李天才也真是的，同志们难得出去，就算出去基本也是带着任务出去，很难放松休息一下。那边案子破了、人也抓了，应该让你俩休息一下，看看外面的世界，学习学习人家的经验再回来。”处长接着说道，“不过这两天案子多，又发了抢虫草的大案，他可能也是着急了。这么办，你俩先回去休息，明天上班后开始梳理线索，先把抢虫草的案子吃透，何城那边的线索也不能放松，其他冒出来的线索也要处理，该打的还要狠打！”

出了处长办公室，两个人又去向李科长汇报了工作情况，然后出了单位，各自回家。

敲开家门，母亲看见儿子回来很高兴。厨房里苗苗在打下手，英子还没下班。

吴新让苗苗坐下休息，问起磊子的情况，苗苗说你磊子哥准备在那边扎根了，包了几个盐池，修房子、雇工人、办手续等一堆事，说忙完这些才能回来。她听说吴新今天回来，就过来帮吴新妈妈做饭。

吴新妈妈按照“出门饺子进门面”的老习惯给吴新准备了拉面，等把菜炒好后，英子也进了门。到厨房端菜时英子悄悄问吴新给妈买礼物了没有。知道吴新啥都没买时，埋怨了吴新几句：“啥都不给我买可以，也不给妈买个啥东西让她高兴高兴！”

吴新坐在桌子旁，看着在厨房忙活的母亲和嘻嘻哈哈说笑的苗苗、英子，不禁有些自责，平时忙都是她们照顾着自己，自己却很少关心她们。他赶紧凑到厨房跟她们说忙过这阵子等磊子回来了两家一起去旅游，母亲白了他一眼，指着苗苗的肚子说，过阵子你有时间了，苗苗可能不方便出去了，她现在可是我们的重点保护对象。

第二天，吴新到办公室后，刚好要开抢劫案的专案会议，吴新赶紧拿着笔记本到了会议室，更登也拿着本子进来，两个人坐到一起。现在他俩好像是金牌搭档一样老在一起，李科长扫了他俩一眼，又看人差不多都到了，宣布会议开始。

吴新和更登还不知道详细的案情，仔细听着，渐渐地，一桩残忍的血案出现在他俩面前。

高原省城的一个雨夜，路上的行人已经不多了，公交车和出租车拉着回家的人匆匆在街道上穿梭。雨下了一天，高原的夜本来就很冷，下了一天雨后气温就更低了，内地来高原旅游出来看夜景的人也受不了冷都回到了宾馆。

晚上十点多了，雨还在下，闪烁着五颜六色的霓虹灯的光倒映在积水的路面上，让高原的雨夜分外绚丽多彩。地处闹市街上的一家冬虫夏草专卖店，服务员刚下班陆续离开，老板不会错过这短暂的旅游旺季，看到今天下雨人少，这才打烊休息。

看着老板和店员都走了，一个值班的老头儿关了门外的霓虹灯，准备把卷闸门拉下来锁上，一切都是那么平静，除了这淅沥的雨声。

卷闸门拉下一半，老头儿闪身钻进店里，想再从里面把门拉死锁好，就在这时几个黑色的身影从角落里蹿了出来，顺着拉下一半的卷闸门猫腰钻了进来。老头儿一看闯进来几个蒙面人吃了一惊，正想问干什么，话还没出口，头上已经被重重地打了一棍子，猝不及防的他倒在了地上，手中用来拉卷闸门的铁钩也甩在了地上，进来的其他两个人迅速把已经拉下一半的卷闸门拉了下来。

里面房子里还有一个值班的老头儿，他听到外面有动静，赶紧出来看发生了什么，脚步声惊动了闯进来的人，他们没想到里面还有人，立即冲向里面。跑出来的老头儿发现进来了几个蒙面人，同伴倒在了地上。他正要问，见这几个人气势汹汹的样子，知道今晚遇到事了，想从身旁找个东西和他们拼了。就在这时传来一声清脆的枪响，他胸部立即感觉到剧痛，全身也没有了力气，慢慢瘫倒在地上。

冲进来的几个人见老头儿倒在了地上，血已经从他的胸部冒了出来，冲到里屋没再发现人。回到门口见锁门的老头儿在地上呻吟，几个人把老头儿拽到了里面屋子，领头拿枪的蒙面人把枪对准老头儿的头部毫不犹豫地扣动了扳机，可怜的老头儿动了一下后再也不动了。外面的雨淅淅沥沥一直下着，谁也没有察觉到店里发生的一切。

第二天，一早来上班的店员来到店门口，见门锁着，不像平时早早就打开打扫卫生了，等了一会儿还是没有动静，想着两个老头儿是不是昨晚喝醉了。又等一会儿还是没反应，她怎么也想不到地处闹市的店里会发生什么事，再砸门还是没动静。这时店员才有点儿慌，赶紧找个电话给老板打了过去。

时间不久，老板急匆匆地赶了过来，拿出备用的钥匙把卷闸门打开，一看全都傻眼了，柜台里面摆的冬虫夏草全不见了，柜子门也大开着，地下扔了一地的杂物，放冬虫夏草的冰柜大张着口，整个店里一片狼藉。再往里走，更恐怖的一幕出现在眼前，两个值班的老头儿倒在地上，身下全都是血，老板赶紧跌跌撞撞跑出店，掏出手机哆哆嗦嗦地报了案。

第六十三章　潜　藏

旅游旺季、地处闹市、两人被枪杀、价值上百万元号称“软黄金”的冬虫夏草被劫，这起案件无疑震惊了高原古城的警方，案情迅速报到公安部，侦查处乃至古城所有的警察被调动起来，侦查、摸排、走访工作上上下下全面展开。

嫌疑人非常狡猾，周围店铺的人没听见虫草店里的枪声，更没有看到可疑的人，远处交警的监控刚好也出了故障，整夜的雨又冲走了所有的痕迹。侦查处的技术人员甚至公安部的专家，也只能从店里残缺的足迹判断应该有三名嫌疑人实施作案，再就是从死者身上取出的弹头和提取的弹壳分析应该是自制六四式手枪，除此之外，没有任何有价值的线索。作案的几个嫌疑人好像人间蒸发了一样，更让警方无奈的是，甚至连侦查方向也确定不了。除了地毯式的走访、排查、布控，似乎就算有千斤之力也无处可使，侦查工作陷入了泥潭一般。

吴新他们回来不久，西南那个城市的侦查员随后也赶到了高原。这起贩枪案交给他们处理后，他们自然要把上线何城抓到位。他们派了十几个人赶到高原，两地的侦查员合力对何城进行抓捕，但连扑了几个地方都让狡猾的何城逃脱了，得知事情不妙的何城消失在所有人的视野中。在木县他的老家也没发现他的踪迹，在侦查中也没发现他和他的关系人联系，就连和他关系暧昧的几个女人也不联系了，彻底玩起了人间蒸发，一点儿消息都没有。何城的消失加之抢劫案如一团阴云始终压在所有侦查员的心头。

这段时间，倒成了吴新和更登他们算起来正常上班的时间，天天在办公室里，在大量的信息中分析所有的可能性，分析何城可能出现的概率，分析其活动的圈子、关系的紧密度。这是在掌握嫌疑人大量信息、了解其行为特点的基础上进行的。一起案件的判断都是建立在一定的依据上的，吴新和更登一大早上班就把自己埋在一大堆资料里面，一直到晚上才下班回家，他俩苦苦寻找着何城的踪迹。有了他俩后，老张恢复了好久没练的太极，见他俩这么辛苦就劝他们也练练，口中还振振有词地说，练太极也能帮助搞案子。吴新头脑乱或案子看不进去的时候，也跟着他练一会儿，确实头脑清晰了许多，想想以后有时间还真要练练。关键是太极的一些思想，能帮助自己跳开思维中的固定模式，能跳到案子外再看这个案子，思路会更开阔些。

这天早上，吴新在办公室接到苗苗的电话。苗苗本来约好让英子陪着去医院做产检，可英子单位临时要开会，英子不好请假，就想让吴新陪着去医院做检查。吴新正好头脑乱得很，一想还不如出去转转，再一个苗苗第一次跟自己张口，磊子又远在千里之外，便跟李科长请了假，拦了辆出租车接上已是行动不便的苗苗后去了医院。

到了医院，吴新没有想到看病的人那么多，手续那么烦琐，想着幸亏自己请假陪苗苗来了，不然让她挺着大肚子楼上楼下跑着排队划价、交钱、检查还真受不了，一旦有个闪失，那可不得了。

苗苗个子高挑儿，典型的瓜子脸，皮肤白皙，一双大大的眼睛，怀孕后一头黑亮的长发随意地扎起，脸上散发着快要做母亲时那种特殊幸福的光彩，除了隆起的肚子，更成了一个风韵十足的漂亮少妇。她一出现立即吸引了不少人的目光，就连一些同样怀孕的女人都很惊奇，人家怀孕怎么不邋遢，反而有一种别样的动人和妩媚，男人们也都直勾勾地看着，羡慕苗苗身边的这个男人有这么好的福气。

苗苗走到哪里都会遇到这样的目光，成为人群里的焦点。她索性轻轻挽住吴新的胳膊，神态自如地面对那些目光。而吴新很少这样出现在别人目光的聚焦下，成为焦点他很不适应，只好低着头找话题和苗苗聊天，避开那些目光。

一直快到中午，才做完检查。吴新说一起去吃饭，苗苗检查了一上午觉得有点儿累想回家休息，也不想吃饭，就对吴新说你把我送回去，然后去陪你的英子吧。吴新平时和苗苗嘻嘻哈哈怎么都可以，今天第一次和苗苗单独在一起本来就有点儿不自在，就拦了辆车把苗苗送到她家门口，又坐上车到英子工作的派出所里，陪她吃饭去了，直到这时他才感觉如释重负。

而他怎么也没有想到，就在上午医院熙熙攘攘的人群里，注视他俩的目光里有一束是他朝思暮想的一个“老朋友”的，复杂的目光里不但有嫉妒、羡慕，更多的是仇恨！那就是何城！

第六十四章 狼牙迫近

何城和苗苗第一次见面是在河边的茶园里，当时还有磊子和更登，他同样被这个宛若仙女的苗苗所吸引，苗苗给他留下了深刻的印象，甚至成了他的梦中情人。他的爱好一个是车，一个就是漂亮的女人。今天他远远发现这个漂亮的女人就是曾经见过的苗苗，而他更惊奇地发现所谓“张老板”这个警察也在旁边。何城知道自己戴着大口罩，又戴了顶帽子，吴新应该没发现自己，他躲在远处暗暗注视着苗苗和吴新，心里的仇恨涌上心头，就是这个警察把自己骗了这么久。那批从边境之外精心运来的枪是被这个男人设的套，前段时间自己投了大本钱运往西南的枪也是这个人做的手脚。自己损失一大笔钱不说，还害得自己被警察到处抓，家也不能回，任何人也不能联系，一切痛苦都是这个男人带来的。要不是自己留了个心眼，在小山村里设计发现了这个人和所谓“多杰”老板的真实身份，自己怎么死在他手里都不知道。自己现在如丧家之犬东躲西藏，而这个害了自己的警察却带着这么漂亮的媳妇如此滋润地生活，新仇旧恨一股脑全都涌上了心头。何城在远处一直暗暗盯着吴新他俩，吴新和苗苗做完检查回家时，他在后面也拦了一辆车，远远跟在吴新的车后面，看着吴新把漂亮的媳妇送回家，又到了那个派出所，这才离开。此时已是丧心病狂的何城在暗暗筹划着一个计划，要让这个害得他有家不能回的警察付出代价。

原来，何城在“驮子”走后一直如坐针毡。他再三告诉“驮子”在交易前不能和他联系，但交易后第一时间和自己联系。等了好几天他估摸“驮子”应该到了，也应该交易了，但他却一直没接到“驮子”的电话。等了几天后要枪人也联系不上时他预感事情不好，“驮子”可能出事了！从那时起他变得异常警觉，狡兔三窟，天天防备警察来抓他。

而西南城市警方在缴获的枪上提取了一枚指纹，经鉴定不是送枪人也不是接货人的，在信息库里检索后和何城的指纹比对成功。没想到精明的何城终于在这里露出了破绽，接货人和送货人在供词中也反映出了何城，急于抓捕何城的侦查员赶到了高原。

处长和吴新虽然再三劝他们不要急于抓何城，必须等稳妥的机会，必须要一击而中，反复劝他们不要着急。在木县、在高原有些情况比他们想象当中的复杂得多，还跟他们说了前不久一个内地发达城市发生了一起枪案，发现枪的来源是木县，于是那个城市的侦查员带着特警和女警察要搞化装侦查，二十几号人浩浩荡荡过来想查清黑枪来源，甚至有铲除枪患的架势。他们自恃有尚方宝剑、经费足、技术装备好，看不上高原侦查处的工作，单凭着想象就命令大部队开到木县，结果消息灵通的枪贩子发现宾馆里来了好多便衣，还是外地的便衣，一下子踪影全无。当地警察带着他们到附近的村子里打听情况，老百姓根本就不理他们，耗了几天一无所获后无奈全部撤了回去。不但一个嫌疑人没抓到，还把高原警方的缉枪部署全部打乱了，给工作带来了重大的损失。搞枪案还是需要能沉下去、接地气的侦查员，要熟悉当地的人文、社会、经济、风俗等情况，当地人一看是外来人马上就有戒备心理，只能内紧外松，趁其不备予以重拳打击。

纵然这样，破案心切的西南警方还是急欲抓到何城，侦查处只好仓促上阵全力配合。熬了好几天，已是惊弓之鸟的何城还是在吴新和西南警方的抓捕下数次逃脱。

何城逃出警方的重重追捕后，得知来的人里面有西南警方的人，更是对吴新和更登恨得咬牙切齿。被公安机关抓了好几次的他知道这次是真的遇到大麻烦了，不然西南的警方不可能在没有足够充分的证据下千里迢迢来抓他的。如果单凭要货人的供述他会推得一干二净，何城也不是第一次被警察抓，以前都是证据不充分放了出来，但这次看起来情况不妙，就是这个“张老板”害得自己无家可归。他每天像丧家之犬一般躲着警察的追捕，不敢和任何人联系，改名换姓东躲西藏。最后他想到了一个绝妙的地方，这个地方衣食无忧、风吹不着雨打不着，还有人侍候，那就是医院。他装病骗过医生住进了医院，借口肺部不舒服还老戴着口罩。他不和隔壁床上的人聊天，也不轻易去外面吃饭，就这样悄悄潜伏了下来。每天在病床上回想着发生的每一件事，他已经想好等躲过这段时间，他要对害他的人实施报复，让“张老板”和“多杰”知道他何城是吃肉长大的，他受的这些痛苦要让他们加倍偿还。没想到今天在医院里见到了他想起来就恨得咬牙切齿的人，还有他漂亮的媳妇。

而在医院熙熙攘攘的人群里等候检查的吴新和苗苗，丝毫没发现一双闪着恶毒目光的眼睛已经盯上了他们。何城看到苗苗怀孕了，又挽着吴新的手，心想这个漂亮的女人不是那个老板的女朋友吗，怎么成了这个“张老板”的媳妇？这个警察为了骗自己，在河边的茶园里就连自己媳妇也派上了，想到这里心里更恨这个警察了。

时间一天天过去，在关注抢劫案的同时，吴新和更登还在苦苦搜寻着何城的踪迹，他们怎么也没想到何城反过来找到了他们。

医生对何城全面检查后没发现他有什么问题，便催促他尽快出院。何城躺在病床上，满脑子都是这个“张老板”和“多杰”，他咽不下这口气，他在反复考虑怎么让这两个骗他害他的人得到他认为应得的报应，他此时早已变成了一个恶魔。每当看到病房窗外的车，看到路上款款而行的美女，他心里的仇恨就会更深一层。他天天戴着大口罩，沉默寡言。现在他的脑子里全是这两个男人把应该属于他的那一摞摞钞票抢走了，还处处和他作对，让他过不上那种纸醉金迷的生活，更让他失去了自由。

终于，他决定行动了。

何城到吴新那天去的派出所观察了好几天，没有发现吴新。他知道派出所里面的墙上有每个警察的照片，但他不敢进去。他知道警察在抓他，说不定进去就是自投罗网，戴着大口罩进去更是让人怀疑，不能冒这个险。他找了一辆越野车在派出所门口观察了好几天都没有发现“张老板”和“多杰”，后来一想这两个人是专门骗他这样人的，自然没有照片，也不会像其他警察一样穿着警服天天按点上班。

找不到你俩，我会让你俩来找我的！他想起了“张老板”那个漂亮的媳妇，还有那天下车的院子。他把车开到那个院子对面的一个隐蔽处，那个漂亮的女人一出来他就会发现。他已经计划好，只要那个“张老板”和他漂亮的媳妇出来，何城就会从后面开枪打倒他俩，打倒之后还要让他俩临死之前知道是谁开的枪；如果只有那个漂亮的女人出来，就把她绑走，再让那两个害了他的警察来见他。

好几天了，何城窝在车里，等着那个女人出现，他也看到这个女人出来，但身边总是有人，他没有机会下手，他如同一头捕猎前的狼在默默等待着机会。今天这会儿已快到下班的时间了，这个女人几天都没出来了，今天应该会出来吧？

他的车贴着深色的太阳膜，他靠在座位上盯着前面的院子，在他贴身处藏着一把手枪，就是“多杰”老板和“张老板”见过的那把出口型五四式手枪，弹匣里面压满了子弹。

这把枪本来是属于马海文的，马海文被抓后，何城将这把放在他亲戚家没来得及还的枪取了出来，埋在了附近一个谁也发现不了的山沟里。“多杰”老板问过这把枪，何城骗他们说扔到黄河里了，其实何城也喜欢这把精致的手枪，这把价格不菲的手枪他不会扔掉。这次知道外地的警方来抓他后，他悄悄潜到埋枪的山沟里把枪挖了出来，藏在贴身处。他已经想好，一旦遇到抓他的警察，他就掏枪还击，打倒几个警察再逃走，最好逃到边境外的那个国家，让这帮警察在这里找上一辈子，但逃走之前他一定要和“张老板”、“多杰”算账。

正想着，那个他日思夜想的女人在夕阳里出现了，提着个包，挺着肚子，从院子里款款走出。

好几天没出门的苗苗和英子约好等英子下班后一起去逛街，让吴新下班后来找她们吃完饭后再回家。苗苗看时间差不多了，说了一声后出了门。临出门，磊子的爸妈再三叮嘱她注意安全，不要去拥挤的地方，不过苗苗和英子她们在一起，两个老人十分放心，但还是忍不住叮嘱了几句，苗苗笑着答应后出了门。苗苗走到家属院门口一边给英子打电话说已经出门了，一边拦出租车。快到下班晚高峰了，街上都是下班回家的人，苗苗拦了好久也没拦到车，挺着个大肚子非常难受。正在着急时，一辆越野车开了过来，停在了她跟前，车窗摇了下来，苗苗正在诧异时，里面戴着墨镜的司机叫了一声：“嫂子去哪里啊？我送你，这个时间根本打不上车，我是公安分局的！”

第六十五章 疯 狂

苗苗一看何城好像应该在哪里见过，本来不想上，但这个时间确实打不上车，又听这个小伙子说是公安分局的，以为是吴新的同学在他的婚礼上见过自己，犹豫一下后还是上了车。

何城跟苗苗说自己是分局的，是因为如果说是派出所的，这个女人说不定派出所的人都认识，她一看没见过自己，反而不会上车，说公安分局的她不可能全部认识吧。还好，终于把这个女人骗上了车，何城一边开车一边从后视镜里观察着这个女人。就是这个女人和他的男人骗了他，看起来这么漂亮的女人心却这样狠毒，今天没想到她会落在他何城的手里，何城的嘴角露出了一丝冷笑。

“嫂子，我在前面取个东西，很快的！”

何城说着把方向盘一打，这附近的街道他都看过，前面有个停工的工地，通往工地的路上根本没有人，十分僻静。他把车拐了进去，果然四周没有一个人，他把车停在路边下了车。

苗苗透过贴着深色太阳膜的车窗看着车外，正好奇附近没有人家也没有人，他怎么把车停这里了？正奇怪时，门突然被打开了，刚才还满脸笑容的司机此时却是满脸狰狞，她知道不好刚想喊人，腰间被一把乌黑的手枪顶住了。

“别喊，敢喊就打死你！”

苗苗的脑子里瞬间一片空白，全身瘫软，没有一点儿力气，也知道自己怎么反抗也拼不过这个男人，更何况自己怀有身孕。何城用胶带把苗苗的手反捆住，把嘴也封住，让她躺在后座上，又在她的头上蒙上了一件衣服。苗苗听到这个男人在翻她的包，还关了她的手机。接着车启动了，刚开始她还能听到周围其他车的声音，渐渐地，车外面变安静了，好像到了一个僻静的地方。她脑子里反复想着这个好像以前见过的人，她不相信公安里面有这样的坏人。慢慢地，她想起来了，这个人是在河边茶园里见过的吴新说是坏人的那个人，但她不明白他为什么要绑架自己这个柔弱的孕妇。

英子下班后在单位门口等了好久也不见苗苗来，给她打电话提示已经关机了，而苗苗是从来不关机的，给吴新打电话，他说也没和他联系，又打到苗苗家里问阿姨说早就走了。英子一下子急了，苗苗挺着大肚子别出个啥事，赶紧让吴新顺着苗苗家到她单位的路上找。

吴新接到电话也急了，开上单位的车赶紧一路找，一直找到英子的单位也没见苗苗。从苗苗出门的时间算起，就算她走路也到英子单位了。电话还是打不通，英子急得都快哭了，吴新把电话打到医院急诊室也没有这样的孕妇送过来。正不知所措着急的时候，吴新手中的电话响了，吴新一看正是苗苗的号码，赶紧接上电话问："苗苗你去哪里了？我们都急死了！"

电话那头儿没有出声，吴新又"喂！喂！"喊了几声，那头儿却传来一个阴沉但又熟悉的男人声音。吴新一听头皮如同通了电一样麻了，心一下子揪到了嗓子眼上，眼睛里也快冒出火了，他最不想听到的声音出现了，英子在旁边看着吴新的脸色也感觉事情不妙。

"张老板，你还记得我吗？我听说你带着警察到处找我啊。"苗苗的电话里传来何城阴阳怪气的声音，"看来我不找你，你是找不到我的！你害得我好惨啊！张老板，把你那个所谓的多杰老板叫上等我的电话，我们之间还有笔生意要做，记住！别报警，也别叫其他的警察，不然我先一枪打死你这个漂亮的媳妇！"何城说完就挂断了电话。

看吴新脸色凝重，凑过来侧着耳朵听的英子已经哭了起来。吴新放下电话，定了定神后直接拨通了处长的电话。

刚出办公室的处长接到吴新的电话后立即让人通知侦查处所有人火速赶回单位，又给厅长打电话报告了此事。

一时间，刚回到家的、正在吃饭的、还在路上的、在单位还没走的人全都调动了起来，所有人都往单位赶，前期工作已经按照处长的指令提前展开了。

等吴新和英子赶到单位时，处长、更登还有一些人都到了，其他人也正在陆续赶来。不一会儿王厅长也来了，厅长要亲自指挥这起性质极其恶劣的案件，胆敢挑衅警察、绑架警察的"亲属"，这在高原上还是第一次。

再次详细听了吴新的报告，何城绑架了自认为是吴新妻子的苗苗，苗苗有七八个月的身孕，并且何城手里还应该有枪！此时丧心病狂的何城不知道会做出什么事来。

面对如此重大的案情，指挥部临时设在了侦查处，厅长通过手中的电话将一条条指令直接部署下去，各个部门、各个警种都迅速调动起来，派出所、刑警队、特警队的人员等全都到岗，各警种领导全赶到了侦查处等候命令。一队队身穿便衣的侦查员和荷枪实弹的警察悄悄派了出去，一部部车辆悄然进入各个区域。吴新犹豫再三后拨通了磊子的电话，把苗苗被绑架的情况告诉了千里之外的磊子。

何城的电话一直没有再来，拨过去一直处于关机状态，吴新和更登心情沉重地等待着，他俩知道何城就是冲着他俩来的。英子在边上哽咽着，现在这个消息还不敢告诉家里的几位老人。

天已经黑了，吴新的电话终于响了，电话那边的何城咬牙切齿地说："多杰老板不是很有钱吗？你俩准备好五十万块钱，然后等我的电话，不然就给你家媳妇收尸吧！"

第六十六章　狙　击

还没等吴新说话，电话就挂断了，再拨又是关机状态。

见吴新接完电话，所有的人都盯着吴新，想知道何城在电话里说了什么，而吴新却躲到了边上安静的角落。吴新的手机有录音功能，他反复一遍又一遍听着刚才的通话录音。终于他把手机拿到处长几个人跟前，打开了播放键。电话里传来清晰的何城和吴新的通话声，但大家都知道吴新的意思，努力辨别着何城说话时的背景声音，是一段似有似无的音乐声。是车里放的音乐吗？似乎不像，好像是离何城比较远的地方传来的声音。

录下的声音反复播放着，大家都在仔细辨别着背景音乐。处长看看手表，突然说："刚才电话里音乐响起时正好是 21 点 10 分，这个时间放音乐，是不是哪个学校晚自习下课的铃声？"

话音刚落，边上的侦查员已经拿起桌上的电话簿，挨个给省城所有的学校打电话问哪个学校晚自习下课是 21 点 10 分，其他的侦查员也全都拿出电话打给自己当老师的朋友询问晚自习下课的时间。一时间，吴新周围全是打电话的声音。

人多力量大，一个侦查员捂着电话来到处长身旁说：“我的一个朋友是省城技术学校的，他说他们学校晚自习课就是晚上 9 点 10 分下课，那个音乐……”

“把录音放给他听！让他注意听背景音乐！”处长斩钉截铁地说。

吴新手机的录音打开了，那个侦查员的手机开了免提也放在了旁边。仅仅听了一遍，侦查员的手机里就传来声音：“是我们学校下晚自习的铃声音乐，我们很熟悉，虽然声音小，但我们一听就听出来了，没错儿的！”

“太好了！何城应该在离技校不远的僻静地方，侦查员按照分组，立即出发！记住目前全部秘密展开调查，在确定人质安全之前绝对不能打草惊蛇！”处长下了命令。

侦查处的侦查员以及抽调的力量穿上便衣开着各种地方牌照的车出发了。临出发前老张过来跟吴新和更登说：“别急！有我老张在，你俩放心！”然后开着桑塔纳匆匆走了。

吴新和更登知道老张在安慰他俩，苦笑了一声。

厅长已经给经侦处打电话让他们迅速送五十万元扣押的最好的假币过来，处长把两把压满子弹的五四式手枪和几个弹匣交给了吴新和更登，又拿过两件刚配发下来的防弹衣递给他俩。吴新和更登接过来看了看都放下了，他俩都知道穿着这厚厚的防弹衣更会刺激何城，在这种情况下穿防弹衣和何城见面也是不现实的。处长看了看也没有勉强，也知道吴新和更登现在不能穿防弹衣，但他拿过两件看似普通的外套穿在了他俩身上。

此时的何城把车停在省城郊区的一个山腰里，他特意找了两个林子中间的一片洼地，四周的树林挡住了车身，车灯也关了，四周一片漆黑。黑夜里林子外的人很难发现里面有一台车，不远处就是一条蜿蜒的土路。这座山以前是荒山，近些年绿化造林种了大量的树木，有的已经成片成林了，平常很少有人来，非常僻静。何城行动前专门开车来看过，到这个地方只有眼前的这条路，路边全都是几十米高的土崖，别说人爬不上来，就连山羊都上不来。眼前这条唯一的土路上来个车甚至来个人，从他现在停车的山腰里就可以发现，常人也根本不知道这条路，不知道顺着这条路翻过去就是省城附近的一个县，那里四通八达，可以通往其他地方，何城找地方时一眼就看中了这里。

这时省城华灯初上，路灯勾勒出了城市的曲线，霓虹灯更是给省城增添了绚丽的色彩。而何城无心看夜景，他手里拿着望远镜注视着上山的路，怀里的手枪子弹已经上膛，后座上斜躺着苗苗。曾经苗苗是他的梦中情人，他无数次想着如果这个漂亮的女人是他的女人的话，他就拼命赚钱给她买最好的东西，也无数次想把她搂在怀中，而这个女人竟然和那两个男人合伙骗他。想到这，他转身又打了苗苗一个耳光，苗苗的嘴被封住了，眼泪又吧嗒吧嗒流了下来。何城现在不是不想动这个曾经梦寐以求的女人，他是在等，等吴新和更登来了后，他会用手里的枪把他俩打伤，再当着他俩的面凌辱苗苗。只有这样，这两个骗了自己的人才会有最大的痛苦，他要看着他俩痛不欲生的表情再打死他们，然后带上钱远走高飞，再也不回这个地方。

何城絮絮叨叨地说着，也不管后面的苗苗听见没有，从怎么认识吴新和更登一直说到医院里偶然见到他俩，说到伤心的地方就转身对苗苗打上几耳光，苗苗的鼻子里冒出了血，被封住的嘴里也是血，脸已经肿起来了，头发也散着，眼睛里面全是泪，惊恐地看着前面这个已经疯狂的男人。

何城说着说着突然停下了，他把手里的烟头扔到车外，把望远镜举到眼睛跟前，紧张地看着山底下上山的土路，远远看到一辆车拐到了土路上向山上驶来。何城一边看一边掏出了怀里的手枪，是警察？不应该只有一部车，会是什么人呢？

何城目不转睛地看着，确认这辆车的后面再没有其他车，他的心稍微放松了一点儿。速度很快，那辆车转过几个弯快到何城躲着的树林这里了。静静的夜里，远远就听见来的车里放着震耳欲聋狂暴激烈的音乐。何城在望远镜里也远远地就看清上山来的是辆改装的越野车，车身上贴着花花绿绿的图案，车顶上的一排灯照亮了半个山坡，上面还竖着好几根天线，车窗开着，里面是个浓妆艳抹打扮另类的年轻女孩儿和穿着紧身T恤的小伙子。

“妈的！”何城骂了一句，他最看不起这样的古惑仔混混儿，没想到自己看中的地方他们也知道。何城低下头避开那雪亮的灯光，那辆车轰鸣着开了过去，连脚刹车也没踩就开到里面去了。

这时他觉得可以给吴新打电话了。他拿起苗苗的手机，刚一开机手机里面就冒出一大堆短信，有正常找这个女人的，有问为什么关机的，还有一条上面写着：“何城！钱正在凑，好了就可以给你，但你必须要保证我媳妇的安全，不然你啥都得不到，我哪怕不当警察也决不会放过你！”何城看了好久，嘴角露出一丝冷笑，心里暗想你还放不过我！今晚就是你俩的死期！这个女人倒还可以考虑考虑是不是留着。

他思谋了一下，拨通了吴新的电话：“你们两个带上钱，到新修的高原大道来。记住！不能带其他人，只有你们两个，不然我就杀了你的女人！”

吴新在电话里说：“我俩会来的，钱正在凑，这需要时间，银行现在也下班了，只能找朋友借，但是你要先让我听听我媳妇的声音！”

吴新发现何城现在还以为苗苗是他的媳妇，看来苗苗对他啥也没说。为了不刺激何城，只能将错就错。

“妈的！你他妈现在没资格和我讲条件，不过也可以让你听听你媳妇的声音！”说完转身对着苗苗脸上又打了一巴掌，又把手机放到苗苗跟前。

那响亮的巴掌声，苗苗只能从鼻子发出的呜呜声，吴新在电话里面听得很清楚。吴新的心又揪到了嗓子眼，苗苗落在何城的手上不知道遭受了多大的痛苦，不过现在可以确定何城和苗苗在一起，苗苗目前还没有遭到何城的毒手，从背景声音听特别安静，看来只有何城一个人实施了绑架。

高原大道是刚刚依山建成的一条道路，宽阔的马路，明亮的路灯，这个时间应该很少有车和行人，前面派出去的搜索组也没发现这条路上有可疑的车辆。

就在这时处长的电话响了，电话里传来一个年轻人压低嗓子但难掩兴奋的声音："处长，确定何城的位置了，就在高原大道后面的火烧岭上，车停在山腰的树林中间，是一辆深色的越野车，我没敢靠到跟前去，车里不知道有几个人。要注意！他的车居高临下，下面来车来人都可以看得很清楚！"

所有人都立即紧张起来，指挥部前移。在路上，辖区的公安分局局长通知管区民警立即和火烧岭绿化管理部门联系，把火烧岭的地形地貌道路地图找出来。

等王厅长他们到了分局，管区民警拿着地图急匆匆地也赶到了。厅长几个人看着地图，地图上标注着上下山只有那一条路。厅长看完后直起身体对分局局长说："不要盲目相信地图，马上让管区民警去找管理林子的人，问还有没有下山的路，把这个一定落实清楚。注意！我们现在在明处，嫌疑人在暗处，千万不能暴露！"

等在一旁的管区民警说："他们值班的都有对讲机，还配有摩托车，我让管绿化的领导通过对讲机把看林子的人叫出来，这样目标小。"厅长同意后管区民警迅速地去打电话联系了。

这时何城又打电话问吴新钱准备好了没，吴新告诉他正在凑，以此尽量拖延时间。

厅长刚坐下来，分局局长向厅长报告负责火烧岭绿化和防火的两个人到了。厅长和其他人站起来走到外面，见两个胳膊上套着防火字样标志的人紧张地站在外面。厅长上前握了一下他们的手说："麻烦你俩了！我们有个案子需要了解个情况，就是上下火烧岭的路有几条？"

两个人一听问这事，才放松了下来，一个抢着说就一条沙石路，再没有其他的路。

王厅长说："你俩好好想想，还有没有越野车能过去的路?"

"没有！再没有其他路！"说话的这个人肯定地说。

而边上的另一个老些的人欲言又止，厅长见了转头问他："你知道吗?"

老护林员犹犹豫豫地说："上山的路虽然就这一条，但这条路以前是可以转到山后面的，为了我们管理方便，保护绿化区，我们在其中一段路上面种了树苗，等于说是把这条路给堵死了。"

厅长赶紧又问："越野车能过去吗?"

"前年种的树，树都还不大，只要不怕压坏树苗划伤车漆应该可以过去。只要冲过这片林地翻过山就可以从后面下山，那边虽是废弃的沙石路，但越野车应该没问题，下山就到别的县地界了。"

厅长和其他人都有点儿兴奋，刚才看了好久地图，狡猾的何城如果拿到钱不可能从前面下来，他要逃走，很可能就选择这条路，下山再无他路。

分局局长赶紧问："你知道从后面上山的路吗?"

"以前走过，应该能找到，不过从这里绕到后面上山要多走六十多里！路也不知道现在能不能走。"

"知道就好！"分局局长问完看着厅长，看厅长怎么安排。

"这么办，辛苦你一趟，带我们的同志绕到后面，然后带着他们上山，我们有要紧的事，需要你帮忙。"

"那倒没问题，只是你们为啥前面的好路不走，要绕那么远上山?"老护林员有些不解地问。

厅长微微一笑："这是个有点儿特殊的情况，你只管把路带好就行了！谢谢你了！"

不用厅长安排，旁边的侦查处处长、分局局长已经召集手下的人了。

见此情况，匆匆赶回指挥部的老张对处长说："走山路我有经验，再一个何城我也熟，我去吧！"

处长想了想答应了老张的请求："也好，你对付这样的嫌疑人最有经验，你年龄大了注意安全，找到路后让这个带路的师傅坐到后面的车上，保护好他！开上越野车，保持通信畅通，有情况及时联系！"

转眼间十几辆停在路边载着全副武装的特警、狙击手、警犬等警种的车冲向了远方，老张的车冲在最前面，离开省城后，才打开警灯警笛呼啸着撕开夜幕风驰电掣般驶去。

这边，在山腰里的何城有些着急了，又打电话问吴新和更登钱准备好了没有，恶狠狠地限定一个小时里必须把钱准备好，不然就要苗苗的命。

何城情绪已经变得非常狂躁了，吴新的心更是揪了起来，再也不能拖了，再拖的话何城的情绪可能失控。厅长也知道再拖可能会发生杀害人质的恶果，但老张他们还没有到位，无奈中指示准备见面，等吴新他俩见面后一方面想办法拖住何城，另一方面等老张他们的支援。又安排一些警力看能否想办法从前面绕开路，从隐蔽的地方爬上山。

但何城指定只能由吴新和更登见面，上山的路口何城能看见，其他人员从路上上不去，一旦他发现可疑的人和车上山，就可能会加害苗苗。而现在情况紧急，只能让吴新和更登去见何城再随机应变了。厅长又亲自给老张他们打电话让他们加快速度，从后面尽快摸到何城的藏身处。

时间一分一秒地过去，当何城再次打来电话催问钱准备好了没有时，吴新说就凑了四十万，你看行不行，暴躁中的何城同意了，让吴新和更登到高原大道等他的电话。

吴新开了一部车和更登出发了，上车时厅长和处长反复嘱咐注意安全，把人质安全救出来。谁都知道这一去必然凶多吉少，但现在只能看他俩怎么随机应变对付穷凶极恶的何城了。

离何城限定的时间快到了，吴新的车也快到高原大道了，这时传来消息说老张他们已经找到路口开始上山了。这时，吴新才把车开进了宽敞无人的高原大道，而其他的车则悄悄埋伏在了暗处。

吴新开着车在高原大道来回走了两趟后才接到何城的电话，何城在山上通过望远镜反复观察着吴新的车后面有没有其他可疑的车。

"把车玻璃全部摇下来，后备厢打开！一直往前走！再从前面掉头回来！"

何城确认吴新的车后面再没有可疑的车，车里、后备厢里也没藏人后又打来了电话，让吴新拐到上山的路上。

吴新慢慢找着上山的路口，何城只让他俩上山，这段时间苗苗暂时是安全的。虽然吴新急于知道苗苗现在的情况，但还想尽量给老张他们多赢得一点儿时间。

不能再拖了，吴新和更登只能去面对何城。车慢慢沿着土路上到了山腰，四周一片寂静，漆黑一片。突然，前面不远处路边的地里亮起一束灯光，灯光照得吴新和更登无法看清路。他俩知道是何城，一打方向盘冲着何城的车拐进路边地里停了下来。

"把车熄火关灯，慢慢下车！"

对面耀眼的车灯光后面传来一个阴沉的声音，正是何城。吴新两个人只好熄火缓缓下车，往前走了两步。

"站住！手举起来！"吴新两个人只能按何城说的做。

"张老板、多杰老板，我们又见面了，转身！把衣服脱下来，我看看你俩有没有带我们感兴趣的东西！"

在车灯的照射下，吴新和更登把处长给他俩穿上的衣服脱了下来向何城的方向扔了过去，现在身上只是一件T恤衫和长裤了，又在灯光下转了一圈，何城见他俩的后腰、腋下都没有枪。

"裤腿！"

吴新两个人又掀开裤管，同样啥都没有。两个人上山时，考虑到何城可能会搜身，为了不刺激何城，把枪藏到了车里。

“何老板！啥事都好说，你也没必要绑架一个女人，这不是你何老板的风格啊！你是个求财的人，这个女人对你也没用，你又何必这样?”吴新看不清灯光后面的情况，只能举着手对着前面的车说。

“他妈的！不绑你的女人你会出现吗?”灯光后面何城恶狠狠地说。

“钱给你带来了，你放了我的女人我们好好说，这应该是我们男人之间的事！没必要把我媳妇牵扯进来！你也看到了，她还怀着孩子，你放她走，我来当你的人质怎么样?”吴新还不知道苗苗现在情况怎么样。

“我来给你当人质，你放了那个女人，我送你出去!”边上的更登也急着说。

“妈的！就是你俩把我害得这么惨，你的女人大着肚子，我的女人我现在见都不敢见，我成了这样，都是你俩害的!”何城有些歇斯底里了，对着他俩喊道。

“你成现在这样不是我俩害的，害你的其实就是你自己。本来你做点儿合法的生意，以你的聪明用不了几年就会富起来，过上舒舒服服的日子。你明知道贩卖制造黑枪是违法的事，以前也受过教训，可你偏偏不吸取教训，铤而走险给别人贩卖黑枪，到后来甚至找造枪的人自己加工黑枪贩卖。你没想过通过你的手出去的这些枪，会打死多少无辜的人，会让多少个家庭失去男人、让多少个孩子失去亲人，你花这样的钱会心安理得吗？玩火者必自焚，你不是和我俩斗，而是和整个警察队伍斗！是和国家法律斗！你想想你有多大的本事？现在，你还有希望，放了我的女人，把枪交出来，争取宽大处理。你还年轻，过几年你还是条响当当的汉子，那时候我们做真正的朋友也都是可以的!”吴新劝着何城，想让他悬崖勒马。

“就是，你了结了这事，将来我介绍你去做虫草生意，绝对会挣钱!”边上的更登说。

“你俩他妈的都闭嘴，少给我讲大道理，我卖枪是有人要，也会出高价。这和卖刀子、卖棍子没什么两样儿，我只管挣钱，才不管他们拿着枪去干什么。你俩害得我损失了多少钱！害得我有家不能回！我就是死也不能让你们把我送到监狱里！我还真心把你俩当朋友，结果你们他妈的都是警察，合伙来算计我！废话少说，钱在哪里?”何城在车灯后面吼着。

“我去取钱!”更登说。

“别给我玩花样儿，你俩也知道我这枪的厉害!”灯光后的何城阴沉沉地说。

更登回头走到车旁，打开后门抱出了一个箱子，走过来把箱子重重地放在前面的地上。

“打开箱子!”何城吼叫着。

更登往前一步，把箱子口打开，将箱口斜向车灯。在车灯下，何城可以清楚地看见箱子里放满了一摞摞的百元大钞。

“扔过来!”何城仍然在车灯后面，只能听见他的声音，看不见他的人影。

更登抓起一摞钱，朝何城的方向扔了过去。

吴新和更登在灯光的照射下啥都看不见，何城却是看得很清楚。他举着枪，下了车捡起那摞钱，看了一眼塞进口袋又喊：“把剩下的全都扔过来!”

“那可不行！钱你见了，该我看看我的媳妇怎么样!”吴新用脚踩住了装钱的箱子。

“他妈的！到这个时候了还跟我谈条件!”躲在车旁的何城现在就想开枪打死这两个人。

如同猛兽抓到猎物先要戏耍一番一样，何城要的不仅仅是钱，他更要那种戏耍对手时心理上的快感。等自己把这两个害得他无家可归的人玩够了，看到这两个人露出害怕、畏惧之后，他才会毫不犹豫地开枪，让他们倒在自己的枪下。现在四周悄无一人，只有夜风吹着树林，那两个人在前面的灯光里，主动权完全在自己的手里，不怕他俩要花样儿，更何况现在他手里有这个女人。有她在，眼前的这两个人会乖乖听话的！只要他俩有丝毫的反抗，何城就会先开枪打死这个女人，再打死他俩。何城手中的这把枪堪称世界名枪，火力大、精度高、射速快，兜里还有几个压满了子弹的弹匣。

“好，给你看看你的女人！”何城说完，一只手举枪对着吴新他们，另一只手打开车门从后车座上拽下已经很虚弱的苗苗，把苗苗推在前面用枪顶着苗苗的头往前走了两步，来到车灯旁。

吴新和更登这才看清了苗苗，她头发散着，嘴被胶带封住了，手也被捆在后面，美丽的大眼睛里全是惊恐，眼角满是泪水，脸上又红又肿，身体哆嗦着，要不是何城架着恐怕站也站不住了。看样子苗苗受了不少苦，而何城躲在苗苗后面，脸上露出得意的狞笑。

吴新和更登也看清楚了何城手里拿的就是他们见过的更登曾经开了一枪的那把出口型五四式手枪，黑洞洞的枪口对着苗苗的头。

“看清楚了没有？你的老婆可是好好的！”

吴新眼睛里都冒出火了，恨不得立即冲过去把苗苗救下来，哪怕自己倒在何城的枪下。

理智让他按住了不顾一切冲过去的冲动。现在冲上去，只能让何城对着苗苗开枪，就算是一般的绑架案件，人质没救出来，这案子也算是失败的。现在他只能等待，只能尽量拖延时间，只能期待机会的出现。他现在离何城还有十几步的距离，这点儿距离平常几步就过去了，而现在却如同鸿沟一般。

何城已经看到他俩身上没有枪，装钱的箱子里也没有武器，就算车里有枪，他俩的车离他俩也有一段距离。在车灯下他们两个人就像待杀的羊一般，想动不敢动，想骂不敢骂，完全是彻底被打败的样子，此时何城终于有了将仇人踩在脚下的感觉，这是他这么多天日思夜想一直期待的感觉。

“把钱箱子扔过来！别耍花样儿！”何城带着胜利者的口气命令着，身体又躲回到车灯后面。

吴新正要迈步去抱箱子，旁边的更登却抢先一步走向箱子。

何城拽住苗苗的头发往后一扯，苗苗倒在了地上，何城知道这个女人手被捆住了，嘴也被封住了，连站的力气也没有了，就算让她跑也跑不了，先收拾了那两个男人回头再慢慢收拾她不迟。

何城把枪对准吴新两个人，准备等更登把箱子一扔过来就开枪打死这两个害了他的人。

何城端着枪盯着更登，只见更登弯腰抱起了箱子，然后把箱子使劲往前高高扔了过来，箱子里的钱从箱口撒了出来，在灯光前一张张飞舞着。就在这时，透过漫天飞舞的钞票，何城的面前冒出一团火光，更登的手里不知什么时候多了一把枪。与此同时何城的枪也响了，正在往前冲的吴新一个趔趄，倒在了地上，他的肩头立即冒出血来。他挣扎着爬起冲向后面的车，车里藏着他的枪，他要先把枪取出来。更登开了枪后迅速趴在了地上，他见吴新中了枪，这时他听到何城的车发出发动机巨大的轰鸣声，眼前又啥都看不见了，只能大概对着何城的车开枪射击。

何城怎么也没想到更登的手里会有枪，随着巨大的枪声，他感觉头顶一热，子弹滑着他的头皮呼啸而过，他赶紧躲在了车边，一边朝前开着枪，一边摸刚才倒在身后的绑来的女人，他不相信这俩警察会不顾及自己媳妇的安全。只要把这个女人拉起来，把枪对着她，前面的这两个警察就不敢开枪，主动权又会重新回到他的手里。他伸手一摸，没有！再伸手往远处摸，还是没有！转头看哪有那个女人的影子，刚才站都站不住的她怎么就突然没有了？何城心里一下子慌了，他已经没机会找这个突然消失的女人了，只能跳上车胡乱对着吴新和更登开枪。

原来，更登从车里抱装钱的箱子时，暗暗将一把枪贴在箱子的底下，何城的注意力全在箱子里面，没注意到更登抱着的箱子底部有把枪。更登往地上重重放箱子的时候同时把枪也放在了地上。林地的土很虚，枪一下子被埋住了大半个，打开箱子给何城看钱时，更登又暗暗用脚把枪踩进土里，而刚才给何城取箱子时更登又暗暗把枪握到了手里。就在端起箱子准备扔给何城时，何城身体下意识往前走了一步，灯光被挡住了一点儿后他的后面能依稀看清楚一些。这时，他俩见何城的车后面突然冒出一个脑袋，这个人就是刚才何城见到的那个开越野车过去的小伙子，他是侦查处的一个侦查员。在确定何城在省城技术学校周围的大概位置后，侦查处派出了好几个组搜寻何城。因为处里车紧张，他就开着自己的越野车和一个女侦查员化装上了山，恰好利用何城给吴新打电话的机会确定了何城的位置，及时报告给了处长，处长就让他俩在山上等命令。

这个侦查员把车停在上面，自己摸黑悄悄下来就躲在何城车的不远处。刚才何城把苗苗拽下车当成肉盾的一幕，吴新和更登投鼠忌器不敢动的一幕，他全都看到了。他悄悄摸到了何城的车后面，此时何城怎么也想不到四周静悄悄的，怎么会有个人在后面。而这个侦查员一心想先把苗苗救下来，让吴新和更登放开手对付何城。他见何城把苗苗扔到一旁，用枪对着吴新和更登，发现情况紧急，便冒出头对着吴新和更登做了个手势，然后从车后一个前扑抓住瘫在地上的苗苗，俩人几下就滚到旁边的沟里了。恰好这时更登扔箱子的同时枪也响了，何城根本不知道后面的人已经滚到旁边的沟里了，枪声盖住了这个侦查员的声音。也是因为害怕伤到苗苗和侦查员，更登开枪时才下意识地把枪口抬高了一点儿，不然何城当时就被打倒在地了。

吴新挣扎着打开车门取出了枪，更登一枪把何城的车玻璃打碎了。此时，山下响起了刺耳的警笛声，一大队警车闪着警灯向山上冲来。原来处长给吴新和更登的衣服里放着两部很小的高灵敏度手机，只要拨通号码就可以自动接听。自从吴新他俩上山后处长一直听着现场的动静，加之山上枪响了，处长一声令下，所有准备好的警察立即从隐蔽处向山上冲来。

何城此时也顾不上地上的钱箱子了，他的车一直就没熄火，他跳上车挂上挡猛踩油门，四驱的车一下子蹿了出来，像脱缰的野马向吴新的车冲去。吴新就地滚开，他的车被撞到了一边，何城的越野车停都没停一转方向吼着向山上冲去。急速转动的车轮扬起了大片的尘土，吴新和更登对着车的方向连开了几枪车也没停，看情况是没打中何城。吴新挣扎着想开车去追，车却怎么也打不着了。

两个人只能眼睁睁看着何城的车灯消失在夜幕里，又赶紧跑到刚才的地方找滚下山沟的侦查员和苗苗。这时处长的车也到了，几辆越野车追了上去，其他的车停了下来。大家找到沟里的侦查员和苗苗，苗苗脸色苍白、呼吸急促，已经昏过去了。大家赶紧把苗苗架上了车，肩头还在汩汩冒血的吴新还想去开车往山上追，处长拉住了他说："何城交给我们，救苗苗要紧!"处长把吴新塞进苗苗的车里，司机调转车头向山下快速驶去。

这边处长和更登跳上了一部越野车向山上冲去，在车上他拨通了老张的电话，大概说了这边的情况，让他们设卡堵截。处长又向焦急等待消息的厅长汇报了这边的情况。

这边的老张他们却是遇到了意料之外的情况。风驰电掣赶到了后山，也找到了上山的路口，走了几公里后却发现由于废弃了多年，本来就狭窄的沙石路被山洪冲得没有了路的样子，加上各个山口看起来都一样，白天还好分辨些，晚上就很难分清了。他们边找边走，多耗费了不少时间，老张再急也是没有办法。

就这样找找走走、走走找找，终于快到山顶了，老张的车在最前面，其他车都远远地跟在后面。接到处长的电话后，虽然车边上都是几十米深陡峭的山沟，老张还是立即加快了速度。越野车在崎岖不平的路上颠簸着向山上冲去，而后视镜里却没见其他的车跟上来，原来后面的一部车车轮不小心掉进了山洪冲出的沟槽里，怎么也出不来了，其他的车全部堵在后面过不来，只能干着急。

老张看了一眼后视镜，一脚刹车停下了车。他把向导放在路边，然后毅然加大了油门向山上冲去，路很窄，只能勉强通过一辆车。

“山上下来一辆车！”车里的侦查员喊了起来，老张赶紧抓起对讲机通知后面的人，后面的人放弃了开车，全部抓起枪徒步向山上跑来。

此时山上的车灯越来越清晰了，看得出来速度很快，车灯光在崎岖不平的路上上下跳动着，依稀可以看出是辆越野车，在深夜以这个速度往山下闯的无疑就是何城的车。其他车上的人还远远在后面，而眼看何城的车就要到了。老张见前面几十米远的地方本来就窄的路被冲出了近一米宽的沟，就算是越野车也很难过来，觉得这里是个堵截的好地方。他把车停了下来，见边上还有点儿空地，把车尾倒了进去，车头对着路，让车上的侦查员都下车在四周隐蔽好。几个侦查员全都提着枪迅速趴在了路边，形成了一个包围圈。

车里的老张关了车灯，掏出自己的六四式手枪，打开保险，轻轻拉了一下枪栓，把子弹推上了膛，他知道今晚一场枪战是避免不了了。

老张静静地坐在驾驶座上，他明白这次再不能让何城跑了。经历了今晚，何城已经变得非常疯狂，他的手里有枪有子弹，现在他会毫不犹豫地向任何想阻挡他的人开枪，战斗只能在这个没有人烟的山沟里结束，让他逃出去必定会有无辜的人倒在他的枪下。

转眼之间，何城的车快到了。在雪亮的车灯下，他发现远处路上的沟旁停着一部越野车，他知道这个时候在这里出现的车必定是警察的车。他刹住了车，把头探了出来，后面扬起的尘土立即把他的车包裹了起来。突然，前面车上的警灯打开了，他听见前面传来声音："何城，你跑不掉了，放下枪下车！这是你唯一的出路！"

"让我放下枪，我何城不是那样的人！是唯一的出路？我何城非要杀出一条路不可！"何城见前面只有一辆车，想必他们人也不多，甩手向前面的车就是两枪，前面车的玻璃一下子碎了。埋伏在路边的侦查员见何城开枪了，也用手中的枪还击着，四周响起了激烈的枪声，子弹打在车上冒出火花。何城感觉脖子一热，他缩下身子一摸，手里黏糊糊的，知道自己中枪了。看见血他更加疯狂了，他一边向四周射击，一边松开刹车猛踩油门，他要冲出包围圈。汽车的引擎发出巨大的吼声，何城的车如疯了一般向前冲去，车头在路上的小沟里落下又腾空而起后落在了小路上，连何城自己也没想到能冲出来。

在车里的老张自然成了何城的主要目标，老张感觉腰里一热，知道自己腰部中枪了，脸也被打碎的车玻璃划出了不少口子，鲜血已经迷住了他的眼睛。他仍然举着枪向何城射击，这时他见何城的车突然冲过了那道沟，停也没停往下冲过来。

不能让他冲出去！下面的路上还有往上赶的许多警察，小路一边是深深的山沟，一边是很陡的山坡，何城的车冲下去的话，那些人躲都没地方躲！在这千钧一发的时刻，老张想都没想也猛踩油门，他要把何城的车撞停，哪怕撞坏今晚何城也逃不掉了，正在往上冲的其他人也会安全了。

转瞬间，何城的车呼啸着就到了，何城的车在高处，速度非常快，但老张的车更快。就在何城的车从老张的车前冲过去的刹那间，老张的车轰鸣着冲了出去，准准地撞在何城的车身上。

随着一声巨响，何城的车一下子失去了平衡，顺着山坡翻滚下去了，而在巨大的惯性下，老张的车晃了晃也翻下了山沟。

埋伏在四周的侦查员赶紧跳出来跑到沟沿上，在扬起的尘土散尽后发现在深深的沟里两辆车都不动了，车灯还亮着，四周一下子变得非常安静。这时正在往山上赶的其他警察远远目睹了这一幕，也向沟底冲去。等大家赶到车跟前时，发现何城的车四轮朝天，何城被压在车下，嘴里在往外冒着血，脖子上有个枪口也在冒血，已经没有呼吸了。其他人赶紧合力把老张严重变形的车门拽开，见老张还有微弱的呼吸，几个人背起老张就往山沟外跑。

处长和更登他们赶到现场时，四周已是静寂无声，几个特警守护着现场，老张的车静静地躺在沟底，一个车尾灯还亮着。

第六十七章 涅 槃

第二天，失血过多又刚做完手术的吴新从昏迷中醒来，灿烂的阳光照在病房里。见他醒了，英子和妈妈的眼泪又下来了，满眼血丝的磊子也在旁边，看样子他是连夜从千里之外开车赶回来的，吴新挣扎着问："苗苗怎么样？"

边上的磊子低声说："没事儿，现在输着液睡着了。"

而英子和妈妈却忍不住眼泪吧嗒吧嗒掉了下来，吴新瞪着磊子，磊子这才说："苗苗基本还可以，只是惊吓过度，肚子里的孩子没有了。"吴新痛苦地闭上了眼睛。

这时在门外的李科长走到病床前，看样子他也是一夜没睡，轻声对吴新说："何城昨晚被击毙了！你现在只管好好休息。"

肩头中枪流了不少血加之手术后很虚弱的吴新，听到这些消息后又昏昏沉沉地睡了过去。恍恍惚惚中好像还在和更登、老张他们抓何城，老张对他笑了笑开着他的桑塔纳走了，吴新怎么喊车也没有停下来，后来的梦里还有一个蹒跚学步的小宝宝在喊他叔叔。一行泪从他的眼角滑了下来，落在了枕头上。

再次醒来，已是深夜。躺在病床上，吴新感觉恍如隔世，他努力回忆抓捕何城的那一幕幕。

英子趴在床边睡着了，吴新看着这个为他甘愿奉献一切的女人，感觉欠她的太多了。他轻轻用手摸了一下英子的手，英子一下子就醒了，见吴新醒来脸上露出了欣喜的笑容，把手反过来疼爱地牵住吴新的手放在自己的脸颊上，他俩已经很久没有这样静静地待在一起了。

许久，吴新轻声问："苗苗在哪里？"

"在那边的病房里，磊子哥和妈守着她，磊子哥让妈回去休息，但她非得要守。"

吴新挣扎着要下床，英子看了看知道拦不住吴新，轻轻扶他从病床上起来给他穿上拖鞋，又拿过一件衣服给他披上，扶着他出了病房门。

苗苗的病房里，吴新妈妈趴在床边睡着了。见门被轻轻推开，在旁边沙发上打盹儿的磊子站起来用责备的眼光瞪了一下吴新，责备他不好好休息，过来做什么，吴新把食指放到嘴边做了个安静的手势。

苗苗躺在病床上，脸肿得还很厉害，美丽的脸上没有一点儿血色，吴新静静地看着。突然苗苗惊悸地喊了起来："别打我，你要打我也可以，千万别打我的肚子，我肚子里有小宝宝，有我的小宝宝……"

在床边的吴新妈妈立即醒了，英子也赶紧走到床边拉住苗苗的手，轻声说："没人会打你了，你好好休息，没人会打你了。"

苗苗在恍惚中喃喃说着，声音渐渐低了下来，又昏沉沉地睡着了。吴新妈妈和英子眼泪又吧嗒吧嗒流了下来，磊子和吴新眼睛里也全是泪水。

第二天，在灿烂的阳光下，吴新正在病床上吃早饭。病房的门被轻轻推开了一条缝，一个满脸胡子的大脸探了进来，看吴新已经起来吃早饭，脸上一笑进来了。吴新一看是更登便骂了起来："你小子也不来看我，真该让你也挨一枪，陪我在这儿躺着。我俩是搭档对不？你也不来看看我，光知道回去陪你媳妇！"

吴新奇怪的是更登这次没有回击他。按常理更登在单位不多说话，但在朋友之间你要是损他一句，他必定会绕得远远地损你十句，这里也没有外人啊！

更登没再看吴新，伸长脖子看桌子上的饭盒里还有饭没。英子笑了笑赶紧给他也盛了一碗粥，更登接过来大口喝了起来，英子又赶紧递给他一个馒头。床上的吴新看着更登狼吞虎咽地吃着，本来他想继续开更登的玩笑，但看到他这个样子不敢开了，这个更登绝对有啥事，吴新的眉头又紧锁了起来，手里的饭再也吃不下去了。

“发生了什么事？”看着更登狼吞虎咽三两下吃完后放下碗，吴新问更登。

“没什么！”更登回答时根本没有底气，目光也躲开了吴新。吴新看到更登这样，更确认更登在瞒着什么事！突然他想起了一个人，就是老张。

老张对他特别好，像兄长、像老师、像长辈，吴新也特别尊敬老张。按理说自己受伤了，老张会第一个来看他的，而一直也没见到老张，不祥的感觉出现在吴新的心里。

“是不是老张出事了？告诉我！”吴新第一次厉声问更登。

沉默一会儿后更登再也忍不住了，捂着脸哭了起来，泪水从指间流出，落在满脸的络腮胡里面。终于，他哽咽着说：“老张没有了！”

“什么！”吴新惊呆了，手中的碗翻落在床上，泪水一下子夺眶而出。边上的英子也呆住了，也不知道收拾落在床上的碗了。

过了好久，吴新轻声问：“怎么回事？”

更登止住哭声哽咽着说了起来：“那天晚上何城翻过山就遇到了老张的车，而老张后面的车都没有赶上来，没有办法老张只能和我们侦查处的几个人堵何城。老张让其他人下车埋伏在四周，自己却在车里以防万一。何城见有人堵他二话没说就开了枪，枪战中，老张打中了何城，而何城也打中了老张。老张坚持着举枪还击，何城见情况不妙想开车冲出去，而老张坐在车里就是怕他冲开包围圈。当何城的车冲过来时他加速撞了过去，何城的车被撞失控翻下了几十米深的沟里，而老张的车也滚下了山沟。我们的同志下到山沟，发现何城已经死了，老张还有呼吸。他们赶紧把老张往医院送，在路上老张曾经苏醒了一会儿，问的第一句话是：'何城抓住了没有?'第二句话就是：'吴新怎么样?'问完后就再也没有醒来。我这两天一直在那边帮忙，准备送老张最后一程。处长怕你受了伤再受刺激不让我告诉你，我也不敢来你这里，我怕我忍不住告诉你。"

说完更登又捂着脸低声哭了起来。

吴新在病床上呆呆地坐着，眼泪无声地滑落下来。他怎么也接受不了这个残酷的现实，不相信老张会这样离他们而去。老张教会了他许多许多东西，有侦查方面的，还有为人处世方面的。他兴趣广泛，再有几年就该退休了，他退休后的生活会更精彩。他虽然快退休了，但像个年轻人一般什么都想尝试一下，他为了学电脑，买了张小学生用的拼音表，天天照着学拼音。他不排斥新事物但也怀念曾经的时光，他对侦查工作总有不同于他人的见解。曾经在和吴新聊天时，他说最遗憾的是应该建立一个侦查博物馆，把侦查的那些历史定格下来，把那些老家什、老物件、老档案留下来给年轻人看，他说他看到那些前辈出生入死使用过的东西像垃圾一样被扔掉、报废，心里面就会很痛。看到有的年轻人静不下心钻研业务，光想着溜须拍马，他就担心侦查事业的将来。他说想当官、想发财就不能干侦查，干侦查就要耐得住寂寞、守得住清贫。他说有的时候他也很无奈、很痛苦，练太极拳就是想求得内心的安宁。

老张和他们一起搞案子的情景、一起在办公室分析案子的样子，老张的一言一行一幕幕浮现在吴新的脑海里，吴新的眼泪又夺眶而出。

老张的追悼会在几天后举行，厅长亲自致悼词。吴新吊着胳膊不顾身体虚弱坚持着来了，磊子和英子也参加了追悼会，更登征得处长同意后按照藏族老人去世的习惯一年内不再剃胡须，以此方式表达对老张的敬意。社会上各行各业的人听到老张的事迹后，都自发赶来送这位素不相识的普通警察最后一程。

灵车缓缓启动，十几辆警用摩托车在前面开道，沿途许多市民为这位从未谋面但一直在他们身边守护着平安的警察打出了横幅。车队缓缓前行，路上行驶的车都停在了路边鸣笛致哀。灵车里老张穿着平时极少穿的警服走完了当警察的最后一程，他的魂依然在他热爱的侦查事业里、在这片他热爱的雪域高原上。

过了些天，吴新和苗苗都出院了，磊子在省城最好的酒店定了个包间，一大家子人全都来了。苗苗还没有摆脱阴影，不像以前那样爱说爱笑了。吴新虽然也没从老张牺牲和磊子失去孩子的悲痛中缓过来，但为了照顾大家的情绪，刻意装作很高兴。老人们看着苗苗和吴新身体恢复得很快，倒是很高兴。吃完饭，英子送苗苗回去休息，老人们也各自离开。偌大的包间里只剩下了磊子和吴新。磊子边说话边不停地给自己灌着酒，吴新陪着也醉了，两个人醉得一塌糊涂。吴新恍惚之中只记得磊子说着说着哭了起来，迷迷糊糊中还骂吴新："你欠我一顿饭，现在又欠我一个儿子！"两个男人都哭得一塌糊涂，最后还是担心他俩的英子又返回来把他俩送回了家。

第六十八章　迷　茫

几天后的一个晚上，还是磊子把吴新两口儿叫出去一起吃饭，在饭桌上英子笑骂他俩不能再喝酒了，特别是吴新刚出院不久伤口没长好还喝那么多。苗苗的情绪似乎好了许多，四个人嘻嘻哈哈好像又回到了从前。

还没吃饭，磊子突然正色地对吴新说："吴新，今天不光是吃饭，还有个事要和你商量。你看你的工作没日没夜的，别说英子和你妈心疼，我都心疼你，你俩年龄也不小了，该要个孩子了。最近发生的这些事对我触动很大，我考虑了很久，我觉得不能再拖了，今天就和你说这个正事！

"你知道我在西部的盐湖边承包了几个盐田，每个有几百亩，整个有几千亩。现在国家发展经济，农业是基础，通过盐田开采钾肥，那可是非常赚钱的生意。要不了几年，赚的钱我们这一辈子也花不完。现在我的事业刚起步，俗话说，打虎亲兄弟，上阵父子兵，只要我们哥儿俩一起干，过几年就会过上别人想都不敢想的日子。我直说吧，就是想让你辞职，别干你的警察了，那工作工资低又危险，吃力不讨好，家里的人也照顾不上，到最后落下一身的病，还有可能和老张一样。你干这工作幸亏遇到的是英子，不然像你这样早就离婚了，听我的话！别舍不得那身看着光鲜的警服。只要我俩一起干，挣的钱全都是我俩的，我现在需要帮手，你去了也就是帮我操点儿心，让苗苗和英子把家里的几个老人照顾好，我俩好好干出点儿事业，同样让你有成就感，怎么样？"

吴新听磊子说完，一下子就懵了，他也知道自己辛苦一个月的工资不够磊子吃顿饭的，自己就算不吃不喝，十年也买不起磊子开的那样的车，就那点儿工资还大部分花在工作上了，每月给家里给英子也交不了多少钱，家里就靠英子的那点儿工资。房子是磊子给买的，但将来要个孩子、老妈病了再不能让磊子出钱了。像磊子这样有闯劲、有头脑的人过不了几年，事业绝对会蒸蒸日上。如果辞了职，有磊子哥的全力支持自己会又轻松又没有危险，就会直接跨入成功人士的行列。现在社会上冒出了许多暴发户，出门豪车美女，夜夜笙歌美酒相伴，就连李科长见了那些人口气都软了，态度十分客气，如同见了厅长一般恭顺。他见自己以前拿个时髦的大哥大、开着磊子那样的豪车，眼中就能看出来无法掩饰的嫉恨。但是自己还是舍不得那身很少穿的警服，警察这个烙印现在已经深深印在了心中，脱离开真的很难。

一时间，吴新不知道如何答复磊子，磊子是他哥，但有时候却像他的父亲一样无微不至地替他考虑着一切，吴新很难做出取舍。

磊子拍了一下吴新的肩头说："我知道你很难作出决定，这么办，你不用急着答复我，只要你哪天不想干警察了，哥随时欢迎你。想让你辞职的这个想法我很早就有，今天才告诉你是因为我知道你喜欢当警察，不忍心伤害你的这份情感。但你也不能太自私，你也要考虑家人的感受，要考虑你的将来，就算你将来当上处长，也不过如此。不管怎么样我永远是你哥，我们就是一家人，我俩把这个大家庭的担子挑起来，让老人们过上好日子，让媳妇过上光鲜的生活，让孩子受到最好的教育，这应该是我俩的目标，我俩努力的方向！这次是老张的事刺激我对你说出我很久以来的这个想法，你要认真地考虑！"

那一夜，吴新在床上翻来覆去根本没有一点儿睡意，脑子里全是磊子对他说的话，而他又想起了为剿匪而长眠在高原上的爷爷、英年早逝的父亲，还有沧桑一辈子的年周厅长……英子看他翻来覆去的样子说："你自己拿主意，不管怎么样的生活我都能过，我尊重你的决定。"

英子善解人意的一句话，却让吴新更难作出决定了。

吴新参加工作后从没有像这样在家里休息过，幸好磊子在几个老人跟前轮流转，英子单位给英子也放了几天假让她照顾吴新，老人们给这几个年轻人准备了许多好吃的。在大家的精心照顾下，苗苗的情绪慢慢调整了过来，吴新的身体也恢复得很快，没几天他就待不住了。

磊子也要准备回盐湖去了，和他一起走的还有苗苗，晚上磊子又请几位老人吃饭算是告别。饭桌上气氛比上次轻松多了，磊子谈起了他的生意。

在高原省城往西千里之外是漫无边际的戈壁，而在戈壁里有许多盐碱滩，还有像蓝宝石一般镶嵌在荒漠里的盐湖。盐在高浓度的盐湖里不断结晶，形成似玉如雪一般晶莹的盐花，大片的盐花如鲜花般怒放，异常美丽，能领略盐湖原生态美景的人无不惊叹大自然的鬼斧神工。盐湖周围只有耐盐碱的稀疏的蒿草，但依然有各种鸟类在这里栖息、繁育、成长，这里储藏的盐足够全世界的人吃几十年。人们把盐湖周边的盐碱滩改造成一块块盐田，把卤水放进去，在戈壁的烈日下，不久就会把水分蒸发掉，留下厚厚的一层光卤石，再把这些光卤石运到加工厂提炼出品质非常高的钾肥。这里产的钾肥不仅销往全国，还是出口的拳头产品，这也是磊子所看中的好生意，他倾尽所有又借了些钱一下子承包了几千亩盐田。

戈壁上的风景非常壮美，特别是日出和落日更是震撼人心。“大漠孤烟直，长河落日圆”的风景只有在这里才能看到。站在茫茫戈壁上，站在天地之间，才会感到人是多么渺小、生命是如此短暂。磊子又说那里虽然条件艰苦，但是对苗苗恢复很有利。以前怕强烈的紫外线晒黑苗苗，但这次磊子想带苗苗过去住一段时间。

听到苗苗也走，吴新和英子心里不免非常愧疚，要不是吴新的工作带来的变故，苗苗可能已经当妈妈了，也不必和磊子去那么艰苦的地方，英子又唏嘘不已。

第二天一大早，英子和吴新跑出去给磊子和苗苗买了一大堆吃的用的塞进磊子的车里。

和磊子他俩一起走的还有大学毕业后到处找工作的老张的儿子。在追悼会上磊子得知老张儿子的情况后，看小伙子非常精干，便想把他带在身边，让吴新征求他的意见后，就准备把他也带去盐湖。

看着车渐渐远去，英子又是眼泪一大串，吴新也突然觉得心里空落落的，想着磊子临上车前又对他说好好考虑我对你说的事，心里又是非常迷茫。

吴新妈妈怕磊子两口子走了他爸他妈不习惯，就陪着聊天去了。英子抹着眼泪去上班了，吴新感觉无事可做，索性坐公交车也去单位上班了。

回到单位先去跟处长报到，处长说伤还没好怎么就来上班了，身体如果不行就别坚持。

吴新又去跟李科长报到。经过了老张的事后，对李科长来说确实触动也很大，他对外勤科的工作有了新的认识，才明白这支队伍是不能按机关的管理模式进行管理的，侦查员中规中矩是出不了战斗力的，所以对吴新显得非常热情。他说何城案子结束后，现在全社会掀起了打击非法制贩枪支的行动，政府一方面严厉打击，另一方面给贫困地区输血造血从各个方面给予扶持，让群众不但不再参与这些犯罪活动，更要当打击涉枪犯罪的力量基础。就侦查处而言，坚决把制贩黑枪的势头打压下去，以后就进入常态侦查模式了。又说老张牺牲后外勤科力量更薄弱了，所以把更登也调到了外勤科。

吴新回到自己办公室，一进门见老张的桌子依然摆在原位置上，但办公室中间再也没有老张练太极的身影，心里不免又是一阵难受，还是接受不了老张牺牲的现实。

科里的同事见他来了，全都过来问候，走廊里的人听到里面的动静也全都进来问吴新身体怎么样。吴新的心里非常感动，自己因为工作忙很少和外科的这些同志交流，但今天发现大家都是真心地关心自己。大家七嘴八舌聊着天，说着说着又说到老张。老张在的时候跟谁关系都好，大家又都伤心起来，听说磊子把老张的儿子带走了，大家才有些许欣慰，大家都知道磊子是有意培养老张儿子的。

吴新见没有更登，便问更登干啥去了。同事们说更登调过来后主要负责虫草抢劫案的侦查，这些天来工作一直没有进展，没有任何突破口，上面的领导又天天催问这起案子，更登跑到当地分局了解摸排的情况去了。

话没说完，只见窗外科里的桑塔纳回来了，驾驶座上下来的是更登，从没见开过车的更登怎么开上车了？

不一会儿更登就到了办公室，见吴新在办公室猛地一愣，又哈哈笑了起来。

“你小子不在家里养伤，怎么过来了？”

“几天没见，你怎么开起车了？”吴新见满脸胡子的更登，反过来问他。

“知道我调外勤科了吧？本来还想向你当面汇报，给你个惊喜呢，还可以顺便蹭顿饭吃。处长说，到了外勤科不会开车可不行。我本来就不喜欢开车，没办法，不喜欢也得学啊，就突击学车。现在一个人开出去也不怕了，就好像老张坐在旁边指挥着一样，不过交警见一个大胡子开着这车，拦了好几回，又给看警官证又解释的，你回来了就好，车就先交给你开，我跟着慢慢练！”

“你想把我刚长上的伤口又给整开啊！以后你开！我看着。哎！你驾照都没有还敢自己开出去啊？你不怕出事？”吴新这才想起更登是无证驾驶。

“我出去都是拽个人让他替我开的，人少的地方才是我开，刚才是在大门口把车交给我，我从大门口开进来的，特殊时期只能这样见缝插针练车。其实开车也没啥难的，我摩托车开得好你见过吧？现在不过是老要想着摩托车变成四个轮子的就可以。”更登脸上满是得意。

中午自然是更登请吴新吃饭，更登边吃边跟吴新说他不在的时候科里的事。

何城被击毙后，高原警方掀起了一场缉枪风暴。侦查处全体侦查员迅速对掌握的线索进行梳理收网，打掉了好几个地下制枪窝点，缴获了一批制造加工好的黑枪和制枪零部件，抓获了一批制贩枪支嫌疑人。同时慑于政府和公安机关的高压态势，一些涉枪人员主动投案自首，交出了私藏的枪支弹药，缉枪行动取得了初步战果。而一些顽固分子为了追求高利润依然在以身试法，只是活动更为隐秘了。

可是对虫草抢劫案的侦查，各级公安部门虽然投入了巨大的警力和物力，却依然如同一潭死水，没有任何进展。这起案子就像一块巨石一般压在所有侦查员的心头。

自发案后，专案组除了对案件细致地勘查，还发动省城及周边地区所有的警力开展了地毯式的摸排工作。对省城周边的所有刑满释放人员、有劣迹的人员、重点人员、案发期间来省城的外地人等进行了大范围排查，对虫草销售的渠道也进行了严密布控，一份份协查通报也发到了全国各地警方。公安部召集的专家也数次来到省城对案件反复进行勘验分析，但还是没有大的发现，依然只是确定实施杀人抢劫的应该是三个人，没有携带任何通信和交通工具。

虽然没有进展，但侦查工作仍在坚持，一些侦查员觉得这案子成了死案，对案件侦查失去了信心。社会上各种各样的传言都有，公安机关顶着巨大的压力。为此，厅长专门召开了专案会议给所有的侦查员打气鼓劲，处长也专门进行了汇报，感觉在排查时嫌疑人应该圈进了警方的视线，但就是确定不了。

吴新上班后还是缉枪和虫草抢劫两个专案全都参与，因为身体还没有完全康复，有些外勤工作就没让他参加，专心在单位利用各种资料排查、分析。

时间过得飞快，转眼间半年时间过去了，岁末年初，新的一年又开始了。

缉枪行动取得了突破性进展，在各级政府的支持下，在所有侦查员艰辛的付出下，各级公安机关陆续又破获了一批涉枪案件，抓获了一批嫌疑人。渐渐地，涉枪案件少了，木县也一举摘掉了全国涉枪犯罪重点县的帽子。这里面无不凝聚着侦查处所有侦查员的心血，努力总算得到了回报。只是虫草抢劫案还是没有线索。专案组的工作也一直在坚持，老百姓似乎渐渐忘记了这起案子，可是在所有侦查员的心里依然如同压着一块巨石，一直没有放松侦查的所有侦查员在苦苦寻找着突破口。

磊子和苗苗在过春节的时候回来了，苗苗听说英子怀孕了，既激动又羡慕，磊子也是非常高兴。几家人又聚在一起，磊子说盐田的生意已经见效益了，许多大企业已经预订了他的货，估计今年赚个几百万是一点儿问题都没有，大家都为有眼光、有魄力的磊子高兴。

磊子和苗苗回来后，四个年轻人照例天天在一起，几家的老人都围着他们四个人转，想方设法变着花样儿给他们弄好吃的，而他们也都是尽量陪着老人，苗苗和英子操心着给老人们买了不少东西。四个年轻人偶尔出来玩，让老人们休息一下，这个节大家其乐融融，都感受到了亲情的温暖。

过完节，磊子和苗苗回盐湖去了。苗苗已经喜欢上了戈壁盐湖那绝美的风景，喜欢上了那里简单宁静的生活。

回去时是老张儿子开的车，经过磊子这段时间对他刻意的磨炼，他成熟了许多，待人接物很有章法，对生意上的事也很熟悉。磊子十分看好他，有意给他压担子，给他的工资自然也是非常可观的。

磊子在私下又问吴新考虑得怎么样了，现在生意前景非常好，用不了几年就会赚得盆满钵溢。现在磊子想趁机扩大规模，想让吴新来帮忙。一方面，虽然磊子想挣来的所有的钱也都是吴新的，他俩是从来不分彼此的，但他还是想用这种方式让吴新心安理得地和自己打下一片天地，获得该有的一切；另一方面，最重要的也是他一直担心的，就是吴新当警察危险，怕他在工作中出意外。

看到吴新还是犹豫的样子，磊子没再说什么，只是告诉吴新永远给他留个位置，啥时候想来就来。

吴新也知道磊子的好意，他也反复考虑是不是选择和磊子一起创业。只要他点个头，辛苦了一辈子的老妈和英子都能过上常人羡慕的生活，自己也不会再风餐露宿、加班熬夜，饥一顿饱一顿、头发一把一把地往下掉，但他还是舍不得那身警服，舍不得历经千辛万苦将嫌疑人锁定并抓获后的那种成就感、使命感。他开始慢慢理解老张了，历经磨难还坚守着自己的信念，不为名不为利，忍受着孤独和别人的误解。如果让老张背警察誓词他可能背不出来，但在他的内心当中警察的誓言和信念已经成了他灵魂和生命的一部分，他用生命和鲜血诠释了警察的誓言。同样，吴新现在也很难把警察这个身份剥离开来，他还是很难做出取舍。

这天，吴新去向李科长汇报工作，见他的办公桌上放着一个新案卷，便好奇地看了一眼。李科长说前几天离省城百公里外的一个县，在一个远离人烟偏僻的山沟里积雪消融后发现了一具无名尸体，死亡时间应该是年前。尸体已经被山里的鹰鹫和狼吃得差不多了，死亡原因还确定不了。在尸体周边也没有任何能证明其身份的东西，但意外的是在尸体不远处发现了一枚六四式手枪子弹弹壳，基层单位请侦查处的法医出现场后，在相关检材基本被破坏殆尽的情况下，只能确定尸体为男性、年龄应该在三十多岁。

是凶杀命案现场？还是意外事故？在现场发现的弹壳是不是只是一个巧合？基层办案单位没有大意，将此案上报到侦查处。因为吴新在操心虫草案子和枪案，就没让他参与这起案子的侦查，让其他人去了，到现在也是没有一点儿眉目。

六四式手枪子弹弹壳！无名男尸！这立刻引起了吴新的注意。他把案卷材料借了出来，在办公室里反复看着那些现场照片和简单的侦查结论。经过这几年的打击，涉枪犯罪已经很少了，在无名尸体旁发现的弹壳虽然现在确定不了和尸体有无关系，但这还是引起了他的注意。

思考良久，他又到了李科长的办公室，请求把这起案子也交给他。李天才考虑再三后同意了，但要求他不能因为这起案子而放松对虫草抢劫案的侦查，那才是领导关注的案子。

吴新的面前摆着案卷，他反复看着那些残缺的尸体照片，觉得有必要去现场看一看。

更登开着科里的桑塔纳轿车，车里还有当时去现场勘查的技术科的人，这是处长专门安排的。侦查员只有到现场对现场有个直观了解后，才能客观地形成自己对案件的感知。所以，他要求侦查员尽量去现场看看，因为侦查员和技术员的着眼点是不一样的，对案件的认知和分析侧重点也是不同的。

吴新第一次坐更登开的车，一上车就系上了安全带，更登扶着方向盘歪着脑袋瞪着眼睛一直看吴新系好安全带后说："你伤了我的自尊知道不！你虽然是第一次坐我开的车，但我更是第一次见你系上安全带！我告诉你！你应该是坐好，我要求你系上安全带后你再极不情愿地系上，哪怕小小地伪装一下也可以啊！照顾一下我的感受好不好？"

"我告诉你！你应该是上车先给我塞上两包烟，再满脸堆笑叫声师父，说谢谢你冒死坐我的车才对！点火、挂挡、起步！"吴新俨然是教练的口气。

更登转过头翻了翻眼睛，嘴里念叨着："挂挡、打转向、打喇叭、松离合、踩油门……"然后故意把车开得起步三点头，几脚猛刹车后肩头挨了吴新一拳，这才得意地笑了起来，顺畅地把车开出了大院，驶上了马路。

案发地的公安局感到很奇怪，对这样一起案子为什么又要进行现场勘查，但还是按照电话里的要求准备好了人手和其他东西。吴新他们到了后换上当地公安局的越野车，一行人向山里进发。当地的司机虽然开车很快，车还是在山路上颠簸了两个多小时，又步行了一个多小时后才到了发现尸体的现场。

远处的山峦上还有皑皑白雪，但山脚下的草地上小草已经冒出了头。现场什么痕迹都没有了，当时勘查现场的人比画着尸体的位置、方向，以及发现弹壳的位置。吴新看完后对技术人员说："当时你们认为这可能仅仅是具无名尸体，我一直搞的是枪案，看到现场有弹壳后总想把案子往枪案上靠。不好意思，麻烦你们从勘查的情况看，如果这个人是被枪杀的，那从他倒下的位置，特别是从发现弹壳的位置上分析弹着点应该在哪里？在一般常理下谨慎的嫌疑人开枪后会把弹壳捡走，弹头一般是发现不了的，更是不会带走的。六四式手枪威力小，形成贯通伤的可能性很小，尸检报告里也没有发现弹头，但如果这起案子是个意外，假设这个人就是被六四式手枪打死的，近距离开枪形成了贯通伤，从发现弹壳的位置麻烦你们分析一下弹着点，看能否找到弹头。"

发现尸体时，尸体已经残破不堪，在野兽的撕咬下也应该有了位置移动。虽然现场发现了一枚弹壳，但是否和这具尸体有关目前也确定不了。按理说六四式手枪是形不成贯通伤的，更何况残缺的尸体上也没有发现弹头，其他人都在怀疑吴新的想法，但既然来了就试试吧。所有人分头从车里拿出铁锨、筛网等东西，技术勘查人员按照吴新的思路从发现弹壳的地方反复确定大概位置后，仔细地挖了起来。

六四式手枪子弹威力小，打穿人体后就算钻到地下也应该不深，几个人细细地将地面表层的草屑铲走，检查后堆在一旁，又轻轻将解冻的土层铲起，放在筛子里筛去细土。几个小时过去了，就在大家丧失信心的时候，一个技术员发现筛网里的一块土疙瘩很奇怪，用手一捏里面硬硬的，把上面的土清理干净后，赫然就是一枚六四式手枪子弹弹头，上面的膛线划痕依然清晰可见。这个技术员如同发现了宝贝一般跳了起来，大家全都围了过来。

在检材袋子里的这枚弹头看似和其他的弹头没什么两样儿，但是它的背后可能隐藏着极大的秘密。如果它能说话，必定会给大家讲述一个不为人知的故事。而吴新现在的工作就是要让这枚看似不起眼的弹头说话，把它后面的冤屈和故事讲出来，把可能会永远石沉大海谁都不知道的事呈现出来。

激动的大家又继续对周围进行细致寻找，但再也没有发现其他可疑的东西了。吴新和更登不时拿出一部仪器，看着上面的数字，在小本子上做好记录。直到夕阳西下时，大家才下山。

回省城的路上，更登车开得很快，吴新在来的时候观察了他的驾车技术，发现他对开车还是有天赋的，超车、会车都能抓住时机，车开得又快又稳。按照吴新的推断发现了弹头，几个人都很兴奋。等回到单位已经是深夜了，枪弹科的技术员还在等着他们。发现弹头后吴新立即向处长汇报了情况，处长安排人连夜对弹头进行鉴定。

尽管现在涉枪案件很少了，但吴新还是对枪和子弹非常敏感。他不仅认真学习了国内各种枪支的构造、配置等，还对易于制枪的原材料进行了细致研究，对发现的每一个制枪窝点都要去仔细观察，对每一个零部件都要仔细揣摩，对每一起涉枪案件都要认真分析。高原黑枪的流向、购枪群体的特点等都要进行分析。越分析吴新越怕，这些各种各样的长短枪支平时流散在民间，如果不及时予以打击，必定会带来极大的隐患，这也是吴新对涉枪案件极为感兴趣的原因。

发现的弹头一看就是制式子弹的弹头，现在弹头和弹壳放在了一起。吴新静静端详着，想要读懂它后面的故事。膛线分析结果已经出来了，应该是一把制造比较精密的自制手枪发射出这发子弹的。光有分析结果还不够，他有个大胆的想法，等天亮后，吴新想向处长汇报。

第六十九章　劫案告破

天亮了，新的一天又开始了。科里的人陆续到了办公室，大家分头打扫卫生、烧开水。更登提着一袋子热腾腾的包子来到办公室，推醒了趴在办公桌上的吴新。

“我就知道你昨晚没回，是不是有情况出来了？”

吴新伸了伸腰说：“分析结果是出来了，但还是要看比对的情况。你给技术员也送点儿包子过去，他可能也在办公室里睡着呢，等会儿我们一起去向处长汇报。”

更登分了几个包子走了，吴新到卫生间里擦了把脸，回来倒了杯水吃了起来。

处长看看技术员的报告，又看看吴新的脸，点了支烟后说：“我知道你的想法，昨晚我考虑了一夜，在虫草抢劫案现场发现的弹壳和无名尸体现场发现的弹壳是同一个批号的子弹，那这两起案件是不是有一定的联系？前期我们的工作是有疏漏的，因为无名尸体案条件太差，对发现的弹壳是不是与尸体有关系也没有认真分析，也没有把这两起案件进行并案侦查，这是我们工作中的失误。也幸亏你们把弹头找到了，如果比对成功，那我们可以给所有人一个交代了，辛苦你们赶紧去比对，不！我亲自看着你们做。”

一张张图片在电脑屏幕上打开，每一个细节特征被放大，慢慢由模糊变得清晰。当所有的细节渐渐地重合在一起时，围在电脑周围的处长和吴新等人跳了起来。

比对成功！

杀害两名值更人的枪终于在沉寂了一年后又出现了，并且是出现在另一起命案现场。虫草抢劫案发生后，这是发现的第一条有价值的线索，这也是无名尸体案最重要的线索，两起案件内部的关联得到了确认。这把枪曾经杀害了两个人，在山里发现的这个人也应该是死于这把枪下，而这把枪现在在哪里？拿着这把枪的人是谁？人又躲在什么地方？有劲无处使的警方终于有了侦查方向。在厅长的亲自安排下，大规模的排查又开始了，这次的重点是年前失踪的三十多岁的青年男子。

吴新坐在办公桌前，面前的电脑已经亮了好几天了，吴新也在办公室熬了几天了。

比对成功后，出差在外听说消息后的李科长对吴新没有及时向他汇报情况进行了批评。吴新也知道自己在无意当中又惹恼了李科长。现在是关键时刻，他也无暇考虑李科长的感受了，想着等案子水落石出后，找个机会好好和李科长谈谈，毕竟彼此都是同学。

吴新面前的办公桌上，放着他随身携带的小本子，他看着上面的那一串串数字，那是一个个坐标，吴新想从那些坐标里发现可疑的情况。

时代在发展，高科技进入了侦查领域。将那些从实地采集的坐标输入测绘局地图卫星拍取的地图数据库中，侦查部门就可以到测绘局的网页上按照时间点调取地图，通过不同时段的地图照片就可以发现曾经出现的人，这在以前是想都不敢想的事。这种查询只对省级部门开放，并且要严格进行报批。由于这两起案件的特殊性，测绘局对他们专门开放了绿色通道，而以前这只能用于抢险救灾、国土保护、环境监测等。

有了明确的目标，公安机关的排查也就容易多了。基层公安机关将所有报警失踪的人员进行了梳理，没有发现满足无名尸体特征的，但同时排查出了许多这几个月没有出现的人，每一个人都要查清下落，这工作量可是非常大，吴新的工作量也是巨大的。

省城警方上下熬了一个多月，终于辛苦得到了回报。吴新不断地发现、否定，再发现、再否定，首先确定了有三个人曾经在无名尸体现场出现过，而回去时只有两个人，再经过海量的分析后确定了这三个人是在省城居住的无业人员兰明、李荣海、翟清文。就是这三个人当时进了山，而没有回去的应该就是翟清文。

有了这些信息，憋了一年的基层公安机关迅速展开工作。其实这三个人在第一次排查时就被公安机关排查过，但三个人平时没有劣迹，面对排查的警察都能神态自若地说出案发时间的去向，所以没有被列入重点，第二次又侥幸逃脱了排查。这次排查时这三个人也还是进入了排查范围。

按照翟清文的户籍登记，警察赶到了他家，而迎接警察的是门上厚厚的尘土和一把铁锁，门上的春联还是去年的，可见春节前这户人就没有回来过。在对邻里的走访中，邻居说年前就不知道翟清文去哪里了，这个人离婚后一个人住在这里，与邻里也不来往，所以人们也不知道他去哪里了，还想着是不是去外地打工了。警察找到了他的前妻和孩子，他们也对翟清文的去向不清楚，以为本来就不顾家对家庭冷漠的他找了其他女人一起生活另过了，对案发时间段翟清文的人员往来更是不清楚，警察只好采集了直系亲属的DNA后返回。

法医研究室的警察迅速确认了山里的死者就是翟清文。但翟清文为什么会暴尸在偏僻的山野，这仍然是个谜，这一切只能等警察找到兰明和李荣海之后才能真相大白。

而警察赶到兰明和李荣海的家时，两个人都已不知去向，家里人说他俩去外地打工了，也都不知道他们现在在哪里。

怎么让不知道逃往何处的嫌疑人归案？吴新又面临着挑战，他在苦苦等待，等待嫌疑人露出马脚。有些案子在侦破后发觉真相和侦查员只隔着一层纸，而这层纸却怎么也捅不破，有的时候这个过程是很漫长很痛苦的，侦查员要忍受住煎熬，以不断的努力等待揭开真相的时刻来临。

终于，功夫不负有心人，李荣海出现了。潜藏在外地的他偷偷地回到了家，对他监控很久的侦查员从其家人反常的活动中发现了疑点，在反复确认后，选准时机冲到了他家里，将其擒获。

李荣海到案后，在公安机关政策攻心下，坚持一个昼夜后心理防线终于彻底崩溃。李荣海终于开始交代了。随着他断断续续的交代，两起命案的真相慢慢呈现在侦查员的面前。

李荣海、翟清文、兰明三个人是以前就相识的朋友，都是没有固定收入的社会闲散人员。兰明是个老谋深算、心狠手毒的人，是他们三人中为首的。兰明不愿意靠打工挣取那点儿对他来说根本看不上眼的工资。为了掩人耳目，他还是找了个工作，在上班的同时策划着一起抢劫案，一起能一夜暴富的抢劫案。当然他还需要帮手，他暗暗观察了好久，选定了同样想一夜暴富的李荣海和翟清文两个人。这两个人同样没有被公安机关处理过，没有前科就不容易被警察怀疑，同时他俩办事比较稳妥，更重要的是两个人都急需钱，属于胆大妄为不择手段的人。他找机会把自己的想法告诉了他俩，臭味相投的三个人一拍即合，反复选择踩点确定了作案目标后，在那个雨夜实施了杀人抢劫。

在预谋作案前，兰明想办法购买了一把自制六四式手枪，并说好进到店里，不管怎样一定要把值班的人打死，不能留活口。那天晚上进去后发现是两个人值班，兰明毫不犹豫地开枪打死了他们，然后三个人将虫草店洗劫一空后迅速逃离了现场。

作案后兰明把抢来的所有虫草和赃款藏了起来，准备等风声过后再去外地销赃。三个人作完案后悄无声息地藏了起来，该上班的上班、该打麻将的打麻将，与以前的生活没有两样儿，并说好作案后三个人之间暂时不要联系，也不能和任何人透漏作案的情况，所以他们没有引起人们的注意，就连最亲的家人也都不知道他们就是轰动省城的劫匪，也是凭着这躲过了公安机关的数次清查。等过了几个月，兰明才以蚂蚁搬家的方式把抢来的虫草偷偷运到外地销赃，三个人分了赃款，同样他们的家人都不知道他们手里有了一大笔钱。

可是，就在年前，翟清文看到公安机关一直没有放松对此案的侦查，而且奇怪的是他几乎天天梦见那两个满身是血被他们打死的老头儿，每天晚上都会从噩梦里惊醒。他悄悄跑到寺院里上香，到外面给那两个老头儿烧纸钱，可还是没有用，他的心里承受着极大的煎熬，精神状态也很差。

在一次和兰明见面时他随口说了这个情况，当时兰明看着神态疲惫的他劝了几句，说过段时间就好了。而回过头兰明找到李荣海说这个翟清文心理素质不行，这样下去迟早会露出马脚，让公安局注意上他，甚至自己精神崩溃后跑到公安局里自首。那样的话他们两个也跑不掉，两个人商议后决定把翟清文干掉，以除后患。

在冬天来临第一场雪落下后，他俩以去打猎散心的名义把翟清文叫了出来。三个人绕路进了山，一直走到人迹罕至的那个山沟，李荣海见那个地方十分僻静外人很少去，对兰明使了个眼色后故意走到后面趁其不备用手中的棍子把翟清文打翻在地，翟清文还没明白怎么回事，兰明掏出手枪顶着他的胸口开了一枪，要害部位中枪的翟清文当时就死了。他再也不用承受每晚的煎熬，他解脱了。可他想不到的是，他觉得最信任的两个同伙要了他的命。兰明和李荣海仔细清理现场后匆匆逃回了省城。

在前段时间，兰明感觉天气热了盖在翟清文身上的雪化了后死尸就会被人发现，公安局也就会接到报案。他通知李荣海分头到外面打工，暂时不要互相联系，也不能和家人联系，暗地里看警察会不会发现他俩。所以，两个人分头躲了出去。

结果他俩认为作得天衣无缝的案子还是被吴新他们一层层剥开，谜团一个个解开，两起命案的真相展现在了世人面前。而此时首犯兰明却消失了，专案组判断他已经知道案子暴露，潜逃在外了。

惊动省城和公安部的特大虫草抢劫杀人案，可以说是基本告破。但主犯兰明还没有到案，他的手里还有把枪，厅长指示一定要尽快把他抓捕到案，决不能让他逍遥法外，滥杀无辜。不用说，这个任务还是落在吴新他们的身上。

吴新对他们三人的情况已经了如指掌，并分析了兰明的心理特征。从嫌疑人的性格、习惯、爱好、行为方式进行分析这是一个侦查员必备的素质，只有充分了解嫌疑人，才能寻找到他行为中的破绽，这样才能抓住稍纵即逝的战机和突破口，虽然这个战机和突破口可能是很久才能显现的。

这个兰明性格沉稳，不张扬，对一般的委屈都能承受，能吃苦，反侦查经验更是非常丰富，是属于黏液质性格的那种人。这种人比性格张扬的人更难对付，他能忍，你要比他更能忍才会发现他，就像战场上两个顶尖的狙击手一般，谁沉不住气，谁就会死在对方的枪下，吴新在静静等待时机的到来。

吴新在对兰明关系的外围分析调查中得知，他有一个青梅竹马的情人，兰明有些事可能对自己的老婆不说，事实上兰明抢劫杀人的事他老婆都不知道，但极有可能对情人说一些事或和她联系。吴新把他的这个情人当成了侦查重点，时刻关注着这个女人的一举一动。

这次吴新又对了，坚守了几个月后更登在工作中发现兰明的这个情人上街办了一张手机卡。如果是到正规营业厅里办还可能引不起更登的注意，而蹊跷的是她绕远路找人办了不需要身份证的那种手机卡，一个普通的女子为什么要办这种手机卡？这引起了吴新和更登的注意。他俩想方设法确定了这张卡的号码，又跑到电信局调出了这个号码的通话记录。

通话记录很少，只有一个号码和这张卡联系，并且都是打进来的。吴新找了个公用电话拨了几次都是提示关机或无法接通，正常朋友的话不会出现这样的情况。更登对这个女人观察了许多天，发现她生活很正常，兰明不可能藏在她的家里，那这个兰明到底躲到了什么地方？她和兰明到底是什么关系？

这天，吴新和更登去吃饭时又顺路去了趟电信局，前段时间更登无意中发现电信局的自助电脑上可以查通话记录，但要输密码，更登试着用每个人都一样的初始密码登录，没想到兰明情人刚办的卡和对方的卡都登录进去了。这样，吴新和更登每天都上街到电信局的电脑上查询他们的通话记录。

更登熟练地操作着电脑，这次发现兰明情人的这张卡昨晚和那个固定联系的号码通话二十几分钟，这样长的通话时间电信局的系统里应该有记录，他俩拿着打出来的通话记录跑到了电信局的机房。

在电信局技术人员的帮助下，对方号码的位置确定了，是在西部靠近盐湖的一个小镇子附近。

吴新在之前已经对兰明这个情人的关系网进行了详细分析，这个女人在西部没有任何朋友和亲人，她的工作也没有和西部联系的可能，更何况与她联系的这个号码通话量极少，并且只是和她联系，昨晚两个人通话二十几分钟更说明两个人关系不一般，吴新从种种迹象上分析在西部的这个人应该就是兰明。藏了这么久的兰明耐不住寂寞终于和别人联系了，但狡猾的他只是和情人联系，就连自己的老婆也没有联系过。

听完李科长的汇报和吴新的分析后，处长立即向厅长做了汇报，厅长指示不管是不是兰明，先组织精干的侦查员、特警等人马去西部把这个人找到！临走时又特别强调一定要注意安全，对方携带有枪支，而且心狠手毒。

本来是没安排吴新去的，但他对兰明分析了那么多，情况熟悉的他想亲自参加抓捕，去印证自己的判断。另外，他没去过西部，这次想去看看西部戈壁大漠的风景，如果可以的话顺便去看看磊子和苗苗。

处长同意了他的请求，但要求他一定注意还没完全康复的身体，那里海拔很高。吴新把兰明的相关情况详细告诉了更登，让更登接替自己的工作。更登其实也想去，但只有他俩对这起案件最熟，所以只能去一个。更登虽然咬牙切齿但也没办法，只能服从安排。

从省城往西走一个多小时就是以前的丹格尔城。汽车绕城而过，翻过海拔三千多米的赤岭，就进入了一望无际的大草原。

打开车窗，一股青草和野花的清香随着清爽的凉风扑鼻而来，路边洁净如绿地毯般的草原上盛开着各色的野花，远处的山上还有终年不化的雪峰。再往前走车前方渐渐地出现了一个湛蓝纯净的湖泊，湖面很宽阔，望不到对岸，水天相连，分不清哪是蓝天哪是湖水。湖边是一望无际金色的油菜花，一直到这边的山脚，山脚是极为青翠的草原，没有一点儿杂色，缓缓一直漫到山腰，山腰往上，昨天的夜雨在高原上变成了洁白的雪，盖住了山顶。

洁白的雪、翠绿的草原、金色的油菜花、湛蓝的湖水，四种极为纯净的颜色肆意夸张地铺成了四条巨大的彩带。吴新等人穿行其间都惊呆了，虽然以前也来过许多次，但看到如此壮丽的色彩，嗅到那浓浓的花香，还是恍若在天境。

时间仓促，来不及徜徉融化在这绝美的景色中，车在湖畔黑色的公路上疾驰了一百多公里，才穿出这仙境般的美景。再走几个小时，翻过几座大山后，路边的草渐渐变得稀疏了，高大的树木也很少见到了，前面就要进入戈壁了。

车下了山，眼前一马平川，前方出现了极为广阔平坦的戈壁滩，车前黑色的公路如同一条笔直的线直通到天际，看不到尽头。路边茫茫的戈壁上只有稀疏的梭梭草、红柳和骆驼刺顽强地生长。远处天地相连、云层低垂，吴新一下子又被戈壁的粗犷豪迈、雄浑壮阔的神韵吸引住了，心情也豁然开朗。探头看了一眼时速表，时速都快到一百五十多公里了，但感觉就像是几十公里一样。开车的侦查员笑着说，在这样的路上跑，不知不觉就会超速，路上很少有车且几十公里没有一个转弯，好多司机开着开着就睡着了。

吴新看着窗外的风景突然想起了“大漠风尘日色昏，红旗半卷出辕门”的诗句，不到戈壁是不会读懂这些诗句的。

中午，一行人在经过一个小镇时在路边仅有的小饭馆里吃了一口继续赶路。

路才走了一半，离目的地还有差不多几百公里，吃饭的小镇上还有几棵树，那可是镇上的宝贝。走出镇子后已经见不到一棵树、一根草了。满目都是戈壁和黄土，天地间只有两个颜色，只有蓝天和黄土，人在阳光下眼睛都睁不开，强烈的紫外线照在身上一会儿皮肤就发红、刺痛。天上没有一丝云彩，更没有一只飞鸟，空气里没有一丝湿润的气息，四周静得几乎让人窒息，天地间似乎只有他们这几辆车，只有他们这几个生命。

戈壁的落日更是震撼，炽热的太阳变成了橙红，又大又圆，半个天空的晚霞都如同燃烧起来一般，戈壁滩里的沙丘有了长长的影子，整个戈壁也被染成彤红。而皎洁的月亮已经早早从东方升了起来，就像是贴到半空一样。

太阳终于落到了地平线下，而西边的天空依然是一片橙红，渐渐地变成了鹅青，再渐渐变淡。这时星星已铺满了整个夜空，好像伸手就可以摘下一颗来。四周更显得宁静了，只有车的灯光在大地上滑动，在璀璨的星河下让人感觉到生命的存在。

直到深夜，吴新他们才看到目的地小镇上稀疏的灯光。当地公安局的同志已经等候多时了，在这里蔬菜是很珍贵的东西，肉倒成了极为普遍的食物。吴新他们啃着大块的羊肉，又吃了一碗没有青菜的面片，在这里已经算是很奢侈的一顿饭了。

案情会边吃边开，吴新向当地的同志介绍了案情和发现的疑点，把兰明的照片资料递给当地的同志，请他们看看有没有见过这个人。

当地的同志仔细看完都摇了摇头。小镇很小，来个人来辆车大家都知道，不可能没见过这个人。吴新肯定地说：“根据我们侦查的情况分析，人应该就在这一片，或者离小镇不远的地方!”

当地的同志思谋半天说：“这个小镇上绝对没有这个人，这个我们可以保证，我们对这里的每个人都熟悉，是不是你们搞错了？”

吴新笑笑说：“这是科学的东西，是不会错的。”

“那只有一种可能，离这里几十公里的地方，在戈壁的深处有一个甜水湖，湖边是湿地，那里有十几户牧民，养着羊和骆驼，他们买东西就来这个镇上。去那里没有路，只能在戈壁滩上走，路上要经过一个玛瑙滩，还要翻几座小山。在戈壁滩上很容易迷路，只有当地人才知道路。以前很难找到那个地方，当地人进出只能骑骆驼，现在开越野车也可以进去，手机在高点的地方也可以用，不行明天我带你们去那里看看？”

这是个好消息，但明天怎么进去？漫无边际的戈壁滩上很远来个人就能看见，对手又是一个心狠手毒、异常谨慎的人，一旦发觉不对就会逃之夭夭，或者挟持人质。

大家七嘴八舌地商量着方案，边上当地派出所的同志听了一会儿后说了一句：“这很好办！”一听这话，大家全都静下来听他的意见。

“在这里，像你们这样的陌生的车一进去立马就会被发现，再一个在戈壁上就算你们这样的越野车也很容易陷到沙窝里。进戈壁滩最好的车一个是我们的国产北京吉普车，还有一种车牧民非常熟悉，也经常去他们那里，就是石油局的勘探车，是从国外进口的石油局专门跑沙漠戈壁的。这种车车况好，车里藏八九个人一点儿问题都没有，我明天找石油局借一台这样的车？”

最后决定，借一台石油局的勘探车，再开两部北京吉普车以防万一，并请一名镇上的工作人员配合工作。方案确定后，大家赶紧找地方去休息。白天燥热的戈壁到了夜晚变得非常冷，吴新裹着薄薄的被子蜷缩在车里，看着车窗外满天的星斗很久才睡着。

第二天天刚蒙蒙亮，大家都起来了，吴新也起来了，他是被冻醒的。镇政府的食堂正在做早饭，吴新和其他几个同样身上裹着被子的侦查员站在院子里看东边冉冉升起的太阳。戈壁滩的日出也是非常壮丽，看着红红的太阳跃出地平线，吴新想，今天的抓捕行动会不会顺利？会不会出现意外？

昨晚开会时，大家商量了各种方案，也考虑到了各种意外情况的出现。但吴新知道到了现场，很多情况会和想象的不一样，抓捕没有固定的模式，还是要靠侦查员随机应变。以前抓捕嫌疑人时，就几个人出去啥都不怕，好几次把嫌疑人压在地上后，从身上搜出了顶着火的枪。自从老张的事出了后，吴新对现场抓捕考虑得更详细周密，工作中也越来越谨慎了。

吃完饭，石油局的车到了。吴新上到车里，里面不仅宽敞，而且石油局的同志在车里准备了许多吃的喝的。开车的师傅说，这是去戈壁的一个习惯，这里的人只要进戈壁一定要把车加满油，带足吃的和喝的。戈壁滩里没有路，只要进去你就会觉得四周都是一模一样的地貌，一旦迷路或车抛锚几天都走不出来，白天大太阳会晒死你，晚上又会冻死你，就算现在有的地方手机有信号，但在看起来四周全都一样的戈壁里，别人找到你也很难。

几辆车在平坦的公路上走了不远，车头一拐进了戈壁。车在没有路的戈壁里穿行，吴新看着窗外看似一模一样的风景，感觉这片戈壁亘古以来就没有人来过一样，好像千百万年前就是这个样子。

走了一阵子后前面成了土路，面前出现了一个个巨大的土包，有大有小、有高有低，汽车穿行其间。而前面的小山远远望去，却如同一座城堡一般，开车的师傅说到魔鬼城了。这些土包是戈壁上的风卷起沙石和尘土遇到较硬的地块时不断堆积而成的，而山上的城堡是一种典型的戈壁风蚀地貌，由于戈壁风沙的磨蚀作用，以前的山包下面遭受较强的剥蚀，在重力作用下垮塌，形成雅丹地貌。这种地貌远远看去像古城堡一样，戈壁的大风吹起时，里面又发出鬼哭狼嚎般的啸声，因此人们都叫它魔鬼城。

吴新第一次见到这样的奇景，不由得叹服大自然的鬼斧神工，眼前方圆十几平方公里的面积上，无数的土丘呈现出千姿百态的奇特风景，有的拔地而起似乎来个微风就会轰然倒下，有的如柱、如树、如秀丽的美女，有的匍匐在地上，如狮、如虎，有的怪异如同挺立的天兵天将，有的像迷宫，沟壑纵横……最奇特的一个是两个土峰紧紧依靠，如同一男一女深情拥吻，看了这些吴新又想起离这里不远的磊子和苗苗，想起在家快要生产的英子。

汽车穿出魔鬼城，进入一大片平缓的茫茫沙滩，师傅说这里就是玛瑙滩。今天没有时间，不然可以在里面捡到各色各样的玛瑙石，如果运气好还可以捡到戈壁玉和特别值钱的托帕石，那可是和宝石一个级别的。听他这么说，车上的人眼睛都盯着外面的沙地。

在戈壁滩里走了这么久，换作别人早没有方向感了，开车的师傅却在看似一模一样的沙丘间穿来穿去，避开一个个可能会陷进去的沙坑。渐渐地，前面有植物了，能看到梭梭草和麻黄草了。这时，镇上的同志说还有十几公里就到了，车上的所有人顿时都紧张了起来。

吴新问："外来人到这里一般做什么？"

镇上的同志说："由于这个地方很难走，牧民的亲戚都很少过来。如果你们找的人在这里的话，应该是当雇工，替牧民放羊、放骆驼、剪羊毛什么的，啥都干。以前羊和骆驼放出去后不用管，但这几年这里狼多了，不时就有牧民的羊被咬死，牧民只好每天赶着羊出去吃草，晚上再把羊赶回来，不然遇到狼的话一群羊可能都会被咬死，所以家里人手少的就雇人放牧。"

吴新听完，心里有数了，对其他同志说特别要注意放羊的人。这时司机停下了车说翻过前面的沙坡就到了。吴新和带队的领导按照设计好的方案，将几个精干特警隐藏在勘探车里面，其他人和吉普车藏在沙丘后面待命，为以防万一，几个精干的便装小伙子埋伏在勘探车车门处，随时准备抓捕。

勘探车里大声放着音乐，轰着油门向小湖边上的蒙古包驶去。这里的蒙古族牧民早就习惯了石油局的这种车，也喜欢这些人的到来。

石油局的人工资高，在戈壁上又没地方花钱。他们借着工作之机捡玉石、玛瑙、风凌石，看到牧民的蒙古包就进去杀只羊煮上一大锅手抓羊肉，拿出车里的酒和牧民喝个昏天黑地，然后又唱又跳，有了他们牧民单调的生活里才有了色彩。

听到熟悉的汽车声音从远处传来，最边上的一家蒙古包里出来个男人张望着，见是石油局的勘探车过来，脸上露出笑容，知道今天有酒喝了。车远远停下，司机和镇上的同志下了车，走向迎过来的蒙古族男子。

“塔塞买闹！（你好）”

镇上的同志热情地打着招呼，牧民过来也是热情打招呼。

“今天我们几个朋友来这里玩，你怎么没去放羊？”镇上的同志问。

“哦，前段时间找了个牧工，让他去放了，我在家里干其他的活儿。”

镇上的同志没想到一问就问对人了，赶忙又问：“是你的亲戚还是朋友？现在找个牧工不容易，在这里干的可没有几个！”

“哦，是个汉族，以前不认识的，说和家里闹矛盾出来的，不想回家，想在我们这里散散心顺便挣点儿钱。我看他不像是个戈壁里长大的人，没想到他放羊特别认真，啥活儿都干，话也不多，就留下来了，别人家都没有找到这样的雇工，都可羡慕我呢。”

“他在哪里？”镇上的同志估计这个雇工就是公安要找的人了。

“早上赶着羊去湖的那边吃草去了。”蒙古族汉子热情地说。

“你等会儿，我车里的朋友可能要买只羊吃，我去商量一下。”镇上的同志转身跑回车跟前把问到的情况告诉车上带队的领导和吴新。

领导和吴新也觉得应该就是他们要找的人，知道这个人去放羊了便都下了车，一起走到牧民跟前。

现在知道这个可能是兰明的雇工和这个蒙古族男人家没有啥关系，领导拿出了兰明的照片给蒙古族男子看，并说清楚这个人是公安局要抓的人。

“不可能吧？这个人干活儿可好了，长得也不像是坏人呀！”蒙古族汉子反复看着照片，照片上的人就是现在给他放羊的人。

除非当地人，不然谁也想不到在茫茫的戈壁滩深处会有一个如同世外桃源般的地方。一个小湖泊湖水清澈见底，微风吹过波光粼粼，四周的湿地长满了青翠的牧草，湖的浅水处长满了一人多高的芦苇，岸边的红柳茂盛高大，比红柳还高的是一棵棵胡杨。黄鸭、斑头雁等飞禽在芦苇丛里游进游出，后面跟着一只只小鸭子，冬天的时候还有大天鹅、丹顶鹤在这里过冬。湖水极为清澈，小鱼也在芦苇丛里嬉戏，湖畔一群群绵羊徜徉在碧绿的草原上，悠闲地吃着肥嫩的牧草。夕阳西下时，满天红霞倒映在湖中，染得整个湖绚丽多彩。这个时候，远处的黄羊、岩羊等都会来到湖边，喝够甘甜的湖水，看看远处蒙古包里冒出的缕缕炊烟，这才惬意地离开。

此时的兰明躺在野花盛开的草原上，把身体埋在四周高高的牧草里，眯着眼睛、嘴里叼着一根草茎看着天上的白云。他现在很满足，自从感觉翟清文的尸体会被发现后，他就躲了出来。果不其然，他听到了尸体被发现的消息，他本来想的是警察怎么也不会怀疑到他的头上，却听说李荣海被抓了。这事本来做得天衣无缝，谁知道这帮警察怎么就找到了李荣海，不过找到他也没用，自己躲出来后和他一直没联系过，他也不知道我会躲在这么一个戈壁深处牧民的草场里。现在外面的警察绝对在挖地三尺找自己，而自己只要在这天高地远的地方躲过这个风头，再跑到外地换个身份藏起来，那警察就找不到自己了。自己出来后不但和李荣海没联系，就是和自己家的孩子、老婆也没联系过，等将来逃出去后再跟他们联系。只是一直放不下那个贴心的女朋友，逃出来几个月才忍不住和她联系上了，也仅仅和她一个人联系了，其他的人公安可能都盯上了。如果现在她也在这里，哪怕在这如同世外桃源般的地方待一辈子，放一辈子羊也愿意。

正想着，远处传来汽车的轰鸣声，兰明在草丛里警惕地翻过身看来的是什么人，手塞进怀里握住藏在怀里的手枪。

是石油局的勘探车，他来这里后见得最多的就是这种车了，车上都是属于"人傻钱多"的主儿，兰明的心放下了一半。车越来越近了，不但发动机的声音更清楚了，还有他打工的那个蒙古族男人喊他的声音。

兰明这才起身从草丛里站了起来，勘探车上的老板看到了他，车拐过来在他不远处停了下来。

"哎呀呀，我羊都看见，你看不见！不知道你哪里去了，快！快！石油的朋友今天要一只肥肥的羊吃，你把羊赶过来！"他的蒙古族老板用生硬蹩脚的汉语对他喊着。

车上下来了他的雇主，后面还有两个领导模样的人，还有几个穿着石油局工装的年轻人，看样子又是石油局的领导到这里吃手抓羊肉来了。

蒙古族老板跑着吆喝着想把四散吃草的羊赶在一起，让领导挑羊。兰明见状也只能帮着赶起羊来，那两个领导模样的站在旁边没动，看着他们赶羊。羊群散开后不容易赶拢，刚赶到一起，又跑开了，见他俩顾了这头顾不了那头，领导模样的人吩咐后面的年轻人也过来帮忙，几个人终于把羊赶拢在一起。蒙古族老板看准了一只，猛地扑过去抓住了羊的后腿，羊拼命挣扎着，几个人赶紧过去帮忙，羊终于不动了。就在这时，帮老板抓着羊另一只腿的兰明突然之间被压翻在地上丝毫动弹不了了，抓着羊腿的手被戴上了一副铮亮的手铐。几个年轻人从他的怀里把他的枪搜出来后，兰明知道该来的还是来了，但他不明白警察是怎么找到他的。刚才抓住的羊被放开跑到了远处，而兰明却被押上了车。

兰明被带上车后才发现，车里还有几个年轻人，手里拿着上面有瞄准镜的长枪，他才明白，刚才如果有机会反抗的话，必然会被车里的这支枪打倒。

见一切都结束了，在车上兰明就开始交代了。

兰明到位后，吴新悄悄跟兴奋异常的领导请了假，又给磊子打了个电话。磊子听说吴新来了，立即让老张的儿子开车来接他。

第七十章 信 仰

小张到的时候，吴新他们也刚回到小镇上。本想如果人抓到了就好好看看一路上的风景，如果有时间捡点儿玛瑙石也不错，结果根本没时间停车。侦查员每次到外地抓人，刚去时都怕耽误工作不敢游览风景，而嫌疑人到位后，担心带着嫌疑人出事就急匆匆往回赶，这是侦查处的惯例。虽说因为工作去过好多地方，但都是来去匆匆，来不及看看风景。

小张见吴新他们回来了，立即迎到车前，一个个不管年纪大小叫着叔叔，被紫外线晒得黝黑的脸上满是谦恭、激动的笑容。侦查处的几个人都认识他，其他单位的也都知道老张的事，全都过来和他握手。才半年多时间没见，小张已经完全不是以前那个青涩的少年，变成了稳重成熟的小伙子，说话有礼貌且非常得体。吴新也没想到小张变化这么大、成熟这么快。

听到其他人要带着兰明马上返回后，小张脸上露出惋惜和遗憾，本来磊子是让他把所有的人请到他的盐田好好玩几天的。他看大家决意要走，再三挽留不住，跑过去把停在远处磊子刚买的豪华越野车开了过来，从车里搬下一大堆吃的喝的，说这些都是磊子买的，让大家在路上吃。

吴新和小张站在路边目送押着兰明的车队渐渐远去。小张小跑到车跟前给吴新打开车门，然后熟练地驾车向盐田的方向驶去。磊子的新车又快又稳，路上的车又很少，跑了很久也没见到几辆车，快到盐田时路上的车才多了起来。

磊子和苗苗在盐田里等着吴新。当吴新看到他俩在夕阳的余晖里站在盐田边时，火烧云染红了半边天，一望无际的盐田倒映着天上的晚霞也好像燃烧了起来，磊子和苗苗如同天人一般站在瑰丽的晚霞里冲吴新笑着。吴新都看呆了，怪不得苗苗喜欢上了这个地方。

晚饭就在盐田边的小房子里吃，自家人没啥客气的。苗苗准备了几个简单可口的菜，磊子拿出了一瓶好酒，快吃饭时忙着安排工作的小张才赶回来。

磊子给吴新倒满酒，苗苗端起了茶杯，磊子说："热烈欢迎吴大侦查员突然莅临盐田视察工作！"

几个人都笑了起来，吴新也端起酒杯说："来这边抓人，不知道啥情况，也不敢告诉你们能不能来。一直想来看看吴总的事业，这么久才来，望吴总海涵！"

"你们两个就别吹了，为你们兄弟俩在这里见面干一杯！"苗苗在旁边说。

四个人端起杯子碰杯，磊子和吴新一口喝光了。

"我敬两位叔叔和阿姨一杯！"边上的小张端起杯子，恭恭敬敬地站了起来。

磊子一看赶紧让他坐下，碰了一下杯子说："小张你在我们跟前不要客气，好歹你也是张总了。年轻人就该拿出年轻人的气魄来，有想法就大胆去做，我放手让你管理盐田，我看你各方面做得很好啊！等再过两年，我把这边交给你，由你全权负责，我再找个项目争取和你吴新叔叔合作一把！让他别当这么辛苦的警察了！"

“谢谢叔叔和阿姨的好意!”

吴新看看小张欣慰地喝干了自己杯中的酒。

几个人边喝边聊，一瓶酒不一会儿就喝下去大半瓶。可吴新看小张似乎心里有事，几次欲言又止。正要问，小张站了起来，倒了满满一杯酒恭恭敬敬端了起来，抬起头眼眶里却闪着泪花，苗苗见了赶紧问：“怎么了?”

“两位叔叔、阿姨，这杯酒我特别敬你们！也算是我的告辞酒!”小张的手抖着，眼睛里满是泪花。

“怎么回事？谁欺负你了吗?”磊子大吃一惊，猛地坐直身子，吴新和苗苗也惊诧地看着小张。

小张没等磊子他们喝，自己一仰头把杯中的酒喝光了，然后哽咽着说了起来：“前几天，我接到了公安厅政治部的电话，他们向我通知了两件事。一件事是我爸被批准为烈士，这当然是好事，我想我爸在九泉之下也会高兴的。另一件事却让我非常为难，那边的叔叔在电话里说，厅长对我爸的事迹非常感动，亲自找到有关部门，特批我加入人民警察。接到电话后这些天，我一直很矛盾，一边是你们这么好的叔叔、阿姨，另一边是我爸奉献了一辈子的公安事业，我真的很难作出决定。吴叔你们对我这么好，给了我那么好的条件让我发展，从没有把我当成外人，可是我想来想去还是决定穿上我爸的警服，去当一名警察，这可能也是我爸的心愿。但我不知道怎么跟吴叔开这个口，对不起吴叔！对不起阿姨!”说完小张终于忍不住哭出了声。

磊子也被这个突如其来的消息惊得不知道说什么了，苗苗更是不知道说什么好，正在这时她的电话响了，她拿着电话出了门。吴新给小张倒上酒，自己也端起来说：“小张，我们尊重你的选择，既然作出决定了，就勇敢地走下去，我们两个永远是你的叔叔，永远会支持你的。你爸是个好警察，也是我的师父，沿着他的路走下去，做一个像你爸那样的好警察!”

磊子还是一言不发，一杯一杯自顾自喝着酒。小张这个小伙子他带过来后，确实是在各方面用心培养的。小伙子聪明、勤快、谦恭，进步非常快。他要走，磊子确实舍不得，这消息太突然了，他一时转不过弯来，有点儿想不通。吴新看他这样，端起杯子和他碰了一下杯仰头干了，又轻轻拍了一下他的肩膀，磊子知道吴新的意思了，拿起酒瓶走到小张跟前给他斟满酒，轻声说："去了好好干，当你爸那样的好警察！别忘了你有我这个吴叔，还有一个死活拉不来的警察吴叔！"说完，他把手中的酒一饮而尽，小张连连点头也把酒一口干了。

这时，苗苗接完电话进来了，低声在磊子的耳边说了几句，磊子听完站起来说："咱们再最后碰杯酒。刚才听到了小张的好消息，本来今晚是准备不醉不归的。英子来电话说，她的肚子有点儿疼，恐怕要提前生了，现在几个老人都到医院去了。她怕你担心，不让苗苗告诉你，但是我高兴，这事在我心里藏不住，我们吴新马上就有孩子，就要当爸爸了！再告诉你们一个好消息，苗苗也有身孕了！明天早上你们三个开车回省城，盐湖里最近离不开人，我一个人在这里坚守！"

吴新一听英子快生了，不免有点儿担心，但想几个老人都在，心才放下许多。小张已经把盐田的事全都安顿好了，把还没完成的工作又一一给磊子说了，苗苗忙着去收拾东西，英子生孩子她可一定要在场。

第二天天刚亮，三个人便开车向省城驶去。看着越野车渐渐远去一直消失在遥远的地平线，磊子孤单的身影在路边伫立了许久许久。

虽然一路上车很少，吴新他们赶回省城到医院时已是华灯初上了。几个老人都在，英子已经从产房里出来了，一个小小的婴儿躺在她的身边，吴新疼爱地抓住英子的手，英子疲惫却幸福地说："是个儿子，哭起来嗓门儿很大，也是个当警察的料！"

过了几天，老张被追认为烈士的大会隆重召开，吴新、更登等人全都参加了，偌大的礼堂座无虚席。看着小张一身崭新的警服、一脸的英气，想起老张在时的一幕幕，吴新的眼眶又湿润了。

第七十一章 毒 殇

时间已经跨入了新世纪，侦查处经过这些年的发展，有了翻天覆地的变化。侦查措施不断全面发展，科技强警战略深入到侦查工作方方面面，一些专业人才被吸纳到侦查队伍。公安部门侦查办案、服务群众职能在各级政府的支持下取得了长足的发展。

在侦查处处长办公室里，新上任的弋处长正在墙上挂一幅装裱好的字。秘书科的一个小伙子举着一头儿，弋处长举着另一头儿侧着脸看是不是端正，见没问题后取下咬在嘴间的小钉子钉好，然后跳下凳子走到房子中间满意地看着。

这时，门口进来个男子，他快步进来把处长踩的凳子搬到一边，拿过抹布擦干净后说："处长，像这样的事以后让我们干，你喊一声就行了。"转过头又对秘书科的小伙子厉声说，"以后这样的事你们别让处长亲自动手！叫上几个人提前办好，再请处长过目！"说完又满脸堆笑站到处长的身边，欣赏着刚挂起来的字。

"好字！好词！"赞叹完又用纯正的普通话抑扬顿挫地读了起来，"大江东去，浪淘尽，千古风流人物。故垒西边，人道是，三国周郎赤壁。乱石穿空，惊涛拍岸，卷起千堆雪。江山如画，一时多少豪杰。遥想公瑾当年，小乔初嫁了，雄姿英发。羽扇纶巾，谈笑间，樯橹灰飞烟灭。故国神游，多情应笑我，早生华发。人生如梦，一尊还酹江月。这首苏轼的《念奴娇·赤壁怀古》，大气！豪气！"

"李副处长真是才情并茂！"弋处长笑着说。

"哪里！哪里！我可不敢在您跟前班门弄斧！弋处长，时间差不多了，全处的同志也都在会议室里了，您看……”李副处长毕恭毕敬地说。

“忙着收拾办公室，差点儿误了开会，处里第一次开会，别让同志们觉得我在摆架子，快走!”弋处长看看表转身出了门，李副处长紧跟在后面也出了门。

“不好意思！第一次和同志们见面就让同志们久等了。在座的有些同志认识我，有的没见过我，我姓弋，当过警院老师，在基层也干过，这次组织调整让我担任侦查处处长，能和大家一起共事我感到非常荣幸!”

坐在旁边的李副处长带头鼓起掌来，台下的同志们也跟着鼓了起来。

弋处长挥了一下手，接着说：“大家别客气！我到侦查处算是个新兵，还要大家多支持我的工作，以后在工作上我是处长，生活中我是你们的兄弟!”

大家听新来的处长这么说，新处长竟然如此坦诚，全都鼓起掌来，这次不是李副处长带头，是大家自发鼓掌的，大家接受了这位新来的处长。

“侦查处的工作和威名真是如雷贯耳，以前当老师的时候虽然也曾讲过侦查学，但你们大家才是真正的老师。你们每一个人都在侦查方面拼打了这么多年，积累了丰富的侦查经验，现在你们是我的老师，我只是给你们把关、守门，为你们做好服务。”

掌声再次响起，大家见到如此低姿态的处长，不禁都感觉很亲切，都感觉和他在心里很近，也没有距离感了。

“你们大家可能知道，我以前也研究过侦查工作，你们觉得侦查的最高境界是什么?”

大家都静静等着新处长要说什么。

“我认为，我们侦查的最高境界是《念奴娇·赤壁怀古》中的一句，就是‘谈笑间，樯橹灰飞烟灭’！就这九个字，但能做到这一步非常非常难，这是胆气！是豪气！这是何等的境界，这也是我们侦查工作追求的目标！我们的工作是一招制敌，是稳、准、狠！你没有大量仔细的前期调查工作，没有正确的分析判断，没有运筹帷幄的本领，没有对侦查火候的准确拿捏，你是做不到这个境界的！”

台下的所有人都没想到，这位新处长对侦查工作有如此精辟的见解，并且全都说到了侦查工作的核心。一时间大家都静静听着，忘记了鼓掌。

“从今天开始，我就是你们中的一员了，我再次表示我很荣幸，我也会珍惜组织上给我的这个机会。我们大家牢记使命、竭诚奉献，把侦查工作做好，努力提升侦查处的战斗力，发挥出杀手锏的作用，做党和人民放心的忠诚卫士。谢谢各位！散会！”

这次大家全都鼓起掌来，为这位谦逊、干练、懂侦查、务实的新处长。

李副处长回到自己的办公室，坐在办公桌前，他在琢磨新来的这位处长是个什么样的人。在听到弋处长要来当侦查处处长的消息时，他就在打听这个新处长的做事风格和爱好，也想提前和这位新处长见个面给他留下个好印象，但思来想去觉得还是有点儿唐突，在没有确定这个处长是个什么样的人之前，做有些事可能会画蛇添足。

正在琢磨时，桌上的电话响了，李副处长一看是弋处长办公室的电话，赶紧接起来。电话里响起处长的声音：“天才，晚上有时间没有？我想请你吃个便饭，了解一下处里的情况。”

“有！有！哪能让您请，我来安排，您别管了，弋处长。”李天才赶忙说。

挂上电话，李天才又琢磨起来，新处长为啥请我吃饭？是光谈工作吗？还是有别的意思？不管怎样，这是和处长私下交流的机会，绝对不能马虎。想到这，他拿起电话拨通了一个号码，说了一句：“晚上给我准备好，我有个重要的客人！”

李天才几年前在外勤科时，由于外勤科连破大案、要案，成了侦查破案的标兵。作为科长的他文笔好、协调能力强，又善于表现，自然引起了领导的注意，被破格提拔为侦查处副处长，分管外勤科等几个重要的科室。慢慢地，他把几个跟随他的人和觉得对他发展有利的人安排到这几个科室里当领导，随着时间的推移他成了侦查处手握重权的实力派人物。他知道自己还年轻，不能太张扬，表面上他对所有的人都亲切有加，在上级领导面前绝对像个小学生，但私下抓紧时间排除异己进行布局，有出头露脸的事绝对会第一时间出现。他对一些不和自己站队、对自己有看法的人给一个暗示或随意找个看似正常的理由批评一句，追随他的其他人都明白他的意思。那个同志就会被边缘化，活儿少不了他干，但好事总会和他擦身而过。

吴新和更登工作是非常敬业的，经过这么多年的磨炼，他俩政治素质过硬、业务精、工作踏实、在工作中屡破大案，按理说也应该让他俩担负更重要的工作，带起一个团队来。但李副处长只是把吴新提拔成外勤科的副科长，而安排了一个自己的人当外勤科科长。这样外勤科既能牢牢捏在自己手里，也能让大家看到李副处长是个能发现人才、不埋没人才的人。更登不会来事，天天和吴新混在一起，也不知道站在自己这边，就让他继续在外勤科当科员。最重要的是三个人都是同学，虽然现在自己早不参加同学会了，但要让所有的同学知道，我李天才仍然是同学里面最优秀的一个，不仅仅是职务，是在各个方面都优秀的人。

忙了一下午，快下班了，李副处长想去请弋处长一起走。刚要起身，手机就响了，是弋处长的电话。

“我下午去开会刚散会，你直接到北环路的扬州小菜馆里来。”

放下手机，李副处长不禁暗自责怪自己，赶忙下楼开车驶出单位，赶到北环路找了好久才找到扬州小菜馆。小菜馆里面已经是人满满的，李天才好不容易才找到弋处长说的小包间。他推门进去一看，弋处长已经在等他了。小包间里面很昏暗，满是楼下厨房冒上来的油烟味。李天才一看皱了一下眉，拉起弋处长就走。

“您这么大的领导怎么能在这里吃饭！这里环境也不好，换个地方。”

“这家的味儿正宗，我好不容易才定的包间，菜也点了，就这里吧。”弋处长还在坚持。

“改天中午我们过来吃，今晚还有些事要跟您汇报，这里说话也不方便！”李天才塞给服务员几张钞票，硬是把弋处长拉出了门。

两个人走到路边，李天才拉开路边一辆宝马车的门，请弋处长上车，自己跑到另一边上了车，发动着车汇入了下班的车流中。

“这车不错啊！”弋处长打量着车。

“朋友的车，他回外地老家了，把车暂时放我这里。”李天才随意地说。

宝马车在车流里穿行，李天才熟练地开着车。走了很久，车拐进了市郊僻静的一条路，沿着绿树掩映的路一直往里开，不久出现一个保安的岗亭，保安见了这车立即升起了杆子，站在旁边敬礼放行。这里是全市最高档的别墅区。

车在静怡的路上静静地滑行拐了几个弯后，李天才把车停在了一栋别墅门口，门口的人见了赶紧抢上前打开了车门。弋处长下车打量着别墅，李天才走过来说：“弋处长，这地方比较清静，条件也好，以后您有什么应酬就到这里，这是朋友家的食堂，方便得很。”

“我可消费不起！”弋处长笑了笑。

“没关系的，只要您能看上这地方，里面请！”

弋处长随李天才进到里面，高档的欧式装修、纯毛地毯、巨大的水晶吊灯，难见的奢华。几个穿着得体相貌姣好的女子躬身欢迎他俩，旁边富丽堂皇的餐厅里摆着一张餐桌，上面已摆好了高档餐具。

李天才手一挥说:“就两个人,没必要在这里,放到上面的天台上,那里视线开阔,说话也安静。”

李天才带着弋处长沿着红木楼梯上到了三楼的天台。弋处长看着四周,确实是个好地方,周边古木参天,树下鲜花绽放,远处城市的霓虹尽在眼前。一个女孩儿轻声问了李天才一句,在边上的茶台上开始沏功夫茶,一股茶香伴着柔和的音乐顿时弥漫开来。李天才请弋处长坐到了茶台边,弋处长端起一盅,虽还未入口但已经从扑鼻的香味知道这是顶级的茶。轻轻一饮,满口留香,一股茶香立即直冲头顶,全身也是清爽无比。边上几个漂亮的服务员已经在小餐桌上摆好了餐具。

“没想到咱们高原上还有这么好的地方,你李天才也真会享受啊!”弋处长感叹着。

“这些都是外地的老板过来开发的,他们才是会挣钱会享受的人。当科长的时候认识的一个朋友的,也只是来过这里几次,好久没来了,今天为了和您说话方便才想到这里的。”

时间不长,服务员请他们上桌。李天才看起来对这里很熟,一个服务员从酒柜取出一瓶茅台酒请他过目,李天才接过来说:“弋处,您看喝这个可以吗?”

“下次再喝,今天我俩就喝茶!”

弋处长一看包装知道那是一瓶价格不菲的陈年老茅台酒。李天才却转头对身边的服务员轻轻点了一下头,服务员过去打开酒,倒在高脚杯里放在两个人的手边后退下去了,一股茅台酒特有的醇香立即弥漫开来。

“欢迎弋处长到侦查处,我相信在您的带领下,侦查处一定会像一把利剑攻无不克、战无不胜!”李天才举起了杯子,等着弋处长拿起杯子。

弋处长看着高脚杯里略显发黄的茅台酒,站起身犹豫一会儿后端了起来:“好!相信我们的队伍是攻无不克、战无不胜的!”

说完碰了一下，轻轻饮了一口。

服务员上了几个菜后轻轻退下，弋处长一看除了几个海鲜，都是清爽的家常菜，虽是家常菜但做得极为精致。李天才举起筷子给弋处长的盘子里夹了一块海鲜说：“处长，这海鲜是今天早上才从大海里捞出来的，不只是新鲜，关键都是野生的，在高原上能吃到当天的海鲜确实不容易。这几样家常菜看似普通，但用料特别讲究，都是自己养的肉、自己种的菜，厨师也是高薪聘请的特级厨师，您尝尝，是不是有区别?”

弋处长尝了一口，果然与平常吃的菜大为不同，海鲜甚至比自己去海边吃的还好。

“确实不错！没想到你李天才有个这么好的地方，你年龄不大，能有如此高档的圈子，确实厉害!”这话确实出自弋处长的内心。

“有个事，今天我想听听你的想法。你在侦查处时间也长了，各方面经验也丰富，我刚到侦查处，一些想法不宜直接提出来，想提前和你沟通一下，再在处务会上提出来。”弋处长开始谈正事了。

李天才立即放下酒杯坐正了身体：“处长您指示，不管什么，我一定支持您的想法，全力以赴!”

弋处长看他这样认真，微微一笑说：“以后别您、您的了，单位里我是处长，私下我是你的老哥，我们都是同志，没必要那么客气！搞得像外交活动一样。”

“那好，您这个哥我认了，以后您只管指挥，我一定按照您的指示办，赴汤蹈火在所不辞!”李天才立即站了起来毕恭毕敬地说。

弋处长又笑了：“你这又搞得跟江湖兄弟一样，我们都是同志，都是党员！我们是民主集中制，我有错误你们按照组织程序提出来，我一定接受批评意见，但组织集体定下来的事一定要坚决完成，这是原则！今天我就是想听听你的意见而已。”

“处长您说的对，您指示！”李天才这才坐下来，等处长往下说。

“我来侦查处之前，一直在考虑一个问题。这个问题一定要站在政治的高度看，是关系国家发展、社会稳定的一个大问题，这个就是毒品问题！在侦查处就是除了坚决完成党和政府交给我们的任务外如何参与到毒品打击中。”弋处长看着李天才缓缓说出了今晚见面的主题。

李天才一怔，抓起酒杯和弋处长碰了一下说：“我们侦查处一直也参与毒品案件的侦查啊？”

弋处长继续说：“我知道以前是被动参与，我的想法是我们承担主要的侦查工作，在做好其他工作的同时，成立一个专班专门对毒品案件进行侦查，发挥我们的优势，提前布置、主动发现、主动进攻、精准打击！

“以前我们高原上毒品案件极少，可以说是一块净土，但现在毒品已经进入高原，许多曾经的无毒县陆续发现了涉毒人员和涉毒案件。这是一个苗头，如果不及时坚决打击，以后必成泛滥之势。涉毒人员从年龄上看，大多为青壮年，这些人应该都是在各行各业上干事业作贡献的骨干，是他们人生中的黄金期。可是涉毒后必定无心工作、精神萎靡，沦为社会的负担，这对国家发展建设、对我们国家屹立于世界民族之林是不是一个极大的危害和损失？上学的孩子无心学习，上班的年轻人丧失志向，整天浑浑噩噩，我们国家怎么发展？

“具体从我们公安工作来看，社会面上的‘两抢’案件、盗窃案件等根据分析很大的比例是涉毒人员干的，他们为了满足毒瘾每天都要想办法弄到钱买毒品，靠正常的收入是远远不能满足每天的毒品费用的。没钱怎么办？去偷！去抢！去骗！去卖淫！所以不严厉打击涉毒案件，我们的社会面就不会净化，老百姓就不会有安全感。毕竟现在在各方面的努力下命案发案比较少，但老百姓每天可能会遇到、会听到盗窃、抢劫案件的发生。这些案子的特点是发案率高、影响大、破案率较低。简单打个比方，命案现在一年可能发不了几起，但假如社会上有一百个吸毒人员，他们每天都要吸毒，那就有可能每天发生一百起抢劫、盗窃案件。这些案件看似对社会的危害不大，但会导致一百个家庭受到侵害，恰恰就是这些案件的发生，严重影响了老百姓对公安工作的满意度！

“涉毒群体也是严重影响社会安定的一个群体，受到处理后一大部分人不能认识到毒品的危害，反而对公安机关、对政府抱有仇视心理。人生观、价值观扭曲，有报复社会心理的占很大一部分。还有对现在出现的毒驾冲撞行人、吸毒后产生幻觉持刀伤害无辜群众等案件新闻媒体报道屡见不鲜，明星吸毒、政府官员吸毒也不断出现，所以铲除毒患，势在必行！我们侦查处应该主动担负起这个任务，积极参与到涉毒案件的侦查中！这是我的一个想法！”

弋处长一口气把自己的想法说了出来，与上级领导沟通他觉得应该没问题，但他要取得主管侦查处几个核心部门的李天才副处长的支持。对这个年轻的少壮派副处长，他要先摸清他的想法，这样他这个打击毒品的设想才能顺利推开。

李天才站起身子端起了酒杯：“弋处长确实高瞻远瞩，心系百姓安危疾苦，确实是我们的表率。为打击毒品、为老百姓、为我们的平安社会，我敬您一杯！我们会坚决按照您的指示办！”说完，李天才一饮而尽。

看到李天才的表态，弋处长的心里踏实了许多，他也干了杯中的酒，但隐约之间还是有些不安。

弋处长上任后的第一把火从打击毒品案件开始了，上级领导对他这个想法自然十分支持。问题是在落实上，让谁具体担负这个重任呢？李副处长主动请缨要求主管，并将具体侦查工作交给了外勤科。外勤科的全体侦查员在保证其他工作的同时，全力投入到涉毒案件的侦查中。

在以前的工作中，吴新也发现过不少涉毒线索，基层单位也报送了一些涉毒人员的情况资料。在许多的案件中枪、毒、赌、黄、黑是交织在一起的，吴新和更登还有其他侦查员开始梳理这些线索。搞毒品案件第一步是要把所有的线索梳理清楚，在这个过程中头脑一定要清晰，要从这些纷杂的线索中分析出重点人员，再进行下一步侦查，不能眉毛胡子一把抓，不然以外勤科的几个人绝不可能完成如此大的工作量。即便这样，吴新几个人在办公室里趴了几个月，才逐渐有了些眉目。

省城人口较少，以前的涉毒案件、涉毒人群比较少，且以传统毒品海洛因为主。离开省城几百公里，翻过一座大山就是外省一个经济欠发达地区，而这里就是国内一个非法传统毒品海洛因地下集散地。

干旱贫瘠的土地上一些人看到毒品带来的巨额利润，不远数千公里来到了西南边境。对面就是全球最大的毒品种植地金三角，当地铤而走险的毒贩想方设法从境外偷运进高纯度海洛因，转卖给梦想一夜暴富的各地毒贩，这里面就有一部分是高原邻省这个地方的人。这些毒贩可能不识字，但他们知道“地球狮子牌”海洛因是纯度最高的货，也非常清楚公安部门会严厉打击毒品犯罪。他们在初入这行时要么以蚂蚁搬家的方式夹带少量的毒品贩卖，要么给毒枭级的老板当“驮子”，想方设法利用各种伪装将毒品藏起来后走山路，甚至翻过几座雪山绕上几千公里，利用一切办法逃避公安部门的缉查，把海洛因带回自己的老家。极少数渐渐资金雄厚后，就策划大宗的毒品交易，并开办各种实体进行掩护，成为毒枭级的毒贩。这些千辛万苦带过来的毒品在这里被分散、加上其他掺杂品后，纯度降低，但数量翻了好几倍，随之带来的是巨额利润的膨胀、翻倍。

只要安全地把那一块块包装整齐的毒品带过来，就算运一块过来，分开包装后再卖给周边的下家毒贩，挣到的钱就顶得上当地人种好几年地的收入。看到几个毒贩迅速暴富，一些人为牟取暴利以身试法走上了这条不归路。当地公安部门虽然全力对涉毒案件进行打击，但还是有毒品运进来。这些年，随着流通渠道的发展，贩毒活动更为隐秘了。公安部门相继破获了许多大宗毒品案件，动辄缴获高达几十公斤的高纯度毒品。虽然打掉了数量如此之大的毒品，但在毒品市场上价格未受到丝毫冲击，由此可见，毒品打击已经形势严峻，迫在眉睫。

以前在高原上发现的只是少量海洛因，但近几年从南方传来一种危害更大的新型毒品，就是“冰毒”。冰毒的消费群体多为年轻人，一些年轻人认为这东西不像海洛因容易上瘾，并且是身份的象征，从而沾染上这种毒品，沦为瘾君子，花费巨资追求暂时的快感。

为了和这种叫冰毒的抢市场，传统海洛因贩子提高了零包的纯度，一些注射毒品的瘾君子突然遇上纯度太高的“好东西”，结果因为剂量过大而中毒死亡。在省城一些娱乐场所里也出现了“摇头丸”、“麻古”等其他新型毒品。

吴新在以前的案件当中就已经发现了毒品的危害。看到和自己年龄相仿，甚至刚出校门的年轻人沾染上毒品，每天只想着吸食毒品，精神颓废，身体虚弱，丧失廉耻，再也没有上进心、进取精神，成为社会的包袱。如果没有毒品，这些人应该在各自的岗位上作着贡献，在为高原的发展奉献着自己的力量，而现在不但这些人成为行尸走肉，他们的家人也陷入了无尽的痛苦之中。吴新在心痛的同时深深感到打毒工作的责任重大，作为外勤科副科长，他主动承担起了这个重任，尽管他知道这比当年打击黑枪的难度、工作量大了不知多少，知道以后可能再也没有休息日这一说了。

最初的线索可能是一个外号，可能是一段传言，可能是一个不知道真假的电话号码。这些只能靠吴新他们一一进行排查了。只有彻底沉进去，以清晰的思路把自己沉到这些繁杂的线索里面，抽丝剥茧，才会逐渐以侦查员的角度进入错综复杂隐秘的毒品圈。

每接到一起案子，在一切还都是空白时，吴新会将自己放到嫌疑人的角度来考虑案情。根据不同的案情、已掌握的些许情况，结合当地的社情民风，再进行推理判断，给嫌疑人进行画像。这种画像不是面容体貌的模拟画像，而是对其行为特征、反侦查经验、活动圈子、性格特征的画像。这种习惯已经深入到吴新的侦查工作中了，只有准确分析嫌疑人的心理特征和行为方式，才能有针对性地开展侦查措施。《孙子兵法》中的“知己知彼，百战不殆”的道理就在这里。有时候案子破了嫌疑人到位后，他会去看看嫌疑人，和嫌疑人聊几句来判断是不是和自己想象中的人差不多。此刻吴新努力将自己也当成一个瘾君子，从瘾君子的角度分析着眼前的线索，如果自己是个瘾君子，怎么拿到毒品、怎么交易、怎么不被公安发现？再顺线而上，发现背后的毒贩。

根据前段时间对一个被抓的毒贩资料进行分析发现，一个四十多岁来自邻省非法海洛因地下集散地的男人渐渐进入了吴新的视线。这个男子带着一大家子在高原省城开了一个小饭馆，但是发现这个人经常往返老家，还经常是当天去当天晚上就回来了，也没有发现他做其他的生意，行踪非常诡异。从种种情况分析总是感觉这个人不对劲儿，应该是在从事着某种隐秘的生意，但是不是从老家把海洛因运到省城来，这还不能确定。

吴新把这个人的可疑之处向科长和李副处长做了汇报，建议将其作为重点进行侦查，如果发现其有贩毒嫌疑，就展开严密侦查，撕开一个省城毒品犯罪的口子。

李副处长当即同意了吴新的想法，并指示对这个人在没有确实的证据证明其清白之前，不能放弃对他的侦查。吴新信心满怀地和更登还有其他同志制订了详细周密的侦查方案。更登立即带领几个年轻人开始对这个自称哈义斯的人展开工作，全天候对其活动和饭馆的情况进行侦查。

哈义斯的饭馆在省城的城乡接合部，是个二层小楼，一楼是饭馆，二楼是住人的地方，背后不远处就是依山而建的高速公路，高速公路后面就是荒山了。

更登对哈义斯的饭馆观察了好几天，没发现有面黄肌瘦、目光呆滞的瘾君子进出，哈义斯接触的人里也没有这样的人。同时发现他的饭馆生意很一般，可以说是惨淡经营，以饭馆的收入养活一大家子人应该很困难。就算这样，哈义斯每天也很少在饭馆里帮忙，骑个小摩托车到处晃，就不像个踏实开饭馆的人。还发现哈义斯这几年频繁更换手机号码，并换了好几部车，这些情况让他更是可疑。种种迹象表明，他是个反侦查经验丰富、异常狡猾的人。吴新等人综合分析后判断哈义斯应该是个从老家贩运毒品到省城再批发给下线的毒品批发商，而不是直接搞零售发包，但还没有发现他运送、交易毒品的手法。

既然目前发现不了哈义斯的贩毒活动，那就把他暂时放一放，围绕他周边的人展开侦查。

毒品案件的侦查不但要靠周密的分析，更要有毅力，要有经营意识，要耐心等待。如同猎人狩猎前漫长的等待一样，对猎物的习性掌握得越详细越好，要保证一击而中。对侦查员来说要最全面地掌握嫌疑人的资料，根据案情做好最充分的准备，在收网时更要特别注意火候、选择时机，要保证嫌疑人顺利到位，保证侦查员和群众的安全，保证人赃俱获，保证法律程序规范、证据确凿。在实际工作中这个火候是很难把握的，这考验着侦查员的综合分析能力、决断力、临场分析能力，要求侦查员平时就要加强法律知识的学习和积累、对社会知识的了解、对风俗习惯的掌握、对技战术的演练，不然不但会贻误战机，让嫌疑人逍遥法外，更严重的是盲目行动会造成严重的后果，导致伤亡情况发生、苦心经营的案件被破坏。而一起毒品案件从开始经营到成熟收网，可能要数月甚至数年之久。

吴新对发现的省城其他传统贩卖海洛因的线索综合起来进行侦查。一个叫李海的中年人也渐渐进入侦查视线，这个人和哈义斯是同乡，没有职业，但花钱如流水，经济收入十分反常。再一查，他是个有贩毒前科的人，曾经在一次运毒时被掌握情况的民警设卡拦截，他开车冲开设置的路障，设卡的民警立即驾车追捕。没跑多远由于车速太快，且天黑雨大，李海的车翻到了路下，等追捕的民警把他从车里拉出来后，他的一条腿断了。但民警搜遍他的全身和汽车里外没有发现一丁点儿的毒品，其实狡猾的李海在逃跑时已经把毒品扔出了车外。

没有发现毒品！李海自然理直气壮地说“你们警察设卡怎么没有穿警服”、“我没有看到你们的警官证”，又说“怕你们是打劫的，就没敢停车”。设卡抓捕的民警自然知道他在胡搅蛮缠，虽然后来找到了扔在路边的毒品，但李海当然不会承认是他扔的，警察明明知道是他的东西但也没有办法，没有其他的证据。怕他去上访只好付了医疗费，又派人照顾着把他的腿看好，公安机关又赔了一笔钱，好说歹说他才答应不上访闹事。但从此李海受伤的腿就瘸了，渐渐地，圈子里的人就叫他“瘸子”，真名慢慢没人叫了。随着时间的推移，老奸巨猾的“瘸子”在贩毒圈子里名声也渐渐大了起来，好多侦查单位都知道这个瘸子在贩毒，但这人异常狡猾，很难抓到他贩毒的证据，办案单位都知道一旦抓不到确实的证据，他就会像块狗皮膏药一样粘住你，所以一般的侦查单位拿不下他，有能力的单位顾不上他，他也知道不能做大，不能过分挑衅警察，在夹缝里长期做着不大不小的贩毒买卖。

第七十二章　较　量

在侦查中发现，哈义斯和李海是同乡，应该互相认识，但是否在一起做毒品生意，只能靠进一步侦查了。

吴新天天关注着哈义斯的动静，这一个多月哈义斯又跑了几趟老家。更登他们跟踪了好几趟，但因为他非常狡猾，且开车极快，长途跟踪很难控制，只好放弃长途跟踪。而他回来后第二天活动就非常频繁，更登他们在条件非常恶劣的情况下发现了他每次回来见面的几个人。同样，这几个人和哈义斯见完面后活动也非常频繁，而他们接触的一看就是瘾君子。几次之后吴新他们渐渐摸清了哈义斯的活动规律，他应该是自己去老家从上家取货，每次应该是随身带货回来，不是另外雇“驮子”运过来。发现这些情况后，吴新他们觉得可以行动了，该堵他了！

吴新将哈义斯的情况向科长和李副处长做了汇报，他们也都同意吴新的想法。弋处长搭起的打毒平台也需要有点儿成果出来了。

高原的夏日太阳落得很晚，在夕阳的余晖里，在距离省城几十公里远的高速公路上，一台轿车不紧不慢地行驶着，车里的几个侦查员不时看着后视镜。突然，车的后视镜里出现了一部小轿车，车速非常快，一眨眼的时间已经从侦查员的车边疾驶过去，转眼之间车就没了踪影，一看就是哈义斯的车，车上的侦查员拿起对讲机喊了起来：“发现目标！车速非常快！”

对讲机里传来其他几个组的回答声，等待了快一个下午的几个组立即紧张起来。在打击毒品时最好的通信工具就是对讲机，一喊大家全都知道了，而手机却是老占线，你给我打、我给你打，结果谁的都打不通。

没过多久，埋伏在省城周边的组也发现了目标，车上的更登也立即把情况通报给了在收费站设伏的组，然后加大油门远远跟在哈义斯的车后面。

天快黑了，哈义斯的车已经进了省城，在还有几公里到收费站的时候，更登远远发现哈义斯的车速慢了下来，慢慢地停在了路边。车打着双闪，哈义斯下了车，朝后面望了望，伸了一下腰后跨过高速路的栏杆站在路边小便。更登的车在后面，不能也跟着停在路边，这样太扎眼，只能降低速度往前走，在错过哈义斯车的时候，更登看见哈义斯提着裤子又跨回高速路上，又从后视镜发现哈义斯的车继续跑了起来。

跑了不远就到收费站了，收费站只开了两个收费口。哈义斯的车跟着前面的车缓缓而行，嘴里骂着收费站也不多开几个口子。前面还有一个车就要过收费站了，哈义斯掏出了钱，打开了车窗伸出手等着交钱。

“不许动！”就在这时，从收费站的后面、前面的车上、后面顶着的车上突然钻出了十几个精干的小伙子，还有几个穿着警服的警察，手里拿着枪一下子把哈义斯的车包围住了，惊慌失措的哈义斯还没反应过来就被拉出车外，压在地上。

其他的收费口又打开了，几个警察迅速对哈义斯展开搜查，可是在他的身上没有发现任何毒品，其他警察围着他的车搜了好几遍也没有发现毒品之类的东西。无奈之下，侦查员只好把他押到车里，驾驶着他的车离开收费站。

在一家修理厂的车间里，更登他们几乎把哈义斯的车全拆了，车门板、备胎、底盘……车里能藏东西的地方全都拆开了，还是没有发现毒品，调缉毒犬过来也是没有发现。听到消息赶过来的李天才铁青着脸，弋处长也在旁边焦急地等着消息，全体侦查员的心都到了冰点。

审讯工作自然没有任何突破。哈义斯根本不承认贩毒的事，还不停地质问为什么抓他。一时间作为案件主侦的吴新压力巨大，所有的人都看着吴新，虽然没有责怪他的意思，但首战失利的吴新都想找个地缝钻进去。

经营了这么久却没有发现毒品，这是一个无法接受的事实。吴新根据各方面情况判断这次哈义斯绝对是带了毒品的，也没有反映出在路上转交别人带货过来的情况，但怎么就找不到呢？一定是在侦查中还有疏漏，还有没掌握的情况。看着哈义斯带着嘲弄的笑容开着给他恢复好的车扬长而去，吴新感受到了前所未有的耻辱，也切身感受到了缉毒工作的艰辛和复杂以及失利带来的失落。

“没关系的！走！我请你们吃饭！”弋处长没说什么，拉着情绪失落的吴新几个人去吃饭。

“胜败乃兵家常事，不要以一战论成败。首战失利从另一个方面来看也是个好事，只要能从中发现嫌疑人的特点和规律，提高对打击毒品犯罪的复杂性、艰巨性的认识，这也是收获！”在饭桌上，弋处长坦诚的笑容让吴新几个人都扫去了失利的阴霾，几个人端起酒杯和弋处长碰了一下后一饮而尽。

“妈的，没想到让警察给盯上了！”回到家后，哈义斯立即将手机号码换了，开的车也迅速转让给了他人。生性多疑的他听别人说公安会在车里装跟踪器，自己把车速开去详细检查过，但他还是不放心，低价把没用一年的车转给了别人，自己又重新买了一辆。

对吴新来说，对哈义斯的侦查工作重新开始了，更登对他的监控也换了人和车，愈发地谨慎了。

时间一天天过去，吴新天天早出晚归待在办公室里，继续从大量的数据里分析哈义斯和其他毒贩的情况。每天只能半夜回去才抱抱儿子，好在几个老人对英子和儿子照顾得很好，苗苗挺着大肚子也天天过来。经过上次痛苦的经历后，现在老人们啥都不让她操心，只管保养身体，苗苗一个人在家里待不住就每天过来和宝宝玩。磊子的事业正在发展的时候，偶尔回来也是急匆匆办完事就回去了，听说吴新天天忙工作，说了他一顿让他照顾好英子娘儿俩，又委婉地提起了让吴新辞职的意思，可是吴新还是舍不得他的侦查工作。

哈义斯沉寂一段时间后，觉得公安已经不注意他了，试探着跑了几趟老家，一路上非常安全，没有任何意外情况。渐渐地，他的胆子又大起来了，他在策划一次大的买卖，当然按他的做事习惯他是不会告诉任何人的，生性多疑的他觉得所有的人都是靠不住的，他又独自悄悄开车去了老家。

在发现这个情况后，吴新向领导做了汇报。上次失利后所有的侦查员都对哈义斯恨得牙痒痒，这次决定对哈义斯进入省城境内后全程监控。侦查处调了几台性能好的车，又抽调了技术好的侦查员驾驶，这样只要他一出现就不会脱离侦查员的视线了。

一场短兵相接的缉毒战又要打响了。

天刚擦黑，哈义斯的车进入了省城境内。他每次都在晚饭的时候进来，这样路上查车的警察刚好去吃饭了，一路上畅通无阻。可这次他没想到，虽然他把车速开到了极限，但后面还是有几台车轮换着跟在他后面。

进入省城快到收费站时，哈义斯又把车停在了路边，下车跨过隔离栏方便后又开车舍近求远驶向另外的出口。后面远远尾随的车没有发现他停车时有任何的其他车辆同时停下来。

同样，在收费站里哈义斯被埋伏在周围的侦查员团团包围，吴新也在现场。当他看到哈义斯神态自若的表情，看着他被压在地上却毫不反抗，似乎知道警察在等着他时，吴新的心里立即又有了不好的感觉，他感觉这次又被这个狡猾的哈义斯给耍了。

果不其然，在哈义斯的身上、车里还是没有发现毒品，所有侦查员的心又一次沉到了谷底。

“不知道！我不知道你们为啥抓我！”哈义斯被押在侦查处的审讯椅上，他对所有的问话都是不知道。他知道只要熬过这一晚，没有证据的警察就会放他回去，他现在只要计算着时间就可以。

而办公室里的吴新和更登他们在苦苦思索着，这个哈义斯怎么就这么狡猾？他的套路是什么呢？难道就让他一次次玩弄于股掌？

此时更需要冷静的分析，吴新反复思索着哈义斯活动的每一个环节、每一个过程。突然一个灵感闪现在他的脑海里，两次快到收费站的时候哈义斯都要停车方便，真是那么巧吗？

“哈义斯有没有出去闲逛、散步的习惯，特别是去高速路后面活动的习惯？他快到省城停车方便的地方和他家的距离远不远？上次停车的地方和这次是不是同一个地方？”吴新一把猛地拽过更登问道。

边上心情也很低落的更登回忆了一下说：“偶尔会有，吃完晚饭后有时就晃到高速路后面的荒山那里。那里很少有人去，我们也没办法跟，只能放弃！他在高速路上方便的地方离他家也不算远，两次停车的地方好像也都差不多。”

“走！赶紧走！”吴新拉起更登急匆匆出了门，科里的几个小伙子也赶紧跟上了。

吴新开着车，汽车疾驶在城市的街道上，路灯一盏盏向后掠去。此时已是深夜，路上的车已经很少了。不一会儿，就到了哈义斯的饭馆，再往里走，穿过高速路下面的一个桥洞，走不远就是没人的荒地了。

吴新和更登几个人下了车，拿出手电筒，沿着高速路边的隔离栏找了起来，发现这里很少有人过来，满地都是齐腰高的荒草。一直走了一公里多，在一处茂盛的荒草后面的公路隔离网上发现有个不起眼的洞，人可以钻进去到高速路的边上，仔细看这个洞是被人剪开的。吴新的心里似乎有底了，而现在已经是深夜，四周漆黑一片，只有高速路上的车灯偶尔掠过。

“弋处，我和更登几个人在高速路边上。有个情况，目前还不能确定，但哈义斯这个人绝对不能先放！”吴新给还在办公室的弋处长打了个电话，让审讯组的绝不能放哈义斯，等天亮后再作决定。

“我刚才去你们办公室发现你们几个都不在，还想着跑啥地方去了，回家休息也不跟我说一声，你们注意安全！”

电话那边的弋处长知道吴新他们不会没缘由地深夜跑到高速路边上去的。

为避免再出意外，吴新和更登把车开到隔离栏洞口附近，几个人望着隔离栏上的洞在车里守了一夜。

天刚亮，也是一夜未好好休息的弋处长带着十几个人拐到高速路上了。吴新和更登反复判断昨天哈义斯停车的位置后，所有的侦查员下车沿着高速路找了起来。高速路上经过的司机都很奇怪这些警察大清早在高速路边上找什么东西。

想起来很简单，但找起来很困难。侦查员们手里拿着棍子，拨开齐腰高的荒草，按照吴新的判断在草丛里寻找可疑的东西。来来回回找了两个多小时，终于一个侦查员在草丛里发现了一个看似非常破旧的塑料袋，这个破旧的袋子好像在这里已经很久了，前面谁也没注意到这个袋子。这个侦查员无意中拿棍子一拨拉，发现还很沉，里面好像有东西，赶紧俯下身体，用棍子拨开塑料袋的口子，发现里面还有个包装严密的塑料袋，而里面的塑料袋是新的，全然不是外面那样破旧的袋子。听到喊声，处长几个人全都围了过来，大家围着这个破袋子兴奋异常。

弋处长让负责现场勘查的人拍了照，又轻轻用棍子把塑料袋挑出草丛。技术人员小心翼翼地打开里面的塑料袋，发现里面是差不多五百多克重的白色粉末，看起来和平常缴获的海洛因别无二致。大家兴奋得跳了起来。

搞技术检验的侦查员带着塑料袋先回去做分析了，弋处长和吴新几个人又沿路找了一阵，再没啥发现后才撤了回去。

有了这个塑料袋，审讯的侦查员心里有底了，吴新也是难得的兴奋，终于摸清楚哈义斯的套路了，这次再也不会被他当猴耍了。但还有一个问题，如果哈义斯不承认这个塑料袋是他的怎么办?

在审讯椅上的哈义斯正在盘算着时间快到了，在硬邦邦的铁凳上坐了一夜后等会儿就可以回家了，只是这帮警察绝对又把刚买的车给拆了，回去又得换一部车了。这些警察啥都不知道，就知道在高速路口堵我，他们也就这点儿本事。在高速路上舍近求远从别的出口出，也只是一个幌子，让这些警察觉得他还有专门放毒品的地方。其实在高速路上发现收费口开得不多时，他就已经感觉有警察冲着自己来了，但自己啥都不怕，只要在自己身上、车里发现不了东西，他们谁也奈何不了自己，出去照样挣自己的钱。

哈义斯活动了一下身体后靠在椅背上，眯着眼睛得意地看着前面铁栅栏后面的警察。熬了一夜，这几个警察已经对自己丧失了信心，所有的人脸上都是疲惫，眼睛里都是血丝。这些警察工资就那么点儿，又这么辛苦，犯得着这么拼命吗？自己跑一趟挣的差不多是他们几年的工资。

想着想着审讯室的门突然开了，进来了好几个人，哈义斯眯着的眼睛一下子瞪圆了，他看见了一样东西！他不相信警察会发现他的秘密，会找到他的东西！哈义斯一下子慌了。

进来的人提着个塑料袋，把塑料袋放到了前面的审讯桌上，哈义斯透过张开的口子，看到里面的塑料袋是自己亲手放进去的，也是张着口，隐隐约约可以看到里面的白色粉末。哈义斯如同五雷轰顶，知道这次是彻底完了。前面桌子上坐下的人脸上虽然也满是疲惫，但满是血丝的眼睛里闪着胜利的光芒。这个人啥都没说，但哈义斯心里更慌了。

"看到这东西很熟悉吧？还有这个！"终于，坐下来的人举起了一张纸，上面是几个指纹的照片，哈义斯自然知道这意味着什么！他也没有想到自己的指纹会留在塑料袋上面。

"能不能给我一根烟？"这个时候和政府对抗再也没啥意义了，现在就是考虑怎么争取宽大处理，在监狱里少待一天是一天，那种失去自由的痛苦谁也受不了。哈义斯知道怎么争取主动了，连自己这么隐秘的运毒方法都能被这帮警察发现，还有什么是这帮警察发现不了的呢？心理防线彻底崩溃的哈义斯放弃了顽抗，对警察一五一十交代了运输毒品的犯罪经过。

原来，哈义斯一直在从事贩毒。他从老家低价买到毒品后，想方设法运到省城来，在里面掺入添加物后批发给下家，从中牟取暴利。他知道零卖虽然更挣钱但很快就会被警察盯上，所以他只做批发。下家也只是固定信任的几个人，他从不和陌生人做生意，平时他非常谨慎，所以警察一直没有找到他贩毒的证据。他开饭馆也是为了掩人耳目。

怎样才能不被警察发现？多疑的他又不信任其他人，直到有一次他带着毒品回来在高速路上发现经过他家的地段是荒山，很少有人去时，他想到了一个绝妙的办法。

哈义斯知道从他老家到省城这一路上警察都不好设卡，只有到省城下高速时收费站里才可能有警察埋伏起来。在其他路段如果远远看到警察设卡，他就会从窗子里把毒品扔掉，或迅速拐到其他路上。

当他看到路边的荒草时，他想到了这个绝妙的办法：他从老家带毒品回来时，等到靠近他家的路段就把车停在路边，假装方便，观察四周没有异常时暗暗把兜里的毒品藏在荒草丛里。包裹毒品的塑料袋是他特意捡的破袋子，扔在草丛里面再踩上一脚谁也不会注意，捡破烂儿的人都懒得动。然后上车继续走，从前面的收费站出来回到家里，感觉没啥问题时，才晃悠悠装作散步穿过桥洞走到后面的荒山。从那里走不远，高速路边上的隔离网上有一个他剪出的不易被人发现的洞。他确定后面没有可疑的人后就从洞里钻到高速路边上，找到藏在草丛里的毒品带回家，这时如果警察发现了他，他会迅速把毒品扔掉或以刚在路边捡的为由蒙骗警察。他觉得他的这个办法天衣无缝，谁也不会想到他的这一招。几次他藏好毒品后就放心大胆地开着车过收费站，警察确实一直没有发现他的这个手段，就连吴新他们也栽了一次跟头，上次把整个车都拆了也没有发现毒品，这次也差点儿让他混过去。

哈义斯在交代时，急于立功的他谈到了另一个毒贩，那就是瘸子李海。李海也是个异常狡猾的人，也是只做毒品批发。瘸子以前和哈义斯合作过，但哈义斯渐渐甩开了他，两个人都开始单干，他俩都觉得两个人合伙做生意容易被警察发现。他听说现在瘸子每次贩运的量也很大，具体怎么运毒、下家是谁他现在也不清楚。

拿下哈义斯，吴新的眼睛盯住了这个贩毒圈子里名声很大的瘸子。从以前的资料上看这个瘸子是块更难啃的骨头，对他的侦查又该从哪里入手呢？这个问题摆在了吴新和其他侦查员的面前。

第七十三章　追　击

这次吴新想顺线而上。在李海的下线中，有一个外号叫老虎的，是个瘾君子。老虎曾经也是个家境殷实的本分人，自从沾染上毒品后，把家里偌大的资产全部变成了毒品，最终妻离子散，走上了以贩养吸的路。由于其胆子大、做事隐秘，手上各种毒品都有且保证成色，价格也算比较便宜，渐渐地在省城毒品圈子里有了名气。他也是从不和不熟悉的人做生意，生人要货必须由熟人介绍。吴新在侦查中发现省城几个娱乐场所的冰毒、摇头丸等都是由其参与供货，并且他还有固定的海洛因客户，海洛因就是从李海手上取的。

经过细致的侦查，吴新几个人发现老虎一个很反常的活动，老虎隔几天就会到省城边上的一个荒山爬山。一个瘾君子去爬山锻炼身体本身就是一个反常的事，老虎去爬山绝不会是为了锻炼身体！更登试着跟踪了几次，但荒山上只有稀疏的草，有个人很远就会被发现，根本没有条件。下山的路又有很多，无法确定老虎从哪里下山，因此老虎的“锻炼”就成了个谜。

进一步侦查发现，对于新型毒品，老虎则是利用网络联系好后，由对方从外地送到省城，但其交货方式目前还未掌握。

明知道有个毒贩在猖狂贩卖毒品，但无法将其绳之以法，这对每个警察来说，简直就是一个耻辱。

弋处长一有时间就要到外勤科看看、问问情况，和大家一起分析案情。来的时候有时给熬夜的大家买上一条烟，有时请大家出去吃顿手抓肉。大家也和他开玩笑：“没有成绩，处长的烟不好抽，肉也不好吃啊！”虽然是个玩笑话，但大家都知道弋处长的想法，每个人也都有巨大的压力，都想着尽快铲除毒患。虽然知道这不是侦查处一家能做到的，这是个全社会的问题，打击毒品的长期性、艰巨性是无法想象的，但每个人从侦查职能上来说都想尽量多打一点儿，能多打一克对社会也是一份贡献，打掉一克毒品就可能会消除一起其他案件的发生。

打毒品也是急不来的事。有的时候，吴新感觉自己在经营毒品案件时更像个厨师，是做家常菜，还是美味的大餐？首先要选好料，选出精品的食材来，这是个关键。并不是高端的食材就是好东西，关键看能不能出味儿，再一个关键所在就是，不管是煎炒烹炸还是细火慢炖，都要掌握住火候。时间早了火候不够则不出味儿甚至夹生，火候过了则成糟粕，浪费食材耗费工夫，能否做出一份色、香、味、形俱佳的大餐，就要看厨师在各个环节的造诣和功夫了。吴新和其他侦查员现在就在做一份大餐。大餐固然美味，但对于厨师来说，享受的更是做大餐的过程，尽管这个过程很辛苦、很累、很漫长。

对瘸子李海的侦查也渐渐深入，更登他们发现李海也是个喜欢“锻炼”身体的人，他也是去老虎经常去的荒山“锻炼”身体，只不过和老虎的时间错开了，都是他去完老虎再去，这里面的玄机不难理解，难的是无法控制。

这天下午吴新正在办公桌上看案卷，更登气呼呼地进来坐在椅子上一言不发喘着粗气，吴新觉得更登很少这样，赶紧放下案卷过去：“怎么了？”

更登抬起头说：“我去看守所送昨晚抓到的那个发零包毒品

的，你知道啥情况不？没送进去！现在人又带回来放在审讯室里了。”

“怎么回事？”吴新赶紧问。

“到看守所后，人家要体检，身体没问题他们才收，结果一量血压一百六十，值班的就死活不收，说收了一旦出现问题负不了责任，好说歹说还是不行。本来还想送进去后回家睡一会儿，昨晚大家都熬了一个晚上。后来顺便让检查身体的也量了一下我的血压，高压都快一百九十了，怪不得这几天头晕乎乎的，还以为是加班累的。嫌疑人血压高怕出事看守所不收，我血压这么高还得工作，人带回来还要看着，我好像抑郁了！”更登气呼呼地说。

吴新知道更登血压有点儿高，没想到会这么高。虽说最近零零碎碎抓了不少贩毒的小角色，但精力同样没少花，也确实辛苦得很。于是吴新赶忙说：“人家这也是规定，你赶紧回去休息，人我们来看着，等他血压下来了我们再送，你可别出个啥事，咱俩是搭档，我离不开你的！”

“我去跟处长请病假休息！”更登嘴上说着，可人在椅子上没动。吴新只好苦笑着，现在科里人少，更登经验丰富，工作中确实离不开他，但他的身体又是这样，吴新也不知道说什么了，工作重要，但同志的身体也同样重要。

更登在椅子上生了一阵闷气，站起来走出办公室，临出门甩给吴新一句话：“我还是去审讯室和那个人一起吃降压药去，等忙过这阵子闲了再去住院休息几天。”

吴新知道案子一个接着一个，发现的线索每一条都要处理、消化，侦查员永远不会有闲的时候，除非病倒确实起不来，不然这些人都在坚持着工作。好几个年轻人因为生活没规律、起早贪黑、饥一顿饱一顿，身体都出现了问题。每个人都在超负荷工作，透支着健康，身体都处于亚健康状态，但选择了这份职业就只能坚守。更登的身体这个样子，吴新确实不知道用什么语言劝慰、安抚他，他确实无言以对。

根据侦查发现，李海在接到老虎的电话或者老虎要找瘸子时，两个人就会约地方见面，在见面时老虎把需要的毒品数量和钱交给李海。李海收到钱后就会准备好毒品，确定没人跟踪后，不顾自己的瘸腿独自到荒山里面，将毒品埋在不同的地方，比如从什么地方开始数第几个电线杆的下面，或是某个石头下面，每次都是不同的地方。然后再通知老虎，老虎就按照李海的指示找到地方把毒品取出来。

更登从未遇上如此狡猾的嫌疑人，瘸子出门都是先要故意穿过一个人头攒动的市场，然后突然从哪个小道里出去，更登的人跟了好几次都跟丢了，甚至差点儿暴露。吴新甚至想过调缉毒犬或跟踪犬沿着他们的路线找埋毒的地点，但由于嗅源等问题说是追踪不到，只好放弃这个想法。这起案件极大地考验着侦查员的毅力和耐力。吴新不断地寻找着时机，争取在瘸子进货量最大的时候稳妥地一举将他们拿下，把案子办成铁案，让这个狡猾异常的毒贩得到应有的惩罚。

侦查员们在发现瘸子要准备进货的时候也准备了好几次行动，但要行动的时候由于各种各样的意外情况或条件不好，只能选择放弃。贸然行动只会打草惊蛇，将自己陷入被动，与其那样还不如等待时机，侦查处的特点就是轻易不出手，但一出手必定会稳、准、狠，如同一个剑术高手，一亮剑绝对会一招制敌。

艰苦的等待之后时机终于来了。老虎供货的有一家叫“醉情”的大型娱乐场所，最近老板重新装修完后，成了省城最大的一家娱乐场所。这家娱乐场所不仅设施高档、服务周到，老板还找了一帮俄罗斯美女。每天夜幕降临，这里就会霓虹闪烁，门口一大堆保安挺立，带着异域风情的俄罗斯美女浓妆艳抹欢迎着各色想着放松、追求享受的人的到来。在这里，只要你有钱，可以买到你想要的任何服务、任何东西，甚至是毒品。

“醉情”的生意异常火爆，能去这里消费甚至成了身份的象征。每晚门口的停车场里停满了豪车，偌大的舞池挤满了年轻的男女，他们在震耳欲聋的狂暴音乐里疯狂地扭动着，有钱的人更可以在里面隐秘的包厢里请上几个小姐做想做的一切。

老虎的生意自然变得非常繁忙，他的新型毒品的进货量也开始大幅增加，每次进的货供不应求。就在他生意异常兴隆准备大赚一笔的时候，他在外地的几个上家突然联系不上了，估计已经被公安抓了，他急需寻找一个稳妥的新上家。

由于传统毒品的市场渐渐赶不上新型毒品的市场，包括在边境之外的金三角，有些毒贩也开始做新型毒品的买卖，如冰毒、麻古等。瘸子李海也开始将生意转型涉足新型毒品。在知道老虎急需大量新型毒品后，他也开始寻找毒品上家，想随着市场的发展转型涉足新型毒品，在这里面好好赚一笔。他专门跑了一趟老家，找了好几个人看了样品商定好价格后付了定金，然后回到省城等老家的人把毒品送上来。

以前他的上家是个他很信任的人，他和上家在离省城几十公里的地方精心选择了一个人迹罕至的山沟，他把钱打给上家后，上家会自己安排时间把货送过来埋到两个人看好的山沟里做好标记，然后通知他去取。有一次，李海甚至在一个雨夜骑了辆摩托车狂奔几十公里把上家放好的毒品取了回来。如果货少了或质量有问题下次就会补上，李海就是凭借这种方法逃过了公安机关的数次打击，这也是瘸子李海很难被打掉的一个原因。但是这次，他和这个新上家虽然也是同乡，但两个人的关系还没到非常信任的地步，在他们同乡间黑吃黑的情况也是时有发生，所以他们要一手交钱一手交货。

瘸子李海为这次交易专门准备了一部手机用来单线联系，并且按老虎的建议在省城一个比较高档的小区里租了一套房子准备存放毒品，方便随时给老虎供货。因为老虎的生意变得非常红火，他没时间再去山上“锻炼”了，再一个老虎觉得公安绝对没有注意到他。

吴新几个人在侦查中发现这个情况后，觉得收网的时机快到了，瘸子李海这次应该逃不掉了。

发现李海租的房子后，更登他们专门找到那个小区，查到了房子的主人。一查房主是个在机关单位上班的人，和李海也没有关系，这样吴新几个人心里就有底了。他们找到了房主，跟他说了租房的人是公安侦查的对象，让他配合公安工作。房主很配合，不但答应严格保密，并且把房子的钥匙给了更登一把。

拿到钥匙，吴新和其他侦查员瞅准时机悄悄进到房子里，看了房子的结构，判断了可能藏毒品的地方，一切准备好后，就等着李海和送货的来交易了。

第七十四章　剿灭毒枭

在这个新建的高档小区，门口、院里都安装了当时来说非常先进的监控，这样就给更登他们省了不少事。

万事俱备，也到李海他们约定交易的时间了。吴新早早安排了两个人盯着一个个监控屏幕，注意发现可疑人员。

已到晚饭时间，监控组发现李海进到房子里了。在侦查中发现，上家已经出发，会把毒品送到这里来，李海也给来送货的上家提供了这个地址，他觉得这个地方神不知鬼不觉，谁也想不到在这样的高档小区里会交易一大宗毒品。

一直等到夜深人静时，黑沉沉的夜空下起了大雨，房子里的李海仍然焦急地等待着。四周隐蔽处的吴新几个人也苦苦等待着。能不能拿下瘸子李海，能否打破在省城毒品圈子里这个瘸子打不掉的神话，就看今晚的行动了。

终于在雨幕中，由远处闪来一束雪亮的车灯，一辆车时走时停，很明显是在找地方。果然，车到跟前一看，是辆外地牌照的小轿车。车进了小区，找到单元楼后，车上下来两个人，探头探脑地进了楼。在单元楼梯顶楼埋伏好的侦查员听见来人敲的门正是李海租的房门。

门开了，在房子里面一直观察着周围动静的李海把来人接进房子。两个人进去和李海在房子里聊了几句，双方都觉得没什么问题、没有任何异样后，其中的一个人出了门。在车边，下来的人和车里的司机打量了一下四周，确认安全后打开了后备厢，取出备胎和一些工具后锁好车门上了楼。

周围暗处的所有侦查员都屏气看着这一幕。房门被带上了，在楼道上面埋伏的侦查员蹑手蹑脚下到了房门跟前，听着里面的动静，外围埋伏好的侦查员也集中到了单元门口。外面车里的吴新盯着拉着窗帘的房间的亮光，判断时间差不多了，拿起手里的对讲机轻轻说了一声："行动!"

藏在单元门外的侦查员轻轻推开门鱼贯而入，守在房门口的侦查员拿出钥匙毫无声息地插进锁孔，轻轻地扭动。这个门事先专门处理过，不但上不了保险也不会发出声响。

门无声地打开了，在房间的灯光下，李海和送货过来的几个人刚把备胎撬开，正低着头从备胎里取包装严密的毒品，取出来的一包包毒品就放在地上。李海正在称分量，一抬头发现房间里如神兵天降一般多了许多年轻人，一个人的手里甚至还拿着摄像机。他一下子吓破了胆，惊叫一声后，扔掉手中的毒品正想反抗，一个黑洞洞的枪口已经对准了他。就在瞬间，送货过来的几个人也被压在了地上。他们怎么也想不到房间里悄无声息地就出现了这些人，刚才每个房间里都看了，没有其他的人啊，这些人是怎么进来的？李海知道这次是人赃俱获，彻底完了，再胡搅蛮缠也不起作用了，垂头丧气地坐在地上一动不动。

吴新进到房间里，戴上手套用李海的秤大概称了一下分量，足足有十公斤重！这在人口稀少的高原省城来说，无疑是非常惊人的数量，更重要的是在和这个狡猾的瘸子李海的较量中，公安机关完胜，人赃俱获、证据确实充分。李海他们撬轮胎、称毒品的场面全都被拍了下来，他们再也无法抵赖。

法网恢恢，疏而不漏。再狡猾的猎物也斗不过好猎手，瘸子李海终于被拿下。

时间已经很晚了，吴新还是给弋处长等几个领导发了短信汇报案件侦办情况。不一会儿，一直等待消息的弋处长回过来两个字："漂亮！"

拿下了李海，无疑是个地震，在省城的毒品圈子里引起了轰动。一些涉毒人员听说哈义斯和李海被抓后，无不胆战心惊，连这样号称老大的毒贩都被抓了，一些小毒贩一时间全都躲了起来。

吴新和更登以及其他侦查员又需要逐个梳理线索了。每次侦破毒案，在省城的毒品圈子里都会引起震动，毒贩们也在与时俱进，不断总结着经验，打击毒品的难度越来越大了。

通过对哈义斯、李海贩毒网的侦查，吴新他们掌握的毒品线索已经如同滚雪球一般变得非常庞大了。一些线索陆续跳了出来，一些沉了下去。对跳出来的线索，只要有条件，吴新他们就会迅速坚决打击。一时间，一些毒贩纷纷落网，利用快递运毒、利用车辆夹带、故意绕远路、雇用"驮子"等一大批案件告破，甚至还打掉了几个简易的加工厂。缴获的毒品或多或少，每次都有斩获。

更重要的是，艰苦的工作得到了回报，在这些毒品线索里面，夹杂着各种各样其他案件的线索，吴新他们好像挖开了信息的金山一般：省城发生的几起久侦未破特大案件的线索跳了出来；一些策划准备实施的案件，公安机关已经了如指掌；一些私藏的枪支被带了出来；一些涉黑涉恶、涉赌、涉黄等线索也不时冒出来。

所有的侦查员在毒品案件的侦办中，侦查技能得到了迅速提升，爱岗敬业、竭诚奉献的认识提高了，综合分析、通盘考虑的意识加强了，学习法律、注重证据的意识增强了，长期经营、提前谋划的习惯养成了。复杂的案情逼得每个侦查员研究如何提高自己的侦查技能、研究技战术的运用，侦查员的政治素质和综合技能在短时间里得到了迅速提高。

时间一天天过去，吴新他们熬了快两年了，天天还是忙着搞案子，几天也回不了一次家。有时为了堵截毒品，在高速路收费站上，吃着方便面在车里能窝上好几天，家回不了，只能在电话里听听儿子叫“爸爸”的声音。看到他如此拼命工作，就连以前从不过问他工作的苗苗都劝吴新别干了，这么累，还就那么点儿工资，几次跟他说让他辞职跟磊子做生意去。

弋处长看着他们更是心疼，这些同志舍弃了和家人团聚的时间，见不到老人、孩子，不能和对象去看一次电影，天天饱一顿饥一顿，休息经常就在车里和办公室的沙发上。弋处长只能一有时间就过来看看他们，和他们聊聊家常陪着他们加会儿班。他也知道，线索到了这个地步后，已经不是你所能掌控了，是线索逼着每个侦查员去工作。不断有新的线索跳出来，侦查员又不能弃之不管，老的线索还要落实，一次一个侦查员半个月没出办公室的门，天天熬在办公室里，靠着盒饭和方便面撑了半个月。

弋处长自然十分关心支持毒品案件的侦查工作，但吴新慢慢有种感觉，李副处长好像对毒品案件不是那么热心了。刚开始吴新以为看到弋处长这么关心毒品案，李副处长索性把毒品案交给弋处长亲自负责，就连科长好像也不是特别积极了，对吴新他们提出来的一些想法直接否定掉，对一些线索以精力不够、人手不足为由不让深入侦查。

起初，吴新也没在意，渐渐地，他觉得不对了。他发现了一个规律，涉毒案件中只要是海洛因案件就会顺利审批下来，而对新型毒品案件，有时审批不下来，或者要拖几天才能审批下来，有些线索也莫名其妙地断了，再想经营起来却是困难重重，毒贩们的反侦查经验竟然会如此迅速地提高。

在一次吃饭的时候，他把心里的这个疑团告诉了弋处长，弋处长不置可否笑了笑，让吴新把其他线索经营好就行了。

工作每天都在继续，吴新和更登他们还是没白天没黑夜地工作着，他们已经习惯了这样的工作节奏，每天用忠诚和信念完成每一项工作。

这天，吴新又拿着一些材料去李副处长的办公室汇报。门虚掩着，透过门缝却发现办公室里有几个陌生人，吴新看李副处长有客人便回到了办公室。过了一会儿再去，却发现李副处长的办公室门紧锁着，等了一天也没见到李副处长。第二天一上班，吴新听到了一个令人吃惊的消息，昨天在李副处长办公室的人是纪委的同志，李副处长被纪委立案审查了。

尾 声

李副处长被纪委立案审查和科长被停止工作的消息如同惊雷一般迅速在侦查处里传开。李天才和吴新、更登三人都是同学，都是警校里面的佼佼者，李天才初到侦查处就以踏实细致的工作、谦虚好学的精神赢得了其他同志的赞誉。其组织能力、文字功底也非常出众，可以说是一个好苗子，事实也证明他在一些方面的能力远在吴新和更登之上，但他忘了或许忽略了老张曾经也跟他说过的一句话，那就是“想当官、想发财就不要干侦查”。

如果在其他部门或是在商界，李天才必定是个成功者，而在侦查部门中，他追求的恰恰是权力和钱财，这样自然会掉进私欲的深渊。

从担任外勤科科长开始，李天才的思想慢慢有了变化。作为侦查处外勤科的科长，负责整个地区重大案件的侦查工作，自然是手握重权。一些本地和外地来的老板知道李天才手中的权力，都极力巴结奉承他，知道他手中的权力可以延伸到高原的每一个地方。在这片高原上，李天才说句话，基层的部门都会给些面子，因为每个地区都可能会发大案，发了大案必定要向侦查处汇报。李天才八面玲珑、交际广泛，将来升职的空间是很大的，于是李天才身边朋友里的老板多了起来，应酬也多了起来，渐渐地，他的思想也发生了变化。

如果刚开始，李天才只想在同学中间做个成功者的话，随着年龄的增长和阅历的丰富，现在他早已不屑把成功的目标只放在同学中间了，吴新和更登只是个他成功的跳板，自己的目标远比他们所追求的要远得多。思想发生偏差后，李天才开始喜欢名牌、喜欢豪车、喜欢出入高档的场所、喜欢被前呼后拥尊为上宾的感觉。看着这些常人难以拥有的东西，只有这时他才觉得自己是个成功者。

而在单位，他依然非常谦恭，见人都是满面的笑容，已经深谙此道的他知道决不能张扬，自己上面还有好多领导，比起他们自己可以说还啥都不是。他一方面极力表现自己，突出自己，另一方面广结关系网，上下走动，培植自己的势力，在短短几年后就升任了侦查处副处长。这个时候，以前认识的一些老板和他更是成哥们儿弟兄了。他渐渐地丧失了原则，他需要花钱只要说一声就有人送过来，这些老板的私人会所他可以随意享用，老板的豪车也是如同他自己的一般。当然，李天才利用手中的权力，给他们办了不少事，别人很难办到的事，李天才可能一个电话就会顺利办妥。

特别是“醉情”的老板更是成了李天才的一个兄弟，李天才给当地警察打招呼，或亲自出面把他们请出来吃饭、送东西，为一些违法行为“保驾护航”。甚至在刚开业的时候，不少所谓混社会的来“醉情”里面闹事，要收保护费。李天才借此搞了一个打黑行动，把这些混社会的全都抓了起来，全部顶格处罚，从此以后混社会的没人敢来“醉情”闹事了，“醉情”成了一个看似秩序最好、管理最规范的娱乐场所。

“醉情”的老板看到李天才手中不断增加的权力后，为了把李天才牢牢拴在一起，直接给了李天才“醉情”的干股，每年年底固定给李天才一笔不菲的钱，将自己的豪车送给他，自己的别墅李天才也可以随意使用，这些老板对关系网的投资是绝不会吝啬的。刚开始李天才也不敢收，但后来慢慢地也就习惯了，从内心里将自己当成了“醉情”的股东，甚至有些事不用老板说，李天才已经打好招呼了。

刚开始李天才觉得帮他们打个招呼无关紧要，只要自己保持一个警察的原则就可以，但和这些老板接触久了，他的心理渐渐失衡了。虽然自己开的是豪车，但毕竟不是自己的；高档会所应有尽有，但那不是自己的家。那些老板挥金如土，可自己一个月的工资甚至买不了他们脚下的一双鞋。自己可以说已经是个有身份的警察了，但在他们面前听着他们聊天的话题、看着他们生活的样子，以自己的工资是完全无法企及的。为了自己在前程上更进一步，李天才在单位出头露面的事抢着干，用一个敬业好警察的伪装把自己包装起来，只有到了僻静奢华的别墅，坐在宽大的沙发上，才感觉这才应该是他的生活。

那些老板为了把李天才推到更高的位置，给他们带来更好更全面的“帮助”，不但给李天才提供了大量的资金，豪车别墅更是随便用，好烟好酒随便拿。他们相信，李天才会不负他们的众望，上到更高的位置，会用他手中的权力给他们带来更大的利益。

而问题就出现在“醉情”，这是李天才的朋友经营的省城最大的一个娱乐场所，李天才经常去的别墅也是这个老板的，李天才后来还成了“醉情”的股东。

“醉情”在以前就曾因为牵涉情色交易被当地公安机关处罚过，因为李天才的极力周旋才没有被封门。在装修后，里面的非法活动更多了，只是更加隐秘。不管你是男人还是女人，在这里你都可以肆意放纵，当然还提供一般人找不到的东西，那就是毒品，各种各样的毒品。

关于毒品的事是老板交给下面的人办的，刚开始这个老板也是瞒着李天才。后来随着“醉情”生意越来越火爆、在省城名气越来越大，里面给客人兜售毒品、服务员陪客人共同吸毒、吸毒后闹事等传闻渐渐传到了李天才的耳朵里。有的时候老板会从“醉情”带几个档次高的小姐到别墅里陪他们喝酒，从这些小姐的嘴里李天才也听到了不少。

起初，还有原则的李天才对老板提醒了这事，严厉告诫里面不能有毒品。但老板跟他说有的毒品是来消费的客人自己带进来的，也有的是下面的人在里面搞的，如果在这样高端的娱乐场所里没有这些东西，生意必然会受到影响。李天才没有再坚持，只是让老板管理好下面的人。

而毒品里面的利润是巨大的，老板安排了一个心腹专门负责毒品销售，刚开始从省城毒品贩子手里拿冰毒的话一克是近千元，卖给客人要翻一番，有的客人不但自己吸食冰毒，还找陪侍小姐一起吸，这样花费的费用更是巨大，老板也就挣得更多。后来随着外地制毒工艺的提高，冰毒消费从高端走向平民化。外地合成的毒品虽然质量差，运到高原批发价低到了每克几十元，但在“醉情”里面依然是高价。这个老板看到里面巨大的利润空间，授意下面的人想办法直接从内地购入毒品，在“醉情”里面贩卖。

弋处长刚上任发起打毒行动后，李天才主动承担了这项工作，他的想法是这项工作容易出成绩，不像其他案件领导看不到成绩，这样对自己将来的仕途有好处。在内心里他还有个想法，那就是他要驾驭住侦查处打毒的方向，既要迎合这位新来的处长的想法，还要控制住吴新他们打毒的动向。因此，他主动承担了侦查处打击毒品的领导工作。在以后的工作中，凡是牵扯到海洛因的案件他全力支持，毕竟在“醉情”里面是不卖海洛因的。

对牵扯不到“醉情”的案件他也是全力支持吴新，将无关紧要的毒品案全部打掉，这对“醉情”的生意有很大的好处。

在吴新的侦查中，发现有些线索指向了省城最大的娱乐场所“醉情”。李天才知道“醉情”的生意不能受影响，如果受影响，自己不但收不到那巨额的分红，连现在的生活可能都会受影响，甚至会影响到将来的仕途。他抵制不住诱惑，他要永远在同学朋友间做最优秀的人，他铤而走险决定利用手中的权力，驾驭住吴新他们打击毒品的方向和范围，凡是事关“醉情”的线索能不经营的就不经营、能拖的就拖。他授意外勤科科长，让他想方设法以正常的理由控制住吴新和更登他们。

其实，弋处长在上任之前就听到了一些反映，他没想到自己刚上任李天才就把他请到了那个别墅。向来办事沉稳的李天才犯了个错误，他低估了弋处长。在后来两年多的时间里，弋处长一直在观察李天才，多次提醒李天才。他在想李天才这样优秀的同志不会彻底丧失立场，还是有药可救的。但他没想到李天才会不顾组织多年来的培养，不但没有及时收手，而且为了钱财丧失原则，忘记自己是个共产党员，忘记自己是个侦查员，为虎作伥、铤而走险，撕下伪装利用自己的职权成为犯罪的保护伞，彻底沦为犯罪的帮凶……

深沉的夜幕下，满天的星斗异常明亮，夜空是那样澄净，雨后的空气是那样清新。

吴新忙完一天的工作下班回家，他的工作仍然继续，他放不下自己热爱的侦查工作，舍不得和战友们出生入死的那份情感。虽然苦、虽然累，他还是离不开这无法舍弃的侦查工作。

吴新轻轻打开房门，又轻轻推开了卧室的门，英子从睡梦中醒来往边上挪了一下身体。儿子睡得很沉，小手还抱着吴新的警帽。吴新轻轻把儿子的小手取开塞进被子，拿起儿子最喜欢的警帽，在微弱的灯光下，警帽上面的警徽在熠熠闪光。

窗外，一轮皓月挂在雪域高原的夜空，依稀可以看到群山巍峨，连绵的雪山静静伫立在远方。在高耸的山顶，皑皑白雪在月光下发出柔和的光。

生活在这片土地上勤劳的人们，很少注目远处的雪山。但这连绵的雪山如同高原的守护神，用自己博大的身躯护卫着每一个热爱高原的生命。人民警察也如同守护神一般无怨无悔、悄无声息地守卫着高原的安宁，以手中的雪剑为雪域高原斩除凶顽，呵护着每个生命的平安，用无私的爱护卫着蓝天白云，守护着吉祥。

（本书内容纯属虚构，请勿对号入座）

后 记

虽然根据高原解放时和新中国成立初期公安革命先烈的事迹及自己工作中所经历的案件撰写的长篇小说处女作《雪剑》已经收笔，但本人心中一直惴惴不安。本人才疏学浅，又没有系统学习过文学创作，只是一名普普通通的警察，只是一个文学爱好者，只是有感而发，深恐不能将雪域高原上发生的这一幕幕英雄先烈的事迹和普通侦查员默默无闻的奉献精神准确表述出来。

本书虽然看似是在讲述公安工作中侦查办案的故事，但这是对从新中国成立以来整个高原公安工作的讴歌，是对以侦查员为代表的整个公安战线上所有人民警察的描述。正如书中写的那样，就是这些普普通通的人民警察如同守护神一般守卫着雪域高原的安宁，他们用手中的雪剑斩除凶顽、守护着每一个生命。这个群体是值得尊敬的群体，是值得大书特书的群体，也是让人们深为感动的群体。

恶劣的自然条件没有影响这个群体全心全意为人民服务的宗旨，落后的经济状况更没有压垮这支队伍的意志。他们呼吸着稀薄的氧气，在简陋落后的条件下用自己的生命和青春为公安工作竭诚奉献，守卫着一方平安，没有一丝怨言。他们忍受着孤独寂寞，承受着高原病痛的折磨，别人问起来却只是在黝黑脸庞上露出淳朴的一笑。他们拿着微薄的工资，虽然也羡慕内地的繁华、有钱人的潇洒，但任务一来都是义无反顾投入工作，用热血和激情诠释着对公安工作的热爱。

公安工作任重道远，高原上的公安工作更是责任重大。“国家安危，公安系于一半”，这个群体无疑肩负着历史的重任和神圣的使命。

新的历史时期，高原人民警察队伍更要在新的起点、在新的高度上加强和改进队伍建设，打造出一支党和人民信任，具有特别战斗力、具有高原特别奉献精神、纪律严明的警察队伍。结合人民警察忠诚教育活动，希望这部《雪剑》能为当前的公安队伍建设主旋律增添些许的光彩。

本人在侦查战线工作多年，从事各类案件的侦查工作。在工作中，时时被这支队伍突飞猛进的发展所欣喜，更时刻考虑着在新的历史条件下这支队伍的战斗力的提高发展。一些新入警的年轻同志不知道侦查工作乃至高原公安工作的历史，扎根高原为公安工作竭诚奉献的精神有所欠缺，没有充分认识到高原公安工作的艰巨性和复杂性，不能清晰地看到肩头的历史重任，还有一些同志信念缺失、丧失了勇于担当的激情。这对高原这支公安队伍的建设和长远发展产生了一定的影响。在不良思潮不断侵蚀每个人思想的关头，努力保持这支队伍的纯洁性、树立对党绝对忠诚的思想、时刻保持奋发向上的精神、保持昂扬的斗志，无疑有着高度重要性和现实紧迫性。希望本书能让所有看过的人从书中的先烈事迹与奉献精神中有所触动和感悟，在思想上筑起坚固的防线，牢记历史、勇于担当、不辱使命、竭诚奉献。

高原有着不同于内地的景色、人文环境，自然也有与内地不同的工作特色，面临的工作重点也与内地有所不同。这就要求高原上的公安队伍时刻牢记“对党忠诚、服务人民、执法公正、纪律严明”的总要求，要有自己的特色，要保持和发展有高原特色的战斗力，如同书中描写的为保卫家园不惧危险迎阵杀敌的藏獒品格一般，不但要有绝对忠诚的品质，更要有勇于斗争、勇于直面困难的高原献身精神。

书中“旦增”是高原公安战线上第一代侦查员，其原型在新中国成立初期执行一次侦查任务，化装成游医进行侦查时遭遇匪徒，在激烈的战斗后寡不敌众壮烈牺牲。“梅朵阿妈”和“梅朵”是草原上普通的牧民，母女二人在叛乱时期担任交通员，在传送情报时路遇叛匪的盘查，在叛匪的严刑拷打下坚守秘密，恼羞成怒的叛匪将母女二人用石头砸死在河里，二人壮烈牺牲。“李副司令”在新中国成立初期化装打入敌人内部，担任“反共救国军”副司令，获取了大量情报，为打击敌人立下了卓著功勋。这些都是高原上真实的人物，还有很多很多的老一辈侦查员和战士为了新中国的成立，为了草原的安宁、高原的稳定，深入敌后，独闯虎穴，作出了巨大的牺牲。书中出现的几位革命先烈，是沉寂于历史长河鲜为人知的英雄中的代表，书中所描述的他们牺牲的场景也是尊重历史的，是用文学的方式将他们串在了一起。在此，向他们致以最崇高的敬礼！

而“吴新”、“更登”、“老张”等人都是虚构的人物，他们就是高原公安队伍的缩影。在雪山、戈壁、高原的每一个地方有许许多多像“吴新”、“更登”、“老张”这样的警察承受着艰难困苦默默奉献，守卫着高原的安宁，历经苦难而痴心未改。

工作多年来，本人一直有个心愿，就是把在工作中的所感、所悟、所思通过恰当的方式表述出来，让年轻的同志知道曾经艰苦的岁月，知道今天的发展来之不易；让老同志回到自己曾经奋斗的记忆中，将自己亲身经历的光辉时刻留下来，把公安工作优良的传统传给后人。由于长期从事侦查工作，自己身体严重透支，加之工作繁忙，根本无暇完成这个心愿，直到医生告诫自己一定要注意身体，不然会有失明等严重后果后，才下定决心争分夺秒写了起来。

《雪剑》一书的书名寓意是雪域高原上的公安侦查工作是攻坚克难的一把锐利长剑。平时你可能注意不到公安侦查员，但在你遇到危难时，他们就会像“雪剑”一样仗剑而出，这也是侦查部门的工作特点。希望所有看到这本书的人会了解高原侦查工作的艰辛，对所有看到这本书的读者精神上有一次激励。

在新时期下，公安工作更是离不开人民群众的支持，离不开社会各界的关心和帮助，这是公安工作的力量源泉，是公安工作的出发点和目标。希望广大群众对我们人民公安工作继续给予支持和帮助。

由于本人水平有限，无力将这些看似平凡的事写得波澜壮阔，只希望各位读者打开这本书时如同面对一位老警察，老警察点着香烟，用朴素的语言给你讲述一个关于高原的故事、一个关于警察的故事，朴实得如同草原上的一朵野花、如同戈壁上的一缕清风。

在电脑上敲完最后一个字后，我为能完成这部长篇小说而骄傲，更为自己选择了警察这个职业从事着侦查工作而骄傲。

在创作和出版这本书的过程中，得到了许多领导和同志的关心、支持和帮助，在此向他们表示衷心的感谢。

由于知识和阅历等方面的限制，虽然初稿完成后反复修改了四年之久，但在《雪剑》中必定会有很多瑕疵，请各位领导和同志从不同的角度给予斧正，并提出宝贵的意见。

谢谢！

刘春龙

2018 年 5 月